钢的城

罗日新 著

GANG
DE
CHENG

人民文学出版社

图书在版编目（CIP）数据

钢的城/罗日新著. —北京：人民文学出版社，2022
ISBN 978-7-02-017214-6

I.①钢… II.①罗… III.①长篇小说—中国—当代 IV.①I247.5

中国版本图书馆 CIP 数据核字（2022）第 093105 号

责任编辑　付如初
装帧设计　陶　雷
责任印制　宋佳月

出版发行　人民文学出版社
社　　址　北京市朝内大街 166 号
邮政编码　100705

印　　刷　北京盛通印刷股份有限公司
经　　销　全国新华书店等

字　　数　533 千字
开　　本　710 毫米×1000 毫米　1/32
印　　张　34.5　插页 2
印　　数　1—10000
版　　次　2022 年 7 月北京第 1 版
印　　次　2022 年 7 月第 1 次印刷

书　　号　978-7-02-017214-6
定　　价　88.00 元

如有印装质量问题，请与本社图书销售中心调换。电话：010-65233595

此书献给

我的父亲罗宝山和大冶钢厂的兄弟姐妹们

上部：一团火

我只相信一条：灵感是在劳动时产生的。

——奥斯特洛夫斯基：《钢铁是怎样炼成的》

第一章

　　大江自出三峡，再无遮挡，一路浩荡向东，穿荆岳，过江城，又百余里，忽遇一山横江而立。这山，就是著名的西塞山。大江至此扭头向北，绕西塞山后再一路向东而去。江南岸数里，顺着大江走势有一山，名唤黄荆山。黄荆山与大江间的这片狭长地带，便是临江钢铁厂所在地。

　　厂房阔大方正，烟囱高耸入云，白日气锤轰鸣如雷，夜晚灯火通明如昼。厂房内更是钢花飞溅，铁水横流。大厂左侧有大江做屏障，右侧则由高大的红砖墙环绕。从一门起，每隔二三里开一门，共计十个门。一门至十门右侧，是钢城最宽阔的大道。大道另一侧，每隔百十米，便向黄荆山延伸出一条鸡肠样的小巷。临巷是密密麻麻的杂货店、自行车修理店、裁缝店、理发店、小酒馆，当然也是数万钢城工人的家。

　　因钢厂烧煤炼钢，大烟囱里常年喷吐着黑灰的烟雾，烟雾中的尘屑落到屋上，落到树上，落到花草上，落到地上，年长日久，晴天一城灰，雨天一城泥。钢城人自嘲"光灰灿烂"。春季雨水多。夏季钢厂这大火炉喷吐的热，将钢城闷成八卦炉。秋季宜人，却分外短暂。因北临大江，钢城的冬天格外寒冷。但在相当长的一段时间里，钢城人却是骄傲的。钢城效益好，临江城的姑娘都眼巴巴盼着能嫁个钢厂工人，好过上富足的日子。

　　这样的好日子，如今却要过一天少一天了。百年老厂遇到了前所未有的困难，生产的钢材堆积如山却卖不出去。先是夏季没有了降温费，秋季有些分厂隔三岔五地停工。偏偏这年的冬天比往年来得更凛冽一些。连日里，天空彤云密布，遮住本不多见的阳光，捂得十里钢城灰蒙蒙一片。北来的朔风从大江江面掠过,带着大江的水汽,更添了几分寒冷。一连十多天,老天就这样阴沉着脸,心事重重的样子,偶尔下一阵子夹着零星雪花的寒雨。这样的天气,像极了钢城人此时的心情。老话说,"雨夹雪,半个月",钢城人都盼着来一场痛痛快快的大雪。

依然是有喜事的。临江钢铁公司的吴回芝和郑宏,定在元旦结婚。

已经临近一九九五年元旦了,临江钢铁厂的形势仍不见好转,虽说大小烟囱每日冒着烟,钢铁的撞击声和咚咚的气锤响依旧震撼人心,效益却是每况愈下,连年亏损已达六七个亿。这个时候结婚,确实有点背运。吴回芝的想法,悄悄办几桌酒,意思一下就行了。郑宏的想法则不然,人生就这么一回,婚礼不求办得如何风光,再怎么也得热闹一下。但他拗不过吴回芝,成家过日子,就得听老婆大人的安排。俩人说好了,等十二月十五号发了工资,到蔡红餐馆办五桌喜酒,也算正式摘掉双方晚婚模范的帽子。

至于该请哪些人,两人也商量好了。一年前,郑宏从市电厂与人对调到临钢保卫处,他所在的内保科只有八个人,一桌就够了。吴回芝的情况不同。她一九八〇年从金牛林场知青点抽回临钢,一直就在平炉分厂干钳工。钳工大组男女共有二十八人,她是钳工大组副组长,于情于理也得请班组同事撮一顿,何况同事家里红白喜事都请了她,这样加上双方家人和亲戚,正好凑个五桌。

然而事与愿违,厂子像存心刁难这对渴望幸福的职工,到十五号工资并没发下来。又过去九天了,仍然动静全无。

临钢有百年历史,前身是晚清洋务运动中,总督张之洞主政湖北时兴建的汉阳铁厂,也是当时清政府治下唯一的新式钢铁企业。后来盛宣怀任经理时,奏请清廷,合并了汉阳铁厂、大冶铁矿、萍乡煤矿,改为官督商办,成立了汉冶萍铁厂矿有限公司,是当时亚洲最大的钢铁联合企业。中间有一段时期曾被日本人控制,抗战结束之后才回到中国人的怀抱。一九四九年之后,钢铁厂重新兴盛,位居中国八大特钢企业之首,有"共和国工业摇篮"的美誉。这摇篮里,有数万名工人、数万个家庭,由此又衍生出为这数万家庭服务的行业:医院、学校、托儿所、菜场、商店、电影院、广播站、邮政所、银行、饭馆……钢厂于是成了钢的城。

如今,这家有着三万六千名正式职工、四万多名大小集体厂工人的国营大企业,竟然开始拖欠工资,这可是临钢从未有过的事。

好在吴回芝和郑宏的婚期不受影响,蔡红餐馆,五桌喜酒,本想坚持不变。元旦前三天,大组长老莫将一个红纸包交给吴回芝,不好意思地说:这是全班组的份子钱。他特别强调,他自己送了十五元,其他人每人都是一张"大团结"。毛仁银说要单独送。

如果放在前五年,一家有两三个人在临钢工作,过年各种年货都不用买,每月效益奖金还比工资高。还有烤火费、降温费、交通费、水电费等等补贴。那时送礼,像这样的班组同事,没有五十元拿不出手。

老莫对吴回芝叹道:"厂子日子不好过,大家的荷包不暖和,想撑面子也撑不起!"

拉嫁妆的这天,吴回芝起了个大早,张罗着她当新娘要穿的大红棉袄,一双上海产女式皮鞋,两床贴有"囍"字、金色丝线绣着龙凤呈祥和鸳鸯戏水的新棉被。当然也少不了"两转一响"——一台缝纫机、一辆飞鸽牌自行车、一台双卡录音机,以及当先进时奖励的热水瓶、脸盆等等。还有一台陪嫁的电风扇,在郑宏坚持下留给了吴回芝的父亲。吴回芝从小没了娘,也没有兄弟姐妹,只有负工伤、腿有点瘸的父亲。

吴回芝正忙着,有敲门声,开门,是瘦高个头、穿着蓝棉袄工作服的毛仁银,边搓着冻僵的手,边朝吴回芝腼腆地笑:"吴回芝,恭喜你呀!"见吴回芝还愣着,又怯声说,"天没亮我就来了,怕你没醒,就没敲门。"

看着冻出鼻涕的毛仁银,吴回芝心里一阵发酸,喉咙像被什么堵住似的。她大大方方地把他拉进屋里,煮了碗冒着热气的红糖姜汤,催毛仁银快点喝了。毛仁银趁热喝了一口,把碗放在五斗柜上,从旧棉袄口袋里掏出一个红纸包,递给吴回芝说:"这三百是我的一点心意。这个月没发工资,不然会多给一点儿。"

吴回芝愧疚地说:"仁银,我对不起你。"

"只要你幸福,只要郑宏待你好。"毛仁银低头搓着冻红的手,"你结婚的事,我告诉赖子、活宝和刘胜利他们了。"见吴回芝有些吃惊,忙补充说,"结婚这么大的事,怎么能不通知他们?好歹都是知青点一口锅里吃过饭的。他们蛮高兴,说明天要好好闹下新房。"

听见房内吴父的咳嗽声,毛仁银笑了笑:"我该走了,让郑宏看见不好。"

"把姜汤喝完再走。"

毛仁银就一口气喝完了。

"你再等一下。"吴回芝走进房间打开柜子,拿出一件浅灰色外套,让毛仁银带走。是她特意给他买的。

毛仁银迟疑着,看见吴回芝眼中泛出泪花,才接了过来,小心翼翼夹入旧棉衣内,头也不回地走了。

中午,郑宏来拉嫁妆,吴回芝说情况变了,知青点的赖子、刘胜利他们都要来,五桌酒席打不住,起码得八桌,蔡红的小餐馆办不了了。

郑宏说:"那订的五桌酒席怎么办,退了?"

"退什么?你去跟蔡红说,让她明天把买的东西送来,厨师也一起带来。这五桌的钱照付,咱们再添三桌的原料。"吴回芝又说,"既然有这么多人来,就不能不讲点规矩,还得有主婚人和证婚人,你看请谁好?"

"请祝大昌和傅佳钢吧,跟你一个知青点过来的。一个平炉分厂副厂长,一个轧钢分厂副厂长;一个主婚,一个证婚,规格就上来了。"

吴回芝一笑:"原来你郑宏也是个马屁精呀。"

祝大昌和傅佳钢就这样上了邀请名单。

压抑了半个月,大雪终于纷纷扬扬下了起来。元旦这天,积雪已经有小半尺厚,天地间银装素裹,当真有了新年新气象的感觉。临钢工人村9号楼格外热闹。楼上楼下的工友腾出几间房子,帮忙接待客人。满楼笑语喧哗,鞭炮炸个不停,不时间以二踢脚的巨响。祝大昌穿着一件灰棕色短大衣,坐在新房里,跟刘胜利他们聊天,等着新郎把新娘接来。

戴着狗皮帽的赖子骂毛仁银:"你就是个苕货!跟回芝黏黏糊糊这么多年,早就该生米煮成熟饭,怎么让郑宏挖了墙脚!"

毛仁银懒得理他。

赖子再次挑衅:"莫不服周,除了打篮球,你就会写几句'钢钎当笔抒情怀,锻锤当鼓摆赛台,轧机声声传捷报'的破诗。"

刘胜利加入到奚落毛仁银的行列,说:"毛仁银,你是恩人呀!在知青点,吴回芝被土地婆蛇咬了,是你吸出蛇毒救了她一命。有人说,看见你俩躲在树林里亲嘴,亲了就算了?就冇搞点别的么事?"

毛仁银涨红着脸,申辩道:"冇有的事。我与吴回芝,萝卜煮汤,清清白白。"接着,又坦白说,"我是喜欢吴回芝,但我更尊重吴回芝的选择。"

赖子又说:"我就是搞不明白,你说你毛仁银三十大几了,厂子最辉煌的时候,临江市的姑娘挤破脑壳找我们临钢的工人,你随便一捞就能捞上一个,为么事不捞?现在厂子背气了,再想捞也捞不着啰。"

祝大昌见状,拍了下毛仁银的肩膀:"吴回芝结婚了,你岁数也不小了,是该找个女人过日子了。"

这时傅佳钢进来了。他穿着擦得锃亮的黑皮夹克,围着灰色羊绒围巾。夹克口袋里揣着一双皮手套,满面春风的样子。大家打过招呼,话题就转到厂子上。赖子问祝大昌,都快过年了,什么时候能发工资?没等祝大昌回答,又骂了起来:"报纸电台说得好听,咱们是钢铁老大哥,如今老大哥遇到经济危机,也没见哪个小弟小妹伸手救济一下。"

刘胜利抓起一把瓜子递给祝大昌,问:"大昌,春节物资到底发不发?"祝大昌笑了笑,说:"放心,发,会发的。庞副经理十天前就到南京催款去了。"戴着护耳罩的叶老实说:"大昌这话我信。咱们临钢是全国特钢行业的龙头老大,又是百年老厂,瘦死的骆驼比马大,你们说是不是?"

活宝说:"要是过年不发工资,老子大年初一抢银行。"

赖子笑了:"大年初一银行放假。"

刘胜利说:"老子在家一点面子都冇得。"他老婆在大集体厂上班,工资提前发了,这几天还三天两头发活鸡活鸭、猪肚大枣粉丝,连酱油和山西老醋都不用买。他老婆的厂里新换的厂长有板眼,揽了一批乡镇企业的活儿,让小集体厂工人干,然后,把赚的三百六十多万打进小集体厂的账上。小集体厂没在税务部门正式注册,不用缴什么税。

刘胜利说着他老婆厂子的这些事,祝大昌看了一眼嗑瓜子的傅佳钢,心里有些黯然。往年这个时候,公司行政大楼早已是一派喜洋洋的景象,各分厂报捷的锣鼓声、鞭炮声不断,先进劳模标兵的相片也镶进俱乐部大门前的橱窗。各分厂的龙灯队和舞狮队,也早就在公司灯光球场龙腾狮跃地排练开了。今年却十分冷清,锣鼓声、鞭炮声听不到了,龙灯队和舞狮队也看不到了,就连厂区大道旁的花坛和绿化带,也好长时间都没人修剪了。

傅佳钢心里也颇有感慨。前两天他到公司去,找代管公司工作的党委副书记冯为泰,想问一下工资和春节物资问题。刚一上大楼,碰上厂办主任老李下楼送客,客人是几个戴工商帽、税务帽的人,一个个夹着公文包,紧绷着脸。等老李送走客人返回,傅佳钢问:"李主任,刚才那几个,是市税务局的?"老李说,来催税的,厂子欠了两千多万税款。傅佳钢问冯书记在办公室吗?老李说在接待供电公司来的客人,"欠了三百多万电费,催着要。今天上午已经来了三拨了。"

傅佳钢一听,就打消了找冯为泰的念头,把老李拉到一旁,说:"李主任,年前能发工资吗?"老李:"应该没有问题,庞副经理上星期就去南京催款了,估计就这两天回来。"上楼时望了傅佳钢一眼又说:"我也说不好。"

赖子见傅佳钢发愣,问:"发不发工资,发不发年货,傅厂长应该知道吧?"

傅佳钢浅浅一笑:"我也说不好。"

赖子骂娘了:"都怪姓童的那狗杂种,坐在公司总经理的位上,瞎鸡巴搞,建什么650连轧分厂,建什么170钢管分厂,弄得咱们叫花子过年,一年不如一年。"

活宝也骂:"可不!把厂子搞得死不死活不活,童正民就甩手不管,躲进庐山疗养所养病去了。那年,武钢要收购临钢,他为了保住自己的位子,硬是不干。要不,咱们现在工资、年货都不用愁了。"

"好啦,好啦!别扯这些没油盐的事了。"祝大昌打断活宝的话,看了一下表,快十点了,"新娘快接回来了。"

祝大昌的主婚贺词写了满满三页纸,傅佳钢的证婚贺词也写了满满两页纸。都等着新娘到来,婚庆开始。万万没想到,没等到新娘进门,厂办穆干事突然找来了。他抖下满头满身的雪絮,通知祝大昌和傅佳钢赶快到公司参加紧急会议。

元旦放假,召开紧急会议,肯定是有大事发生。祝大昌把主婚贺词递给王贵,傅佳钢把证婚贺词给了叶老实,俩人快步走了出来,各自推上了自行车。

雪下得更大了,寒风直灌衣领,祝大昌冻得受不了。傅佳钢有羊绒围巾抵挡风雪,又戴着皮手套,头还能仰得高高的。

逆风骑得慢,两人能够说上话。祝大昌主动问傅佳钢:"听说你爸到汉口你妹家去了?"

"是啊,风英叫他。"

"回来过年吗?"

"够呛。他腰椎病又犯了,老工伤。我妹要带他去协和医院检查。"又像想起什么,说,"我爸和你爷爷有张师徒合影,你家还有吗?"

大昌说:"在我爸那儿。"

风雪太大,等从六门进了公司行政大楼,祝大昌的手已冻得僵直,放在嘴边呵了一会,才觉得可以活动。来到大会议室,各分厂和直属单位的领导差不多都到了。公司党委副书记冯为泰示意他俩找位子坐下。傅佳钢挨着厂办李主任身边坐下了。祝大昌坐在170钢管分厂韩厂长身边,问他:"今天开紧急会议,是不是工资发不下来了?庞副经理从南京回了吗?"性格温和的韩厂长摇摇头,嘟囔着:"我哪知道。我也是刚到。"

"你们分厂效益好些了吧?"

韩厂长叹了口气:"莫提了。投产以来,没有哪年不亏损。你知道工人背后叫我什么吗?背时厂长。"

"听说浙江、山东那边,钢管蛮有市场嘛!"

"这话不假。销量确实是有,就是款子难收回。"韩厂长见祝大昌疑惑的样子,便直说,"人家明里暗里地要拿回扣。咱们是国有大企业,一分一厘都得要入账,这种不讲规矩的事能干吗?"

傅佳钢也在小声问李主任:"冯书记把我们紧急召来,是不是公司有人事变动,新任总经理要来了?"

"你小子鼻子蛮灵呀。"李主任没有直接回答,"厂子现在到了举步维艰的地步,是该换领导了。"

"是呀,大家都盼着呢。"傅佳钢递给李主任一根烟,"新任总经理是哪路神仙?"

"你晓得南钢吗?"

"晓得,一个小厂。"

南钢按说也不算小厂,三四千工人,只炼普钢。不过在几万人的临钢面前,的确也只能算小厂。之前是有名的亏损大户,经过改革,这两年年利润超六千万,因此成了业内焦点,新闻都上了《中国经济时报》。厂长易国兴,四十多岁,被誉为"有魄力的实干家"。不过,能将三四千人的小厂盘活的易国兴,能盘活几万人的临钢吗?

"大家静一静,会议开始。"冯为泰敲了下麦克风,环视着安静下来的会场,"今天是一九九五年元旦,飞雪迎春的第一天,我不想耽误大家的时间,就说三件事儿,大家最好用笔记一下。

"第一件事是全公司工人最关心的工资问题,庞副经理昨天打回电话说,已催到一千多万现款,今天将押着款子从南京回厂,明后天就可以发到每个职工手中,让大家安安心心过节。年货就不发了,折算在工资里头,让职工自己购买。第二件事,鉴于现任公司总经理童正民同志健康方面的原因,省市领导研究决定,将调南钢厂长易国兴同志来临钢,接替公司总经理一职……"

冯为泰还未说完,全场一片欢呼。

欢呼声中,发泄出多少怨气啊。一个童正民,贪大崇洋、盲目投资,硬是把好端端的临钢拖垮了。以前的临钢,每年盈利五六个亿,现在每年亏损几个亿,从国之栋梁变成了国家包袱。

冯为泰也有些动容:"从大家的欢呼声里可以看出,我们都欢迎易国兴同志的到来,我们大家都拥护省委、市委的决定。

"第三件重要的事,是庞副经理这次赴南京,不仅催回一千多万现款,还与南京桥梁工程局敲定了合同,接下一笔两千五百万的大供货单。

"大家知道这笔合同的来历吗?国家要在钱塘江修建一座新大桥。老大桥经过几十年的风雨潮水侵袭,现在仍岿然屹立在钱塘江上。南京桥梁工程局接下这项工程后,就查询当年提供这批桥梁钢的厂家,得知是我们提供的钢材,邀请我们派人赴南京洽谈。这样,庞副经理就代表公司去了。人家很讲信誉,合同一签,就付了八百万。春节过后,再付我们五百万。"

会议室顿时响起一片掌声。冯为泰稍停一下,声音也提高了:"公司经过开会讨论决定,提出'大干一百天,圆满完成任务'的口号。我们春节也不能歇气,请各分厂明天上报落实方案,最迟明天报来。三件事,我说完了,散会。"

祝大昌和傅佳钢留了下来,随冯为泰到他办公室。窗外雪越下越大,寒风飕飕的,见穆干事打开了室内的空调,冯为泰忙制止道:"关上,关上,空调耗电大。"

祝大昌平时就十分敬重冯为泰,原则性强,正直无私。他临时主持公司工作这几个月来,上上下下,厂内厂外,操碎了心。才五十出头,鬓角已经全白,身体看上去也很虚弱。祝大昌说:"冯书记,要注意休息呀!"傅佳钢也说:"是呀,别累垮了身体!"

冯为泰摆了摆手,说:"我们谈正事。刚才我在会上说的,大干一百天的事,你们应该清楚。能不能顺利完成任务,重担就落在你们平炉和轧钢两个分厂了。"傅佳钢说:"我们周厂长今天没来参加会议。他爱人患子宫肌瘤,他请假一个星期,陪老婆到省医院做手术去了。"

冯为泰说:"他不在,你当家。"又看看祝大昌,声音有些嘶哑,"你们分厂有几个工人不像话,昨天在餐馆喝酒闹事,被派出所抓去了。派出所早上打电话到你们分厂,鲁厂长领人去了。"稍停顿了一下,又看看祝大昌和傅佳钢,"你们虽然都是副厂长,但年轻有为,工作上能独当一面,多挑点担子是好事。洪炉炼精钢!还有什么困难吗?"

两人同声说没有。

趁冯为泰送他们出门,傅佳钢把冯为泰拉到走廊边说:"冯书记,易国兴总经理什么时候上任?"

"可能春节后吧。"

"把南钢搞得风生水起,易国兴厉害。冯书记了解易总的为人吗?"

"一起开过会,具体情况了解不多。"冯为泰笑了笑,"听市里有关领导介绍,易国兴同志敢想、敢干、敢担当。我们临钢,需要这样的领导。"

傅佳钢走出办公大楼,祝大昌还在等着他。俩人从车棚推出自行车,祝大昌问:"你刚才从冯书记那里得到了内部消息吧?"

"没什么,就问易总何时来上任。"

见他不愿多说,祝大昌转了话题:"听说薛三妹给你生了个胖小子,母子都好吧?"

"还行,就是奶水不够。"傅佳钢不想跟他扯家庭的事儿,就说,"差点忘了,我要到上窑集贸市场买两条喜头鱼发奶。"

祝大昌骑车回分厂,但他没回办公室,而是拐向厂房左侧不远的铁道交叉口,那儿有个低矮的扳道房,门前种有常绿的夹竹桃和七八月份开花的鸡冠花,还长着一棵冬天叶子枯萎的芭蕉树。风雪中,房顶小烟囱冒出几缕青烟。他有些时间没来看他的师父老俞头了。

第 二 章

当年,祝大昌从知青点回临钢,颇费了一番周折。其中缘由说来话长,是他支援四川三线建设的叔叔,得罪了劳资处处长薛仲仁,也就是薛三妹的父亲,傅佳钢的岳父。

祝大昌的叔叔原在厂报当记者。三年自然灾害时期,薛仲仁和几个干部在西塞山私自开荒种红苕,每人分了两百多斤,被祝大昌叔叔在厂报披露了出来,薛仲仁挨了处分。后来,薛仲仁升任厂级干部的重要关口,祝大昌的叔叔又在厂报登了几篇劳资处的负面报道,坏了他的好事。薛仲仁认为祝大昌的叔叔是有意和他过不去,一直耿耿于怀。得知下放林场的女儿与祝大昌谈恋爱,更为恼火,便将心存多年的怨气发泄在祝大昌身上,以祝大昌打架、破坏工农关系为由,拒绝招他回厂。等到后下放的吴回芝这批知青都陆续回厂了,祝大昌还被卡着。弟弟祝国祥咽不下这口气,就将薛三妹的弟弟薛浩打了,这下子,祝大昌回厂的事算是彻底凉了。

薛三妹却不听她爸的。知青大队有一个工农兵上大学的推荐名额,大队支书家见薛三妹和自己老婆走得近,就帮薛三妹说话,有意把名额给她。薛三妹却说自己不合适,祝大昌合适。然后索性将她和祝大昌两家的恩怨、祝大昌回不了城的真正原因都说了,又说自己不是读书的料,但祝大昌真是个人才。最后,薛三妹为祝大昌争取到了这个名额。

这事后来被谣传演绎,说薛三妹为了祝大昌,上了村支书的床。薛三妹因此背上了一个坏名声。

祝大昌从江城钢铁学院毕业后,分配回临钢,本该到技术部门工作,可已经是人事处处长的薛仲仁却让他下到运输部实习,给老俞头当徒弟,当了一名火车连接工,干起了拎红灯、摇绿旗的活儿。

当年的老俞头并不老,还不到五十,只是显得老。平时话不多,翻来覆去就那么几句:"是工人就得干活,到哪儿也是干。""工作没有高低贵贱之分,行行出状元。""咱是为国家和厂子工作。"他从十九岁进厂就干扳道工,像一颗拧在铁道上的铆钉一般任劳任怨。扳道岔没什么技术含量,但他硬是把这活儿干得出神入化。他只要耳朵贴在铁轨上听一下,就知道隆隆驶来的火车装载的是矿石还是重油或煤炭,走的是哪股道。他每天将门前的信号灯擦得锃亮,拦路杆一尘不染。

扳道工和连接工都是十二小时工作制。最难熬的是冬天,各分厂既要抢年底的生产任务,又要准备开春的原材料,运输东站就六七台车头,只能每天超负荷运行。特别是上夜班,寒风呼啸;凌晨两三点时,又累又倦又饿,冻得像只大马猴,吸口烟嘴里都是苦味。祝大昌只能趁车头加水、加煤之际,到师父老俞头的扳道房歇会儿,烤火聊天,还总能吃上老俞头烤得焦黄香脆的馒头。

两个人就这样,既是师徒,又如父子。老俞头结婚晚,有一儿一女,儿子俞钢,小名钢子,比祝大昌小了七岁。说起这俞钢,却是个人小志大的,平时谁也不服,独独见了祝大昌才会变得服服帖帖,在他眼里,大学生与别人不一样。

祝大昌也喜欢俞钢。工人村的孩子从小就围着厂子转,放了学就到爸妈单位吃饭、洗澡。俞钢每次来父亲的扳道房,总是坐在芭蕉树下写作业,记笔记。笔记本的扉页上还写着"每天进步一点点"。

祝大昌问他:"知道这话是谁说的吗?"俞钢的脸红了,他只是喜欢,没找过出处。祝大昌就告诉他,是美国一个叫爱德华兹·戴明的人说的。俞钢追着问这个爱德华兹是干什么的。祝大昌笑着说:"你真想知道?"俞钢说:"当然是真想知道啊。我笔记本上抄着他的话,却连他干什么的都不知道,说出去多丢人啊。"祝大昌就说:"这个戴明,是世界上著名的质量管理专家,也是质量管理的先驱。他的学说影响了全世界的工业生产,日本人还用他的名字命名了一个奖,叫戴明品质奖。这可是日本品质管理的最高荣誉。"

俞钢又问:"那这个戴明的学说有什么特别之处?"

"这说起来就复杂了,也不是一句话两句话能说得清楚的,我也是略知一二。他最早提出了 PDCA 循环的概念,这个概念被称为戴明环。"

"那这个戴明环又是讲什么的?"

祝大昌笑了:"好小子,你这是在当考官,要考倒你昌哥啊!你要是感兴趣,改天我帮你找找这方面的资料吧。不过,你现在看,未必看得懂哦。"

俞钢对祝大昌后面这句话很是不服:"昌哥,你太小瞧人了。"祝大昌欣赏他小小年纪,一副天不怕地不怕的样子。更何况,他还很有责任感。

老俞头工资不高,老婆在大集体办的五七工厂工作,收入也一般,所以每到暑假,俞钢就到碎石厂当小工,挣钱补贴家用。这还不算,他还和好伙伴黄彦清一起摆摊租书。那个年代,他们买到的书很少,都是诸如《西游记》《水浒传》《钢铁是怎样炼成的》《雷锋》《少年英雄刘胡兰》《野火春风斗古城》的连环画,他就和黄彦清在工人村口子的阴凉处摆个竹床,把小人书展示出来吆喝,1 分钱看一本。

就是那年夏天,还发生了一件祝大昌忘不掉的事儿。老俞头一头大汗来找他,说钢子昨晚没回家,不知去哪儿了。原来,俞钢和两个小伙伴到海观山江边游泳,爬上了一艘停靠的货船,看到船舱里正在放电影,就看入迷了,没想到船开了,三个人被拉到了九江码头。已经深夜了,三个伢只能到候船室睡了一晚,又渴又饿,又没钱回家。天亮时走到街上,看到了农业机械局的牌子,大门前放着塑料桶和拖把,俞钢眼睛一亮,马上有了主意。他让黄彦清提水,拖地,自己把农机局的牌子擦洗得干干净净。上班来的局长看到了,就问哪来的三个糙子伢?俞钢三言两语就将来龙去脉说说清楚了,局长听了大笑不已,安排人给他们管饭,又送他们到候船室,买票、送上船。等到祝大昌找到码头时,正好遇上坐船回来的俞钢。祝大昌刚要责问他,他又将事情的原委说了一遍。祝大昌不由夸道:"好小子!遇事不乱,心有主见,将来必成大器。"

祝大昌在扳道房干了好几年,后来他爷爷祝洪柏病危,公司领导去看望这位老劳模,问他有什么要求,祝洪柏就提出,让他的孙子祝大昌回平炉继承他的事业。公司领导这才知道,有个从江城钢铁学院毕业的大学生,居然一直在干扳道工。祝大昌之后才调到平炉。俞钢显得更兴奋:"昌哥,以你的本事,用不了多久,你就是平炉的老大了!"俞钢还真是有先见之明,果然没几年,祝大昌就因为工作出色,在青年工人中有威信,被提拔为平炉分厂的副厂长。

调到平炉分厂之后,祝大昌还是经常到扳道房看老俞头,尤其是工作不顺心时,到老俞头的扳道房坐坐,心就能平静下来。有什么好消息,他也愿意来和师父分享。就像这天得知临钢要换帅,他内心既激动,又有些不安。他不知道这不安从何而来,出了会场就奔扳道房来了。

老俞头和往常一样,内热外冷,话不多。

祝大昌说:"好久没来看您了,最近太忙了。"

老俞头也不问他最近在忙些什么,只是给他倒上了一大缸子的浓茶,说:"喝点热的,暖暖。"

祝大昌坐在炉火边,伸手向火:"临钢要来新的总经理了。"

"什么来头?"

"南钢来的。据说很能干,改革派。"

"哦,是该改改了。"

两个人就这么沉默着。祝大昌感觉身子暖了,说:"钢子过年回来吧?"

"上大学了,他爱干吗就干吗吧。"

祝大昌站了起来,拍打身上的灰:"师父我走了,改天再来看您。"

"骑车慢点,路滑。"

雪仍在纷纷扬扬飘飘洒洒,祝大昌回到工人村,抖落身上的雪花进了家门。范小桃正一只手捏着鸡毛掸,一只手给儿子祝小园喂鸡蛋面条,嘴里还在呵斥:"不把这碗面吃完,看我怎么收拾你。"祝小园不肯就范,嘴巴抿得紧紧的,瞄见爸爸进来了,知道来了救兵,顿时号啕大哭起来。

范小桃也是知青,抽回钢厂后,在厂二门幼儿园工作了几年,婚后才调到公司福利处做后勤。以前在学校、在知青点,她是个文静的姑娘,长得眉目清秀,又注意衣饰搭配,总能给人一种温柔安静的感觉。现在,她不打扮了,爱唠叨了。每天除了工作,一心专注在儿子身上,成了一个地道的家庭主妇。

祝大昌皱皱眉,接过鸡毛掸:"又怎么啦?"

范小桃怒气未消:"问你宝贝儿子。"

祝小园抹着泪眼,却不说自己不爱吃面条,只说:"妈给老师送的贺年片,老师不要。"

祝大昌有点儿想笑:"那要什么?"

"小莉她爸送了一箱苹果。"

"老师收了?"

祝小园点点头,学着老师的口吻:"不好意思啦。"

祝大昌差点儿笑出来,捏捏儿子的脸:"你是幼儿园大班的小男子汉了,不要让妈妈喂饭了。"

范小桃火气又上来了:"你再不吃,等着叫你喝西北风!你爸你妈厂子里连工资都发不出来了。"说完就进内房翻账表去了。快过年了,福利处在清查下属九个职工食堂去年的月细账,她得赶紧汇编成册。

儿子真的开始自己吃了,边吃边问:"爸,过年还买鞭炮吗?"

祝大昌摸摸儿子的头:"买。别听你妈的,工资马上就发。"

这时有人轻轻推门进来了,是邻居老何。老何是公司搞原材料的业务员,一年到头在外面跑,很少在家落脚。全公司二十多个分厂和大集体单位的生产原料,全靠他们跑。他手中提着旅行包,腋下还夹着一件旧棉大衣。看这副装束,准是又要出远门了。

没等老何开口,祝大昌就关心地问:"老何,你出差?"

"是呀,公司各厂开春严重缺煤。"老何忧心忡忡,"要我跑一趟山西大同,说我对那里的领导和铁路部门熟悉,争取半月内搞五个专列的煤回来。"

"过完年再去不行吗?"

"煤场都快空了!眼下又赶上过年,甭说生产,各单位的锅炉要煤,取暖的蒸汽站要煤。"老何愁眉不展,叹了口气又说,"我老婆又住院了,马上要过年,我哪有心思往外跑。"他老婆有风湿性心脏病,刚到医院住了一个星期。

祝大昌见状,忙说:"老何,有么事,你就吩咐。"

老何掏出破旧皮手套:"山西那边冷得很,到郑州还得买顶棉帽,不然顶不住。"顿了顿说,"也没别的事。老婆在医院里,公司派人去照顾。我就担心玲玲,还有几天才放假。我跟她叔叔打了电话,等玲玲放假了,来接她去黄州过年。"

"那这几天就让玲玲来我家吃住。"

老何道了声谢,匆匆走了。范小桃也是热心肠,说晚上就把玲玲接过来,园园也有个伴。明天再买点东西去医院看看老何老婆。

老何刚走,外面又有人敲门。是一对中年夫妇,男的是分厂炉衬班工人胡师傅,后面跟着他老婆,姓袁,平时卖辣椒。

胡师傅一进门,就气鼓鼓地吼他老婆:"正好祝厂长在家,你问吧。"

"我当然要问!"小袁不甘示弱,"祝厂长,元旦前你们厂关没关饷,年货发没发?"

祝大昌摸不着头脑:"没关饷,也没发年货呀。"

"哦,真的没有呀。"小袁的表情由愤怒变成了失望,"过年不发工资,连个苹果也不发?"

胡师傅开始凶起来:"你还有什么说的!"

小袁的脸红一阵白一阵,突然号啕了起来:"这日子怎么过啊!家里躺着个老娘,两个孩子念书,我没户口、没工作,全家五口人喝西北风啊!"

胡师傅慌了:"这是在厂长家,你别现丑好不好?"

小袁一下子不哭了:"你一个大男人,有屁用!我告诉你,明天上法院离婚,两个孩子,还有老不死的娘你自己兜着。"

"离就离!咱们是社会主义国家,党和政府是不会让我老娘和孩子饿死的。"

"好啦,别吵了!"祝大昌忙在胡师傅夫妻间调和:"你们还没听我说完。公司回了一千多万款子,厂里明天关饷,过年物资就不发了,折算在工资里,你们自己去购年货。"

夫妻俩转忧为喜,道着歉走了,刚一走,范小桃就从房里出来了,生气地数落祝大昌:"你没看出来吗?这对夫妻来咱们家演了一场苦肉计,想让你给他们发救济。"

祝大昌说:"胡师傅的老婆,没个单位,就靠卖点儿辣椒。"

范小桃"嘁"的一声,冷笑着说:"如今有单位又怎么样?这个姓袁的,大家都喊她袁辣椒,比鬼都精。一斤辣椒,进价三毛多点,卖出去最低八毛。"

祝大昌说那也赚不到多少钱。说着,走入内房,拿起电话筒,准备找厂长鲁光明汇报上午开会的情况。

范小桃跟进来,一把夺过话筒,说:"你家后院失火了!"

祝大昌这才知道,他弟弟祝国祥炒股亏了两万多,弟媳玉红数落了他几句,他就打了玉红。玉红哭闹着带孩子回了娘家,老两口也为这事儿开始怄气了。

祝大昌成家后,他爸妈就搬到四门的新建区,住进了劳模楼。劳模楼是厂子光景好的时候,专为照顾获得全国劳模和省劳模殊荣的工人修建的。三室两厅,宽敞明亮。

祝大昌赶回来"灭火"的时候,火似乎已经灭了:祝妈在做晚饭,他爸祝永明在往面缸里倒面粉。

祝大昌从包里拿出一条游泳牌香烟放在茶几上,问道:"爸,国祥呢?"

祝永明没好气:"一大早就被他那帮狐朋狗友约走了。成天不务正业,就知道炒股,把老子攒的几个钱全赔进去了。"

祝大昌不接炒股的话茬:"玉红带孩子回娘家了,国祥不打算接回来吗?"

祝妈过来说:"国祥不要我们管。说当初玉红见别人炒股赚了钱,眼红了,就鼓动他炒。现在亏了,都赖在他头上。"

"你就护犊子吧!"祝永明生气地打断她,"前两天,我碰见他们车间洪主任,人家还跟我说,祝国祥经常上班迟到,忙时叫他加个班,他张口就要加班费。老子当年在炉前,没日没夜地干,哪有加班费?多为厂子出点力,累不死人。"

祝妈说:"行了!别一张嘴老放在老二身上。往后你犯病了,别让国祥背你上医院,也别让他给你跑上跑下。"

祝大昌不想让两个老人争论下去,转话题说:"爸,傅叔和我爷爷当年合影的那张照片,在你这儿吧?"

祝永明不置可否:"你现在怎么想起这事了?"

"今天听佳钢说,傅叔最近晚上做梦,老梦见我爷爷。"

"就是有也不给他看。几十年不理我!"祝永明想听公司今天召开紧急会议的情况,他听祝大昌说接了一批桥梁钢的生产任务,又兴奋起来,"杭州那座钱塘江大桥,1950年以后多次维修,用的都是咱们临钢的钢材。我和傅长厚开炉,王世儒工程师、潘技术员都在场,保质保量,一丝不苟。"

见二老没事儿了,祝大昌准备走,看见客厅角落放着几副钢窗,随口问这是干什么的。祝永明生气地说,是国祥弄回来的,搁家里几天了。

祝大昌正要出门,祝国祥回来了,满嘴酒气。祝大昌直截了当地说:"国祥,明天把玉红接回来。"祝国祥不吭声。祝大昌又说,"爸每月就这点退休费,攒几个钱不容易,你可不能老向爸妈伸手。"

祝国祥这才说:"欠爸的钱,保证连本带利奉还。"

祝大昌又问他客厅那几副钢窗是弄来干什么的。祝国祥狡黠一笑:"一百五一副呢。"

祝大昌问,怎么拿出厂的?祝国祥说写申请领导批,名正言顺。祝大昌知道领导批不了这么多,继续质问他。没想到他得意地炫耀:修理分厂正副厂长五六个,今天找李厂长批条,明天找王厂长签字。厂长多了,好办事。

祝大昌瞧不上弟弟的做派,却拿这弟弟没办法,皱着眉说以后别干这种事了,拿厂里东西卖违法。祝国祥不以为然,说要过年了,当官的弄大钱,又有人进贡,咱小工人弄点儿零花钱,犯不了法。

祝大昌从父母家出来,又蹬着车来到二门鲁光明的家,将公司会议情况向鲁光明汇报。

鲁光明说:"大干一百天掀高潮的事,就按以前的形式搞,先把舆论宣传声势造出去,由你负责,我敲边鼓。"

"这怎么行,你是一把手。"

鲁光明拍拍祝大昌的肩:"别婆婆妈妈的,我是快要退休的人,将来我这个一把手的位子非你祝大昌莫属。就这么定了,你想怎么干就怎么干,年轻人多挑点儿担子不吃亏。"

鲁光明是大连人,父亲是南下干部,当过临江市委副书记。他性格爽直,是出了名的刀子嘴豆腐心。说起昨天分厂几个年轻工人下馆子喝酒闹事,鲁光明也是没好气,说你喝完酒,拍屁股走人呗,偏偏个个喝得酩酊大醉,吐了一地。老板数落了几句钢厂工人没素质,难怪要倒闭破产,就惹恼了几个小子,三下两下就将桌椅板凳砸了。馆子老板也不是吃素的,喊来一帮哥们儿。幸亏民警及时赶到,将几个小子带到派出所,拘了一晚上。

鲁光明妹夫是派出所所长,知道他们是平炉分厂的,一大早打电话让他去派出所领人。

"罚了多少？"祝大昌问。

"罚得倒不多，每人就五十块。另外我答应给派出所无偿支援三吨钢材。"鲁光明拿出一根烟，在烟盒上敲了下，"派出所要盖新办公大楼，我妹夫上个月找了我两次，我没答应。这次没办法了，不支援几吨钢材，这几个小子就得罚款五百，拘留十五天。"

说着，鲁光明神情又变得愤然起来，"还有赖子那狗日的，为跟人赌食堂菜票，在食堂把洗饭盒的水泼到三八炉一个漂亮女工的胸前，然后装着去擦，趁机摸人家。这狗日的不是没老婆！人家告到我这来了，说我这个厂长要是不严肃处理，就到公司保卫处告赖子这个流氓。"

祝大昌听着，不知道如何接茬。

"哦，对了！"鲁光明似乎想起了什么，看着祝大昌，"中午我从派出所回厂，碰见保卫处长黄秉成，我们分厂不是经常丢镍板吗？保卫处正在找线索，黄处长向我问了赖子的情况，怀疑到赖子头上了。"

祝大昌忙道："我了解赖子，他平时油腔滑调，但工作还是积极肯干的，决不会干这种事，一定另有其人。"

"我也是这么想的。赖子这小子本质不坏，就是要经常敲打敲打。"鲁光明看看祝大昌，稍停顿了一下，话题又转到大干一百天的事上，"还是那句话，你全盘掌握指挥，我敲边鼓。你今晚辛苦点儿，回家拿出个具体实施方案，明天在分厂干部会上讨论一下，然后落实到各车间和班组。"

祝大昌就挑起重担，真抓实干起来。

发了工资，年货也有了，工人们的情绪自然也就高涨起来。开炉之前，除了做好电气、钢浇注和炉料等准备工作外，为了确保质量，祝大昌到公司档案室查阅了一上午，果然如他爸祝永明所说，有关桥梁钢的资料和图纸保存完好。尽管尘封三十多年了，纸张已经泛黄，但记录十分详细：是哪个炉子炼的，责任人是谁，连同钢号和出厂日期等，都清清楚楚。那时候没有打印机、复印机，资料上的数据、图纸、计算公式，都是用钢笔誊写的，字迹工整，一丝不苟。看得祝大昌很是感叹了一番，将这些资料借回分厂，与技术科一起反复斟酌，很快确定了一套冶炼技术方案，新添了几种合金，增强这批桥梁钢的韧度和耐蚀度。

从农历腊月二十六到大年初七，祝大昌除了抽空和家人吃了顿年饭外，日夜都泡在炉前观察炉温,掌握出钢进度,指挥生产。晚上八点多钟,鲁光明来替换他。

祝大昌也确实疲惫不堪,双眼熬出了血丝,便蹬上自行车回家了。不想当晚十一点左右,平炉前来了两位不速之客。一位是公司穆干事,还有一位中年人,此人头戴柳条帽,国字脸,身材敦实。中年人看了下头顶吊着钢包的天车轰鸣驶过,近处,一矮个女工踮着脚尖,正在使劲掰着仪表阀门,掰了半天也没掰动,脸都憋红了。

中年人见状,走过去帮她把阀门掰开,并与这女工聊了起来。

"你叫什么名字?"

"陶芬。"

"在这个岗位上干了多少年?"

"二十年。"

"像刚才这种情况,平时是谁来帮你?"

"我老公。他是电焊工,我们一个横班的。"

"阀门打不开,循环管道内的气流不排出,会发生爆炸事故。你今晚要打不开阀门怎么办?"

"我请别人帮忙呗。都是工友。"陶芬不以为然。

这时,赖子和活宝敲着铝制饭盒走过来,准备去职工食堂买饭,正巧听到中年人紧皱眉头说:"这么重要的岗位,让一个完全不能胜任的女工来干,这是什么管理水平?"

见几个工人围拢过来,中年人吩咐穆干事:"通知值班厂长,停止陶芬的工作!还有,陶芬干电焊工的老公,明天也通知他不要上班了。"

赖子、活宝和在场工人一下怔住了,这家伙从哪块石头里蹦出来的,口气这么霸道蛮横?他随口轻飘飘一句话,就停了陶芬夫妻的工作,他们一家子日子怎么过?众人就你一句我一句质问起来:"你是干什么的?""你有什么权力说这种话?""你算哪根葱?""人家夫妻没犯错,也没有违反厂纪,就算你是省长市长,也不能随便剥夺他们的工作和饭碗。""你吃错了药吧,临钢是国企,姓公,不姓私!""这里是炼钢炉前,不是医院门诊,要不我们叫辆救护车,送你去下陆精神病院。"

面对工人的围攻与嘲讽,中年人表情冷淡,他慢慢拍掉安全帽上的灰尘,并不作声。没一会儿,鲁光明就跟着穆干事来了。还没等鲁光明开口,中年人便先自报家门："我是易国兴。"

"欢迎易总，欢迎易总。"鲁光明朝在场工人吼了一嗓子："这是咱们公司新来的易总经理。干活去，都他妈干活去！"随后，热情地请易国兴到值班室取暖，说这些工人不知您的身份，冒犯了，请您不要放在心上。炉前工人都是大老粗、直肠子，说话不知轻重、不会转弯。

易国兴淡然笑笑，问起陶芬的情况，她是怎么上了气化工岗位的。鲁光明就按实际情况说，陶芬是顶职的，她父亲是平炉分厂的干部，患病去世了。她个头小，身体单薄，为了照顾她才让她干气化工。

易国兴说："你们照顾了陶芬，就没有考虑生产安全隐患吗？"见鲁光明一脸尴尬，易国兴又问他，"你干了多少年厂长？"

"十八年了。"

"在厂长位上坐了十八年，从没考虑调换陶芬的工作吗？"

鲁光明显出为难："她是正式职工，又是老职工了。"

"不要提什么正式职工、老职工，公司马上要成立职工待业中心。如果没有陶芬适合干的岗位，让她到职工待业中心报到，拿基本生活费。"易国兴看了一眼不作声的鲁光明，继续说，"陶芬的老公也是一样。"

鲁光明怔住了，也急了："陶芬爱人表现很好，工作出色，年年是先进标兵，上过市报。"

"我不管他是哪一级的先进标兵，电焊工有电焊工的岗位。他每天有时间帮老婆干活，可以擅自脱岗，说明他的岗位属于虚设，可以去掉！"

鲁光明的脸涨红了，还想辩解。可易国兴转身就走。

穆干事对鲁光明说："鲁厂长，明天省市领导将来公司，召开易国兴同志的任命会议，请您通知分厂其他干部九点准时到会。"

看着走下炉台铁梯的易国兴，鲁光明像想起什么，马上三步并两步回到炉前值班室，抓起铁桌上的粉红色话筒，拨了祝大昌家的电话。

第 三 章

　　接到鲁光明的电话,祝大昌一夜没睡好,也深感震惊。春节的鞭炮还未放完,新任总经理易国兴不打一声招呼,深夜来到平炉突击检查,还当场处分了工人,宣布一对夫妇待岗。这种强悍作风,临钢过去没有过。看来,南钢来的风暴,已经在临钢登陆了。

　　祝大昌早早起来,骑车到公司行政大楼找到穆干事。

　　原来,易国兴大年初三就来了,独自住在公司招待所,除了与党委副书记冯为泰见面外,没惊动任何人。这几天都是穆干事陪着他到各个分厂微服私访,还到公司主要生产单位和大小集体厂都转了一遍。去平炉前,他在锻钢分厂查到几个工人躲在更衣室打麻将,已经不容分说当场炒了他们的鱿鱼,值班的车间主任就地免职。

　　见祝大昌沉默不语,穆干事说:"这个易总,厉害,面冷心硬,一点不讲情面。"

　　来到公司小会议室,里面已是烟雾腾腾,人都坐满了,傅佳钢和厂办李主任坐在前排,正低声说着什么。祝大昌便走到后排,和鲁厂长坐一起,把穆干事说的情况简单说了一遍。鲁光明脸色阴沉,没吭声。这时掌声突然响起,冯为泰、易国兴陪同主管全省工业的罗副省长和其他省、市领导来了。

　　冯为泰主持会议,先说了热情的开场白,然后,省委组织部副部长宣读了两项任免:一、省委决定,免去童正民同志临江钢铁公司总经理职务;二、省委决定,任命易国兴同志为临钢钢铁公司总经理。

　　罗副省长最后讲话,他强调,把易国兴同志破格放在临钢主要领导的位

23

子上，说明省委领导对他充分信任，希望他不辜负党的重托，一切以经济建设为中心，以壮士断腕的精神，带领临钢干部、工人闯出一条国企改革的新路，早日带领临钢走出困境。

易国兴与全公司科级以上干部的见面会安排在第二天上午。说是见面会，也就是打招呼会。祝大昌和鲁光明来的时候，看到大会议室门口放了一张长桌子，参会的各分厂干部都要签到，BP机要关闭，严禁抽烟。这可是公司从未有过的规定。钢厂的干部大多是从一线工人成长起来的，难免带着一线工作时的风格，粗粝率直，说话高门大嗓、直来直去，不时还夹几句粗口，平时会场也都是烟雾弥漫。

祝大昌签名进会场，会场静悄悄的，没有一丝烟雾，大家个个神情严肃，看来都感受到了易国兴的杀气与威严。没一会儿，冯为泰陪着易国兴走进会议室。易国兴穿着印有南钢厂标的蓝色棉袄，脚穿一双翻毛大头鞋。冯为泰环视台下，声音洪亮地说："大家也盼望已久了，我们临江钢铁公司新任总经理易国兴同志，现在同大家见面。大家热烈欢迎！"

掌声热烈而真诚，经久不息，后排甚至有人站起来鼓掌，见大家都坐着，又坐下来。

易国兴来之前，临钢就流传着他在南钢锐意改革的故事了，所有临钢人都对他满怀期待，期待他能带领大家一扫临钢颓势，重现往日辉煌。

冯为泰举起双手示意大家掌声可以停止了，只有傅佳钢坚持到最后一个停下来。冯为泰看了他一眼，说："下面，请易国兴同志给大家讲话。"

掌声再次响起。易国兴站了起来，他脸色凝重，没有笑容："我是山东人，当过炮兵，喜欢直话直说，不会冠冕堂皇。组织上信任我，从南钢调我来临江钢铁公司，从三四千人的小厂，到几万人的大公司，诚惶诚恐。我也考虑了几天时间，来不来呢？来！为什么不来！有着百年光荣历史的临钢，正是我的用武之地。"

冯为泰带头鼓掌。

"临钢的历史我就不多说了，它的前身，比日本第一家近代钢铁联合企业八幡制铁所还早七年。当时的钢铁产量一度占全国百分之九十以上。我要说的是，共和国诞生以后，中国第一颗人造卫星上天，大口径超薄无缝钢管，火箭发动机上的许多重要部件，都出自我们临钢。在国防建设上，飞机上的大梁钢、坦克上的弹簧扁钢,也出自我们临钢。其中,还有我们引以为豪的渗碳轴承钢滚20,荣获国家质量金奖;滚铬15不退火材料和锰钛钢材,声誉在外,质量居全国之首。我是怀着无比景仰的心情来到临钢的。"

这些历史,每个临钢人都知道,耳熟能详。但是,今天,从易国兴口中复述出来,大家还是很有亲切感,也很激动——他们都曾见证过临钢的辉煌,这辉煌,也是他们人生的荣耀。

"我来临钢已经六天了,住在公司招待所。每天,我都要面对张之洞的汉白玉雕像,行注目礼。我向张之洞发誓:总督前辈,晚辈来了,你盯着我吧,我易国兴如果后退半步,你就让我淹死在改革的浪潮之中!"

会场先是鸦雀无声,接着响起热烈的掌声。

不等掌声平息,易国兴就开始点将了:"平炉分厂鲁光明厂长到了吗?"

"到了。"鲁光明站起来。

易国兴紧盯着他:"鲁厂长,昨天晚上,我不想跟你辩论,因为你在指挥生产,炉子马上要出钢了。现在,可以把我的态度明确告诉你,厂子是国家的,不是你鲁光明的!你养得起像陶芬那样不能胜任岗位的女工,我易国兴养不起。你也许说我易某缺少人情味,但我明确告诉你,也告诉诸位,临钢不是福利院,从此没有铁饭碗!"

"请坐下吧。"易国兴环视了一下针都不敢往地下掉的会场,"谁是保卫处处长黄秉成?"

"我是。"瘦长个头的黄秉成从中间一排站起来。

"黄处长,请你告诉我,保卫处在职人数,门警纠察有多少人?"

"九百六十人。算上各分厂和大集体的保卫员,一共是一千三百六十八人。"

"门警纠察有多少?"

"在册的一百八十六名。"黄秉成又补充道,"因全公司大小厂门,包括江边哨所有十四个,这些门警纠察分两班倒,上早班和夜班。"

"门警的职责是什么?"易国兴打断道。

"看好工厂大门,不许闲杂人员进来。"

"我来厂的那天,没有一个门警要我出示厂证。我还看见,许多洗澡的家属,带着孩子一起进进出出,拎着衣服到澡堂洗。请教黄处长,你管的是菜园门呢,还是国家重点企业的大门?"

黄秉成的脸一阵青一阵红,心想几十年不都是这样吗?

易国兴停顿了一下,沉着脸说:"我不想问你保卫处的职责是什么,你会回答得头头是道。我现在想公布的是,我们临钢,一个年产五十五万吨的国有大企业,正面临着被掏空的危险!有无数双手伸向了我们临钢!我们的合金镍板被盗卖出去,又高价买回来。我们的钢窗,被一张张批条批出去,让少数人从中牟利。前天下午,两个妇女,把偷的铜线捆绑在身上,装扮成孕妇,我亲眼看见,她们被保卫员放了。临钢是我们几万职工共同的家园,是国家交到我们手上的一颗明珠。我们的家园、国家的明珠,就这样让它毁在我们这一代败家子手上吗?"

易国兴的山东口音颇有煽动性,也颇有感召力,肯定有人被征服了。

他继续说:"平炉分厂有位红管家、节约标兵,人称叶老实。他捡的铁丝螺丝钉,堆满了一间库房。节约当然好呀。但是,我请问各位,是那一库房破铜烂铁值钱,还是一块合金镍板值钱?"

有人发出了笑声,也有人真回答:当然是合金镍板。

"同志们,我们的管理,千万不能捡了芝麻,丢了西瓜呀!"

又有一些掌声。易国兴双手示意停止鼓掌,让他说下去:"黄处长,合金镍板失窃案,你打算什么时候破?"

黄秉成的脸已经涨得通红,神情十分尴尬,底气不足地回答:"第二季度吧。"

"第二季度,我等不起!"易国兴的目光又开始扫视台下,"谁是材料处处长张茂福?"

年过五十、秃顶的张茂福有些胆战心惊地站了起来。很多人以为易国兴又要不客气了,因为这个姓张的处长身上的确有"屎"。没想到,易国兴却瞪大眼睛看着他,调侃地说:"张处长请坐下。现在,我们算认识了。"

他没在张茂福身上撒气,是会议的遗憾,不过,明白人一看就知道,易国兴话里已经暗藏杀机。

张茂福知道,能逃过今天,逃不过明天。如果易国兴当众发难,肯定是拿一百万截留款说事。

去年,公司给材料处拨了三百万元专款,购买各分厂和各直属单位需要的生产辅助材料,他擅自截留了一百万。

当然,张茂福没有私吞这笔款子,但他挪用到什么地方去了呢?这是张茂福最怕回答的问题。

原来,他让手下人长驻广州,做起了期货生意。他的打算很美,赚了钱,不仅一百万公款还上,什么奖金补助福利也都有了。他觉得,为大家谋福利的事儿,错不到哪里去。问题是玩期货哪有那么容易?一百万的窟窿一时堵不上。

等下面的议论声停止,易国兴才又开了腔:"锻钢分厂厂长来了没有?"

陆福生站起来:"陆福生到。"

易国兴就盯着陆福生看,看得他发毛了,才说:"请坐下。我们也算认识了。"

锻钢分厂有五百吨出口韩国的钢锭不合格,被全部退回了,给临钢造成重大经济损失不说,信誉也受到影响。

易国兴似乎有些倦了,或者懒得说下去了,突然宣布:"我的就职演说以一句话结尾:发展是硬道理。请各分厂三天之内,拿出改革方案。三天!老冯,宣布散会吧。"

与会人员的心情,从刚开始的热血沸腾,转眼就到了人人自危。包括冯为泰,他心里也没底,这个南钢来的"红人",会不会拿他开涮。所有人如蒙大赦般离开会场,没了以前的说笑,没了相互打趣。

祝大昌和鲁光明也骑车回分厂。尽管天气很冷,路面结了厚厚一层坚冰,背阴处还有未融的残雪,但俩人心里似乎没有感到寒意,反而热腾腾的。

"大昌,感觉如何?"鲁光明语气里都透着这股热气。

"很振奋,很提神。初来乍到就敢当众点名,叫黄秉成、张茂福下不了台,说明易总是个真抓实干的人物。如果不这样动手术,咱们厂子真没救了。"

鲁光明心情显然要比祝大昌复杂:"你这种感觉我也有,易国兴这个人确实有魄力。"接着又叹了口气,"外来的和尚好念经啊!"

在鲁光明看来,临钢几十年都这样过来了,积重难返,不能操之过急。比如像陶芬这样的女工,虽然不能胜任岗位工作,也没有出什么问题呀,你让人家待岗,还炒了她老公的鱿鱼,一家人以后怎么生活?企业毕竟是工人的家,一手端了一个家的老底儿,这种事儿他鲁光明干不出来。

俩人回到分厂办公大楼,见几个穿蓝棉袄的工人正在骂骂咧咧。原来,办公大楼的取暖管道和生产区的几处管道被冻爆了,有的哗哗冒水,有的噗噗冒白气。附近二职工食堂的胖司务长也来求援,二食堂的蒸汽管道也裂了。管分厂维修摊子的副厂长老潘就一边与胖司务长搭话,一边指挥这几个工人用麻袋堵漏管,缠上几根细铁丝。

鲁光明见状,说:"管道冻坏了,用麻袋堵有屁用!赶快叫管道维修班来抢修。"

老潘生气地说:"我去叫了,可维修班铁门紧闭,敲了半天没人开门。"

"人呢,干什么去了?"

"估计躲在更衣室里搓麻将呢。装着听不见呗,里面还有一道小铁门。"

"汪书记呢?"

"今天不是大年初八吗?股市今天开张,汪书记一上班就带着摄影机到股市捉分厂脱岗炒股的工人去了,到现在还没回来呢。"

"妈的,简直邪完了!"鲁光明已经火冒三丈,"公司新来的总经理正在整顿厂纪,风头上要是被抓住了,就得下岗滚蛋!咋就一点不怕呢?老子算服了,这些人端铁饭碗端惯了,就是他妈一群闲人、懒溜子。"

祝大昌赶紧说:"我去钳工大组找人来抢修。"

鲁光明点点头,然后捋了下衣袖,吩咐老潘去找个大铁锤,他这就去管道维修班砸铁门。

钳工大组在厂西头,挨着铁路旁的原料合金库,附近是堆得像小山似的卸煤场。卷扬机的轰鸣声中,不时有煤灰随风飘散过来,附近的路面,长年乌漆麻黑的。祝大昌匆匆而过,路过机电工段时,看见工段搞宣传的酸秀才正在办宣传栏,屁股大点儿的黑板,就只搞了个题头,上面画着一头猪。见祝大昌匆匆路过,秀才赶忙得意地问:"祝厂长,你看我画的猪像不像?"祝大昌没好气:"酸秀才,这头猪你画了多长时间?""一上午。"回答完才醒悟过来,祝大昌这是在刺他。

"你一头猪画了一上午,到了马年画马、猴年画猴,那不得两三天呀?"祝大昌忽然也不想给他留情面了,继续挖苦道,"还是你小子对国家贡献大,刚进入猪年,你就让大家知道应该如何发挥猪的生产率了。"

祝大昌说完头也不回地走了,酸秀才不高兴地嘀咕:"说老子磨洋工,又没拿你的钱,老子拿的是国家和厂子的钱。"

几片枯黄的叶子被寒风吹到半空,蝴蝶似的打着旋,徐徐飘落在钳工大组的小院墙上。祝大昌推门进去,只有大组长老莫和吴回芝在虎钳台旁干活,其他人有的围着火炉取暖,有的敲打着手中饭盒,为站在大铁桌上激情朗诵的毛仁银伴奏。

见祝大昌来了,毛仁银赶紧从大铁桌上跳了下来。祝大昌不看他,对大组长老莫说:"老莫,生产区有几处管道漏水、跑气,影响了生产。二食堂的蒸汽管道也坏了。你带人赶快去抢修一下。"

老莫还没开口,火炉旁拢着袖子的周喜就说:"这是管道维修班的事,关我们钳工班屁事!要我们去可以,得给加班费。"

吴回芝奚落他:"你周喜老是这个德行,干一点儿活就要加班费,钻到钱窟窿里去了。"毛仁银附和:"有便宜不占还叫周喜?夏天降温的冰冻西瓜,大家还没伸勺子,他就先给自己舀了一饭盒。"

周喜也是临钢子弟,他父亲生前是渣罐班的工人,后死于渣罐车打炮事故,死时周喜刚十岁。他母亲田月桂没有再嫁,拉扯两个孩子,也是吃过许多苦的。也因为这样,母亲对兄弟二人溺爱过头,兄弟二人在外打架斗狠,回到家,对老娘倒是孝顺得很。周喜初中毕业后,当了三年兵。复员后本想进保卫处,但周喜当兵时曾因为和战友口角,拿枪顶着战友的脑门儿,挨了处分。政审不过关,进不了保卫处,就只好在钳工大组混着。周喜总觉得临钢欠他们家的,因此上班吊儿郎当,平时好吃懒做,见了便宜就占,见了困难就让。谁要是说他几句,他还急眼。自易国兴主政临钢,周喜的腰杆子硬了起来,因为他舅舅田鸣健成了易国兴跟前的红人。见毛仁银给吴回芝帮腔,周喜恼了,朝毛仁银瞪起牛眼:"你狗日再说一句,老子废了你!"老莫慌忙制止:"都别说了,快带上工具,跟祝厂长干活去。"

隔天下午,冯为泰把电话打到炉前值班室,让祝大昌到他的办公室。祝大昌就骑车来到公司行政大楼,看见悬挂的"大干一百天"的横幅没了。冯为泰倒了杯热水递给他,直接问桥梁钢的生产情况。祝大昌说,生产一切正常。炉前工人的干劲儿很高,估计要不了一百天就能完成任务。冯为泰点点头,忧心忡忡说,这批合同对整个公司只是杯水车薪,完成以后,厂子还得找米下锅。

祝大昌问："台湾不是有一家贸易公司来订货吗？"

"他们要的钢材不多，只有1000吨。"冯为泰稍顿了顿，"公司准备吸引外资，派人去加拿大洽谈联营的事，搞钢铁股份有限公司。"接着用言归正传的口气问道，"大昌，你对易总印象如何？"

祝大昌不假思索地说："易总有胆识、有魄力，公司需要这样一个实干家。"

"好，好哇！一语中的，我们的看法一致。"冯为泰高兴起来，"易总为了振兴临钢，大年初三就来了，一个人住在冷冷清清的招待所，每天让穆干事带他到各分厂检查工作。就凭这作风，一定能带领公司走出困境。我们要旗帜鲜明地、坚定不移地支持他的工作！"说着，他站起来，拍拍祝大昌的肩，"三年前你写的那份改革提案，有不少想法是好的，我一直放在抽屉里。现在交给易总了，我相信他一定会感兴趣。"

正说到这里，傅佳钢来了，喊了一声冯书记。

"佳钢来了，坐，坐。"冯为泰又倒了一杯热水递给傅佳钢，"周厂长请假一直没上班，你们轧钢分厂不会拖后腿吧？"

傅佳钢看了祝大昌一眼："平炉炼多少钢，我们就轧多少钢。完成任务没问题。"

冯为泰称赞道："好哇，好！全公司这么多生产干部中，你们俩可以说是年轻有为的佼佼者，最让我省心，最让我放心。"然后又问，"佳钢呀，易总的领导风格，你适应了吧？"

傅佳钢的回答和祝大昌几乎完全一样："易总有胆识、有魄力，公司确实需要这样一个实干家。"又补充道，"我坚决支持易总的工作。他对张茂福和陆福生两个人有看法，我完全同意。童正民提拔的这些人，早该靠边站了。"

原来，冯为泰找祝大昌和傅佳钢来，是谈张茂福和陆福生受处分的事。易国兴就职演说之后，公司随即召开总经理办公会，讨论通过了这两个人的免职决定。说是讨论，实际就是附和易的意见。

冯为泰说，现在也听到一些不同意见，说易国兴一上台，就大搞独断专行，想免谁就免谁；想让哪个工人待岗下岗，仅凭他的一句话。"厂子已经到了生死抉择的关头，我们决不能让国兴同志孤掌难鸣。一个好汉三个帮，无论阻力多大,我们一定要协助国兴同志。"冯为泰踱了几步,看看祝大昌和傅佳钢,"还有件事,我先跟你们通个气。钢研究所的涂兰兰,我们决定调来任国兴同志的办公室秘书。涂兰兰是党员,工作挺出色,也是钢研所的笔杆子。昨天已经正式上班了。"稍顿了顿,又道:"还有一项重要人事任命,劳资处副处长田鸣健,将调到公司领导层工作,任副总经理,主管全公司干部职工的调配。"

傅佳钢不由一怔,有些吃惊:"田鸣健?"

"你们有什么意见吗?"

没等祝大昌开口,傅佳钢就语调一转,先表态说:"我没意见,坚决支持易总的决定。"

祝大昌和傅佳钢一同走出公司行政大楼,暮色降临,阵风又搅起一阵雪花飞舞。祝大昌从车棚推出自行车准备回家,被傅佳钢一把拉住了:"今晚到蔡红那里喝一杯吧。"

"你不回家抱儿子呀?"

"三妹学校放假,带儿子回娘家了。"

蔡红的老公也是祝大昌同一批下放金牛林场的知青,抽回钢厂在平炉渣罐班工作,出了事故,被严重烧伤,厂里租用直升机送上海抢救,命保住了,成了残废。为照料他的生活,厂里从红安农村找来农村姑娘蔡红。临钢走下坡路时,蔡红没工作,便在这二门厂外办了个小餐馆维持生计。二门是厂子的交通枢纽,每天上下班人多,外地拉钢材的车辆也多。餐馆当然不只蔡红一家,天桥旁一溜儿,人称"钢厂好吃街"。为照顾蔡红生意,赖子、王贵他们没少来,祝大昌、傅佳钢也不时光顾。

蔡红进城之后,也学会了穿衣打扮,还描着长长的眉。她一脸笑地迎上来:"哟,二位领导大驾光临!好长时间都不来了,我还以为官当大了,胃口变了呢。"有说有笑地把二位引进包房。包房生了盆炭火。

蔡红不知道,这两个大男人闹别扭了。但一进小包房,她就感觉到气氛有点儿不对。祝大昌先开了腔:"今天我请客,你看着弄几个菜吧。"

傅佳钢说:"蔡红,莫听他的,今天是我约的,我买单。"

蔡红一笑:"那我听哪个的呢?"

"当然听我的。来瓶泸州老窖。"祝大昌不由分说。

31

蔡红连忙说好好好,看了眼傅佳钢,见气氛有些缓和,试探着说:"傅领导,赵驼子是你手下工人吧?听说他赌博,让派出所捉去了,罚了一千块。现在上班了吗?"

"有么事?"傅佳钢没想到她问这个。

"赵驼子在我餐馆吃了三百八,零头我都抹了。这月拖到下月,说年前保证一次性付清,不给就给我当儿。"

"那就叫他给你当儿呗。"

"我可养不起这种龟儿子。"蔡红愤愤然,"赵驼子有钱孝敬派出所,欠我餐馆吃喝的钱不还,二位领导说,这种龟儿子谁敢要!"

"好吧,明天上班我找赵驼子,让他把欠你的钱还了。"傅佳钢不想跟她多啰唆。

"那就谢傅领导了!"蔡红也很识趣,带上门出去了。

祝大昌就着火盆烘手,想用拉家常把气氛暖起来:"三妹还好吗?"

"今天不说这个话题好吗?"傅佳钢却不买账,直接把话题引向田鸣健。虽然同一个厂子,祝大昌对田鸣健的了解不多,只知道他原来是煤气分厂的劳资员,调到公司劳资处后升了科长,以后又升了副处长。傅佳钢却知道底细,因为田鸣健是他岳父薛仲仁调到公司劳资处的。田鸣健在煤气分厂当劳资员时,三天两头去薛家,逢年过节更是走得勤。等调动完成了,他就冷了下来,薛仲仁患癌症住院时,田鸣健只去看过一回。薛仲仁曾私下嘱咐傅佳钢,提防点田鸣健,说此人阴险、城府深。傅佳钢约祝大昌来喝酒,就是想与他好好聊聊田被提拔的事儿。

"田鸣健这人还是不错的。我听说,他每天早早上班,打扫办公大楼的卫生,抹大楼门前的宣传橱窗……"祝大昌不想卷入矛盾。

"那是表面的。表面文章谁不会做?"

"那你今天在冯书记面前没说真话。你为什么表态坚决支持易总的决定?"

"走个过场嘛。铁板钉了钉的事,我说反对有什么用?"

祝大昌看看傅佳钢,欲言又止。

傅佳钢悻悻地说:"我岳父搞了几十年人事,他看人不会错。"祝大昌心想,你岳父也没少整人,也好不到哪儿去。

见他没有接腔,傅佳钢又皱眉说:"我心里一直纳闷,易总才上任几天,咋会对各分厂情况如此了如指掌?张茂福挪用一百万公款做期货,连你我都不知道,易总是怎么知道的?一定有人暗地给易总提供材料。"

"你是说田鸣健?"

外面突然响起赖子的声音:"嫂子,赖子看你来了!"

只听蔡红笑骂:"说的比唱的好听。看我?老菜薹有么好看的?要吃什么,直说!"

"嫂子秀色可餐,有这道菜,够了。"接着是王贵的声音:"嫂子,我们都三两以上的量,你就按二百五的标准做。"

蔡红哈哈笑说:"我不做了,谁做谁是二百五。"

王贵马上赔不是:"那再加十块,算我的。两瓶酒以外,来份鱼丸豆腐火锅,再来几个炒菜就行了。"

赖子也笑:"搞盘牛肉、猪耳朵吧。"

还有刘胜利的声音:"别摆阔了!海吃海喝的时代,已经一去不复返了。"

王贵叫着:"加,加!反正又该老子来贴。"

祝大昌想出去跟这帮哥们儿打个招呼,傅佳钢拉住他:"算了,他们要是打听厂子改革的事,你说还是不说?要是说了,他们还不炸开锅吗?"

蔡红端着鱼头火锅进来,傅佳钢示意她别对外面的人声张,然后给祝大昌倒满,也给自己倒满:"我们吃吧,肚子早饿了。"

隔壁大房叶老实的声音想避都避不开,他在说自己的光荣历史,也是说厂子的光荣历史:"八年前,安排我们到杭州疗养,我和大头还逛过六和塔。当时只感到那座大桥很雄伟,咋就没想到,支撑大桥的那些钢梁铁柱,竟然是咱们厂子三十年前生产的钢材!"

活宝敲着碗碟:"老皇历了!时光不会倒流,我只关心下个月工资有没有保障。"大家七嘴八舌说起来:

"哎,听说新来的易国兴是个狠角色。再上班打麻将、炒股、脱岗,抓到了一律下岗。""听说,昨天开了见面会,点了黄秉成的名,点了张茂福的名,点了陆福生的名。当天,姓张的,姓陆的就下课了。""姓陆的比我还赖,一个大处长,在公交车上耍流氓,被姑娘的男朋友揍了。"

"还有这种掉底子的事呀?"

"你不信,拉倒。不过,易国兴也不是什么救世主,新官上任三把火,谁撞上谁葬身火海。"

"这话精辟。南钢也就三四千人,哪能跟咱们临钢比。易国兴那两把刷子,在南钢灵,在临钢,等着瞧吧。"

祝大昌听到这里,不由放下筷子,看傅佳钢有什么反应。

傅佳钢却好像什么也没听见,埋头只顾吃喝。见祝大昌盯着自己,傅佳钢说:"听见了又么样?权当酒话好了。"

"也许有点儿道理。童正民上台时,不也是大刀阔斧,撤换了一批人。后来怎么样?"

傅佳钢马上打断他:"童正民咋能跟易总比?易总从南钢调来,听说是罗副省长钦点,后台硬着呢。有些话,我不想跟你挑明。田鸣健凭什么当上公司副总,是凭他的能力吗?祝大昌呀祝大昌,你也该长点儿心眼了!凡事要多问几个为什么。要不,重把《十万个为什么》好好看一看。"然后放下没喝完的酒杯,看着祝大昌,"明天上班,趁早让人把那些'大干一百天掀高潮'的横幅取下来吧,不要再造势了。"

"为什么?"

"我听厂办李主任说,易总很反感,认为是搞形式主义,解决不了厂子的根本问题。你没见公司大楼的都没了吗?"

"佳钢,你现在不简单呀,学会揣摩领导心思了!"祝大昌语带讽刺。

傅佳钢也就二三两的量。这会儿大概是喝多了,没理会祝大昌的讽刺,情绪反而显得十分亢奋:"如果我判断不错的话,易总不仅会叫停全公司'大干一百天掀高潮'的活动,而且还会取消与加拿大洽谈联营的事。在发展才是硬道理的旗帜下,他什么都敢干,你信不信?"

第 四 章

两天以后,易国兴果然叫停了"大干一百天"。他在公司领导层会议上说,这种活动,是五六十年代搞"大跃进"的产物。还有什么节日献礼呀、誓师会呀、大干快上呀,今后统统都不要搞了。与加拿大洽谈钢铁股份联营的事时机也不成熟,凭厂子目前这种生存现状,跟老外谈判只会处于劣势,掌握不了主动权。

这天上班,秘书涂兰兰把电话打到炉前值班室来了,让祝大昌马上到公司总经理办公室,易总找他。

祝大昌以为,易国兴找他是想了解桥梁钢的生产情况。到了才发现,他正在看祝大昌三年前写的改革提案。

易国兴脸上露出一丝笑容,说:"大昌同志,我今天找你来不是谈工作,也不是问生产,想叙叙旧。你可能不知道,你爷爷祝洪柏曾经救过我父亲。我本想去看望他老人家,听田鸣健说,老人家已经去世多年。"

见祝大昌满脸疑惑,易国兴便讲了起来:

1938年,日寇侵占青岛。易国兴的父亲当时在青岛纺织厂做学徒工。为了躲避日本人,几个年长的工友带着他父亲一起南下,几经辗转来到湖北汉冶萍煤铁厂打小工。没想到不到一年,日本人的铁蹄也踏进汉冶萍煤铁厂,还将厂子改名为日本制铁所。直到战败无条件投降,日本人没炼过一两钢,没生产一寸铁,只是将大冶铁矿的矿石一船船运回日本。

易国兴的父亲每天在刺刀下干活儿,把堆放江边的矿石装进筐子,再踏着长长的跳板抬到日本人的货船上。有一天,他父亲又累又饿,实在抬不动了,刚站在船边想歇一下,日本兵就冲了过来,一阵伊里哇啦吼叫,然后凶狠地一脚将他父亲踢下船。眼看激流就要把他父亲吞没了,一个中年汉子纵身跳下江里,从湍急的江水中将他父亲救了上来。多年过去了,他父亲只记得中年汉子叫洪叔。

"易经理,"祝大昌打断道,"你咋知道洪叔就是我爷爷呢?"

"是田鸣健帮我查到的。"易国兴顿了顿,笑着夸奖老田这个人心细,很会办事。他不仅对各分厂和单位干部的情况了如指掌,对厂子旧时的人和事也知道很多。为了查明洪叔就是祝老先生,老田顶风冒雪到浠水、黄梅和九江,找当年的老工人。

听易国兴夸赞田鸣健,祝大昌心里骂起傅佳钢:"还真让你小子猜中了。"难怪易总来公司才几天,就洞若观火,看来田鸣健从公到私,提供的是全方位信息。

"你三年前写的这份改革提案我看了。"易国兴言归正传,拿起祝大昌的改革提案,"思路基本是对的,像精简公司机关编制,取消以工代干,打破大锅饭,签订包工包干合同,奖惩制度分明等等,都对。但是,力度还远远不够。像这样改革,只能算蜻蜓点水、浅尝辄止,触及不到实质问题。对临钢这样一个百年老厂、大厂来说,头痛医头、脚痛医脚这个办法,行不通了。"易国兴的表情严肃起来,声音也提高了,"见面会上我就说过,临钢已经失去了骨子里的生机和活力,丧失了竞争的斗志,被时代潮流甩下了。国家不需要金玉其外败絮其内的工厂,不需要每年亏损一两个亿的钢铁大户!"

易国兴没说肚子里窝的另一股火儿:前两天召开的用户座谈会,他本是满怀着期待,但没想到,座谈会硬是开成了用户对临钢的声讨会。他的尴尬真是难以言表。

田鸣健这时手拿公文夹进来了。他年过五十,个头不高,头戴一顶蓝布劳动帽,穿着半旧的中山服,看上去像公司门口的收发员。如果留心看他的脸,似笑非笑的神情,浓密的眉毛,一双细小的眼睛,看人的目光如鹰隼,冒着冷飕飕的光。

田鸣健取出一份文稿递给易国兴:"易总,全公司第一步改革方案刚起草好了。请您过目。"易国兴接过看了一下,又递给田鸣健说,很好,第一步就按这个搞。每个岗位的工人都必须能胜任。不能胜任者,全部转到待岗培训中心。又吩咐田鸣健："你送给老冯看看吧。"

"您是公司总经理,您批示后再让他看就行。"田鸣健还是那副似笑非笑的神情。

易国兴正色道："那可不行,老冯是党委副书记,前段时间又是他主持公司的工作,要尊重老冯。"

田鸣健点头,又从公文夹里拿出一沓材料："关于耐火材料分厂厂长廖波受贿的问题,公司监察处已经调查清楚了。河南中州一家生产耐火材料的企业,为能够将产品打进我们厂子,前年五月曾私下给了廖波二十万。廖波拿了这笔钱,却又同河南另一家企业签了合同,人家就告了他。"

"材料我就不看了。"易国兴脸上显出愠怒的表情,"企业蛀虫,害群之马!让监察处移交市检察院吧。"

祝大昌回到分厂时,正是午饭时间,鲁光明穿着白色工作服,脖子上围着毛巾,刚从职工食堂打饭回来,连祝大昌的一份也捎带了。俩人边吃边谈工作,是这些年一起搭班子的常态了。话题自然就到了贯彻公司定岗定员、减员增效的方案上。

听祝大昌说不能胜任者要全部转到公司待岗培训中心,明天正式文件就会传达下来。鲁光明皱眉:"这不是搞下岗吗?"然后顿了顿,心里像是想好了,对祝大昌说,"关于分厂定岗定员的事儿,这回我来负责搞。你别管这事,你只抓好桥梁钢的生产就行了。"

第二天,公司红头文件果然下来了,然后层层传达,这下就像扔了一颗重型炮弹,全分厂的都炸开了。

祝大昌来到钳工大组时,全班组的人正在议论纷纷。吴回芝说她举双手拥护,早就应该这样搞了,不然技术好的不如卖嘴皮的,脚踏实地干的不如胡搅蛮缠的,老实人老吃亏,懒溜子却吃香喝辣。毛仁银也附和:"要素质没素质,要技术没技术的懒汉,理应被淘汰。"大家虽然没作声,但都心知肚明,吴回芝和毛仁银说的是谁,有的还忍不住瞥了一眼拢着衣袖坐在火炉旁的周喜。

周喜果然跳起来,冲着吴回芝和毛仁银大叫:"个板马的,你们两个莫他妈的含沙射影!挤对老子?你们搞错对象了!老子不是好欺负的!"说着就冲向虎钳台,抄起一把锉刀,指着在场的每个人,"哪个要是敢让老子下岗,老子就捅死他全家!"

"周喜,你想干吗?"一直站在门口听的祝大昌一把夺下周喜手中的锉刀,厉声道,"这是公司定下的改革方案!定岗定员、减员增效,不是针对哪一个人。你竟然威胁工友,没有国法厂纪了吗?再这样蛮不讲理,第一个下了你的岗!"

周喜平时就怕祝大昌,现在挨了一顿狠训,气焰立刻就减下来了,回到火炉旁坐下。他心里清楚,这次的改革,像他这种没有技术又懒得要死的人,必定下岗无疑,他刚刚也不过是赌赌狠。

回到分厂办公大楼,祝大昌迎头碰见了黄师傅。以前他在炉前当值班大班长时,黄师傅是大班副,俩人配合默契,关系甚好。黄师傅脸色不太好,见面就说,刚才行政科正式通知他,这次定岗定员,分厂要减一百六十八人,像他这种年龄的男工和超过四十三岁的女工,都属于减员对象。祝大昌问他今后的打算,黄师傅说:"让我儿子给我联系,他在韶关私营厂子打工。"

"就差两年退休了,在家休息不行吗?"

黄师傅叹道:"老二、老三还没成家,老四永红今年才考进市卫校。"

不改不知道,当真是牵一发而动全身,家家有本难念的经。之前的临钢领导也不是没有想过减员增效,但大家都是钢城长大的,有的家庭,几代人的一生都奉献给了钢城,减谁不减谁?

回到办公室,厂长鲁光明正坐在办公桌前等他。全分厂定岗定员的计划和初步名单已经有了,离退休还有一两年的男女工人、办了停薪留职的,还有老病号,包括长期请假不上班的工人,一共有一百三十六人,这次都属于下岗对象。

因为刚才已听了黄师傅的情况,祝大昌明白厂长鲁光明准备怎样应付公司了,于是他委婉地说:"易总要求我们敢于刀口向内,敢于刮骨疗毒,你这样执行恐怕不行,过不了关。"

鲁光明燃起一根烟,大力吸了一口说,刚才轧钢分厂的周厂长,还有煤气分厂的曾厂长都打电话来了,问平炉分厂怎么搞。他目前的方案那两个厂长都十分赞成,他们也会按这个模式执行。机械分厂的吴厂长不确定,说要和其他几个厂长再商量一下。见祝大昌还想说什么,鲁光明摆了下手,用不容分辩的口气说:"就这么弄!你别管,也别插手。出了什么问题,责任由我来担。"

第二天,鲁光明就将他搞的方案报到公司去了。随后,各分厂和单位的计划也都报上去了,大多数都几乎是按平炉分厂的模式搞的,大多只减员一百多人,最多的是二炼钢分厂,也只有二百一十二人。易国兴看后大怒,敲着桌子对冯为泰说:"这哪是定岗定员,分明是没把公司文件放在眼里!都不想得罪人,都想做老好人,这就是老厂顽疾的一种表现!"

冯为泰还没有接茬,田鸣健就煽风点火说:"没把公司文件放在眼里,就是没把您易总放在眼里!不狠狠整治这种消极态度,下一步改革怎么推行?"

易国兴决定从整顿思想入手,他把各分厂和单位的主要干部召到公司会议室,毫不客气地又重复了见面会上的那番话:"临江钢厂不是养老院,不是福利院,更不是民政局!必须大刀阔斧进行裁员,迈出国企改革的第一步。这是时代的潮流,任何人都阻挡不了!"说着,还拿起桌上各分厂报上来的计划,在手中扬了扬,面色严厉地说:"看看你们报来的方案,是敢于刮骨疗毒吗?明明是阳奉阴违!上面有政策,下面有对策,这是态度问题,也是思想问题!"

见大家都神情漠然,易国兴突然说:"平炉分厂鲁光明来了吗?"

鲁光明应声站了起来。

"鲁厂长,除了快要退休的、停薪留职的,还有老病号之外,你们平炉分厂的岗位就没有多余的了?"

鲁光明不卑不亢,如实答道:"如果按照公司的方案搞,有一些岗位可以撤销,有一些工人也可以下岗分流。"

"那你为什么不执行?"

鲁光明不作声。

易国兴又提高了声音:"你们分厂,工人在餐馆滋事,被派出所拘留;上班时间关着铁门打麻将,还要你鲁厂长拿着铁锤去砸门;书记扛着摄像机,到股市抓炒股。像这种败坏厂风的工人,你还给他们留岗位,你这是爱护厂子,还是想把厂子搞垮?"

"工人有错可以教育,但不能下岗。"鲁光明终于忍不住了,说出憋在心里许久的话,"当年毛主席领导人民闹革命,目的就是让老百姓有活干、有饭吃。毛主席还说,工人阶级领导一切,必须全心全意依靠工人阶级,我们怎么能随便让工人下岗呢?那我们这样的大国企,是姓'资',还是姓'社'?"

"都什么年代了,你还在讨论姓资姓社?毛主席说这话没错。时移势易,现在是改革开放的年代,发展是硬道理。我们不砸烂铁饭碗,养懒汉,养娇子,那厂子只有死路一条。皮之不存,毛将焉附?工厂都死了,工人阶级还领导什么?嗯?领导什么?你说说?这么简单的道理,普通工人不理解,你们做厂长的,还不能理解吗?"

"易总经理,恕我直言,"鲁光明豁出去了,打断易国兴的话,"我认为你搞的定岗定员、减员增效这一套,就是过去资本家搞的裁员!你让这些贡献了父母、贡献了青春的人下岗,剥夺了他们的生存权,这不是将他们往深渊推吗?"

易国兴没想到鲁光明敢当众回怼他,眉头皱得更紧了:"不让一些人下岗,那才是把厂子朝深渊推。拿国家的钱养闲人,养懒汉,养不务正业、上班打牌赌博炒股的二流子,我们临钢还有前途和希望吗?"

鲁光明的脸也涨红了:"闲人懒汉、不务正业的人只是极少数。我认为,厂子目前的情况不是干活的人太多,是要干的事太少。我们改革,不该把心思用在减员上,而是应该用在增效上。况且,工人的岗位,你来之前就有了,那是前几任厂领导定的,不能说改就改、说变就变。我的父辈,为这个厂子流过血;我的同事们,为这个厂子流过汗。我不能用这双手夺下工人兄弟的饭碗。"鲁光明越说越激动。

"鲁厂长,看来,公司的改革方案,你是不准备执行了?"易国兴打断鲁光明的话,他意识到,如此煽情下去,后果不堪设想。

"让工人下岗没饭吃,这是资本家的做法,我干不了。"

"好,你鲁厂长直言不讳,也算光明磊落。"易国兴把目光转向台下交头接耳的干部,"还有谁支持鲁光明同志的,不妨站起来说说。"

真有人站起来,是轧钢分厂的周厂长:"我认为鲁厂长的话有道理,闲人懒汉哪个企业都有,不是我们一家存在。我支持公司改革,但不能夺工人的饭碗。工人失去了岗位,以后怎么生活?"

还有人跟着站起来。煤气分厂的曾厂长说:"如果仅仅因为厂子陷入困境就搞定岗定员,让工人下岗,我认为不妥,甚至有些过分了。我和鲁厂长的看法一致,让工人下岗的事我干不了。"

台下的议论声如蜜蜂般嗡嗡响起,一时间,易国兴觉得自己仿佛捅了马蜂窝,马上就会被蜂群围住了。好在,没有人再站起来了。

易国兴定了定气,盯着周厂长和曾厂长:"你们说工人没岗位了就不能生活,温州人有厂子、有岗位吗?他们全国各地卖皮鞋卖袜子,不是照样生活得很好?既然省委把临江钢厂交给我易国兴管理,我就绝不会牺牲国家的利益,也不怕扣上冷血动物的帽子!"

周厂长与易国兴顶撞起来:"临钢是国家的,是人民的,不是哪一个个人的,更不是你易国兴的。临钢不是私人企业,任何人都不能独断专行。"

曾厂长也附和道:"我斗胆说一句,南钢的那套搞法,在临钢是行不通的。你易总经理把工人当成什么了?当成累赘?这不是制造厂子与工人的矛盾吗?"

鲁光明见有周厂长和曾厂长支持,更加豁了出去,态度强硬地对易国兴说:"我就这态度,你开除我吧。"

"你鲁光明一没犯错误,二没有给厂子造成损失,我开除你,那才是胡搞!"易国兴此时反而更冷静了,他一字一顿地说,"定岗定员,减员增效,是公司领导集体的决定,势在必行!不换思想就换人!"

会议刚刚结束,鲁光明和周厂长、曾厂长就被易国兴免了职。鲁光明回到分厂办公室,就开始清理办公桌。

祝大昌心情格外沉重,想安慰他,又不知从何说起。鲁光明却显得很平静,对祝大昌说:"说心里话,我并不恨易国兴。站在公司一把手的位置上,易国兴这样做是对的。这么多年来,厂子确实养了一些闲人、懒溜子,还有一批不能胜任岗位的人。这样下去,再好的厂子也会被掏空。只是让工人下岗,我过不了心里这一关。我原想退休能画上圆满的句号,现在看要留个遗憾了。"

"以后准备干点什么?"祝大昌看着他。

鲁光明疲惫地说:"没想好,也没来得及想。这些年一心忙工作,累了,想先休息几天,然后和老伴一起回大连。"

"大连老家那边还有些什么亲人?"

"兄弟姐妹都在。父亲前些年走了,母亲还健在。"鲁光明其实也没有什么东西可收拾的，就一床值班用的旧棉盖是他从家里拿来的，一只镜腿粘着白胶布的老花镜，几双他平时积攒下来的长筒白帆布袜。

眼前的一切看得祝大昌心生悲凉，说："老鲁，我去跟大家说一声，给你开个欢送会。"

鲁光明慌得摆手连声说："千万别，千万别。我是免职的，开什么欢送会？再说大家也都忙。"

"那晚上我请你吃饭。"

"算啦，我胃不好，酒也戒了。"说着从上衣口袋取下一支老式钢笔，递给祝大昌，"这支英雄牌钢笔送给你，还是我当厂长那年得的奖品。笔尖写秃了，我才托人带到江城找专门的商店换了新的。留个纪念吧。你比我有出息，相信你能干出一番事业。"然后又掏出几张饭菜票，"前天老潘给我打的饭，你看到他替我还给他。"

祝大昌接过来，鼻子有点发酸："厂长，还有什么吩咐的吗？"

鲁光明叹了口气："有件事，我一直纳闷，田鸣健怎么会得到易国兴的重用？公司比他有才华、有能力的人多着呢。"

祝大昌话到嘴边，欲言又止。鲁光明见状，嘱咐道："你往后跟田鸣健打交道，多留点神，此人心术不正。他以前是煤气分厂一个普通劳资员，是薛仲仁一手将他提拔上来的。薛仲仁死后，他就到处说薛仲仁的坏话。"

祝大昌陪鲁光明走出办公大楼，一些人聚集在一起交头接耳，显然知道鲁光明被免职回家的事了。赖子、刘胜利和叶老实也站在里面。沉默之中，大家都不出声地看着鲁光明，看他腋下夹着旧棉被，手里提着装杂物的网兜。

鲁光明朝人群笑了笑，朝赖子骂了一句："你个赖子，莫让老子失望，好好活出个人样呀。"

几天后，祝大昌被提升为平炉分厂厂长，傅佳钢被提升为轧钢分厂厂长。祝大昌这才明白过来，易国兴这次让各分厂自报定岗定员方案只是一种手段，他是要通过这一招，摸清厂子的底细，排除改革的障碍，达到不换思想就换人的目的。

祝大昌也清楚地意识到，这次全公司中层主要干部的大换血，只是易国兴推行改革的第一步，真正对临江钢厂造成山崩地裂的大风暴还在后头。

第 五 章

　　转眼已是阳春三月,河边的树木早已抽出鲜嫩的绿芽,田野里的紫云英、油菜花将大地染得五彩缤纷。梨花、杏花含着苞,耐心地等待着一场春雨。临钢招待所院子里两株向阳的桃花,也早早绽开了花骨朵。不料,倒春寒说来就来,天气骤变,气温下降了十多度。冷飕飕的寒风,搅起飘落的烟尘,把厂房、水塔和横跨厂区大道的转煤仓染成一片污黄。春雨倒是来了,但一下就淅淅沥沥地下个不停,天阴沉着,压得全厂工人喘不过气,心情糟糕透了。

　　临钢深陷困境,已是举步维艰。除了平炉、轧钢几个分厂正常生产,170钢管分厂的产品有市场却打不开销路外,其他分厂相继停产、半停产,尤其是大小集体厂的形势,更是雪上加霜。除此之外,三角债问题更加棘手。公司招待所里住满了讨债的人,外面却有几个亿的欠款收不回来。焦头烂额的易国兴让财务处开单子,把外面欠临钢的一笔笔欠款写得清清楚楚。然后,谁来找临钢要钱,就让讨债的人直接去找那些厂家要。不同意的,保卫处处长黄秉成就派人直接撵出厂。

　　来临钢这段时间,易国兴算是把家底真正摸清了。摸清了,心里是倒吸一口凉气,没想到这样一家有着百年历史的大厂,已经到了只够维持三天生产"口粮"的窘迫境地。他问冯为泰有什么好的主意,冯为泰说:"我想以公司党委的名义,号召全公司广大党员干部带头集资,与厂子共渡难关。"然后还特意强调,"已经有许多党员干部提出这个要求了。"

　　易国兴嘴角泛起一丝不加掩饰的冷笑,说:"冯书记,您这出发点是好的,只是党员干部集资,杯水车薪,问题还是要从根本上解决。"

冯为泰显得一筹莫展:"那眼下怎么办?"

"壮士断腕,事不宜迟。"

次日,又一个红头文件下发,下岗分流的底牌彻底亮明了:全公司三万六千名正式职工,下岗二万六千人;四十二个分厂和单位,精简为十八个;有四万多名工人的大集体和小集体,剥离出去。这样算下来,整个临钢七万多工人,要下岗分流近六万。

看完这份文件,祝大昌头皮一麻。他现在是一厂之长,手下两千三百多名职工,下岗人员要占一多半!他起身到公司行政大楼,想找冯为泰,看看有没有通融的办法。冯为泰不在办公室,说是去五楼易国兴办公室了。祝大昌又去易国兴办公室,刚走到门口,就听见里面传出激烈的争论。

"我们不能把过去领导决策错误的后果,全部让无辜的工人来承担。现在强制推行下岗分流,对全公司工人不公平!"这是冯为泰的声音。

"为泰同志,你不要情绪冲动。集资的事,不用再讨论了,我说了,只要我易国兴在台上一天,决不拖欠工人工资,也不会向工人集资一分钱。这不是解决根本问题的办法。"安静了一会儿,易国兴继续说,"你想想,就是集资了几百上千万,能改变厂子现状吗?不过多拖上十天半个月,有什么用呢?我反复强调过,壮士断腕,刮骨疗毒,我们不能有丝毫的犹豫,长痛不如短痛。"

"不能缓一缓吗?下岗幅度不能小一点吗?"冯为泰还在坚持。

"不行。我明确说吧,现在是企业经理责任制。如果改革进行不下去,我易国兴没法向上交代。"易国兴寸步不让,显然不耐烦了,"老冯,你还是抓好待岗工人培训中心,抓好公司党建方面的工作吧。全公司下岗分流的事由我和田鸣健同志负责,你就别操心了。"

祝大昌显然这时候不能进去,也不便站在门外久听,于是回到分厂办公室,又将公司的红头文件看了一遍。虽然他想不出什么良策,但心里已做出决定,这份与工人命运攸关的文件,暂时不能向车间和班组传达,以免造成人心混乱。当前,所有的情况都不能影响桥梁钢的生产任务。

打定了主意,祝大昌就戴上工作帽,拿着白手套,像往常一样,到炉前和工人们一起干活儿。铲煤、填炉料,取钢样,他样样在行。汗水从他的胳膊、背脊流淌下来。他现在脑子里一团乱麻,只想用高强度的体力劳动来短暂忘记。这样一口气干了半小时,浑身湿透。到炉前休息室休息时,大头、赖子和叶老实他们围了上来。见祝大昌脸色不太好,大头也不敢像往常一样直来直去,而是用试探的口气问他:"中午我和赖子到食堂吃饭,听其他分厂的工人说,公司下了红头文件,工人要下岗分流一半……"赖子打断:"不是一半,七万多名工人砍掉百分之八十以上,只留下一万多人。"叶老实也忍不住担心地问:"大昌,我们分厂下岗分流多少?"

祝大昌笑了笑:"你问我,我怎么知道?"

叶老实说:"你是厂长,工人的生死大权全掌握在你手上,你透点儿风也行。"

祝大昌看看大家,说:"其他分厂和单位怎么搞,是他们的事。我只说一句,大家好好干,我们分厂绝对不搞这样的下岗分流。"说完,拍拍叶老实的肩,走了出去。

叶老实像吃了颗定心丸,高兴地对大头和赖子说:"我就说了嘛,大昌不会随波逐流的。"

傅佳钢住在工人村32号楼。工人村的楼房,是早先援建的苏联专家设计的。四十二幢苏式建筑,清一色的三层红砖洋房,每幢楼分一个单元或两个单元。二十世纪五十年代,这是临江市最好、最洋气的建筑群,比当时市委和市政府的老楼还要气派。后来,中苏关系恶化,苏联专家和家属全部撤走了,厂子就对工人村的洋房做了重新分配,分给了一些对厂子做出重要贡献的工人、工程师和技术人员,还有少数厂级干部。祝大昌的爷爷祝洪柏是临钢首个全国劳动模范,自然就分了一套。傅佳钢的爷爷是机械部"老八级",机械方面的土专家,也分到一套。到了二十世纪八十年代,厂级干部和技术人员陆续搬出了工人村,厂子为解决市区职工上班远的问题,就迁来了一部分工人,工人村也就变成了清一色的工人住宅区。当年众人艳羡的专家楼,如今成了灰头土脸的老旧小区。

来到傅佳钢家,薛三妹开的门。见是祝大昌,薛三妹愣了一下,明显有一丝慌乱,忙大声说:"是祝厂长啊!什么风把你吹来了,稀客稀客。"

这是薛三妹嫁给傅佳钢后,祝大昌第一次来她家。薛三妹长胖了,看来因为照顾孩子也无心打扮,短而密的头发有些凌乱,再不是以前那个窈窕清纯的少女了。

祝大昌最恨别人说"有情人终成眷属"。他始终忘不了和薛三妹的初吻，忘不了他们去隔壁农场借书，也因此忘不了他们第一次去借到的《钢铁是怎样炼成的》。那时候的祝大昌经常在心里立誓：今生非三妹不娶。尤其是她把上大学的名额让给自己，更让他坚定了要一辈子跟她在一起的决心。

不料，傅佳钢也恋上了薛三妹。上中学时，他就对这个校花暗生情愫。招工回厂之后，趁着祝大昌上大学的机会，傅佳钢更是对她锲而不舍。起初，薛三妹无动于衷，她的心就像一把小小的雨伞，只能容下大昌。她不止一次对傅佳钢说："你真要娶了我，你会恨我的。"但傅佳钢每次都说："只要你嫁给我，我天天都幸福，永远不会后悔。"

后来，薛仲仁被查出患了癌症，傅佳钢表现得更是殷勤，每天一下班就到厂职工医院照料，买饭打开水，喂药倒尿盆，守在病床边。薛仲仁本来就不同意女儿和祝大昌交往，现在又有了这么懂事的傅佳钢，于是他开始逼着女儿嫁给傅佳钢，临死前，更是让女儿跪在他面前发誓。与此同时，大昌的爸妈，还有弟弟祝国祥，也反对祝大昌和薛三妹在一起。他们更喜欢性格温柔的范小桃，祝国祥甚至早早就当着大昌的面叫她"嫂子"。

这本是一个很老土的故事，棒打鸳鸯，有情人不成眷属，但在当年，这样的故事还是比较常见的。人这一生，哪能事事如意，哪能都由着自己的性子来呢，最后不过是诸多的委屈、退让、妥协和不得已，和偶尔的随心如意罢了。

薛仲仁去世第二年的五一劳动节，傅佳钢如愿以偿，将美貌的新娘薛三妹抱上了床，汹涌澎湃的激情过后，他才知道薛三妹不是处女。傅佳钢的心情如从火炉进入冰窖，恼羞成怒地问："是不是祝大昌？"见薛三妹转过头不说话，他一把掰过她的头，狠声道："是不是祝大昌？你承认了，这事就算过去了。"薛三妹闭着眼，还是不说话。一瞬间，傅佳钢突然明白了薛三妹之前说的话，他情绪失控了，气急败坏地一把揪住薛三妹的头发，将她的头拎起来，又狠狠地摁在床上："个板马的，到底是哪个？你这个婊子。"他脑子里像过电影一样，想到当年薛三妹拿到的大学推荐表，想到当年知青的传言——为了让祝大昌上大学，薛三妹上了大队支书的床。他突然觉得很恶心,亏自己拿她当天仙当圣女,原来是个十足的烂货。

从那以后,傅佳钢只要心情不好,就回家拿薛三妹撒气。薛三妹也是打落牙往肚里吞,有什么苦都不对人言。外人看来,两个人过得很幸福,只有他俩知道,关上门的日子多么不堪。

起初有几年,曾是发小的傅佳钢和祝大昌完全没了往来,后来工作中接触多了,面子上才慢慢过得去了,但薛三妹还是俩人的禁区,没有缓和的迹象。这会儿祝大昌突然上门,显然也是迫不得已。

祝大昌被薛三妹略显夸张地让进了家门,傅佳钢正摇着小鼓逗摇窝中的儿子,见祝大昌上门,颇为意外。没等他说话,薛三妹就抱起儿子去了另一个房间。祝大昌也顾不得那么多了,急切地问:"佳钢,公司红头文件你看了吗?"

傅佳钢并不给祝大昌看座,只不紧不慢地说:"看了三遍。这不,又在看呢。"

"易总真下了狠手呢。"

"春风化喜雨,丽日照融冰。"傅佳钢高屋建瓴,"百年老厂包袱沉重、机构臃肿、人浮于事,早该动大手术了。我支持易总的霹雳手段。"

"你真支持?"祝大昌自己拉了一把椅子坐下。

"当然支持。亏损企业都可以关闭、破产,工人为什么不能下岗?易总也是与时俱进嘛!再说,改革不是请客吃饭,不是做做文章,不能从容不迫、温良恭俭让,总要牺牲一部分人的利益。"

"这可不是一部分人的利益,而是全公司五分之四以上工人的切身利益啊。"

"政府会管的。下岗工人可以上街擦皮鞋,上汉正街当绳子扁担,可以做小生意。易总不是说了吗,可以学温州人搞家庭作坊,生产皮鞋袜子,自强不息呀。"

"站着说话不腰疼。"祝大昌生起气来。

傅佳钢递给祝大昌一根烟,自己也慢悠悠地燃了一根,同时推开窗户,说:"到什么山上唱什么歌。我们跟着哼易总的调子,踏着他的鼓点就行了。"

外面有摩托车熄火的声音,不一会儿,薛三妹的弟弟薛浩就进来了,腰间别着BP机,手中拎着一个旧布袋。他在170钢管分厂干销售员。见到祝大昌,他显然吃了一惊,点头打了个招呼,话却是对傅佳钢说的:"姐夫,你要的东西我带来了。"说完放下布袋就去找薛三妹了。

傅佳钢打开布袋,掏出两只系着红绸的精致礼盒,一只盒装着一把造型古朴别致的宜兴紫砂壶;另一只装着一幅笔墨苍秀的国画。傅佳钢露出满意的神色,小心翼翼收好,连同布袋一起放到柜子里,然后对隔壁房间的薛浩大声说:"浩子,明天你过来吃饭,我让你姐给你弄几个好菜。"

薛浩说:"不了。明天一早我要去瑞安,车票都买好了。有一批钢管的款子还没催回来。"说完便匆匆走了。

见傅佳钢对自己不咸不淡,祝大昌只能没话找话:"你现在挺有雅兴呀,收藏起紫砂壶和名人字画了。"

傅佳钢像想起什么,反问他:"听说易总送了你一幅名人的字?"

祝大昌一愣:"消息灵通啊。"

"我不仅知道易总送了你一幅字,还知道,这幅字写的是龚自珍的诗:'我劝天公重抖擞,不拘一格降人才。'易总这是要重用你啊!"

祝大昌赶忙解释:"你这就扯远了,易国兴是为了感谢我爷爷救过他父亲。"然后顺嘴就把易国兴讲的故事说了。

"既然你们两家有这样的渊源,那你更应该站在易总一边,支持他推行下岗分流的方案。易总日后一定会重用你的。"说这话的时候,傅佳钢酸溜溜的醋意满屋子都能闻到。

"你把我看成什么人了?他做得对,我无条件支持他;他做错了,我自然要反对。"

傅佳钢有些尴尬,缓和道:"那这次下岗分流,你准备怎么搞?"

"我想好了,下岗不脱岗,让每个职工有工作干、有工资拿、不饿肚子。"

"下岗不脱岗?那是下的什么岗?"傅佳钢不解。

"我一说你就知道了。我将全分厂工人分成两班,轮换干,一个月轮换一次,没上班的当月没工资。"

"你这只是权宜之计!"

"不错,等到公司有了具体安置办法后,再逐步推行下岗分流。"

见傅佳钢似乎懒得与他争执,更不想跟他探讨,祝大昌就站起来走了。祝大昌前脚走,薛三妹后脚就抱着孩子出来了,对傅佳钢说:"工人日子不好过,生活就靠每月几百元工资,真要下岗失业了,上哪儿去自谋生路?祝大昌刚才说的'下岗不脱岗',我看是个办法。你就不能学学大昌的办法?"

有了孩子之后,两个人的关系有所缓和。但此时,听薛三妹这么说,傅佳钢脸色顿时阴沉下来,厉声呵斥她:"你懂什么?我向他学?妇人之见!祝大昌这种搞法,与国企改革背道而驰,行不通!等着在易总那儿碰钉子吧。"

第二天早上上班,祝大昌就将副厂长大潘找来开会,谈了自己的应对办法。不料大潘说:"我正想向你反映,下岗分流的红头文件一下来,大家就炸锅了,这两天都扔下活儿不干了,说老子表现再好有屁用,还不是要一脚踢出厂门,不如好好图个快活。"

一听这个情况,祝大昌急了:"那你现在去传达我们分厂的决定,咱们不搞下岗分流,以轮岗代下岗,但工作表现不好的,上班打麻将的和违反劳动纪律的,就一律下岗。"

吃了不下岗的定心丸,平炉分厂工人的情绪迅速稳定下来,炉前的鼓风机和天车的轰鸣声又响了起来。祝大昌也把以轮岗代下岗的方案报到公司去了。

田鸣健一看到祝大昌的方案,直奔易国兴的办公室,开门见山:"祝大昌太不像话了!简直是要造反!什么以轮岗代下岗,这明显是要另立山头,与易总你唱反调,与公司对着干!必须严肃处理,撤掉他的厂长职务。"

易国兴接过田鸣健递过来的方案,大致翻了一下,黑着脸问:"那批桥梁钢,还需要多久完成?"

"口号是一百天,抓紧的话,也就两个月。"

见易国兴不再说话,田鸣健似乎明白了。临阵换将,兵家大忌。

第 六 章

接下来的两个月，易国兴铁腕推行的下岗分流政策疾风迅雷般展开。公司机关首当其冲，率先砍掉了三分之二的机关人员。公司直属的部门、科室，由原来的三十多个压缩为十一个。除了公司党委、厂办、工会和监察处，群团组织撤销了，人武部和人防办合并；销售处、材料处以及原料供应处等合并；厂报社和广播站撤销，公司电影院、图书馆和档案室也不复存在了。

公司图书馆原本有二十多万册藏书，既然要改革，这些书籍就要做廉价处理。大甩卖这天，毛仁银骑着自行车早早就来了，想淘几本当代诗人的诗集。找了半天也没找到他想要的书，就随便挑选了两本《宋代词选》，夹在腋下出来了。图书馆离江边不远，他便推着自行车来到江边，正好看见几个工人正从一辆车上往下拖鼓鼓囊囊的麻袋，其中一个戴蓝帽的工人手里提着半壶汽油。公司档案室撤销了，所有存放的旧档案和资料也就没有必要保存了，又不便做废纸处理，拖到江边要集中烧毁。

毛仁银走过去，见一个麻袋口没系好，掉出几张花花绿绿的纸片，仔细一瞧，是厂子清末时期发行的原始股票，还有几封盖有邮戳的官函。一封官函右角上还贴有龙纹的邮票。这些东西一直在地下室，也不知是哪一年放的，若不是集中销毁，也不知哪天能见天日。毛仁银见这些官函看上去保存完好，古色古香的，烧了怪可惜；上面的毛笔字写得也很好，可以拿来当字帖，就对那正要倒汽油的工人说："这袋东西别烧了，送给我吧。"

工人一抬眼："凭什么送给你？烧了也不能送给你。"

"我是平炉分厂的毛仁银，《冶钢报》上发过我的诗，厂广播站也播过我的诗。罗宝山总编都夸过我的诗好。"

工人还是不买账："那又怎么样？我不认识什么湿人干人，我们接到的任务是把这些东西都烧掉，没说可以送人。"

毛仁银于是就掏出二十元钱，塞给那工人："我今天只带了这二十块，你们几个买包烟抽。"

工人脸上顿时乐开了花。毛仁银就将这只麻袋抱到在自行车后架上，捆好驮回了家。

毛仁银家住在六门外的桃园村氧气站附近，是一间青砖黑瓦的老旧平房，算是祖辈留给他的一点遗产。平房外围有小院，院内有口老井，有一棵枝叶繁茂的枣树，落了一地细碎的枣花。家里没女人料理，房内什物乱七八糟地摆放着，只有十多本有关诗歌创作的书籍，整整齐齐摆放在桌上。

毛仁银进屋就开始清理麻袋里的东西。这些花花绿绿的股票面值不同，银圆贰拾圆、伍佰圆和叁仟圆、陆仟圆都有，汉冶萍煤铁厂矿股份有限公司发行，每张股票左下角都盖有董事长盛宣怀的印章。而那些盖有邮戳的旧时官函，多半与汉冶萍煤铁厂当时的圈地、税款、购买英国设备以及矿石抵押向日本借款等有关。其中有几封官函上面还贴一分的绿色邮票、三分的银绿色邮票、五分的银黄色邮票，由清廷的海关发行。

毛仁银意识到自己捡到宝了，正准备好好收入麻袋保存，外面传来了赖子的敲院门的声音："毛仁银，快开门！你狗日的把门闩住干什么？"

毛仁银赶紧开了院门，赖子和王贵、刘胜利一起走进来。看到地上堆放的这些旧物，赖子说："靠，难怪闻到一股霉味儿，原来你狗日的在倒腾这些破烂。"刘胜利说："都是过时的废纸，毛仁银你拾荒呢。"王贵却捡起几张原始股票，反面正面端详了下，然后一言不发塞进口袋里，又捡起一封贴有龙案邮票的公函看了下，也塞进屁股兜里。

几个人吵吵着要去喝酒。

毛仁银问："谁请客？"

刘胜利说："当然是你请，你一人吃饱全家不饿。"

"听说你赚了几百块稿费，拿出来请哥们儿撮一顿。有福同享嘛！"赖子在一旁帮腔。

"算起来是挣了三百多，可厂报和厂广播站没钱，一直拖欠着呢。"

刘胜利说："完了完了，公司宣传部撤销了，厂报和广播站也撤销了，只怕这顿酒喝不成了。"

"算了,还是我请吧。倒霉人总是背时,说起来你们这个请那个请,到头来还是老子掏腰包。"王贵笑着。

赖子说:"谁叫你命好,公司销售部,旱涝保收。你还有个好爸爸,你不请客谁请?没吃穷你就不错了。"王贵的父亲王世儒,是公司负责工程技术的副总。

几个人就嚷嚷着:"别废话了,走走,买单的有了,到蔡红馆子喝酒去。"

一行人骑到黄思湾五门时,见厂门口围着一堆人,一个女人正边号啕边骂:"傅佳钢,你这个剁头死的!你把我男人搞下岗了,又把我儿子搞下岗了,我家老的老,小的小,你叫我一家以后怎么活啊?老天爷为什么不长眼,一雷劈死你呀!"

刘胜利一只脚踩着地,对赖子说:"我隔壁的老王是轧钢分厂天车班班长,就因为班组'门前三包'的木牌没插好,被傅佳钢看见了,吼了老王一顿。老王不服顶了几句,就被傅佳钢下岗了。"

"狗日的不是东西,老子一贯看不顺眼!在学校时想当班长,假积极,每天帮老师擦黑板、抱作业本。后来在知青点,又巴结带队的陈书记,暗地里塞烟送酒,还帮陈书记洗衣服、洗袜子,就差没帮人家揩屁股了。"赖子知道他的底细。

毛仁银说:"傅佳钢确实变了,以前还跟咱们一块儿喝喝小酒,现在看见我,装着没看见。"

王贵冷笑说:"踩着兄弟向上爬的,都是这德性。"

由于全公司正处于工人下岗分流时期,易国兴怕工人家属进厂闹事,早已让黄秉成加强了各厂门的警卫力量。此时,两个年轻门警正挡着欲冲进厂的妇女。妇女面色焦黄,身体瘦小,哭骂不绝。傅佳钢下手比易国兴还狠,哪怕是父子同厂、夫妻同车间,都得执行他制定的"优岗淘汰法",就是先定好一个岗位,让工人相互投票、竞争上岗。不管工作好坏,得票少者一律淘汰。

有个叫皮建国的工人,平时大大咧咧,人缘不是太好,却是技术尖子。有一次,退火炉接了批出口材任务,要求半月内保质保量完成。晚班生产时,退火炉发生故障,烧出的材成了废品,任车间主任急得跳脚,谁也找不出解决办法,只说,赶紧找皮建国吧。皮建国不当班,主任就派人骑车去他家,把他从被窝里拉到车间。皮建国蹲在退火炉前,闭起左眼,虚着右眼,盯着炉里忽高忽低的火焰看了足有一分钟,然后抓起手套戴上,下到昏暗的炉子底下。炉底两大两小四个煤气调整阀排一起,皮建国握紧大小阀门,左右开弓,一圈半圈再半圈,跟开密码锁似的,来回转了七八圈,退火炉的温度就正常了,产品也合格了。活儿是干好了,他的嘴却不饶人,从炉底钻出来就指着班组的人说,你们一个个长的都是猪脑子。结果到投票时,他得票最少,被"优岗淘汰法"淘汰下岗了。

靠着这套"优岗淘汰法",轧钢分厂两千三百多正式工人硬是被傅佳钢减到了一千人,工人怨气冲天,但易国兴却很高兴,他多次在公司干部会上表扬傅佳钢,说他以国家和公司的利益为重,不当老好人,不怕得罪人,从各种困难和重重阻力中杀出来一条血路,胜利完成了下岗分流的计划。

这天,又被表扬之后,傅佳钢请田鸣健到好乐酒楼吃饭,田鸣健欣然答应了。

傅佳钢先回家,带上布袋里装的两件礼盒,骑车到好乐酒楼,叫了个清静的包间。没一会儿田鸣健就来了。傅佳钢就让服务员上酒菜,他特意点了田鸣健喜欢的红烧猪蹄。

田鸣健一开始还提防着,只是喝酒,并不多说话。但见傅佳钢一意奉承殷勤,谀态十足,心知这是想投靠于他,便顺水推舟说:"佳钢呀,你这次搞的'优岗淘汰法'很好,易总多次在我面前夸奖你,说你有能力有才华,锐意进取,是个不可多得的人才。"

傅佳钢脸上堆着笑,又给田鸣健斟上一杯:"过奖了过奖了,以后还要田总多多关照。"

田鸣健松了松领带结,解开了衬衣的第一粒扣子,得意地说:"这还用说吗?你岳父和我是什么关系?一个办公室坐了十几年的老朋友。一到周末,我们还经常一起钓鱼。"

傅佳钢听着,心里差点儿没骂出声:"你他妈的田鸣健是个什么东西,没我岳父提携,你只是下面一个小小劳资员,这次只怕也要列入下岗名单。说什么跟我岳父是老朋友,也不拿镜子照照自己,人模狗样,还真把自己当根葱了。"但脸上仍挂着笑容,"田总,谢谢你还惦记着我岳父。这次请田总吃饭,一是想和田总走得更近一些;二来,是有两件东西。"说着,打开布袋,拿出那两只用红绸系着的礼盒,推到田鸣健面前。

田鸣健笑得更松弛了:"佳钢,见外了见外了。"

傅佳钢打开两只礼盒,掏出一把紫砂壶、一幅卷轴山水画:"早听说田总为人高雅,对古董很在行。这把宜兴紫砂壶是我岳父生前最爱,清末程寿珍制作。你看这印章,冰心道人。我是个粗人,本来不懂这些,都是听我岳父讲的。这幅国画,是浙江美术学院院长钱松喦的作品。田总比我内行,就不用我介绍了。"

田鸣健收住笑容,不知傅佳钢葫芦里卖的什么药,愣了片刻方道:"好,好,很好,我收下了。"

原来,这两件东西是当年田鸣健巴结薛仲仁的礼物,是他花了五百多块在国营文物商店买的。薛仲仁也没当回事,一直锁在床下一口旧红藤箱里。此刻物归原主,田鸣健怎么能不心怵、不狼狈?

但看傅佳钢的样子,又不像是故意羞辱他。"我岳父家里还有一座珐琅彩美人吊钟,田总如果喜欢。"傅佳钢继续殷勤着。

"算了算了,还是你自己留着吧。"田鸣健忙摆摆手。

傅佳钢又替田鸣健斟上酒,继续不动声色:"我岳父临终前曾再三嘱咐,以后多跟田哥走近,说田哥仁义、重感情,会看在他的面子上关照我的。"

"那是,那是!"田鸣健也改了口,"我是薛处长一手培养的。薛处长的面子搁在这儿,我能不买账吗?"又亲昵地拍拍傅佳钢的肩:"你放心,我田鸣健是个重情义的人。"接着,没等傅佳钢开口,就又透露说,"易总昨天还找我商量,想从基层提拔年轻有为的干部充实到公司领导层,我明天再跟易总说说你的情况。"

"那多谢田哥,这杯酒我喝了,从此我就是田哥的人!"傅佳钢就把满满一杯酒一饮而尽。

田鸣健无心再喝,说明天还有重要会议,再喝怕误事,起身便走。傅佳钢将布袋塞到田鸣健手中:"田总,这个别忘了。"

田鸣健走后,傅佳钢就自斟自饮起来。今晚他唱的这出,软硬兼施,既展示了田鸣健行贿的两件证据,又向他表达了投靠之意。他不怕田鸣健反悔,因为岳父家里还有证据,他自会权衡利害。人逢喜事精神爽,不觉酒瓶已见底,傅佳钢骑着车摇摇晃晃往家走,经过四门时,撞到了路旁堆放的水泥管,身子一歪,连人带车跌进排水沟里,沾了一身泥水,腿也擦伤了。

回到家,薛三妹在给孩子喂奶粉,没理会他。傅佳钢脱下脏衣服,进浴室冲洗了半天才穿条裤衩出来,从衣柜找出蓝格条睡衣穿上。薛三妹在为工人家属闹上门的事生气,冷冷地对欲上床的傅佳钢说:"换下的衣服你自己洗,我忙孩子没时间。"

傅佳钢此时酒醒了一半,已觉出腿上擦伤的地方火辣辣痛,偏偏三妹又在数落他,于是提高声音道:"我在厂子忙了一天,回到家不是挨老爸训斥,就是看老婆脸色。"

薛三妹说:"鬼叫你让那么多工人下岗!只要有工人闹上门,你就莫指望在这个家里饭来张口衣来伸手,莫指望我拿你当大爷供着。"见傅佳钢不吭气,薛三妹又道,"不是我说你,人家祝大昌就比你聪明。"

薛三妹的话像锥子,一下戳到傅佳钢的痛处:"祝大昌这也好那也好,你为么不和他去过?"傅佳钢本来心情颇佳,哪知半路栽进水沟,回来又被老婆数落;数落也罢,偏是拿他和祝大昌比,心里一下子像吃了瘪,想爆发,又感觉这话有些过火,就缓和了一下语气道:"祝大昌搞的这套,以前的厂长就搞过,根本解决不了问题。"接着冷笑一声,"等那批桥梁钢任务完成,你看易总怎么收拾他。"

"你是不是听到什么风声了?"薛三妹也不想真跟他计较,毕竟,自从有了孩子,他对她已经好很多了。

傅佳钢冷笑不语。

次日上班,傅佳钢先到厂门诊部给伤处敷上药膏,缠上绷带,然后找了根拐杖,一瘸一跛到公司找田鸣健。田鸣健一见,吃惊地问:"怎么弄成这个样子?"傅佳钢长叹一声:"昨晚咱们分手后,我骑车路经四门,暗中蹿出两个人,挥起棍子朝我就打,打了几棍,又将我连人带车推进了排水沟!"

"有这种事,什么人干的?看清楚了吗?"

"这还用问,肯定是下岗的人。你说,我们为了公家的事,得罪一堆人,自己没捞到好处,现在还被人打棍子,再过过,怕就该是被人捅刀子了。"傅佳钢哭丧着脸,摆出一副心有余悸的样子。

田鸣健信以为真,庆幸昨天酒后没有和傅佳钢一起走。想到有人打傅

55

佳钢的黑棍,就有可能打他田鸣健的,心下害怕,骂道:"妈的,简直邪得没得门了。走,我现在就带你去见易总。"

田鸣健就把傅佳钢带到易国兴办公室。易国兴一听傅佳钢挨了黑棍,大怒,当即打电话给保卫处,让处长黄秉成马上来他办公室。傅佳钢满脸委屈地说:"易总,为了坚决完成下岗分流计划,我不仅得罪了工人,连我父亲和老婆也得罪了。我,我不想干了。"易国兴大为感动:"你干得很好,我们决不会让敢做敢担的干部吃亏。"

田鸣健借机道:"易总,佳钢是咱们厂改革的急先锋,是执行您改革路线的大功臣啊!"

易国兴对傅佳钢说:"佳钢,你放心,我易国兴从来不让干实事的人吃亏。有件事,本来想等过几天再告诉你的,公司领导层已经开会讨论,准备升你为公司的副总。当然,要等走完程序才能正式下文。"

傅佳钢听罢,喜不自胜,当即又表了一番忠心。

正说到这里,保卫处处长黄秉成匆匆赶来了。易国兴一见他就说:"傅佳钢同志昨晚被人打了黑棍,这是在向改革示威。从今天开始,你们要保护好傅佳钢同志的人身安全,另外,要尽快查明昨晚打黑棍的人。我们绝不能让改革者受到任何伤害。"

黄秉成看了一眼傅佳钢,心说,如果真是下岗工人行凶报复打黑棍,还不往死里打?为何头部和身上没有伤?定是他自己弄伤了腿,来忽悠易国兴。他心里明镜一样,又不好明说,只得对易国兴保证说:"我回去就按易总指示安排落实。"

黄秉成走出公司办公大楼,正碰见完成桥梁钢任务来向易国兴汇报的祝大昌。谈到傅佳钢挨黑棍的事,祝大昌一惊,忙问道:"伤在哪儿?严重吗?"黄秉成不屑道:"严重个屁,就左腿缠了一圈纱布,八成是他自己不小心弄的。他得罪的人太多,怕人报复,忽悠易总对他采取保护措施。"祝大昌苦笑,问起保卫处下岗分流的情况。黄秉成说:"计划减六百多人,但因为易国兴怕有被分流的人不满闹事,需要维稳,就暂时没动保卫处。"

祝大昌来到易国兴办公室时,傅佳钢已经到田鸣健办公室去了。听说平炉分厂完成了桥梁钢生产任务,易国兴很高兴,表扬了祝大昌一番,说他干得不错,提前完成了任务。然后,易国兴开始言归正传,说经过公司领导层开会讨论,决定任命祝大昌为公司副总经理,主管170钢管分厂的市场销售工作,问祝大昌的意见。在此之前,冯为泰代表公司找祝大昌谈过一次话,祝大昌当时也表了态:一是感谢领导信任,二是服从公司安排。现在听易国兴说要调他分管170钢管分厂的销售,脱口而出:"谁接平炉分厂?"

易国兴不露声色:"公司领导层的意思,是由田鸣健兼任平炉分厂厂长。"

这是祝大昌做梦也没想到的人选。"他不是管人事的吗?"祝大昌婉转地说,"田副总从没搞过炼钢,到平炉这样的生产一线当厂长,是不是不太适合?"

易国兴打断他的话:"他只是暂时代管。等有了合适的人,再把他换下来。你放心好了,田鸣健一定会胜任这个工作的,我相信他有这个能力。"见祝大昌还想说什么,易国兴又补充道:"你也看到了公司的严峻局面,但千难万难,最难的是缺资金。170钢管分厂是搞活公司经济的重头,你去以后,如果能在短期内打开市场,公司也就有了后劲,我们面临的资金困难和压力也能缓解不少。希望你不负众望,顺利打开国内钢管市场。"

易国兴把话说到这份上,显然是经过一番深思熟虑的,祝大昌只能服从。

易国兴又接着说:"这几天市税务局、银行和市电厂,好多单位都来讨债、催款。我让黄秉成全都堵在厂门外,让他们找政府要去。临江钢厂是国家的,国家的厂现在没有钱,政府要负责任。新官不理旧账,这些债务,不是在我易国兴手上欠下的,我凭什么要承担?让政府看着办!"

"可供电公司、自来水公司,我们得罪不起呀!他们会拉闸断电、停水!居民区要是没了电、停了水,会出大问题的!"

"他们敢!只要他们敢拉闸停电停水,我就叫黄秉成拉上几十车渣土,将他们公司的大门堵住!我在南钢不是没干过这种事。不能怕,越怕越出鬼,只要我易国兴一心为公、问心无愧,打官司我也奉陪到底。"

看着略显疲惫,却又斗志昂扬的易国兴,祝大昌觉得,几个月的交道打下来,自己依然没看懂他。他是个复杂的人,身上有理想主义的一面,又有霸道和不近人情的一面。他自信、固执、杀伐决断干净利索,却又一心为公、清廉自律。

祝大昌正走神,进来一个戴着眼镜、额头特别亮的中年人,叫了声"易总",又对祝大昌点下头。

易国兴于是对祝大昌说:"给你介绍一下,孙锦西,热处理分厂工程师。"

祝大昌笑着说:"我们早就认识。"

易国兴说:"那就更好了。"

原来,为解决资金严重不足的问题,易国兴对公司经销处的主要干部进行了一番摸底,最后决定由孙锦西来担任处长,主抓公司对外的销售工作。易国兴对他俩说:"你们今后要密切合作,及时互通信息,尽快让资金回笼,确保公司正常生产。"

二人从易国兴办公室出来,孙锦西说接手经销处其实困难蛮多,第一步他想充实市场调研部的力量,因为这项工作对企业极为重要,被视为市场风向标,是企业领导案头的"内参"。"只是千军易得,一将难求。"孙锦西还没找到合适的人选。

祝大昌说:"我给你推荐一个年轻人吧。"

孙锦西眼前一亮:"你推荐的人,肯定差不了。说说,什么情况。"

"扳道房的老俞头,你知道吗?"

"咱们临钢的名人,当然知道,只是没打过交道。"

"他有个儿子叫俞钢,也算是我看着长大的。脑子灵,又好学上进,高中毕业后,在咱们厂读了个电大,后来分配到平炉分厂渣罐班。你知道的,渣罐班是咱们厂最危险的工作。"

炼钢时,炼钢炉会产生大量钢渣,渣罐班就负责将这些沸腾的钢渣装进渣罐车,拉到野外专门堆放钢渣的地方倒弃。这工作不累,却极危险,在渣罐冷却打水的操作中,稍不慎就容易发生钢渣打炮喷溅的事故。像临钢这样的大型钢厂,每年都会有一些人因此而受伤、致残,甚至把命丢了。蔡红的老公,就是这样受的伤。

孙锦西说:"行,明天就让这个俞钢来经营处报到!但咱们丑话说到前面,如果是那块料,一定不会埋没;如果不是,哪儿来的还回哪儿去。"

祝大昌说:"那就多谢孙处长了。"

孙锦西笑着说:"我应该谢祝总大力支持我的工作才是。"

临钢这样的大厂,通常有几个信息集散地,食堂、澡堂、商店、菜场,这不,祝大昌调离平炉分厂的消息,就在澡堂传开了。这天,赖子、刘胜利和活宝到澡堂洗澡,刚脱下帆布工作服,叶老实和大头就拿着毛巾、肥皂进来了。叶老实嘴里嚷着:"完啦,完啦,大昌调走了!"

赖子和刘胜利吃了一惊:"大昌调走了?调哪里去了?"

叶老实说:"听机电工段肖主任说,祝大昌提升到公司当副总,主管170钢管分厂的销售。"

"那谁来接替大昌?"

"听说是田鸣健。"

"我靠,田鸣健?有没有搞错?一个搞劳资的,对炼钢一窍不通,这不是典型的外行领导内行吗?"没等活宝说完,赖子突然从水中站起来,激动地说:"老子明白了,易国兴这一招叫调虎离山、釜底抽薪。让田鸣健兼管平炉分厂,就是让他来搞下岗分流的,这一招真他妈的狠毒。"

刘胜利也明白了过来:"全公司就咱们平炉分厂没搞下岗分流,因为有祝大昌顶着,加上咱们赶炼那批桥梁钢。现在任务完成了,该卸磨杀驴了。"

毛仁银刚来,还没跳进水池就高声报喜:"兄弟们,报告一个好消息!市报《西塞山副刊》今天发表了我的一首诗。我三天前寄去的,没想到这么快就发表了!这可是我第一次在市报发表作品。我宣布,一个伟大的诗人将要诞生了!"

赖子火冒三丈,将手中的湿毛巾朝毛仁银头上扔过去,骂道:"马上要下岗了,还有心情写狗屁破诗!"

毛仁银一脸无辜地看着大家,蔫溜溜地进到水里,凑过来。

叶老实说:"让下岗也行,政府怎么也得有个安置吧,不然一家老小怎么生活?"

"也别指望政府,我听说,政府机关人员发工资的钱都是借的。"

几个人七嘴八舌议论着,本来约好洗完澡到蔡红小馆打牙祭的,此刻都没了心情。见大头一直一语不发,叶老实说:"大头,你是炉前大班长,这次就看你的了。"

第 七 章

　　三天后,祝大昌到170钢管分厂走马上任。

　　170钢管分厂不在老厂区内。当年建厂,先建了650连轧分厂,再建170钢管分厂的时候,老厂区没有地盘了。当时的总经理童正民便在西塞山乡征了一块地。原先这里是个开满荷花的小湖,填平以后就建了厂房。厂房蓝白相间、高大雄伟,设备全从德国进口。两根黄红相间的烟囱高高耸立,彰显出一派现代气息。至于170分厂的环境,老厂区更没法比。宽敞的厂区大道,两旁种植着四季翠绿的雪松、冬青,还有各种修剪整齐的花草。整个厂区听不到一丝噪音。

　　自从有了170钢管分厂,昔日僻静的乡村变得热闹起来,周边乡民也多了个致富的门道。厂区大门两旁新建了住宅,开起了农家乐、小卖部,聚集了各种小摊小贩。市4路公交车,也在这里设了站点。那时候,临钢光景好,工人们每天上下班根本不坐公交车,公司有专车接送。现在陷入困境,专车取消了,工人上班只能老老实实挤公交。

　　祝大昌是骑自行车到任的。候在厂门口的韩厂长不好意思地说:"祝总,新官上任,轻车简从呀!"

　　祝大昌一笑:"什么新官不新官的,还不是跑腿的命。"

　　韩厂长性格温和,为人处事谨慎细致,素来也是知道祝大昌的为人,对祝大昌敬重有加。由衷道:"你来主管170分厂的销售工作,我就如释重负了。以后,你拿主意,我敲边鼓。"

　　祝大昌说:"那怎么行?说炼钢,我懂点儿,搞市场营销,我门外汉一个,还得拜你老韩为师。"

韩厂长笑了笑说:"欢迎会我已安排了,定在今天下午。我先带您去办公室?"

"咱们还是先去看看货场吧。"祝大昌心里没底,急着想尽快了解情况。

韩厂长就带祝大昌去厂南边的货场检查,一路上,向祝大昌介绍些分厂的情况。现在170厂整体的生产形势不错,关键问题是没盘活市场,销售量一直搞不上去。到了货场,果如韩厂长所说,偌大的露天货场,堆满了各种型号的钢管,小的一捆捆,大的一堆堆,整整齐齐地码放在不同的工区,在阳光下闪着瓦亮瓦亮的光。一个戴蓝安全帽的工人正指挥两台龙门吊,将堆放不下的钢管转移到空地,除此之外,不见人影。

看着冷冷清清的货场,韩厂长叹了口气:"别人以劣充优,产品不愁销;我们的产品货真价实,却找不到销路。"

回到厂部的销售部小院,俩人看到告示栏上贴着一张地区销售分配示意图,一些销售人员正围着议论。见了韩厂长,他们纷纷打招呼,并向祝大昌投来好奇的目光。祝大昌问下岗分流的情况,韩厂长说:"下岗分流了六百多人,在全公司算是最少的。"

"对生产有影响吗?"

韩厂长苦笑道:"有,影响大了。170厂和老厂的情况不一样,设备都是从德国进口的。投产之初招进厂的那批工人素质高,都是高中以上学历。这次为完成指标,减一半人,技术工本就是一个萝卜一个坑,能裁的不多,所以只能裁销售员。170分厂的问题本来就在销售上,这样一来无异于雪上加霜。销售员一减,就只能撤销南北两个销售分公司,然后再把剩下的销售人员按照地区重新进行分配。"

祝大昌问:"现在重点地区还有哪几块,怎么个分配法?"

"华北、华南,还有经济发展快的华东地区,分配方案是基数乘以系数0.7;西北、陕西等地区,经济发展相对落后,分配方案就是基数乘以系数1.4。这样重新调整,应该说是公平合理的。你现在来主管销售,看看这个方案如何?"

"我看蛮好。不同地区,经济发展水平悬殊,分配系数也应该不同,这样就能抓准重点市场,群策群力,打开多年销售不佳的局面。"

61

韩厂长脸上又现出忧郁的神色,叹了口气:"今天已经十六号了,现款才回了三百万,这个月八百万的任务又完不成了。"

祝大昌不想随着他发愁,启发说:"听你说,人家以劣充优,居然能打开市场,我们的产品质量好,怎么就不行呢？你觉得问题出在哪儿？"

"华东有很多厂是钢管用量大户,这些年我们一直想供货,就是打不进去。前后去了好几个销售经理,都不行。"见祝大昌点头不语,韩厂长接着说:"我一说你就明白了。人家进货,要提成、拿回扣。咱们是国有大企业,条条框框多,做事讲的是规矩。现在,社会风气邪得很,你要想推销产品,除了人际关系外,得先用钞票打通关节,回扣才是硬道理!"韩厂长越说越气,祝大昌只是沉思不语。

祝大昌到170钢管分厂走马上任的同时,田鸣健戴着旧蓝布工作帽,背着双手,神情倨傲地到平炉分厂上任。刚听了副厂长大潘的情况汇报,他就让大潘通知各车间、工段主任和班组长,下午一点半准时到分厂会议室开会,传达易总的重要指示,宣布平炉分厂下岗分流方案。

中午吃饭,大潘陪着他到职工食堂排队打饭。食堂里人声嘈杂,人人都在议论下午开会的事。活宝一眼就看到了排队的田鸣健,捅了捅赖子,说:"听说下午姓田的要宣布下岗分流的事了。"说着朝赖子使了个眼色。

赖子心领神会,走到田鸣健背后,抓起他头戴的蓝布工作帽就朝他脑壳甩了一巴掌:"狗日的冬瓜,这几天你跑哪儿去了,没见你上班？"

田鸣健莫名其妙地挨了一巴掌,回过头去,一看此人并不认识。赖子装着认错人的样子,连声说:"对不起,对不起,我以为是冬瓜呢。认错人啦。你狗日的和冬瓜戴一模一样的帽子。"说着,把帽子递给田鸣健,随即溜开了。

田鸣健忍着怒气,问一旁的大潘:"这小子是哪个单位的？"

大潘说:"不是平炉分厂的。"又打圆场,"上次我排队打饭,也是被人认错了,朝我屁股踹了一脚。"

田鸣健知道刚才这人是故意整他,黑着脸不说话。

到下午开会时间,各车间、工段和班组的头儿们该到的都到了。一阵嗡嗡声平静下来以后,田鸣健便拿腔拿调地说了起来。他说,全公司的下岗分流基本上结束了,就剩平炉分厂按兵不动,没有贯彻执行。这种与公司对着干的行为,是错误的,必须坚决纠正。

机电工段肖主任听不下去,站起来就质问田鸣健:"祝厂长推行的轮岗代下岗不是很好吗,难道要作废?"

这种事,只要有人出头,就会有人紧跟,其他车间主任也附和说:"是呀,工人们都拥护祝厂长的做法,怎么能废弃呢?"

眼见局面不好控制,田鸣健敲起桌子,厉声说:"祝大昌搞的还是以前大锅饭那一套,现在不仅要统统作废,还必须推倒重来。我就是代表易总来攻这最后一座堡垒的。"

又有几个班组长诘问:既然祝厂长这一套不行,那我们究竟怎么搞?

田鸣健说:"平炉分厂要向轧钢分厂学习。他们在厂长傅佳钢的领导下,不是搞得很好吗?"田鸣健这番话,立刻激起一阵声浪:

"像傅佳钢那种搞法,咱们工人就倒大霉了。"

"厂子被童正民搞瘫痪了,盼望来个救星,没想到盼来一个更狠的人,一上台就端了咱们吃饭的家伙。"

"就是,傅佳钢背后有易国兴撑腰,什么'优岗淘汰法',就是挑起工人内部矛盾,相互拉帮结派搞团团伙伙。"

"我看'优岗淘汰法'好,能者多劳,多劳多得,每月效益翻番。"

"听说轧钢分厂留下来的人,工资涨了好多。"

"跟出勤不出力的,还有闲人懒汉在一起,有能力的也不愿多干。"

"是呀,下岗分流势在必行,全国都在搞。如果不卸掉包袱,咱们厂就没希望了!"

……

田鸣健回到台上坐下,端起保温杯,不紧不慢地喝着茶。他要的就是这种效果,工人们相互掐,发生争执和对峙,最后形成僵持不下的局面,他就更好收拾了。就好比夫妻闹离婚,双方离婚的理由说了一大堆,最后还得法院判决。所以,等到争议声平息下来,田鸣健端着保温杯站了起来,像手握法槌的法官一样,再面无表情放下保温杯,扫一眼台下的众人。这些套路表演过了,他才宣布平炉分厂具体的下岗分流方案:首先从厂部机关开始,像行政科、环保科、宣传科和成本预算科等科室,统统砍掉。各个车间实行一刀切,除了主任保留外,副主任只留一人。班组按"优岗淘汰法"进行重新整合。最后,田鸣健强调:易总有指示,党员要带头,尤其是干部要带头。谁敢搞阳奉阴违、消极对抗谁就立即下岗,拒不执行或公开反对者,也一律下岗。

散会以后,大家离开会议室,仍然争执不休。钳工大组组长老莫下楼几步跟上大头,问道:"大头,你回班组怎么落实?"

大头心里正烦着,啐了一口说:"落实个屁。姓田的这一招,说白了就是卸磨杀驴。顶他一段时间再说。"

老莫摇头:"顶有什么用,胳膊拧不过大腿。全公司都已经搞了,再怎么对抗也是徒劳。"

大头问他:"你支持姓田的搞法?"

老莫瞪大眼睛说:"我么样会支持!两千多工友,下岗一半以上,没骂他娘就不错了。"

"那你就顶呗!"

老莫又叹了口气:"我是党员,姓田的在台上说了,党员要带头。"

回到钳工大组,大伙一拥而上,正等着听消息呢。老莫就把大家召集到休息室,传达会议精神。大伙一听要按轧钢分厂的"优岗淘汰法",立马炸锅了,发牢骚的发牢骚,骂娘的骂娘。情绪失控的,还摔凳子。吴回芝和毛仁银没作声,周喜也低着头不吭气。

大家发泄了十多分钟后,终于平静下来。老莫说:"大家娘也骂了,东西也砸了,气也出了,咱们坐下来讨论一下吧。这是阻挡不住的,全厂几万人都下岗,要能挡得住,还轮得到我们来挡?再说了,新来的田厂长,心狠手也狠,不像祝大昌好说话。他说了,一个星期之内,必须把各班组的下岗人员名单报上去,如果拒不执行,除本人下岗外,其他分厂和单位的亲兄弟姐妹也一同下岗。"

这话一出,大家都沉默了。许多人都是兄弟姐妹三姑六姨一大家子都在临钢,自己下岗也就罢了,惹得亲戚跟着下岗,这样的出头鸟,哪个有胆做?

老莫的声音也变得嘶哑起来:"咱们钳工大组十八人,只有三个岗位名额。要不,咱们搞无记名投票,得票多的前三名留岗;执行公开投票也行,把每个名字写在黑板上,然后在名字后面打钩。大家好好考虑一下,看我提的这两个方案行不行?行的话,定个时间选其中一个执行。"

钳工大组除了大组长老莫外,无论是技术还是表现,数吴回芝最好。这天下班前,吴回芝对毛仁银说:"毛仁银,下班后,我在江边等你,有话跟你说。"

下班后,毛仁银洗了个澡,就骑自行车到了江边。没想到,吴回芝比他早到。正是夕阳西下,晚霞如火,烧红了天空,也烧红了江水。远处的西塞山巍然屹立江岸,也被晚霞染成了金红色。几艘驳轮拖着长串的货船,鸣着长笛正在逆流而上,激起的浪涛卷着泡沫扑向岸边。夕阳的余晖抹在周围的树林上,也抹在吴回芝和毛仁银的脸上。

自从嫁给郑宏,吴回芝和毛仁银之间,表面上似与从前无异,实则有了微妙的变化,两人再未这样独处过。

吴回芝略带伤感地说:"仁银,搞'优岗淘汰',你有什么看法?"

毛仁银说:"没什么看法呀。都是多年工友,谁留岗都一样。"

"如果你下岗了呢?"

"下就下呗。我坚决拥护改革,保证下岗不发牢骚。"

毛仁银这番话说得看似轻描淡写,倒让吴回芝一时愣住了,半天不知说什么好。看着眼前滚滚东流的大江,她不由幽幽叹了口气,心里隐隐作痛。这么多年,她和毛仁银的情感扯不清道不明。毛仁银救过吴回芝的命,吴回芝也喜欢过毛仁银,只是毛仁银总像个没长大的孩子,生活上大大咧咧,从不晓得节省,每月工资不到半月就花光了。赖子、刘胜利那几个哥们儿要他请客,他从不推托。只要他认识的人,家里有什么红白喜事,他都会热心凑个份子。这也让吴回芝认识到,毛仁银这样的人,谈恋爱、风花雪月可以,在一起过日子,难。这么多年了,吴回芝对毛仁银,既不想舍弃,又不敢以身相许。纠结着纠结着,她就进入了晚婚年龄,这时候,她爸替她相中了郑宏。吴回芝不置可否,就想试试毛仁银的态度。一天晚上,从公司俱乐部看完电影出来,吴回芝故意说起郑宏追她的事,心里也打定了主意,如果毛仁银说不行,她就快刀斩乱麻跟毛仁银结婚。谁知,毛仁银沉默了半天,居然冒出这一句:"这是好事呀,只要郑宏真心待你。"

吴回芝的心顿时凉透了,什么也没说走开了。之后很快与郑宏办了婚事。但不知为什么,吴回芝心里总觉得愧对毛仁银。这会儿,看着落日后瞬间变得灰蒙蒙的天空,又看着浑然把下岗不当回事的毛仁银。这个节骨眼上,他还像个孩子一样,捡起石子打着水漂,吴回芝想说的话又咽回去。毛仁银无父无母,又无兄弟姐妹,平时大手大脚惯了,全无积蓄,一旦下岗,生活必成大问题。她暗下决心,宁可她下岗,也要保证毛仁银在岗。想到这儿,她说:"毛仁银,我走了。"

毛仁银愣了:"你不是有话要对我说吗?"

"也没有什么话。"说完就骑车走了。回到工人村,天已黑了。郑宏在家已做好了饭菜。

结婚后,郑宏晚上很少在家,也难得给老婆做一回饭。他太忙了。

平炉分厂生产用的镍板,近来屡屡被盗,内保科应该负责侦破,但一直未找出线索。易国兴为此总批评处长黄秉成,限令保卫处火速破案,将罪犯绳之以法。黄秉成转头就给内保科科长老徐施加压力,老徐于是就把这副重担交给了郑宏。

郑宏当过多年特种兵,复员后到电厂做了几年保卫工作,有些经验。他接手案子后,分析案情、调查走访,得出了一个与处长黄秉成相左的意见。他推断,镍板不是在平炉分厂合金库失窃的,而是在从原料处库房运往平炉分厂的途中。也就是说,有一个犯罪团伙内外勾结。黄秉成觉得郑宏的分析有道理,支持他按这个思路去侦查。几经周折,终于在五道岔找到了作案现场。郑宏带人在五道岔设伏已经近半个月,想抓个现行,但犯罪嫌疑人却一直没露面。

"又去执行任务吗?"吴回芝见郑宏草草吃完饭,带上枪又要出门。

"易国兴催得紧,一天不破案,一天别想安生。"说完又安慰吴回芝道,"我感觉,就这几天的事了。"

"有个事,想和你商量一下,就几分钟。"

"也没那么着急,有什么事你说。"

吴回芝就说,今天田鸣健宣布了下岗方案,钳工大组只有三个留岗名额。

一听是下岗的事儿,郑宏说:"这事儿啊,你把心放在肚子里好了。我老婆是什么人?不管是人员还是技术,三个名额都少不了你一个。"郑宏平时嘴没这么甜,但一想到结婚才半年,自己就天天夜不归宿,他觉得怪对不起吴回芝的。

吴回芝心头一暖,说:"不是这个事。"

"那还有什么事?"

吴回芝犹豫了好一阵子才说:"我说出来,你不许跟我急。"

郑宏还是第一次见吴回芝这样,笑眯眯看着她:"不急。"

"是毛仁银的事。"

郑宏不吱声,等着吴回芝继续往下说。

吴回芝鼓起勇气说:"如果投票投上了我,我想把我的名额留给毛仁银。"

郑宏心里涌起一股浓浓的醋意,但他没有表现出来。他想知道吴回芝这样做的理由。

吴回芝继续说:"你不是还在岗吗,我们还没孩子。再说,你跟电厂头儿熟,可以在电厂替我找个事干。毛仁银就不一样了,没爹没妈,自己就是个长不大的糙子伢,手上又没有一分钱存款。他要是下岗了,我真担心他会饿死。"

郑宏是深知吴回芝性格的,说是和他商量,其实她是打定了主意,于是顺水推舟说:"行,你的事你做主,我听从老婆大人安排。"边说着,边抱住吴回芝亲了一下,然后就匆匆走了。吴回芝见最难的一关过了,就想,这事还不能等投票结果出来,她要更主动一点,表明自愿下岗,保荐毛仁银留岗。

第二天,吴回芝带着保荐书上班,苦口婆心地做起同事们的思想工作。人心都是肉做的,同事们都同情毛仁银,认为吴回芝说得在理。他们好歹还有家人,还有亲戚相互照顾,一时半刻还能维持生活。况且,十八人只有三个名额,多半没自己的份儿,真要投票,也的确少不了吴回芝,也就是说,毛仁银占的并不是自己的名额,那何不在保荐书上签字,做个顺水人情?于是,除了周喜以外,包括大组长老莫,都给她签了字。

毛仁银到机电工段帮忙,直到下班才回到班组。一回来就听说了这事,心里是既感动又惭愧,心里也涌动着一股要去质问吴回芝的冲动。没想到在食堂吃过晚饭回家,刚一进院门,吴回芝就骑车来了,还提着一个手提袋。

毛仁银劈头就说:"吴回芝,你脑子有病吗?"

吴回芝知道毛仁银说的什么事,也知道他是故意说狠话,并不回他。

"你的心意我领了,但我一个大老爷们,下岗了走到哪里不能活?我正想换个活法!再说了,你为我下岗,郑宏知道吗?"

吴回芝说:"我跟郑宏说了,他说他能养活我。何况我有钳工技术,好找工作,饿不死。"说着将手中的手提袋递给毛仁银,"郑宏穿大了,你穿合适。"

毛仁银接过来,竭力控制住自己的感情,对吴回芝说:"谢谢你,回芝!这么多年,你总在我的背后,关心我、帮助我,我该怎么感谢你呢?"

"好啦好啦,你少婆婆妈妈的,我的命是你救的。"

"要不,以后我每月的工资,一半归你。"

吴回芝一听这孩子气的话,一下就笑了,同时鼻子一酸:这个毛仁银,到什么时候都不改本性。她知道毛仁银说这话是认真的,越是这样,她心里越不好受。她不能和他多说,再说她怕眼泪会掉下来,就故意数落道:"别说莒话,顾好你自己。工资要省着点儿花,再不要大手大脚了。衣服要勤换勤洗,房子要收拾干净,早点儿找个女人过日子。"

毛仁银傻傻地点着头,不知道说什么好。

一周后,平炉分厂留岗人员的名单公布了。除了大组长老莫,毛仁银留岗,周喜居然也留岗了。

老莫留下,在情理之中。毛仁银留下,因为他得票最多;周喜只得了三票,有一票还是他自己投的。只因他与田鸣健是亲戚,又是田鸣健当劳资科科长时弄进厂的,尽管报上去的下岗名单中头一个就是周喜,田鸣健一笔就将他的名字勾掉了,并且特别向副厂长大潘交代:周喜有技术,给他一个留岗名额,让他在合并后的维修钳工班干钳工。

大潘敢怒不敢言,只能在心里骂娘。

周喜得知自己留岗,心里甚是得意。留岗就意味着他还有机会捞一把。其实,他就是镍板案的主犯。他二哥周旺在运输部当连接工,这几年来,俩人里应外合,没少偷镍板往市废旧金属回收公司销赃。回收公司的马歪嘴,原本是个小股长,两年前承包了回收公司,摇身一变成了私营老板。平时他和周喜、周旺三人打得最是火热。一日酒足饭饱后,三人商量发财之道,都说撑死胆大的,饿死胆小的,又说自古以来要靠山吃山,靠水吃水,兄弟伙靠着钢的城,自然要吃钢的城。偌大的钢城,兄弟伙能啃下一小口都能吃成大胖子,于是一合计,搞出了盗运销赃一条龙,周喜、周旺兄弟负责偷镍板,马歪嘴负责打通关系,将这从临江钢厂偷出来的镍板再高价卖回给临江钢厂。

这天下班,周喜又骑着本田摩托车到一门道桥头酒家与他二哥周旺见面。关上包房门后,周喜问周旺,欠条带来了吗?周旺就从内衣口袋掏出欠条,递给周喜说,这两天保卫处的人老来他们单位,八成是调查镍板被盗的事,又说晚上老做噩梦,梦见被抓进号子,戴上了锃亮的铐子。

周喜安慰他道:"怕什么!捉贼捉赃,我们没露出马脚,公安处那帮人能查出什么?"

周旺还是很不安:"我打听到了,现在是郑宏在跟这个案子。郑宏是个硬茬,现在易国兴抓这事抓得紧,咱们还是小心点,先消停一段时间!"

周喜说:"好,好,反正我不下岗了,来日方长。马老板欠我们的钱,先讨回来再说。"

周喜说完先走了,他跟马歪嘴约在海观山的天都茶楼见面。

一间光线幽暗的包房内,马歪嘴歪躺在沙发上,两个袒胸露背的年轻女郎正在给他捏骨。见周喜来了,马歪嘴挥了下手,两个女郎便走了出去。

"都两个月了,咋他妈没见你一点动静?"马歪嘴一脸的不高兴。

周喜说:"查得紧,不好下手。"

"我看你是怕钱多了烧手?"

周喜不怕他,说:"马老板,你欠我三万元的货款,都快半年了,什么时候给?"说着,掏出欠条,在马歪嘴面前晃了一下,放在茶几上。

"手头有点紧,缓两个月。"马歪嘴依旧斜躺着。

"又缓两个月?我二哥不同意。"周喜提高了嗓门。

"生意不好做哇!镍板跌价了,一吨降到了十二万。"

周喜打断道:"马老板,你是把我周喜当苕哄吗?镍板明明价涨了,现在行情一吨十八万,比去年涨了一万二。"没等马歪嘴开口,周喜又道:"马老板,咱们桥归桥,路归路。你从我们兄弟身上赚饱了钱,这是你的本事,老子不眼红。但你也把眼睛放亮一点,做事不要太过分,吃黑吃到我们兄弟头上了。"

马歪嘴坐了起来:"我们是什么关系,我马某人是吃黑的人吗?我还要靠你周老弟发财呢。"稍顿了顿,扔给周喜一根雪茄,"你跟我马某人合作也没吃亏,不是早就成了万元户吗?摩托车也买了,还盖了两层楼房。"

"马老板,"周喜不想与马歪嘴扯这些,"你今天给个准话儿,这钱,究竟什么时候给?"

马歪嘴看着茶几上的欠条,用手指点了点:"我们再合作一次,等货一出手,保证一次性付清。"

"现在查得紧,干不了。"

"这么说,你是不准备干了?"马歪嘴沉下脸,吐出嘴里的半截雪茄,"那好,这三万元钱你也甭想了。"

见马歪嘴果然想黑吃黑,周喜也不是吃素的,目露凶光,一把揪起马歪嘴的衣襟。

马歪嘴冷笑道:"松手。"

周喜不松手,挥起的拳头也不敢落下。

马歪嘴说:"是你先对我动的手,你不仁,就莫怪哥我不义。"然后冲门外大叫了一声,"大军、二军!"两个穿黑色背心、胳膊上刺着狼头的光头马仔应声而入。周喜一见,忙松了手。

马歪嘴坐直了,扯了扯被周喜抓皱的衣服,说:"么样,尿了?"

周喜赔笑道:"马哥。"

大军、二军同时喝道:"马哥是你叫的?叫马爷。"话音未落,一记耳光响亮,周喜只觉得脸上火辣辣的。

"马爷。"

"现在叫马爷,晚了。"马歪嘴朝大军、二军打了个手势,二人就过来扭着周喜的手,揪着他的头发,将他的头朝墙狠撞了几下,直撞得周喜脑瓜子嗡嗡、眼前发黑。又朝他裤裆猛踢了一脚。周喜捂着裆,痛得直吸冷气。

马歪嘴朝周喜厌恶地吼道:"临钢养活你们一家老小,你小子吃临钢的黑吃得,老子吃你的黑就吃不得了?"说着,拿起打火机,拈起茶几上的欠条,一边烧一边挖苦周喜道,"跟老子斗,你小子还嫩了点。看在多年合作的分上,今天放你一马。莫让老子再看到你,看到一次打一次。"

从天都茶楼狼狈出来,周喜抹了一把额头流出的血,心里暗自发狠:"狗日的马歪嘴,不弄死你,老子不姓周。"

第 八 章

　　大头管理的炉前生产横班,是平炉分厂最后一个执行下岗分流的班组。按照田鸣健推行的下岗硬性指标,以前分为三班轮流制的炉前生产横班,取消中班制,合并成两个生产班,由八小时制改成十二小时制,然后采取"优岗淘汰法",确定留岗和下岗的人数。

　　其他班组都改完了,下岗人员名单也上报到厂部了,可大头仍然按兵不动,采取消极对抗的态度。田鸣健大怒,把副厂长大潘叫到办公室,让他免掉大头大班长的职务,先下岗。谁知一向温和谨慎的大潘居然把田鸣健给顶了回去,说大头是把炼钢好手,也是分厂为数不多的重要技术骨干,他当了多年炉前生产一线的横班大班长,既有领导能力又有实际经验。大潘还说,他还准备提建议,调大头到炼钢车间当主任。

　　田鸣健又拿出易国兴这把尚方宝剑:"他公然违抗易总的指示精神,像这种顽固不化、不进油盐的刺儿头,技术再好也不能重用,必须下岗。"

　　见田鸣健如此蛮横,大潘只得退让说:"你发这么大火干什么?公司规定的最后期限不是下周三吗?还有几天时间,我让大头抓紧落实不就行了吗?"

　　见大潘袒护大头,态度格外坚决,田鸣健只好忍住气,让大潘尽快找大头谈话,下最后通牒,三天之内,炉前生产横班必须把下岗名单报到厂部,否则,不仅大头要下岗,他在公司搞调度的弟弟也得下岗。

　　大潘知道田鸣健这人说得出做得到,就来到炉前做大头的工作。

　　大头骂道:"老子就是想不通!"

"想得通想不通都得执行。全厂下岗几万人,谁想得通?再说了,现在搞改革,厂子还有得救,还能保住一万人的饭碗;再不改,将来厂子倒闭了,一个饭碗都保不住。"

大头还是满肚子委屈:"我们炉前工,全厂最苦;我们的工作环境,谁都知道,一年四季过夏天。哪个工人没有被钢渣烫伤过?你也晓得的,钢渣烫伤,表面上结了疤壳,其实里面化了脓,没半年时间根本好不了。潘厂长你说说,谁该留岗,谁该下岗?我这个横班班长,要是一锤定音,除非良心让狗吃了!"

大潘拍拍他肩膀,由衷地说:"你说的这些,我怎么会不晓得?你有看法,难道我就没有看法?都在一个厂子待了这么多年,谁丢了饭碗,我跟你一样难受。"说到这里,又觉得不对劲了,怎么跟他说到一个道上了,于是赶紧扭转话头,"但是,看法归看法,不满归不满,易总的指示精神,田鸣健的最后通牒,必须贯彻执行。"

大潘觉得已经说到位了,准备转身走人,就又回头说:"大头,该说的我都说了,如果你还犯傻,我也没办法保你了。"

大头心里堵得慌,一把拉住大潘,让他再听自己几句话:"好吧,好吧,好吧,三天之内,你们等着。"

大潘又拍下大头的肩,想说什么,终是化作一声长叹,转身走了。

大头回到炉前更衣室,脱下手套,又摘下头盔,解开衣领,长长地出了一口闷气。炉前横班七十多名工人,家庭条件都不太好。以前,大家在值班室吃饭,有的是从家里带来的,有的是从职工食堂打来的,饭菜都往铁桌上一摆,大伙一起吃。你吃我的,我吃你的,不分彼此。虽然每个人都累得像龟孙子,又快活得像阎王老子。那时候,所有国际、国内大事,都在饭桌上谈论交流。什么以色列总理拉宾遭刺杀,日本神户大地震,韩国总统卢泰愚和全斗焕相继因腐败被捕,没有炉前工不聊的。当然,也谈家事,床笫隐私也是话题。因为炉前温度高,炉前工从不穿内裤,一不小心那玩意儿就暴露无遗。叶老实那东西大,同事经常取笑他,叶老实只是嘿嘿地笑。以后,像这样的百家菜再也吃不上了,像这样原汁原味的工友情景剧再也看不到了。

他拿出一条永光烟,一罐子信阳毛尖,摆放在大铁桌上。谁想抽烟就拿,谁想喝茶就泡。以往,大头招待大伙,特别强调自费,今天,大伙儿坐在这儿,他说不出来。他怕一开口就会号啕大哭——以后再也没有自费招待这些兄弟的机会了。

大伙安静下来,不出声地望着大头。大头这才站起来,动情地说:"兄弟们,对不住了,下岗分流,大势所趋,我只能照猫画虎了。手心手背都是肉,哪个兄弟下岗,我都舍不得。家家都有父母,都有老婆孩子。"

大伙低着头,沉默不语。面对命运的抉择,每个人都无法回避。

"我打听了一下,有的班组是搞举手表决;有的班组搞的是不记名投票;还有的班组是把名字写在黑板上,让每个人上去打钩。大家看我们采取哪种方式合适?"

一阵死寂般的沉默,只有远处厂区火车的鸣叫声,厂房内天车吊动的钢铁撞击声不时传进来。足足过了三分钟,赖子的骂声才打破了沉寂:"妈的,像易国兴这种搞法,就是留岗也没什么好果子吃,不如出去闯条生路!把我赖子的名字列到下岗名单好啦。"

田鸡也站了起来:"这种窝囊日子,我早受够了!老子就不相信,离开了厂子,还混不到一碗饭吃?算上我,我也自愿下岗。"

大多数人都没他俩的勇气,仍然沉默着。接着,王金彪站起来对大头说:"既然大家都不表态,那就只能执行'优岗淘汰法'了。"

活宝深吸了一口烟,扔了烟头站了起来:"咱们大伙在一起多年了,虽说不是亲兄弟,也是感情深厚的工友,大伙说是不是?那样搞会伤和气、伤感情,搞成了仇人以后还怎么见面?要我说,夫妻俩都在咱们分厂的,老婆下岗了,老公不能下岗。不然夫妻双双下岗,日后靠什么生活?"

刘胜利问:"那你说怎么搞?"

叶老实也急切地问:"是呀,究竟怎么搞?"

"有什么不好搞的?"赖子接上话茬,"为了体现公平公正,你们抓阄嘛,让天老爷来决定命运好了。谁也不埋怨谁,也怨不了谁。"

"对,抓阄,最能体现公平公正!"

"抓阄好,我赞成。"

"我也赞成!"

见大多数人赞同抓阄,大头便找来一张平时写宣传口号用的白纸,用电工刀裁开,除开自愿下岗的赖子和田鸡外,连他大头算在内,揉成了七十四个小纸团,装在一只铝制的饭盒里。大头深知,他每摇一下,都会改变一部分人的命运。他摇几下,停下;再摇几下,再停下。他的手都发软了,再也不

73

敢摇了。

赖子在一旁看不下去了,一把夺过饭盒,大声说:"反正这里面没我的事。大伙说,开不开?"

大伙也耐不住性子了,齐声喊道:"开!"

赖子打开饭盒,让大伙抓阄。纸团上写"下"的,就是下岗;无字的就是留岗。叶老实是最后一个抽的。本来他先拈了一个,犹豫了一下,没有勇气拆开,就顺手给了身旁的老明。老明拆开一看,露出兴奋的神色,显然是留岗了。等到叶老实再拈,饭盒里只有一个小纸团了。

刘胜利当场说了一句极富哲理的话:无须选择,也是一种选择。

这是令人窒息的一刻,也是炉前有史以来最悲壮的一刻,上天终于以最原始的方式,决定出这伙工人的命运。大头和三十名工人有幸留岗。活宝、刘胜利、叶老实,还有其他四十三名工人,被无情淘汰。

落实了名单,大头骑着自行车来170钢管分厂找祝大昌。

祝大昌正在和韩厂长商量市场销售的问题。易国兴反复打来电话,要求无论有多大困难,170钢管分厂月底必须完成八百万现款的任务。今天已经是21号,除掉完成的三百万外,他们要在十天之内完成五百万销售任务,解决公司资金紧张的燃眉之急。于是,祝大昌决定亲自去跑市场。头一站就去浙江瑞安,瑞安生产注塑机的厂家多,钢管需求量大;如果能打开瑞安的市场,接下来的第二站、第三站困难就不大了。

韩厂长问:"你准备什么时候去?"

"事不宜迟,今晚坐火车到金华,然后坐长途汽车去瑞安。"

韩厂长想了下,说:"你这次去瑞安跑市场,既代表公司,也代表170钢管分厂,得有个派头。要不给你添置个大哥大?随时方便联系。"

"大哥大太贵了,能节省就节省,就给我配个BP机,一样可以随时联系。"

韩厂长说:"好吧,我马上派人去办。另外,给你印盒名片,买好今晚十一点去金华的火车票。"

两个人刚谈到这儿,大头进来了。韩厂长赶紧去落实祝大昌出差的细节,大头则说了请他参加吃散伙饭的事。听大头说,他们用了抓阄的办法,祝大昌只有苦笑。下岗分流,分的是工人的岗,却没分开工友情,这对大家

74

来说也算是聊可自慰了。得知祝大昌今晚出差,大头还是坚持让他出差前露一面:"你今晚去了,大伙心会暖和一些。"

祝大昌说:"你放心,我会去的。"

告别祝大昌,大头没回班组,而是径直来到二门蔡红餐馆。他去找祝大昌之前,先来跟蔡红打了招呼。蔡红已经叫人到上窑集贸市场采购回来了,正在厨房忙着。

大头掏出一千元钱,对蔡红说:"这是班组最后一点尾子钱,不知够不够。"

蔡红说:"你们跟我老公一起下放,这么多年没少照顾我的生意,今天我只收个成本费,也算是我的一点心意。"说着就收下四百,将六百塞回大头手里。

大头忙说:"这咋行?你上有公婆下有儿子,老公又做不了事,就靠小餐馆养家糊口。"

蔡红生气了:"那好,你们到别的餐馆吧。"

大头拗不过,便换了个方式:"那这样吧,你让伙计买一条永光烟、五瓶稻花香、五箱青岛啤酒,这样行了吧。"

蔡红这才收下。

一切安排妥当后,大头才离开蔡红餐馆,骑车进厂回到炉前,与站好最后一班岗的刘胜利、活宝和叶老实一起,炼完最后一炉钢。然后,到澡堂洗完澡,换上衣服,一起骑车来到蔡红餐馆。

蔡红今晚不对外营业,将小房的桌椅板凳全部搬到大房,摆了五桌,显得十分拥挤。因为今晚是散伙饭,大家都愿意挤在一起。以后各奔东西,再难有机会见面了。赖子已经先来了,还带来一瓶白瓷瓶装的茅台酒。赖子说,这瓶茅台酒放在家里二十多年了,一直舍不得喝。

大家都陆续来了,五张桌子也都坐满了,蔡红问大头是不是上菜。大头说:"等等,一会儿大昌就到了。"然后又四下望望,说,"怎么叶老实还没到呀?"话音未落,叶老实就到了。他一进门就流眼泪,还发出呜咽声。赖子见状有些不耐烦,冲叶老实大声说:"有什么好哭的,不就是下个岗吗?又没要你的命!"有人拉住赖子,说叶师傅是个老实人,让他哭出来,憋在心里会憋出病来。叶老实闻言果然就哭诉起来:"你们下岗好办,我只会撮煤,

75

有点儿傻力气。离开了厂子,一家老小,我养不活呀!"

叶老实的哭声,像重锤一般,声声敲打在大家心坎上。大头看看手表,六点半过了,祝大昌还没来,也不好让兄弟们都干等着了,便喊蔡红上菜。菜一个个上来,酒一杯杯斟起,大头站了起来,说:"我说两句好不好?"全场马上静下来,还有稀稀拉拉的掌声。

"大昌还没来,他今晚出差,他会赶来的。我们边吃边等,好不好?"大伙齐声欢呼:好!

"我还得啰唆两句,现在不说,再没机会了。第一句,下岗了,离开厂子了,但谁也不能把我们从工人阶级队伍踢出去,对不对?我们工人阶级的气概不能丢。"有人跟着喊"不能丢"。

"第二句,大家喝好,但不要喝醉。再加一句,今天蔡红只收成本费,感谢蔡老板。"

蔡红长得好看,说话也好听:"感谢各位抬庄!大家吃好,喝好,菜不够,就喊加,莫客气!"

又是掌声,又是欢呼声,现场气氛提升了。

赖子站起来,手举茅台晃了晃说:"好酒,可惜就一瓶。等大昌来了,大家都尝尝。"然后端起桌上的酒杯,说,"本来不该我说话,但我今天不说,就是大头说的,再没机会了。以前,我赖子真有点赖,不是我谦虚。有对不起兄弟们的地方,请多多包涵。我先敬诸位兄弟一口。"

等赖子坐下,刘胜利也起立,举起酒杯:"我刘胜利,平时爱耍小聪明,玩点小动作。活宝和王金彪躲在铁罐里睡觉,是我叫天车工将铁罐吊起来的。多有得罪大家的地方,请原谅。"

随后,活宝将杯中的酒一口喝干,改用大碗,倒上满满的一碗啤酒,粗声说:"我活宝,比赖子,比刘胜利,也好不了多少。有一回,大头扣了我的效益奖,我为了报复,将他新买的皮鞋,偷了一只扔进了炉膛。另外,在更衣室,我偷看过女工换衣服。"

王金彪打断他:"你活宝,在煤场还偷看女澡堂。"

活宝说:"你王金彪也偷看了。要不你咋知道陈小秀,那个开卸煤机的,奶子大,屁股白?"

田鸡趁机问:"进厂的第三年,我冒领了一套工作服,一双大头鞋,谁打的小报告?扣了我三个月奖金,到今天我还耿耿于怀。"

没想到,一个叫世新的货站起来承认:"是我。我那时想表现自己,想加入团组织,向车间主任打了个小报告。"说着,连连拱手作揖。

田鸡就笑着打了他一拳,转向活宝说:"对不起呀活宝,你偷看女澡堂,我只跟王金彪说过,绝对没有向厂保卫科告密。"田鸡话匣子打开了,收不住,再说,"不过活宝,你坑我也坑得多了,你们做笼子,怂恿我跟大何举铁锁比赛,老子没赢过一回。一个月的保健票输得精光。"

大家自曝家丑,说着这些鸡毛蒜皮的往事,一个说了另一个说,生怕抢不到说话的机会。每个人说完,都爆出一阵欢笑,引发小小的混乱,大家都只字不提下岗的事了。大头坐在那里,心神不定,不时看看手表,感觉祝大昌是来不了了。

酒过三巡,大头从衣袋里掏出一把钱放在桌子上,对大家说:"咱们横班多年积累的尾子钱,有三千一百二十元。去年两个工友住院开刀,一个慰问了五百。还有一个工友老人去世,也慰问了五百。今天蔡红这里,给她一千,她只收了四百;另外六百,请她买烟买酒了。现在还剩下六百二十元,都在这里。"留岗的几个人都说,多余的钱,都分给下岗的同事,也是我们留岗同事的一点心意。

刘胜利像想起什么,在衣袋里摸索了一下,掏出两张保健票,还有几张饭菜票,递给大头,说:"下岗了,留着没用,给留岗的工友吧。"活宝、田鸡和王金彪他们也在衣袋里摸索,把剩余的饭菜票、保健票掏出来,朝大头面前丢。叶老实这时总算平静下来了,也拿出两张菜票,一看面值两分钱,不好意思地丢给了大头。

赖子拿出两块钱来,对大头说:"我是一张饭菜票都没有,还欠汪胡子两块钱的保健票,你代我还给他,拜托了。"

大头把两块钱朝赖子手上一塞,什么话都没说,眼圈儿红了。

祝大昌赶到二门蔡红餐馆的时候,里面气氛正好。听声音,大家高高兴兴的,并没有什么异常。祝大昌刚要进屋入席,忽然就传来了哭声,又是叶老实。

刘胜利赶忙说:"我们不能让叶老实把这顿酒搅乱了。活宝,你给大家吼一嗓子!"

活宝拿了根筷子,站起来,说:"这样吧,我来指挥,大家一起唱个

歌——《咱们工人有力量》。刚进厂时,大家都唱过。"然后试了试音准,起了个头,挥舞着筷子,指挥兄弟们唱了起来:

> 嘿!咱们工人有力量,
> 每天每日工作忙,
> 嘿!每天每日工作忙,
> 盖成了高楼大厦,
> 修起了铁路煤矿,
> 改造得世界变呀变了样!
> ……

雄壮有力的歌声,从小餐馆,从小院落,飘向四方。

祝大昌泪水纵横地站在门外。

屋里这帮兄弟,挥起钢钎能炼钢,甩起大锹能加料,为了国家的建设,没少出力,没少流汗,炼出了钢铁,也炼出了咱工人的品格。他们身上尽管有这样那样的缺点,说脏话、发牢骚,甚至干一些出格的事儿,但是在大是大非面前,从来没有含糊过。现在他们却要从我们的队伍中出局了,这对他们公平吗?

祝大昌怕抑制不住自己的情感,怕当着兄弟们的面流泪,就跟蔡红说,我一会儿要上火车出差,就不进去了,也别跟大头说我来过。

第 九 章

从临钢坐火车到金华要十几个小时,等祝大昌从火车站再转长途客车到瑞安东门的汽车站时,已经是第二天的傍晚。薛浩到车站来接祝大昌,叫了辆摩的,到了销售点。说是销售点,也就是一条窄小弄堂内三室一厅的出租屋,没有固定电话,有厕所,也有厨房,每月房租八百。受工厂指派,薛浩长年住在这里。那时候,各地都有临钢的驻地销售员,方便随时联系业务。祝大昌看了看环境,说:"我也不住宾馆了,就在这里,省钱,还可以聊天。"

薛浩一时间不置可否,怎么对待祝大昌,他似乎还把握不住分寸。一来他父亲薛仲仁当年和祝大昌有过节;二来他姐姐薛三妹曾和祝大昌有恋爱关系,因为这事儿,祝国祥还替哥哥出头,打过他;三来,他姐夫傅佳钢跟祝大昌暗地里较着劲;四来,这个人现在又成了他的领导,而且亲自来瑞安抓销售工作。

薛浩暗自打定主意,冷眼旁观,出工不出力,倒要看看这个从来没做过销售、对瑞安市场情况一无所知的祝大昌,到底有多大能耐。

祝大昌边吃方便面,边想让薛浩给他介绍些情况。他问一句,薛浩答一句,并不热心,祝大昌就懒得再问,早早睡了。

翌日早上,祝大昌和薛浩早早就到了朝阳钢管市场。市场挺大,做各种钢管生意,批发零售都有,大小店子一家挨着一家,人和车辆进进出出,嘈杂热闹。在市场入口,祝大昌对薛浩说:"你经常来,就不用陪我进去了。"

祝大昌有自己的考虑,薛浩经常来,老板都是熟面孔,反而谈不出新意。他一个人,夹着小黑包,边走边看,一路打听行情,心里渐渐有数了。他相中一家店,走了进去:"老板,180×14的钢管多少钱一吨?"

"现款的话,五千二一吨。你要多少?"

"两吨能便宜多少?"

"这种管子紧俏,最多便宜三百。"

祝大昌又到另一家店,得到的回答几乎一样。这样转悠了一圈,祝大昌大致知道了哪些钢管紧俏,哪些钢管滞销。他最后走进一家大店,老板是个老者,祝大昌先递给他一根烟,跟他聊了起来:"我有180×14的钢管二百吨,每吨四千四,卖给你怎么样?"

老者接过烟,不紧不慢地说:"行,只要你有,货到后半年付款。"

"先得预付。"

老者吸着烟,依旧不紧不慢:"那我不要。"

祝大昌赶紧摆出请教的姿态:"这么便宜的价格,近百分之二十的差价。"

老者上下打量了他一下,说:"第一次来瑞安吧。你不知道,那些注塑机厂来买管子,都是一吨一吨地买,超过五吨就记账,不付现款。"

祝大昌也不多说,起身告辞:"老板,你还是想想,明天我再来找你。"

从市场出来,祝大昌就让薛浩带他到城东的钢管市场去,这个市场小一点,经营钢管的只有十几家,其他店是卖钢材的。祝大昌又开始一家家问,几乎每家都一样,可以代销,半年付款;差价再大也不做现货现款的生意。祝大昌此时才明白,批发和零售,都存在收款难的问题。这些小商户本身就没有大本钱,也怕货积压久了,把差价赔进去。这一番摸底下来,他知道了,紧俏的钢管也难打开销路,不是市场不行,是市场规律跟他们的设想有差距。如果按照大厂的一套规定行事,市场不接受。

回到销售点,祝大昌就去弄堂口给韩厂长家里挂长途电话。

祝大昌说:"不打破现有的营销模式,只有死路一条。我准备在当地找一家有经济实力的公司,代理170钢管分厂的产品。"韩厂长问他准备让利多少?祝大昌说:"毛利百分之二十五。"

韩厂长有些担心:"没有这个先例,你还是向易总请示一下吧。"

"易总已经跟我交代了,只要不损害厂子利益,掌握好价格底线,月底能交给公司五百万现款,一切由我做主。"

"既然易总给了你尚方宝剑,将在外军令有所不受,你就大胆干吧!有什么事打电话及时联系。"

弄堂口有家卤菜店,祝大昌要了两样,又在隔壁小卖部要了一瓶当地白酒。回到租住房,薛浩已经做好了两菜一汤,正准备盛饭。祝大昌说:"别盛饭了,先喝一杯。你跟我跑一天,也辛苦了。"

男人有酒,就有话,就生情。三杯酒下肚,薛浩话就多了,也套起近乎来:

"我姐姐经常说,祝总是个好人。"

祝大昌听了高兴:"没说我的坏话吧?"

"哪会呢。她倒是经常说一个人的坏话。"薛浩没有挑明,祝大昌也不问。

"当年我兄弟国祥跟你动粗,对不起你,我也有责任。来,我敬你一杯。"

薛浩没想到祝大昌会主动旧事重提,还道歉,他激动地站起来,弓着腰,把杯沿低低地碰祝大昌的杯腰:"这事就别提了。祝总,你随意,我干了。"

话入正题,祝大昌说:"你在这边多年,这边的生意,你最有发言权。"

薛浩听了恭维,兴致更高了:"祝总,最有发言权不敢说,但瑞安这边的市场,我心里还是有数的。"

"这里做钢材生意最有实力的是哪一家?"

薛浩不假思索地说:"宝鑫实业公司,私营企业,专做钢材生意。"

"他们做代理吗?"

薛浩显然从没想过这个问题,显得有些不好意思,说:"没打过交道。不过,我知道这家公司老总姓彭。"

"那我们明天就去拜会这个彭总。"

宝鑫实业公司在瑞安市中心,一家商务大酒店的七楼。这地方薛浩没来过,但他带着祝大昌倒像熟门熟路,一直充当向导。一上楼,看到一个穿花格衬衣的年轻男士,他就大大咧咧地问:"彭总在吗?我们是临钢来的,这位是我们祝总。"花格衬衣听说是临钢来的客人,联系销售钢管的业务,就热情地将他们引到总经理办公室门外。

二人得到允许进去,彭总才将转椅转了半圈,迎向客人。

祝大昌将新印的名片递给彭总。

彭总看了祝大昌的头衔:"临钢,大企业,祝总请坐。"

彭总依然坐着,从桌上拿了一张名片给祝大昌。花格衬衣也将彭总的名片给了薛浩一张。见彭总一直坐着没有起身,祝大昌心中略有不快,说:"我这次来瑞安,主要是做市场调查。我们临钢公司170钢管分厂生产的钢管有市场优势,我想找一家有实力的独家代理商。"

彭总连连"哦"了两声:"瑞安这边,除了宝鑫,还是宝鑫。祝总可能已经听说了。"

"我们慕名而来,对贵公司的实力略知一二。"

彭总坐直了身子:"祝总看来是个爽快人。你可以说一个分成方案,看我们宝鑫能不能接受。"

"180×14的钢管,市场销售价每吨五千二,我让利百分之二十,包括其他不同型号的钢管,一律让利这个数。"

彭总迅速在计算器上按了按:"让利百分之二十,一吨毛利一千零四十,可如果半年出不了手,等于一分钱的利润都没有。"说完,彭总想站起来,花格衬衣马上迎上去,扶了他一把,又将拐杖递给他。祝大昌这才知彭总腿脚不方便,为自己刚才心中闪过的不快暗自脸红。

彭总走过来,坐在祝大昌旁边,表情淡然地说:"要是前几年,这笔生意可以做。可现在不行了。祝总你再说说,还有什么要求?"

"我的现货一到,就要打预付款。"

彭总挂着拐杖站起来,回到老板椅上:"这个生意不能做。"

虽是第一次,祝大昌也知道,这样的讨价还价就是一场商业智力较量。于是,他也起身,像是要离开,又站了片刻,然后坐下来,说:"这样吧,我再让利百分之五,但必须先打三百万预付款。如果彭老板接受不了,我们只好再找其他公司合作了。"

花格衬衣这时候忍不住了,说:"彭总,我看可以考虑,注塑机厂不是需要这种钢管吗?"

彭总不理他,冲着祝大昌问:"你们每月有多少供货?"

"如果付款及时,每月就按你们的订单要求供货。"

彭总仍然一副冷淡神情:"我考虑下,明天再说吧。祝总喝茶。"

祝大昌一看,彭总这是要送客,便起身告辞。刚到电梯前,花格衬衣就赶来了,低声对祝大昌说:"我姐夫让我来送送二位。"

"哦,原来您是彭总的妻弟,失敬,失敬。是否方便留下联系方式?"

花格衬衣便和祝大昌交换了名片,又坚持送祝大昌一行下楼。祝大昌接过名片,上面印着:吴兵,宝鑫实业有限公司办公室主任、财务总监。两大头衔之后,还跟了个括号,注明享受副总经理待遇。祝大昌会心一笑,说:"不知吴总是否肯赏脸吃个饭,交个朋友?"

吴兵连说:"好说好说,电话联系。"

回到住处,薛浩有些丧气,说:"我就知道找代理没那么容易。"祝大昌却不这么认为:"我看这事,有五成把握。我们开出的条件彭总是心动的,只是现在是我们找上门去,他想再压我们的价罢了。这件事的突破口在吴兵身上。"于是吩咐薛浩,想办法了解宝鑫实业和吴兵的情况。

薛浩在瑞安扎了多年,还是有一些人脉的,几通电话打下来,情况就摸得七七八八。原来这彭总是二婚,娶了个比他小二十岁的女人叫吴霜,老夫少妻,自然就对少妻百般宠爱。吴兵沾姐姐的光,在彭总这里混了一堆头衔,干的其实就是打杂的活儿。他一心想建功立业,却又苦于没有项目。

摸清这些情况,祝大昌说:"现在咱们有七成把握了。"

当即约吴兵吃饭,吴兵痛快答应了。祝大昌和薛浩二人轮番敬酒,一会儿喊吴主任,一会儿喊吴总监,有时还喊吴总,搞得吴兵很有感觉,也喝得晕头转向,拍着胸脯跟祝大昌干杯:"临钢的事,包在小弟身上。"

祝大昌趁热打铁:"吴总,有一句话,不知当讲不当讲。"

"祝总你发话。"

"咱们真人面前不说假话,真佛面前不烧假香。吴总在宝鑫,虽说位高权重,但如果我没有猜错的话,同事们并不是太服气你。"

吴兵一口干了杯中酒,说:"祝中真的是神人。"

祝大昌便实在地给吴兵分析,和临钢合作正是吴总的机遇,有临钢这样百年基业的大型国企做后盾,有170钢管厂的优质产品,又有如此优惠的价格,如果吴总抓住这个机会立下一功,在宝鑫的地位就稳如泰山了。说得吴兵连连点头,回到家,就把情况对他姐姐说,他姐姐也是希望弟弟有出息的,就给彭总吹了吹枕边风。彭总是精明的生意人,本来就心动了,只是想再压压价,这下就爽快地答应了。

合同一签,先给临钢打了五百万货款。祝大昌旗开得胜。合同签毕,薛浩想带祝大昌休息一下,好好看看瑞安的景点。瑞安是浙南著名的侨乡,有寨寮溪风景区,有著名的玉海楼和观音寺石塔。可祝大昌哪里有这闲心,他的心已经飞向下一个目的地无锡了。

整个过程,从跑钢材市场到锁定合作对象,在细节处抓机遇,薛浩都看在眼里,心里也服气,但同时也想到,祝大昌毕竟是公司副总,出来谈生意,合作方都会更加重视,若是他手中也有便宜行事的特权,也能打开局面,这么一想,又让他的服气打了折扣。

临钢的职工疗养院,就坐落在太湖风景宜人的鼋头渚。公司辉煌时,每年夏季,安排各分厂和单位的工人干部轮流来休假疗养,今天走一拨,明天又来一拨,真可谓是川流不息。现在公司连工资都放不下来,疗养院也就形同虚设,苦苦支撑罢了。过去,临钢的副总到了无锡,疗养院自然是车接车送,现在一切开支都在压缩,这些待遇自然也没有了。祝大昌和薛浩到无锡时,天色近晚,两个人很自觉地叫了辆的士到了鼋头渚。

疗养院苏所长很客气,为接待祝大昌安排了特色晚宴。最有名的太湖白鱼,次有名的醉虾,上好的绍兴黄酒,规格是够了。席间,苏所长向祝大昌诉苦,以前疗养院二十多名职工都陆续回公司了,现在就他和两名职工留守。偶尔有客人来,也是公司领导写了条子,来白吃白住。

薛浩插话:"苏所长,幸好你们没回去,回去了说不准要下岗。"

苏所长点点头,说:"我老婆在公司职工医院,她来电话说,医院要卖给北京的私人老板?"

祝大昌没有底气地说:"暂时不会吧。"

苏所长劝祝大昌多吃鱼,这玩意儿临江吃不到;又给祝大昌斟上酒,像是汇报,又像是请示:"祝总,江苏这边的人会做生意会赚钱,有几个私人老板来找我,想租疗养院。你们公司领导可以考虑考虑,空着也是空着,租出去,总会有点收益。"

祝大昌眼前一亮:"他们租下干什么,办酒楼还是宾馆?"

"大概是宾馆吧。咱们这个地方好啊,鼋头渚,大名鼎鼎,哪个无锡人不知道啊?如果花个几十万改建成宾馆,档次提高点儿,肯定来钱,一年少说能赚两百万。"

祝大昌听着来了兴趣:"苏所长,我们公司在全国有多少疗养院?"

苏所长眯着眼数:"苏州、杭州、庐山,还有驻京办事处、汉口办事处、蕲春莲花山避暑山庄,加上咱们这儿,统共七处。"

祝大昌想,这些资源都是可以盘活的,至于怎么盘活,一时倒没有好点子。当务之急,还是做好销售。想到老苏在这里多年,必是有一些资源可用的,便用开玩笑的口气说:"老苏,你在这地方工作多年,没认识几个有头脸的朋友?"

苏所长于是找出几张名片递给祝大昌:"这几个还算有点头脸吧。"

一张无锡光明机械厂销售科科长的名片,祝大昌格外留意,他问苏所长:"这个和科长你熟?"

苏所长点点头:"说起来,这个和科长也是个传奇人物,他老家在云南丽江,纳西族。据说他祖上是丽江的旺族。他十来岁时,随父亲到了无锡,平日里喜欢舞文弄墨,诗词书法都是很好的。最难得,他是个美食家,号称吃遍了大江南北。听说他之所以干这销售科长,就是因为可以经常出差,可以品尝各地美食。他喜欢咱们这个地方,说好菜不仅要配好酒,还要和对的人,在对的地方吃。他有时自带食材,请朋友到这里喝酒,一来二去,我们就熟了。"

"那明天中午,你请客,我买单,把和科长请来。"祝大昌这才感觉到,自己说这话的口气,还真有点儿祝总的味道了。

在鼋头渚这水天一色的半岛上喝茶,真是享受。苏所长特意安排在露天地里,摆上藤桌藤椅,上了西湖龙井招待和科长。

和科长听说是临钢副总有请,不敢怠慢,早早就来了。和科长所在的光明机械厂规模并不大,与临钢不可同日而语。俩人面对面谈了一会儿,祝大昌心里就有底了,直言不讳地说:"和科长,我看重的不是你们的生产优势,而是地理优势。请你不要见怪,我直话直说,我们临钢生产的管子,你们不可能生产出来。如果你们拿我们的管子走向市场,肯定大赚。我现在要借鸡下蛋,用你们光明厂的鸡,下我临钢的蛋,你一定明白我的意思。"

薛浩一听,心里暗暗佩服,祝大昌真厉害,不是商人胜似商人。他用了一般商人都想不到的套路,征服谈判对手——他要把无锡光明机械厂,变成临钢的编外子公司。

还没等对方提合作条件,祝大昌就把自己的底牌亮出来了:"和科长,你当经销科长,在销售方面,肯定比我有经验。像180×14的钢管,市场销售价一吨是五千二,我按现在的报价,再让利百分之二十五,你可以计算一下,这个盈利空间有多大。我直接发货到光明厂,没有中间环节,临钢的正宗产品,又有质量保障,这个钱,你们真是不赚白不赚。我知道,你不能当家,但我知道,你懂得生产成本,懂得销售成本,你会说服你们厂领导的。"

整个见面过程、谈判过程,几乎只有祝大昌的声音。他把对方要提问的、要表达的,都说了。最后,和科长佩服地说:"我从来没有见过你这样的生意人,我已经被你征服了。再让利百分之二十五,我知道这是什么概念;如果我再讨价还价,那就是不识时务了。我会将你的真诚带回厂里。"

苏所长看到双方都这么有诚意,知道生意要做成了,高兴地请各位移步餐厅。这时祝大昌听到和科长同苏所长耳语,说他要买单,祝大昌说:"和科长,今天是我做东,买单的事,你谈都不要谈。"

"那就恭敬不如从命。明天,不管生意成不成,我带食材来,以尽地主之谊。你这个朋友,我算是交定了。"

第二天,和科长不仅带着食材来了,还带来了合作协议书的草稿。两人这下聊得更是投机,和科长谈天南海北的美食,当然也谈他做销售的一些奇闻与心得。祝大昌也是见多识广的人,但在和科长面前,还是感觉收获颇丰,于是便说:"和科长,以您的本事,怎么甘心在这小小的光明厂当个销售科长?难道真的是为吃遍全国美食吗?"

和科长笑道:"祝兄抬举我了。我这人,只是随遇而安。这两年迷上美食,也许过几年,迷上做生意,我就下海了。"

午宴结束,去回 BP 机电话的薛浩兴致却不高,一直在自斟自饮,满腹心事的样子。

祝大昌问:"又是谁的电话?"

"烦死了,还不是我姐夫。一天一个电话,问这问那。"

"你姐夫关心你呗。"

"屁!他关心民用建筑钢材,又是问销路,又是问价格浮动率。"

祝大昌不解:"他怎么关心起这个来了?"

薛浩说,公司这几天出事了,一些退休老干部因为儿女下岗的问题,闯到易国兴办公室了,闹得很凶。

第 十 章

　　近些日子,易国兴的心情不错。该精简的部门大刀阔斧砍了,干部也都已调整,各分厂下岗分流也搞得差不多了,基本达到了预期目的。他的改革,核心就是四个字:减员增效。减员做完了,增效是下一步的重中之重。祝大昌那边连连传来好消息,也让他看到了增效的希望。但他忽视了一个群体——老干部。临钢是老牌国企,老干部多,而且多半是南下的,为临钢建设立下过汗马功劳。他们虽然离休了,能量却不小。他们的儿女大多在厂里工作,下岗分流的时候易国兴完全没有考虑。春节来厂上任,他也没有按惯例到老干部家拜访慰问,而且连老干部锻炼打门球的场地也取缔了。当老干部们带着强烈的不满串联到一起,到厂部大楼找他的时候,他才意识到自己这个重要的疏忽。

　　当时,田鸣健在向易国兴汇报平炉分厂下岗分流的成果,邀功请赏,门砰的一声被推开,一群老干部就闯了进来。大家不由分说。围住易国兴就七嘴八舌声讨起来:

　　"老子南下来临钢时,你还穿着开裆裤。老子革命一生、流血流汗,子女不但得不到照顾,还被夺了饭碗,这说得过去吗!"

　　"我们不是不通情达理,让我们儿女下岗,总得给个说法,是他们表现不好,还是犯了什么错误?你得让我们心服口服。"

　　"易国兴,你不分青红皂白,胡子眉毛一把抓,让我们儿女下岗,连老干部活动中心也取消……你就是个混蛋!"

　　"你这哪里是改革,分明就是瞎搞!今天你得说清楚,我们的子女怎么安排？"

易国兴本就是个硬茬，再加上背后有省领导撑腰，临江市的领导他都不放在眼里，哪里会把这几个老干部当盘菜。况且他早就觉得，特权思想就是导致临钢败落的一大毒瘤。他来临钢搞改革、动大手术，割的就是这些毒瘤。于是言语上不甘示弱，态度也很强硬：

"你们为国家、为厂子做过贡献，我敬重你们。但你们的儿女做了什么贡献呢？就因为他们是干部子女，就可以躺在父母的功劳簿上睡大觉，享受特殊照顾吗？"

田鸣健也跟着附和："易总说得对！没这个道理。你们的功劳是你们的，不是你们儿女的，别人能下岗，他们为什么就不能下岗？政策也没有这一条，干部子女可以在改革中享受特殊照顾。"

老干部们本来以为，易国兴至少要赔个笑脸，哪里想到人家根本不给脸。易国兴不给脸还罢了，连田鸣健这个小喽啰居然也在这儿狐假虎威。于是怒气很快转到田鸣健身上，老干部们几乎戳到田鸣健鼻子上吼："你是什么东西？这里轮不到你说话，滚一边去！"

田鸣健脸涨成紫黑色，说："易总，这些人，这些人是要造反！"

听说老干部们找易国兴兴师问罪，冯为泰匆匆赶了过来。大家一见冯为泰，都有了主心骨，说："冯书记来了，冯书记，你今天要主持公道。"

冯为泰赶紧好言劝说起来，让老干部不要动火，有意见好好说，公司党委完全了解他们的难处，会妥善处理这些问题。

一个挂手杖的老干部对冯为泰这些没油盐的话不满意，说："你如今说话有屁用！现在临钢还有党的领导吗？现在是他易国兴的一言堂，他想怎么搞就怎么搞，他老子天下第一！"

田鸣健顶他："你们不也是仗着老资格倚老卖老、蛮缠胡闹吗？"

本来大多数老干部见了冯为泰言语都缓和了许多，这下子又被田鸣健激怒了。一个瘦高个儿的老干部甚至一下抓住田鸣健，"啪啪"就是两记耳光，挂手杖的老干部也扬起手杖，一拐杖正敲在田鸣健头上。一时间群情激愤，大家趁乱都要围上来，嘴里还喊着"打死他"。幸亏保卫处处长黄秉成带人及时赶到，否则真是局面难以控制。众人好说歹说，冯为泰又极力安抚，再加上老干部们也累了，就都愤然离开，但他们甩下一句话：要到省里告易国兴!

易国兴回敬道:"我等着你们告!"

田鸣健挨了两巴掌,又被敲了一拐棍。老人家手上的力道并不大,脸没有被打肿,头也没有被敲破,但他却掏出手绢捂着嘴哽哽咽咽地哭起来了,说他从小长这么大,还是第一次挨打,现在耳朵听不见声音了,头也是麻的。明知他在做戏,易国兴和冯为泰还是好言安慰他,尤其易国兴,言谈间都是真切的关心。冯为泰见状,一丝阴影掠过心头:易国兴迟早要阴沟里翻船,被田鸣健之流所害。

老干部们闹事后大约半个月,易国兴接到通知,罗副省长要来临钢检查工作。这天一大早,易国兴就带着田鸣健、冯为泰等一干班子成员,在西总门等候。

西总门是临钢建成之初的第一座厂大门,拱圆形的门顶上镶着盛宣怀手书的"西总门"三个大字,是结实敦厚的馆阁体。以现在的眼光来看,西总门不高大,但它的每块青砖都透着历史沧桑,饱蘸着古色古香。墙头上的青草、小树、老藤,仿佛也都在诉说着百年老厂的厚重历史。

西总门一直是全厂的交通中枢。靠大门右侧,几条铁轨交织,汽笛声不断。每天都有运送铁矿石和煤炭的火车出出进进。交织的铁轨也将临钢的生产区和生活区分隔开来。上班下班的人流,每天都要横跨过铁轨进入轰鸣的车间、回到温馨的家。

易国兴一行候在西总门时,正是每天的上班高峰,七万人的大厂,如今裁到一万人,西总门较之从前,足可以用冷冷清清来形容了。

九点钟左右,罗副省长的车到了,后面还跟着几辆小车。田鸣健迈着碎步迎上前打开车门,很专业地用手遮拦车门框,请出罗副省长。罗副省长笑容满面,穿着黑色西服,系着一条暗红色的领带。罗副省长伸出胖乎乎的手,接住易国兴伸出来的手,用力摇了摇,另一只手拍着他的手背说:"国兴呀,选择你到临钢这个决策,看来对了。你在临钢大刀阔斧推行的改革,有声有色,干得不错呀!"

易国兴也满面笑容:"既然组织上充分信任我,委我以重任,我易国兴就应该义不容辞,尽职、尽责、尽心。"

罗副省长连连点头:"好,好,推行国企改革就应该有壮士断腕的勇气,不要怕被扣帽子,也不要怕被骂冷血动物。改革是摸着石头过河,不要被风险吓倒。如果错了、失败了,就当交点学费嘛,还可以重新再来嘛。"

罗副省长边说边环视西总门,见人来车往,火车汽笛声声,便用开玩笑的口吻说:"国兴呀,临钢是百年老厂,名声在外,这个厂门,是不是小了点儿? 与现代化色彩不协调呀。"

田鸣健看了易国兴一眼,忙说:"请罗省长放心,我们易总已经有方案了,将全厂环境改善一下。罗省长下次来,西总门将会焕然一新!"

一行人浩浩荡荡,沿着厂区大道转了一圈,最后来到平炉分厂。

罗副省长刚下车,一股滚滚黑烟便从眼前飘过,汹涌翻滚着直上天空。他不由得皱了皱眉,严肃地对易国兴说:"我对临钢还是很了解的。三座平炉,建于五六十年代,七十年代进行了改造,到了八十年代初,厂房由于超负荷运转,存在多处隐患。本来应该停止生产,再就地重建,但是,当时生产形势好,如果停产一年,就会少给国家交税一亿几千万,所以才接受了专家的建议,只对厂房进行了加固。现在又过去十多年了,厂房隐患更突出了,如果不停产,恐怕会酿成大祸呀。你们看看天上的烟尘,污染太严重了,而且平炉能耗高,已经不适应国家的产业政策了。"

田鸣健又赶忙代替易国兴说:"罗省长的意见很重要,我们坚决执行。"

易国兴不满地看了他一眼,他才讪讪地往后撤了两步。

罗副省长不看他,对易国兴说:"老易,你的意见呢?"

易国兴表态:"罗省长的指示,我们认真研究,坚决照办。"

罗副省长点点头:"好哇,不打无准备之仗。拆除平炉后,你们要尽快调整产业结构,结合当前市场的需求,尽快扭亏为盈,早日走出困境。"稍顿了顿,罗副省长又对易国兴说,"必须要有领先于人的勇气,才能领先于人。"

易国兴明显感觉到,罗副省长的这个句子没造好。尽管他知道罗副省长是在为他撑腰,但他也是个有主见的人,心里知道如果把罗副省长的每句话都落实下来,将会是什么后果。他固然知道领导支持的重要,但同时也知道,即便是领导,也不是什么都懂,什么都会。他一面跟那些省市领导一样,大树底下好乘凉,在罗副省长的每个指示之后,不断表态"您的指示很重要",一面在心里暗自权衡和考量。

在公司食堂吃过工作餐,安排罗副省长一行到招待所休息。听说易国兴就住三楼318房间,罗副省长执意要去看看。这一看,看出了一个改革典型。

易国兴住的房间不大,只有罗副省长一人跟随易国兴进去了,其他人都站在外面走廊上。

"老易,这么小的房间呀,没有大点儿的吗?"罗副省长四下观察一番,"不可以把隔壁房间打通吗?"

易国兴不以为意:"我出差的时候,他们打通过。我回来后,又让他们恢复了原样。"

站在门口的田鸣健不失时机地说:"易总十分廉洁,住招待所按月付房租,家人来也一样。不要服务员为他洗衣服,人家单位送的美尔雅西服,他都退了回去。"

"国兴同志做得好。"罗副省长赞扬说,"廉洁奉公、严于律己,不搞特殊化,给我们树了榜样。"

下午的座谈会,有公司领导、市领导参加。罗副省长听了易国兴的工作汇报,表示非常满意,在做指示的时候特别强调,省委省政府高度关注临钢的改革,他此行是受了省委书记和省长的委托。他说,看了易国兴的房间,了解了他的生活情况,很感动,这就是改革家的风采。他希望市委市政府积极支持易国兴同志的工作,全力支持临钢的改革。有关下岗人员的生活问题,要关心。有关大集体厂、小集体厂的生存发展问题,也要关心。对临钢的领导班子,省委寄予厚望,一定要团结,团结不团结,是改革成败的关键。

晚餐市里安排好了,罗副省长告别前又单独与易国兴谈了几分钟,给他再次打气撑腰。说最近不少人通过各种渠道到省里告状,但你易国兴是我重用的人,告你的状,也就是告我的状,因此,你一定要把临钢的改革搞好,让百年老厂再次焕发生机。我也是为你顶着压力的。

罗副省长一走,落实指示精神就提到了议事日程。

这一落实不要紧,临钢领导班子之间的矛盾就暴露出来了。淘汰和拆除平炉的方案,田鸣健先搞了出来,易国兴又动笔修改了一番。就在罗副省长走后第三天上午,方案就拿到公司领导班子会上讨论。

易国兴首先说了拆除平炉的三个理由:一是罗副省长指出的安全问题;二是平炉生产的钢材已经完全没有市场,生产得越多,压库就越多,亏损就越大;三就是环保的问题,平炉污染严重,市环保局多次来公司交涉,要求停产治理。现在是淘汰的时候了。

但冯为泰有不同意见。在处理与易国兴的关系上，冯为泰一直如履薄冰，小心翼翼，尽可能求同存异，少发生争执。他和负责技术工程的副总王世儒讨论过，既然要拆除平炉，着眼临钢的未来，重振特钢发展之路，那就建三座十八吨电炉、两座五十吨高功率电弧炉和一座六十吨钢包精炼炉。但易国兴压根就没有这种想法，他有他的打算，他想弃特钢炼普钢，在平炉旧址上兴建炼铁高炉。这下冯为泰不能再隐忍了，在此关键时刻，他若再当老好人和事佬，不站出来说话，那从当前的利害关系看，就是对工人兄弟的背叛；从长远看，就是历史的罪人。

冯为泰冲动地说："我明确表态，我反对拆除平炉。平炉拆除了，那一千多名在岗工人我们怎么安置，是不是又要全部下岗？"

易国兴没想到一向温和稳重、处处维护他的冯为泰会站出来反对，他愣了一下，说："我们是贯彻罗省长的指示。"

他有罗副省长这把尚方宝剑，冯为泰只好退而求其次，近乎绝望地说："即使停产了，我的想法是，也不能拆除。平炉是我们临钢人心中的，心中的图腾。"

冯为泰说平炉是临钢的图腾，一点也不为过。平炉曾经是临钢的产业支柱，全厂百分之六十的利润，都曾来自平炉。三座平炉，就像临钢的爷爷一样，它们曾经是创家立业的功臣，它们见证了临钢的发展和变革，是一份不可多得的宝贵工业遗产。

冯为泰说的"图腾"二字，引发了大家的共鸣。很少表明观点的王世儒，不仅对冯为泰的意见完全赞同，还破天荒地对易国兴语重心长起来："我们的眼光应该看得远一点，我们临钢饱经沧桑，经历了清政府倒台、辛亥革命、抗日战争、解放战争，新中国诞生后，又经历了抗美援朝、'大跃进'、'文化大革命'的考验。留着平炉，或许现在看不出它的价值，但是将来，一定会有它熠熠生辉的一天。一旦拆毁，就永远不会有了。"说着，王世儒揩拭下手中的镜片，又戴上眼镜，继续缓慢地说道："淘汰平炉落后的生产我支持，但我还是希望，将平炉作为工业遗产保留下来。"

王世儒接着说，他到德国学习的时候有一件事情印象异常深刻，德国人不搞社会主义，也不信仰马克思主义，但他们特别尊重马克思，马克思纪念馆做得非常好。他们把马克思的理论作为学问、作为值得留存的精神遗产。

马克思的思想理论之所以像一束永远开不败的鲜花,馨香至今飘散在全世界,跟德国的尊崇和重视不无关系。同样的道理,我们留着平炉不拆除,视它为历史记录和精神象征,拿它当一本厚重的书,让世世代代的临钢人看着它,听它讲述我们临钢的故事,也是有意义、有价值的事。"

王世儒说得很动情,田鸣健却听得不耐烦了,他打断王世儒的话:"王总,你不要扯远了,我们是中国,不是德国,国情不一样。一个破平炉,没有任何经济效益可言,放在那里有碍观瞻。我表个态,赞成拆除平炉,调整产业结构,尽快实现扭亏为盈。"说完,他又问身旁的傅佳钢,"佳钢,你的意见呢?"

"易总做出的决定,我没意见,赞同拆除平炉。"傅佳钢看了下易国兴,"罗省长这次来公司视察,是对我们临钢的亲切关怀。他的指示很重要,我表示坚决拥护,坚决执行!"

冯为泰的思绪仍然停留在一千多名在岗工人的出路上,他幽幽地问:"我希望我们的每一项决策,都能经得起历史和实践的检验。平炉停产,首先要考虑到,现有人员怎么办?"

易国兴说:"能分流到其他分厂的,就分流到其他分厂,不能分流的就下岗。"田鸣健附和:"就应该这样。不拆除平炉,那些工人,还以为有后路呢。"

双方各执己见,都不让步,会议无果而散。会后,冯为泰郑重其事地对易国兴说:"祝大昌也是公司副总经理,还是平炉的前任厂长,这件大事应该听听他的意见。"

易国兴说:"你不必操心了,等他从滨州回来,我会跟他谈的。"

原来祝大昌谈好无锡的合作后,又去了山东。这一路,祝大昌风尘仆仆,满载而归,他先到公司财务部交了几百万元的支票,然后将带回的山东软煎饼、脆煎饼送回家,稍事修整就又匆匆忙忙地赶到冯为泰办公室。他在火车上的时候,冯为泰就呼过他,但他不能回话。

冯为泰见到祝大昌,很高兴,给祝大昌沏上好茶。

祝大昌先问易国兴在家吗?

冯为泰说,易国兴到昆明参加一个民用建筑钢材订货会,又加了一句:"如果易总在家,我哪敢让你先到我这里?你应该首先向易总汇报。"听冯为泰这语气,祝大昌明显感觉到,两个领导之间有了嫌隙。

对祝大昌首次闯市场的业绩,冯为泰给予充分肯定,还自责地说:"我过去就没有发现你这方面的才能,人尽其才方面,我不得不佩服易国兴。"

"其实,我也是瞎闯。"祝大昌免不了谦虚一番。

冯为泰随后进入正题。他谈起罗副省长来视察的事,及易国兴决定淘汰和拆除平炉,想听祝大昌的意见。他没想到,祝大昌对淘汰平炉生产线表示赞同:"公司要向现代化发展,平炉必须淘汰。"

"那么多工人如何安置呢?都下岗吗?"冯为泰反问他。

"这倒是个问题,我没有考虑好。不过,如果不停产,产品积压越来越多,公司承受不了。"

见祝大昌这个前平炉厂长都主张淘汰平炉生产线,冯为泰开始退而求其次,希望和他在保平炉上达成共识:"停产后的平炉,一定要拆除吗?"

一谈起拆除平炉,祝大昌脸色变得凝重起来:"从小的方面说,平炉是我们几代人的饭碗;从大的方面说,临钢的平炉是我国钢铁工业的遗产。"冯为泰连声说:"是呀是呀,我在会上说,平炉是我们临钢的图腾呀。"

"图腾,对,就是图腾!还是您这个说法最准确。"

得到了祝大昌的认同,冯为泰有些激动:"我是不赞成淘汰平炉的,就算要淘汰,也要先安置好平炉的工人,不能简单粗暴地一下了之。王世儒总工的意见和你一样,赞同淘汰平炉生产线,新建电炉和电弧炉,但平炉作为工业遗产要保护起来。易国兴把我们的意见否了,不过我也阻止了他拍板,说你是公司副总,要等你回来,听取你的意见。"

"其他人的意见呢?"

"田鸣健、傅佳钢都支持易国兴。我现在是孤掌难鸣。"

辞别冯为泰回家,煎饼原封不动地在桌上放着,他就问妻子范小桃:"怎么不吃呀?尝尝嘛。"

范小桃说:"我哪有工夫?等园园回来吃。"停停又说,"要不一样留一包,送三妹尝尝?"范小桃也知道薛三妹跟他的过去,但她一点儿不吃醋,还总是把薛三妹看作祝大昌的贵人。如果没有她,自己老公也上不了大学。

"薛浩跟我一道到山东,他也买了,肯定会给他姐送。"祝大昌其实专门给薛三妹买了一份,让薛浩带给她。听范小桃这么说,他心里莫名一跳,说:

94

"老婆辛苦了,慰问一下。"说着亲了一下范小桃。

范小桃扭扭身子说:"看你快活的!等晚上……听说你的业绩不错,易总要给你配大哥大了。"

"出差前说过,我没要,只配了个呼机。"

"现在厂子里都传疯了,说祝大昌贡献大,应该配个大哥大。"顿了顿,小桃说,"再报个忧吧。"然后用嘴指了指对门老何家,说老何老婆不行了:"老何还在山西出差,我又担心你,一个人跑几个地方,心里老想着可怕的事情。"范小桃说着眼泪就掉下来了,然后还紧紧抱住他,好像特别怕失去他。祝大昌被范小桃感动了,自己在外奔波,家里有个女人惦记着,这种幸福他似乎从来没留意过。他轻轻拍着妻子的后背,感觉怀里的温暖,忽然觉得这才是他拥有的,也是让他最踏实的。

第二天早上,祝大昌醒来时,范小桃已经上班去了。小别胜新婚,祝大昌神清气爽地起床,看到桌上留着一张小纸条,嘱咐他两件事:一是检修走廊电灯线路;二是她妈今天下午五点从九江坐客轮来,让他到码头去接。

岳母下午回临江,那他检修完电路还可以先到170钢管分厂看看。

一到厂子,就发现货场人来车往、鼎沸异常,韩厂长正在督促发货,收了上千万的预付款,必须按合同规定时间把货发出去。远远看见祝大昌,韩厂长就跑过来,兴奋地说:"啊,祝总来了,欢迎祝总凯旋!看看,这都是你的功劳!"

"今天怎么啦?以前一口一个祝大昌,现在一口一个祝总。我明确告诉你,还是叫祝大昌。别叫什么总了。再这么叫,我不跟你老韩玩了。"

他知道祝大昌的性格,不喜欢听恭维话,但他这一声"总"叫得也真是发自肺腑。这么长时间以来,他从来没过过这么舒心的日子。二十多天时间,祝大昌就搞回一千大几百万的款子,全分厂工人不仅领到了全额工资,还有三四百元的奖金。现在,分厂已经超额完成了上半年的生产任务、销售任务。什么时候170钢管分厂如此风光过?没有!这一回他也总算扬眉吐气了。他眼中的祝大昌,以前只是平炉炼钢的行家里手,现在则变成了市场营销大侠。老韩不只想叫他"总",还想叫他天才!

趁着韩厂长的高兴劲儿,祝大昌提出了提高销售人员补贴的问题,而且他希望制定重奖有功销售员的条例。出去跑市场,祝大昌切身体会到了销售人员的辛苦。每天东奔西跑,每天泡方便面,客户面前龟孙子一般卑微;为了联络感情、打通关系,还得自己掏腰包填补灰色地带。公司却还是坚持老规定,一天补助三十元,这怎么行?

韩厂长表示百分百支持:"祝总,不,大昌,你打算怎么搞?"

祝大昌说:"这次出去一趟,收获真的很大,谈成几笔业务事小,重要的是开了眼界,感触挺深的。我们有过硬的产品,却抱着个金饭碗讨饭。我们的体制机制有问题,越穷越抠越不肯投入,在外面就越打不开局面。我们是国有大企业没错儿,但也得适应市场需要,法不禁止即可为。我的意见是,大的原则我们不碰,小的灵活性还得有。先提高销售人员外出补助,这个应该没问题。下一步实行重奖制,比如完成一百万销售额奖励三万元,把销售员的积极性充分调动起来,只有他们有充分自主空间大胆干了,厂子才能进入良性循环。"

"一百万奖三万?这么多!"韩厂长一下子瞪大了双眼。

"你看你看,眼红了吧。我就知道会有人眼红,谁有本事谁来干呀!我们一律欢迎!"

"好是好,我可没这个胆子。"韩厂长还是对这么大幅度的市场方式心有畏惧。

"现在是市场经济时代,我们不能再像以前一样生搬硬套,自己把自己搞死。"

韩厂长试探着说:"你觉得易国兴会同意吗?"

"他怎么会不同意呢?我是迎合他的改革思路,才想出这个主意来的。其实也不是我的主意,江浙一带都在这样搞。"祝大昌显得胸有成竹。

中午到职工食堂吃午饭,韩厂长要了两瓶啤酒,还俏皮地说:"今天请祝总吃工作餐,只能遵守规定。改日我请大昌吃饭,'岔'的。"说完还问祝大昌,"懂不懂什么叫'岔'的?就是全面放开,想喝么酒喝么酒,想点么菜点么菜,除海参、燕窝、鱼翅外,都算我的。"

祝大昌笑了:"等薛浩回来再说吧,给他接风。"

薛浩受祝大昌派遣,去了新疆克拉玛依,新疆有克拉玛依石油城,钢管市场潜力巨大。"对了,我想让他当西北销售分公司的经理,以后就专管西北市场。"

老韩哪有不同意的道理,连连附和:"这个主意不错。他在江浙一带跑了多年,可以把江浙的营销经验带到大西北。等你的大哥大到手了,我考虑给薛浩也配一台。"祝大昌满意地看了他一眼,看来他的思路转变得挺快。

第十一章

　　下午四点,祝大昌到厂门口坐4路公交车,到船码头接人。岳母坐的客轮要五点才到,还有半个多小时,祝大昌就在候船室转悠,看看橱窗的报纸,留意股市消息,想起弟弟国祥炒股亏两万多,现在又下岗了,不知道他有何打算,到了没饭吃的时候,还得他这个当哥的管。又想起以前效益好的时候,每个班组不仅有厂报、市报,还有《工人日报》,车间有省报、《人民日报》,分厂和公司就更不用说了。现在工厂陷入困境,班组只有厂报,车间只有市报,要看省报和《人民日报》都只能到厂部和公司了。

　　客轮到港的汽笛声响了,接船的人多,祝大昌尽量往前靠,好让岳母早点看到自己。谁知,一船人都走光了,他也没看见岳母。祝大昌又赶紧到候船室看告示牌,晚上九点还有一趟上海来的客船,于是他决定再等下一班。

　　已经六点多,肚子也饿了,祝大昌准备叫上两盘菜,来一瓶啤酒,边吃边等。他走出候船室,朝一家带卡拉OK的餐馆走去。餐馆生意不错,人都坐满了,没有空位。正转身想走,忽然被人拍了一下,是头戴白圆帽、腰系白围兜、一副大厨装束、叼着香烟的活宝。

　　没等祝大昌问,活宝嘴朝柜台内一努:"下岗了,给我大舅子打工。"这时活宝家的也从柜台内走出来,跟祝大昌打招呼:"祝厂长来了,贵客啊。"

　　"什么祝厂长,现在是祝副总。"活宝脱下白围兜,吩咐老婆到厨房搞几个像样的菜,再搞瓶泸州大曲。又让女服务员去沏茶,然后把他带到靠窗一个平时放酒水的桌子边,麻利收拾好,陪祝大昌坐下。

　　三杯酒下肚,活宝说开了:"祝总,下岗的滋味,真不好受呀。过去什么事都有厂里管,我们只要按时上班,把工作做好就行;现在下岗了,什么事都得自己操心,就像没爹没妈的孩子。下岗这一个月,晚上翻来覆去想,总算是想通了。"

"真想通了?"

"想通了。过去号召大家以厂为家,都是骗人的鬼话,需要你的时候,你就是企业主人,厂就是你的家;不需要你了,找一百个理由,让你下岗滚蛋,又不给你安置。你说,这是他妈的什么……把咱工人当成了什么了?"

祝大昌知道他满肚子委屈,由着他说,听着他说。活宝就又说起他老婆的哥,以前在街头爆爆米花,还干过阉猪阉鸡的活儿,可家里还是穷得叮当响。几个孩子穿的衣裳都是他们周济的。后来找关系、塞票子,才租下了码头这家国营转包的饭店,当上了餐馆老板,现在发财了。活宝的老婆先下的岗,跟她哥打工,每月二百五;他下岗之后,老婆又把他扯进来,给厨师当下手,每月三百五。说着,活宝长叹一声:"唉,拔了毛的凤凰不如鸡。我和老婆,两个堂堂国有大企业的职工,给一个阉猪阉鸡的人打工,说出去丢人呢!"

祝大昌这才说:"这就是你的不对了,英雄莫问出处,刘备还卖过草鞋呢。你这是当惯了大厂的工人,还躺在过去的梦里不舍得醒,还觉得自己高人一等呢。"说着看了看手表。

"早着呢,放心喝酒,听到汽笛声去接都来得及。"活宝说着,又给两只杯子斟上酒,碰杯之前说:"早晓得这样,十年前出来干就好了,可那时候政策不允许,工人只能老实在厂里上班,谁违反规定就开除谁。"

祝大昌不想听活宝抱怨了,就问他:"其他人现在干什么呢?"

"你不知道吗?赖子他们现在跟你弟国祥搞到一起了,倒腾国外走私进来的牛仔裤,听说生意还行。"

"叶老实呢?"

"他能干什么?像以前在厂子里一样,发扬红管家的精神,每天拎着蛇皮袋,到处翻垃圾桶拾荒呗。"

正说着,外面响起摩托车的熄火声。活宝放下酒杯,对祝大昌说:"田鸡来了!"

祝大昌一怔,问田鸡来这里干什么。活宝说他大舅哥跟田鸡有协议,让田鸡为餐馆拉客,有提成。见祝大昌很吃惊,活宝知道他也被田鸡不吭不响的外表迷惑了,有错误印象,就说:"田鸡其实鬼得很,别看他没下岗前在班组一副熊样,其实他早就在干摩托车拉客的活儿,在船码头一带活动好久了。"

话还没说完,田鸡就拎着蓝色头盔进来了,神气十足地喊道:"喂,老板,快准备,八百一桌。梁包工头跳舞完了,带两个妞来上槽。"

田鸡刚喊完,就看到了祝大昌,赶紧掏出一根双喜烟递过去。

活宝骂他:"你他妈就拿这种烟给祝总抽,把内衣口袋的红塔山拿出来。"

田鸡尴尬地笑:"哦,忘了忘了。"

活宝笑着捶他一拳:"你小子爱装穷,祝总不晓得我还不晓得?当着人抽坏货烟,背地里抽红塔山。祝总你是不晓得,这小子是咱们分厂下岗工人中的首富。"

田鸡脸红了,从内衣口袋掏出红塔山。活宝一把抢了过来,先递给祝大昌一根,自己叼上一根,然后耳朵夹上一根,这才将烟盒扔给田鸡,打趣道:"今晚又拉了几个嫖客?"

田鸡骂他:"你别在祝总面前瞎鸡巴说,老子是干那种事的人吗?"

"包工头有几个好东西,吃喝嫖赌,哪样不干!你田鸡每天定点接送他们,不是拉皮条是干什么?"

田鸡脖子一梗:"老子下岗了。不自谋生路,不拉皮条,哪个给老子饭吃?"

"得了得了,你也不是下岗后才干这种事的。听我大舅哥说,他光付你的小费就有一万几千块。不然,你么买得起嘉陵摩托?你小子赚钱轻轻松松,比我每天拼力死干强多了。"

田鸡怕活宝把自己老底儿都抖出来,懒得和他说下去,对祝大昌说:"祝厂长,哦不,祝总,要不要我用摩托车送你回家?"

祝大昌一脸疑惑笑地着看他俩,仿佛回到了一起在班组的日子:"不用了,你去忙你的吧。千万别干违法乱纪的事啊。"

田鸡讪讪地说:"知道了厂长,有钱的大款和包工头玩得再潇洒也是他们的事,我只是个听使唤的人力,赚几个辛苦小费而已。"刚说完,腰间的BP机响了,他拿出来看了一下,又别在腰间,对活宝说,"你和祝总的吃喝叫你大舅哥记在我账上。对不起祝总,我先走一步了。"

祝大昌看下表,他也得先去船码头候着了。活宝已喝得半醉,说:"大昌,你先走吧,我老婆的逼脸早吊起来了,是碍着你的面子不好发作。"

晚上警察下班了,船码头到处是拉客的摩的、拿绳子和扁担的棒棒,还有三轮车,出口被围得水泄不通。祝大昌正张望着,范小桃忽然从后面拽了他一下。"你怎么来了?"

"我来半天了,还到候船室找你。你跑哪里去了?"范小桃挺着急,拉着祝大昌回家。

"五点的船没接到人,我想着可能是坐九点的船,就在那边吃了点东西。"见她拉着要回家,祝大昌问:"不接妈了?"

小桃说:"我见你六点还没接妈到家,觉得不对劲儿,便重新拿出信看,才知把日期看错了,是明天下午五点的船。"

祝大昌有些生气了,范小桃赶忙解释说,她新买的自行车上星期被盗了,这几天心烦意乱,所以才出错了。明天她自己来接,不劳祝总大驾。

在昆明开会期间,易国兴就一直惦记着祝大昌的行程,回到公司第一件事,就是见他。祝大昌自然不敢怠慢,接到电话就赶往易国兴办公室。

易国兴前所未有地热情,抓住祝大昌的手紧紧握了几下,说:"走,到你办公室去坐。"

"我办公室?我哪来的办公室?"祝大昌以为易国兴说错了。

"堂堂的祝副总,怎么能没有自己的办公室呢。"

原来,捷报传回的第一时间,易国兴就指示,优先给祝总配大哥大,尽快在公司行政大楼为祝副总经理收拾一间大办公室。

之前,总经理办公室一直在四楼,其他副职的办公室全都在三楼。易国兴来了之后,改变了这一格局,要求几位副职与他在同一层楼办公。所以,给祝大昌安排的办公室就在四楼走廊的另一头儿。秘书涂兰兰已经开了门,易国兴站在门口,让祝大昌先进。

祝大昌很不习惯这样,但他还是先进去了,并对易国兴做了个"请"的手势。

迎面是一张暗红色的大班桌,桌上一部大红色电话,电话边放着一个精致的白色小盒子。大班桌后是一张高背黑皮大班转椅,椅子后的墙上,挂着一幅中国地图。大班桌对面靠窗边是和大班桌颜色一样的茶几,茶几两边一边一个布面沙发。

易国兴进来的第一件事,就是打开办公桌上的白色小盒子,拿出一部黑色大哥大,递给祝大昌:"祝总,这是给你配的。"又对涂兰兰说,"你一会儿把号码告诉祝总。"

祝大昌看着大哥大,有些心动,但没立即动它,只说了声谢谢易总,就将大哥大放回盒子里。因为易国兴事先有安排,茶水已经备好了。两人就在茶几两边落座,涂兰兰拿把椅子斜坐在一旁。

易国兴脸上堆满笑容:"二十多天,为公司跑回一千五百万现款,了不起!我就知道,你祝大昌有这个能力,完全可以打开钢管的销路。"

祝大昌就汇报了这次在外跑销售的经过和感受,说制约销售的根本原因在于机制过于僵化。

易国兴大手一挥:"僵化的地方,咱们就要大胆改革。"

祝大昌就顺势说起提高销售员补贴和奖励的问题。

易国兴一副充分放权的样子:"这事你不用问我,你是主管,你认为有利于创利增效,就大胆搞。现在不是有句时髦话,叫摸着石头过河么,只要能过河,你就大胆闯!"

正说得兴起,田鸣健来了,要向易国兴汇报三座平炉拆除的事。

易国兴说:"就在这里说吧。"

见涂兰兰让出座位,站在一旁,易国兴说:"祝总,你就坐你的办公椅吧。你不坐,涂秘书也不好坐。"

祝大昌不肯:"等我习惯了再坐吧。"

田鸣健汇报的内容是:由十五冶建筑公司负责拆除,只要日期确定,拆除公司就进场,包括现场清理在内,半个月完工。

易国兴这才像刚想起来似的,对祝大昌说:"有关平炉停产拆除的问题,我正等着听你的意见。"

"我同意停产,以免造成更多的产品积压。"

"那么拆除呢?"

"可以说不同意见吗?"见易国兴靠在沙发上,摆出一副但讲无妨的开明姿态,祝大昌就接着说:"这是工业遗产,拆了太可惜。"

田鸣健插话道:"如果不拆除,很多人就有指望,以为不会下岗了。再说,这块地皮我们要用上。至于工业遗产的问题,等我们日子好过了,再按一比一的比例建一个,同样可以用来缅怀、参观。"

此时此刻,祝大昌突然醒悟过来,易国兴让他发表意见,只是为了完成民主程序。至于意见有没有分量,被不被采纳,那是另一回事。

田鸣健滔滔不绝地说,三座平炉拆除之后,马上修建炼铁高炉,承建商是浙江来的童老板,有资金实力,愿意带资承建。不过此人狮子大开口,要价两千万,高出项目预算一半。

易国兴皱皱眉,问:"银行能贷到款吗?"

田鸣健道:"我们现在还欠银行五千万,没有哪家银行肯向我们放款。"

易国兴生气地骂了声,吩咐田鸣健说:"你先招待好童老板,稳住他,可以先跟他拟一份承建合同,等我有时间跟他谈。"

田鸣健连声说好的好的,然后拿着公文夹出去了。

涂兰兰随即帮祝大昌往大哥大里存了两个号码,一个是易总的,一个是她的。他们刚离开一会儿,电话就响了,来电显示是涂兰兰。祝大昌便问有什么事,涂兰兰说:"没什么事,就是试试看号存对了没有。"

第二个打来的电话,是易国兴。他说今天想放松一下,已经安排好了,请祝大昌一道游览西塞山。让他在家等,一会儿有车去接他。祝大昌于是回家带了一包脆煎饼。

临钢与西塞山景区连在一起。

早些年,市政府就把西塞山景区交给临钢托管。那时临钢效益好,市政府让临钢出钱,打造西塞山,完善旅游景点设施,向市民和游客免费开放。这几年临钢经济不行了,也收起了门票。尽管门票只要五元,市民还是颇有微词。

西塞山并不高,吉普车进入景区,开始盘旋而上,行驶到半山腰,只见一个大理石牌坊,上书"西塞山"三个大字,是赵朴初的墨迹。再往上盘旋几分钟,就到了山顶。易国兴和祝大昌走下车来。山顶绿树葱郁,雾气飘逸,不时传来清脆的鸟啼声。果然是"鸟鸣山更幽",两个人的心绪似乎都一下子平静如水。

他们信步朝临江悬壁的望江亭走去。望江亭,顾名思义,站在此亭,可北望长江。而不同的人在此望江，自是会望出不同的感慨。就是同一个人，在不同的时间、不同的心境下望江，感受也不尽相同。

与其说人望的是江，不如说望的是自己。

俩人各自拎了水杯，等易国兴坐下，祝大昌把煎饼递给他："这是从你山东老家带回来的，尝尝吧。"

易国兴眼前一亮："煎饼，好久没吃了！"咬了一口，说："是家乡的味道，再来两棵大葱就更带劲了。"

俩人都笑了，似乎内心的幽静里又多了一丝温暖。

易国兴说："在这个地方一坐，倒勾起了年轻时的诗情。'王濬楼船下益州，金陵王气黯然收。千寻铁锁沉江底，一片降幡出石头。'何等气势。刘禹锡一首《西塞山怀古》，写出了一个朝代的兴衰。"

听易国兴谈诗，祝大昌觉得眼前这个改革先锋，又多了一些陌生的色彩，觉得自己依然没有看透这个人。

易国兴接着说："一千多年前，大唐诗人刘禹锡站在我们站的这个地方，抒发着怀古的幽情；一千多年后，我们站在这里，怀想当年在这里怀古的大唐诗人。你说，多年以后，是否会有人记得，曾经有两个做企业的来过这里，来过这个世界上？"

祝大昌是典型的理工男，他的心里并没有多少思古之情，一心想的就是干事情。他就信奉一条：路是走出来的，事是干出来的。他年轻时读苏联作家奥斯特洛夫斯基的《钢铁是怎样炼成的》，同学们都在笔记本上抄那句"人的一生应该这样度过"的名言，而他抄的却是另外一句不那么知名的话："我只相信一条：灵感是在劳动时产生的。"后来，他读到王阳明的"心学"，又抄了一句别人可能容易忽略的话：事上练。

祝大昌说："刚才你说到历史是否会记得我们来过，我倒是想起了一件事。我六岁那年，长江桃花汛前，民工们在这里挖土补堤，发掘出一座古钱窖。我和小伙伴来看过，钱币多得不得了，几辆解放牌汽车，拉了五十多天。后来统计说有六十多万斤，全都送到冶炼厂了。后来经考古专家考证，这批古钱币是南宋抗元将领吕文德所埋。"

"六十多万斤古钱。"易国兴也算是见过世面的，依然为这个数字震惊，感叹道："我们真是很渺小。"

"我是后来上大学了才了解到，当时的南宋在西塞山东边设有军需库。

清末为什么把汉冶萍煤铁厂建在这地方呢？一是这里距盛产优质铁矿石的大冶铁矿仅二十里地；二是靠近长江边，从江西萍乡运输煤炭来也便利。"

边说边吃煎饼，煎饼吃罢，易国兴站起来开始往下走，不一会儿就到了老炮台遗址。祝大昌介绍说，这座老炮台是为纪念武汉保卫战修建的。五门古铜色大炮是模仿当年的大炮口径铸造的。又说，大炮的位置摆放得不对，炮口应该对着东面敌舰进犯的方向，现在这样对着长江北面，不是胡乱开炮吗？

易国兴不理会炮的话题，说："我已经决定了，把西塞山风景区归还给政府。我们是企业，搞风景区本来就是政府的事。"

让政府的归政府，让企业的归企业。祝大昌觉得易国兴想得对。

两个人缓步走到悬壁陡峭的西面，山下就是十里钢城，新老厂房毗邻，烟囱高耸，浓烟在天空似黄龙翻滚。见大昌忽然沉默了，脸上是复杂的表情，易国兴似乎猜到了他在想什么，拍下他的肩膀，嗓音低沉地说：

"我知道你对我让几万人下岗有看法，认为我这个做法无情无义。但是你想过没有，难道我易国兴的心真是铁打的？我就真的那样冷酷无情？我就不知道，这样做会让许多家庭陷入困境？我就不知道，大家恨不得刨我易国兴的祖坟？但如果不这样改，全临钢几万人都搞你在平炉分厂的那一套，所有工人看似有一份工资可领，吃不饱也饿不死，问题真的能解决吗？你那是在掩盖问题，是不敢直面问题，是在回避最尖锐的矛盾，是温水煮青蛙。那样不仅救不了工人，也救不了临钢。只要能救临钢，我不怕人骂，也不怕千夫所指。历史上的改革者，王安石、张居正，哪一个不是被人误解、被人骂？连苏东坡这样智慧的人，都不能理解王安石。另外，我想请你明白一点，如果将我放在你的位置，我做平炉分厂的厂长，也可能像你一样搞轮岗。同样，如果将你放在我的位置，你思考的不再是一千多人的出路，而是临钢这百年大厂的出路，你也许会和我一样。两害相权取其轻，这个道理，相信你能想明白。"

祝大昌明白过来，这才是易国兴今天约他来西塞山的目的，因为他的想法代表了临钢许多干部的想法，也代表了临钢的一股原生力量。这股力量，对易国兴下一步的改革形成了巨大的阻力。易国兴是想借此机会争取祝大昌的理解与支持。

"你知道，我父亲是工人，但你不知道，我弟弟、妹妹也是普通工人，在这波改革大潮中,他们会不会也面临下岗失业的命运,我不知道。"易国兴声音有些嘶哑,也露出些许情绪:"既然党派我来临钢抓改革,我就得踏雷区,做好粉身碎骨的准备。不下狠心这么搞,厂子的经营雪上加霜,更看不到希望了。要让一个百年老厂、大厂,在我易国兴手上垮了、破产倒闭了,那才是历史的罪人!"

祝大昌忽然想起老厂长鲁光明说的,他不怨恨易国兴免他的职,易国兴坐在公司一把手的位子上,有他的难处。不当家不知柴米贵,临钢积重难返,需要一个铁腕狠人,壮士断腕。祝大昌真诚地看着易国兴,说,他一定好好消化,换位思考。接着,又婉转说起无锡疗养院的情况,提议可以安置下岗工人去搞承包。临钢在其他地方办的疗养院、办事处,包括乌泥滩农场,也都可以承包给下岗工人,能安置一点就安置一点,总比不安置强。

易国兴是第一次听说这些疗养院的情况,觉得祝大昌说得在理,便道:"你和生活服务公司的谢处长谈谈,让他拿出一个具体方案,我看一下再说。"

本来,易国兴还想同祝大昌聊平炉拆除的事,但这时候田健鸣坐车来了,对着易国兴一番耳语。然后易国兴就说:"下山吧。"

从西塞山下来,祝大昌顺路来到父母家。一进门,祝母劈头就问:"见到易总没有?"

"刚才还在一起呢。"

"那你弟弟工作的事,你跟他说了吗?"

"易总这方面是过硬的。我爸呢?"祝大昌不想跟妈说弟弟的事儿。

祝母不耐烦了:"别你爸你爸,我管不了他。我问你,国英两口子都下岗了,你当大哥的管不管?"

祝大昌略有底气地说:"我给他想好了办法,你就放心好了。"接着就把到无锡承包疗养院的主意说了。祝母没吭声,显然在考虑利弊。祝大昌又问,"我爸呢?"

"一大早,你傅叔来,约他出去了。"

"傅叔和我爸和好啦?他约我爸干什么?"

"还不是为厂子的事呗!听说一些退休老干部到省里告了易国兴。如果省里不管,还准备到北京上访。你爸和傅叔是为拆除平炉的事,今天一早去找晁副市长了。你爸说,晁副市长以前在平炉分厂当过副厂长。"

正说着,祝永明回来了,一脸兴奋之色。他和傅长厚见到晁副市长了,也反映了情况,市长说他一定会制止易国兴。

祝大昌说:"爸,这事你就不要瞎掺和了。晁副市长不谈闲,主管全省工业的罗副省长已有指示,平炉能耗大,污染严重,必须淘汰。"

"淘汰就淘汰,非要拆除吗?保存下来可以教育后代。"

"老头子,你别去带头闹事。"祝母数落起来,"你儿子现在是公司领导,你得给他顾点影响。平炉该拆不该拆,你儿子心里不清楚吗?有这时间,替国祥、国英操点儿心吧。"

不提小儿子还罢,一提,祝永明就生气:"像国祥那种懒人,下岗就是活该!我要是厂领导,我也下了他的岗。"

祝母冷笑道:"幸亏你没当上厂领导。当上了,和易国兴一样的货色。"

祝大昌岔开话题,问:"我听说,国祥与人合伙倒腾牛仔裤。"

"什么牛仔裤?"祝永明更生气了,"全是从外国死人身上扒下来的,从垃圾桶里捡来的洋垃圾,走私到中国,不知几脏。"

祝母最是见不得人说她小儿子的不是,拿话撑祝永明:"你这死老头,就一张嘴狠。大儿子当了官,就是你的宝;小儿子下岗了,就是一根草,这也嫌弃,那也嫌弃。有本事你帮他找个工作呀!国祥要生活、要吃饭,他不出去找点事做,就靠玉红那几个工资够吗?你养得起吗?"

祝母一发起脾气,祝永明就不吭气了,沉默了一会儿,对祝大昌说:"你妹妹国英老实肯干,你妹夫又下岗了,你这做大哥的能帮就帮一下。"说着燃起一根烟,长叹了一口气:"再怎么改革,也该给人一口饭吃呀!"

在父母家吃了午饭,祝大昌就从四门进厂,来到生活服务公司。这个公司是由原来的福利处、房管处、环保处、卫生绿化和液化气站等单位合并组成的,由原福利处的谢处长负责。

祝大昌跟谢处长讨论无锡疗养院的承包模式,谢处长认为这种承包经营形式有示范意义,表示坚决支持。刚说完,两个腋下夹包的人就进来了,找谢处长谈公司党校出租的事。公司党校建在四门飞云山上,承租方想租下来办休闲会馆。祝大昌就起身告辞,谢处长送他到楼梯口,叮嘱道:"祝总,你让国英早点儿来,我和她谈谈,可以的话,我就把方案报易总,争取早点就把承包合同签下来。"

祝大昌刚下楼,就听见有人叫:"祝总,你还在为民奔波呀!"

一看是冯薇薇,王贵的老婆,冯为泰的小女儿。

冯薇薇正在跟王贵闹别扭。王贵的母亲是日本人,在日本定居,多次来信要王贵带妻子、孩子去日本生活,各项手续都办好了。冯薇薇想去,但王贵死活不肯去:"我爸都没有去日本的念头,我们去干什么?要去你带女儿去。"气得冯薇薇半个月没搭理王贵。冯薇薇想让祝大昌劝劝王贵。

冯薇薇说:"也不是我贪图福贵,就是为女儿着想,去了日本不就等于留学了么。"

祝大昌说:"子女教育是大事,见到王贵,我跟他说说。"

回到家,叶老实已经等候多时,在客厅和范小桃聊天。祝大昌问他:"听活宝说,你在街头拾荒?"

叶老实脸一红,骂活宝不是个好东西。

"那你找到事做了吗?"

叶老实情绪显得很低落,说这段时间,他帮人拉砖沙,一车七毛钱。稍顿了下,又告诉祝大昌,大冶有个矿老板挖矿发了财,最近办了一家私营钢铁厂,他老婆正托嫁到大冶的表妹介绍他去。但此番来找祝大昌,却不是因为工作,而是为交党费的事儿。他被评为分厂"红管家"那年入的党,现在下岗了,往哪交党费呢?他跑到厂组织部去问,别人告诉他,可以到所在的居委会去交。他又跑到居委会,居委会总支部书记说要到原单位去转组织关系。他又跑到厂组织部,厂组织部又要他到居委会开证明,证明他是该居委会的居民。转来转去,把叶老实转烦了。他来找祝大昌,就问一句话:"我下岗了,还是不是中共党员?"

祝大昌显然没想过还有这类问题:"这事交给我吧,我让公司组织部统一解决这个问题。"

叶老实坐着不走,欲言又止,一会儿,像是下定了决心,脸上流露出渴望的表情:"大昌,我们这些下岗工人,还有回厂子上班的机会吗?"

祝大昌一阵心酸,眼看平炉马上要拆除了,又将有更多工人下岗分流……他沉默着送叶老实走出楼门,拍拍他的肩膀,想安慰一句,却不知说什么好。

第十二章

祝大昌的妹妹祝国英家住八泉街,这是条老街,素有"小汉口"之称,青石铺的路面两旁皆是饭馆、客栈、药铺、商店。有名的青龙阁大酒楼也在这条街上。整条街的商铺都曾是国英的丈夫文斌家祖上的。当时的源华煤矿、华新水泥厂也有文斌家的股份。当然,这都是解放前的老皇历了。如今的文家就是普通工人家庭。

祝大昌来的时候,祝国英正准备出门,肩上扛着装满了磁带的塑料袋。见到大哥,她很高兴,忙将他让进屋里:"哥,你不是去浙江了吗,什么时候回的?"

祝大昌说:"回几天了。昨天去爸妈家,说你好长时间没回去了。"

"我想回去看爸妈,一直挤不出时间。你看,这一大袋子磁带,都是文斌厂里发来抵工资的。我想怎么也得想法卖掉,卖一盘是一盘的钱,总比堆在家里强。"

"文斌呢?他怎么不去卖?"

"他到恩施去了。"

祝大昌有些吃惊:"去恩施干什么?"

祝国英从小就跟大哥亲,有什么话也不瞒他。原来,文斌有个叔叔,在市药材公司搞收购,见文斌下岗了,就叫他到恩施收麝香。从当地猎人手中买,一倒手,一次赚个两三千没问题。文斌听说钱这么好赚,动心了,就到江城坐长途汽车去了恩施。没想到,车到了野三关抛锚了。一车人下车吃饭,小饭馆的老板跟文斌聊得很近乎,说周围山里的猎人他都认识,能帮忙买到麝香。文斌就不去恩施了,随小老板到了一个猎户家,这猎人不仅打香獐,还是个兽医。文斌花了一千五,从猎户手中买了五枚麝香,满心欢喜地回来了。不料到药材公司一检查,上当了!麝香囊里注了羊血。文斌不死心,找他姑姑借了点钱,又上恩施了。

祝国英说着,满肚子抱怨。祝大昌看看饭桌上,一盘咸菜,一瓶豆瓣酱,还剩半个馒头,于是便掏出事先准备好的钱递给妹妹:"哥平时照顾你少,这一千你拿着。也别跟文斌扯皮,一个大男人,不容易。"

祝国英不肯要:"我有钱,你自己留着。"

祝大昌硬塞到祝国英荷包里。

祝国英担心地说:"你给我钱,嫂子要是知道了,会不高兴的。"

"这点私房钱,是我出差省下的。"

祝国英就进了内房,打开床前的柜子,拿出一个老式描彩的小木盒,将钱放进盒内,再用小锁锁上,放入柜子里,又用大锁锁好柜门。祝国英告诉祝大昌,八泉街近来小偷活动频繁,前几天晚上就发生两起,一家的煤气罐和高压锅都被小偷盗走了。

祝大昌跟妹妹说起无锡疗养院的事,问祝国英愿不愿意约上几个下岗女工,一起去承包。祝国英面露难色,公公婆婆年老多病,女儿倩倩还只三岁,她离乡背井去无锡,家里怎么办?便说:"哥,我考虑一下,等文斌回来也跟他商量一下,过几天给你打电话。"

祝大昌就帮祝国英扛着装磁带的袋子,走出八泉街来到上窑市场。

改革开放以后,这里成了繁华一时的商贸区,烟酒茶叶、粮油糖果、电器服装、儿童玩具,批发零售兼营。靠江边的天桥更是热闹,都是摆地摊的,有的还站在小货车上,拿着电喇叭高声喊叫:"出口转内销,皮鞋大削价!羊毛衫大放血!"政府也不好出面管,因为卖货的多半是下岗工人;工商税务部门怕激化矛盾,也睁只眼闭只眼。只是苦了交警,因为堵塞了交通,道路不畅,天桥就被列入了特殊管制地段,每天得增派交警上岗,负责维护和疏通这地方的交通。

兄妹二人来到人声嘈杂的天桥时,就见一行穿西服的人,指指点点穿过南边的地摊走过来,还有扛录像机的记者跟着。祝国英说:"前面那个是晁副市长,昨天晚上还在电视上看到他。"祝国英找了个空位子,掏出塑料布铺在地下,然后倒出一盘盘磁带挨个码放,对祝大昌说:"哥,你有事去忙吧。"

公交车到一门车站,祝大昌下了车,径直走进竖着毛主席半身铜像的煤矿大门,朝贵竹坪山上走去。他听活宝说过,王贵在一门贵竹坪山上有套房,给遭了火灾的刘胜利一家人住了。他想去看看。

王贵和赖子也在,正帮刘胜利整理房子。房子多年没人住,窗玻璃没了,房顶漏水,墙壁满是水渍。刘胜利正坐在桌旁清理一个小铁盒,这是他从火灾中抢出来的一件最有纪念意义的东西。原来以为里面装的全是宝贝,现在一看,不过是些粮票、油票、肉票、布票,还有火柴票。

"胜利,什么宝贝呀?"见是祝大昌,刘胜利忙站起来:"祝总你怎么来了?"

祝大昌说:"什么祝总,胜利你见外了。"说着就掏出五百元钱,递给刘胜利:"活宝说了我才晓得你家遭了火灾。多的我拿不出,这五百,是我和小桃的一点心意。"

刘胜利推辞了两下,收下了。祝大昌又安慰道,"你为人好,有一帮兄弟,一切都会好起来的。"赖子也跟着安慰刘胜利:"想开点儿,起码你不缺胳膊不缺腿,还好好活着,有人连命都没有了。"

祝大昌有些吃惊:"谁的命没了?"

"轧钢分厂一个下岗工人,为了挣钱,挖假山石,昨天到四门飞云洞,坠下悬崖摔死了。"稍顿了一下,赖子又骂起来,"听说这个工人年年是先进工作者,就因为傅佳钢搞的什么狗屁'优岗淘汰法',才被下了岗。"

这时候,活宝夹着两床旧棉被来了,还有一包旧衣裳和鞋子。正说着,毛仁银也来了,给了刘胜利三百元钱。毛仁银今天来,除了慰问刘胜利,还听到一件事,说下岗工人正在串联,准备组织上街游行示威。见祝大昌在,就没吭气。

刘胜利声音都有些哽咽了,吩咐老婆赶紧到街上买点酒菜:"今天难得一帮兄弟都来了,中午就在我家吃个便饭。"

见活宝和毛仁银挽起衣袖,帮王贵刷墙,祝大昌就把赖子拉出来,问祝国祥的情况。赖子说:"国祥脑子灵活,卖牛仔裤赚了点小钱。"

"国祥没上进心,心里就装一个钱字。"

赖子劝他:"别拿你的标准要求他,就是亲兄弟又怎么样?各有各的活

111

法。这年代就是朝钱看的年代。"接着又像明白了什么,有些生气地说:"你是怕国祥跟我混在一起,把他带坏了吧?"

祝大昌忙说:"不是这个意思,我只是想了解一下我弟的情况。我爸一天到晚担心他不走正路,让我看着点儿。"

赖子点点头:"我听国祥说,你爸是个老古板,思想还停留在他那个年代,希望国祥能像你一样出人头地,给他脸上争光。但老人家也不想想,临钢能有几个祝大昌?"稍顿了一下,又说,"别人不了解我赖子,难道你祝大昌还不了解?我虽然不是什么好人,但伤天害理的事从来不做。"

祝大昌捶了赖子一下:"有你这句话,我就放心了。"

刘胜利老婆置办的酒菜挺丰盛,大家便坐在一起吃喝起来。祝大昌问身旁的王贵:"冯薇薇说你妈让你带她和孩子去日本,手续都办好了,你不肯去?"

王贵说:"是有这事,上星期我妈在信中说,让我爸、我和冯薇薇辞掉工作,去日本到我舅舅厂子工作。房子和小车都替我买好了。可我不想去,到了日本,我不懂日语,又没个朋友,离开了咱这帮兄弟,生活再好有么意思。"

刘胜利感慨道:"是呀,人生就短短几十年,像我们,没权又没钱,再没几个患难与共的朋友,活着还有么意义? 来来,我敬大家一杯。"

活宝则感叹道:"还是王贵好啊,厂子不行了,可以去日本。我们能去哪儿? 只能在贫困线上苦苦挣扎喽。"

酒过三巡,刘胜利又说:"回想我们在知青点,没少吃苦受罪,盼星星盼月亮,招回城市,进了钢厂,娶了老婆,有了孩子。这刚过几年好日子,没想到厂子就黄了。仁银,听说平炉要拆除,你们在岗的工人又要下岗了?"

活宝说:"下岗不下岗,你问祝总啊。"

赖子说:"厂子的事,莫问大昌。人家是公司副总,说话有原则,再说咱们下岗了,平炉拆不拆关咱们毛事。"

毛仁银这才说:"下岗就下岗呗,你们不也下岗了吗? 我和王贵想法一样,只要有几位兄弟,我就满足了。"又话里有话地说,"但有的人认为我们是群氓,我们把他当朋友,他却生怕我们沾了他的光。"

祝大昌问:"谁呀?"

"傅佳钢,那狗日的!"赖子愤愤不平地说,"昨天挖假山石摔死个工人,傅佳钢罪责难逃,如果不是他搞的那套'优岗淘汰法',人家会下岗吗?没下岗会爬悬崖掉下去摔死吗?"

王贵做了个暂停的手势,嘴朝祝大昌努了努。赖子不以为意:"在大昌哥面前,有啥话不能说的。当初,薛三妹爱的本来是大昌,姓傅的不讲仁义,把三妹搞到手。搞到手后,经常骂她、打她。"

王贵连连对他做暂停的手势,嘴不停朝祝大昌努。

赖子却不想停下:"你莫阻止我。我给大昌哥打抱不平。他跟三妹好了那么长时间,连一点儿便宜都没占到。"

祝大昌说:"三妹是我们大家的好妹妹,我们都尊敬她,好不好?"

活宝赶紧说:"好,大家为美丽的、受苦受难的薛三妹干杯。"

赖子继续控诉:"除了傅佳钢不是个东西,还有田鸣健,那个乌龟王八蛋,跟傅佳钢一丘之貉,比傅佳钢还坏。"

活宝打断他:"那天在职工食堂,你不是整治了他吗?中午你和田鸡又把他的自行车戳了几个洞眼,还溜进他的办公室,把他的工作本和钢笔偷走了,气得田鸣健大骂:平炉分厂没一个好人,都是他妈的贼。"

王贵和毛仁银哈哈大笑起来,祝大昌也忍不住笑了。

吃完饭,祝大昌心里装着事儿,急着走,毛仁银送他出来,本想把听到的下岗工人准备上街游行的事告诉他,话到嘴边,又忍住了。

祝大昌觉察出来他有事儿,问:"仁银,有么事吗?"

毛仁银躲躲闪闪说:"没么事,好长时间没见到你了,就想和你多待会儿。"

祝大昌笑了笑,拍了下毛仁银的肩,走了。

祝大昌坐车回到工人村,没回家,而是拐过房屋维修站朝35幢走去,他想和傅佳钢好好交流一下,摸摸他对易国兴拆除平炉的真实想法。另外,他还想旁敲侧击,弄清楚傅佳钢在这里面究竟充当了么角色,怎么会和田鸣健搞在一起,处处排斥冯为泰。祝大昌心里想着,作为公司二把手的冯为泰,一直很器重傅佳钢,傅佳钢怎么可以忘恩负义呢?

傅长厚正在教训儿子,注意到祝大昌来了,也没停他的粗音大嗓:"我只说一个理,平炉是主席视察过的地方,他易国兴凭么说拆就拆,我就不能找晃副市长反映情况吗?你小子凭么教训老子,老子连反映的权利都没有

113

了吗？"

祝大昌赶快打招呼："傅叔好。"

"大昌来了，你让大昌评评理。"

薛三妹见祝大昌来了，出来打个照面就又回房间去了。

傅佳钢一边招呼祝大昌坐，一边回击他老子："你这是反映情况吗？分明是在添乱。七老八十的人了，该歇歇火了，没你的事凑个么热闹？"傅长厚心里有本账，即使他同祝永明闹别扭时，他也认可祝大昌。现在祝大昌来了，仿佛有了后援，嗓门更高了："怎么没老子的事，老子在平炉干了一辈子，你说没老子的事？"

正说着，电话响了。傅长厚知道祝大昌找他儿子有事要谈，便对祝大昌说："不打扰你们谈事。"傅佳钢拿起话筒，捂着话筒小声说："张经理吗？是呀，昨天我给你打了几次电话，你办公室没人……螺纹钢的行情怎么样？每吨又涨了二百元？好，好……谢谢你呀张经理，随时保持联系。"

祝大昌没话找话问："这谁呀？"

傅佳钢表情淡然："北方聊城一个钢材市场。易总这次到昆明参加的就是这方面会议。专家预测，至少在十年之内，垄断钢铁市场的将是建筑钢材、民用钢材，现在每吨涨到二千八九，价格还在向上蹿。淘汰平炉后，转产民用建筑钢，易总让我负责这一摊子工作。"

祝大昌想起来，出差路上，傅佳钢一天呼薛浩一回，就是向小舅子打听钢材市场行情，原来他早就知道易国兴要拆除平炉了。

傅佳钢主动说起平炉，有点关照祝大昌之意："拆除平炉，是罗副省长的指示，也是大势所趋。不拆除平炉，到哪儿建炼铁炉？没有生铁，怎么炼民用钢？"傅佳钢显得特别推心置腹地说，"我劝你别跟冯为泰。他一张婆婆嘴，这也看不惯，那也看不惯，摆出一副悲天悯人的样子。改革哪能不伤筋动骨？要是像他那样保守，临钢还搞什么改革？他不是牵头管了一阵子吗？怎么样？不行吧。说明他冯为泰没本事、软弱无能，难怪田鸣健瞧不起他。"

祝大昌没想到傅佳钢如此评价冯为泰，亏了冯为泰一直器重他，于是直言道："你是这么看人呀！冯书记不争权、不夺利，心底无私，再说，他对你也不薄呀。佳钢，我得提醒你，别变得和田鸣健一样。"

傅佳钢不高兴了："你别拿我跟田鸣健比，田鸣健溜须拍马，无德无才，我跟他有本质上的区别。"

祝大昌神情严肃起来:"我听说,昨天有个轧钢分厂但下岗工人,到飞云洞挖假山石摔死了。"

"这关我什么事?"傅佳钢一脸冷漠,"谁让他去挖假山石的?轧钢分厂下岗又不是他一个人,怎没见其他人摔死?"

"人家也是生活所迫。"

"生活所迫?生活所迫可以到街头擦皮鞋,修自行车,当保安,搞搬运嘛,干什么不可以,偏偏要去挖假山石。"看祝大昌生气了,傅佳钢又补充了一句,"点背不能怨社会,命苦不能怨政府。"接着,像想起什么了,转过话题,"你爸和我爸搅和在一起,不是什么好事情。你知道不知道,他们到晁副市长那儿去了?"

"我之前哪知道,不是刚听你爸说吗?"

傅佳钢说:"我爸知道我支持易总拆除平炉,这两天老找我的麻烦,有事没事跟我揪筋,怎么会跟我说这事儿?"

"那你是怎么知道的?"

"现在是非常时期,你以为保卫部门是吃干饭的吗?"傅佳钢掐熄手中烟头,看看祝大昌说,"你要劝劝你爸,少管闲事,别跟我爸串到一起,闹出事来不好收场。"

祝大昌原想谈下无锡疗养院的事,听傅佳钢这番言论,也就打消了念头。

刚离开傅家,下楼没走几步,薛三妹喊住他,似乎想说的话好多,却只说了一句:"薛浩带过来的煎饼好吃。"说着,将两盒糕点和一袋大白兔奶糖给了祝大昌,让他给园园吃。

祝大昌回到家里才知道,薛浩从新疆给他打电话了。

"让他打我手机不就行了吗?"

小桃"哦"了一声:"还不习惯。"

祝大昌就拨了薛浩的BP机。没一会儿,薛浩的长途电话就打过来了,说他已经联系上了负责油田物资供应的处长,处长要祝总亲自去洽谈。

祝大昌当即就说:"好,我明天就动身。"要是新疆的局面能打开,公司下一步的日子显然会更好过些。

第十三章

从西塞山下来,易国兴直接到了田鸣健订的酒楼,同浙江来的童老板见面。临钢一号人物出场,谈判进行得很顺利,承建炼铁高炉的事儿,已经定下来了。一边是易国兴紧锣密鼓部署平炉拆除、投建炼铁高炉,另一边,临钢下岗工人组织的上街示威游行,也在紧锣密鼓串联。

这天中午,活宝、刘胜利、叶老实、毛仁银这些人聚集在蔡红餐馆。王金彪邀请他们时,自称是下岗工人游行示威活动的联络员。本来还叫了赖子和祝国祥,可他俩到广州进货去了。见人到齐了,王金彪义愤填膺地骂:"妈的,当初说得好听,搞待岗工人培训中心,学习三个月再安排就业。现在三个多月了,也没见安排,全是骗人的鬼话!"接着,王金彪又鼓动说,厂里的退休老干部闹到省里了;祝永明和傅长厚代表退休老工人,找了晁副市长;我们再上街一闹,相当于革命从上到下、全方位爆发。

王金彪还说,晁副市长听了反映,想来厂里调查,不料却被门警拦在了厂门外。晁副市长很生气,就给易国兴打电话,结果易国兴在电话里说:"你们不来,就是对我工作的最大支持。"

叶老实说:"我看易国兴就是个疯子,连市领导都不放在眼里。"

"在他姓易的眼里,临钢就是副省级,一个副市长算什么。"王金彪给大伙扔烟,继续鼓动说,"这次上街,各分厂下岗工人都有。咱们平炉分厂的工人不是孬种,要团结起来,积极参加。"

叶老实有些担心:"我听说,工人上街游行,得先得到公安部门批准。"

活宝打断他:"咱们是下岗工人,弱势群体,政府不能不管。我就想被抓呢,到牢里还管饭。"

刘胜利问王金彪:"金彪,谁领头?"

"电气分厂的柯疤子,机械分厂的余胖子,还有原锻钢分厂厂长陆福生。"

刘胜利摇头道:"这几个人名声不好。柯疤子懒出了名,余胖子是'文革'时候的造反司令,加上一个因好色下台的干部陆福生,恐怕闹不出什么名堂,反被人抓住把柄。"

活宝还是很冲动:"你管这些干什么? 如今都是同一战壕的人,要团结,不要分裂,能把大伙聚在一起上街游行示威就行。"

王金彪点头,问叶老实:"老叶,你呢?"

叶老实犹豫道:"大家上街,我就跟着上街。"

"仁银,你呢?"

不等毛仁银说话,刘胜利马上说:"仁银就算了,他现在还在上班。"

活宝跃跃欲试:"时间定下了吗?"

王金彪压低声音道:"原来准备一星期后,现在决定提前了,明天早上就搞。"

就在蔡红餐馆的秘密串联进行的同时,保卫处处长黄秉成开着三轮摩托车来到公司,匆匆走进易国兴办公室,不顾田鸣健和傅佳钢都在,直接说:"易总,据内线报告,下岗工人上街时间提前了,明天上午。"

易国兴怔了,有些措手不及的感觉:"不是下个星期吗?"

"突然提前了! 听说,他们为扩大社会影响,让省里和中央都知道,准备堵临江长江大桥。"

田鸣健愤然道:"简直目无国法,胆大包天。"

易国兴想了想,让傅佳钢把冯为泰找来。

冯为泰刚进来,易国兴说:"老冯,公司下岗工人明天要上街游行示威,堵长江大桥。"

冯为泰大惊:"有这种事?"

田鸣健敲边鼓说:"这是冯书记分管的工作,冯书记要全面负责。"

冯为泰不理他,转头问黄秉成:"有多少人参加?"

黄秉成说:"大概有两千多人,还有大小集体的工人和家属。声势可能

117

很大。"

冯为泰皱眉："谁领头？"

黄秉成瞥了眼易国兴："领头的有三个，柯疤子，电气分厂的；余胖子，机械分厂的；还有一个是陆福生。"

易国兴说："陆福生？这名字很熟呀。"

田鸣健讨好地说："就是被你撤职的。锻钢分厂原来的厂长。"

易国兴恼了："怎么是被我撤职的？大家都发表了意见嘛。"

田鸣健马上转弯："是，是。这些人，都上不得台面！黄处长，你马上带人将他们抓起来。"

易国兴阻止道："我在南钢推行改革时，就有下岗工人组织上街游行，无非是想出出心头怨气，给政府施加些压力。"

傅佳钢这才说："易总，临钢与南钢不同，人更多，情况更复杂，万一下岗工人都被煽动起来，事情就麻烦了。"

田鸣健附和："佳钢说得不错，决不能让他们的阴谋得逞，给我们临钢抹黑，给易总抹黑。"

易国兴踱了几步，看看冯为泰："国企改革是历史潮流，大势所趋；拆除平炉是为厂子更好地发展，历史车轮谁也阻挡不了。"然后又坚定地一挥手："所有破坏改革的行为都应该被消灭在萌芽状态。"

黄秉成点头说："我这就回保卫处，马上与市公安局联系，请他们配合。"

冯为泰提醒说："这是人民内部矛盾。不要发生过激行为，最好不要抓人。"

冯为泰所说的"人民内部矛盾"，涉及当时国有大厂保卫处与人民公安的隶属关系。在当时，由于公安编制严重不足，像临钢这样的大型国企，都设有保卫处，保卫人员编制在企业，但穿警服，配枪支，负责企业内部的治安和一般的案件，原则上保卫处受企业与公安双重领导，但当时现实的情况却是，像临钢这样级别的企业，厂保卫处和地方公安局，基本上只是业务上的合作关系。所谓家丑不外扬，厂保卫处能自己处理的事，决不会请公安插手，能不让公安参与的尽量不让公安参与。因此冯为泰对是否请公安局出面，比较慎重。

冯为泰这一提醒，易国兴便对黄秉成说："与市公安局联系什么？这是我们临江钢厂内部的事,我们有能力解决。"

黄秉成有些担心:"万一事态扩大了怎么办?"

"真到不可收拾的地步,再让公安局出面不迟。"易国兴又踱了几步,吩咐黄秉成说,"明天如何制止上街游行示威的下岗工人,是你们保卫处的事情。但有一条,不要激化矛盾,要做到打不还手,骂不还口。我和老冯在办公室等你电话,有什么问题及时汇报。"

黄秉成就匆匆赶回保卫处,召开紧急会议,传达易国兴的指示,形成应对方案:保卫处人员全部上岗,分三路到三个地方围堵:第一个是黄思湾五门,第二个是新建区四门,最后是一门。如果让下岗工人冲破一门就麻烦了,到一门,附近的煤矿工人和其他厂子的下岗工人可能就会加入进来,所以,必须想办法在第二个堵点——四门,瓦解游行队伍。

内保科徐科长问:"郑宏带小赵、小张一直在追查镍板被盗的案子,今晚他们还出不出勤?"黄秉成说:"易总已经三令五申,让我们尽快破案。就让郑宏他们继续在五道岔布哨,明天就不要参加了。"

郑宏下班没回家,到食堂吃了晚饭,等到天黑,带小赵、小张,一行三人,腰间别着手枪,手里拿着对讲机,到五道岔继续设伏。又守了一夜,除了不绝于耳的草虫鸣叫声之外,只过了几趟拉钢锭、废原料的火车。郑宏骂了声,就宣布撤回。

正要各自回家,郑宏的对讲机响了。徐科长调他们赶快去五门,说有情况。

天还未亮,马家咀一块空地上已经聚集了两千多人。头系白毛巾的柯疤子把一摞标语分发给大家。活宝、刘胜利和叶老实几个,用竹竿扯起了横幅:"我们要工作!""我们要生活!""坚决反对拆除平炉!"游行示威的气氛形成了。

少顷,一乘滑竿抬过来,滑竿上躺着个老太婆,看上去年过八十。

叶老实问刘胜利:"这是搞什么名堂,怎么弄个老太婆来?"

刘胜利朝柯疤子努努嘴,低声说:"肯定有安排的,一会儿就知道了。"

陆福生环顾四周,看看人到得差不多了,就跳上高处,发表游行宣言:"工友们,我是陆福生,同大家的命运一样,我是下岗的厂长。我们今天的活动口号是:我们要工作,我们要生活,我们要保卫平炉!临钢的下岗工人兄弟们,我们要团结起来,为我们的正当权益而斗争!我们勇敢前进,决不退缩!现在考验我们的时刻到了。我宣布,游行示威现在开始!目标,长江大桥!"

声势浩大的队伍开始缓慢地由田家墩、工人村向黄思湾五门移动,一边走,一边有人带头高呼口号,沿途还不断有人加入到队伍之中。到了黄思湾五门,铁轨上停着的几节火车皮挡住了游行队伍的去路。保卫处处长黄秉成站在车上,手中拿着电喇叭,高声喊着:"工友们,今天的游行活动没有得到有关部门的批准,是非法的!大家先回去,有什么意见通过正规渠道反映!"

人群中有人大喊:"谁阻挡我们游行,谁就是我们的死对头!"

"易国兴,害人精!夺我的饭碗,要我的命!"

黄秉成用更大的声音喊:"工友们,请大家冷静!小心上坏人的当!"

柯疤子大声质问:"姓黄的,你说谁是坏人?"

余胖子朝人群挥手,指挥众人爬上车,要黄秉成交代谁是坏人。

黄秉成只得向易国兴报告:五门第一拦截点快要失守了,务必请求市公安局支援。

郑宏带着小赵、小张急急忙忙赶来,刚加入劝阻的队伍中,谁知,他腰间的枪柄露了出来,正好被王金彪看见,他马上大喊起来:"狗日的身上有枪,镇压我们来了!大家上呀,跟他们拼了!"

王金彪这一喊无异于火上泼油,立即有人"哗啦"一下拥上来,与人墙里的保卫人员拉拉扯扯,推推搡搡,扭打成一团。混战中,黄秉成挨了几拳,手中的电喇叭也被抢走,踩成扁饼。郑宏和小赵、小张衣服被撕破了,被按倒在路边一顿拳打脚踢。郑宏抱着头,始终没还手,腰间的手枪不知何时滑进了路边的草丛里。

一阵警笛尖叫着,市公安局增援的两个消防中队坐着七八辆警车驶来。原来,市政府早就接到了情报,市公安局也做好了出勤预案,一旦临钢这边情况失控,马上增援。预案的重点是确保长江大桥畅通,决不能让游行队伍上桥。后来听到五门情况更不可控,赶快改变部署。

大批警察从警车上跳下来。他们虽然没带武器,但制服威严的威严也很有震慑作用,骚乱的现场顿时平静下来。

陆福生看这阵势,游行要黄了,就赶紧示意柯疤子和余胖子继续鼓动,他们俩于是喊:"冲啊,冲啊!"但没有工人跟着他们冲了。

黄秉成示意保卫人员,将陆福生、柯疤子和余胖子三个人带上警车。然后对大家喊:"大家散了吧!现在散了就不追究了!"人群骚动了一会儿,就陆续有人散了。坐在滑竿上的老太婆没人管,从滑竿上爬了起来,正好看到她孙子来了:"奶奶,谁叫你来的呀?"

"你叔叔、姑姑下岗了,一个叫什么疤子的就喊我来。"

"他们下岗了,我还在上班呢!你这样干,不是害得我也要下岗吗?快跟我回家吧。"老太太于是站起来就跟着走了。滑竿也不管了。

游行示威的事,闹了个虎头蛇尾,草草收场。郑宏却遇到了大麻烦,他清扫现场时才感觉腰间少了什么,顿时出了一头大汗,赶紧到刚才被人摁倒的地方找,哪还有一丝影子呢。

丢了枪可不是小事,郑宏马上向黄秉成汇报。黄秉成一听头皮都麻了,枪里有五发子弹,万一落在不法分子手中,后果不堪设想。他马上回到保卫处,播放现场的录像带,幸亏他为了保存证据,事先安排了隐蔽录像。录像果然显示,一个穿红色T恤衫的瘦长男子,在郑宏挨打的地方弯下腰捡了什么东西装进口袋,然后快步朝四门厂门口走去。看来应该还是在岗的工人,不然不会朝厂门口走。

事情有了点儿线索,黄秉成才赶紧到公司向易国兴汇报。易国兴正与田鸣健谈事,黄秉成犹豫了一下,欲言又止。易国兴说,"黄处长有什么事,不用藏着掖着。"黄秉成就将郑宏丢了枪的事说了。应付游行示威,易国兴胸有成竹,枪丢了,却超出他意料之外。他也无法淡定了,心里反复祈祷着,这枪千万不能响,枪一响,就是大案要案了。易国兴让田鸣健马上通知各分厂负责人来公司开会,他们对自己厂的工人最熟悉,让他们辨认录像中的红色T恤。

田鸣健说:"易总,有句话,不知当讲不当讲?"

易国兴示意田鸣健不要绕弯子。

田鸣健这才说:"丢枪这事,最好不要声张,知道的人越少越好。您这一通知各分厂领导,必定闹得满城风雨,人心惶惶,有人再拿这事做文章,掀起多大的风浪都有可能,到时临钢改革功亏一篑,您的心血可就白费了。因此,找枪这事,宜内紧外松。"

易国兴冷静了下来,问黄秉成,知道郑宏丢枪的都有谁。黄秉成说只有他和郑宏,他也知道这事不宜声张。易国兴让黄秉成叫来郑宏,郑宏丢了枪,自然是心惊胆战的,仔细看了录像,认出捡枪的是毛仁银。

易国兴忙问:"此人表现怎么样?"

郑宏说:"他这人很老实,以前是分厂篮球队的,业余爱好文学创作,发表过诗歌。他和祝副总关系不错。"

易国兴就说:"黄处长你马上查查毛仁银今天上什么班,是不是穿红色T恤,不要打草惊蛇,一定要尽快找到枪的下落。老田,你和黄处长一起去,有什么情况第一时间向我汇报。"

车间王主任听两位领导问他,毛仁银穿什么,很是诧异:"他呀,最近一直穿红色T恤呀。毛仁银摊上啥事啦?"

田鸣健就看着黄处长,不知这事该不该让王主任知道。

黄秉成就说:"王主任,是这样的,易总让我们调查游行的事,有人看到毛仁银上班时跑去游行了,我们要找他谈谈。"

王主任说:"怎么,你们要搞秋后算账?"

田鸣健说:"让你叫毛仁银来,哪来那么多废话?"

枪还真是毛仁银捡了。他本来上班的,但听说有游行,他就从厂子溜出来。他出来不完全是看热闹,如果这样说,就有辱他的斯文了。作为一个业余诗人,他觉得应该关注身边的生活。毛仁银站在路旁远远地看,视线始终跟着自己熟悉的几个哥们儿:活宝、刘胜利、叶老实,他怕他们有啥闪失。警车来的时候,他赶紧冲他们几个喊:"快跑,快跑,警察抓人来了!"叶老实反应慢,还举着"我们要工作"的标语在那里摇晃呢,毛仁银就又喊:"叶老实,快跑呀!"叶老实一听吓慌了,扔下标语就钻进路旁看热闹的人群中。

涌动的人群把毛仁银挤出路面,脚被绊了一下,低头一看,是把乌黑锃亮的手枪。见没人注意,他飞快捡起来,心里是既惊讶又兴奋,还害怕。这可是货真价实的家伙,比他之前打野鸡野兔的土铳厉害多了。他拿不定主意该怎么处理,肯定应该上交,但有点儿舍不得;不交,又害怕。于是他回到厂子,先打开更衣柜将枪藏好,想等下班再从长计议。去食堂吃完饭,刚回到班组,车间王主任来了,手里还拿着一份《临江日报》。原来报上又登了毛仁银一首诗。

王主任说:"毛仁银,你行呀! 三天两头在报上看到你的大作,就是下岗了,你也有一门挣钱吃饭的手艺。"

毛仁银嘿嘿笑着,兴奋地看着王主任给他的报纸。

见毛仁银果然还穿着红色T恤衫,王主任就转话题说:"这红T恤挺漂亮呀!"

毛仁银只点头不说话,他怕王主任继续谈这个话题,这是吴回芝送给他的,别人问起来,他不好回答。

见毛仁银躲闪,王主任于是切入正题道:"上班时间你去看游行了?"

毛仁银自知脱岗有错,辩解说:"我脱岗是为了观察生活。王主任,你不是也鼓励我多写些东西吗!"

王主任说:"不是我要追究你,是田总奉了易总的命令,要找你谈话。"

说罢将毛仁银带到了分厂办公室。田鸣健示意黄秉成,将王主任请出办公室。王主任狐疑地盯着田鸣健,说:"调查脱岗,还要避着我吗?"

黄秉成表情僵直,并不解释。

田鸣健单刀直入道:"你捡到什么东西了?"

毛仁银不作声。

田鸣健说:"保卫处现场的录像清清楚楚。毛仁银,你胆子真大,要坐牢的,你不知道吗?"

毛仁银脸都吓白了,感觉一阵尿急:"不知道是谁掉的,又不是我偷的,犯……什么法?"

"把你捡到的东西交出来,没超过二十四小时,就不追究你的责任了。"

毛仁银说,他是捡了一把枪,藏在更衣柜里。于是赶紧去打开更衣柜,可真是遇见鬼了,枪不翼而飞。把柜子翻了个底儿朝天,仍然没有。

毛仁银急出一身汗,胳膊腿顿时软了。

看他的样子完全不像装的,田鸣健也满脸疑惑:"你小子确定是放在柜子里了?"

"千真万确,放在最下面的格子了。我把柜子锁好了才去食堂吃的饭。"

听说枪锁在柜子里还不翼而飞,黄秉成吃了一惊,感到问题更复杂,也更严重了——捡枪和偷枪,是两种完全不同的性质,即将面临的风险也完全

123

不一样了。他不禁大声喝问毛仁银："柜门没有撬过,锁也完好无损?"

毛仁银点头如鸡啄米,说不出话来。

回到保卫处,黄秉成急火攻心："你把枪带回班组的时候,碰到了什么人?"

毛仁银想都没想："就周喜,他干完活儿回班组。"

田鸣健脸色一黑,周喜是他的内亲,他也是了解周喜为人的。

"他看到你把枪放在更衣柜了吗?"

"应该没有吧。"毛仁银不确定。

黄秉成喊："什么叫应该没有!有就有,没有就没有!你把当时的经过仔细回忆一遍,不要漏过任何细节。"

"当时周喜进来,叫我吃午饭,问我咋不拿饭盒去打饭,我就说,我不饿。这时周喜突然指着铁桌底下对我说,毛仁银,你的钱掉了,我一低头,果然铁桌底下有一张五十元的钞票。我说这钱不是我的,周喜说班组就你我两个人,不是你的还会是谁的?我就弯下腰捡钱,然后从衣柜拿出饭盒,锁上柜子。周喜也拿起铁桌上的饭盒,跟着我一起去职工食堂打饭,途中他说要上厕所,我俩就不一路了。"

黄秉成说："那就是周喜无疑了。"

田鸣健说："不要急于下结论。"

毛仁银说："捡钱前后也就不到十秒时间。如果是他偷的,他怎么开了我的更衣柜?"

黄秉成想了一下,对毛仁银说："你回去好好想想,有没有可能把枪放到别处了。另外,你最近要随叫随到,我们随时要找你讯问。你捡枪的事,还有谁知道?"

田鸣健阴沉着脸说："你捡枪事小,现在枪被盗,事情性质就不一样了。本来是应该将你直接扭送公安机关的,考虑到这是咱们临钢内部的事,你又是老实本分的人,我们不忍心直接将你交给公安,但这事,你不得对任何人提起,否则影响破案找枪,罪加一等。"

毛仁银说："感谢田总,感谢田总,打死我也不敢对外说。"

田鸣健、黄秉成赶紧到公司找易国兴汇报。

易国兴一见田鸣健、黄秉成,就站了起来："枪找到了?"

"枪是毛仁银捡了。"

易国兴面露喜色:"那就好。"

"可又被偷了。"

易国兴脸都气黑了。

黄秉成这才将前前后后详细说了一遍。

易国兴说:"那你还等什么?马上控制这个周喜。"

黄秉成看了一眼田鸣健,小声说:"易总,周喜是田副总的亲戚。"

易国兴眉头皱着喝道:"田副总的亲戚怎么了?就不能抓?"

黄秉成说:"现在也只是怀疑,证据不足。"

易国兴气恼道:"这把枪不能响!我不管你有什么办法,总之你要抓紧时间,全力以赴,和犯罪分子赛跑。"

田鸣健说:"易总,周喜的确是我的亲戚,可如果枪真是他偷了,我决不偏袒。现在只是怀疑,要不,我去找他谈谈?"

易国兴见如此,只好说:"那就有劳田总了。"

黄秉成犹豫了一下,说:"易总,涉枪无小事,要不要向市公安局报告?"

易国兴沉默了足有一分钟,说:"先找。"

黄秉成说:"万一找不到?"

易国兴突然暴怒道,"黄秉成黄处长,你的队伍是怎么带的?镍板案久拖不破,现在又来个丢枪案,你可真是给咱们临钢长脸,给我易国兴帮忙啊!"

黄秉成软中带硬,说:"这两件事,是联系在一起的。"

易国兴倒是第一次听说这样的思路,颇感意外:"两案之间还有联系?"

"有。郑宏带枪在五道岔埋伏一夜,就是为了坚决执行易总指示,抓紧破获镍板案。天亮后五门情况告急,他没有按规定上缴佩枪,直接从五道岔到五门增援,被游行工人发现他带枪。他是在严格执行打不还手的情况下才丢了枪的。"

易国兴不无讽刺地说:"好一个黄处长,你的语言逻辑可以打满分。你的意思,丢枪的责任在我易国兴?"没容黄处长说话,又继续说道,"保卫处理应为公司改革保驾护航。现在可好,倒成了绊脚石。那个丢枪的,叫什么?"

黄秉成说:"郑宏。"又说,"郑宏是个好同志,为了破镍板案,他在五道岔连续设伏大半个月,夜夜都是通宵。"

易国兴冷着脸:"丢了枪,还是好同志?要是军人丢了枪,是要上军事法庭的。对郑宏的处理,分两步走:先停职审查,再开除出厂。"

黄秉成本想再为郑宏辩解,见易国兴在火头上,就没作声。郑宏丢枪,他这个当处长的也有责任,所以,想等找到枪后,再找易国兴说情,让他收回开除郑宏的决定。

黄秉成走后,易国兴对田鸣健说:"田总,你那个亲戚,找他好好谈谈,只要交出枪,咱们既往不咎。"

田鸣健从易国兴的办公室出来,就直接去了周喜家。周喜却不在家,打他的寻呼机也不回,田鸣健在周喜家外等到半夜,才见周喜醉醺醺地回来。

田鸣健说:"怎么这么晚才回,打你呼机也不回,我等了你几个小时。"

周喜将田鸣健让进家,问:"舅,你找我有事?"

田鸣健单刀直入:"什么事,你心里不清楚?"

周喜说:"舅,您这一说,把我说糊涂了。"

田鸣健说:"我问你,东西放在哪里,交出来,我保你没事。"

周喜说:"我真的不清楚您说的是什么东西。"

田鸣健说:"有人都看见你从毛仁银的衣柜里拿东西了。"

周喜说:"舅,我真是冤枉。我拿什么东西了?是毛仁银说的吗?"

田鸣健说:"我也不和你绕弯子了,把枪交出来,我保你没事。"

周喜惊得跳了起来:"枪,什么枪?你是说,我拿了枪?从毛仁银的衣柜里?毛仁银的衣柜里怎么会有枪?"

田鸣健说:"别的事,我可以帮你担着,但这枪的事,不是儿戏。你要真拿了,就交出来,否则到了公安局,我就保不了你。"

周喜愣了一会儿,说:"舅,我对天发誓,真的没拿你说的什么枪,我要枪有什么用呢?我要拿了枪,不得好死。"

田鸣健说:"舅对你不薄吧,下岗本来名单上第一个就是你,是舅挺着压力,把你留下了,你可别害我。"

周喜说:"舅,我真没拿枪。"

田鸣健便不再问枪的事,问周喜:"多久没过去看你老娘了?"

周家兄弟是住进了新房子,老娘不肯搬,还住在老宿舍。

周喜说:"昨天才去看过的。"

田鸣健说:"你娘不容易,你们兄弟二人不小了,不要再让老娘操心。"

周喜不耐烦地说："知道。"

次日,田鸣健将他找周喜谈话的经过,如实汇报给了易国兴,说:"我也不瞒着易总,周喜是我的外甥,我昨晚和他谈了许久,我感觉,枪不是他拿了。当然,我也不是护着他,易总一句话,我们就将他扭送到公安局,真要是他拿了,不怕他不招。"

这下倒让易国兴为难了。真要送公安局,如果是周喜偷了,那还好,如果不是,丢枪的事就包不住了。便问田鸣健:"你觉得,现在该如何处置?"

田鸣健说:"我的意见,还是先让保卫处黄处长查,只要枪不响,就没大问题。先找一段时间,实在找不到了,咱们再报公安局。"

易国兴心烦意乱,说:"这事你来跟进。"

田鸣健说:"那个丢枪的郑宏怎么处分?"

易国兴冷冷地说:"开除。"

没想到郑宏听了易国兴对他的处理意见,像着火的煤气罐一般一下炸了,当着黄处长面,使劲把帽子摔在桌上,怒吼道:"别人是下岗,我是开除出厂!这是对我的侮辱!我为破镍板案,几十个通宵没睡觉!按我的思路搞,早就破案了。现在我不但无功,倒成了罪人!"

黄秉成也火了:"你冲我吼什么吼?你丢枪是事实,要开除你,是易总的决定。"

郑宏只差动手了,挥动拳头说:"你以为我像你一样,怕他易国兴?"

黄秉成也不示弱:"你郑宏是什么人,你是退伍特种兵,当然谁也不怕!"

郑宏于是憋着满肚子怒火来到公司行政大楼,闯进易国兴办公室:"易总,黄秉成说你要开除我?"

易国兴打量了他一眼:"丢了枪还这么理直气壮?"

"没错儿!我为破案一夜没合眼你们不关心;游行人员打我骂我,我骂不还口、打不还手、被人打得一身的伤你们不关心;我为什么丢的枪你们不调查,不问青红皂白就要开除我。我丢枪是有错,但身为处长的黄秉成,一分钟一个命令、瞎指挥,难道就没有错吗?你不搞大下岗,下岗工人会游行示威吗?下岗工人不游行,我会丢枪吗?"

"你的理由还很充分!如果不是丢了枪,你应该可以上英模榜;遗憾的

127

是,你身为保卫干部,居然丢了枪,可见你的失职都到了什么程度!怎么处理你都不过分!"易国兴换了个口气,问道,"你是个老保卫吗?"

"我当过特种兵,复员后分配到市电厂,干上保卫工作。前年才调到钢厂保卫处,分到内保科。"郑宏毕竟也知道自己有责任,见易国兴一副想了解他的样子,他语气也缓和了。

易国兴表情又严肃起来:"我也是当兵的出身,不过我当的是炮兵。如果我们当炮兵的把炮弄丢了,你说该如何处置?不过,你有胆子跑来找我,说明你有担当、有勇气。这样吧,我跟黄秉成说一声,暂不开除你,但要停你的工。你不是特种兵吗?那就想办法把枪找回来!什么时候找回枪,就什么时候恢复你的工作!"

这枪果真是周喜偷了。

周喜偷枪,也是临时起意。毛仁银好哄,一低头捡他故意扔的钱,他就得手了,枪就到了自己兜里。他那段时间满心想的就是要找马歪嘴报仇,马歪嘴不仅不还他钱,还羞辱他,他咽不下这口气。真是老天帮忙,把枪送到他眼前。现在有枪在手,一定要让马歪嘴好看。他借故摆脱毛仁银,骑上摩托就奔海观山酒楼。到得楼下,心里才打起鼓来。

他知道,这枪一响,就再没有回头路了。他只想发财,并不想亡命天涯。留得青山在,不怕没柴烧。这样一想,就又骑着摩托车回到家,找了个平时装工具的铁盒,将枪拿布包了,装在铁盒里,又将铁盒锁在五斗柜里。这才出去喝了顿大酒,没想到,舅舅田鸣健这么快找上门来。他是抵死没有认,他知道,厂里也没有真凭实据,否则就不是舅舅来找他了。田鸣健走后,周喜想来想去,枪放在家终究是个炸弹,次日就从厂里拿回一张大油纸和一小瓶机油,将子弹卸了,枪也拆了,每个零件都抹了黄油,再拿油纸包得严严实实,装进铁盒子里,趁着月黑风高,将枪埋在楼下的雪松下。

他这一埋不打紧,可苦了黄秉成和郑宏。他们二人都认定枪是周喜偷了,并坚信,只要盯紧周喜,他迟早会露出马脚。哪里想得到周喜将枪埋了起来。无奈之下,他们甚至托了捞偏门的四处打听,黑道上也没有任何与枪有关的消息。两个人一筹莫展,每天都觉得头上悬着一把剑,脚底埋着一颗雷,不知道什么时候剑会掉、雷会炸。

第十四章

　　游行平息了,丢枪的案子虽还没着落,但知情人被控制在有限范围,也算暂时安稳。而且黄秉成按照易国兴的要求,不声张,内紧外松,一直在进行调查。在易国兴看来,这平静已经是阶段性成果。一晃过了十天,他又找田鸣健催问丢枪的事查得如何了,田鸣健分析道,毛仁银捡枪这事真实无疑,那么枪就是在厂里丢的。也许偷枪的人只是一时冲动,偷枪之后又害怕了,故而将枪丢进下水道,丢进长江了,也未可知。知道易国兴还是怀疑周喜,便说他又找过一次周喜,还找过自己的姐姐,也就是周喜的老娘去问过了,周喜还是否认。

　　田鸣健说:"周喜虽说平时有点愣,却是个孝子,我姐夫走得早,周喜兄弟二人,都是老娘一个人拉扯大的。"

　　易国兴见田鸣健如此说来,心下稍安。看在田鸣健的面子上,也不便坚持报公安,只是交代田鸣健,这事不能松懈,枪一天不找到,他一天睡不安稳。

　　一波未平,一波又起,枪案未了,王世儒却辞职了。

　　王世儒何许人?临钢总工程师,副总经理,王贵的爸爸。但这些头衔和身份都不重要,重要的是,他是临钢的技术支柱、科研之魂,多年来为临钢的前途和发展呕心沥血,荣获渗碳轴承钢滚20的国家质量金奖,出口美国、韩国的滚铬15不退火材,都是他亲手抓的项目。但因为连铸连轧项目,他跟易国兴发生了分歧。

　　为了尽快实现转产,易国兴制订的计划不变:由十五冶拆建队进厂拆除三座平炉,在原址建一座炼铁高炉,将临江钢厂炼了几十年的特殊钢改成普通钢,也就是民用建筑钢。但分管公司工程和技术的王世儒认为,特钢比民用钢有未来。钢研所和中心实验室研制新的高温合金特钢,前期需要三百万经费,如果有了这项投入,再加上一套连铸连轧的新技术革新方案,临钢不仅能摆脱困境,经济效益也将有一个大飞跃。

王世儒来说服易国兴,易国兴却一连抛出几个问题:

"投资的钱从哪儿来?新技术方案能落地吗?短期内能扭亏为盈吗?"

王世儒想据理力争:"可是,从长远来看……"

易国兴打断他:"现在是火烧眉毛了我的王总工,我们需要的是立竿见影、短平快的项目。"

就在两人不欢而散、僵持不下的时候,意大利一家公司找来了,要订购Gr16钢材五百吨,但要求必须按欧洲标准生产。这是家欧洲有名的贸易公司,因为是第一次合作,他们先少量试水,如果达到他们的要求,会续大单。王世儒极力赞同,认为是打开欧洲贸易窗口的好机会。但易国兴却嫌量小,不赚钱;对方条件太苛刻;未来不确定因素多,就将其拒之门外。与此同时,他采纳了田鸣健的建议,决定撤销钢研所和中心实验室这两个特钢科研机构,彻底转向民用钢。

这个决定彻底激怒了王世儒。他一改往日的儒雅风度:"易总,特钢是临钢的灵魂,科研优势是临钢的安身立命之本。"

易国兴冷笑道:"是灵魂重要还是活着重要?工资都发不出来,谈什么科研?"

王世儒气得发抖,也不再称他易总,厉声道:"易国兴,你鼠目寸光、急功近利、杀鸡取卵、饮鸩止渴!你是临钢的败家子!总有一天你会后悔的!总有一天,你的名字会被刻在临钢历史的耻辱柱上!"

王世儒的话也深深刺痛了易国兴,他话音刚落,易国兴就忽地站了起来,指着他:"我本来很尊重你,你以为你是谁?你懂经营吗?你懂市场经济吗?没有市场,技术就是无本之木,无源之水!"

王世儒不甘示弱:"我是谁我当然知道,一个改正了的老右派,一个臭不臭、香不香的知识分子。"

易国兴哼了一声:"知识分子!纸上谈兵,空谈误国。"

"既然你易国兴这样看我,道不同,不相为谋,我郑重宣布,我辞职不干了!"说完,拂袖而去。

易国兴知道,按照干部管理权限,王世儒这一级干部的变动,需要省委组织部的批文。但是,仗着罗副省长给他的尚方宝剑,人事问题上他可以先斩后奏。当前,经济建设是重中之重,在阻挡改革步伐的人事问题上,也不能当小脚女人。他立即让涂兰兰通知冯为泰:同意王世儒辞职,先办手续后上报。

冯为泰听罢,倒吸一口凉气,他让涂兰兰先不要办手续,他去找易国兴再谈谈。易国兴见冯为泰这时来找他,知道来者不善,就假意埋头看文件,也不看座。冯为泰心里光火,勉力压制住,拉过易国兴对面的椅子坐下,尽量心平气和地说:"易总,我认为咱们应该好好谈谈了。"

易国兴将文件合上,一副愿闻其详的样子:"冯书记,有什么指教?"

"易总你来临钢这么久了,对我这个人,你怎么看?"

易国兴没想到他问这个问题,于是实话实说:"冯书记,你是个好人,是个厚道人。"

冯为泰示意易国兴继续,他于是接着说:"如果临钢发展很好,你来当守成的领导,很合适;如果像现在这样,面临重重困难,指望你来破局,不行。"

冯为泰点点头,易国兴说得对:"正是因为我了解自己,因此易总你初来临钢,我是寄予厚望的。正如你说的,我过于温和,缺少杀伐决断的果敢;继续由我带领临钢,难免温水煮青蛙,临钢断难起死回生。因此对于你易总,我是真心鼎力相助的,既不抢你的风头,又不妒忌你、给你使绊子,只是默默做好查漏补缺。就算是你大搞下岗分流,我内心不赞同,却也没有过激反对,一是为了维护了你易总的权威;二来也是试着理解你的决策。但是现在,有些话,我要不吐不快了。"

易国兴从来没有站在冯为泰的角度打量过自己,听他这样一说,倒是颇为感动。许多单位,一二把手面和心不和,如果冯为泰也这样,他的改革是寸步难行的。想到此处,他态度和缓了许多,递了一支烟给冯为泰。

冯为泰接过烟,却不抽,直接放在桌子上,说:"易总,这段时间我是眼见着你的改革,像一匹闯进了瓷器店的水牛,横冲直撞。破是破了,立却未见其效,现在你又进一步越权独裁,要逼走技术骨干王世儒。"

"冯书记,是王总工自己要辞职。逼走王世儒这个罪名,我担不起。"

冯为泰不理会他的辩解,说:"对王世儒辞职,我有两点意见:第一,应该严格按照干部管理权限办理,最好等王世儒冷静下来之后再说;如果他真要辞职,也要有个书面报告,走组织流程。第二,临钢发展到今天,不是靠生产普通钢,而是靠特殊钢。几十年来取得的一系列荣誉,也是来自钢研所和中心实验室,来自这两个研制单位的技术人才,这是临钢压箱底的本钱。撤销钢研所,是自毁长城。我冯为泰坚决反对,如果现在拿不出科研经费,我们可以暂缓,但千万不要动机构;机构一动,人才流失,临钢就毁了。万望易总三思。"

易国兴没想到冯为泰也有如此绵里藏针的一面,反问道:"现在我们要转产普钢,特钢研究机构还保留着,岂不是形同虚设、牛头不对马嘴?说到底,你们这是要从根本上否定炼普钢的战略。"

冯为泰一时语塞。说到底,他是对放弃特钢、转产普钢的改革路线有不同意见。这是方向性的问题,等于是对易国兴的改革大政方针提出根本性反对。他一时还没想让两个人分歧这么表面化、白热化。

见冯为泰有点儿犹豫,易国兴故意激他:"冯书记,你既然反对炼普钢,那么请你指出一条明路,临钢眼下该往何处去?继续炼特钢?继续炼特钢要是行得通,临钢就不会走到今天这个地步,省委也就不用把我易国兴调来救火了。"

冯为泰被戳到了痛处,退了一步说:"那这么多科研人员怎么办?"

易国兴步步紧逼:"你现在还在问这样的问题,怎么能跟上改革的潮流?"

冯为泰语气更弱了:"我知道我已经落伍了。不过,我还是希望听到你的明确意见。"

易国兴觉得该亮剑了:"该分流的分流,该下岗的下岗。"

冯为泰觉得自己退无可退了,提高声音说:"现在是下岗工人上街,如果再动科研人员这一块,影响就更大了!再怎么困难,养也要把这四五百名人才养起来!"

不知道什么时候田鸣健已经站在身后了,他似乎早就按捺不住,马上给易国兴助阵:"南钢没有钢研所和中心实验室,易总不是一样搞得风起水响、红红火火,将一个亏损企业变成了全省闻名的企业!"接着,阴阳怪气指责冯为泰,"冯书记,该你管的你不管,不该你管的,你倒跑来指手画脚,这样不合适吧。"

冯为泰没想到,几天不见,田鸣健狗仗人势已经到了这种地步,他忍着怒火:"什么是该我管的我不管,你把话说清楚。"

田鸣健也不示弱:"工人上街,你是党委副书记,应该承担主要责任。易总没有追究你,已是宽宏大量。党务工作,应该为改革保驾护航,冯副书记,你怎么总是站在改革的对立面上呢?"

田鸣健的话,是典型的扣帽子、打棒子。站在改革的对立面,也就是反对改革;反对改革,就是反对党的以经济建设为中心的大政方针,这顶帽子扣得可不小。冯为泰气得一下子站起来,茶杯都碰掉了,他感觉一股热血直冲脑门,胸口一紧,两眼发黑,伸手想去扶桌子,却扶了个空,倒在地上。

冯为泰被急救车拉到职工医院抢救的消息和撤销钢研所、中心实验室的消息,迅速在临钢传开。

过去,临钢也有人对冯为泰不满,特别是钢研所和中心实验室的那些科研人才,认为他婆婆妈妈,处事不够果断,专业能力又不强,很多情况下,明明他有理,却总是抹稀泥、当老好人,反倒纵容了对方。他对前任总经理是这样,对现任总经理更是这样。说他是公司领导人,他更多的时候说话都没权威。身为党委副书记,实行总经理负责制之后,他更像个受气包一样。他的权力几乎就剩下一条——组织党员学习,如果学习时间与别的什么工作发生冲突,还得主动让路。不是说党领导一切吗?现在怎么了,一个堂堂正正的党委副书记,别说领导一切,而是谁也不听他的了。

而且,在临钢,他就是一个副书记,党委书记一直空缺。这正好说明一个问题,你冯为泰不行,如果行,早就让你上位,明确你任党委书记了。田鸣健为什么敢在他面前造次,说白了,不就是因为他为人实在,没魄力没能力,没有得到上级应有的信任吗?

如今,冯为泰之所以晕倒,正是为了保住钢研所和中心实验室,于是临钢人突然意识到,冯为泰是个好人。

尤其是傅长厚和祝永明这些老人儿,本来就对易国兴拆除平炉不满,又听到公司元老冯为泰被气病了,觉得临钢彻底被不懂传统的外来者占领了,他们串联一些退休的劳模和标兵,把易国兴堵在办公室。

傅长厚指着易国兴就骂:"什么改革先锋啊,你就是个混蛋!临江钢厂是主席视察过的厂子,你知道吗?"

易国兴说:"老同志,改革要以经济效益为中心,没错吧?我奉命来到临钢,实行改革,没错吧?"

傅长厚大声说:"有你这样改的吗!"

祝永明帮腔:"科学技术是第一生产力,这是小平同志说的。科研人员是临钢的精华,没有他们,就没有临钢的今天。你易国兴可以不尊重我们劳模,但是你不能无视科研人员!"

一行人一听这话,更是一肚子新仇旧恨:下岗分流,劳模标兵的后代没有任何照顾,现在,一代人仰望、尊重、宝贝了一辈子的钢研所和中心实验室,他易国兴也当作坛坛罐罐一般打破了,这等于毁了临钢根基!以前,厂子每炼一炉钢,都有炉前记录,都要打上钢号,这些全都被你易国兴取消了,你这不是瞎搞是什么?我们算看出来了,你易国兴只有搞南钢那点儿小儿科的本事。

冯为泰在医院,田鸣健到省里去了,此刻没人帮易国兴解围,所以他站不是,坐也不是,虽然有气,还不敢发作。涂兰兰已经悄声告诉他,姓傅的和姓祝的到底是谁了,他易国兴再杀伐决断,也不想四面楚歌。

这时候,黄秉成闻讯赶来了,一看是这两位老先生,比上次老干部的事还棘手。为了缓和气氛,他先跟老爷子们套近乎,拖延时间,因为他通知了傅佳钢。不一会儿,傅佳钢赶来了,拉住他爸就先诚惶诚恐向易国兴道歉,连说他爸没文化、头脑简单,一定是受了居心叵测的坏人利用。

傅长厚就见不得儿子那个低三下四的样子,又叫开了:"老子的事,你别掺和!今天不把这个姓易的扳倒,老子就死在平炉底下。"

傅佳钢说:"爸,你先把我扳倒吧,求你了!"说着好说歹说,连拖带抱,把他爸拉走了。

易国兴见状也发了狠,说你们要闹,我就奉陪到底!然后先假装给市公安局打电话,进行治安备案;接着又给职工食堂打电话,让他们把饭送来,让这些老爷子吃饱了可劲儿闹。大家没想到易国兴来这一手儿,再加上带头儿的老傅被拖走了,黄秉成在旁边不停地笑脸相劝,几个人于是也被半拉半拖回家了。

几天后,田鸣健从省里回来,带回一封罗副省长转给易国兴的信,是反映他撤销钢研所和中心实验室问题的。信是写给罗副省长本人的,希望他能出面制止这种错误行为。

谁都没想到,写信人竟然是涂兰兰。

起初给易国兴当秘书时,看到易国兴铁腕治厂、锐意改革,尤其是敢于担当、雷厉风行,她心里充满敬佩,对临钢重铸辉煌也充满向往。有时候甚至想,以后找男人,就找易国兴这样有魄力、有胆识的。但时间一长,她越来越多地感受到易国兴的另一面——独断专行。他不顾百年老厂的历史和现状,只顾强硬完成他规定的一切,而且动辄拿南钢说事,口口声声他在南钢是如何搞的,心胸和格局都不像表面看上去那样,他没有长远发展的前瞻,也没有思考和分析什么是临钢的核心竞争力。

让涂兰兰最有看法的,是冯为泰作为公司元老、党委副书记、班子二把手,却被架空了,连撤销钢研究所和中心实验室这么大的事,易国兴都是只听田鸣健的一面之词,把冯为泰排斥在外。涂兰兰是从钢研所调过来的,她在钢研所工作多年,深知钢研所和中心实验室对临钢发展的重要性。她也试图跟易国兴谈过她的看法,但易国兴根本不以为然,只是淡然说:"你做好你秘书的工作。"

因为反映问题的是易国兴的秘书,罗副省长特别重视,从官场的角度考虑,秘书应当是最忠诚的人,如果秘书反了水,事态一定比较严重。于是他在信上批示:请国兴同志慎重考虑。

易国兴拿到批示,愤然道:"慎重考虑?我每天都在慎重考虑。"

田鸣健说:"那要不要回复罗省长?"

"要回复。你搞一个临钢历年亏损报表,还有银行、税务、电厂等单位的欠款数目,一齐报上去。"

田鸣健领命而去,这时候涂兰兰回来了。易国兴近来胃不太好,她到门诊部给易国兴开了瓶胃药。

易国兴盯了她几秒钟,然后拿起桌上的信:"涂秘书,这是你写的?"

涂兰兰表情镇静:"是我写的。"

易国兴又盯着她:"冯为泰让你写的?"

"与冯书记无关。我向上级如实反映该反映的事情,没有一句不实之词,这不违反组织纪律吧?"涂兰兰看来对这一幕早有准备。

易国兴还没想好怎么应对,于是看了下墙上的表说:"下班了。"

涂兰兰却掏出事先写好的辞职报告,递给易国兴:"易总,我辞职,明天不来上班了。"

易国兴有些吃惊:"你知道,我对你的印象很好,为什么要辞职?"

"易总您对我很好,是我不适合做您的秘书。"涂兰兰笑笑,"您易总是个铁面人,眼里容不得沙子,我怕以后会成为您眼中的沙子。"

就这样,继总工程师王世儒辞职之后,涂兰兰也离开了临钢。

有那么一瞬间,易国兴脑子里闪过一个词:众叛亲离,但他不想让自己顺着这思路往下想。他想,终有一天,临钢重现辉煌时,这些人会理解我的。

第十五章

　　钢研所和中心实验室撤销没一个星期,易国兴又下令黄秉成整顿厂子周边环境。

　　临钢有九个大门,加上西塞山乡的170钢管分厂,共有十个。每个大门两侧,都搭盖着私人餐馆、小卖店及各种小摊、修车铺,一家挨着一家。俗话说靠山吃山,靠水吃水,靠着钢厂吃钢厂,这些店铺做的都是钢厂职工的生意。工人的工作服、鞋袜和手套,可以到小卖店换烟酒。有的餐馆和小卖店还是厂子干部家属开的,厂子光景好的时候,工人们来光顾,有现款的付现款,没现款的赊账,关饷时付清。现在下岗工人多了,厂大门两侧的餐馆和小卖店就更多了,也开始妨碍车辆进出。于是易国兴责成黄秉成清除厂大门两侧的大小餐馆和小卖店。

　　这天中午,从广州贩牛仔裤回来的赖子和祝国祥聚在蔡红餐馆喝酒,刘胜利、活宝、叶老实和毛仁银也在。他们正在给赖子他们讲下岗工人上街游行的事儿。

　　刘胜利说:"我早就知道这回游行要失败,你看看领头的是什么人?懒鬼、色鬼加造反司令,这闹出个名堂也没威信。要是大昌领头……"说着看了一下祝国祥。

　　"我哥去新疆了。就是在家,也别指望他带这个头儿。"祝国祥埋头吃菜。

　　活宝问叶老实:"老子到现在都没搞清楚,郑宏带了枪,究竟是谁发现的?"

一说到枪,毛仁银就怕把捡枪丢枪的事说漏嘴,于是假借上厕所,在外面躲了一支烟的工夫。

叶老实说:"王金彪嘛。喊打郑宏的也是他。"

刘胜利也想了起来:"不错,是他先冲上去动手的!"

活宝有些不解:"这狗日的冲动什么?首先施展拳脚功夫,不是给把柄让人家抓吗?"

赖子说:"我能百分之百地断定,你们队伍里面出了内奸叛徒。"

"对,不然下岗工人上街的时间、路线,保卫处那帮人怎么一清二楚?还提前设了几道防线,一定有内奸。"活宝附和。

刘胜利想了想,突然把桌子一拍:"妈的,我知道这个内奸叛徒是谁了。"

活宝忙问:"谁?"

"王金彪!"

没等活宝追问,刘胜利就分析起来:"那天的情况很明朗,只要游行队伍冲破了四门拦截点,保卫处设在一门的拦截点是拦不住的,正好王金彪借着郑宏的枪挑起事端,大喊什么镇压我们工人的来了,而且第一个冲上去动手。"

"他还喊大家打呀,往死里打!等到打起来后,他又第一个溜走了。胜利说得不错,王金彪八成是内奸。"叶老实也恍然大悟。

活宝愤怒地骂了起来:"妈的,你们说王金彪这狗日的,究竟姓蒋还是姓汪!"

"他是两边讨好,从中得利。"

赖子提醒他们:"以后再遇到这种事,你们还是少掺和,一群乌合之众。"

毛仁银在门外,听他们没再说郑宏的枪,才安心进来。

赖子说:"毛仁银,你一泡尿尿这久,尿长江啊。"

刘胜利打趣:"他哪里是尿长江!他是天天打飞机,打出前列腺炎了。"

众人便哈哈大笑起来。毛仁银也不理会,心想随便你们开玩笑,只要不说枪的事就好。

这时,外面传来蔡红的声音:"你们把红头文件塞给我干什么?我又不是公司的工人。"

"这是公司的限期拆迁通知。公司要整顿周边环境,所有的餐馆和小卖店,都要在限期内搬迁和拆除。"

"我男人是这样的情况,我带着儿子、公婆,全靠这餐馆的一点儿生意,拆除了,我们一家人喝西北风啊?"

"这是公司的决定,我们保卫处只是执行而已,先让你们知道,自己动手在规定期限内拆除。"

蔡红六神无主,捂着脸呜呜哭了起来。赖子和刘胜利出来,将蔡红劝进包间。活宝拍着桌子骂:"妈的,老子弄死这狗日的易国兴。"

刘胜利说:"别说无油盐的恐怖话了,弄死了易国兴你也跑不了,家里的父母、老婆孩子谁替你养?"

叶老实也说:"聪明人不说赌狠的话,还是要讲道理。"

"讲道理,他易国兴讲的又是哪门子道理?你说,厂门口做点儿小生意,碍着他什么事了?都说人心是肉长的,我看他易国兴的心是铁疙瘩做的,但凡有那么一点点人心,都不会干这样的事。"

赖子也忍不住说:"缺德事做多了,老天会收拾他的。"然后对一言不发的祝国祥说,"狗日的,咱要找机会狠狠治下姓易的,让他知道下岗工人不是好欺负的。"

赖子说这话时只是宣泄下情绪,并没想去跟易国兴玩命,更没想到,报复易国兴的机会还真让他逮到了。

赖子家住中窑湾,这里私人房屋甚多,多半住的是以前石灰窑厂和煤矿的工人,一条窄长的老巷子进出。市第六中学就在巷子里,还有社办的服装厂、豆腐坊。巷子里还有一座旧时的英式教堂。赖子家在老教堂近旁,和祝国祥合伙倒腾的牛仔裤都放在他家。国祥他爸有言在先,不许这些洋垃圾进门。

这天晚上,祝国祥来找赖子商量,如何早点儿把货脱手。正碰上赖子五岁的儿子跑回家,喊着说他家的小黑被车子轧死了。

赖子和祝国祥就跟着孩子往外走,门前暗淡的路灯下,小黑狗躺在汽车左轮下,两只脚还在抽搐。易国兴站在车旁!

见有人过来,易国兴问:"这是谁家的狗?"

赖子一看,心想真是冤家路窄。再朝车后座一看,还有个喝醉酒的漂亮女人,赖子认出是赵驼子的老婆施萍。他莫名兴奋起来,装作谁都不认识的样子吼着:"妈的,眼瞎了呀?把老子家的宠物轧死了!"

易国兴说:"你别骂人,晚上光线不好,我没看清这条小狗在路中间。"

赖子继续骂:"你长着眼看不清楚,开他妈逼什么车?"

"我不想跟你纠缠,现在狗死了,你看赔偿多少?"易国兴一心想息事宁人,不等赖子开口,就从衣袋掏出两百元钱:"两百,够吧?"

"两百,真是笑掉老子的大牙!你看清楚了,这是只名犬,纯种外国狗!老子是议价买来的。"

易国兴知道碰上刁民了:"你说说,怎么议价?"

祝国祥在一旁说:"这是法国进口的,市场最低价五万。"又添油加醋地说,"狗也是一条命。轧死一个人,得赔二三十万吧?这条名贵的法国犬轧死了,少说也得赔五万。"

赖子吼声更大了:"不赔五万莫想走!老子一分钱没赚,白养了大半年。"

易国兴知道,这么狠的敲诈,显然是冲着他来的,听口气无疑是临钢的下岗工人。见有人围拢过来,他毕竟不想把事情闹大,便对赖子说:"狗是我轧死的,我赔你两万,多的一分没有。"

祝国祥故意朝易国兴看了看,对赖子说:"哎,这不是临钢的易总吗?我看你转个弯吧,两万就两万吧。"

赖子就坡下驴:"算你面子大,该老子倒霉!两万就两万,拿钱来。"

"我身上没这么多钱。"见赖子又瞪眼,易国兴马上说,"我打个欠条,明天你到公司找田鸣健,让他给你就行了。"说着,掏出钢笔和工作小本,撕下一页纸,写了欠条,签上名,递给了赖子。

赖子看欠条上没有自己的大名,退给易国兴说:"没写我的名字,不行!重写!"于是,易国兴重撕一张纸,写下:

欠　条

　　因晚间路灯光弱,开车不慎轧死赖星光先生小狗。经协商,赔偿贰万元整。凭此欠条到临钢公司找田鸣健先生领取。

易国兴

就在易国兴打开车门的那一刻,赖子丢出一句话:"嫂子走好!"

回到家,赖子高兴地拍拍手中欠条说:"正愁没钱买辆二手小货车,这下好了,易国兴蛮够味,给老子雪中送炭。"

祝国祥也很解气,但心里也疑惑:易国兴的车上为什么坐着赵驼子的老婆?见他一脸坏笑,赖子也挤挤眼,心照不宣说:"看来咱们发财的机会来了。"

祝国祥拿过欠条读起来,感觉味道不正,重复读着,"轧死赖星光先生小狗",说:"我们天天喊赖子,把你的真名都搞忘了,原来你还有个好听的名字叫赖星光呀。不过,赖星光先生,你被耍了。欠条上写的,轧死的是你,你是小狗。"

赖子再看,还真是,这句话少了一个"的"字,应该写成"轧死赖星光先生的小狗"才对。赖子骂了一句,祝国祥又坏笑起来。

易国兴还真是为了工作才轧死这条狗的。

易国兴改革的两个重要抓手,一是节流,一是开源。节流的主要手段是裁员;开源,他则寄望于改炼市场走俏的民用建材钢。特钢改民用钢,需要建炼铁高炉,但临钢一时间却拿不出建高炉的钱,银行也贷不到款,于是易国兴就又找到童老板,让他带资建炉。

易国兴亲自出马,在公司招待所请童老板吃饭,田鸣健作陪。易国兴不喝酒,田鸣健就出主意说:"要搞定童老板,得叫上一个硬角,一个又能喝酒,长得又漂亮的大美女。"

易国兴一听这样的事儿就头大,他初来乍到,根本不知道哪儿能找到这样的角。

田鸣健说:"远在天边,近在眼前。"于是就大力举荐公司的办事员施萍。

易国兴没见过,就说:"你说是硬角,肯定就是硬角了。带她去吧。"

施萍果然是硬角。鹅蛋脸,柳叶眉,略施粉黛,一袭白裙,深V领旁别着一枚紫水晶蔷薇胸花,让人忍不住要多看几眼,也忍不住要胡思乱想。

田鸣健安排她在易总和童老板之间就座,一阵香风袭来,久过单身生活的易国兴心神不禁为之一荡,不由自主多看了施萍一眼。恰好施萍也正在看他,二人目光对视的一刹那,施萍那盈盈眼波里尽是无限柔情,然后嫣然一笑道:"易总好。"搞得易国兴心里一阵慌乱。

他定了定心神,说:"我说个开场白吧。在招待所请童老板,条件有些简陋了,见谅啊!我们先共同干一杯!"

易国兴举杯了,但他没喝,童老板不由得朝他的杯子看了看。

施萍赶紧端过易总的酒杯,对童老板柔声道:"易总酒精过敏,我替他干一杯,童老板没意见吧?"

说着就跷着兰花指儿,一仰粉颈。童老板的心神早不知荡了几荡了,笑眯眯地说:"施小姐美救英雄,我自然支持啊!看你喝酒的样子就是享受!"

施萍拿着空酒杯对着他,满脸笑意。

童老板赶快一饮而尽。

施萍见自己出师告捷,又请示说:"易总,我可以单独敬童总一杯吗?"

见易国兴笑着点头,施萍先给童老板满上,又给自己加满。童老板于是爽朗地说:"只要是施小姐敬我,我来者不拒。"

俩人干了一杯。

施萍又说:"好事成双。"

童老板说:"但愿成双。"

又干了一杯。

田鸣健很满意桌上的气氛,趁机说:"易总,童老板说,他想今天再签一份正式合同。"

易国兴望着神不守舍的童老板,笑问:"童老板,前几天老田不是代表我们公司跟你签过合同了吗?"

童老板说:"那叫草签合同,没有法律效力。"

易国兴仍旧笑着:"我在南钢的时候,跟厂家合作都是先有草签合同。我们头次打交道,没看见你的施工队伍,也不知道你们的建筑质量,等一段时间,我们认可了之后,再签正式合同也不迟。"

田鸣健附和说:"童老板,两千万不是小数目,我相信你能够理解我们的慎重态度。这两天,你们浙江又有几个老板来找易总,有的开价比童老板低许多。既然我们易总认可你们,我看就按易总的意见办吧。"

童老板有点儿不高兴了:"易总的意思是,等炼铁高炉建到一半,再签正式合同?"

田鸣健边给童老板斟酒,边对施萍说:"来,我同资深美女一起再敬童总一杯。"

童老板说:"美女就是美女,哪来什么资深美女一说。要说,也该是施大美女。施大美女,我跟你干杯就行了。"

田鸣健被闪了一下,只得讪讪给自己打圆场:"我的表达有误,自罚一杯。"

施萍见状,给童老板斟满分酒器,对他嫣然一笑:"童老板,一看你就是个爽快人。哪天我在临钢下岗了,就到你的麾下,你不会不理我吧?"

童老板恨不得要拥她入怀,肉麻地说:"我现在就想把你挖过去,就怕易总舍不得。"

易国兴只笑,不说话。

施萍就顺势端起分酒器,豪迈道:"童总,有你这话,我们'壶搞'了。"

童老板也是"酒精考验"的,一听美女说"壶搞",更兴奋了,一仰头就喝下了满壶。

很快一瓶酒就空了,施萍就又让开了一瓶。童老板知道易国兴带了能喝的来,但没想到她这么能喝,顿时也来劲了,怂恿道:"施大美女,这瓶酒我喝一半,另一半你喝,如何?"

施萍看易总和田鸣健都没有阻止她的意思,故意说:"我们俩喝了,那他们呢?"

童老板说:"他们爱喝不喝。"

施萍咯咯笑着,说:"好!咱俩喝,让他们看着!"于是主动绕过童老板的胳膊,跟他交杯。

童老板放下酒杯,喊着:"舒服,舒服!易总的条件我答应了,先开工,后签正式合同!"

童老板醉了,下属只得扶着他上楼,在招待所住下。施萍虽然有酒量,但也从来没喝过这么多,她也醉了,不断呢喃着,让易国兴送她回家。易国兴欣赏她的豪爽,觉得自己有点儿责无旁贷。田鸣健看出了易国兴的心思,乐得顺水推舟说自己喝得头疼,先回家了。于是就发生了轧死赖子小狗的一幕。

第二天一早,赖子揣着欠条出门,正好在巷口子碰见赵驼子。赵驼子是有名的懒溜子,没个正经职业,平时泡在赌场里,被派出所捉了好几回,穷得叮当响,至今还欠蔡红餐馆三百六十元的狗肉账。昨晚又打了一夜麻将,身上的几百块输光了,正吊着脸,无精打采往家走。

赖子他们平时都嫉妒他有个姿色过人的老婆,背后总哀叹这家伙上辈子走了狗屎运,当面也是喊他外号挤对他。今天,他头一回不喊他赵驼子,而是一反常态地热情:"赵师傅,回去帮我谢谢你老婆,让我白赚两万块。"

赵驼子一听忙问怎么回事。赖子就把小狗被轧、易国兴打欠条的事儿说了。赵驼子说:"这跟我老婆有什么关系?"

赖子故作轻描淡写地说:"要是易国兴不开车送你老婆回家,我哪有赚钱的机会。"说完,骑上他的破飞鸽就走了。骑到一门,刘胜利正如约等着他。他们没让祝国祥来,怕对他哥祝大昌影响不好。

两个人找到田鸣健,拿出易国兴写的欠条,让他马上给钱。田鸣健一下子认出赖子就是在职工食堂假借认错人,朝他脑壳打了一巴掌的坏小子。然后瞄了下欠条,推说财务没来上班,让他们下午再来拿。见两个人半信半疑离开,他马上到保卫处找黄秉成:"简直搞邪了,敲诈勒索搞到易总头上了!"他让黄秉成以敲诈勒索的名义,带人到中窑湾将赖子抓起来。

黄秉成面露难色:"易总开车轧死人家的狗,错在先,又写有欠条在人家手上,我去抓人不妥吧!"

"一条土狗,狮子大开口要两万,这不是敲诈勒索是什么?"

"那也不能随便抓人。你知道易总为什么写这张欠条吗?"黄秉成不想听他号令。

"这还用说,肯定是那小子讹的。"

黄秉成说:"咱得讲证据。车上还有谁?"

这一说,提醒了田鸣健,易国兴车上还有施萍。夜晚,车,醉酒的漂亮女人,这一串词组合在一起,这不是给易国兴制造绯闻吗?田鸣健不坚持了,他刚想岔开话题,外面就传来一个气势汹汹的声音:"老子要找你们处长黄秉成,他在哪个办公室?"

还没等黄秉成出去,赵驼子已经闯了进来:"黄处长,老子的老婆被易国兴搞了,你们保卫处管不管?"

黄秉成说:"赵师傅,在我这个地方,说话要注意啊!你现在是来报案是不是?那我要做笔录;做了笔录,你要签字画押,要负法律责任。"

赵驼子一挥手:"人证物证都在,我当然负法律责任!堂堂公司老总,深更半夜把别人的老婆灌醉,还送回家,这是什么性质?"

田鸣健赶紧说:"你误会了,不是深夜。"

赵驼子朝田鸣健看了看:"是不是深夜你么样晓得?"

田鸣健正色道:"我了解全过程啊!我可以作证,易总昨晚请客是为了公事,施萍喝酒也是为了公事。喝多了易总送她回家,很正常。"

赵驼子不爱听了:"我靠,在你们当官的看来,搞别人的老婆都很正常,是不是?原来是你在拉皮条呀!"

见黄秉成拿着笔,田鸣健赶忙说:"老黄,不要记录,现在是我同他讨论问题。"又跟赵驼子说,"我警告你,再胡说八道,我让黄处长把你抓起来!"

"老子报案,你凭什么抓我?老子的老婆被人搞了还不能申冤?老子又不是你公司的员工,你凭什么抓我?"赵驼子嘴里喷着唾沫星子,嚷嚷着,"老子有证据!"

黄秉成说:"你有什么证据?"

赵驼子从口袋掏出一条女人内裤,抖了抖:"看清楚了吗?这上面是什么?易国兴留下的罪证。"

田鸣健没想到他来这一手,略略有点儿吃不准真假,转念一想,易国兴应该没时间让这种事情发生。但碰上这么个无赖,把这种无中生有的事传出去,肯定也能给易总惹一身臊。他问赵驼子:"你究竟想怎样?"

赵驼子恶狠狠地说:"老子要讨个说法,大不了与姓易的同归于尽!"

听他这么说,田鸣健心里倒有底了,聪明人不说狠话,赵驼子这种人显然好对付,于是对他说:"跟我走,我给你一个说法。"

田鸣健就带着赵驼子到自己办公室,关上门就问:"你要讨的说法是不是私了?"

赵驼子果然话狠人软,立刻说:"可以私了,可少了不行。"

"想要多少?"

赵驼子伸出五个手指头。

田鸣健点上一根烟:"当你老婆是杨贵妃呀!易总没动你老婆一个手指头。"

赵驼子眉毛一扬:"那你还私了什么?"

"我要你闭住你那张臭嘴!告诉你,给你两万,多一分没有。"

见赵驼子不吭声,田鸣健就给公司财务部打电话,打完对赵驼子说:"你去财务部拿钱吧。不过咱们丑话说到前头,你要是敢再来讹我,看我老田怎么治你。"

易国兴并不知道这些,他一如既往地忙。两天后的晚上,好不容易忙完回到招待所,桌上电话响了。易国兴一听,是妻子陶咏梅的声音,她说的话却是:"易总你好,我是小施、施萍呀!"

易国兴心中一惊,嘴里却说:"你搞什么鬼?我都累死了。"

"毕竟上了年纪,路边的野花采不动了吧?"妻子还是阴阳怪气。

易国兴不耐烦:"有什么事直说吧,不然我挂电话了。"

陶咏梅正色道:"有人把电话打到我学校来了,说你和一个叫施萍的女人有事儿。"

"你信吗?"

"我信不信有什么用?"

"我身正不怕影子斜,只要你相信我就行。"

陶咏梅听他连一句解释都没有,生气地说:"你最好让我省心点儿,好自为之吧。""咔嗒"一声就把电话挂了。

制造绯闻,给远在山东的妻子打匿名电话,这分明是存心整他。易国兴感觉,来者不善,都指名道姓到妻子那里了,看来这人不简单。

这时,有人在轻声敲门,易国兴问:"谁?"

没有人应。

他一把拉开门,面带泪痕的施萍站在门外。易国兴很吃惊:"你怎么来了?"

施萍说:"我可以进来吗?"

易国兴犹豫了一下,还是将施萍让进了屋,让门敞开着。灯光一照才发现,施萍鼻青脸肿。"你这是怎么了?谁打的?"

施萍嘤嘤哭着:"我老公。你开车送我回家,他就认定我和你睡了,天天打我,我在家已经待不下去了。"说着就拉起衣袖,露出胳膊上一大一大块的瘀青。

易国兴一时手足无措,只得好言宽慰:"伤得这么重,应该去医院做个检查,看看伤到骨头没有。"

施萍只是哭:"我受够了,要和那畜生离婚!"

易国兴左右为难,说:"这个,清官难断家务事,我怕是帮不上忙。"

施萍泪眼盯着他,说:"易总,我不是要你帮忙,我也不是来为难你的。"

看着梨花带雨的施萍,易国兴心里涌出一阵莫名的感动,他没想到施萍如此善解人意,自己受到丈夫非人的折磨,还设身处地替他考虑。这是陶咏梅做不到的,她任何时候都不会考虑他的感受。

易国兴想安慰施萍几句,又不知说什么好,他很少与女性单独交往,特别是像这样近距离的接触,更是少之又少,更何况是一个如此美好的女性。他只好很笨拙地指着桌前的靠背椅说:"你坐下休息一会儿吧。"然后又倒了一杯水。待施萍情绪稳定下来,他才问道:"你家先生怎么叫那么个名字?"

施萍一脸嫌弃:"就身材来说,他还像个人。同事们叫他驼子,是故意糟鄙他。"

"你们的婚姻真的已经到尽头了吗?"

"他就不是个人。赌输了钱,逼我跟人家上床还债。我不肯,这个畜生竟然说,你可以跟易国兴上床,为什么不能跟许老板上?"说着又哭起来。

易国兴愤怒得听不下去了,忍无可忍地说:"真是个畜生!"

"我绝不回那个家了!我一定要跟赵驼子离婚,彻底跟他一刀两断!"

易国兴心软了,说:"这样吧,这两天你暂时住在招待所,我来给你想想办法。"

他给田鸣健打电话,问田鸣健有什么好主意。

田鸣健沉默了一会儿,说:"既然这样,不如把施萍调到江城办事处。"

易国兴说:"老田你这提议很好。"

施萍自然满心欢喜。易国兴便派了车,当天就送施萍去了江城。

赵驼子敲了一笔钱,很高兴,但没过两天,就发现老婆不回家了。施萍在家时,他并不觉得日子美,现在施萍不知去向,他急了。多方打听才有眉目,说是在临钢的汉口办事处上班了。虽然电话总是找不到人,但总算有了着落,他又可以放心地混自己的日子了。

这天,见赵驼子手气不错,几个鬼打架的酒肉朋友就撺掇他请客:"听说你发了横财,得请客呀!"

赵驼子脖子一梗:"老子凭什么请你们呀?"

众人打趣道:"戴绿帽子光荣呀!""亏得你老婆漂亮,老子想靠绿帽子发财,还戴不上。""上床上到易国兴这个层次,也是三生有幸啊。"

赵驼子怒了:"老子今天郑重宣布,我老婆没有跟姓易的上床!谁敢再说老子戴绿帽子,老子杀了他!"

众人说:"如果没这事儿,你就不该讲什么私了!"

赵驼子一起身,双手将桌子掀了,嘴里骂骂咧咧地扬长而去。

第十六章

祝大昌在克拉玛依待了半个多月,生意谈得很不顺。原以为有薛浩打前站,谈得差不多了,他来代表公司签合同就行,到后一看,根本不是那么回事。

正在进退两难,范小桃打来电话,说冯为泰被气得犯了心脏病,在医院抢救。挂了电话,祝大昌就对薛浩说:"给我订最近的航班,回临江。"

冯为泰已经脱离危险,从重症监护室转到了普通病房。见祝大昌第一时间来看他,很是高兴。

祝大昌说:"我都听说了,冯书记是为王总工辞职的事气病的。"

提到王世儒辞职的事,冯为泰面色又灰暗了,痛心疾首道:"这个易国兴,这是崽卖爷田,不知心疼。"

祝大昌劝慰说:"治重病要下猛药,易国兴是有点过于独断专行了,但他的出发点总是好的。公司的经营,也的确有了起色。您就别操那些心了,也操不过来。"

冯为泰慨然道:"老了,该退休了。"

祝大昌见他心气不高,又说:"您哪里就老了,正当年呢。只是高血压、冠心病都要静养,保持心情愉快很重要。"

冯为泰又说:"易国兴被人讹了,这事你听说了没有?"

"讹易总?谁这么大胆?"

"你认得的。"

便把他在病床上听来的消息说了。

大昌一听是赖子捣的鬼,坐不住了,想回公司找易国兴问清楚详情。冯为泰说:"易国兴不在,他昨天来医院看我,今天到省里向罗省长汇报去了。"

祝大昌道别出来,在医院门口正碰到保卫处处长黄秉成,他也来探病。在祝大昌眼里,黄秉成在公司中层干部中算个中性人物,哪边都不靠,能够秉公办事。

黄秉成先打招呼:"这段时间都没见到祝总。"

祝大昌笑笑:"跑销售的,四处飞。刚从新疆飞回来。"

"你辛苦。冯书记好些了吧?"

"无大碍了,这会儿怕是刚睡着。"

黄秉成解释说:"我该早些来看望冯书记的,可这忙得团团转。"

祝大昌就小声问他:"郑宏丢的枪,有眉目了没?"

黄秉成一惊,这事按说祝大昌并不知情。祝大昌见黄秉成欲言又止,便说:"毛仁银压力大,一直担心着这事,就电话和我提了一嘴。"

黄秉成说:"八成是在周喜那小子手上,但没有证据。郑宏的意思,把这小子抓起来审一审,被我给否了。一点儿证据都没有,他要死不认账,反而打草惊蛇,这枪怕就永远找不回来了。"

"没报市公安局?"

黄秉成手指朝上指指,说:"上头意见,先瞒着吧。争取内部处理。"又说:"你知道的,周喜是田总的外甥。"

祝大昌说:"总瞒着也不是个办法,万一伤了人,你也脱不了干系。再说了,没有不透风的墙,这事捂是捂不住的。"

黄秉成一脸苦涩:"现在一切朝钱看,社会治安又差,公安局积案如山,我们厂差不多是独立王国,只要这枪不响,捂一天算一天呗。我现在是老鼠进风箱,两头受气。上头压着,下面又在拱火。"

祝大昌不愿听他诉苦,如今这情况下,大河没水小河干,厂里的人谁肚子里还没有苦水呢? 于是转话题道:"镍板案还是没破?"

黄秉成就说,经过这几月查找,终于锁定了犯罪现场,就在厂区地处偏僻的五道岔。祝大昌知道,那地方靠近护厂河,载有长列炉料的火车头要在那里分道岔,便于把满载炉料的车皮推向平炉分厂,这其中一节车皮就装有镍板和锰等工业贵重合金原料。"这么说,运往平炉分厂的镍板,还未到平炉合金库,在五道岔就被盗窃了?"

黄秉成点点头:"让平炉合金库背了黑锅。刚开始,我们总认为镍板是入库后丢失的。"

"什么人作的案?"

"根据我们判断,既有厂内的连接工,还有外面其他人参与,里应外合。"

"我以前干过连接工。"祝大昌醒悟过来,"车头在五道岔调换时,中间有半个小时的空隙,问题是,他们怎么把镍板运出厂的呢?"

"靠近护厂河旁有一间废弃的工房,他们通过工房的后窗,将赃物扔进护厂河,然后晚上捞上来,装上汽车运走。"说着黄秉成顿了一下,看着大昌,"我们在这间工房的后窗下面,发现有痕迹,还搜到一块镍板。"

"有犯罪嫌疑人的线索吗?"

黄秉成说:"正在排查。但是排查难度很大。这半年来,下岗的工人太多,给我们排查带来很大的困难,所以我们想着守株待兔,派郑宏带人到五道岔布哨。守了半个月,没想到发生游行示威,这才让郑宏丢了枪。"说着,他忽然像刚想起似的,说,"祝总,万一将来有一天,枪出事了,上面查下来,你要帮我说话,不是我不想上报,是上头不让报。"

祝大昌笑笑,未置可否。

回到家没一会儿,范小桃就下班了,进门就说他爸祝永明到公司找易国兴的事:"妈和爸吵架了!妈说爸狗咬耗子多管闲事,也不替自己当领导的儿子想想;说要再去公司胡闹,就不给他做饭了。傅佳钢也跟他爸吵得很厉害,说他爸带头找易国兴闹事,丢了他的脸;下次要再去,就断绝父子关系,赶他去汉口跟女儿过。"

正说着,叶老实苦着脸来了,因女儿没钱交学费,来找范小桃借钱。祝大昌赶紧让范小桃拿五百给叶老实,然后让他找毛仁银、赖子和刘胜利,明天中午一起在蔡红餐馆吃饭。

叶老实说:"你还不知道?蔡红的老公死了,蔡红餐馆被强拆了,还到哪儿聚呀?"

祝大昌心下不禁有些黯然,蔡红老公死了,对她来说,不知是不是一种解脱。当年她老公因公致残,厂里帮他找了蔡红这个乡下姑娘,他们的婚

151

姻,说到底就是一种交易。问道:"她老公怎么死的?"

叶老实说:"不太清楚,卧床这么多年了,也许是病死的吧。"

祝大昌说:"那蔡红现在做什么?"

叶老实说:"不清楚。"

祝大昌说:"那就到勤来餐馆吧。"

因为不在整治范围,勤来餐馆没拆。

第二天中午,毛仁银、刘胜利和叶老实来了,赖子却没来,又和祝国祥到广州进货去了。大昌问起赖子敲诈易国兴之事。刘胜利再三强调,这不叫敲诈,是易国兴轧死赖子的狗,理应赔偿。

祝大昌说:"一条土狗值两万块钱吗?"

刘胜利幸灾乐祸:"别人轧死了可能不值,姓易的轧死了就值。国祥还说呢,赖子家小狗是法国名犬,两万块钱便宜了易国兴,最低要五万。"

祝大昌心里明白了,他弟也参与其中,就是祝国祥出的鬼点子。

酒喝得差不多了,见毛仁银出去上厕所,祝大昌便跟了出去,一把拉住他手里比了一个枪的手势,说:"毛仁银,你私藏枪支,又把枪弄丢了,出了这么大的事,厂里为什么没有处分你你知道吗?"

毛仁银说:"我也奇怪,以为厂里一定会开除我,但田鸣健只是让我不要乱说。我想厂里是想把盖子捂住,要是开除了我,这事就捂不住了。"

"你没对别人说吧?"

"我又不傻,这种事,哪里敢说。"

祝大昌指指包间:"他们都不知道?"

"一个字都没漏。"

祝大昌低声说:"你呀你,真是糊涂!捡到不立即上交,还藏起来。枪找回来还好,要是死了人,你是要坐牢的。"

毛仁银脸上带着哭相,像突然想起来似的,说他发现周喜和厂外收废品的马歪嘴的马仔走得近。有一天,马仔来厂里找周喜,两个人鬼鬼祟祟的,他怀疑,周喜不仅拿了枪,还是偷镍板的。

"这是一条重要线索,你有没有对黄处长说过?"

毛仁银说没有,他只是怀疑。再说了,自从丢了枪后,他看见黄秉成就腿软,哪里敢主动找他。

两人回到房间,刘胜利说:"你们两个在外面嘀咕半天,说么事悄悄话?"

祝大昌也不隐瞒,说:"镍板案,毛仁银发现了一点儿线索。"

毛仁银点头:"我怀疑是周喜。"

叶老实说:"我也看见过周喜站在铁路旁,和一个拿红绿旗的连接工嘀嘀咕咕。后来知道,那是他哥哥周旺,在运输部当连接工,跑的正是650连轧分厂这条线。"说着,叶老实又满眼期待地问:"大昌,我们这些下岗工人,真的再没有回厂上班的机会了吗?"

刘胜利打断他:"听说平炉马上要拆了,连毛仁银都得失业,你还指望回厂?别做梦了。"

祝大昌问叶老实:"上次你不是说,你老婆托关系,介绍你到大冶一家私营钢铁厂打工吗?"

叶老实苦着脸:"关系不硬,没指望了。"

祝大昌安慰他,活人不会被尿憋死,办法总是有的,没有过不去的坎儿。又说起无锡疗养院的事,问大家愿不愿参股承包,叶老实唉声叹气地说:"我上哪儿筹钱交承包费?下岗后,亲戚都跟我疏远了,生怕我沾上他们。古人的话一点儿没说错:富在深山有远亲,穷在闹市无人问。再说我不是干那行的料,家里也离不开我。"其他几个人兴趣也不大。

吃完饭祝大昌就急着找黄秉成,急于提示他盗镍板案与丢枪案可能有关联,黄秉成听了果然受启发,说:"我们一直在盯着周喜,只是没把他往镍板案上想,你这样一说,豁然开朗了。不过,周喜、周旺是田鸣健的外甥,没有十足的把握,我们不便抓人。"

祝大昌不无担忧地说:"老黄,我不知道你们保卫部门内部有什么规定,像这样的案子,应该向哪些领导汇报,不应该向哪些领导汇报,你们是怎么区分的。"

黄秉成眼珠转了转:"祝总的意思我明白了。我们处有一条纪律,除了我之外,处里所有人不得向任何人汇报或透露相关信息。我也不是逢领导便汇报,包括易总,也不是所有情况都要让他知道,更何况田鸣健。"

祝大昌一听笑了:"那么今天我是例外喽?"

黄秉成一副推心置腹的样子说:"咱俩谁跟谁?我不跟你商量,岂不把我憋死了?"

153

祝大昌心想,老狐狸,他这番话,怕是在易国兴、田鸣健、冯为泰面前都说过。

走出保卫处办公楼,正碰到吴回芝。

一听祝大昌关心郑宏的情绪状态,吴回芝说:"能有好情绪吗?以前很少喝酒,现在天天抱着酒瓶,一天说不到两句话。每天晚上出去,早上才回,我问他去哪了?他不说,让我少管他的事,完全变了个人。"

祝大昌心想郑宏怕是没对吴回芝讲丢了枪的事,也不便跟她多说,只能又问她:"听说你们两口子去电厂找关系,工作有着落了没?"

"到电厂干了三个月,现在没干了。"

祝大昌就说起承包无锡疗养院的事:"你为人好,工作责任心又强,我觉得你去承包,还有我妹妹国英,再邀上七八个下岗女工,一定能干出名堂。为下岗工人打个样,闯出一条生路,你觉得怎么样?"

吴回芝心动了,问:"国英愿意去吗?"

"我跟她谈过。如果你没意见,我这就去上窑我妹妹家再问问她。"

祝大昌说完就告辞了,没想到妹妹祝国英叹着气说:"我是有心去,只是文斌中了邪,我走不了。"

原来,文斌自从恩施收麝香亏了钱后,不知中了什么邪,认定他爷爷将金银财宝藏在了家里,天天在家寻宝,恨不得挖地三尺,把老房子翻个底朝天。还买了台金属探测器,一定要探测出他爷爷藏着的宝物来。后来,还真找到一个青花瓷盘和一个旧蓝布包袱。包袱里有一轴古画,画的仕女拈花图,纸张都泛黄了,还被老鼠啃掉了一块。这几天带着古画和盘子去江城找专家鉴定去了。

易国兴从省城回来,祝大昌就来到他办公室。没了秘书,他自己拿起电壶烧开水,沏了两杯龙井茶,递给祝大昌一杯。

涂兰兰辞职后,田鸣健本想给他再找合适的秘书,但易国兴没同意。涂兰兰给了他一个教训,秘书是最接近他的人,知道的最多,一旦跟他离心离德,会让他非常被动,所以再选一定要慎之又慎。而且,他在南钢的时候就没有秘书,工作似乎也没受影响。

他问祝大昌克拉玛依油田的合同进展,祝大昌直话直说:"还没有谈妥,听说冯书记病倒,我就提前赶了回来。"见易国兴脸上露出不快,他又说:"克拉玛依那边,尽快沟通好之后我再去一趟。还是有信心的。"

谈到冯为泰的病,不可避免地就要谈到王世儒辞职的事,祝大昌现在也不想再拿这事惹易国兴不快,于是绕过不提,说起了郑宏丢枪的事。他小心地提醒易国兴,丢枪这事可大可小。枪要是能找回来,那算是有惊无险;要是出了命案,怕是要牵连到公司高层。祝大昌没有直接说牵连到易国兴,他兜来兜去,其实是想了解,易国兴到底为什么要把丢枪的案子压下来不上报。这可是个炸弹,说不准什么时候就会炸。如果说易国兴是看在田鸣健的面子上,又不像他的性格,他不是那种因小失大的人。

祝大昌句句都说到了易国兴心坎儿上,这些都是他担心的问题。

当时他压住不上报,是因为丢枪案和工人游行示威实在是一体的。罗副省长很关心游行示威的事,他想让领导放心,这事结束得干干净净、没留首尾。另外他也担心,如果上报,某些被他得罪的市领导会揪着不放,不仅市公安局要介入,恐怕还要上报省公安厅,那样他就没法向罗副省长交代了。他一心想着,在临钢范围内,哪怕上天入地、挖地三尺,也要把枪找回来。不承想,黄秉成和郑宏不争气,时间一天天拖下来,如今,越拖越不好上报了。但这些话他不便向祝大昌明说。他深深知道,跟下属剖白心迹是大忌,所以,他长时间地沉默着。

正在这时,田鸣健在门口晃了一下。

易国兴招手道:"站在外面干什么?进来吧。"

见田鸣健进来,祝大昌说:"易总,我再问一个事,上次跟你报告过,我们在全国各地的疗养所、办事处和避暑山庄,能不能让下岗工人承包,为他们提供再就业机会?"

易国兴淡然地说:"谢处长跟我正式汇报了,我再考虑一下吧。"

祝大昌觉得扫兴,起身准备离开。

易国兴却说:"你别走呀!在我这里坐不住是不是?"显然是话里有所指。祝大昌知道他说的什么意思,就又坐回沙发上。

易国兴便问田鸣健有什么事,田鸣健汇报了几项日常的工作。易国兴一一处理了,说:"老田,正好祝总在,有些事正要找你们商量,王世儒辞职,庞副总经理也退休了,冯书记心脏病住在医院里,鉴于这种情况,公司领导层的工作需要重新调整。你们有什么建议?"

田鸣健建议,王世儒和庞副总的工作交给他,冯为泰的工作交由祝大昌负责。易国兴说,冯为泰的工作由他亲自代管,祝大昌还是兼管170钢管分厂工作和市场营销,让傅佳钢抓炼铁高炉建设和转产工作。然后,他转过头问祝大昌有什么意见。祝大昌说"行呀"。

祝永明一大早起来,穿上一套白色帆布工作服,戴上白色炼钢帽,提着多年没用过的旧铝制饭盒,像往常上班一样来到平炉分厂。傅长厚也在同一时间到了,着装几乎同祝永明一样。

祝大昌来时,已经来了很多老工人了。

三座平炉,将在今天拆除。初升的太阳照耀着三座平炉,从平炉上反射的光芒显得有些斑驳破碎。与共和国同岁的平炉,将要完成历史使命,变成一片废墟。易国兴怕工人又闹事,派黄秉成加强现场警戒力量,用绳子拉起三层警戒线,保卫人员一字排开站立在警戒线上。

大家只是平静观望着,没有任何骚动,也没有人出声。国家在前进,临钢要发展,淘汰落后的平炉是必然的,这是大势所趋。

他们只是像亲人送别一样,想再看一眼曾经拼搏了几十年的地方。映照脸膛的熊熊炉火,璀璨飞溅的钢花,回荡在厂房周围的出钢钟声,以后只能在梦中相见了。

爆破时间到了。戴着红色安全帽的指挥员,挥动手中的小旗发出指令,现场的爆破人员按动引爆器,沉闷的爆破声随之而起,轰隆隆撞击着人们的心弦。霎时间,平炉厂房和作为钢城标志的大烟囱轰然倒塌,激起的冲天尘埃如波似浪地翻滚起来,直涌到人们面前。

祝永明竭力控制着感情,但泪水还是流了出来。傅长厚的面颊上也是大颗大颗的泪珠。几乎所有老工人脸上都挂着泪水。

祝大昌的眼眶也湿润了。他出生在临钢,在临钢读幼儿园,上小学,上初中和高中。他此前所有的人生时光,都与临钢血肉相连。他深知父辈所度过的艰难岁月,深知他们的信仰与追求,他们的奋斗与奉献,以及临钢的辉煌与成就。过往种种像放电影一样,一幕一幕在眼前闪过,如在昨日,如在梦中。

在易国兴看来,临钢是他的事业和工作所在。而在祝大昌的眼里,临钢是他的家园。

易国兴不惜打烂一个旧临钢重建一个新临钢,而祝大昌既渴重建一个新临钢,又想保护住旧临钢,为历史留下宝贵的印痕。

按易国兴的计划,平炉拆除之后,平炉分厂千余名工人,除少数安置到四炼钢分厂外,其余的全部下岗。厂长大潘调到四炼钢分厂担任副厂长。大潘想把大头带去,但名单报到公司时,田鸣健认为大头是刺儿头,还记恨着大头跟他作对的事,就将大头的名字画掉了。就这样,大头下岗、毛仁银下岗。他把周喜安排到江边水泵站看水泵,但周喜做贼心虚,发觉势头不对,这段时间走到哪里总有人跟着他。他害怕留在厂里有危险,就主动跟田鸣健申请了下岗。

郑宏一直没找回枪,易国兴大为不满,让黄秉成开除他。说我们给了他机会,他自己把握不住。易国兴这也是在杀鸡儆猴,他对黄秉成也放了狠话:"丢枪案、镍板案能不能破?不能破就让位!我找能破案的人上。"

听说郑宏确实被开除了,周喜心放宽了些。保卫处就数郑宏难对付,如果不是提防他,他们早就可以多做几单镍板生意。现在既然郑宏不在岗了,自己也不归厂里管了,周喜又跃跃欲试起来。

第十七章

平炉顺利拆除后,易国兴的后院起火了。

他连续接到两个从山东打来的长途电话,第一个是在起重机械厂工作的弟弟告诉他,他和妻子双双下岗了。易国兴很是吃惊,弟弟的工厂效益好,他们夫妻又是厂里的生产骨干,弟弟还是车间主任;另一个是他在啤酒厂工作的妹妹打来的,哭着说她也下岗回家了。

弟弟厂里的副厂长是易国兴的战友,在部队时,易国兴是副连长,战友是排长,转业后俩人还保持着联系。易国兴就给战友打电话,问他弟弟夫妻下岗的原因。战友透露说:"是厂长从市里开会回来之后突然决定的。"

易国兴不解:"我弟弟是党员,又是车间主任;我弟媳年年是你们厂的先进。就是下岗,也下不到他们头上呀?"

战友吞吞吐吐起来:"老战友呀,你是不是得罪什么人了?听我们厂长的口气,让你弟弟夫妻下岗,是市主管工业的高副市长点的名。他问我们厂长,起重机械厂是否有这对夫妻,要有,就让他们下岗好了。你也知道,官大一级压死人,既然是高副市长发了话,我们厂长岂敢不听?你还是找人打听一下,你得罪的人是不是与高副市长有关系?"

他放下电话就找田鸣健问,田鸣健说:"易总,我听说公司退休老干部高士福有个亲侄子,是个副市长。"

"高士福?"

田鸣健点点头:"就是上次为他儿子和女儿下岗的事,带着退休干部闹到公司,与你拍桌打椅的那个。"

易国兴有印象,那人红脸膛,戴顶旧蓝布劳动帽,气势汹汹地指着易国兴说:"你姓易的算老几,老子革命了一生,为临钢呕心沥血,没有功劳也有苦劳,你却让老子的子女都下岗!"易国兴记得,当时他说你们为国家和厂子做了贡献,我敬重你们,但你们的儿女做了什么?可以躺在父母的功劳簿上睡大觉吗!就是针对高士福说的。

见易国兴有些束手无策,田鸣健自告奋勇说:"易总,这事你先放心,我来想办法。我现在就去查一查,查清后再向你汇报。"说完,就急匆匆地走了。没多久,果然传回消息,就是高士福搞的鬼,他不久前刚从山东探亲回来。接着,田鸣健用试探的口气说:"易总,鉴于目前这种情况,我们是不是考虑一下,重新安排高士福的儿子和女儿?"

"有什么考虑的?下岗就下岗了,重新安排什么?"易国兴脸色铁青,"如果畏惧权势,今天一个重新安排,明天两个重新安排,临钢的改革将前功尽弃,一切努力将付之东流。"

"那,你的弟弟妹妹怎么办?"

"我弟弟妹妹难道就不能下岗?他们也有双手,可以自谋生路。这事以后不要再提了。"

田鸣健其实有自己的打算,只要易国兴松口,他就安排高士福的子女,还有市局几个干部家属和亲戚的下岗问题,也趁机一并解决。没想到易国兴态度如此坚决,一口就回绝了。

弟弟妹妹的火是没有办法灭了,没想到还有更糟糕的。晚上,易国兴拖着一身疲惫回到招待所,想给妻子陶咏梅打个电话,让她有时间去弟妹家,代表他道个歉安慰一下,向弟妹们说明,他这个哥哥不是不想帮助他们,是无能为力。他不会拿原则上的事做交易,鼓励鼓励他们下岗后自谋生路,相信生活一定会更好。

不料,他还没拿起话筒,电话铃先响了,就是妻子陶咏梅打来的,声音里充满了怨气——学校领导今天下午通知她,让她到沂蒙山区支教三年。

易国兴问:"学校这次去几个老师?"

陶咏梅说全市首批一共有十二名,她所在的学校就她一个。

易国兴说:"学校不是有年轻的男教师吗?怎么让你一个有孩子的女同志去?"

"学校说是市教育局领导的决定。"没等易国兴问下去,陶咏梅又说起读小学的儿子,应该进年级重点班的,不知什么原因,被拒之门外。儿子今天回家委屈得直哭,自尊心受到很大伤害。

易国兴听着心头一阵战栗,老婆和儿子无疑也是受到他的牵连,遭到"名正言顺"的报复以及"合理"的打击。

陶咏梅在电话里抽泣:"易国兴,我跟你说了多少回,让你做人低调点儿,收敛锋芒,国企改革不差你一个。你想当时代弄潮儿,将临钢的下岗工人得罪光,我管不了,我只要儿子有个好的学习环境。"说完,陶咏梅就挂了电话。她的委屈仿佛顺着电话线传到了易国兴心里,让他拿着话筒愣了好半天,满肚子的愤懑和难受没有出口。

他问自己,我易国兴做错了吗?我在临钢所做的一切,不正是响应党和国家的要求,改革开放、锐意进取、跟上时代的步伐吗?我让临钢数以万计的工人下岗,排除种种阻力决定拆除平炉转产,不都是改革过程中必须要经历的阵痛吗?没有阵痛哪来重生?没有重生哪来更美好的未来?都说心底无私天地宽,我无私了,可天地为什么越来越窄?为什么所有人都站到了我的对立面?

沮丧中,他几次拿起话筒,想给田鸣健打电话商量,但他最终还是咬牙忍住了。临钢暴风骤雨式的改革已见成效,在转产的关键时刻,他决不能因为妻子的哭诉和抱怨、儿子进不了年级重点班而妥协。来自打击报复的压力,反而激起了他的斗志,也激起了他内心为改革牺牲的崇高感。悲壮,他想,是的,就是悲壮。他甚至有一点点被自己感动了。想让我易国兴妥协、服软?做梦!他必须冷静下心来,摈弃个人杂念,排除眼前这些干扰和阻力。事实胜于雄辩,在他易国兴的领导下,临钢只会建设得更好、发展得更快。临钢的百年历史将会重新书写!他相信自己有这个能力。

他走出招待所,在厂区里独自走了许久许久。

易国兴妻子要到沂蒙山区支教的事,还是被田鸣健打听到了。生活中好多人会对田鸣健这类人嗤之以鼻,觉得他们阿谀、宵小,殊不知他们急领导之所急,想领导之所想,也是一种特殊的混世之道,也有独特的存在价值。比如他听说高士福为难易国兴的弟弟妹妹,而易国兴不想违背原则,他就一直在帮忙想转圜的办法,一直密切关注那边的动态。听说他妻子都要跟着吃挂落,田鸣健坐不住了,他赶紧私下找傅佳钢商量,说易总呕心沥血为临钢的发展,为了改革扛着打击报复,不容易,我们一定得想出办法,解决易总的后顾之忧。

傅佳钢出主意说:"这事应该让罗副省长知道,如果他能出面干预,一定能解决好这件事。"于是,田鸣健就给罗副省长的秘书打了电话。第三天下午,回消息说已经跟山东省委领导协调,此事已经得到妥善解决,让易经理安心抓好临江钢铁公司的转产工作,希望早日听到他的捷报。

田鸣健放下电话就跑到易国兴的办公室,将这件事告诉他,还抱歉说自己先斩后奏了。易国兴一句话没说,重重拍了拍田鸣健的肩膀。

这一拍,既有感激又有赞赏,还有惭愧,他易国兴,终究也是凡夫俗子,还是搞特殊化了。

田鸣健准确捕捉到了易国兴的所有情绪,转身给他倒了杯水,然后汇报说,炼铁高炉已建了一半,童老板想签正式合同。

易国兴正色道:"还是按照我们以前商量的办,你尽力接待好童老板,与他周旋,我该出面时再出面。"

"童老板总问到施萍,老问下次跟您见面,她还会不会来?"

易国兴语重心长道:"不要让施萍出面了,这女人怪可怜的;再说了,指望女同事去搞定合作伙伴,想想也为自己感到羞耻。"

田鸣健忙点头说:"是不能再让她出面了,如果再惹出事,就更不好收场了。"

炼铁高炉终于完工了。易国兴也未食言,在招待所办了一桌丰盛的酒席,宴请童老板,让田鸣健和傅佳钢作陪。田鸣健知道童老板关心施萍,就主动解释说:"年终了,汉口办事处那边正忙着跟客户公关,她临时回不来了。"

童老板露出不无失望的表情说:"下次下次。"其实,他早知道施萍来不了,因为他一直同她保持着联系,还送了一台手机给她。接到易国兴的邀请,他就同施萍通了电话,施萍不明就里,已经直言相告说没得到公司指令。童老板不由得对易国兴生出几分男人之间的敬意。

没有了美女搞气氛,酒局的主题就只剩下了工作。田鸣健和傅佳钢生怕童老板觉得索然无味,就频频举杯跟他套近乎。不一会儿,童老板就已经有些醉意,于是易国兴开了腔,他先说感谢童老板的话,说得童老板心里美滋滋的,又多喝了两杯,接着话锋一转,谈到炼铁高炉的质量问题,说经过验收,有几处质量不合格,还让傅佳钢拿出验收书请童老板过目。童老板把厚厚一本验收书翻了一下,说他承建的炼铁高炉不只临钢一家,就是有问题,无非是炉内的耐火材料,还有冷水循环系统有点儿小毛病,不会影响生产。

易国兴正色道:"临钢的项目跟你承接的其他小厂的项目不一样,质量的事,岂能儿戏?我早就有言在先,我们要求的质量是百分之百达标,既然质量不达标,对不起,我就不能付全部工程款。"

对易国兴这个套路,童老板似乎早有准备,盯着他问:"易总准备付多少?"

易国兴冷冷地说:"一半。"

"两千万工程款,你只付一半?"童老板一下跳起来,他没想到易国兴这么狠,"不行,绝对不行!哪有这样砍价的?你心也太黑了!"

易国兴寸步不让:"你的心不黑吗?造价不到八百万的炼铁炉,你竟然狮子大开口,要我两千万!你以为临钢是造钞票的工厂?"

童老板语气软下来:"这个价钱是我们事先谈好的,周瑜打黄盖,一个愿打,一个愿挨。况且你们没出一分钱,是我带资承建。财务成本不是成本?"

田鸣健在一旁为易国兴助阵:"现在的问题是,质量不合格,没有满足我们的要求。"

童老板拍了桌子:"我算是明白了,你们一直拖着不签合同,原来早就挖好了坑,在这里等着我。工程完了你们鸡蛋里挑骨头,存心想赖账,我要上法院告你易国兴!"

易国兴也翻了脸,口气强硬地说:"你就大胆去告,我等着法院的传票。"说完拂袖而去。

田鸣健在旁边幽幽道:"童老板,我提醒你一下,上法院,你有正式合同吗?有我们易总的签字吗?"

童老板之前有过担心,但田鸣健一直以临钢是百年大厂、绝不会在小工程上食言为借口搪塞他、稳着他,他就也有了侥幸心理。没想到堂堂临钢做事情也能这么绝!原来以为是庆功宴,双方钱款两讫、皆大欢喜,没想到是鸿门宴,童老板被死死拿住了。他脸都气歪了,跳起脚骂:"无赖!骗子!什么百年大厂,狗屁!"

田鸣健安抚道："童老板，火气不要太大嘛。易总对你还是不错的，工程款砍一半，你还是赚了二百多万。寒潮马上要来了，明天到公司财务处结完账，早点儿带着你的建筑队回浙江吧。我们明天等你哈。"说完，就和傅佳钢一起走了。

童老板后悔莫及，醒悟过来，从一开始，易国兴就没打算与他签正式合同，而是利用他的财力和人力达到借鸡下蛋的目的。如今就是将易国兴告到法院，手上没有正式合同，也不会被受理。而且，强龙不压地头蛇，童老板只好打掉牙齿往肚里吞，结了账的第三天，就带着建筑队回了浙江。离开临江时，他给施萍打电话，诉说自己的苦衷，最后留给施萍一句话："要不是看在你的面子上，我才不给姓易的干这个工程呢！我是中了美人计。"

炼铁高炉正式投产了。

由于解决了炼生铁的问题，临江钢厂转产顺利，当月就生产三万多吨市场走俏的民用建筑钢材，一销而空。订货单从四面八方飞来，每天来厂订货的客户络绎不绝，挤破了傅佳钢的办公室。傅佳钢要求客户不仅要先打款，还要排队提货，生产已经安排到次年五月份了。加上祝大昌打开了170钢管分厂的市场销路，临钢开始扭亏为盈，一天天红火起来。易国兴给祝大昌下了硬性指标，170钢管分厂除了每月超额完成生产任务外，以前的营销额是以全年计划考核计算，现在则要落实到每个月必须完成一千万，以此来弥补公司的资金不足。

企业就是这样，不景气时，一个月亏损几百上千万不足为奇；红火的时候，一个月赚几百上千万也是家常便饭，尤其是像临钢这样的大型国企，一旦开足马力生产，经营上来了，就像草原上的骏马一样飞跃向前。

临钢经济效益好了，税务、银行、供电、供水公司又都纷纷上门讨债。易国兴下令黄秉成加强门警力量，将这些人堵在厂门外。他说："临钢最困难的时候，他们没一个伸手帮忙，现在日子才好过一点，就都像蝗虫一样飞来。没这么好的事！新官不理旧账，我来之后的欠债我认，以前欠的，让他们找政府去要。"

经济效益好了，全公司在岗工人工资翻了一番，还发了效益奖。工人们喜笑颜开、欢欣鼓舞，都夸易国兴能干、有魄力，不愧是企业改革的实干家；临钢在他手中盘活了、翻身了，重现昔日辉煌指日可待。

不仅如此，易国兴还在一门江边买了一幢楼房，解决了厂里一些主要干部的住房问题。祝大昌和傅佳钢各分了一套。他们终于搬出了工人村，住进了干部楼。为了便于工作，易国兴还给每人配了辆汽车。冯为泰年龄大了，没要。田鸣健害怕开车出事，也不要。祝大昌和傅佳钢都没有拒绝。

放下"特钢企业"的架子，生产市场紧俏的"普钢"，尝到了吃"市场饭"的甜头，易国兴铁腕推行国企改革的下岗方略，使临江钢铁公司涅槃重生。他再次受到新闻媒体的高度关注，易国兴的大名和事迹，又上了省报和国内诸多经济类的报刊，被树立为铁腕改革的典型。

第十八章

与临钢的东山再起形成鲜明对比的是工人村。

吴回芝嫁到工人村时,尽管厂子陷入了困境,工人村还是生机勃勃的,国营副食品商店、理发店、幼儿园、餐馆、照相馆、菜场和豆腐坊,所有生活配套设施一应俱全,光储蓄所就有好几家。那时的工人村,每天人来人往,喧哗热闹。悬挂在开水房旁电线杆上的高音喇叭,分早中晚三个时段,播送公司当天发生的新闻。校园的钟声、学生的琅琅读书声也悠扬可闻。

可自从成了下岗重灾区,工人村便开始暮气沉沉。高音喇叭不再响了,几家银行储蓄所先后撤走,大的餐馆转让了,小的餐馆转做早点,国营副食品商店、理发店、豆腐坊也让私人承包了,每天的菜场,卖菜的比买菜的多,最后不得不关闭,迁到离工人村有一站路远的马家咀。下岗的打击面太大了,不是李家丈夫下岗,就是张家妻子下岗,甚至有一家三四口全下岗的。这里失去了往日欢乐的笑声,常常听到的是哀叹声、夫妻争吵声。当真是:

月儿弯弯照九州,几家欢乐几家愁。

几家夫妇同罗帐,几个飘零在外头。

下岗给工人带来的不仅是生活困难,更是心灵创伤,是看不到前途找不到光亮的迷茫和焦虑。

吴回芝隔壁的老王师傅家,每天到菜场捡白菜帮子,捡快烂掉的西红柿和土豆。二楼负过工伤的老段,为哄卧病在床的老婆说自己没下岗,每天上班时拎着饭盒出去,下班装着一盒在饭馆收拾来的残羹剩饭回来。段大嫂知道后,又气又愁,喝了老鼠药。幸亏老鼠药是假货,自杀未遂。三楼的蒋大爷一家,每日三餐,稀饭馒头,馒头稀饭,加上自己腌制的咸菜。菜场的猪肉,每斤涨到五元七毛,他们再不敢买了,因为一斤猪肉钱够他们一家生活一个星期。还有三楼的白妹,长得有点姿色,傍上一个包工头,就与丈夫离婚,扔下四岁的女儿走了。

诸多尖锐的矛盾和问题也凸显出来。由于交不出电费、水费和煤气费,还有一个月两元的卫生费,每到月底,每幢楼的单元门口都贴满了各种催缴欠款的通知单。交不起欠款的家庭被停电了,孩子就在烛光下做作业;遭到停水了,白天提着塑料桶,到有消防水管的地方接水。

工人村始建于二十世纪五十年代,大部分筒子楼年久失修,破旧不堪,经常有停电停水之虞。大年三十晚上,因工人村变压器烧坏了,市、区政府领导闻信赶来,现场督促检修人员抢修,一直到晚上十点多钟。对于下岗重灾区工人村,不能说各级政府领导不关心,不能说没把群众的疾苦放在心上,但一时间无法解决再就业问题,这才是根本。

整个临江市本来就是一座钢的城,几十万人都是依托钢厂生活,没有其他像样的产业,钢厂的下岗工人能够自行就业、解决生活问题的仅占百分之二十。

好在祝国祥属于这百分之二十里面的,跟祝国祥一起做牛仔裤生意的刘胜利和赖子,还有在舅子餐馆打工的活宝,生活质量都暂时没有下降。在给王贵送行的饭局上,赖子骂骂咧咧说:中国人的生存能力真强,未下岗时,觉得没了工作,天都塌下来了,真下岗了,也没那么可怕。

临钢情况这么糟糕,王贵也没有什么可留恋的了,于是听了冯薇薇劝告,决定带着女儿一道去日本。临行前,他请大家到勤来餐馆聚会。冯薇薇明确表示,王贵的聚会,她不参加,只说,你们大吃大喝吧,吃了我去结账。还特别交代:"你那帮哥们儿,就不要他们送什么礼了。一来他们都有困难,二来他们送的东西我们带不走,就是带到日本,你妈也未必喜欢。"她说的是真话,虽然有点刻薄。

王贵的朋友,除了祝大昌,多数人她都看不顺眼。她父亲冯为泰集三大优良作风于一身,最能密切联系群众,可冯大小姐呢,却是标准的官二代作风。也不是说她有多么不好,就是带着一种与普罗大众格格不入的派头,让王贵的哥们儿接受不了。

为了告别的聚会,于他们已经不是第一次了,平炉下岗的那次堪称惨烈,这种送王贵"到资本主义国家享福"的聚会,就显出温馨和轻松来了。尤其是大家下岗后的生活基本也都有了着落,所以气氛还是很热烈。只有毛仁银,又黑又瘦,像变了个人,吃相也更难看一些。

满桌人的筷子都停了,毛仁银看见盘子里还有肉丸子,就又丢了一个到嘴里。刘胜利逗他:"毛诗人,你的《阵痛》系列,还在写吗?"

毛仁银说:"兄弟别见笑,现在已经不是'阵痛',是'难产'了。"

"你下岗时,厂里不是赔了你买断工龄的钱吗?这么快就用完了?"

毛仁银低着头苦笑道:"一年工龄补一个月工资,本来就没多少,又借出去了一些。"

刘胜利数落他:"你呀你,自己都吃了上顿没下顿,还把钱借给别人。这年头,借钱给别人,不就是肉包子打狗么。"说着掏出两百块钱给他,毛仁银不肯要。他说有钱,生活没困难。接着吞吞吐吐地问,"吴回芝呢,好长时间没见到她了。"

吴回芝在阳新县私人厂做事了,吃住在厂里,每周坐船回来,她也一直担心毛仁银,尤其是听刘胜利说聚餐时候的情况,就更担心了,这天下了班,她直接坐车到桃园村看他。

大门虚掩着。

吴回芝喊:"毛仁银,毛仁银。"没有人答应。吴回芝推门走了进去,院子里冷冷清清,像没有人生活一样,古井边长满了绿苔,院墙边倒伏着狗尾草。吴回芝又叫了两声,才听到屋里有呻吟声。

吴回芝推开门,一股霉味扑面而来,室内凌乱不堪,说它像个狗窝都是褒奖,狗窝也比这里干净。毛仁银躺在床上,双眼紧闭,脸色煞白,一只手紧按着腹部。吴回芝忙摸下他的额头,滚烫滚烫。拿起热水瓶,空的,又看桌上,除了半块干硬的馒头和两个空碗,一无所有。

吴回芝急得一时不知该如何是好,只能连连叫他。

毛仁银微微睁开眼睛,见是吴回芝,心下一暖,叫出声儿来:"疼,疼,疼死我了。"

"毛仁银,你么样病成这样了?"

毛仁银说不上来,只是一味喊疼。吴回芝来不及多想,赶紧去旁边邻居家借了辆三轮车,把毛仁银弄下床,背到三轮车上,急急送往八卦咀职工医院。急诊一检查,说是急性阑尾炎,需要住院治疗,而且要尽快动手术,穿孔就麻烦了。

毛仁银下岗了,社保医疗还没有衔接起来,此时的职工医院已变成了私营医院,改名爱康。吴回芝掏出身上所有的钱交了押金,毛仁银才住进病房。然后她就要赶紧去筹手术费。

"你准备五千块吧。"医生的话魔咒一般,在她耳朵边回响,五千块钱,哪能筹到五千块啊?

她婚前攒的几千块钱,结婚花了一部分,剩下的职工房改时全贴了进去。如今,郑宏一直没工作;她打工的钱,只够每个月的生活开销。想找刘胜利和赖子,他们去广州了;想找祝大昌,给他办公室打了几个电话都没人接。

吴回芝想到了蔡红,听说她在文明巷开了个卡拉OK练歌房,赚了些钱。文明巷紧靠船码头,人来人往,特别适合做些"不文明"的生意,所以才取了一个好听的巷名"文明巷"。除了练歌房,还有按摩房、洗头房之类。

吴回芝到了蔡红的练歌房,不好意思直接开口说借钱的事,就跟她谈东谈西。

吴回芝关切道:"我过来看练歌房一家接一家,有生意做吗?"

"现在什么生意都不好做,就是皮肉生意好做。"自从餐馆被强拆,蔡红也失去了过去的礼貌周全,说话变得更直接了。

"不是练歌房吗?"

见吴回芝没有讽刺的意思,是真的不懂,蔡红道:"不叫练歌房,难道叫皮肉房?其实,就那么回事,陪老板唱个歌,喝个酒,如果双方愿意再深入交流,就议价。"

吴回芝完全明白了,巷内的练歌房一家挨着一家,门前都站着一两个浓妆艳抹的女人,朝过往的男人频抛媚眼,看年纪都是三四十岁左右的嫂子。

蔡红说:"大都是临江棉纺厂的下岗女工。"

吴回芝知道终是要开口的,那边毛仁银还等着钱动手术,于是只能厚着脸皮把来意说了。蔡红一开始就知道吴回芝可能是来借钱的,只是没想到她是为毛仁银而来,心里愿意帮她,但有心无力,十分为难地说:"回芝,餐馆停业以后,我到这边来寻活路。你看看,这些装修,一点儿存款都贴进去了。另外,为开这个练歌房,上下都得打点,每个月上交的各种费用就得一千块。"

正说着,有客人来了,一见蔡红就打情骂俏。来人姓苟,上下打量着吴回芝,不怀好意地问:"蔡小姐,有没有新鲜的?"

蔡红也跟他打哈哈:"我留下的个个都是最漂亮的,苟老板都玩厌了?"

苟老板瞄了一眼吴回芝,朝蔡红做了个眼色。吴回芝吓了一跳,赶紧告辞出来。

回到医院,毛仁银已经打上了点滴,脸色比送来时好了一些,见吴回芝满脸关切,撒娇地说:"回芝,我要死了,我要死了!"

吴回芝心里心疼,但嘴里嗔怪他:"一个急性阑尾炎,没得事的,哪里就会死?"

护士见来了家属,递给她医药费单,让她去交费,不然会停针停药,明天早上就得出院。吴回芝看了下医药费单,又看了看病床上的毛仁银,心里的愁都写在脸上。毛仁银一看,什么都明白了,说:"我没事儿,停药就停药,出院就出院。"

吴回芝瞪了他一眼,说你别管了,然后就走出病房。她想到去卖血,跟人一打听,二百毫升血最多只能卖到三百二十块,要卖到五千,得抽干了自己。她不由得紧咬了下嘴唇,像下定了巨大决心。

直到晚上七点钟,毛仁银才从手术室里推出来,身上吊了几个瓶子。

护士向吴回芝交代说:"幸亏交费及时,如果手术再晚两个小时就穿孔了。好好照顾你老公吧,如果他有屁放了,顺利排尿了,就没事了。"

四天后,毛仁银出院了。送他回到桃园村,吴回芝又替他收拾房子。拉出床下的麻袋一看,是些股票纸、退稿单、约稿函什么的破烂儿,吴回芝准备扔到外面一把火烧了。

毛仁银忙说:"别扔,别扔。"

吴回芝只得又推回床下。

再看床头柜上,一个剪贴簿里面都是大大小小的豆腐块诗作,吴回芝一把扔到地上,也要当垃圾处理。

毛仁银连连叫着:"那都是我的诗呀!"

吴回芝没好气:"诗能当饭吃吗?能给你工作吗?你不要总生活在梦幻世界里,现实点吧!"见毛仁银不作声,又叹口气说,"仁银,钳工还是好找事做的,别饱一餐饿一顿的了。等解决了温饱问题,再找个女人一起过日子,到那时,再实现你当诗人的梦想吧。"

"吴回芝,我决不找女人;我如果找女人,就是对你的背叛!"

吴回芝背对着他,狠心说:"别傻了,我早都背叛你了。"

"那是我心甘情愿的,我希望你幸福。"

收拾完,给他做好中饭,又在他枕头下塞了三百块钱,吴回芝就要走了。

毛仁银说:"吴回芝,你什么时候再来看我?"

吴回芝直直地看着他,说:"一辈子都不来看你了。"

毛仁银以为吴回芝在开玩笑。他哪里知道,从前那个吴回芝已经死了,现在的吴回芝,她自己都不认识了。她知道,自己这辈子都见不到以前的吴回芝了,所以,也就没必要再见毛仁银了。这辈子,都不要见了。

回到工人村,郑宏正在喝闷酒,桌上一盘花生米和咸菜。吴回芝半个月不在家,郑宏天天就这么过。见吴回芝一脸倦色,郑宏带着酒意问:"怎么,行李没带回来?"

吴回芝不想回答他,走进卧室,郑宏跟着进来,从后面抱住她,吴回芝像触了电似的推开他:"别碰我!"

郑宏愣了一下,怒道:"嫌弃我了是不是?"说完就摔门走了。

吴回芝头靠在枕头上,想起她和郑宏结婚那天,下着漫天大雪。不过是两年前,怎么想起来仿佛是在上辈子。她眼睛模糊了,继而号啕起来,枕头瞬间湿了一大片。

郑宏一夜未归。天亮后,她给郑宏留了一张纸条:"郑宏,对不起,我不是个好女人。我走了,不回来了。你再找个女人过日子吧。"然后收拾了所有衣服,离开了工人村。

这段时间,祝大昌一直跟易国兴在一起,他们在蕲春的莲花山庄开订货会。之所以这么安排,祝大昌有自己的用意,他想让易国兴感受一下山庄的环境,进而推进莲花山庄和各地疗养所交给下岗工人承包,帮助他们再就业的事情。公司经营转好,订货会成果显著,易国兴心情也随之大好,刚听祝大昌说了个无锡做试点的开头,就痛快同意了,还立即责成生活服务公司的谢处长负责签订正式承包合同。

从蕲春一回来,祝大昌就兴冲冲来找吴回芝,想让她再考虑去无锡的事儿,这才知道吴回芝离家出走了。

祝大昌不解:"你们夫妻关系不是很好吗?还是因为枪的事?"

郑宏胡子拉碴的,没精打采,也满脸懊恼:"都是我不好,天天喝得醉醺醺的,回芝是对我失望了。"

祝大昌说:"不是我说你,你这酒的确是该戒了。"又说,"枪的事,还是一点眉目都没有吗?"

郑宏摇摇头:"没有。"

"毛仁银那里,你去问过吗?"见郑宏摇头,他就不再问了,下楼直接开车到毛仁银家。

毛仁银脸色苍白,还是病恹恹的样子。祝大昌大吃一惊,忙问毛仁银怎么回事。听毛仁银说有惊无险,这才放下心来,又听他说动手术花了那么多钱,祝大昌警惕道:"你哪来的钱?"

毛仁银说:"我没钱,是吴回芝替我垫付的。"

"下岗之后郑宏一直没找事干,吴回芝打个工,哪能一下子有那么多钱?"

毛仁银好像这时候才开始考虑这个问题,说:"哦,就是的。也可能是找人借的吧。"又像想起什么似的说,"刚才蔡红来了,让我见到吴回芝就让她去练歌房找她。"

祝大昌一听,心里像被蝎子猛地蜇了一下。他听黄秉成说起过,厂子有些下岗女工在文明巷的练歌房里暗地卖淫。而且,社会上还流传着下岗女工的顺口溜:"下岗女工擦干泪,昂首走进夜总会;三步四步全学会,夜晚陪着大款睡;工作不苦又不累,工资翻了好几倍。"

看着三十大几了还懵懵懂懂的毛仁银,祝大昌叹了口气:"吴回芝离家出走了。"

毛仁银呆愣了一下,也似乎明白了什么,不由使劲捶打着自己的脑袋,失声呜咽起来。

祝大昌皱着眉,说:"莫哭了,大男人一个,哭哭啼啼的,像什么样子。"

见他慢慢收了声,又缓和语气说,"你再想想,吴回芝说过些什么?"

毛仁银说:"她说你找过她,商量承包无锡疗养所的事。"

一句话把祝大昌点醒了。他当即电话打给苏所长。吴回芝果然在无锡。接到祝大昌的电话,吴回芝有点儿哽咽,说再不回来了,签承包合同的事请国英代劳,她认账。

听说吴回芝安好,毛仁银松了一口气。

祝大昌说:"你呀你,该怎么说你,不能再这样混着了。"

毛仁银小声说:"我的确是要换个活法了。"

几天后,赖子、刘胜利几个人相约来看毛仁银,带着两只老母鸡、几斤排骨,还有白木耳、红枣。听毛仁银讲事情的前前后后,刘胜利说:"吴回芝要是真借了蔡红的钱,我们代她还,如果没借……"他深深地看了一眼毛仁银,叹息了一声,"吴回芝太重情重义了。"

第二天上午,赖子叫上祝国祥、刘胜利来到文明巷,这才得知,因为蔡红没找来吴回芝,苟老板恼羞成怒,将她的练歌房砸了,蔡红正在重新装修。赖子再三追问,蔡红才说出真相,说苟老板给了吴回芝一个月的钱,结果吴回芝陪了他一次就跑了,她这才跟着吃了亏。

赖子一听,骂道:"弄死这个狗日的。"

祝国祥说:"弄死他你也得坐号子,我们哪有时间给你送饭?我们先去找活宝,让他先打听苟老板的情况再说。"

找完活宝,几个人约好到毛仁银家等他的消息。赖子一见毛仁银就忍不住大骂:"你现在掉眼泪有个屁用!吴回芝多好的女人,当初你要是和她成家,会发生这种事吗?"

刘胜利也埋怨他:"我说哥呀,你病了,跟我们这帮兄弟吱一声,我们能不帮你吗?那天我手上只有两百块钱,给你你还不要,死爱面子,这下好了,回芝一生清白叫你毁了!"

活宝很快就来了,他打听到姓苟的在韦源口开煤矿,常年住在市里,在金花大酒店包了房间。仗着有几个臭钱,整天花天酒地。

祝国祥问:"他有儿子吗?"

活宝说:"有!十多岁,在韦源口家里。怎么,要绑架呀?"

祝国祥拍了他一下:"我们又不是绑匪,不干这种下三烂的事情。"稍顿了一下,如此这般跟兄弟们说了他的主意。

祝国祥的主意是,以其人之道,还治其人之身。让人给苟老板打电话,就说他儿子突发急病,让他马上回韦源口。然后他们先开车到地处偏僻的风波港埋伏,等他经过那里时就下手,东西不用多,有把电工刀就行。

刘胜利兴奋地说:"这狗东西玩弄下岗女工,老子亲手阉了他!"

毛仁银也自告奋勇起来:"我下手!蹲号子我去,我没牵挂。"

还没等他们付诸行动,一条新闻就传开了:韦源口做煤炭生意的苟老板,从夜总会出来,在回金花大酒店的路上,被人绑架到了鄂州地界,割了命根子。人没死,躺在医院里。

祝国祥听了,得意地对兄弟们说:"你们看看,这个行侠仗义的壮士跟我的方案是不是有异曲同工之妙!"

赖子趁机起哄:"祝壮士,你料事如神,请我们上金花大酒店庆祝一下吧!"

祝国祥笑:"毛仁银伤口还没好利索,我们买点儿熟食,整一箱啤酒,就在他小院子里喝起来吧!"

没想到,几个人正在喝得兴起,警笛声直奔毛仁银小院儿而来,车刚停下,四五个警察就一起闯进来,他们每个人都惊出一身冷汗。

原来,警察已经将苟老板案的嫌疑人锁定为郑宏了,他们在查访郑宏的下落。几个人心里暗暗为郑宏竖大拇哥儿,也不由得为他担心。不过,他们不知道的是,因为郑宏在逃,公司一再遮掩的消息再也瞒不住了:

临钢保卫处丢了一把手枪,还有五发子弹。

第十九章

　　临钢生产的民用建筑钢材持续火爆,供不应求,除了每天用整列火车皮发往全国各地外,来厂子拖运钢材的车辆也排起长龙似的队伍。哪怕提前订了合同、打了款,排三四天的队还不一定能装上货。炼铁高炉的烟囱日夜喷着火光,弧光闪烁的电炉前钢花飞溅,轧钢机的轰鸣声从早响到晚,锻锤像报捷的战鼓,工人们更是加班加点地干。

　　显著的经济效益终于使易国兴脸上终于有了笑容,临钢在他手上扭亏为盈,他用胆识和魄力回应了所有的质疑。在空前的成功与功劳面前,丢枪的事,也不再是天大的事。他想着,是该修复和临江市委市政府的紧张关系了。这天,他把田鸣健叫到办公室,问前任童正民欠债的情况。现在厂子有钱了,以前所欠的税款、银行贷款、电费和水费,还是要尽快还清。还有公安、消防,该赞助的就赞助,妥善处理好与这些单位和部门的关系,才能让以后的经营更顺风顺水。田鸣健自然乐得做这样的好事儿,频频点头。

　　易国兴接着叮嘱他说:"小年那天,要在公司招待所办五桌,我请全公司主要干部在一起吃个年饭,犒劳大家,也给大家鼓鼓劲儿,希望来年生产更上层楼。"

　　小年这天中午,天空飘起鹅毛大雪,公司的主要干部都迎风冒雪来招待所参加易国兴的年饭。大河有水小河满,眼见着临钢短时间内天翻地覆,大家心情都好。

　　祝大昌和冯为泰、韩厂长、黄秉成坐同一桌。

　　韩厂长尤其高兴,170钢管分厂已是今非昔比,经济效益显著,易国兴给了他们重奖一百万。黄秉成的保卫处虽不是生产单位，但为临钢改革保驾护航有功，也得了五十万元奖励，但他却高兴不起来。因为就在来赴宴前，他接到了市公安局一个朋友打来的电话，问他临钢保卫处是不是有个叫郑宏的。黄秉成说有这么一个人，不过早就被开除了。公安局的朋友说："人开除了，枪还在吗？"

黄秉成这才知道丢枪的事情已经败露。因为事关重大，朋友是冒着违规的风险给他透消息，现在还不晓得市公安局准备么样介入。黄秉成本想第一时间向易国兴报告，可看他正在兴头上，想着等年饭结束了再说。

大家都竖着耳朵打听，哪个人得了什么奖励。尤其对祝大昌，大家都知道他是临钢扭亏为盈的大功臣。但却听说没有，易国兴都解释是公司领导干部不宜奖励，影响不好。

易国兴的兴致实在是高，两年来，大家从来都没见过他这样满面春风的样子，说出的话也格外铿锵有力："同志们，瑞雪兆丰年，春风迎新岁！临江钢铁公司通过两年的锐意改革，刮骨疗毒，已经取得重大成功。事实充分证明，我们所推行的下岗分流、拆除平炉、及时转产普钢等一系列举措是正确的。我们打破旧体制、淘汰冗员，使百年大厂得到脱胎换骨的改造，焕发出前所未有的活力。"

一阵掌声刚歇，传来一个声音："放我进去，我要见易总经理！"

众人的目光不约而同地投向餐厅门口，只见一个披着雪花的四十多岁女子，推开阻挡的女服务员，搀扶着一个满头白发的老太婆走了进来。

冯为泰一见，小声对易国兴说："这是咱们厂'独脚铁人'周奎汉的老伴和女儿。他女儿原是钢研所的实验员，现在下岗了。"

周奎汉是电炉炼钢分厂的工人，和祝洪柏一样，是全国劳动模范。冯为泰迎过去和她们打招呼。周奎汉的女儿一脸哀伤，哽咽着说："冯书记，我爸现在病重，生命垂危。我今天带我妈来，向公司领导求助。"

周奎汉昨晚突发心脏病，送到爱康医院抢救，虽然救过来了，但要送江城协和医院动手术，许多医疗费不能报销，要由患者自己承担。她和丈夫都下岗了，现在一家子吃饭都成了问题，根本拿不出钱动手术。

冯为泰先安排母女俩坐下，叫服务员拿两套餐具来，然后向易国兴介绍周奎汉的情况。

周奎汉可是个铁骨铮铮的硬汉，因为工伤截了一条腿，他就自己设计了一个假肢,安上后重新返回工作岗位,而且坚持战斗在炉前第一线,所以才得了个"独脚铁人"的称号,事迹上过中央广播电台。后来,不仅被评为全国劳模,而且出席过党的九大。

易国兴皱着眉头说:"让一个残疾人在炉前第一线,这是不道德的行为。"

冯为泰说:"我赞成你的观点。但在那个年代,提倡一不怕苦、二不怕死的精神,个人的意志胜于身体的残疾。周奎汉的事迹曾经鼓舞过奋斗在钢铁战线上的工人们。"

在座的很多人都认识周奎汉的妻子,有的还喊她师娘,也认识他女儿。他们都围过来,劝她们先吃饭,吃了饭再说。

她们哪里吃得下。周妻愤愤不平地说:"以前,工人无论大病小病都不用发愁,像老周这样的情况,更会得到组织上的关怀和照顾。现在职工医院变成了私营医院,进门只认钱不认人,我们这还是社会主义国家吗?"

大家都没接话。沉默中,祝大昌对易国兴低声说:"易总,周奎汉是全国劳模,一生都献给了钢厂,我看公司应该承担这笔医疗费用。"

易国兴今天心情很好,加之现在公司财大气粗,他不想这事扫兴,因此点了头:"好吧,周奎汉的医疗费用就由公司承担!"

现场响起热烈的掌声,周老太太也连声道谢。

冯为泰趁热打铁道:"以前每年春节前夕,公司都要向家庭困难的劳模标兵,以及特困职工家庭送温暖;即使厂子困难时期,还是保持着春节送温暖的传统,现在公司经济效益好了,日子红红火火了,我们是不是再考虑一下这个问题?"

祝大昌和傅佳钢互相看了一眼,都点头。

田鸣健也对易国兴说:"老冯的提议我看可以考虑,一来表示我们公司没有忘记下岗工人;二来也让政府看看,我们没有不管下岗工人的困苦;三来趁慰问之际,可以很好地宣传改革后厂子所取得的成就。"

"不要说这些了。"易国兴的脸突然沉了下来,训斥田鸣健,也是说给其他人听,"我们必须明确一个观念:工人下岗了,就得由政府接管,与公司没有任何关系。如果我们从中插一竿子,政府还管不管?张三有个病痛我们管了,李四管不管?李四管了,王二麻子管不管?再说了,明年还要上大项目,再建一座炼铁高炉,我们的钱要花在刀刃上。春节慰问的事情,我们不能越俎代庖,那是政府的事。我们应该把精力放在明年的生产任务上。我还是那句话,我们的改革,就是要厘清权责,政府的归政府,企业的归企业,企业办好了,才能更多纳税,税收上去了,政府才有钱搞民生。"

田鸣健马上改变了态度,附和说:"按易总的意见办,企业做企业的事情。"

其他人虽然心里未必赞成,却也不好再说什么。

易国兴来临钢两年,使了霹雳手段,虽说不近人情,却也的的确确扭转了临钢的颓势。再说了,易国兴不仅对别人无情,对自己也几近苛刻。来临钢两年,他几乎没有休过假,除了做事操切,却也找不出别的毛病。因此人们对他的态度,从最初的寄予厚望到后来的强烈反感,再到现在,有一些佩服、一些敬畏,也有些见怪不怪习以为常了。

终于等到年饭结束,黄秉成赶紧凑上去,悄悄对易国兴说:"易总,有件紧要的事要向您报告。这里不方便。"

易国兴疑惑地看了黄秉成一眼,说:"那上我房间吧。"

这两年,易国兴一直住招待所,两人出了宴会厅没多久就到了易国兴房间。黄秉成掩上门才说:"易总,丢枪的事,市公安局知道了。"

易国兴早料到会有这么一天,他平静地说:"我知道了。"

"易总,咱们要提前想好应对之策啊。"

易国兴摆摆手,示意他先走,自己想一下。

黄秉成惴惴不安地走了,易国兴站在窗前,打开窗,让冷风吹进来,他想让自己更加清醒。过了一会儿,他打电话让田鸣健过来。两年来,他似乎已经习惯了有事儿跟田鸣健商量。

田鸣健听了之后,说:"易总您没有得罪市公安局的领导吧?"

易国兴向来不把临江市委的领导放在眼里,但和市公安局倒是没有正面冲撞。但他还是吃不准,会不会临江公安局也"埋伏着"什么人:"那么多下岗工人,谁又能保证,哪个下岗工人不是市局某个领导的亲戚?"

田鸣健知道他是被高士福的亲戚伤害到了,说:"我明天先托人在市局打听一下,看看市局领导是什么态度。如果市局不上报省厅,咱们再想办法和市局沟通。如果市局准备上报省公安厅,那就只有一个办法,您在他们上报之前,先赶去省里,向罗副省长负荆请罪。只要枪没响,再加上咱们临钢改革卓有成效,罗副省长应该不会怪罪。大不了做个书面检查,或者诫勉谈话。不过,蹊跷的是,枪是我们临钢保卫处丢的,市局无论是否上报,都应该先找我们公对公调查,他们为什么不查,而是让人给黄处长递话?"

易国兴说:"你的意思,递话不是朋友的两肋插刀,而是他们领导有意安排?"

"我只是有这个感觉,明天摸摸情况再向您报告。您放心,只要枪没响,就没什么大不了的事。"

说来奇怪,杀伐决断的易国兴也需要人安慰,而田鸣健每次都能适时起到这样的作用。

年饭散后,冯为泰叫住了祝大昌和傅佳钢,让他俩到他办公室坐会儿。窗外风雪呼啸,冯为泰望着飞舞的雪花,叹了口气说:"现在公司在岗的一万名工人荷包暖和了,喜气洋洋过年,可是,那么多下岗工人,只有少数再就业了,大部分生活得不到保障,尤其是那些极度贫困的下岗家庭,春节对他们来说,是雪上加霜啊!"

作为厂里成长起来的子弟,祝大昌非常理解冯为泰的感受,他说:"我明白您的意思。不过,易总说不搞春节慰问,也有他的道理,他是怕我们企业管了这事,政府就会顺势将下岗工人推回给我们。我看我们自己拿出一个月工资,买点儿米,买点儿食用油,上门慰问一下几个特困户,总可以吧?"

冯为泰看看傅佳钢:"佳钢,你的看法呢?"

傅佳钢说:"下岗的贫困家庭太多,我们这点儿工资,只能是撒胡椒面,也只能挑重点户。虽然杯水车薪,我也没意见,咱就按大昌说的办,大家都拿出一个月工资。"

冯为泰露出欣慰的笑容:"有你们两位支持就好,我再和其他同志谈谈,发动大家拿出一个月工资,代表公司上门慰问特困户。尤其是劳模中的特困户,我们要优先考虑到。吃水不忘掘井人啊!"

冯为泰的提议,得到了不少干部的支持响应,一来这些人都是临钢出生长大的,对钢城的情感不一样,很难像易国兴那样把责权分得那样清;二来大家也都深明事理,要不是那几万人下岗,临钢也许比从前更为艰难,说不定都已经破产清算了,他们的幸福是建立在那几万下岗工人的痛苦之上。

最后筹起来的钱,远远超出了冯为泰的期待。最让冯为泰感到意外的,是易国兴听说了这个事,也捐出了一个月的工资。

冯为泰以为易国兴会反感他这样做,没想到易国兴说,临钢不出这个钱,是为公;他出这个钱,是为私。这倒让冯为泰对易国兴刮目相看了,两年了,他似乎才略略看懂易国兴的为人。

见易国兴出了钱,田鸣健自然也积极效仿,捐出了一个月的工资。易国兴更关心枪的事,问田鸣健,和市公安局那边搭上线了没有。田鸣健说:"这事好奇怪,市公安局没有动静,既没有上报,也没有来找我们核实调查。我们只有静观其变了。"

农历腊月二十六这天,风雪停了,天空放晴,大地似乎有了几丝暖意。冯为泰、祝大昌、傅佳钢与其他七八个干部,拉着几辆装有粮油米面的板车,踏着厚厚的积雪,按照事先拟好的名单,上门慰问生活特困户。也没说是干部们的捐助,只说是公司并没忘记大家,现在转型刚见成效,要用钱的地方多,也只能聊表心意了。

受捐助的,有的冷锅冷灶,过年了,连取暖的火炉都没有。有的房屋窄小,五六口人挤住一起,中间就隔着一层布帘。有的卧病在床,盖的棉褥又薄又破,只有墙上贴着几张泛黄的劳模标兵奖状。他们本来是有一千条一万条的委屈,这会儿却都感动不已,千恩万谢,看得冯为泰一行个个眼圈发红。冯为泰哽咽地说,这就是咱们钢城人,多好的人民啊。

祝大昌心情沉重,一心想着今后有机会,一定多帮这些困难户找工作机会,但傅佳钢的心里荡起的却是另外一种涟漪。他也同情这些特困户,尤其同情这些劳模和标兵,但见到他们的真实生活,他不禁又了一种不寒而栗的联想:穷,绝不是他傅佳钢想要的生活,他永远不要过穷日子,这也更坚定了他的奋斗目标:远离贫穷,远离弱势群体,尽快加入先富起来的少数人的行列。

慰问完已是下午五点,暮色四合,工人村的灯却并未亮起,依旧是暗淡一片。被太阳晒化的积雪,此时又开始上冻,一行人心情沉重,默默无语,只有脚踩在积雪上的声音,咕吱咕吱,愈发衬得人的心情怆惶不已。

祝大昌回到家,范小桃正在厨房洗牛肉。祝大昌闻出牛肉有异味,问怎么回事,范小桃生气地说:"这就是你昨天买的好牛肉!往后买东西,态度越是好,叫得越是响,越得警惕点儿。"接着告诉祝大昌,毛仁银送来了两条野生甲鱼,说是从蕲州贩来的,十分便宜,两条甲鱼要不了十块钱,给他钱死活不要。还说甲鱼这东西大补大养,配上一只雏鸡,菜谱上都有名,叫"霸王别姬"。见祝大昌不作声,范小桃又说,"等大年三十,我和我妈起早包饺子,中午你给毛仁银送一些过去。"

祝大昌知道毛仁银和叶老实合伙到蕲州贩甲鱼和金钱橘的事儿,俩人合伙已经有些时日了。

蕲州是李时珍的故乡,外靠长江,内多湖泊、丘陵。蕲州的甲鱼的确很便宜,一斤三块五毛钱,一担金钱橘也只要十八块,贩回临江城里卖,甲鱼能卖到五块八毛一斤,一担金钱橘也能赚个十一二块钱。就是来回奔波比较辛苦,早晨六点半到上窑轮渡码头坐头班船到蕲州,下午两点坐汉九班船回,有时半天卖完,有时则要一两天时间卖完,不能算是很赚钱的买卖,但养家糊口没问题。祝大昌听毛仁银说过,早上六点半到蕲州的那班船,被称为贩子船,乘客多半是些下岗工人,肩上扛的,手上提的,都是扁担、麻袋之类,一听男的女的说话,都是临江市各个厂子的人。

到了三十中午,祝大昌开车给毛仁银送饺子去。原以为他家冷清,没想到别有一番热闹情景。班组的兄弟姐妹都聚集他的小院子里,分享活宝的手艺"霸王别姬"。祝大昌送来的是热饺子,立马摆上了桌,所有人一齐喊:祝大昌不准走,祝大昌不准走。

祝大昌就乖乖坐上桌。

以前,快到过年的时候,厂子的班组都要团聚,一起吃个饭。下岗这两年,这个活动虽然停了,但一帮兄弟的情谊还在,班组吃年饭的那番热闹情景宛如昨日,所有人都记忆犹新。

祝大昌给大家敬酒,听到有音乐,就问哪儿来的。

刘胜利说:"是房里电视机开着。"

祝大昌笑了:"嗬,仁银发财了!"

毛仁银不好意思地说,是王贵到日本前送给他的,一直没打开,刚才胜利才帮忙调试好。

祝大昌又问赖子:"你们不是张罗成立公司吗,搞得怎么样了?"

"成立公司要一笔注册资金,原来指望王贵帮忙搞到平价钢材,赚了钱就去工商局办理注册,谁知王贵去了日本,这事就拖延下来了。"赖子满脸遗憾。

活宝打趣道:"赖子就会画大饼!不过,经常画大饼给我们,也让我们活着不会失去信心。"

叶老实说:"办公司谈何容易!我和毛仁银早就建议,利用蕲州八里湖的水产资源,在市里设个批发部,或搞个鱼类加工厂,这个省心,来钱快。"

活宝打断他:"你不是已经跟毛仁银搞了吗,赚到钱没有?"

"我们没赚到大钱,但我们靠它活过来了。"叶老实脸上总算有了喜气。

"老子现在想通了,成天骂易国兴、怨政府,有屁用,他们也听不见,气坏的是自己的身体。不如赶快想办法去赚钱,自己靠自己!"

活宝的话引起一阵赞同声。赖子说:"这么想就对了!喝酒喝酒!还是国祥说得在理,办公司,要靠钢厂吃钢厂才能赚大钱!"

祝大昌连喝了几杯,由衷地说:"兄弟们下岗了,互相帮衬一下,渡过这个难关。你们几个在一起,气氛好,让人看了高兴。"略停片刻,又问道,"怎么就你们几个?大头呢?我这几天老想着他。"

"听说他们夫妻到外地打工去了,有可能在山东聊城。听说那边技术工人特别受欢迎。""大头性格倔强,天大的事都闷在心里,自己扛着,有点像你大昌。"

刘胜利说他明天打听一下,看大头夫妻过年回没回。刚说到这里,不知道碰着叶老实哪根神经了,他又哭起来了。他现在的哭法与以往不同了,开始像祥林嫂那样诉说。他说,以前在厂里上班,大年三十晚上,还在坚守工作岗位,守在平炉前等待出钢,向新年献礼。新年钟声敲响之际,抢出第一炉钢,万字头的鞭炮噼里啪啦响彻厂区。职工食堂将夜宵送到炉前,一人两个大肉包子,一大碗海带排骨汤,那个香呀,香呀!"一想到那个香味,老子就想回去上班。"

本来挺好的气氛,被叶老实这一哭,弄得有点沉闷。活宝叹息着说:"过去的事就别提了。我做的'霸王别姬'不香呀?趁热吃嘛,大年三十,哭个鬼!"

易国兴的大年三十过得有点儿冷清。招待所没一个客人,七点多钟服务员就都回家团聚去了。同往年一样,易国兴先到生产岗位检查了一番工作,又去高炉转了一圈,然后才回到招待所。本来办公室已经通知了初一团拜会,但他还是挨个儿给大家打了一遍电话,叮嘱了一番准时参加。给祝大昌打的时候,听到了他那里同事们的欢闹,心里不禁一阵隐隐的失落。放下电话看看时间,离春晚开始还有半个小时,他就准备给妻子陶咏梅打个电话。

刚拿起电话准备拨号,就听到了轻轻的敲门声。易国兴去开门,扑面而来一阵香风,门前站着笑盈盈的施萍。她穿了件米白色的美式棉风衣,里面是黑色V领针织衫,脖子上系一条浅绿色的丝巾,胸前戴着一朵水晶蔷薇胸饰,下身穿着藏青蓝弹力牛仔裤,脚下是齐膝的高跟皮靴。本来就高的施萍,显得更加高挑。

见易国兴有点儿发愣,她落落大方地扬了扬手里的果篮说:"易总好,明天给你拜年的人多,我怕排不上号,就提前来给你拜年了。"看着易国兴有点儿不知所措,她调皮地说:"怎么,易总不欢迎?"

易国兴这才回过神来,忙说:"欢迎欢迎,请进请进。"

施萍跟着易国兴进来,随手将门关上了,说:"易总堂堂男子汉,不会怕我吃了你吧?"

易国兴笑道:"不怕不怕。"

施萍放下手中的水果,又脱了棉衣放在一边,然后直勾勾地盯着易国兴笑。笑着笑着,眼泪就掉下来,弄得易国兴手足无措。突然,施萍走上来紧紧抱住易国兴:"我不会跟那畜生在一起了,他永远也别想再碰我。"

易国兴张开双臂,不知该推开她,还是该抱紧她。

"要我。"施萍亲吻着易国兴的脸,又用唇去寻他的唇。

易国兴张着的双手终于合在了一起,躲闪的唇也迎上了施萍的唇。

三年,他已经三年未亲近女人了。来临钢前的一年,他日夜摸爬滚打在南钢,跟妻子已是聚少离多。来临钢的这两年,他更是一次都没有回过山东。

施萍解下自己的绿色丝巾,随手扔了,然后就开始解易国兴的衬衣扣子,易国兴已经彻底陷入听她摆布的境地。她撩起自己的内衣,滚烫的胸紧紧贴住易国兴的胸肌。易国兴顿时感到唇干舌燥,大脑一阵眩晕,如同坠入迷雾中一般。

易国兴心里有一万个声音在命令他不能这样,他是改革者,是铁人,铁人是不能动情的;可他的身体很诚实,实实在在地证实着自己是男人,坚硬的男人,欲望凶猛的男人。是的,他喜欢施萍,从招待童老板的那天晚上,施萍为他代酒解围开始,他就无法抗拒她。那个晚上,他送她回家,究竟是下意识行为,还是有了好感和冲动,他自己也说不清楚。眼前的这一幕,他似乎也在梦里见到过。

这两年来,他压抑着自己的情感,因为改革没有成功,他不能出一点儿差错;现在的他,似乎松了口气,但改革算成功了吗?他知道,在他背后,依然有无数双眼睛在盯着他。他的头顶还悬着一把枪。想到那把枪,易国兴像被子弹击中了一样,陡然想要停下来,可施萍却还是紧紧将他箍在怀里。

手机这时响了起来,他下意识想去接,施萍柔声说:"不要。"可手机却不依不饶,响个不停,他抓过手机,是田鸣健。他深吸了一口气,摁下接听键。田鸣健急促的声音立即传来:"易总,出大事了!渣罐车炸了!"

易国兴冷汗冒出来了,急急地问:"伤了人没有?"

"伤了两个,死了一个。"

"伤者送医院了没有?我马上赶过来,有情况随时电话。"挂了电话就急急忙忙穿衣服,边穿边对施萍说:"渣罐车炸了。我得马上去现场。"

施萍心疼地看着他,满眼的不舍,然后也开始默默穿衣服。

易国兴走到门口的时候,听施萍说:"知道你心里有我,我知足了。"

他只回头望了她一眼就赶紧转头走了。

易国兴走后,施萍头埋在他的枕头上待了好一阵子,然后帮他整理好床铺,将胸前的紫水晶蔷薇花胸饰摘下来,放在枕头下面。

施萍连夜打车去了江城,次日清晨,坐上了南下深圳的列车。多年后,当施萍再次回到临钢,易国兴已是两鬓苍苍,人到暮年了。人世间多少沧海桑田,都宛如一瞬间。

第二十章

要说这渣罐车爆炸,炼钢工人可以说人人都知道,个个谈之色变。临钢过去隔年都要发生一两起渣罐车爆炸,蔡红的老公,就是渣罐车爆炸受的伤。易国兴来临钢后,也抓过安全生产,规范操作,禁止了那些容易引起渣罐车爆炸的危险流程,总算是平平安安过来了。易国兴不用到现场都能想得到,渣罐车爆炸肯定与赶货太猛、操作不规范有关系。

春节刚过,房价又开始上涨,临江市中心的房价春节前每平方米一千七,过完春节就涨到一千八了。江城的房价更是紧跟着大城市,连续疯涨了几个月。临江钢厂的螺纹钢价格于是就跟着水涨船高,供不应求。在这难得的大好形势下,春节前易国兴就做了部署,全公司动员,加快生产节奏。总调度室的生产交货计划,已然排到三个月后。各分厂加足马力全力以赴,仍然不能满足用户的需求。等着拖钢材的货车排成长队,刚刚生产出来的螺纹钢,一下线就被抢走了。

临江钢厂三座炼钢炉,每炉钢产量九十吨,冶炼时间八小时。在这个过程中,需要不断撇去钢渣,需要提起五个装料炉门中的一个,让钢渣从炉门下的撇渣口流出去。流出的钢渣,从炉台前开的空口直接流入炉台下轨道渣罐车的钢罐里。钢罐接满钢渣,由铸锭工人按动电钮开关,让渣罐车沿钢轨道运行二十三米,从炉台下开到铸锭间。然后,由铸锭间的125吨龙门吊车,将钢渣罐吊到由平板铁路拖车改装、专门放置钢渣罐的台架上。每当有五个钢罐接满钢渣时,就由小火车统一将放置钢渣罐的专用车架连接起来,拖到十几公里外的副业部,火车轨道直接通到废钢厂旁的农村荒地上。然后按动火车拖车上的按钮，马达带动牙轮，将钢渣罐倾斜过来，将滚烫的钢渣掉出。然后，火车再将倒空钢渣的钢渣罐拉回一炼钢厂，继续接钢渣。

为完成总调度室增加的生产计划，车间的炉前炼钢工人们想了许多办法，提高煤气的供给量，开大炉两端的重油燃料管道输送阀门，增加从炉门插入的吹氧次数和时间等等。这样，三座炼钢炉的平均冶炼时间大大缩短，每个炉的日生产能力达到了历史最好纪录。但是冶炼时间大幅降低，铸锭车间平时本来就周转紧张的渣罐车就出现问题了。钢渣不能及时运走倒出，已经冷却的钢渣和渣罐经常板结在一起，形成一个大大的钢球团，渣罐车反复翻倒都翻不下来，用大铁锤去敲打也砸不下来。没办法，只有用大铁锤将钢钎沿渣罐壁强行打进去，然后再一点点地撬动。钢钎每次打进去不深，一次撬开下来的钢渣不多。要将一个渣罐车内的钢渣全部翻出来，两个工人要干整整八个小时。这样一来，炼钢炉没有空渣罐接炉前放下来的钢渣，就要被迫停产。铸锭车间主任急得跳脚，就只有重新启用因为不符合安全生产，已停用多年的、给钢渣罐打水的方法。

为了让钢渣流入钢渣罐时不和钢渣罐结为一体，铸锭工人发明了一个土办法，就是在平炉钢渣流进渣罐时，安排铸锭工人站在渣罐车上，用冷水管沿钢渣罐周壁浇冷水。这样钢水渣就不会和渣罐车结为一体，但由于火红的钢水渣温度非常高，稍不注意，冷水就会直接浇到钢渣中间，而冷水和火红的钢渣直接碰撞时，就会引发钢渣罐爆炸。

钢渣罐爆炸时，会突然发出"轰"的爆响，火红的钢渣随着爆炸声，在厂房内倾盆暴雨般落下。由于爆炸发生突然，周围的工人根本来不及躲避，所有在现场的工人，只要听到"轰"的爆炸声，都是赶紧将戴着安全帽的头低下来，尽力埋头，不让钢渣烫到头部和脸。过去，铸锭车间每年都有工人因渣罐爆炸而烫伤。钢渣有毒，一个小钢渣掉在背上就不得了，以为结疤后就好了，谁知道伤疤下面还有脓，只有反复几次揭开伤疤，重新换药，才能彻底愈合。正因为给渣罐车注水危险性高，多年前临钢就已禁止这样做了。但现在为了赶产量，又开始冒险使用。

易国兴赶到现场时，救护车已经将两名伤者拉去医院抢救了。原来是一名叫小允的青工，听见爆响慌了神，没有及时采取保护措施，反而向响声来处望去，漫天钢水直接浇在他身上，现场惨不忍睹。救护车到时，他早已经没了呼吸。

工人见到易国兴,无声地围了过来。易国兴蹲下去,看了一眼已经烧得不成人形的死者,让医护人员把他拉上车,又吩咐通知家属,处理后事,然后就匆匆赶往医院。

赶往医院的路上,铸锭车间主任给他介绍情况:死者小允是刚进厂不久,正在装修房子准备结婚。本来是他和师傅老固一起当班,打水是技术活儿,都是老固操作,他只是当助手。可老固白天突然感冒发烧,请病假没来上夜班,工期紧,只得让熟悉流程的小允独自操作。哪里知道小允只是熟悉流程,没有自己上过手,经验更谈不上,果然,水刚打向渣罐车就是"轰"的一声巨响。

易国兴听得心里阵阵发紧。他知道,安抚死者和伤者是重要问题,可眼下的当务之急,还得继续根据公司实际的生产能力安排生产。他给傅佳钢打电话,让他现在、立刻、马上,调整生产进度,在务必确保安全生产的前提下,合理安排生产。

放下电话,他才感到手脚发软,小允被钢水烫得惨不忍睹的样子,一直在他眼前晃动。他都不知是怎样到医院的,一到医院,就被哭成一团的家属们围住了。看着家属们痛苦的样子,他脑子里居然冒出了马克思的那句经典名言:

资本来到世间,从头到脚,每个毛孔都滴着血和肮脏的东西。

正月初六,田鸣健到临江火车站接站,因为彼此不认识,就举了一个"接山东陶老师"的牌子。陶咏梅带着儿子到出站口没有看到易国兴,只看到了牌子,心中有些不悦。但接上车一听厂子里出了一死两重伤的大事故,易国兴已经忙得两天没合眼了,这会儿还在开会,就释然了。

到了招待所,看到只有一间房,陶咏梅就问:"怎么还住招待所呀?不是听说买了干部楼吗?"

田鸣健乘机夸起易国兴来:"公司是买了一栋干部楼,可我们易总说,他一个人,就不用分了。"

"我们教育局局长也是一个人,上面下派来的,就住一个大套。"

田鸣健说:"我们易总一向严于律己。"

田鸣健一口一个我们易总,说得陶咏梅心里美滋滋的。她能感受到,自己的丈夫在临钢有人缘,不像在南钢,四面树敌。

三个人住一间房,委实有些挤,田鸣健便自作主张,将隔壁的房间打开了,让服务员加了张单人床给孩子睡觉。

陶咏梅爱干净,而且不是一般的爱干净,是近乎有洁癖的程度。尽管房间已经整理过了,但显然离她的要求还相去甚远。所以田鸣健前脚走,她后脚就开始按照自己的标准收拾起来。

这一收拾,问题就来了。枕头下赫然一枚紫水晶蔷薇胸饰,一看就是女人的东西,而且,凭她的直觉,佩戴这紫水晶的一定还是精致美女。她心里顿时醋意翻滚,看来易国兴的忙也不全是他自己说的那样工作呀,改革呀,开会呀。

服务员小陈来送开水,陶咏梅装作不经意地问她:"小陈啊,你帮易总清理房间时,有没有丢什么东西,比如说胸针什么的?"

小陈说:"我从来不戴胸针的。再说了,易总很少让我们进房间,他都是自己打扫卫生,衣服也是自己洗。"

直到晚饭时分易国兴才回到招待所。两天两夜没合眼,他的两只眼,已经熬得红通通,黑眼圈堪比大熊猫。

一家团圆,三个人都很高兴,尤其是孩子,好久不见爸爸,格外亲热。好不容易把孩子哄睡,两个人才开始好好聊聊家常。

易国兴关心他弟妹的情况,陶咏梅说,下岗一年多了,都在外面打工,生活都很困难。他们心里都怨恨他这个铁面无情的哥哥,害得他们丢了工作还不管不问。连陶咏梅年前送去的钱和礼物都被退回来了,说没他这个哥哥。

易国兴听说他们这么不理解他,生气地说:"由他们去吧!"

陶咏梅柔声说:"你就不能想办法,把你弟妹安排到临钢来吗?我听田鸣健说,现在你们临钢效益很好,工人工资翻了番。再说,这也与他们的牺牲有点儿关系呢,让他们沾点儿光也不算过分吧。"

易国兴打断她说:"我下了几万人的岗,然后再安排自己的弟弟妹妹进来,临钢的工人、干部会怎么看我?省里的领导会怎么看我?这事想都不要想。"

陶咏梅了解他的性格,早知道会是这样的结果,所以也不生气,转话题说:"听说厂里出事了,处理得怎么样了?"

易国兴心情万分沉重,叹息说:"只能是尽量给多一点经济补偿了,还能怎样呢?"

都说小别胜新婚,但陶咏梅贴过来的时候,易国兴已是疲惫至极。加之心里有事,怀里抱着陶咏梅,心里想着施萍,脑子里又是死伤者的影子,一时间心乱如麻,草草结束就睡着了。

陶咏梅却怎么也睡不着,紫水晶的光总在她眼前闪来闪去。以她对丈夫的了解,她不太相信易国兴会出轨,但那枚女人的饰物又分明在告诉她,证据确凿,不要自欺欺人了。她几次都想伸手推醒他,索性直接问问怎么回事,但听着那响亮的鼾声,想想他的疲惫和艰难,又忍住了。迷迷糊糊一晚上,等早上醒来,易国兴早不知道已经转了几个单位了。

陶咏梅和儿子吃完早餐,田鸣健带着穆干事来了,抱歉地说:"嫂子,您都看到了,易总确实忙,我手中也是几摊子事。我让穆干事带车来了,她给您当向导,想上哪上哪。"

陶咏梅说:"麻烦田总了。那我们就上铜绿山吧,听说古铜矿遗址值得一看。"

田鸣健叮嘱穆干事:"陪好陶老师,难得来一回。"

铜绿山古铜矿遗址在大冶县城西南。大冶是世界青铜文化发源地,中国冶矿名城,北宋初年以"大兴炉冶"而定县名,县城不大,却也热闹。从临钢出发,车行二十多公里,就到了县城,再向西南,不远处就是古铜矿遗址。

"走进古铜矿遗址纪念馆,仿佛穿越了时空,进入到远古时期。大约三千年前,西周时期,在我们现在看到的古巷道里,就有我们的先民弓着腰身开掘铜矿石。"女讲解员声情并茂,陶咏梅却总是走神。"名扬四海的随州曾侯乙编钟,就是采用铜绿山的铜制成。"女解讲员的声音在她听来忽远忽近,如紫水晶的光忽明忽暗。

穆干事也看出来陶咏梅有点儿心不在焉,结束参观便让司机往回走。车过中窑滨江公园时,儿子吵着要进公园看江景。陶咏梅看过大海,却没看过长江,于是三个人便一起进了公园,留司机在外面等。

说来真是无巧不成书。赖子和祝国祥几个准备开公司,办执照要有营业地址,他们就在中窑湾找房子。有个服装厂不景气,张贴出租告示,他们便约了老板在公园前见面。他们的车和穆干事带的车恰好停在了一起。司机和赖子熟,一看到就给赖子递烟、闲聊。

赖子一听就明白了,刚才进公园的一对母子是易国兴的妻儿,不由得心里一阵暗喜。聊了几句,他就借口还有事,和司机告别,然后拉着祝国祥走到离司机很远的地方,骂道:"姓易的把老子们搞得到处讨饭吃,他老婆儿子来享福,没这么好的事。"

祝国祥立即会意:"让我们碰上了,活该易国兴倒霉。"

于是俩人进了公园,不紧不慢跟着陶咏梅,趁穆干事带易公子上厕所之际,赖子凑到陶咏梅跟前,声音压得低低地说:"易夫人,你要注意点哟,别让你家老公给我们下岗工人戴绿帽子!"

祝国祥故意拉赖子一下:"你这说的什么话,莫扫兴,走走!"

赖子继续演:"我怕易夫人蒙在鼓里。"

陶咏梅被搞得糊里糊涂,说:"你谁呀?"

赖子说:"你别管我是谁,只记住赵驼子和施萍就行了。"

等穆干事回来,赖子早拉着祝国祥溜走了。

陶咏梅呆在原地,心里隐隐觉得这两个人说的施萍跟紫色水晶胸针有关系。穆干事看陶老师情绪不佳,就问:"陶老师累了吧?"

陶咏梅木呆呆说:"刚才两个陌生人把我说蒙了,说什么赵驼子。赵驼子是谁?"

穆干事被问得不知所措,避重就轻说:"是个下岗工人吧。"

"那,施萍呢?"

穆干事支支吾吾说不认识。

回到招待所,陶咏梅越想越觉得蹊跷,就叫来服务员小陈,推心置腹说:"小陈,我有几句话想问你,你要对我说实话,不要瞒我。"

小陈欠着半边屁股坐下,局促不安地看着陶咏梅。

陶咏梅说:"我向你打听一个人。"

小陈警惕地问:"什么人,您说?"

"有个叫施萍的,是不是经常来招待所呀?"

听她问的并不是临钢的其他领导,小陈如释重负,说:"施萍呀,她在汉

189

口办事处工作,我只见过她一两次。"

"你能给大姐说说她吗?"

"陶老师,我就是一个服务员,厂里的人我不是太熟的。我只知道,她老公是个赌鬼,叫赵驼子。他们两口子关系不好,一直在闹离婚。施萍为了躲赵驼子才去汉口的。"

陶咏梅终是忍不住,直接问道:"这个施萍,是不是长得好?"

小陈立即语带羡慕地说:"不只是长得好,是太好看了,尤其两只眼睛,水汪汪的,再加上会打扮,我一个女人见了都忍不住会多看上几眼。"发现自己的话有点多,又忙说,"陶老师,我还有事,您看……"

陶咏梅忍着满肚子的酸,佯作热情说:"你快去忙吧,谢谢你啊。"她觉得自己没有在这里待下去的必要了。

易国兴回来时,看陶咏梅在收拾回家的东西,吃惊地问:"你这是干什么?"

陶咏梅冷冷地说:"我知道我来得不是时候,我在这里碍事。"

易国兴也生气了:"你胡说什么?"

"那你解释一下,这是什么?"紫水晶蔷薇胸饰在桌子上闪着光。

易国兴一眼就认出来了,是施萍胸前戴的。他心里隐隐作痛,施萍那天走后再无音讯,不知道她怎么样了。至于她的胸饰怎么到了陶咏梅手中,他不得而知。无论如何,他都断然不能承认,便说:"一枚胸针啊,怎么啦?"

陶咏梅冷笑一声:"易国兴,你继续装吧。你究竟还想瞒我多久?"

"我没什么事瞒着你,这胸针,从哪里来的?"易国兴继续嘴硬。

"是啊,我正要问你呢,这胸针从哪里来的,这不是你心爱的施萍的胸针吗?"

易国兴见陶咏梅把名字都说出来了,一下子心虚起来,忙说:"咏梅,你别生气,听我解释好吗? 我和这个施萍,真的什么都没有。"

"别叫我咏梅,我嫌脏了耳朵!"

"你怎么这么固执? 我易国兴是那种好色之徒、没有家庭观念的男人吗? 你应该相信自己的丈夫,我真的没干对不起你的事!"

"我怎么不相信你了? 我们夫妻分居这么多年,我说过你这方面的事吗？要是怀疑，我早就要你调回山东了。别的我不说，我现在只想知道，这是怎么回事，这东西怎么会在你房间、在你枕头底下？难道是我诬陷你吗！"

"我没说你诬陷，但你也应该相信自己的丈夫，为了我们的儿子，我也不会干出背叛你的事情。"

"那你告诉我，究竟是哪个女人的，怎么会在你房间？你说呀！"

易国兴只能强词夺理说："我不知道这胸针怎么来的，我怎么说？"

易国兴知道，像这种男女之间的事，他越是极力解释，就越是无法解释清楚。妻子正在火头上，还自以为抓到了把柄，就算他撇清了和施萍的关系，妻子也不会相信，反而只会加深她心头的怒火；不如不解释，等妻子冷静以后再说。

见易国兴避而不答，陶咏梅更生气了，她一把抓起紫水晶，扔在易国兴身上："易国兴，上次就有匿名电话打到我学校，说你和公司一个叫施萍的女办事员勾搭上了，深夜开车送她回家，还轧死人家一条狗。"陶咏梅痛苦地抽泣道，"你别以为我不知道。好吧，我成全你们，明天一早我就带儿子回山东。"

"既然你不相信自己的丈夫，要走你就走！"易国兴也忍不住发火了，"我易国兴是清白的，坐得稳、行得正！以前和现在，从来没有做过对不起你陶咏梅的事。"

"你是不是对得起我，我已经知道了。我希望你易国兴，要对得起下岗工人赵驼子！"

易国兴怎么也没有算到，陶咏梅才来了不到两天，随时都有人跟着，怎么获得了如此多的信息。

没办法，他只能让田鸣健过来向陶咏梅解释，劝她不要走。田鸣健就将公司建炼铁炉没有钱，如何设美人计，如何让浙江的童老板带资修建又不黑走公司的钱，赵驼子如何来闹事，他如何将施萍安排到汉口等等所有的事，一一说了一遍。见田鸣健说得合情合理，陶咏梅说："你说的这些，我都信。我只问一句，施萍的东西，怎么在易国兴的枕头底下？"

这个田鸣健也解释不清，只能如实转达给易国兴。易国兴自然不可能交代自己的绝对隐私，再加上一应事情让他焦头烂额，他也没有耐心再解释、再哄她了，便怒道："她要走就让她走吧。"

陶咏梅果然就带着儿子坐火车回山东了。夫妻关系的恶化,使易国兴心情糟糕透了,他没想到施萍会留下这个,也没想到自己一个小小的疏忽,竟然就将他们的夫妻关系拖入了泥潭,人在两地,根本没有床头吵架床尾和的机会,不知僵持到什么时候才能修复。好在他是个工作狂,一投入到工作中,就忘记了所有烦恼。他一心想着如何使公司的经济效益更上一层楼。

第二十一章

陶咏梅带儿子走后没几天,易国兴到省里参加新年企业经济会议,其间他打电话,说自从渣罐车爆炸后,他总是心神不宁,让田鸣健抓紧和市公安局的搭上关系,把枪的事处理好,如果形势不对,他就趁开会的机会找罗副省长负荆请罪。田鸣健满口答应。放下电话,正要找黄秉成,门"砰"的一声被推开,两个人高马大的年轻人闯进来。其中一个黄发卷曲,腋下夹着小黑包的用一口山东话,叫:"你是田鸣健吧?易国兴呢,叫他赶快出来!"

田鸣健放下报纸,打量了一下黄毛:"你谁呀?"

"俺姐是易国兴的夫人,你说俺是谁?"

"哦,你是易总的内弟。"

"你怀疑俺是冒牌货?俺姐叫陶咏梅,俺叫陶涛,不相信,你现在就给易国兴打电话!"来者气势汹汹,一副兴师问罪的样子。

见田鸣健满脸狐疑,黄毛像数来宝似的开始报电话号码,他姐家的,他自己家的,他们辖区派出所的,每一个还都带着区号0537。听得田鸣健直想笑。黄毛见他不害怕,还笑嘻嘻的,抱怨道:"易国兴在南钢时,俺从山东老远去找他,让他给俺安排个工作,他就管了俺几顿饭,买了张火车票,将俺打发了。俺看在俺姐的面上,没跟他计较。这回他竟敢背叛俺姐,在外头乱搞女人!俺这次从山东来,就是找他算账的!俺饶不了他!"

黄毛说着,拉开小黑包,里面露出一把锋利的匕首。田鸣健这下紧张了,心里不由一颤,忙安抚他说:"谁说我们易总乱搞女人!这是造谣,恶意中伤!我天天跟他在一起还不知道吗?小陶你可千万别相信。"

"俺姐前两天回家,都哭着跟俺说了。俺不信俺姐的,难道信你姓田的吗?哼,你姓田的也不是啥好东西,甭以为俺不知道,你们厂子的人打电话说了,易国兴跟一个叫施萍的女人勾搭成奸,就是你姓田的拉的皮条。"

"造谣,这完全是造谣!"田鸣健见事情扯到了他头上,又见黄毛凶狠地瞪着他,怕他一怒之下找替罪羊,赶紧满脸堆笑起身给他倒水,说,"有些下岗工人,有点情绪,把矛头对准我们易总,败坏你姐夫的名声,目的就是诋毁公司改革开放的成果。你们不要信这些东西。"

"俺不管这些,也没时间听你扯这些鸟事。"黄毛说着从小黑包里掏出匕首,猛地插在田鸣健的办公桌上,"你去把易国兴找来!"

"你姐夫到省里开会了,不在。你别这么激动嘛,他毕竟是你姐夫。"

"那你带俺们到他住的招待所,俺把他房间砸了!"

田鸣健仍赔着笑脸,"有话好好说。打断骨头连着筋,你和易总还是一家人,你说是不是?"

"谁跟姓易的是一家人?他背叛了俺姐,俺饶不了他!"

"他有没有背叛还不知道。咱有话好好说,真闹起来对易总影响不好。"

一直坐沙发上不吱声的瘦子这时候也劝解起黄毛:"算了涛子,易国兴毕竟是你姐夫,再说你姐没跟他离婚,闹起来对你姐夫和你姐的名声都不好。"

田鸣健连连点头:"这个哥们儿说得对,和为贵,和为贵。"

黄毛抓住了他的话把儿,反问:"和?怎么个和法?"

瘦子从中打圆场说:"田总,你批点螺纹钢吧。俺们大老远从山东来,总不能空手回去。"

原来他们真正的目的是求财,田鸣健心里不屑地哼了一声,然后息事宁人道:"你们要多少?"

"一千吨。"黄毛狮子大张口。

田鸣健为难地说:"一千吨我可做不了主,得找你姐夫。能不能少一点儿,五百吨?这样我就可以做主了。"

见黄毛不作声,田鸣健马上说:"你们坐会儿,我这就去给你们拿批条。"田鸣健三步并作两步,来到傅佳钢办公室。傅佳钢负责公司钢材生产和批条子。他简单将易国兴小舅子从山东来的事说了,催促道,"批了吧,闹起来对易总影响不好。"傅佳钢没说什么，拿出盖着公司专用章的批条，在上面签了字。

田鸣健拿着批条回到办公室，交给黄毛，殷勤地说："要不，我安排你们到公司招待所休息？"

黄毛将批条塞入小黑包，收起桌上的匕首，理直气壮道："不用了，俺在金花大酒店订了房间。"

黄毛和瘦子走时，傅佳钢正好从办公室出来，与他们擦肩而过。然后，透过走廊窗户，傅佳钢看到两个人跨上摩托车，一溜烟地走了。

祝国祥和赖子早在金花大酒店开好了房，等着黄毛和瘦子的好消息。门铃一响，祝国祥赶忙起来开门，见黄毛和瘦子站在门口，劈头就问："成了没？"

黄毛一言不发，挤开祝国祥，得意地进屋坐下，跷起二郎腿说："给我点颗烟。"

瘦子站在一边，笑而不语。

赖子赶紧拿烟给黄毛点上。

祝国祥一把将烟夺走，骂道："莫卖关子了。搞成了没有？"

黄毛这才从小黑包里掏出批条，在祝国祥面前晃了一下："当当当当，五百万吨。"

祝国祥看了一下，在黄毛胸口擂了一拳，说："你小子不当演员可惜了。等批条倒出手，三万块演出费，一分不少你的。"又将批条递给赖子。

黄毛却有些担心，说："哥，要是被识破，会不会抓我坐牢？"

祝国祥拍拍他肩膀："放心吧，田鸣健那个屁精，就算发觉也不敢声张。"

五百吨平价钢材的批条转手，赚了二十五万。除给黄毛三万，其余的二十二万作为公司的启动资金。按赖子的说法，成立公司的愿望不仅实现了，而且，租船运输客户钢材的本钱也解决了，租办公房的钱也有了，以后就可以一心一意朝钱奔了。

祝国祥得意地说："有了钢花贸易公司这块招牌，将来咱们就靠着钢厂吃钢厂了，吃他个肚儿圆！"

晚上,祝国祥带着几分醉意回到家,见哥哥祝大昌和妹妹祝国英都回来了。原来今天是母亲七十岁生日,蛋糕和饭菜都上桌了,大家都在等他回来。

一见祝国祥腋下夹着小黑包,脸喝得通红,祝永明就火了,训斥道:"你小子一天到晚夹着包,装大款的样子,老子看见就来气。"

祝国祥今天心情蛮好,一点儿不生气。端起老头子面前印有"临江钢铁厂劳动模范"字样的搪瓷茶缸,咕嘟咕嘟喝了几口浓茶,笑嘻嘻地说:"爸,你别老门缝里看人。我现在就是老板了,钢花贸易公司的副经理。"

祝国英喊了一声:"你就吹吧,在厂子里连班长都没当过,还公司副经理呢。"

祝国祥还是不生气:"那是厂领导有眼无珠,埋没了我的才华。"

祝国英站起来拿碗:"反正吹牛不上税。"

祝国祥不再理会妹妹,低头从小包里掏出一沓钞票,递给祝永明:"爸,这钱你数数,我可是连本带利还给你了,免得我哥总说我在啃老。"

祝大昌已经知道赖子和祝国祥办公司的事儿了,但没想到他们这么快就筹到了钱,问他:"办公司不是件容易的事,需要很多资金,你们有吗?"

祝国英又插话:"他们哪有什么资金,肯定是皮包公司。"

祝国祥瞪了妹妹一眼:"谁说我们是皮包公司,二十二万还少吗?我们资金雄厚呢。"说着又从小黑包里掏出个精致的礼盒,递给他妈,"妈,这是我给您买的生日礼物,花了我五百块呢。"

祝母立刻眼睛眯成了一道缝,说:"还是我小儿子孝顺。"

听他口气这么大,二十二万,祝大昌一把把祝国祥拉进卧室,关上门问:"你的钱哪儿来的?你们钢花贸易公司有多少人,准备经营什么生意?"

"钱哪儿来的你别管,反正干干净净。公司刚起步,除了赖子、刘胜利和我之外,目前就三个员工,毛仁银、活宝和叶老实。"

"经营什么项目?"

"只要有钱赚,什么生意都做,违法乱纪的事不搞。目前我们租了一条驳船,帮客户运送钢材、水泥、黄沙。"

"国祥,我一直没问你,赖子敲诈易国兴是怎么回事?"

"那叫敲诈吗?易国兴轧死他家的狗,理应赔偿。"

"一条小土狗值两万吗?"祝大昌生起气来,"那晚你是不是在场?"

"在场又怎样,我就不能说句公道话?他易国兴不是公司老总吗,不是不让我们下岗工人好活吗?众生平等,一条狗命两万块钱算便宜了他。"

"那赵驼子闹到保卫处,诬陷易国兴搞了他老婆,是不是你撺掇的?"

"这不关我的事。我从不跟赵驼子来往。"

"那是谁撺掇的?"

"哥,这些事都过去一年多了,你还旧账重提干什么?人家下岗了,被易国兴一脚踢出厂门,有这种机会不弄几个钱,怎么生活?"

"可这是无中生有,敲诈勒索是犯法的!"

"要是犯法,田鸣健为什么甘心给赵驼子?这是封口费!易国兴那狗日的,下岗那么多工人,难道不违反国家的《劳动法》吗?连赖子都会说'劳工神圣'这种话,他易国兴不懂?如今这社会,有什么道理可讲?英雄不问出处,有钱就是爷。"祝国祥稍顿了顿,"哥,你也别跟我拐弯抹角了,你说的这些我心里明白,无非是想敲打敲打我,不要干违法乱纪的事情。你别跟老爸一样,总把我当个浑球,我心里亮着呢!对这个社会,我比你看得透,不会给你添乱的。"

"好,那你跟我具体说说,哪儿来的二十二万?"

"不是偷的,也不是抢的,凭本事赚的。"祝国祥有些不耐烦了,继续用傲然的口气说,"哥,我下岗的事,你不帮忙就算了,我也从来没指望你帮忙,但你别摆出一副公司领导的架子,我现在不是临钢的工人,你管不了我!也请你以后少管我的事!我可没你那种面对十万块脸不变色的定力。往后我们亲兄弟、明算账,各有各的活法!你祝大昌当你的官,我祝国祥经我的商,咱们井水不犯河水!"

从父母家出来,已是晚上十点多钟,祝大昌越想越不对劲,凭直觉,这笔款子肯定来路不正。赖子是他的朋友,国祥是他的兄弟,他不能看着朋友和兄弟误入歧途。于是他开车到桃园村找毛仁银,想问他知不知情。

毛仁银果然还没睡,正在灯下写诗。

这一年多,他通过省报记者朱辉的推荐,已经在省级报刊发了几篇大作,成了本省小有名气的诗人。他下一个奋斗目标是争取上《诗刊》。

听说祝大昌专程来问赖子和国祥搞公司的事,毛仁银说,是朱辉提议的,他俩酝酿这事有一年多了,一直苦于没有启动资金,要不然,他和叶老实也不会当贩子帮忙去赚钱。至于这次搞到钱的途径,他不清楚。

祝大昌问:"叶老实和活宝知道吗?"

"他们恐怕也不知道,今晚叶老实还来过,如果他知道,肯定会对我说这事。不过,老实说了另外一个情况。"毛仁银接着说,"他昨天去公司找傅佳钢了。现在民用钢材不是紧俏吗,他想找傅佳钢批点儿平价钢材,作为我和他加入公司的股资,老实不想沾赖子他们的光。"

"傅佳钢批了没?"

"傅佳钢说,看在知青点同睡一个通铺的面子上,批给十吨。"毛仁银稍顿了下,看看祝大昌:"想不到老实拿这十吨钢材的批条给赖子,赖子特别生气,一把将批条撕了,说十吨钢材,打发叫花子呢?还骂老实没骨气,不该去找傅佳钢。宁可饿死,也不能接受这狗日的恩赐。"

祝大昌听着,皱着眉:"仁银,你对赖子和国祥搞的钢花贸易公司有信心吗?"

"要是你大昌搞,我信心十足。赖子和国祥搞,不好说。"

"信心不足你为什么还入伙?"

"都是多年的患难兄弟,抱团求财,之前答应了,有门路,大家一起干。"毛仁银又看祝大昌的脸色,"我听你的,要不我退出来。"

"都加入了,又退出,不好。有什么不对的情况,你及时告诉我就行。"

毛仁银满口答应:"行,我知道你是为朋友、兄弟们好。"

两天后,钢花贸易公司正式挂牌了,赖子任总经理,祝国祥、刘胜利任副总经理,毛仁银任办公室主任,活宝任市场部主任,叶老实任后勤部主任,大家都封了官。噼里啪啦的鞭炮声中,几个人平时结识的一些小老板都来贺喜。上窑航运公司的刘经理还送来了大花篮。

有了公司,靠着钢厂吃钢厂的计划也开始正式实施了。

第二十二章

听说易国兴从省里开会回来了,田鸣健就赶紧来招待所,公安局那边他并未办妥,只是敷衍易国兴,又怕易国兴责怪他办事不力,又想表功,表示自己又为易总灭了一处火,让傅佳钢给易总的小舅子批了五百吨平价钢材。但他又不想直接跟易国兴说这事儿,只想看看易国兴的反应,毕竟五百吨钢材转手就可赚二三十万,他小舅子也不可能不跟他姐夫说此事。以他对易国兴的了解,如果觉得这事儿他干得漂亮,一定会一见面就重重地拍拍他的肩。

可是田鸣健等了一会儿,易国兴也没有这个动作,反而问他晚上赶着来见他是不是有什么重要的事儿。

田鸣健感觉有些不妙,又不好直截了当挑明,便说:"不知这次易总到省里开会,有什么重要精神要传达,我好有个思想准备。"说着还拿出随身带的小笔记本。

易国兴摆摆手:"没有什么重要精神。罗副省长是专门听我汇报的,他嘱咐我们,除了早点儿还清所欠债务外,要关心和提高工人的福利。一个国有企业的好,不仅体现在经济效益上,也要体现在工人福利上,要解除工人的后顾之忧,抓好这一块才能体现社会主义企业的优越性。"

田鸣健记下罗副省长的指示,说马上研究,弄出一个落实方案来。离开前,又装作关心的样子问:"易总,嫂子带孩子回去后,没给你打电话吗?"

易国兴说没有。田鸣健只能说:"你走的那天下午,好像嫂子的弟弟陶涛打来电话,说他要来。"

"他能来吗？年前骑摩托车撞断了腿，一直躺在医院。"

田鸣健一愣，知道自己被骗了。怕易国兴看出变化，他忙提起另一件易国兴关心的事，说："昨天黄秉成找我，问能不能批点儿钢材给市公安局。黄秉成说，本来批钢材的事，他是要找傅佳钢的，但这事背后牵扯着枪，就没敢找他，您又去省城开会了，他才找我报告。"

易国兴眼睛一亮："公安局要钢材干吗？"

"听说是要建新办公楼和住宿楼，下面的好几个派出所也要建办公楼。不过，没说具体要多少。"

易国兴黑着脸，他最讨厌被人抓把柄，但这次算是被人捏到痛处了，说："确定批了钢材，他们就不问枪的事？"

"这话哪里好明说，但我揣测，是这个意思。"

易国兴看着他："不能揣测啊。你让黄秉成来一趟。"

不一会儿，黄秉成就骑着带斗的电驴子赶了过来。

易国兴张口就问："问你要钢材的，跟给你透消息的是同一个人吗？"

黄秉成诚实回答："同一个人。"

易国兴说："你给个实话，是什么人？"见黄秉成为难，又说，"你就说，他在公安局什么层级。"

"是能说得上话的。"

"你把具体你们谈的细节讲一讲。"

"他给我电话先扯了一会儿闲篇，然后我就问他，枪的事，你们打算怎么处理。他含糊其词说有一条线索，与伤害案关系不大，可以忽略，也可以深挖，就看办案人员怎么看这条线索了。然后他就谈到了，公安局要修办公楼和住宿楼，又说下面好几个派出所也要扩建，问能不能批一点儿平价螺纹钢。"

田鸣健补充说："虽说我们临钢有自己的内保处，但加强警民共建、密切警民关系，也是我们企业应尽的义务和责任。"

易国兴考虑了一会儿，说："黄处长你安排一下，让鸣健和公安局的领导见一面。鸣健你把好关，觉得可信就给傅佳钢打个招呼，批了吧。"易国兴第一次这样称呼田鸣健，他心中暗喜，连声说一定把好关，不见兔子不撒鹰。

易国兴又皱着眉头对黄秉成说："怎么一把枪这么难找？一点线索都

找不到吗?"

黄秉成有点儿惭愧:"一开始,我是担心偷枪的去作案,那样事情就闹大了。但只要他用枪,就会有线索。这么长时间过去了,看来偷枪的人可能跟毛仁银一样,只是临时起意,没打算干坏事儿。那东西谁都知道放在手里烫手,没准儿已经丢长江里了也说不定。"

这把枪,真像是一把暗地里瞄着易国兴的枪,不知什么时候会响,弄得他一想起来就心烦,后悔当初在罗副省长面前立功心切,没有将丢枪的案子直接上报,这才弄出一连串的夜长梦多。前几天在省城,向罗副省长汇报工作时,他几次都想将这事坦白了,话到嘴边,却又吞了回去。心里终究是怀着一些侥幸,现在这公安局借着这事敲竹杠,说起来也不是坏事。

田鸣健最关心的却是被黄毛骗的事。易国兴现正在气头上,为了一把有可能进了长江的枪,被公安局"敲"走几百吨钢材,他肯定不甘心,如果再知道还被骗了五百吨,难保不将气都出在他身上。

晚上一到家,田鸣健就约傅佳钢第二天下班后到挹江酒楼小坐。虽说免不了相互防范,但在一个班子里共事,两个人还是能坐在一起喝喝小酒聊聊闲天,有些事儿也能互相帮衬。

下班后,两人如约来到挹江酒楼的小包厢。酒菜上桌之后,田鸣健连喝三杯,然后在傅佳钢的连连追问下,才郁闷地说:"知道吗,我们被骗了。这事儿要是让易总知道了,一定会大发脾气,我就没好果子吃了。"

看着气急败坏又后悔莫及的田鸣健,傅佳钢心里幸灾乐祸,嘴上却说:"你也是为了易总好。不过,我怎么看这骗子像是冲着你来的呢?"

田鸣健正色道:"佳钢兄弟,这事儿你可嘴紧点儿,千万不能让易总知道。"

傅佳钢说:"易总要是查问呢?"

"你现在是易总面前的红人,只要你不说,他一天到晚忙得团团转,哪里会注意到这个事。"稍顿了一下,又加重语气说,"如果这事真要让易总知道了,对我们俩都没什么好处。佳钢,你说是不是?"

傅佳钢跟他碰了碰杯:"条子是我批出去的,我也脱不了干系。你老田放心,我傅佳钢还没蠢到那种地步。"

田鸣健又连喝了几杯,看得出来是相当憋屈:"这事透着古怪,两个骗子对易总的事了解得很清楚,专门找易总去江城开会时来行骗,而且是找到我,不直接找你,这背后一定有熟人指挥。"

傅佳钢放下酒杯,紧锁眉头,道:"那个冒充易总小舅子的黄毛,看着有点儿面熟,我好像在什么地方见过。"

田鸣健眼前一亮:"是我们厂的下岗工人吗?"

傅佳钢回忆了好一阵子,说:"酒喝多了,记不起来了。"

田鸣健恨恨地骂道:"妈的,别让老子查到,否则非要他蹲号子不可!"

田鸣健不知道,傅佳钢现在也有烦恼,另一种"幸福的烦恼"。告别田鸣健走出挹江酒楼,他就得去奔赴自己的"烦恼"。

这一两年里,公司购买了三台普桑车,除了易国兴,祝大昌和傅佳钢各配了一台,另外还配了诺基亚 8110 手机。傅佳钢每天开着小车跑业务,认识了不少商界人士和私营老板,应酬也多了,今天吃海虾大蟹,明天品虎鞭飞鹰,后天在夜总会唱歌、在歌舞厅跳舞。"幸福的烦恼"就是在应酬中结识的。

他把车开到金花大酒店,乘电梯上十八层,踏着红地毯走到 1808 门前,轻轻敲了三下,房门便应声打开。一个体态丰腴的年轻女子,穿着一件薄如轻纱的绛紫色睡衣来开门,进门就紧紧抱住他。傅佳钢就势将她抱到床上。

女子名叫曾小丽,原在市食品厂工作,下岗以后,在一家私营房地产公司当公关小姐,在一次应酬中认识了傅佳钢。曾小丽所在的房地产公司在沈家营圈了一块地,要建商品房,民用钢材这么紧俏,傅佳钢大权在握,曾小丽免不了跟他套近乎。但仅仅是酒桌上的近乎显然不足以打动他,因为她多次找傅佳钢批条子,傅佳钢嘴上答应,却一吨钢材都不给她。

后来,曾小丽索性豁出去了,直接在金花大酒店开了房约傅佳钢。没想到,他居然来了。

傅佳钢本想一夜风流,没想到曾小丽还是处女之身,这让他很是感动。结婚的时候妻子薛三妹不是处女,他一直耿耿于怀。如今,他笑赞老天圣明,还他一个公平,从此对曾小丽特别上心,浓情蜜意间赌咒发誓:"你真心待我,我必不负你!"大笔一挥,一次就批给曾小丽一千吨平价钢材。

曾小丽狠赚了一笔,就辞去了房地产公司的工作,开始与傅佳钢合伙干。傅佳钢批条,她转手倒卖,两个人里应外合,财源滚滚。一时间,傅佳钢真的找到了一种成功人士的感觉:手握重权、怀抱红颜。

两人一番郎情妾意之后,靠在床头休息。傅佳钢燃起一根烟,曾小丽紧紧依偎在他怀里。每次这时候,也是傅佳钢特别享受的时候。跟薛三妹结婚这么多年,始终同床异梦,他感受不到半点儿柔情。只有跟曾小丽在一起,他才感觉到自己是一个真正的男人。

曾小丽说,市教育局要在老虎头新建一所学校,她想把钢材倒进去,但管工程的刘主任说,他有个电大毕业的儿子在钢厂做磨钢工,想让傅佳钢提携一下。曾小丽搂着傅佳钢的脖子说:"刘主任说了,只要你安排他儿子当了科长,就以目前最高的市场价,买我们的钢材,另外再给两万酬谢费。"

见傅佳钢不作声,她又开始撒起娇来:"好不好嘛,这是我们两人的共同利益。"

傅佳钢捏捏她鼻子说:"好,我试试。"又问,"你是不是有个弟弟,染了一头黄毛,身高跟我差不多?"

"你说的是我继父家的老三吧,上次我们在外贸酒楼吃饭,他来找我,你见过一面的。你问他干什么?"

"没什么。"傅佳钢将手中的烟掐灭,又翻身抱住她。

第二天上班,田鸣健就来问消息。他想着,在易国兴发现之前,他至少得查出个大致的眉目来,不然显得自己太愚蠢了。

傅佳钢知道他的心思,不想瞒他:"黄毛小名叫涛子,是市自行车厂的下岗工人。"

田鸣健喜出望外:"太好了,我这就去找黄秉成。"

傅佳钢拦住他:"急什么?挖出黄毛背后的主使再说。"

田鸣健连声说:"对对对,一个外厂的下岗工人,对易总的家庭和行程如此了解,背后一定有人。"

傅佳钢说:"这事不能声张,也不能闹大,让黄秉成派人暗中调查就行了。"

无论如何,总算有了点线索,田鸣健心情大好,回到办公室也不再坐立不安了。不一会儿,易国兴来了,他刚从医院探望冯为泰回来,路经西总门时,被一个体老板拦住了,说他为厂子送了几年废钢铁,每次厂子都说月底结账,可这个月推下个月地一直拖欠下来,如今已经欠他三十多万了。易国兴问田鸣健,知不知道这件事。

田鸣健真不清楚,于是说,肯定是前任童正民手下的人欠的。像这种扯不清的狗肉账,一定还有不少。

易国兴说:"个体户挣几个钱不容易,告诉财务处,凡手中有公司欠条的,有多少付多少。现在废钢铁用量大,赵老板这样的人用得着。"又问,"公安局那边,谈得怎么样?"

"正要向您报告。黄秉成牵线,见到了公安局的宁副局长。事情也聊得很透。"

"他们开多大的口?"

田鸣健犹豫了一下,说:"864 吨。"

易国兴一皱眉:"怎么还有零有整?"

田鸣健打开黑皮笔记本,说:"这是公安局的用材预算清单。办公大楼按 17 层设计,需要钢材 1490 吨;派出所地下室 1 层,地上 8 层,每层面积 1350 平米,地下室每平米用材 120 公斤,还有地上,"见易国兴不耐烦听这些细节,就直接说结果道,"按照现在市场价 2700 元每吨,总金额 863.45 万,我们打七折给他们,总共折扣 259.035 万。"见易国兴黑着脸,又劝道:"宁副局长说了,公安局可以和我们结对子,搞一个警民共建示范点,在省内的媒体上宣传宣传,连年亏损的老国企改革后重新焕发生机、回报社会,我觉得这个点蛮好。"

易国兴有些疲惫地说:"那就这样办吧。"说完站起来想走,生活服务公司的谢处长正好来敲门,见易国兴在,连说:"正好两位领导都在。厂东头的垃圾场这些年越堆越大,臭气熏天,群众意见很大,夏天就要到了,总是这样堆下去也不是办法。"

易国兴扭头看田鸣健,意思是怎么这个情况他不知道。田鸣健赶紧说:"易总,你初上任时,我就向你反映过垃圾场的情况,你当时忙于厂子改革,说这个问题先放一放,等公司工作理顺以后再解决。"

易国兴想起来是有这么回事,于是说:"我正好要去四炼钢分厂,顺道一起去现场看看吧。"

果然,刚靠近厂东头,一股熏人的臭味便扑鼻而来。巨大的垃圾场已像一座小山丘,两辆垃圾车还在"哗哗"倒垃圾。易国兴下了车,朝垃圾场走去,脚下污水横流,越往近走,一股浓烈的氨气熏得人睁不开眼。易国兴努力走近垃圾山,发现尽是职工食堂的烂菜叶、卫生纸和其他生活垃圾。易国兴皱着眉对田鸣健说:"我这次到省里,听罗副省长的口气,他最近可能要再次来公司视察。这里,半个月之内全部清除出厂,这事老田你亲自抓。"

易国兴下一句指示容易,田鸣健却真犯了愁。这座垃圾山,是临钢的老大难问题。之所以经年累月没有清除,主要是清除容易,拉到什么地方却是个难题。要是在周边农村圈一块地做垃圾填埋场,按这座垃圾山的体量,没个几百万谈不下来。建垃圾填埋场又是敏感问题,老百姓意见大不说,政府的审批手续就极其烦琐,哪里是半个月说清理就能清理的呢?

易国兴下完指示就去四炼钢厂了,留下田鸣健和谢处长商量解决方案。

这下轮到田鸣健下指示了:"谢处长,你也看到了,这些垃圾尽是职工食堂产生的,理应由你们生活服务公司负责清除出厂。"

谢处长深知其难,连忙叫苦:"田总你也知道,以前这事归公司环卫处负责,环卫处撤销后,才和环保处几家合并成的生活服务公司。目前公司既没这个精力,也没这个财力和人力。再说了,这垃圾场可不仅仅是生活垃圾,其他分厂和单位的渣土也往这里倒。让我们生活服务公司负责清理可以,总公司总得补贴一些。"

田鸣健不耐烦了:"这是易总的指示,你老谢想办法吧,活人总不能被尿憋死! 三天之内,你搞个清除方案送来,半个月之内必须全部清除出厂!"

谢处长心里直骂娘:明明是易总吩咐你的工作,你姓田的没本事,就把棘手问题甩到我头上,干得好是你的功劳,干不好是我的错。好在老子是有备而来的,不怕你甩锅。

第二天刚一上班,谢处长就送来了清除报告,还有一份盖有钢花贸易公司大红章的合同,请田鸣健审批。

"怎么,一晚上就想出好办法啦?"田鸣健还挺意外,接过合同看了下,就生气地说,"这搞的是什么方案? 成千上万吨垃圾拉到厂外,没场子往哪倒?"

谢处长说:"这家公司自愿帮我们清除垃圾场,所有费用由他们承担,只要田总签字盖章就行。你看看申请报告后面的合同。"

田鸣健不相信天下竟有这样的好事,当真是瞌睡来了有人递枕头。他满心狐疑地翻看附在申请报告后面的合同,的确清清楚楚明明白白写着,钢花贸易公司负责清除临江钢铁公司厂东头垃圾,而且分文不取。他还是不敢相信,盯着谢处长问:"真有这样的好事?公司不出一分钱,所有垃圾由他们清除出厂?"

"是呀,的确是件好事。"谢处长毫不怀疑,"我算了笔账,光清除垃圾场就得半月时间,铲土机、车子和人工等费用至少得十几万。"

田鸣健掏出钢笔,想签字,又觉得这事实在是不合常理,事出反常必有妖。于是又用狐疑的目光打量着谢处长,说:"他们把垃圾拉出厂倒在什么地方,你知道吗?别让我们到时再替他们擦屁股。"

谢处长说:"贸易公司的人说,市供电公司要在西塞山乡建一座火力发电厂,需要大量渣土。这家公司已与对方签订了填土协议,所以才看中了我们这座渣土山,才要跟我们签这份合同。"没等田鸣健表态,谢处长又拍了拍胸脯,说:"只要田总签字,如果半个月内垃圾清除不出厂,或者向你田总要一分钱费用,你撤我的职好了。"

田鸣健犹豫着,事情太顺,顺得让他不敢相信。想到刚被骗走的五百吨平价钢材,他觉得自己该多个心眼儿,绝不能再上当受骗了,于是问:"老谢,他们的填土协议,你看到了吗?"

"我看过了,确有此事,双方盖了大红章。"

"带来了吗?怎么这上面没有?"

"那是人家之间的协议,与我们没关系。"

田鸣健扔下手中的报告说:"我必须看到协议。你让对方复印一份填土协议,明天再送我办公室来。"

谢处长有些不情愿:"咋这么麻烦?咱们其实不用管他们是真是假呀,只要跟咱们的承诺是真的不就行了?"

田鸣健耐心道:"麻烦你再多跑一趟,小心一点总是没有错。"

第二天上午,谢处长果然拿来了钢花贸易公司与市供电公司签订的填土协议复印件。田鸣健仔细看了,协议没问题。但他还是不放心,又给供电公司打电话,问他们是不是要在西塞山乡建火力发电厂,是不是需要垃圾渣土,得到对方肯定答复,他才放心地在合同上签了字。签完,他像突然明白似的,说:"我说谢处长,你老实说,你拿了这个钢花贸易公司什么好处？"

谢处长脸一下红了，说："田总，我这是为公司办事，替田总和易总分忧，哪拿什么好处了？"

田鸣健冷笑道："得了吧，你们这点儿把戏还能瞒得过我？你实话实说，是不是钢花公司和发电厂签了合同，找不到取土的地方，看上了我们这渣土，然后找到你的关系，你才来找易总说垃圾清理的问题的？"

谢处长笑而不答，不说是，也不说不是。

田鸣健这下反倒放心了，说："这是好事。不过，我丑话说到前面，半个月内，厂东头的垃圾渣土必须清除出厂。如果没有按时清理，我可是要罚违约金的。"

谢处长说："领导放心吧。保证按时完成。"说着就拿上合同，找办公室盖章去了。

回到办公室，刘胜利正在等他，接过合同，连声说："多谢了，谢处长。"

谢处长也笑盈盈地："田总说了，不管你们叫多少台车，也不管你们找多少人，公司不会给你们一分钱。一切都按合同办。"

刘胜利连连点头："谢处长放心，我们是正规的公司。签了合同，一切按合同办就是。我们大家都遵守合同约定就好。"

市供电公司在西塞山乡建火电厂，圈的是一片便宜的水洼地，需要大量的垃圾渣土填平，刘胜利和负责填土项目的王科长关系甚好，就揽下了这个业务。整个工程下来是二十万。签合同之前，祝国祥就想到了临钢厂东头那座垃圾渣土山。没下岗的时候，他们几个人天天泡在厂子里，对厂子的各个角落了如指掌。

抱着特定目的到垃圾场仔细一看，祝国祥当即兴奋起来："发财了、发财了。"这世上的生意往往是这样，在一些人眼里是垃圾，在另一些人眼里却是金山，关键看你的角度、你的盈利点。

祝国祥知道，垃圾归生活服务处谢处长管，而谢处长和哥哥祝大昌私交甚好，于是他们找到了谢处长，提出了双赢的方案，他们可以节省买土方的十来万，钢厂可以解决头痛多年的难题，事成之后，再给谢处长一万元好处费。

只是谢处长他们没想到，这双赢中，祝国祥他们赢得更多，因为这渣土山中有宝贝。

两天后,祝国祥雇的三台铲土机、二十辆转运大卡车,以及十多个清场人员浩浩荡荡开进厂东头。头两天,垃圾山的表层清出一些钢条、铁棍和螺丝钉;到第四、第五天,就铲出了废车床、旧钢模和铁瘤;到第六天,铲出来的几乎全是废钢锭,每个足有五六吨重。祝国祥、赖子他们督促人夜以继日,将这些"垃圾"拉到建火电厂的水洼地,然后雇当地农民从垃圾中拣出废钢铁,过完磅,装到废钢铁收购公司的车上,一手交钱一手交货。

负责清场的毛仁银,开始两天还满心欢喜,清理到后来,越来越胆战心惊,就暗地里去找祝大昌。祝大昌一听,一下子想起来,以前临钢光景好的时候,各分厂年终都要进行大清除,将报废的旧设备、没用的废钢铁,当垃圾统统扔在这里。后来临钢开始走下坡路,管理混乱,这里才渐渐变成了生活垃圾场。

现在随着生产形势好转,废钢铁原料的用量越来越大。前几天他就听说,废钢工区的过磅员,暗地与卖废钢铁的老板勾结,在地磅底下安装磁铁,让八吨废钢变成十五吨;或者在废钢铁里头掺沙土,以劣充优,从中牟利。另外还有不少下岗工人干起了靠厂吃厂的营生,摸进厂里偷车、钳、铣、铆、焊等工具卖到旧货市场。他们熟悉工厂的情况,下手容易;就算被在岗的工人看到了,大家也睁一只眼闭一只眼;被保卫处捉到也无所谓,教训教训就放了,还管饭。

祝大昌赶紧开车来到现场,果然正有大量废钢铁被当成垃圾装运上车,他上前制止铲土机司机,示意他不准再铲了。

赖子早有准备,打开夹在胳肢窝里的公文包,掏出合同说:"大昌,不是我不给你面子,我们和公司签了合同,整座垃圾山都由我们钢花贸易公司全部清除。我们一分钱运费都不收,不就指望着弄点儿废钢吗?再说了,这么多年了,一直都当垃圾埋在这里,还不兴我们处理呀?"

祝大昌打断道:"这是垃圾吗?你们这是在侵占国有资产。"

刘胜利不高兴了:"祝大昌,你莫给我们扣帽子,这个罪我们当不起。"

赖子也说:"大昌,你这样说就不对了,我们也不是法盲,白纸黑字签的合同,上法院打官司我们也不怕。再说了,厂子又不是你祝大昌的,你管这些闲事干什么?我们跟田鸣健签的合同,与你没得一毛钱关系。"

祝大昌不打算退让:"既然我今天来了,就非管不可,你们必须马上停下来。"

正当祝大昌和赖子僵持不下时,田鸣健和谢处长急急忙忙赶来了。他们也接到了门警报告,垃圾渣土中的废钢铁越来越多。田鸣健一到现场就气急败坏地喊:"停下,停下!不准再铲了!"

对田鸣健,赖子就没像对祝大昌那么客气了,他晃了晃手中的合同:"姓田的,你睁大眼看清楚,这合同上可有你的大名和你盖的公司红章,你想反悔吗?"

见领头的是赖子,田鸣健一下全明白了,不禁怒火中烧:"什么反悔,我让你们拉的是垃圾和废渣土,不是让你们拉废铁!"

"这些东西是垃圾里头的,那就是垃圾!合同里规定我们处理这座垃圾山,没规定不许我们拉走里面的废铁!我们凭什么不能拉?"

刘胜利也喊:"我们一没偷,二没抢,完全是按照合同办事。"

"合同作废,作废!"田鸣健的脸涨成了猪肝色,没想到千防万防还是被蒙了,他恼羞成怒,冲赖子吼叫起来,"赶快叫铲土机和你的人撤走,不然我叫保卫处来抓人了!"

刘胜利说:"耶,老子是吓大的!你有本事叫保卫处的人来呀,敢动老子一根寒毛试试。老子手中有合同,就是到法院打官司,老子也不输。"

赖子叫得更响:"田鸣健,你今天不叫保卫处的人来,你就是老子的儿。"

祝大昌一把把赖子拉到一旁,严肃地说:"赖子,你莫得寸进尺,国家的财产不是那么好侵占的!你这小小的钢花公司,真的想和大国企打官司?我劝你好自为之。再说了,这几天已经搞出去了几多废钢,你心里没得数?见好就收吧,别搞得大家都不好收场。"

听祝大昌这样说,赖子心里也打起了鼓。他们知道垃圾里有不少废钢,却也没想到会有这么多,这几天赚钱赚得手软,其实也越赚心越虚,盼咐刘胜利说:"看在大昌的面上,咱们先撤!"

赖子他们刚走,易国兴就闻讯赶来了。一见到田鸣健就大发脾气,狠狠训斥道:"一面到处花钱收购废钢铁,一面眼睁睁让上千吨废钢铁被人钻空子弄走,你这是严重渎职!你一定要写出深刻检讨!等此事彻底调查清楚,再做严肃处理。"

田鸣健嗫嚅着说:"我也没想到垃圾里会有这么多废钢。"

易国兴怒道:"没想到？你是哪年进的临钢,你说你没想到？"

田鸣健百口莫辩,只恨自己当初挂一漏万,一心想着完成易国兴的指示,恰恰没想垃圾山本身。他挨了骂,就去保卫处找黄秉成。

黄秉成正想找他汇报,那个黄毛背后的主使已经调查清楚了,就是钢花贸易公司。田鸣健一听就咬牙切齿地骂:"又是这个钢花贸易公司！查,给我往死里查！查清楚了,该抓抓,该起诉的起诉,绝不姑息！他们那个经理叫什么来着？赖子,把他抓起来法办！"

拖运垃圾废渣土的合同被迫中止了,但钢花贸易公司也赚了个盆满钵满,连同填土方一起,净赚四五十万。赖子和祝国祥在挹江酒楼摆了两桌酒庆功,一帮哥们儿都来了,好不痛快,好不热闹！

刘胜利举着酒杯,对活宝感慨地说:"以前咱们端的是钢厂饭碗,现在下岗了,仍然是吃钢厂的。钢厂真是咱的家啊！"

活宝也笑说:"咱们哪里是拉渣土,简直就是在拉钞票啊。"

叶老实担心地说:"以前占厂子便宜,也就拿块不锈钢打个吃饭勺子,现在这么个搞法,我心里慌得很。"

毛仁银跟着说:"像我们这样搞法,身上的钢气都搞没了,只有一股铜臭气。"

赖子一撇嘴,说:"你小子都落到啥地步了？病了没得钱治,要初恋情人卖身救命,你还装什么清高？什么叫铜臭气？这叫逼上梁山,搭伙求财！要不是你去找大昌,钱还有得赚,我们不揍你就罢了。"

"就是,英雄不问出处,有钱就是爷。"祝国祥也有点儿怨哥哥多管闲事,但不好当着外人的面发作就是了。他放下手中酒杯说,"咱们一不偷二不抢,三不杀人放火,赚的都是干净钱！只要咱们围绕着钢厂做文章,多动脑筋,将来还会赚大钱。这就叫解放思想、与时俱进。"

赖子高声附和:"不错！咱们以后多多靠着钢厂这棵摇钱树,百万富翁不是梦！把昔日为厂子贡献的青春损失,全部补回来！来来,大家痛快喝,敞开肚皮吃！吃饱喝足后,再想办法赚钢厂的钞票。"说着将杯中酒一饮而尽。

一伙人畅想着美好的未来,从中午一直喝到晚上。

第二天上午,赖子刚到公司,准备等祝国祥和刘胜利一到,就带上现款找上窑航运公司的刘经理谈租船的事。不料一辆临江钢铁公司保卫处的警车尖叫着驶来,停在服装厂大门口。黄秉成和几个保卫员跳下车,将挣扎喊叫的赖子推搡了出来。

"你们凭什么抓老子,老子手中有合同。"

黄秉成呵斥道:"少废话,到保卫处再说。"

当天下午,赖子被移交给了市公安局。

第二十三章

为救出赖子,祝国祥和刘胜利四处找路子、托关系,但赖子的案子由市公安局宁副局长亲自抓,没有相当的关系难以打通关节,而且一旦案子定性,将交由检察院起诉,就很难翻案了。万般无奈之下,祝国祥和刘胜利只好找到了钱老八。

钱老八原是钢厂大集体厂的工人,生得一副凶相,一身暴戾之气,因聚众斗殴蹲过三年监狱。出狱后,名头儿更响了,社会上一帮无业哥们儿愿意跟着他打码头,干点儿收保护费,帮私营企业逃税、讨债的营生,成了上窑一带有名的黑老大。这两年,又因为帮助开发商摆平抗拒拆迁的钉子户,结识了不少权贵,越来越黑红两道通吃,江湖人称八哥。

钱老八喜欢钓鱼,经常在花马湖边垂钓。在湖边柳树旁撑一把蓝色太阳伞,设一个靠背折椅,旁边放上法国红酒、各种饮料,嘴里叼着雪茄,旁边几个跟班儿弄鱼食的弄鱼食、调钓竿的调钓竿,阵仗摆得很大。

这天,祝国祥和刘胜利来湖边找他,他正全神贯注地盯着湖面上三根长长的渔竿,嘴里嚼着槟榔,一只手捻着一串佛珠。他不说话,所有人都不敢吱声,陪他一起盯着湖面。终于看见浮标沉了一下,钱老八叫了一声"来啦!",然后不慌不忙提起渔竿,向上一甩,一条足有两三斤重的鳜鱼拉着漂亮的弧线上岸。祝国祥忙伸手帮忙捉住,放进钱老八脚下的塑料桶里。

钱老八眼睛还是盯着湖面,头也不回,开了腔:"么事?"

祝国祥看了刘胜利一眼,殷勤道:"想请八哥出面找找宁局,保一个朋友出来。"

"不是命案吧?"

两个人连声说"不是不是",就将赖子被抓的前因后果说了,特别强调说:"我们挖渣土有合同的,不是瞎搞。"

钱老八回头瞄瞄他俩:"规矩懂吗?"

"懂,懂,八哥,您说多少?"

"五十。"

"五十万?"祝国祥心里骂他十八代祖宗,这比抢钱还狠啊!

仿佛听到了他肚子里的声音一样,钱老八耐心道:"三十是办事人的,二十是我手下弟兄的。"

和刘胜利相互看了一眼,祝国祥小心翼翼地说:"八哥,我们一时拿不出这么多钱,能不能少点儿?"

钱老八一副爱搭不理的样子:"就这个行情。有钱,我帮你铲;没钱,莫碍着我钓鱼。"

见钱老八派头大,一直没吭声的刘胜利开口道:"八哥,我老婆以前跟你同一个单位,也是中兴大集体的,你一定认识,叫夏春华。"

钱老八不禁转头看了看他,像想起来似的:"夏春华,搞劳保福利的吧?"

刘胜利忙说是。他其实是事先做好了功课的。钱老八在工厂的时候,有一次换工作服和鞋子,差两个月没到期,老婆夏春华还是给他发了。他混江湖之后,跟以前的工友讲过这件事儿,记着老婆的好儿呢。此时提起来,刘胜利就是想试试这个人情。

果然,钱老八说:"滴水之恩,涌泉相报。四十。"

祝国祥心中一喜,嘴上进一步争取说:"八哥,能不能再照顾兄弟一点儿?"

钱老八拎起一根渔竿,换上鱼饵,然后再甩回湖上,开始专心钓鱼了。

两个人明白,这是再没有回旋的余地了。四十万,几乎是他们钢花贸易公司的全部家底儿了,想想心里都疼,但事到如今,不能不顾兄弟。"钱财如粪土,兄弟如手足";"留得青山在,不怕没柴烧",祝国祥用这些话给自己打气,咬咬牙说:"行!明天按时给八哥送到。"

第二天上午,他们带着四十万现钞来到约好的好乐酒家,交给正在打台球的钱老八。钱老八让马仔点好钞票,承诺三天之内放人。

没想到三天过去了,没见赖子的人影。祝国祥急了,担心钱老八吞钱不办事儿,又和刘胜利去好乐酒家找他,问怎么还不放人。

钱老八一见他们就说:"你没对我说实话!你们只说了运渣土弄了点儿废钢材,没说冒充领导小舅子搞诈骗。这事儿有点儿大。现在公安局和临钢正在搞共建,宁局还要考虑考虑。"

祝国祥急了:"他们不会拿了钱不放人吧?"

钱老八将台面上最后一颗球打入袋中:"办法不是没有,宁局喜欢集邮,你们要是能搞到点儿好邮票,事情就好办了。"

刘胜利说:"文化馆旁的信息巷有卖邮票的,既然宁局有这个爱好,我们买上几本邮册送他不就行了。"

"那种大路货有屁用?"钱老八不屑一顾,"要找那种稀罕的。如果你们能搞上一张,前脚送来,后脚就能放人。"

祝国祥和刘胜利垂头丧气回到公司,活宝、叶老实和毛仁银早来了,他们以为他俩能接赖子回来。

一听说,拿了钱还提额外刁难人的要求,活宝气愤地骂了起来:"妈的,如今当官的癖好真多,炒白菜要放豆腐渣,吃鱼要吃蒸鱼头,现在又好上稀罕的邮票了。咱老百姓上哪儿弄这东西去?"

叶老实唉声叹气:"当初我就说过,赖子搞公司不靠谱。"

活宝瞪了他一眼:"你现在说这话有屁用!当务之急是把赖子弄出来。狗日的心太黑,敲了钱不放人,搞恼火了,就去举报那姓宁的。"

刘胜利幽幽地说:"搞不好钱老八把钱都黑下了,人家只提了邮票的要求。反正事情闹大,赖子更出不来。"

一直不吭气的毛仁银,早就想到了自己床底下那几份清末公函上的邮票,想来应该是稀罕的,但他心里没底,但见大家一筹莫展,他觉得值得试试,于是对祝国祥和刘胜利说:"要不拿我家那些旧邮票去试试?"

几个人一致同意,第二天上午,毛仁银就将一封贴有大龙邮票的清末官函给了祝国祥和刘胜利。他俩也不清楚这邮票管不管用,就给钱老八送了过去。没想到钱老八很意外,说:"你们哪里搞到的这东西?"

祝国祥说:"哪里搞到的你不用管。你就说,这个管用不管用?"

"管不管用,我说了不算,得去问问看。"

过了一天,赖子从拘留所出来了。田鸣健得知这消息,把黄秉成叫到办公室,大发雷霆:"为什么不让赖子这种人判刑,反而无罪释放?"

黄秉成也一肚子火,怒道:"公安局说了,赖子手上有合同,是你田总签的字,盖着公司的大红印章。清除垃圾渣土,难免有点儿废钢铁混在里面,这是民事纠纷,有分歧可以上法院打官司。"

田鸣健敲着桌子叫:"赖子唆使黄毛冒充易总的小舅子,诈骗公司的钢材,这不是犯法吗?"

黄秉成道:"我斗胆说一句,被骗的事儿你就没有责任吗?只要你不怕易总对你有看法,我这就去市公安局。"

田鸣健脸红一阵白一阵的,无言以对,只能眼睁睁看着黄秉成拂袖而去。然后自己抓起桌上的旧蓝布劳动帽,忐忑不安地去易国兴办公室,他还等着他汇报案子的处理情况。

易国兴正和祝大昌、傅佳钢谈工人住宅小区改造的事。自从罗副省长从政治的高度提醒他,公司经济形势好转之后,要多多关注工人的福利,让更多人享受到改革的成果,他就开始琢磨这件事了。罗副省长说的话,也让他醍醐灌顶:"让一部分人先富起来是有条件的,就是先富起来的人,要带着后富起来的人,走共同富裕的道路,这才是我们共产党人改革的初衷。"罗副省长站得高,看问题更透彻,但怎么个具体做法,要靠他和班子里的人想办法。想来想去,他们决定从改造工人住宅小区开始。

临钢的工人住宅区有大大小小十五个。建国初期,工人们住的是工棚、芦席顶、竹木屋架,竹泥或高粱秆、稻草泥墙。后来逐步改造为平房或简易平房。除了钢厂一门以下的工人住宅老区外,市区内还有五个钢厂工人聚居的老区。其中东风路、八卦咀和陈家湾三个钢厂的老区,均建于五六十年代,房屋老化破旧,楼房之间还有不少简陋的平房,住房困难的家庭还自搭了暗楼和偏房。易国兴想对这三个工人住宅老区进行改造,让人知道他并非冷血无情,只知道大刀阔斧让工人下岗分流,不知道关心他们的衣食住行。现在重修三个工人住宅小区,同样是让全公司工人分享改革的红利。

但祝大昌和傅佳钢却担心,重建工人住宅区并非易事,须征得市政相关管理部门的同意,纳入市政建设统一规划,而且手续烦琐。

易国兴不以为意:"你们就是条条框框太多,改革就是在打破这些条条框框。我们是改造工人住房，又不是违法圈地，有什么可担心的？"

祝大昌还是不放心："万一我们动工改造时，有关部门来阻止，让我们停工怎么办？"

"哪个部门敢来，我就亲自带人去找他们理论。我们不是为自己谋私利，而是为工人办实事，解决他们的后顾之忧。政府部门不支持反而阻挠，没这个道理！"稍停顿了一下，又说，"我的地盘我做主，临钢的事情，我们用不着看人家的脸色！想怎么改造就怎么改造，不要有思想包袱。这样吧，你们两人抓好公司的生产和营销，我亲自督办三个住宅老区的改造，争取今年底让工人搬进新居。"

见祝大昌和傅佳钢都没有异议了，他才转过身，沉着脸问田鸣健，有关钢花贸易公司的调查结果。

田鸣健心里惶恐不安，尽量平静回答说："已经调查清楚了，这个公司的经理赖子，原是平炉分厂下岗工人。黄秉成抓到他后，移交给了市公安局，昨天已经放出来了。"

"把人放了？"易国兴不解。

"易总，我专门给公安局打电话，问他们为什么放人，他们说，正因为公安局和临钢搞共建，才更要依法办事。临钢和钢花贸易公司的纠纷属于合同纠纷，公安机关不适合介入，建议我们上法院起诉。"

理由冠冕堂皇，也站得住脚，但让易国兴很被动，他生气地盯着田鸣健，说："是谁引荐的钢花贸易公司？"

"生活服务公司的谢处长。"田鸣健故作诚恳，趁机主动检讨争取主动，"我也有责任，轻信了老谢的话，以为清除垃圾场不花公司一分钱，是好事，所以就签了合同。"田鸣健又为自己开脱道，"签合同之前，我曾给市供电公司打电话，问他们在西塞山乡建火力发电厂是否属实，需要大量垃圾渣土是否属实，得到肯定答复后，我才签字的。万万没想到还是让人钻了空子。"

易国兴哼了声："钢花贸易公司除了那个叫赖子的，还有哪些人？"

"就平炉分厂下岗的几个工人。"田鸣健瞥了祝大昌一眼，"其中有祝总的弟弟祝国祥。"

易国兴看了祝大昌一眼。傅佳钢见状忙打圆场："易总，这件事祝总并不知情，而且事情发生后，是他第一个赶到现场制止的。"

见傅佳钢帮祝大昌说话,又见易国兴盯着他,田鸣健马上点头:"是呀是呀,我赶到现场时,祝总正在阻止他们。"

易国兴看出来了,他们都不想得罪人,于是训斥田鸣健道:"这种事以后不准再发生!要从中汲取教训,以此为戒。"

田鸣健连连点头:"易总放心,我一定吸取教训,今后再不会犯这种低级错误了。"

祝大昌和傅佳钢听出易国兴的话味了,明里是训斥田鸣健,其实也敲打了他们俩。

易国兴接着说:"现在公司改革走上了正轨,接下来,我主要的精力就是抓住宅小区的建设。鸣健和佳钢,你们俩配合大昌,要更多地把公司的责任担起来。"大家都没想到易国兴会这么说,田鸣健的脸上写满失落,嘴上还是很配合,说:"一切听从易总安排。"

傅佳钢心里也闪了一下,甚至有点儿后悔刚刚帮祝大昌说话。他不知道自己哪里让易国兴失望了,而祝大昌又是如何做到让他这么放心、这么满意的,心里不禁涌起一阵嫉妒与失望,还有隐隐的不安。

看着祝大昌回了办公室,他赶紧端着保温杯跟过去。他很少来祝大昌的办公室,实在有必要了也是说完就走,但这会儿他想和祝大昌好好聊一聊。

祝大昌本想去钢花贸易公司看看赖子,主要是要告诫他们,今后不要再打钢厂的主意了,老实做点儿正经生意。见傅佳钢进来,只得招呼他坐下。

"祝贺你。"傅佳钢开门见山。

"这有什么好祝贺的,多担一份责任罢了,刚才谢谢你帮我说话。"

傅佳钢低声道:"姓田的想把火烧向你。"

"身正不怕影子斜。"

傅佳钢话锋一转:"有件事,不知你听说了没有?"

祝大昌静等他的下文。

傅佳钢接着说:"赖子和国祥指使人冒充易国兴的小舅子,从田鸣健手中诓走了五百吨平价钢材的批条。"

祝大昌一下瞪大了眼睛:"有这种事?"

"我会骗你吗?田鸣健让我批的。"

祝大昌这才灵醒过来,祝国祥他们开公司的二十二万是这样来的。

"你得好好管教你弟,赖子和刘胜利他们头脑简单,国祥鬼点子多。这两件事,背后摇鹅毛扇子的肯定是他。"傅佳钢稍顿了顿,又加重语气道,"易总今天的话你没听出来吗?如果再闹出事,他决不会迁就姑息。这次不追究,不是给田鸣健面子,而是给你祝大昌面子。"

傅佳钢有意在祝大昌面前讲这件事,其实有他的目的,万一易国兴知道这事,田鸣健必会推卸责任说条子是他批的,万一板子只打在他一个人身上,到时候,了解情况的祝大昌一定会帮他在易国兴面前说话,就像他今天帮祝大昌说话一样。再者,今天他算看清楚了,易国兴最赏识的人并不是整天围着他团团转的田鸣健,也不是凡事看他脸色的傅佳钢,而是祝大昌。别看祝大昌在一些重大问题上,爱与易国兴搓反索子、对着干,但易国兴不但不跟他计较,反而还宣布让傅佳钢和田鸣健配合他工作。这也说明,易国兴是个干大事的人,有胸怀,也有城府,田鸣健和他傅佳钢表面上在易国兴面前得到的那点儿宠信,都比不过他给祝大昌的真正的信任。

傅佳钢心里也很清楚,田鸣健虽然失宠,但易国兴不会抛弃他,因为他需要一个听话的、忠诚于他的,并且能够不折不扣贯彻他指示的人,田鸣健无疑是最合适的人选。

当然,傅佳钢对自己的处境更清楚,为了爬到公司副总的位子,他得罪的人太多了;而且,坐在今天的位置上,他得了太多不该得的东西,万一哪天东窗事发被抓进牢里,恐怕连看他的人都没一个。所以,他要笼络祝大昌、向他充分示好、示弱,因为祝大昌眼见着羽翼越来越丰满,话语权越来越大,更何况他背后还有公司二把手冯为泰做后盾。

祝大昌虽然一直很反感傅佳钢投机钻营,但因为薛三妹的关系,他还是把傅佳钢视为朋友。他相信傅佳钢的话,骗批条、运渣土这种鬼点子,一定是祝国祥出的。

下班后,祝大昌直接到四门新建区他爸妈家。饭菜还未端上桌,祝永明见他,挺意外:"你今天怎么有空回来了?"

祝大昌叫了声爸就说:"我来找国祥,他在家吗?"

祝永明一听就没好气,说中午喝酒回来的,现在睡在床上还没醒。

祝大昌就进了祝国祥的房间,把他叫醒。

祝国祥揉着惺忪的眼,翻身坐起来,不耐烦地说:"什么事呀?"

祝大昌怕父母听见,小声质问:"运渣土、偷废钢,是不是你的主意?"

祝国祥一听就火了,说:"什么叫偷废钢?厂子要清除垃圾,正好我们接到火电厂的填土合同。"

"这话你骗别人可以,我还不晓得你?是不是早就盯上渣土里头的废钢了,然后设套让田鸣健钻?"

见祝国祥不作声,祝大昌又追问:"你们从渣土中弄了多少废钢?"

祝国祥恼火道:"你还是不是我的亲哥?哪有亲哥挡亲弟弟财路的!"

祝大昌恨铁不成钢,怒道:"我挡你财路?你要是正经的财路我会挡?我再不挡一把,你们就犯罪坐牢了。我问你,你们赚了多少?"

"赚了这么多又咋样?"祝国祥气咻咻地,"为救赖子出来,全部赔进去了。"

"这钱本来就不该是你们的。"稍顿了一下,又追问祝国祥,"冒充易国兴的小舅子诈骗五百吨平价钢材批条,是不是你的主意?"

祝国祥一听,低头不作声了。

"你呀你呀,胆子也忒大了,这种事也敢干!能不能让咱爸妈省点儿心,干点正经事。"

"什么叫正经事?"祝国祥最烦他这一副动不动教训人的口气,"下岗工人没活路,厂子安置了吗?政府管了吗?弄点平价钢材,靠着厂子吃点儿垃圾饭,何罪之有?你别整天站着说话不腰疼!"

"平价钢材是正当来的吗?你们清除的那是垃圾吗?你们是在侵占国家财产!"

"喊,别动不动国家国家的,我这下岗工人没饭吃的时候,国家在哪儿呢?你,副总当着,小轿车、大哥大配着,几威风啊!哪里懂得我们下岗的苦?"

两个人越来越说不一块儿去,哥哥恨不能给弟弟两耳光,弟弟恨不得撕下哥哥正人君子的面具,但两个人又都怕动静闹大了惊着老人,于是都压低嗓子发火,像两头要决斗的野兽般低吼着蓄势待发。

"你别老板着一张易国兴的脸!我说了,我的事你少管!我们各有各的活法,以后你走你的阳关道,我过我的独木桥!咱们井水不犯河水。"祝国祥说着,怒气冲冲穿好衣服和鞋子,夹着小包摔门而去。

祝大昌不知道,祝国祥心里正百爪挠心。清除垃圾场的合同中止了,他们的麻烦也来了,因为与供电公司签订的填土协议没有作废,而且,事先全部工程款已经打到钢花贸易公司账上了。如果不能继续提供渣土,延误了火力发电厂的工期,他们还要吃不了兜着走。

他们当然不想违约,但眼下既没钱,又没渣土的来源,几个人只能窝在公司办公室干着急。赖子烟一根接一根地抽,祝国祥和刘胜利愁眉苦脸地唉声叹气。毛仁银喝了一口水,站起来说:"我去找大昌说说。"

祝国祥刚想阻拦,叶老实也站起来了,说:"仁银,我陪你一块儿去。"说着两人就走。

祝大昌其实正帮他们想着这事儿,一是厂东头的垃圾场清除工作不能停,二是生产也正缺废钢铁。于公于私,这件事都应该继续进行下去。但因为祝国祥是他弟弟,他不好去找易国兴说。见毛仁银和叶老实来找他,他就决心去找傅佳钢,两个人一起去跟易国兴说一下情况。祝大昌知道,在一些问题的处理上,傅佳钢比他更会察言观色、相时而动。

傅佳钢正需要跟祝大昌巩固关系的机会,二话不说就立即跟他一起来到易国兴办公室。易国兴正准备去八卦咀钢厂工人住宅区,听他们说垃圾山需要继续清除,正好可以趁供电公司需要填土的机会,将渣土清除出厂,既可以解决这个环境卫生老大难的问题,又可以帮几个下岗工人解决合同难题。

见易国兴不作声,傅佳钢说:"易总,这是好事。我们生产正缺原料,清理垃圾场,顺便清理废钢做原料,还可以腾出一块地方供将来盖新厂房,这是一举三得的好事。"

易国兴不看他,而是对着祝大昌说:"你们保证,一斤废钢都不能流出厂!"

祝大昌郑重道:"请易总放心,我亲自督阵,集中公司的运输车辆,十天之内将垃圾渣土全部清除出厂,保证不混出大块儿废钢!"祝大昌是实诚人,心想一斤废铁都不流出去,除非是将渣土过筛子筛一遍。他也明白,易国兴说的这个"一斤"只是表明立场和原则,他完全可以顺嘴说,保证一斤也不流出,可如果这样保证,那他就不是祝大昌了。因此他有意强调不混出大块儿的废钢。

易国兴盯了他一眼,不再说什么。

毛仁银和叶老实别提多高兴了,一溜烟儿就骑回了公司。听说傅佳钢也帮了忙,刘胜利笑说:"这回傅佳钢总算做了一件人事。"

赖子却骂道:"狗日的花花肠子多,就是帮再大的忙,老子也不领情。"虽然这么骂着,心里也着实松了一口气,因为他已经尝过拘留所的滋味,如果再因为违约蹲进号子、失去人身自由,穿着囚衣和那些犯人一起拉石头干活儿,他还不如跳江。

第二十四章

就在易国兴集中精力抓工人住宅区改造的时候,一行人带着秘密任务从北京来到临江钢铁公司。

领队的是位年过七旬的老专家,和王世儒是同学,从二十世纪七十年代中期就与临钢合作。听祝大昌介绍说,临钢已经停炼特钢、转产普钢,钢研所和中心实验室已经撤销,他不禁深感震惊和婉惜。得知老同学王世儒辞职、退休、带着儿子、儿媳一家远去日本,老专家更是痛心疾首:"昔日炼钢翘楚,竟然跟风改炼普钢,简直是鼠目寸光,利令智昏!利令智昏啊!"然后连饭都没吃,就匆匆回北京了。

几天后,晁副市长带着调查小组来到临钢,易国兴刚从陈家湾钢厂住宅区建筑工地回来,在公司小会议室接待晁副市长,没谈几句就谈崩了。

原来,老专家回到北京就向相关领导汇报了临江钢铁公司的现状,领导便向省里询问情况,此时罗副省长已调到邻省任职,新任的主管工业的副省长便给市里打电话,责成市领导马上汇报情况。晁副市长本来就对易国兴在临钢独断专行深怀不满,此番奉命前来,一见面,就问易国兴为什么要撤销钢研所和中心实验室,大有兴师问罪之意。

易国兴沉下脸,冷冷地说:"为什么撤销,领导应该清楚!为了临江钢铁公司这百年老厂不倒闭!为了临江钢厂一万多名工人的吃饭和生存!"

晁副市长厉声道:"这么大的动作,你向市政府请示报告了吗?"

易国兴冷笑着反问:"我若请示,你们市政府能解决吗?临钢负债五六个亿,市政府帮忙还了一分钱吗?"

"那也不能随心所欲！擅自撤销钢研所和中心实验室,谁给你这么大的权力？"

"谁给我的权力？国家给我的权力,省政府给我的权力！我是公司总经理,临钢是总经理负责制。我从南钢调来时,临钢是什么状况？问题成山、积重难返,招待所住着讨债的人,职工工资没有着落,别说实验室,所有人吃饭都成问题！临钢那时候随时可能倒闭！"

晁副市长挥挥手:"我是从临钢出去的,我了解临钢的情况！虽然陷入了困境,有的单位停产了,但还能接到一些订单,主要生产单位的马达没有停,临钢远远没有到你说的这种破产倒闭的地步。"

不等易国兴开口反驳,晁副市长紧接着道:"市领导一直关心临江钢铁公司的发展。我记得两年前,我受市长委托来临钢检查工作,看有什么困难需要市政府解决,厂警不让我进来,说你易国兴说的,市领导不来,就是对你工作的最大支持。两年多了,市里的会议你参加过几次？你把市领导放在眼里了吗？"晁副市长的表情变得严厉起来,"针插不进,水泼不进,临江钢铁公司不是你易国兴的独立王国！"

易国兴也没耐心了,打断道:"说的比唱的还好听！你说临钢问题不大,当初为什么调我来解决问题？你说政府要替企业排忧解难,帮助企业渡过难关、走出困境,全市那么多下岗工人,你们解决了多少？临江钢铁公司六万多名工人下岗分流,你们又安置了多少？国有企业改革下岗,是我易国兴提出的吗？这是国策,可是,你们市政府解决了什么？税务、银行天天上门催欠款,供电、供水等部门卡我们的脖子,你们市政府出面协调了吗？你们就一张嘴,下几份红头文件,加上无休无止的文山会海！"稍顿了顿,又继续愤然道:"临钢陷入破产边缘,我作为公司总经理,如果不及时调整产业结构,拆除平炉建炼铁高炉,能起死回生吗？能这么快恢复朝气和活力,能取得如此显著的经济效益,还清这多年税务、银行、供电、供水的欠款吗？国企改革干坏了对不起国家和人民,干好了你们不答应,只有你们这些光动嘴的人永远正确！"

晁副市长早就对易国兴的工作作风不满意了,之前他有罗副省长撑腰,市里也奈何不了他,现在他的靠山调走了,新领导显然和罗副省长的思路不一样,过去是他手握尚方宝剑,现在,这尚方宝剑到了市里,自然没必要再忍气吞声,于是他严厉道:"易国兴,你要注意你刚才的言论,简直是目无政府！你以为没了你，地球就不转，临钢就没人干得好了？你必须做出深刻检查！"

"我检查什么？承担什么责任？"

"承担什么责任？独断专行、无法无天，私自撤销钢研所和中心实验室，造成人才严重流失。你这是鼠目寸光、败家子行为，现在省里责成市领导严肃追究此事，你必须深刻认识你的错误！"

"那就叫省领导来追究好了！我易国兴一没贪赃，二没枉法，对得起党和国家、问心无愧，不怕任何调查和追究。"

"你的错误决策，比贪赃枉法造成的损失还大；你要是贪赃枉法，早抓进监狱了！"

"我没什么错误好认识的！"易国兴说着拿起桌上红色安全帽，朝晁副市长冷笑一声，"对不起，恕我不陪，我要去建筑工地了。"

"简直目中无人，狂妄至极！"

钱老八知道了临江钢铁公司重建三个城区工人住宅区的事，原想收买主管改造工程的头头，捞上一笔，可听说是易国兴亲自挂帅，知道此路不通了，便指使手下的马仔阻止工地车辆进出，强行推销他们的水泥和沙子。

易国兴听了，亲自坐镇指挥，命黄秉成派十多个保卫人员带枪上岗，日夜护驾，又让工人挂出警示横幅："擅闯工地，破坏阻挠施工者，当场击毙！"

钱老八知道自己这次是遇上了狠角色，不敢轻举妄动，开始为新业务拓展发愁。有马仔来报，说有个叫周喜的，想跟着八爷混江湖。钱老八听说过他，知道他是个敢打敢杀的狠角色，就在台球厅见他。指示马仔问周喜："你想跟着八爷混，带了啥见面礼？"

自从和马歪嘴闹翻后，周喜跟他哥周旺见风声太紧，就不敢再偷镍板了。他们这一收手，黄秉成就再找不到线索，镍板案就悬在那里了。而没有新的失窃案发生，易国兴也就不追着黄秉成破案了。但这周喜兄弟坐吃山空，手头渐渐发紧，就总想着再干点儿什么。他俩早知道马歪嘴控制的外贸码头是块肥肉，不仅黄沙、钢厂的钢材、华新水泥厂的水泥、大冶一些私营老板的铜铁矿石，都先得在外贸码头存放，然后才装上货船运往下江一带。马歪嘴长年盘踞，抽成收保护费，赚得盆满钵满。周喜无奈，想厚着脸皮，再去投奔马歪嘴，不想被马歪嘴一顿奚落。周喜受辱，对他哥说，迟早一枪崩了他。他哥不知周喜有枪，只当是一句狠话。兄弟两人毕竟势单力薄，一合计，就打算来投钱老八，借他的力，把马歪嘴的地盘抢过来。

见马仔问有什么见面礼，周喜说："外贸码头的生意，就问八爷香不香。"

钱老八这时开了腔："香有屁用，那是马歪嘴的地盘。"

周喜激将道："八爷怕马歪嘴？"

马仔骂道："你开什么国际玩笑，八爷怕的人还没出生！"

周喜说："八爷要是相信我，我去找马歪嘴谈判。八爷出个价，从他手中买下外贸码头；要是他不答应，八爷再用地盘跟他换；若还不同意，就废了他。八爷要搞掉个人，分分钟的事儿，事后无非再花钱铲平。"

钱老八一听大笑起来："早听说平炉分厂的周喜是个狠角色，果然对八爷的味。"

马仔在一旁担心道："马歪嘴手下百十号兄弟，特别是大军、二军两个，从河南武校出来的，硬拼硬，我们讨不到便宜。"

周喜说："只要八爷出面，我保证制服他们。只是有一点，我帮八爷打下了外贸码头，八爷要答应把外贸码头交给我来打点。"

马仔说："这个好说，八爷一口唾沫一颗钉。"

见只是马仔说话，钱老八不吭声，周喜凑近了附耳对钱老八说："不瞒八爷，我有这个。"右手比画出枪的手势。

钱老八斜乜着眼，看着他，很是意外。本来，江湖规矩是各自在自己的地盘上相安无事，而且跟马歪嘴斗，他心里没底。但易国兴来了之后，用雷霆手段改革，跟厂子有关的可钻的漏洞几乎没有了，他的财路大大受阻。情急之下，试试周喜的路子也未尝不可，至少可以先探探虚实。

于是，钱老八在江边河鲜馆摆了桌酒。这餐馆是钱老八的一个小弟经营的，比较偏僻，一旦谈崩好动手。前一夜，周喜已经趁着夜色挖出了枪，铁箱已然生锈，但油纸包着的枪依然乌黑锃亮。周喜将每个零件都拿软棉布擦拭干净，熟练地装好，就等着派大用场了。

马歪嘴显然也是有备而来，他戴副宽边墨镜，手中拿着一把坠珠的折扇，身后跟着大军、二军兄弟。两人手中都拿着长布袋，一看就是刀。二人也不入座，一左一右站在马歪嘴身边。

钱老八和马歪嘴学着电影里黑帮老大的样子，酸文假醋地寒暄了起来：

"好长时间没见马兄了,心里怪惦念的,特备薄酒,请马兄来叙叙。"

"八哥客气,咱们什么交情,接到八哥的电话,我立马就来了。"

"听说马兄手下有几十号兄弟,一呼百应啊!"

"惭愧,惭愧,被窝里放屁,就那点儿响动。"

"马兄生意越做越大,除了外贸码头,还开了两家洗浴中心,日进斗金,财源滚滚啊。"

"我哪能跟八哥比,红黑两道通吃,翘个指头都比我的大腿粗,跺下脚临江都要摇三摇。还是八哥威武。"

两人相互涂脂抹粉了一番后,钱老八举起酒杯:"马兄,我们喝酒,这儿的红烧甲鱼、鳜鱼,味道都不错。"边说边给马歪嘴夹了一块,"尝尝尝尝,我钱某人一贯是这样,对胃口的东西就下筷子。就像我钓鱼,从来只钓大的,不钓小的,只钓青鱼、鳜鱼。"

"知道,知道。"马歪嘴也是来而有往,不甘示弱,"兄弟这么多年,还不知道八哥你的胃口?有话不妨明说,我马歪嘴的为人想必您也知道,喜欢直来直去。"

钱老八正等着马歪嘴这句话,便言归正传:"马兄,我给你十个,外贸码头让给我。"

"八哥说笑了,几十号要饭吃的兄弟,全靠外贸码头一点儿生意,让给你,兄弟们喝西北风啊。"马歪嘴一口回绝,根本不给他任何机会。

"你带着这些弟兄,可以打新码头嘛!"

"八哥说得容易,你么样不自己去打新码头呢?"

"我拿胜阳港和大众剧场一带的地盘跟你换。"

"八哥,那是你的老地盘,上上下下、方方面面你都能打通。兄弟对那儿不熟悉,玩不转。"

"这么说,马兄是不买钱某人的账了?"

马歪嘴哈哈一笑:"不买账又么样?"站起来就要走。

钱老八点燃一根烟,说:"马兄别急着走啊!今天不谈出个结果,怕是走不成。"

大军、二军闻言,"唰"地从布袋里掏出刀,挡在马歪嘴前面。

钱老八就喊了一句:"周喜。"

屏风后,周喜双手握着一把乌黑锃亮的手枪闪出来,枪口直指马歪嘴。

马歪嘴一愣,骂道:"原来是你这个王八蛋在拱火。"

周喜手中的枪又分别指了指大军、二军:"把刀丢了。"

大军、二军一时不知如何是好,看马歪嘴。

马歪嘴说:"我信你个鬼!你从哪里搞的一把玩具枪?"

周喜冷笑道:"玩具枪,要不试试?"说着枪口一偏,一枪打中大军手中的刀。随着一声闷响,大军手中的刀被打飞,虎口震裂,血崩了一脸,他吓得蹲在地上握着伤手鬼哭狼嚎。

马歪嘴也吓得面如土色。周喜向前一步,枪口顶着马歪嘴的额头。

钱老八也吓了一跳,这会儿回过神来,走到马歪嘴跟前,拍着他的脸说:"好好说你不听,非要动手。现在怎么说,让不让?"

马歪嘴连连点头:"让,让!就按八爷的,十个数就十个数。"

钱老八揪着马歪嘴的腮帮子骂道:"十个数十个数,你说十个数?"

马歪嘴连忙改口:"奉送,奉送。我回去就撤,外贸码头是八哥的了。"

马歪嘴退出外贸码头不多久,周喜有枪的消息就在临江黑道上传开了。

第二十五章

　　工人住宅区改造相继完工后,易国兴在钢城人心中的形象得到了极大改观。一些过去反对他的人,也渐渐开始接受他,连冯为泰都在会上公开说,过去他不理解易总的铁腕改革,现在慢慢能理解了。改善了居住环境的工人还给易国兴送了一面锦旗,上绣四个大字:再造临钢。
　　民用建筑钢材市场依然紧俏,各分厂都在满负荷生产,一切都按既定的轨道有效运行,易国兴不再像过去那样忙得脚不沾地了。他开始感到有些空。他是做惯了事的人,突然闲下来,有些不习惯,于是他盯着"再造临钢"这四个字长时间地发呆。不久,一个新的想法涌上心头。他要改变临钢人的精神面貌。他想到自己当兵时的经历。如果能将部队的规矩植入临钢,让临钢具备军队般雷厉风行、令行禁止的作风,那临钢的面貌还将上一个台阶。想到就开始做,易国兴以《中国人民解放军内务条令》为蓝本,设计了临江钢铁公司的内务条令。条令规定:工人上下班,两个人可以并排走;三人或三人以上,就要走成纵队。再不能像现在这样,勾肩搭背嘻嘻哈哈。
　　类似的规定还有:上班时间每天提前半小时,用来干什么?十分钟体操,十分钟跑步,十分钟的班前会。在厂区的各条大道上,用白色油漆画好工人上下班的行进路线,并设有专职人员上岗执勤。执勤人员干什么?督察工人行进中是不是严格执行两人并排走,三人列纵队走。自行车也按专线行驶,违者一律扣工资,不服从者下岗。干部们也多了一项规定。每周一、周六,集中到江边游泳池,参加跳水和游泳,冬天则要冬泳。易国兴的目的,是想按照部队的管理模式,增强工人干部的体质,培养和激发他们为钢厂献身的精神。可面对每天的军事化生活,懒散惯了的工人们忍受不了,叫苦不迭。最不得人心的一条是:无论工人家住多远,家住哪个方向,统一从西总门进出。原来大家都是家离哪个门近就从哪个门上下班,现在这么一来,平白多绕冤枉路。私下里,有工人骂:易国兴啊易国兴,你独断专行,刚愎自用,随心所欲,想一出是一出,何日是个头儿。临钢是个人人背着绰号生活的地方,易国兴也背了一个绰号:易疯子。

易疯子还真不好惹,连拿着尚方宝剑的晁副市长都在他这里碰了一鼻子灰。回去之后,晁副市长越想越生气,就将易国兴在临钢的所作所为,添油加醋向新任分管工业的赵副省长汇报了。

不想赵副省长却说:"且让他再疯一段时间吧。毕竟,他现在把临钢搞活了,就凭这一条,也是有大功的。"

晁副市长这下急了:"可是他撤销钢研所,造成临钢人才流失,给事业埋下巨大隐患,也是不争的事实啊。"

赵副省长知道晁副市长急于教训易国兴,便耐心问道:"盘活快要倒闭的临钢和撤销钢研所,是功大,还是过大?"

"省长,他易国兴把临钢变成了自己的独立王国,让我们市政府长时间以来针插不进、水泼不进,党和政府的领导难以落实,长此以往,必定会出大乱子的。"

"仁和啊,少安毋躁。不要和易国兴置气嘛,有工夫多读读书。"

见赵副省长都开始称呼他的名字了,显然有意将他当成自己人,他于是为自己刚才的失态不好意思起来。只是,他不明白,赵副省长为何让他多读书,他平时也没有读书的习惯,于是谦恭地说:"请省长给开个书单吧。"

赵副省长哈哈大笑,说:"多读历史。许多事,史书上都有解决方案。比如读读《左传》,读读《资治通鉴》。"

晁副市长立即点头说:"回去就买来读。下次到省里来,向省长汇报读书心得。"果然,只翻开《左传》读了第一篇《郑伯克段于鄢》,他就理解了赵副省长的劝告,再不找易国兴置气了,而是学会了时时关注易国兴的动向,以静制动。

大头回来了。

祝大昌开车送客户到火车站,转回来准备到工人村去看他。祝大昌对大头的印象一直很好,明辨是非、识大体,身上有一股韧劲儿。在炼钢技术方面更是一把好手,曾经获得全国特钢系统"炼钢能手"的称号。下岗后他们夫妻去湛江打工,两三年没见了,趁着这次他回来接孩子,祝大昌想见见他,聊聊他这两年在外打工的情况。

谁知还没等到工人村,薛浩的电话就来了,怒气冲冲说他在金花大酒店,有要紧的情况请祝大昌赶快去一趟。

祝大昌就赶紧赶到金花大酒店,刚下车,薛浩就迎上来,脸都气白了,骂道:"傅佳钢不要脸!背着我姐玩女人,被我抓住了!"

祝大昌没想到是这样的事儿,说:"你看清楚了吗?别是什么误会!"

薛浩赌咒发誓,说自己陪亲戚来办入住,看得一清二楚,傅佳钢挽着一个女的进了1808号房间。

"那你叫我是来捉奸吗?"

"我捉,你只当证人。"

清官难断家务事,何况因为他和薛三妹之前的关系,这种事他来掺和不合适,就犹豫道:"我在这里怕是不太好。"

薛浩却不管,拉着祝大昌就往酒店里走,边走边说:"家丑不可外扬,别人我信不过,就信你!"两个人说着就乘电梯上了十八层,来到1808房间门口。

祝大昌还是转身想走。

薛浩死死拉着他说:"看在我姐的分上,求你了。"

祝大昌还在左右为难,薛浩已经拍响了门铃。

"谁?"的确是傅佳钢的声音。

薛浩一言不发。怕他从门镜里看到他们不肯开门,他拉着祝大昌躲到一边。

傅佳钢毕竟做贼心虚,小心地把门拉开一道缝儿,往外张望,不料薛浩一脚踹开,冲了进去。

傅佳钢回过神来,看清是薛浩,接着又看见了愣在门外的祝大昌,顿时怒道:"祝大昌,你跟踪我?"

祝大昌一时不知如何解释,情急道:"我是被浩子叫来做证明的。"

傅佳钢见事已败露,倒也无所谓了,他早做好了和薛三妹离婚的准备。只是祝大昌出现在门口,让他异常恼火,冷笑道:"你来证明什么?"

"证明你偷情!"薛浩说着,不由分说扇了傅佳钢一耳光。

曾小丽此时已经穿好了衣服,抓起背包就想往外冲。薛浩一把抓住她的小包,将背带拉断了。曾小丽抱着小包直奔电梯口。薛浩想追,傅佳钢死死拦在门口,看着曾小丽进了电梯才让开。

薛浩的拳头又挥舞起来,要和傅佳钢拼命,被祝大昌挡住了:"薛浩你出去。"

薛浩哪里肯。祝大昌劝道:"动手解决不了根本问题,我来和佳钢谈谈。"

薛浩就指着傅佳钢骂:"姓傅的,这事没完!老子饶不了你。"说着走进卫生间,拿了点儿什么就出去了。

如果世界上真有尴尬吉尼斯世界纪录评选,那祝大昌和傅佳钢此时面对面的情形,绝对能入选。两个人都恍惚,事情怎么变成现在这样的,接下来又该如何收场。

经过一阵沉默,祝大昌还是忍不住先开口了:"佳钢,你看这事,我怎么说呢,你的胆子是不是也太大了,光天化日之下,有老婆有孩子,不应该吧?"

傅佳钢哼了声,说:"说是老婆,她心里没我。"听他这么说,祝大昌很难接话。

傅佳钢冷笑道:"没得话说了吧?我傅佳钢也是男人,凭什么要嚼人家的剩菜叶?我找个女人玩玩,碍你么事?"

"是不碍我事,你以为我想管你这破事儿吗?这不是被薛浩硬拉进来了吗?既然卷进来了,作为朋友,我劝你还是三思而后行。别的不说,如果真和薛三妹过不下去了,你们可以离婚。你这样搞,不道德。"

"道德?"傅佳钢冷笑一声,"你跟我谈道德?祝大昌,你知道你哪点最讨厌吗?你总是摆出一副永远正确的样子,你总是把自己搞得像个正人君子,然后站在道德的制高点上指责别人。你尝过老婆不爱你的痛苦吗?你尝过同床异梦的滋味吗?我一个正常的男人,需要的是一个活生生的女人,而不是天天搂着一块冰冷的石头!"

听到这里,祝大昌有点儿心疼他了,更心疼薛三妹。他知道三妹是因为心里装了他,就再也容不下傅佳钢了。他也实在不知如何劝傅佳钢。

231

傅佳钢一副破罐子破摔的样子说:"反正事情也瞒不住了,你要去公司告我就去告吧,我也不在乎了。"

"这是你的家事,我怎么会去公司告你。你好自为之吧。"

祝大昌走出酒店大门,薛浩正站在摩托车旁等他,余怒未消:"怪不得姓傅的经常打我姐,原来他是在外面偷腥。老子这回饶不了他。"

祝大昌息事宁人道:"算了,刚才我已经狠狠训斥了他,你姐夫表示愿意悔改。"

薛浩瞪起眼:"我没这个不要脸的姐夫。"

"别把事情闹大了。"祝大昌继续劝说薛浩,"真要离婚,受伤害最大的是你姐,一个人又工作又带孩子,以后怎么生活?只要傅佳钢跟那个女人断绝关系,以后踏实跟你姐过日子,这事就不要提了。"

"你的意思是让我咽了这口气,别告诉我姐?这怎么行?"

祝大昌叹了一口气:"女人在这方面是最敏感的,也许你姐早就知道了,只是不愿捅破这层窗户纸。你这样一闹,弄得你姐没有退路了。"

薛浩狠声道:"那就这样忍气吞声,由着那小子搞破鞋?"

祝大昌再次语塞。

薛浩骑上摩托车,说:"不行,我得去找我姐。"说完就疾驰而去。

刚进他姐家门,薛三妹就迎上来问道:"你怎么知道我要找你?"

薛浩说:"真有这么巧呀!"

"今天上午,我老是心神不定,就觉得心里有个什么事儿不高兴,仔细想什么也想不起来,就这么恍恍惚惚过了两三个小时。"薛三妹怕是她妈病了,就想着问问弟弟。

薛浩压抑住内心的愤懑,装着一副没事的样子,说:"妈好着呢。我过两天要出外催款,所以今天来看看。"

薛三妹就打开壁柜,拿出两只系有绸带的精致礼盒,一只盒内装着高丽参,另一只装的是菲律宾燕窝。她让弟弟带回去,给妈滋补身体。都是客户给傅佳钢送的礼品。

薛浩恨死傅佳钢了,觉得跟他沾边儿的所有东西都肮脏,执意不要,话里有话道:"如今假货多,伪君子也多,姐你不要看有些东西外表冠冕堂皇、人模狗样,其实都是假冒伪劣、男盗女娼。"

薛三妹拍他:"你不会说话就别说,这些东西跟男盗女娼有啥关系。"

薛浩几乎要冲口而出了,但看到姐姐一副安稳知足的样子,想到祝大昌的告诫,就硬是把涌到嘴边的话又咽进肚里,只说:"姐,以后别高枕无忧,留个心眼儿,小心落枕。"说完欲走,一把被薛三妹拉住问:"浩子,这是什么意思?今天你怎么怪怪的,老是话里有话。你跟姐说清楚。"

"没什么。"薛浩朝外走去,然后头也不回说,"反正以后,别想我叫他姐夫哥。"

弟弟的话如钢锤敲击薛三妹的心。半年前,薛三妹给傅佳钢洗衬衣,就闻到过淡淡的香水味,领子上还有两根长长的头发。她意识到,傅佳钢在外面有人了。她不像别的女人,抓到把柄就与男人大吵大闹,让邻里街坊尽人皆知。相反,她像得到了解脱,同时告诫自己,为了儿子,能维持就维持,除非是到了非离婚不可的那步。今天弟弟虽然没有直说,却也很明了。她的直觉是对的。但她很平静,仿佛像早就等着这一天到来一样。

从她答应嫁给傅佳钢的那天起,心就枯了,每次傅佳钢打她、骂她,要让她当"活寡妇"时,她便一点点关上了感情的闸门,如今已彻底封死了。尽管如此,她还是照顾着极要面子的傅佳钢,出外应酬依顺他,酒桌上劝他少喝点儿,在外人看来,他俩是一对恩爱夫妇。新婚之夜后开始的"冷战",其间,薛三妹靠刻苦自学,考上了省师范学院。毕业后,当了钢厂马家嘴子弟小学的老师。有了孩子后,夫妻关系才有了一些好转。傅佳钢把爱倾注在儿子身上,薛三妹则把情给了学生,俩人就这样同床异梦,相安无事。

她想着,等傅佳钢回来,她一定像什么都不知道一样。可一晚上过去了,傅佳钢没有回家。

其实傅佳钢是心虚,不敢回家。他并不是害怕薛三妹,而是怕他爸傅长厚。老头子脾气火暴,本来为厂子的事,这两年多来父子关系就充满了火药味。如果薛三妹再为这个事儿哭闹起来,引爆了他爸那个炸药桶,那这个家他是再回不去了。当然,他也不想因这事伤害到儿子。想来想去觉得还是回避一下好,看看薛三妹的反应再说,于是傅佳钢开车来到南湖畔的亚光小区。

以前这里是一块荒地,改革开放以后,被开发商相中,盖起十多幢带电梯的楼房。由于靠湖边,空气新鲜,站在窗台可以一览湖光山色,小区就被大冶那些挖煤开矿的老板和包工头看中了,住户中多是这些暴发户。

傅佳钢在亚光小区也有一套房子,三室两厅,是一个搞房地产的老板送给他的。后来,他靠批钢材,又笑纳了他全套家具。红木桌椅,法式真皮沙发,厨房和卫生间也都是进口材料装修。客厅墙上还挂着几幅镶框的俄罗斯油画,傅佳钢喜欢把自己塑造成一个有派头儿的富商形象。

这个地方,薛三妹不知道,曾小丽更不知道。其实,他防曾小丽,比防薛三妹更甚。他给曾小丽批条子,曾小丽给了他五十万元现钞,他毫不推托就收下了,惹得曾小丽不高兴:"跟你睡觉划不来,还帮你赚钱。"傅佳钢敲打道:"没有我批条子,你一分钱都赚不到。"说得曾小丽哑口无言。两个人就这样各得其所,搭伙求财。当然,傅佳钢也没让这五十万元闲着,暗地里委托股市行家给他炒股,半年又赚了二十多万。

傅佳钢天天琢磨着自己办个轧钢厂。他相信他的能力不在易国兴之下。傅佳钢看得明白,在国企,官当得再大,终归是寄人篱下,一天到晚看人脸色,谨言慎行、如履薄冰。志得意满时,也觉得惶惶不可终日,整天害怕这些年来积累的富贵都变成过眼云烟,害怕和那些被"双开"的人一样,守着一辈都花不完的钱当阶下囚。每当疲惫的时候、迷茫的时候、惊慌的时候、收了一笔大钱的时候,他就会独自来到这个属于他的小天地,摆几样卤菜,开一小坛绍兴黄酒,独自小酌几杯。他喜欢绍兴黄酒,不上头,又能过酒瘾。

一瓶黄酒下肚,傅佳钢感觉晕乎乎的,这种感觉真好。他躺在堆满泡沫的浴缸里,闭目仔细梳理今天发生的事。他料定,祝大昌不会跟薛三妹说,也会极力阻止薛浩跟他姐说这件事。儿子还小,还不到离婚的时候。而这个曾小丽,倒是可以趁着这个机会,和她断了往来。她虽能帮忙敛财,终究结交的人太乱,不知哪条线上什么时候犯事,就把他牵扯进去了,自己可不能小阴沟里翻船。今天出的这档子事,就说明自己还是太不谨慎了。

他谨记一个哲学家的教导,碰到这类倒霉的事情,就朝最坏处想,要想最坏的后果是什么。他想,无非是薛三妹提出离婚。再往下想,以薛三妹的性格,为了儿子,她会选择忍气吞声的。想到这里,傅佳钢的心情又舒朗起来,哼起了黄梅戏《女驸马》的选段:"我考状元不为把名显,我考状元不为做高官……"

第二天下班,傅佳钢若无其事回到家里,心里多少还有点儿忐忑不安。

薛三妹果然像什么事也没发生一样,只象征性问了他一句"昨晚怎么没回家",还没等他回答,就跟他说:"大昌他爸突发脑溢血,在爱康医院抢救。你有时间去看看吧,你爸已经去了。"

傅佳钢不想见祝大昌,便说:"昨晚同两个客户喝酒,喝多了一点,在宾馆睡了一晚。现在还头疼,你先去看看吧。"

祝永明躺在急救室,重度昏迷状态,完全失去了意识。医生对祝大昌说:"我们已经尽力了,你要有心理准备,早点儿为老爷子准备后事。"

祝大昌悲痛不已。自平炉拆除以后,他爸像失去精神支柱一般,一直郁郁寡欢、长吁短叹。这两年多来,头发全白了,性情也变了,除了偶尔和傅长厚喝点儿小酒,唠唠厂子的一些往事外,很少出门。

上星期,祝大昌买了两瓶酒回家看他,他还说戒酒了、不喝了。他妈悄悄告诉大昌说:"你爸选好了墓地,死后要和姜厂长他们一样,埋在飞云洞山上,说是好唠个话,九泉之下不寂寞。"

祝大昌听了也没在意,因为他爸的身体一直不错,这两年也没什么病痛。谁想到今天刚出楼门就重重摔了一跤,倒在地上昏迷不醒了。还是邻居发现的,叫了救护车送到医院。祝大昌接到电话赶到医院的时候,医生已经拍了片子确诊:突发性大面积脑梗死。

回光返照的那一刻,祝永明醒了过来,将祝大昌的一只手按在他胸口上。祝大昌噙泪说:"爸,我明白您的意思,做人做事,对得起自己的良心。"

祝永明又吃力地说:"照顾好你妈、国祥、国英。国祥本质不坏,你要带着他,莫让他走邪路。"说完,目光渐渐涣散,慢慢合上了双眼,两颗泪从眼角滚落,一只手也从胸口滑落下去。

祝国祥和祝国英发出撕心裂肺的哭喊声。祝大昌默默流泪,将父亲滑落的手臂抬起来放直,感受着父亲的手慢慢变得冰凉。

薛三妹赶到医院时,急救室内外已是一片恸哭声。傅长厚和几个老工人坐在走廊长条椅上,老泪纵横。

没一会儿,田鸣健来了,说是代表易国兴来的。他握住祝大昌的手问:"什么时候开追悼会,易总要参加。"

祝大昌说:"我爸生前有遗嘱,丧事从简,不开追悼会。把骨灰葬在飞云洞山上姜厂长的墓边。"

田鸣健看了眼走廊里的傅长厚和其他几个老工人,也动了情,感叹道:"看着我们长大的老一辈儿,走得不剩几个了。"

临钢曾在他们这代人的手上辉煌灿烂,如今,一代人慢慢谢幕了。

祝永明骨灰下葬的这天,赖子、刘胜利和毛仁银他们都来了,傅佳钢也来了。赖子不理傅佳钢,毛仁银他们跟他打了声招呼,毕竟为垃圾的事,他是帮了忙的。傅佳钢也想趁这个机会改变一点祝大昌对他的看法,就对祝大昌说,他爸本来要来,但因伤心过度,躺在床上起不来了。他爸嘱咐他,在祝永明的墓地附近选块地方,将来他死后,他们师徒三个就又可以在一起了。

第二十六章

因为易国兴在临钢实行的军事化管理太荒唐,告状的人不少。有告到市里的,也有告到省里的。主要的罪名,是易国兴搞独立王国。告状的人多了,冯为泰就找易国兴商量,劝他收敛一点,不要四处树敌。他不是反对易国兴,而是为他的前途着想:"如果你易国兴倒了,受损伤的是你心心念念的临钢。"又劝他说,"从前有罗副省长为你撑腰,当时的情况也有利,国家要大刀阔斧搞改革,治大病要下猛药。社会呼唤的是你这样的铁腕人物,报纸、电视宣传的也是你这样的改革勇士,但现在,最难啃的骨头啃下来了,国企改革的风格也在转变,时代也在变,你自己要是不转变,迟早会吃大亏的。"冯为泰这番话,易国兴听进去了,两人并肩、三人列队走之类的条令不再执行了,但每天的早会早讲保留了下来。临钢人过去那种自由散漫的作风,也的确得到了一些改观。

易国兴还有一块心病,就是厂大门——西总门的问题。几年前,罗副省长来视察,曾带开玩笑的口吻说,临江钢铁公司是百年老厂,气魄大,就是这厂门小了点儿,给人一种心胸狭窄的感觉,与现代化企业形象不协调。当时是田鸣健替他表的态。他心里想的是,等条件成熟后,拆掉这座老旧的厂门,重建一座能体现国企改革形象的厂大门。现在条件成熟了,该拆除的平炉拆除了,该转产的转产了,经济效益显著,该是解决这个问题的时候了。

这天星期一,在公司领导层例会上,易国兴先谈了公司第三季度的生产情况,然后话锋一转,侃起他和祝大昌那次到西塞山观景,发现老炮台遗址炮位设置不对,明显存在着方向错误的问题:"我们厂子也有一处类似的问题,大家心里应该明白,就是厂大门西总门。为什么要建在铁路旁？进出临钢大门要穿过铁路,这很不安全,而且厂门又矮又小,又老又旧,与现代化企业形象极不协调,应该拆掉重建。"

祝大昌听了,脑子里立即炸起一片轰隆隆的雷声,他们可是从小在西总门边玩耍着长大的,忍不住说:"易总,我反对拆除西总门。西总门是汉冶萍煤铁厂最早的厂大门,是民族钢铁工业第一门。'西总门'三个大字,还是时任董事长盛宣怀的手迹。不仅如此,西总门承载的是几代工人的特殊情感,属于宝贵的工业遗产。拆掉西总门,意味着毁掉历史传承,全公司的工人怕是不会答应!"

易国兴最近是越来越不喜欢这个祝大昌了,自从让他多负公司的责任之后,他就真的以为自己可以越俎代庖了,每次提建议都像做决定,还处处和他的意愿反着来,于是冷笑道:"祝总什么时候代表全公司工人了？"

"我也不同意。"冯为泰也站起来,严肃地说,"一九四九年解放时,工人们举着'解放了,天亮了'的横幅,挥舞着小红旗,就是站立在西总门两旁迎接解放军进厂的。"

好哇！这俩人一唱一和,是想在临钢另立山头啊！易国兴这样一想,就不客气地打断道:"西塞山不比西总门的历史更悠久吗？现在保留下来多少遗迹？报恩观残垣断壁,龙窟寺面目全非,三国点将台荡然无存,唐代刘禹锡遗迹,你到哪里去找？"

祝大昌据理力争:"我们不能拿乱世来做比较。现在是盛世,没有战火,国家有能力保护历史遗迹,我们不能人为破坏！"

冯为泰显得更激动:"三座平炉被你老易拆除了,苏联人建的小洋楼被你拆除了,解放初期的工人俱乐部、图书馆,也都被你老易拆除了。现在唯一能象征百年老厂历史的只有西总门了,你又要拆掉。拆拆拆,老易你是真的疯了吗？西总门好好的在那里,碍你什么事了？"

难得的是,田鸣健也觉得易国兴的决定不妥当,瞥见傅佳钢似乎也在点头赞同冯为泰的意见,便赔着笑脸凑近易国兴说:"易总,老冯和大昌的意见也有道理。西总门不同于平炉,也不同于那几幢小洋楼,还是蛮有意义的,是咱们百年老厂的象征。再说,留着它对厂子发展并无大碍。"

"住口！"易国兴心头的怒火正没地方发泄,正好田鸣健撞上来了,"前两年罗副省长来公司视察,谈到西总门的问题,你是怎么跟罗副省长汇报的？你让罗副省长放心,公司已经做了西总门环境改善的方案;说罗副省长下次再来视察,西总门面貌一定会焕然一新。你得了健忘症吗？这话是不是你田鸣健说的？"

田鸣健脸上红一阵白一阵,低下头一声不吭了。

一阵沉默后,易国兴扫了一下眼前的四个人,用不容置疑的口气说:"现在的临江钢铁公司,代表的是现代化企业,不是旧时代那个落后而破烂的汉冶萍煤铁厂。西总门必须拆掉,重建一座能体现国企改革意义的新厂门！"

祝大昌还想与他争辩,被冯为泰制止了,压低声音说:"散会后再说吧。"

散会后,易国兴把田鸣健和傅佳钢留下来,商量具体拆除西总门的事。没有了那两个人,易国兴又狠狠训了田鸣健一顿,让他跟工程公司联系,星期五上午务必拆掉西总门。拆厂门工程量小,不像拆平炉那么复杂,一个上午就能搞定。易国兴就不信了,他作为一把手,这么件小事儿都推不动。这时候,他考虑的已经不是拆不拆门的问题了,而是自己的权威能不能牢牢树在班子里的问题。

傅佳钢看出了易国兴的心思,建议道:"工程公司的工人都是本厂的,让他们拆西总门,恐怕他们不肯干。"

田鸣健忙附和:"是呀是呀,为避免麻烦,不如请十五冶拆建队来好了。"

见两个人服了软,易国兴说:"行,具体问题你们商量。我这就回办公室给黄秉成打电话,让他到时多派人维护现场。"

祝大昌随冯为泰到办公室,心情仍不能平静下来:"拆掉百年历史的西总门,建象征改革的新厂门,易国兴的目的是要为自己树碑！"

冯为泰点点头,说:"他是被那面'再造临钢'的锦旗冲昏了头。"显然,易国兴这个时候做出拆除西总门的决定,不是心血来潮,而是经过深思熟虑的,而且他认为时机成熟了。

祝大昌说:"我宁可被撤职,也要阻止拆西总门。"

冯为泰郑重道:"我支持你。"

两个人决定兵分两路,祝大昌去找黄秉成,争取黄秉成的支持;冯为泰发动工人明天到现场保护西总门,然后再去找市领导。

祝大昌匆匆来到保卫处,黄秉成正准备召集人商量西总门拆除现场的保卫工作。他已接到易国兴的电话,星期五上午拆除西总门,让他早点儿带人去维持现场秩序。

祝大昌问:"你是什么想法?"

"我看易国兴是瞎搞!西总门在那里好好的,又不碍事,偏偏他易国兴看不顺眼。"黄秉成直言不讳。

"他不是看不顺眼,我看他是要建一座易国兴推行改革成功的丰碑。"

黄秉成怔了下,想想祝大昌说得有理,就更不平了:"这更是瞎鸡巴搞,他来临钢才几年,是把临钢又搞红火了,可下岗六万多人,搞得我现在被人指指戳戳,骂我是易国兴的走狗。"

"易总是很有能力,取得的成绩大家也看在眼里。但不能有点儿成绩就胡来。退一万步说,他是外来的和尚,在临钢干得好了,哪天屁股一拍高升走人,你我还要在临钢做人的。我们不能让他毁了几代人临钢人心里的丰碑呀!"

黄秉成说:"你放心,我会把握好分寸。"

祝大昌高兴了:"好,有黄处长这句话,我就放心了。"说完就准备告辞,见黄秉成欲言又止,又问:"黄处长你有话说?"

黄秉成关上办公室的门,小声说:"枪的事有眉目了。"

祝大昌大喜:"那太好了。"

"道上朋友的消息,钱老八和马歪嘴抢地盘,现场有人开了枪。"

祝大昌很意外:"谁这么大胆子敢开枪?"

"据传是周喜。"

祝大昌说:"果然是他!这下可以把他抓了突击审查。"

黄秉成说:"我们不能凭着传言抓人,再说了,这小子反侦查能力强,偷了枪几年不露,藏得肯定严实。这一审,万一打草惊蛇,枪就真找不到了。我派了人,二十四小时在盯着,要人枪俱获拿现行。"

祝大昌说:"这事你报告易国兴没有?"

黄秉成说:"你觉得,是报好,还是不报好?"

祝大昌说:"这么大的事,当然要报。"

黄秉成看了一眼祝大昌,说:"这可是易国兴的七寸。"

祝大昌一时没听出黄秉成话中有话,见黄秉成看自己的眼神不对,回过味来,说:"我是要和易国兴斗,但要斗得光明磊落。"

黄秉成其实是想试探祝大昌,只要把临钢丢枪,易国兴压着不报的事抖出来,易国兴不死也要蜕层皮。见祝大昌这样说,便说:"我听你的。"

黄秉成说是听祝大昌的,却还是多了个心眼,并没有去报易国兴,只是让人盯死周喜。

辞别黄秉成,祝大昌又到毛仁银家传消息,顺道问赖子公司的情况。毛仁银说,赖子和国祥租了一条航运公司的驳船,给下江客户运送钢材。父亲临终前,最担心的就是国祥会走邪路,听说他在做正经的运输生意,祝大昌心中很是宽慰。临走前,他又叮嘱一遍毛仁银,让赖子多联系一些下岗工人参加阻止活动。不能让在岗工人参加,查到后会被下岗。

第二天,毛仁银一到公司就将祝大昌交代的事对赖子说了,赖子听了破口骂道:"狗日的易国兴,就是个易拆拆!拆了平炉拆洋楼,拆了俱乐部拆图书馆,现在又拆到西总门头上了!"

刘胜利也生气:"这哪里是易疯子,完全是易疯狗。"

叶老实说:"既然是大昌带话来了,咱们义不容辞。"

祝国祥却不作声。

赖子问他:"国祥,你的意见呢?"

"我的意见,咱就不要凑这热闹了。咱们下岗了,西总门拆不拆,跟我们一毛钱关系没有,干吗管这闲事?做好我们的生意才是正事。"

刘胜利说:"这可是你哥吩咐的。"

祝国祥哼了声:"别提我那哥了,他就是一根筋,思想落伍,自以为是。上次我们拉垃圾弄了点儿废钢铁,瞧他那态度。"

毛仁银打断他:"幸亏大昌及时制止,要不然,连你这会儿都在牢房里。胜利你说呢?"

刘胜利说:"是的是的。"

赖子吩咐刘胜利:"下午你找下活宝,联系田鸡,还有平炉分厂的下岗工人,我再联系一些其他分厂的下岗工人,星期五上午,在西总门集合。"看看不吭气的祝国祥,"既然你不想参加,这几天你就辛苦点儿,争取把客户的钢材早点运走。"赖子的话,祝国祥还是听的。

冯为泰那边,已经跟一些退休老干部通了气,老干部们义愤填膺,表示

241

都愿意出面阻止。市领导也明确表态：西总门是历史建筑，全国仅存一座，意义重大，必须保护。

转眼星期五到了，这天早上天气阴沉，祝大昌来到西总门时，一些退休老干部早已经来了，傅长厚也带着几个退休老工人来了。没一会儿，赖子和刘胜利带着一帮下岗兄弟们到了，活宝还戴着头盔，手中拿着短棍。

祝大昌对赖子说："今天是来讲道理的，不是滋事斗殴，赶快将棍子收起来，不要被人抓住把柄。"

又过了一会儿，黄秉成才带着七八个保卫人员来维护现场。他给自己留了一手，为避免矛盾冲突，没让保卫人员倾力出动，想等事情闹起来，就推脱带来的人少，现场秩序不好维护。

没多久，十五冶拆建队开着吊车和铲土机来了。

祝大昌马上迎上去，拦下驶在前面的铲土机。带队的是个黑脸膛的大高个儿，从驾驶室跳下来质问祝大昌："你们要干什么？"

"请你们掉头回去，西总门不能拆。"

"你是干什么的？"

毛仁银说："这是公司的副总祝大昌，你不知道吗？"

黑脸膛打量了下祝大昌："我只知道田总，是他叫我们来拆门的。"

"姓田的叫你们来有什么用？"赖子指了指现场护厂门的人群，"你没见这么多人不答应吗？"

黑脸膛不屑一顾，咧咧嘴："人多势众有什么用？还不是有权的人一句话！"

赖子说："那你就拆一块砖试试。"

"斗狠是不是？"黑脸膛火了，把手中安全帽朝头上一戴，"我们把吊车开来了，铲土机也开来了，让我们回去，谁付工钱、油钱？"

赖子说："谁让你们来的，你们找谁要。"

拆建队一些人冲了过来，活宝、刘胜利和田鸡一帮下岗工人也冲了上来，双方你推我搡。赖子叫起来："想动武是不是？来呀，今天看谁怕谁！"

黄秉成和保卫人员见状冲过来，从中间拦开双方。这时有人喊了一声："易国兴来了！"

易国兴、田鸣健和傅佳钢从小车上下来，看到声势浩大的人群，田鸣健低声说:"都是祝大昌和冯为泰组织的。"

几个退休老干部和傅长厚立即上前围住易国兴,七嘴八舌,有说他心狠手毒的,有骂他想给自己树碑立传的,有喊你要敢拆西总门,我这把老骨头就跟你拼了的。

易国兴冷着脸不理会他们,径直走到祝大昌跟前,厉声道:"祝大昌,你想干什么?"

祝大昌大声说:"西总门不能拆。"

田鸣健质问:"祝大昌,你搞清楚,谁是公司总经理?"

祝大昌毫不示弱:"我清楚得很。"

"既然你清楚,你为什么煽动这些人闹事?"

"人是我叫来的,但不是煽动,也不是闹事。我只是想阻止某些人乱来。"说到这里,祝大昌看看围拢来的人群,高声说:"易总,我就想问你,拆掉西总门能体现什么精神?究竟有什么意义?"

易国兴和祝大昌看问题不在一个层面。就像祝大昌不能理解易国兴要建新厂门一样,易国兴也不能理解祝大昌为什么一定要保卫这老厂门。

易国兴厉声道:"祝大昌,你看看西总门后面是什么,是一座座现代化的厂房!再看看这个老旧的厂大门,它与现代化厂房的形象协调吗?"

祝大昌反驳道:"没有前面的西总门,哪有后面的现代化厂房!"

"好,既然你煽动组织闹事,公开违抗公司的决定,我现在就撤掉你公司副总经理的职务。"

祝大昌没有退路了,一梗脖子道:"你有这个权力,但我也有保护工业遗产的权利。"

"什么工业遗产?"易国兴用嘲讽的口气说,"是省级,还是国家级遗产?你拿文件我看看?"

这时,人群一阵骚动,晁副市长和市有关部门的领导赶来了。

易国兴压住心头的火气,冷冷地望着晁副市长:"这是我们厂的事,好像与政府部门没什么关系。"

晁副市长也冷冷地盯着易国兴:"不错,这是临江钢铁公司内部的事,但你要强拆西总门,就与市政府有关系了。"转头对身旁的市文物肖局长说:"把省文物局的红头文件给易总经理看看。"

肖局长就从包里掏出一份文件,说:"易总,这是省文物局的批文,临江钢铁公司西总门已列入省重点工业遗产,同时已呈报国家文物局,在申请列入全国重点工业遗产。"

现场顿时响起一片叫好声和掌声。

见易国兴脸色越来越难看,晁副市长心里得意,加重语气道:"易总经理,你在临钢搞独立王国的胆子再大,总不能无视法律吧?要不要让肖局长再给你讲讲《中华人民共和国文物保护法》?"

易国兴恼怒至极,转身就走,没走几步,又回过头对祝大昌说:"从明天开始,你不要来公司上班了。"

西总门保住了,祝大昌被免职了,接下来又被停止了工作。

这天晚上,傅佳钢受易国兴委派来到祝大昌家。易国兴怒气未消,让傅佳钢转达他的指示:祝大昌必须认识到他对抗公司决定的错误,进行深刻反省,写出深刻检查,并在公司干部会上宣读。如果执迷不悟、态度顽固,继续站在错误的立场上,将被开除出厂。

傅佳钢埋怨祝大昌:"你这是何苦呢?你也不想想,为撤销钢研所的事,老专家回北京向部里反映,部里又反映到省里,省里又责成市里调查,结果怎么样?易国兴与晁副市长拍桌打椅了一通,事后既没撤职,也没受处分,还不是公司总经理吗?再说了,他易国兴要拆西总门,你就让他拆;你公开对抗,搞得他下不了台,有什么好处?易国兴对你还是网开一面、手下留情的,他让我转告你,念你在改革最困难的时候,打开了170钢管分厂的销路,可以再给你最后一个机会,只要你做出深刻检查,将对你从轻处理,等以后再择机恢复你的职务。易总对你是高看一眼、厚爱三分啊。现在他是要一个台阶下,你就给他一个台阶,也是给你自己一个机会。"

祝大昌说:"我又没有错,错的是他易国兴,该认错的是他,不是我。"

傅佳钢有些尴尬:"你呀你,真是油盐不进的铜豌豆,我说了半天都白说了。"生气地站起来说,"易总的指示我已传达了,你考虑吧,我等你电话。"

傅佳钢刚走出去,背后传来祝大昌的声音:"你告诉易国兴,总有一天他会后悔的。"

祝大昌被开除的消息,传到赖子那里,这天中午,他让刘胜利到挹江酒楼订个包间,然后,让毛仁银和叶老实请祝大昌来吃饭,表示慰问。赖子还想,祝大昌失去工作,没有了生活来源,他得帮他。

中午时分,祝大昌随毛仁银来到挹江酒楼,大家坐下来后,你一言,我一语,为祝大昌抱不平,痛骂易国兴专横跋扈、肆意妄为,大搞顺我者昌逆我者亡那一套,连前任童正民都不如,将来没有好下场。

酒菜上来后,赖子先替祝大昌斟上一杯酒,诚恳对祝大昌说:"到我们公司来吧,我赖子的能力有限,你来当经理,带着兄弟们干。"刘胜利也说:"大昌来当经理,一定能把钢花贸易公司搞得风生水起。"活宝鼓劲儿:"大昌,既然赖子风格高,主动让贤,你就答应吧,大家也会信心十足跟着你干。"毛仁银和叶老实也连连点头,说:"如果公司有了大昌这个主心骨,领着我们干,一定财源滚滚,生意兴隆。"

祝大昌看着大家的殷切目光,说:"患难见真情,你们都是我的好兄弟。我暂时想休整一段时间,等想好了再做决定。"

赖子生气了:"你还想等易国兴重新召唤你去吃回头草?"

"好马不吃回头草,别抱幻想了。你就领着大家一起干,让兄弟们早日脱贫奔小康。"

祝大昌说:"兄弟们的心意我领了,我真的是累了。"

祝大昌走后,大家又是一番议论。说,大昌肯定是嫌公司小,要资金没资金,咱们这几个挥钢钎大锹的人,又不懂做生意的诀窍,所以不想跟我们干。毛仁银说,"燕雀安知鸿鹄之志",大昌是做大事的人,他不跟我们干,定有他的打算,我们不能为难他。赖子生气地说:"他现在是落架的凤凰,哪有什么鸿鹄之志?"

祝大昌回到家,范小桃说韩厂长已经等他半个小时了。

见祝大昌情绪不高,韩厂长说:"170钢管分厂的干部和工人都支持你,站在你这一边。"

祝大昌说:"谢谢大家关心,可惜以后不能在一起工作了。"

韩厂长说他就是为这事来的。他算看出来了,易国兴搞的完全是他在南钢搞的那一套,工人们在他面前就是绵羊,干部必须对他唯命是从、俯首帖耳,容不得半点儿不同的声音。这样搞下去,不要说没有像样的干部,就连像样的工匠也都没有了。

祝大昌不想理会这些了,说:"易国兴有他的想法,至于他想把临钢办成什么样子,只有他知道。"

韩厂长一心想知道祝大昌有什么打算,自己能不能帮上忙。

"我想休息一段时间,静下心来,理出头绪后,再考虑下一步。"

"你也别考虑了,东北片区的销售部刚恢复,我聘请你去当经理。凭你的能力和人脉关系,按销售量提成,一年最少能挣二十多万,比你当副总工资高多了。"

"谢谢你的关心,我真的想休息一段时间。"

见祝大昌口气坚决,韩厂长也不好勉强,叹了口气:"好吧,你什么时候考虑好了,随时可以走马上任。"

送走韩厂长,范小桃埋怨祝大昌:"韩厂长好意聘请,你为什么不去?"

祝大昌说:"我了解易国兴的秉性,这事要是让他知道了,必然会迁怒于老韩,我能连累他吗?"

"那你没了工作,就靠我一个人的工资,以后一家人生活怎么过?"

"大家日子怎么过,我们就怎么过。"

范小桃独自坐在客厅,心情糟糕透了。她并不是贪图享受的女人,自有了儿子,除了不爱打扮,有点爱唠叨外,对祝大昌是更加温柔体贴。祝大昌跑市场那段时间,她既要工作,又要照顾儿子,里里外外很辛苦,也任劳任怨。范小桃也很容易满足,想法简单,只要比上不足比下有余,日子过得安稳就行了。当然,她心里也一直隐隐不安,知夫莫若妻,丈夫祝大昌性格刚直,不会拐弯,眼里容不得半粒沙子,和易国兴闹翻是迟早的事。

看到祝大昌晚上独自喝闷酒,知道他心里不好受,丈夫并没有犯任何错,只是凭着良心,做了大家都知道是对的,但又不敢站出来做的事。想到这儿,范小桃决定去公司找易国兴,问他究竟依据的哪一条哪一款要这么对待自己的丈夫。

第二天上午,范小桃来到公司办公大楼。门口摆有一张方桌,上面放着登记册,两名年轻保安坐在桌旁,不让人随便进出。保安问她找谁,范小桃说我找易国兴,我先生是祝大昌。两个保安互换了眼色,其中一个拿起桌上的电话报告,然后对范小桃说:"上四楼,左拐第三间办公室。"

范小桃来到四楼,推开办公室的门,却见田鸣健坐在里面。范小桃转身欲走,被田鸣健叫住:"易总是不会见你的。是祝大昌让你来的吗?"

范小桃不太想理会田鸣健:"我自己要来的。"

田鸣健狐疑地问:"你找易总干什么?"

"讨个说法。"

田鸣健干笑了起来:"反对国企改革,目无组织纪律,煽动组织下岗工人闹事,公开对抗公司决定,还要什么说法?"

"安这么多罪名,不就是因为他反对拆西总门吗?"

田鸣健说:"那只是表面的问题。"

"那还有什么里面的问题?"

田鸣健说:"你老公的问题严重得很,他野心勃勃,另立山头,拉帮结伙,妄图架空易总。"

范小桃急了:"你胡说。"

田鸣健哼了一声:"上次北京来人,祝大昌让人家放心,说他一定会恢复钢研所和中心实验室。他是公司总经理吗?他有什么权力说这种话?这不是野心是什么?公司决定拆西总门,他串联工人闹事,不是架空易总是什么?易总对他够客气了,建工人村时,还让他代理公司事务,对他如此重用,他不说报知遇之恩,反而处处跟易总作对。不过,尽管如此,易总还是网开一面,只要你老公做个检讨,将来再找机会复他的职,是不是仁至义尽了?你还来讨什么说法?"田鸣健果然好口才,一口气说下来,说得范小桃不知该如何反驳,只能委屈地说:"我家祝大昌为打开170钢管市场立下了汗马功劳。"

田鸣健冷笑道:"功是功,过是过,要是每个立了功的人都像他这样,公司还不乱了套?"

碰了一鼻子灰离开公司行政大楼,范小桃气愤难平,也不想再找易国兴了,想来想去,想到去马家咀小学找薛三妹倾吐委屈。

薛三妹听说了祝大昌被开除的事,其实她比范小桃还急,为祝大昌不平。又不好在范小桃面前表现得太过关心,便安慰她说,大昌有本事,是金子到哪里都能发光的。你多多安慰他、体谅他,不要和他吵。

范小桃说:"我没跟他吵,我现在发愁的是,他心情不好,一天到晚闷在屋里看书。我劝他出去走走,他又不听我的,我怕他闹出病来。三妹,他最听你的话,我来找你,就是想让你帮我劝劝他。"

听范小桃这样说,薛三妹心里五味杂陈。这个她深爱过,如今还牵挂着的男人,真的如范小桃所说,最听她的吗？她去劝,真的合适吗？就犹豫着说:"小桃姐,你劝他都不听,哪里会听我的？"

范小桃拉着薛三妹的胳膊,一脸真诚地说:"我也没别人可求了。"

薛三妹故意挑破了问她:"你不吃醋？"

范小桃一愣,莞尔一笑:"吃。吃醋也没有办法啊,谁叫我劝不了他呢。"

薛三妹这才说:"那我晚上去你们家找他谈谈。"

"好,晚上到我家吃饭。"

薛三妹说:"别,我还是晚饭后来吧。"

晚上七点,祝大昌正在看《新闻联播》,薛三妹来了,还给园园带了糖果和水果。范小桃关掉电视,带儿子进了卧室,却侧耳听着客厅里的对话。

薛三妹先开了腔:"是小桃让我来的,说你一天到晚不出门,怕你闷出病来。"

"她就爱瞎操心,我只是想休息休息,趁机会读点儿书。"

"想你也不是那么容易被打倒的人。"

两人又沉默了许久。

祝大昌想的是,那天在金花大酒店傅佳钢说的话。而薛三妹想的是,她说的每句话,既要让范小桃听了舒服,又要说出自己的心声。这个男人本该是她的,这个家的女主人本该是她,如果她是祝大昌的妻子,她会怎么开导他？她觉得他根本不需要开导。他要的,只是一个理解他的人,静静地陪伴着他。他想看书,就不打扰,让他安静看书。看书多好啊。

"听小桃说你天天在看书,看什么书呢？记得当年在知青点,你最爱读书的。"这是范小桃绝不会问的话,她不会关心他读什么书。

祝大昌的记忆被激活了,说:"那时找一本书好难啊,听说隔壁农场有《钢铁是怎样炼成的》,走了一夜路去借。"说到这里,祝大昌鼻子一酸。这是他和薛三妹的秘密,是他的无悔青春。

那一晚,陪着他走夜路去借书的,是薛三妹。他们借到书,回来的路上边走边读,他打着手电筒读一段,薛三妹再打着手电筒读一段。后来,手电筒没电了,两个人就牵着手摸着黑走。再后来,他吻了薛三妹。薛三妹撒娇说走不动了,他就背着薛三妹。他多希望,那条路永远没有尽头。现在,时过境迁,造化弄人,已然不知今夕何夕了。

薛三妹也很动容,但她极力克制着自己:"我还记得,书中最著名的那段话,每个知青都会背。'人的一生,应当这样度过,当回忆往事的时候,他不至于因为虚度年华而痛悔,也不至于因为过去的碌碌无为而羞愧'……"背到这里,房内传来范小桃的咳嗽声。

薛三妹便赶紧说:"年纪大了,后面记不得了。"

其实她如何记不得,每一个字,都记得真真切切。每一个字,都刻在她的灵魂深处。

祝大昌也被范小桃的咳声带回了现实,不再说话。

薛三妹整理情绪,说:"听小桃说,韩厂长来过了,想聘你当东北片区销售经理?"

"老韩是这么说。"

"那你为什么不去呢?"

"易国兴知道了,肯定迁怒于老韩。"

薛三妹说:"小桃也是为你好,你也要考虑她的感受。"稍停顿了一下,说:"我有个学生家长,是市公交公司的柯书记,他小叔开了个私营钢铁厂,我把你的情况对他说了。柯书记说,他小叔欢迎你去,去帮帮他。只要你肯去,让你当副厂长,做得好了还有分红。"

小桃不失时机地走了出来,说:"既然三妹联系好了,你就去帮人家一把,还犹豫什么?"

见祝大昌没作声,薛三妹又说:"你先去干干再说,合适就留下,不合适就回来。"

祝大昌看着范小桃,又看看薛三妹,心里一暖,说:"好吧。"

范小桃送三妹出来,说:"三妹,谢谢你。你真会说话,不说去帮人家一把,我真怕他放不下架子。"

薛三妹静静地笑笑,跟她告别。

第二十七章

　　黄秉成自得到周喜手中有枪的消息后,从保卫处抽了十几个得力干将,二十四小时,分几路盯着周喜。白天同事盯,到了晚上,黄秉成亲自上阵。功夫不负苦心人,这天夜里下着小雨,黄秉成和三个同事在离周喜家百余米的车里蹲守,蹲到凌晨一点多,周喜从外面回来,先是上楼,一会儿,关了灯,鬼鬼祟祟,将什么东西埋在后院的树底下。然后蹲到门洞黑暗处吸烟,烟火明灭。眼见他吸了三支烟,将烟屁股扔地上踩灭后才上楼。

　　黄秉成内心狂喜,周喜十有八九是在埋枪。

　　黄秉成想悄悄过去将枪取出来,又怕万一埋的不是枪,被周喜发现,打草惊蛇。这一晚,四人轮番盯,盯到第二天中午,眼见周喜骑着摩托出门。黄秉成让两人去放哨,以防周喜突然返回。确定周喜走远了,才去将周喜埋的东西挖出,一个铁盒,里面油布包的,果然是郑宏丢的那把枪。

　　拿到枪,黄秉成并没让人去抓捕周喜,而是让同事先回保卫处,他带了枪,直奔公司行政楼。捧着裹着稀泥的铁盒,一路小跑去见易国兴。也不敲门,直冲进去,人还未进屋,先喊:"易总,找到了。找到了。"

　　不承想,易国兴和田鸣健在办公室里谈工作,猛地见一身泥的黄秉成捧着个盒子闯进来,易国兴不悦地问:"什么找到了?"

　　黄秉成喘匀了气,说:"枪。枪找到了。"

　　易国兴也顾不得铁盒子上的泥,接过铁盒放在大班桌上。打开盒子,果然是把枪。

　　易国兴并没去拿枪,只是问:"是那把?"

黄秉成说:"是那把。"

易国兴说:"怎么找到的?"

黄秉成就将找枪经过,一五一十说了。说到周喜时,黄秉成并不朝田鸣健看。

易国兴说:"老黄,辛苦你了。"

黄秉成说:"易总,周喜要不要抓?"

易国兴看着田鸣健,说:"田总,你说要不要抓!"

田鸣健抹了一把额头上的细汗。小声说:"易总是想听真话,还是听假话?"

易国兴心情大好,说:"真话怎讲,假话又怎讲?"

田鸣健说:"听假话,那就抓,抓了就审,虽说没有抓现行,谈不上人赃俱获,但终亏能审出来的,不怕周喜这浑小子不招。然后将这小子判刑。听真话,真话就是,临钢从来没有丢过枪。一定要说丢过枪,那也是丢枪之后,当天就找回来了。"

放下黄秉成找回枪不提,却说祝大昌去打工,不到一个月,背着行囊回来了。他跟老板是两条道上跑的车,老板只想赚快钱,偷工减料,炼的是地条钢。

地条钢,指的是小厂生产的长度为一米二左右的条形钢坯,后来经过演化变味,成了不合格产品的代名词。市场上的所谓地条钢,产品直径、抗拉强度,九成以上不符合国家标准。祝大昌一去就发现了,就认真劝老板。老板不听,随后生产上的事索性不让他插手了。祝大昌心里明白,老板不炒他鱿鱼,无非是想利用他临钢出身这块招牌。

于是祝大昌就炒了老板鱿鱼,回家了,对范小桃说:"我要在这样的厂干下去,就是为虎作伥。"

范小桃想抢白他几句:改不了的臭毛病。人家是私营厂,想怎么干是人家的事,你管这些干什么,只要每月拿工资就行了。话到嘴边,还是忍住了。让范小桃备感失落的是,祝大昌去私营钢铁厂打工这阵子,临钢正式实行领导干部年薪制了,总经理易国兴年薪一百万,副书记冯为泰、副总经理田鸣健、傅佳钢五十万,而立下汗马功劳的祝大昌,却被开除出厂,车收走、手机上交,所住干部楼的房子也被收走了,一家三口又搬回了工人村。

更让她郁闷的是,西总门并没有拆。易国兴放弃了西总门,花了二十多万,将厂大门改建在二门,还亲手设计了象征临钢改革的大鹏展翅的标志,用不锈钢制成,高高悬置在厂大门之上。二门设置了门卫室,安装了车辆进出的自动伸缩闸门,工人上下班都由新厂大门进出了。除了祝大昌被开除,厂子的一切看上去都还欣欣向荣。范小桃想想就觉得丈夫傻,替他不值。

此时的工人村更加暮气沉沉了,年轻人都外出打工,有的到市区摆早点小摊、贩菜、收购废品,起早贪黑地勉强维持生活。只有带孩子的老人,三三两两地聚在街头,偶尔聊着工人村昔日的美好时光;也只有学校早晚的钟声,才略略打破一些工人村的沉寂。晚上没有路灯,到处一片漆黑,夜深的时候,还能听到劳累一天的小摊贩收摊回家的说话声和脚步声。

离开工人村多年,小桃已经不习惯筒子楼的生活了,房屋破旧不堪,厨房和厕所的下水道经常淤塞,停电断水也是常事。买油盐柴米,要骑车去两站路远的马家咀菜场。范小桃越想越糟心,忍不住偷偷掉眼泪,祝大昌心里难受,轻轻抓起妻子的手,放在胸前。

第二天上午,祝大昌去看母亲。自父亲去世以后,母亲老多了,添了不少白发,腿也不太好使了,把晒绿豆当成每天必做的事。不管有没有太阳,只要不下雨,母亲都会在房后阳台转角处的水泥台上晒绿豆。祝大昌一开始没在意,有天中午,他回来看到母亲正站在窗前看一只小鸟吃绿豆,边看边说:"老头子,慢点儿吃,没人跟你抢。"见儿子站在背后,笑着说:"这小鸟是你爸变的,你爸走后,这小鸟就来了,天天来。"

祝大昌叫了一声"妈",父亲去世都没哭的汉子,此时泪落如雨。母亲并不知道儿子被开除的事,仍然像往常一样嘱咐他:"你爸不在了,长子为大,你要多关心国祥、国英。国英到无锡没干一年,怎么就回来了?也不来看我,你代我去看看。"

祝大昌说:"好,我也想去看看。"

祝国英回来是为拆迁的事。有开发商想投巨资重建八泉街,祝国英的家也在拆迁之列。老房子要拆除,祝国英和文斌商量,暂时搬到新建区母亲家去住。父亲不在了,正好她可以陪母亲、照料母亲,祝国祥也答应了。等祝国英搬家那天,他弄辆车来帮忙。有妹妹在母亲身边照顾,祝大昌也放心了。

祝大昌自己这边却是一筹莫展。刚丢工作时，他还想好好读些书、充充电。可去柯老板那里干了一个月，他再淡定不了了。想着再不能这样下去，却又一时找不到方向。从妹妹家回到工人村，也不想回家，就在工人村转悠。看着破败的工人村，心里颇是凄凉。正自感伤，就听有人远远地喊："昌哥。"

祝大昌循声一看，一个西装、寸头的小伙子，正朝他挥手。仔细看才认出来，是俞师傅的儿子俞钢。

"钢子？你怎么来了？"

俞钢小跑过来，和祝大昌紧紧来了个熊抱。

"我专门来找你的。"

"怎么样，在老孙那里干得还好吗？"

两年前，祝大昌把俞钢推荐给了孙锦西，以后每次见到，都会关心俞钢的情况。一开始，孙锦西说，年轻人不错，可用。后来说，是块好料。再后来说，感谢祝总，给我送来一员虎将。俞钢在市研部满世界跑，平常很难在公司待上十天半月的，祝大昌也是忙着跑业务，两人一晃有两年未见了。

俞钢不再是当初的毛头小伙，显得干练、沉稳多了，眉宇间英气勃发。

"报告昌哥，我在孙老大手下干得好，上个月刚升副处长。"

祝大昌兴奋地擂了俞钢一拳："太好了！这是我这两个月听到的最好的消息。如果我没记错，你是临钢最年轻的副处长了，前途无量！走，咱们兄弟去找个地方喝一杯。"

俞钢说："别找地方啊，就去昌哥家里喝吧，我好久没吃嫂子烧的菜了。"

范小桃猛一见俞钢，都没认出来。祝大昌说："钢子升副处长了，你去弄几个好菜，我和钢子喝一杯。"

范小桃也高兴起来："几个月没见你昌哥笑过了，钢子一来，你昌哥脸上笑成一朵花了。"

俞钢说："我再说一件事，保证嫂子也笑成一朵花。"

范小桃说："钢子变坏了，拿你嫂子打趣。"

"昌哥、嫂子，我这次来，是受人之托，请昌哥出山的。"

原来，俞钢听说祝大昌被开除后，也为他着急。就四处托人打听，前不久,打听到湖南湘潭钢铁厂正在招聘一位负责技术的生产副厂长。俞钢和湘潭钢铁厂的宋经理熟,就向宋经理推荐了祝大昌。宋经理听了俞钢的介绍,说这正是他们要找的人才,技术好、懂市场,更难得的是祝大昌的性格,说现在再找这样有原则的人实在太少了。又说他本该亲自来一趟,但实在太忙,希望祝先生不要介意。

"我来就是为这事,不知昌哥是否愿意屈尊?"

不等祝大昌说话,范小桃就连声说:"愿意、愿意!你们先聊,我去买菜,你想吃什么,嫂子给你做。"

俞钢说:"那我就点菜了。天天在外面跑,最想吃我们临江的排骨煨莲藕。"

"这还不容易!等着。"

祝大昌和俞钢聊天,免不了要聊起易国兴。

俞钢说:"易总改特钢为普钢,也是不得已。他没得选,临钢负债太多,他又是肩负临钢扭亏为盈的重托而来,只能选见效最快的改革方案,难免头痛医头,脚痛医脚。而且,随着国家政策的转变,全国都在大力发展轻工业,发展白色家电,重工业产能严重过剩,特钢短时间内没有需求,而普钢供不应求,易总也是顺应市场,顺势而为。问题在于,易总的做事风格非黑即白,他认为既然要转普钢了,钢研所、研发中心就成了包袱;既然是包袱,就要大胆扔掉。结果呢,泼洗澡水把孩子也泼出去了。随着国家经济的发展,中国过了眼前这个不顾一切先发展了再说的时期,从只求量不求质的野蛮生长,转向高质量发展,到那时,特钢必定会再迎来新的发展机遇。我们对易总,也要一分为二看,他救了临钢,也伤了临钢的元气。每个人都有他的局限性,这个局限性是时代塑造的。"

俞钢这番话,对易国兴的评价理性、客观、中肯,不像他祝大昌,对易国兴的看法带有太多的个人主观色彩。

祝大昌不禁赞赏道:"长江后浪推前浪,你成熟了,我也感觉到我有些落伍了。去湘潭的事,我再考虑考虑吧。"

"昌哥正当年,哪里就落伍了!心动不如行动,干就是了。"

祝大昌坐火车到长沙,宋经理开车来接他。湘潭钢铁厂并不在长沙,是在长沙设了销售部,宋经理负责。

一见面,宋经理有些难为情,抱歉地告诉祝大昌,情况变了,上午接到了厂长电话,厂里取消了原来的招聘计划,将由市里调干部到钢厂任副厂长。

祝大昌笑笑说:"没关系,只当我到长沙来玩儿了。"

"我听俞钢介绍,祝先生有丰富的营销经验。我聘你当销售部副经理,华南钢材市场的营销交给你负责。"

祝大昌说:"谢谢你,心意领了,明天我还是回去吧。"

宋经理过意不去,说:"来一趟不容易,今晚我做东,请你吃湘菜。"

晚上,宋经理在酒楼办了一桌,请几个朋友来陪祝大昌,其中一个是他姐夫、湖南第一塑料厂的邹厂长。这家厂主要生产农业塑料薄膜。席间,邹厂长谈到目前面临的困难,闷闷不乐。改革开放以来,农业塑料薄膜的市场发展太快,供大于求,他们于是转行开始生产挂历。本来与新华书店有合同,但书店没有钱给他们,只好用挂历成品抵印刷制作费。现在,厂里决定,每个职工要完成挂历销售任务,领导干部要带头完成定额。销售指标下来了,干部职工叫苦不迭,没人愿意推销,也没有人推销得了。几天过去了,来领挂历的人寥寥无几。

邹厂长说:"没办法,厂里又弄了一套优惠方案,一次拿一千本以上,按零售价下浮百分之五;拿三千本以上,下浮百分之十;拿五千本以上,下浮百分之十五;拿一万本以上,下浮百分之二十,而且不需要预付款。这么优惠的条件,还是没人领,都他妈懒出天了。"

祝大昌听到这里,问:"如果不是你们厂的人帮你们推销,也有这个优惠吗?"

"当然有啊!帮我们排忧解难呢!祝先生有兴趣?"

祝大昌说:"我明天去看样品。"

第二天上午,宋经理陪着祝大昌到塑料厂的样品陈列室,看到了花鸟山水、名家书画、泳装美女、当红明星等等各种挂历。

祝大昌心里有了盘算,问:"邹厂长,如果是我个人承接,能优惠多少?"

邹厂长爽朗地说:"我和其他干部商量了,与本厂工人同等对待。如果一次性拿货超过了五万本,优惠百分之三十五。"

祝大昌说:"怎么付款?"

邹厂长说:"销售挂历讲时间节点,元月销售不出去就成废纸了。明年

255

三月三号前,将款全部打在我们账上就行。"

"好,那我就先拿五万本。销出去后,第一时间把货款汇到你们厂。我们可以签协议了。"

邹厂长说:"不用了,一看你就是正派人,又是我小舅子的朋友,还有什么不放心的。"

邹厂长留祝大昌吃了中饭,又安排好车,让工人把五万本挂历装箱上车,祝大昌就押着一车挂历,经岳阳、走咸宁,返回临江。晚上七点多钟,祝大昌带着五万本挂历回到临江市,直接开到中窑服装厂大门口,停在赖子他们租用的仓库前。赖子、祝国祥和刘胜利都来帮忙,大家七手八脚将挂历搬进仓库。

那是个流行挂历的年代,家里有个挂历是种时尚。年关时节,下级给上级送挂历,学生给老师送挂历,小伙子给姑娘送挂历,城里人给乡下人送挂历。谁家有本好挂历,谁家就有面子,谁家过年年味就浓。

那年头,靠卖挂历发财的大有人在。

钢花贸易公司的仓库里,突然进了如此多的挂历,员工们心花怒放。第一个称赞祝大昌的是毛仁银:"这年头,坑蒙拐骗的太多太多,能够赊五万本挂历,只有你大昌有这种本事。"

活宝对祝国祥说:"这回你知道了吧,我们为什么服你哥,踏实做人、诚信办事,朋友遍天下。"

赖子却有些发愁:"这么多挂历,怎么销出去?挂历这玩意儿讲季节,过了十二月就成了废纸。"

刘胜利却很有信心:"临江市上百万人口,区区五万本挂历还愁销不出去吗?我们可以做单位生意,还有新华书店、街头报亭、周边县城的供销社,都可以代销。"

毛仁银出主意:"过大年,哪家不换新挂历?咱还可以找朱辉帮忙。他当了这么多年记者,与省里的单位、效益好的企业,一定有点儿关系。"

祝国祥提醒大家:"如果我哥让咱们帮忙销售,要看他给什么优惠。"

正说着,祝大昌送完司机回来了,没等兄弟们开口问,他就说:"你们赚钱的机会来了。我不赚你们的钱,厂家给我的优惠,全部给你们。五千本以下的,下调百分之十五;一万本以上的,下调百分之二十。"

赖子一听就来劲了:"我们代销两万本!也不能让你吃亏,我们只拿百分之十五。"

第二天一早,祝大昌骑着自行车到170钢管分厂找韩厂长。韩厂长一见祝大昌,以为他想通了,来向他报到,没想到祝大昌从包里拿出了挂历样品,摆在桌子上。老韩不知道何意,只顾欣赏起来。

"老韩,好看不,喜不喜欢?"

"好看呀,都喜欢。都给我?"

"你要这么多干什么?"

"送人呀。去年,亲戚朋友到我家都向我要挂历。还有工人到我家要挂历的,以为我当厂长的有人送。"

170钢管分厂经济效益比去年还好,年底来了,祝大昌预计韩厂长肯定要召集干部开会,讨论全厂职工的奖励和福利问题。祝大昌就说起到长沙的经历,韩厂长说:"好哇,情义无价!湖南人对你大昌够意思,你大昌对湖南人够意思,我老韩对你大昌,理所当然也要够意思!你明天给我送三千本来。"

"多了多了,要那么多干什么?"

韩厂长说:"全厂一人一份,去了千把本。赠送客户,送有关单位,至少五百本。这就去了一千五百本。"想了一下,又说,"你让人送三千本来吧。我找西塞山乡工业园区,那边有十多家私营企业,我让张主任帮忙推销一点。"

"谢谢老韩。"

"老同事不言谢,我就怕你不来找我。"

祝大昌马不停蹄,隔一天,又到保卫处找黄秉成。黄秉成不仅佩服祝大昌,还同情他,说起推销挂历的事,黄秉成二话没说就要了一千本,也是作为春节福利发给职工。

祝大昌又问起枪的事。

黄秉成说:"枪,什么枪?"

祝大昌说:"郑宏丢的枪啊。"

黄秉成说:"郑宏丢的枪,不是第二天就找到了吗?"

说着,打了祝大昌一拳。

祝大昌说:"找到了?"

黄秉成说:"找到了。"

说罢,朝着祝大昌使个眼色,诡异地一笑。祝大昌就明白了过来,说:"找到了就好。"

其他分厂的领导知道祝大昌在推销挂历,都主动帮他,这样下来,又卖了五千多本。这事让田鸣健晓得了,就在易国兴面前歪了一嘴:"祝大昌卖挂历卖到厂子来了,太不像话了!"没想到易国兴说:"只要不损害厂子的利益,不要管这事。"

田鸣健继续拱火儿说:"要我看,卖挂历的人是要生活,买挂历的人是支持祝大昌,说白了,就是对拆除西总门的事不满。"

易国兴生气了:"不要什么事都上纲上线,也不要把事做绝了。你思考问题的方式,要改改。"田鸣健讨了个没趣,不说话了。

卖挂历来钱快,赖子公司的人倾巢而出,忙得不亦乐乎。大家所有的关系都动用了:一起钓鱼的朋友,一同下岗的工友,自来水公司的经理,大小书店的老板,街头报亭,上窑天桥,大轮码头,轮渡码头,都一一覆盖了。不到半个月,五万本挂历就脱销了。祝大昌带着货款返回长沙,邹厂长钱都数不过来了,找了几个人来帮忙。既然祝大昌守信用,又有能力,最后的六万本挂历,又都让祝大昌拉来,放到赖子的仓库里了。不料第二天中午,祝大昌清库时发现少了五千本,就问怎么回事。叶老实说:"薛三妹来了,用车装了五千本拉走了,说到时把钱送到你家里。"

傅佳钢中午回家吃饭,看到满客厅堆放的挂历,吃了一惊,忙问三妹:"你这是准备开店呀?"

薛三妹说:"你先别问这么多,我只问你一句,你跟祝大昌还是不是兄弟?"

傅佳钢明白过来了:"祝大昌落魄到这种地步了,让你帮他卖挂历?"

薛三妹说:"他没找我,是我自己主动去拉的,想让你帮着推销。"

傅佳钢生气地说:"既然他没叫你帮忙,你干吗要自作多情?眼下快过年了,我上哪儿帮他推销?"

"正因为快过年了,挂历才好销,不是过年还销不出去呢。"

傅佳钢烦透了,说:"你这不是为难我吗?要是几十本百把本,我可以帮忙,五千本,让我上哪儿去销?"

"你不是认识很多要钢材的客户吗?还有一帮狐朋狗友,一个帮你销售二百本,十个就是两千本,找上二十五个不就销完了吗?多大点儿事。"看傅佳钢还想推诿,薛三妹生起气来,"傅佳钢,我们结婚这么多年了,我可从来没跟你开过口,你就给句话,行还是不行?"

"行,行。"见她真急了,傅佳钢说,"这五千本挂历我认了。"

众人拾柴火焰高,祝大昌的这六万本挂历又销完了。除了薛三妹帮忙销售的五千本外,其余的五万五千本,祝大昌没去卖一本,之前认识的一个杨姓老板知道了这事,派车拉走了三万本,在汉正街销售;剩下的两万五千本,毛仁银联系了省报记者朱辉,通过关系销给了几家效益好的大企业。临近元旦的前三天,祝大昌又将第二批货款送到长沙,亲手交到邹厂长手上,并请邹厂长和宋经理吃了顿饭。

本是想到湘潭钢铁厂打工的,没想到却淘到了人生第一桶金,祝大昌感慨万千。赖子他们也兴高采烈,这一项就赚到了十五万。赖子忍不住问祝国祥:"推销挂历的好事,我们咋就碰不上呢?"

刘胜利半认真半开玩笑地说:"这是做人的问题,大昌人品好啊。"

叶老实说:"大昌不怕吃亏,像这次推销挂历,货是他从长沙赊来的,让我们销多少赚多少,他没提成一分。"

赖子故作漫不经心地说:"你们有没有问过,祝大昌这次赚了好多?"

刘胜利说:"还用问吗?拿计算器来一算就晓得了。一共销了十一万本,贵的二三十,最便宜的也有十二块,我算过的,平均十六块一本。十一万乘以十六,再乘以百分之三十五,毛利六十一万六千,分给我们十五万,他还赚了四十六万六千。刨除运费和其他开支,净赚四十万。"

听着大家你一言我一语地夸祝大昌,祝国祥默不作声喝酒。他现在最想知道的是,祝大昌淘到了第一桶金,接下来准备干什么。于是,吃完饭他就骑着摩托车来到他哥家。他妈和嫂子正在说话,园园在看电视。祝国祥便问:"嫂子,我哥呢?"范小桃说:"妈说昨晚梦见爸,心里不安,让你哥去爸坟前烧纸去了。"祝国祥略坐了会儿,就骑着摩托车驶向四门,拐入狭窄的山道,上了飞云洞山上。

今年的冬天不像往年那么冷,下了一场雪,太阳出来就融化了,周围的树林郁郁葱葱,只有背阳的山坡还残留着一点儿白雪。

祝国祥在山道旁停下摩托车,走到他爸坟墓前,祝大昌还在烧纸,火光一闪一闪,飘起的纸灰像蝴蝶般在空中飞舞。周围有碑无碑的坟头儿上都压上了冥钱。祝国祥在哥哥身旁蹲下,捡起篮子里最后一沓冥纸,一张张轻轻地投进火堆里。

祝大昌问:"你怎么来了?"

"我去了工人村,妈和嫂子说,你来这里了。"

"你喝酒了?"

祝国祥说:"这次你帮公司赚了十五万,大家高兴,一起喝了点儿。"沉默了会儿,又问:"哥,你现在手里有了四十多万,准备干什么?"

祝大昌一愣,说:"我之前跑销售时认识了一个姓和的朋友,当时只是光明厂的销售科长,因为代销临钢钢管,拿了不少提成,现在下海自己经商了,年前入股了芜湖钢铁厂,听说我下岗了,向大股东秦老板力荐我,让我去当厂长。"

"你答应了?"

祝大昌笑了:"我与和先生、秦老板谈好了,带这四十万入股,有了条件后,再自己发展。另外,那边缺好的技术工人,我准备带几个过去。"

第二十八章

却说周喜自从投靠了钱老八，从马歪嘴手里抢得外贸码头的地盘后，知道枪露面必定会漏风，便再次将枪深埋起来。钱老八却对周喜的枪动了心，几次想借来玩玩儿，周喜都不肯。钱老八心中不爽，觉得这周喜手中拿着硬家伙，太危险，万一将来做大了，他必然会反水，就明里暗里开始防他。也有些后悔被周喜蛊惑得太冲动了，本来和马歪嘴井水不犯河水，现在结下梁子，马歪嘴肯定要报复。想来想去，只有把周喜手中的枪搞到手，才能高枕无忧，不搞到手，食不甘味。

这天，周喜来交外贸码头的油水，钱老八一看数额，就知道周喜吃了他的黑，问："怎么这么少？"

"八哥，公安盯得紧，生意不好做。"

钱老八冷笑道："周喜，你莫当老子是个苕。有宁局撑腰，哪个公安盯你？你说，吃了好多黑？"

周喜一口咬定没吃黑。

钱老八眼珠一转，不再问钱的事，说："你那把枪借八哥玩玩吧，八哥这辈子就他妈没摸过真枪。手痒。"

周喜说不出的苦。枪被黄秉成挖走后，田鸣健专门找周喜谈过一次。告诉他，枪被黄秉成找到了，是他这当舅的担了天大的干系保下了他。劝他收手，不要和那些不三不四的人搞在一起。周喜嘴里答应着，却哪里肯收手。只是枪没了，他不敢让小弟们知道他的枪没了，更不敢让钱老八知道，倒是一天到晚将枪放在嘴边，动不动就威胁说要拿枪干人。现在钱老八要借枪,他只好搪塞道:"上次枪露了,临钢保卫处的人收到风,一直派人盯着我。我把枪埋起来了,不到拼命的时候,咱们用不着枪。"

"这么说来,枪放在你那里更不安全,不如交给八哥。"

周喜一时没了借口。

"明天把枪拿来,八哥玩几天,玩够了还你。"

见周喜不说话,钱老八一脚踢在他肚子上:"莫以为你有把枪,老子就不敢整死你!老子一个电话,你这辈子都在牢里过了。"

周喜连连求饶:"八哥,我错了,枪明天就送过来。"

钱老八骂道:"明天老子要见不到枪,就把你小子丢江里喂鱼。"

周喜回到家,向他哥周旺讨主意。

周旺骂道:"狗日的欺人太甚。外贸码头本来就是你抢来的,我们兄弟伙苦哈哈收点保护费,大头儿都交给他钱老八了。你甘心,我不甘心。"

"哥,你的意思……?"

"我们也有了自己的小弟,为么事不单干?"

周喜还是胆战:"钱老八势力大,背后有人撑腰。"

周旺狠声道:"死人就没得势力了。"

于是如此这般,跟周喜耳语起来。周喜还想说自己的担心,被哥哥挡住了:"这年头,撑死胆大的,饿死胆小的。富贵险中求,豁出命搞一下,成了,你我兄弟就是临江的老大!"

当晚,周旺就给钱老八打电话,说有个黄冈来的老板想见他,求他帮忙从公安局捞个人,约他到江边见面。

钱老八一听就恼了:"要见我,时间地点得老子定,这个规矩你不懂?"

周旺忙说:"八哥,这个老板也是有头有脸的,出得起大价钱。"

钱老八听说对方出大价钱,就按约定到了江边。随身带了两个最能打的马仔,马仔也都带了刀。见只有周旺一个人等,问:"人呢?"

周旺指着前面一个人影,说:"老板在那边。"

钱老八警惕起来,对两个马仔说:"你们过去看看。"

两个马仔朝黑影走过去。没等靠近,只见黑暗中寒光一闪,走在前面的马仔被一刀放倒,另一个要跑,被围上来的人乱刀砍倒。钱老八见势不妙,转身就跑,这边周喜已到眼前,一刀砍在钱老八的肩上,钱老八忍痛前冲,撞倒周旺,冲入黑暗之中。

临江黑社会内讧,大佬钱老八被砍成重伤,两个马仔当场死亡。犯案的周家兄弟,第二天就落网了。全市范围内的扫黑除恶也随即开始。拔出萝卜带出泥,不久,钱老八的保护伞宁副局长就落马了。宁副局长竹筒倒豆子,倒了个干干净净。自然也供出了临钢丢枪,易国兴为掩盖丢枪之事,以特价批给公安局钢材的事,当然,这些钢材优惠的差价款,都进了宁副局长的腰包。

易国兴也开始接受纪委调查、问讯,向晁副市长汇报说明情况,也成了家常便饭。所有人都能感觉到,易国兴在临钢的时间不长了。只是过去大家坚信他会高升,现在,大家似乎都在等着他落马。连田鸣健和傅佳钢也开始和他刻意保持距离,不再像从前那样步调一致了。

但省里并未因此停止他的工作。因为更大的危机再次来临,临钢面临着新的考验,省委领导思之再三,不想临阵易帅。

一场令人猝不及防的金融风暴,从泰国席卷到亚洲一些经济大国。在此冲击下,国家开始加强资金调控和监管,国内钢材市场走向萧条,尤其是民用建筑钢材变得供过于求,价格断崖式大幅度暴跌。到一九九八年六月,随着民用建筑钢材的产能过剩,全行业面临坍塌,加上流动资金骤然收紧,许多地方的钢铁厂都倒闭了,还不上款的私营钢贸老板更是玩起了人间蒸发、破产跑路的戏码。

临钢自然也陷入了困境,民用钢堆积如山,根本销不出去。小鸟、小动物纷纷在此做窝,野花野草顽强地从锈迹斑斑的钢铁缝隙里钻出来,张扬着生命的活力,可这个百年大厂又是朝不保夕了。

易国兴不得不用减产停产的方式来艰难度日。只有170钢管分厂生产的管材仍有市场。显然,国家在为钢铁行业想办法,促进创新转型,营造良好的市场环境,鼓励特殊钢行业的兴旺。

眼睁睁看着特殊钢风生水起,特殊钢厂日进斗金,转型民用钢的临钢却艰难度日,连发工资都困难了。

易国兴终于意识到了全面改优炼普的偏颇。百年老厂、大厂的优势,就在于它有雄厚而稳定的技术力量,有大批素质高的工人干部队伍,他却强制推行南钢的改革模式,搞一刀切,不全面布局,不留退路。

在公司领导层会议上，易国兴做了检讨，也提出了重新恢复钢研所和中心实验室的想法。

他问田鸣健："王世儒现在在哪儿？"

田鸣健说："王总退休后举家迁往日本了。"

"钢研所周所长和几位高工呢？"

田鸣健看了冯为泰一眼："钢研所撤销后，周所长和其他几位高工，先后被大连、株洲等几家特钢厂聘请走了。"又补充道，"上个月曾工的老伴来过公司，曾工患重病住院没钱医治，想让公司出面解决医疗费。曾工研制的坦克弹簧钢曾获过国家金奖。那天你外出开会，我不敢擅自做主。"

易国兴就不作声了。

冯为泰接着说："据我所知，不仅是周所长、曾工这样的顶尖人才，我们还有许多技术工人，下岗后在天津、上海、江苏等许多企业担任技术干部，有的还在外资企业当上了领导。"稍停顿了一下，说："这些年我们临钢损失巨大，只剩一个空壳了。"

易国兴不接他的话，而是转头问傅佳钢："祝大昌现在在哪儿？"

傅佳钢摇摇头："不知道，好长时间没联系了。"

产品失去竞争力，工人拿不到工资，怨声载道，与易国兴的矛盾一触即发。屋漏偏逢连阴雨，唯一有销路的170钢管分厂的设备又发生故障，易国兴赶忙来到现场，韩厂长正在组织技术人员和工人抢修。

易国兴皱着眉说："都几天了，怎么还没修好？"

韩厂长也着急："机器二十四小时超负荷运转，几个主要零配件磨损严重。这些零配件是进口的，还需要一两天才能运到厂里。"

易国兴急火攻心："你们之前干什么去了，为什么不早点儿做好这方面的准备？"

"备用零配件是有周期的，哪能不考虑成本节约？只是没想到消耗这么快。"韩厂长耐心解释。

易国兴更生气了："不管什么理由，明天中午前一定要恢复生产，否则扣全厂工资！"

韩厂长一定火了，为了查找故障原因，联系生产零配件的厂家，他和工人已经两天没回家了,你易国兴不鼓励,反而动不动就用扣工资的办法解决问题,哪有这样当领导的? 就说:"那好,易总来动手修吧!"

在场的工人早绷不住了,现在听一向好脾气的厂长都生气了,就你一言我一语起来:

"什么作风? 没把我们工人当人看。我们不行,你行,你自己动手。"

"把厂子搞成这个样子,连童正民都不如! 有什么资本在我们面前指手画脚?"

易国兴气得脸都白了,不料还没等他发作,韩厂长就将油腻的手套扔在地下,愤然对易国兴说:"也不等你开除了,我们走人!"说着就带着工人走了,留下他一个人目瞪口呆。

此事发生没两天,易国兴到氧气站检查工作又被门卫拦住了,理由是制氧站是易燃易爆区。

易国兴说:"我是易国兴。"

门卫故意装作不认识:"你说你是谁都没用,我们按易国兴的指示,看证放人。"

"我今天没带。"

"我们黄处长说了,谁要是无证放人进入禁区,就扣谁的工资,严重者下岗! 这也是贯彻易总的指示。"

易国兴心里明白,门卫是在故意刁难他。

最让易国兴恼火的,是田鸣健和傅佳钢也开始阳奉阴违了。易国兴想返聘几个高工重建钢研所和中心实验室,让田鸣健出面联系,但半个多月过去了,田鸣健没有回话;他问田鸣健,田鸣健才说,是那几个高工没回话,可能是不愿意返聘,还说:"要不易总亲自上门请吧。"

第二天,田鸣健就借口胸闷心慌,住进医院了。

韩厂长撂挑子后,易国兴去找傅佳钢,让他去170钢管分厂挑起厂长的担子,可傅佳钢一口回绝,说自己是外行,万一搞砸了,对不起易总多年的栽培。

无奈之下,易国兴只好派另一个新提拔的副总高升去抓170钢管分厂的工作。高升是冯为泰的大女婿,原来在销售处当科长,处长孙锦西犯了男女作风的错误,又有匿名信反映他受贿,自己提出辞职,去了泰州华东钢铁厂。高升就升到处长的位子上。因为会处理人际关系,又有较强的工作能力,易国兴就将他提拔了上来,当然他也想借此和冯为泰缓和关系。

易国兴不知道,傅佳钢正在紧锣密鼓给自己找后路。负责帮他联系的赵老板,已经把一份转让合同交给了傅佳钢,是江北私营轧钢厂转让的合同,对方已经在合同上签了字,就等傅佳钢签字就生效了。赵老板问他生产和销售的事情,问技术人员的问题,傅佳钢说,这些你就不用操心了,我都想好了。

下班后,傅佳钢又来到亚光新区。刚打开房门,手机响了。是断了两年联系的曾小丽的短信:"我老公知道了我和你的事,将我赶出了家门。我要去深圳,请看在以前的情分上,救助我五万元。"接着,又追加一条:"兔子急了也会咬人哦。你若不念旧情,我必投桃报李。"

傅佳钢被吓得一激灵,在自己安全落地的关键时刻,他可不想阴沟里翻船。他略一思索,回了一条信息:"钱明天如数打到你卡上,下不为例。"

第二天上午九点多钟,傅佳钢想到钟楼一家牛肉拉面馆吃早饭。这家店是兰州人开的,汤是汤,面是面,色香味俱全。吃完他想带儿子上西塞山,陪陪孩子,尽为人父的责任。刚打开房门,对面的房门也开了,田鸣健走了出来。

他身穿黑色西服,系着红领带,也夹着个包。一见傅佳钢,他大吃一惊:"你怎么也住这儿?"

傅佳钢掩饰道:"一个朋友的房子,昨晚在一块儿喝多了,他带我来休息。"

田鸣健打起哈哈:"哦哦,这是我在银行工作的女儿买的房子,他们出国了,让我来照看几天。"

傅佳钢佯装关切道:"你出院了?"

"每天还得去医院吊两瓶盐水,吃点儿保心的药。"

"那你还是要注意点。我听说,电气分厂副厂长老萧,前天晚上突发心肌梗死,说走就走了。"说完,傅佳钢准备下楼,田鸣健叫住他:"佳钢,上个星期,我听监察室戴主任说,他接到一封检举信,关于你的。"

见傅佳钢回头看着他,田鸣健又说:"外面说话不方便,进来吧。"

傅佳钢就随田鸣健进了他的房子。这才发现,房子的装修、摆设,与他的房子有异曲同工之妙。家具也是清一色的红木,地上也铺着绣花地毯。最不可思议的是,墙上也有外国风景油画。田鸣健刚才说这房子是他女儿的,特别还加了"在银行工作"的定语,真是欲盖弥彰。

不过,傅佳钢也顾不上关心是谁花钱买的房子,他急于听田鸣健说检举信的事儿。

田鸣健收起笑容:"检举信是确有其事。我跟戴主任私下说,都是些无中生有的东西,肯定是下岗工人报复。"不等傅佳钢反应,他就转过话题说,"上次开会,易国兴问到祝大昌,他是要请祝大昌回来?"

"这想法太幼稚了。"傅佳钢答道,"祝大昌发了大财,自己当老板了。"

田鸣健心里一酸:"他靠什么发财的?"

"具体情况我也不清楚,只知道他推销挂历淘到第一桶金。投资了芜湖钢铁厂,后来又从小股东变成了大股东。"

正说着,易国兴的电话来了,想让傅佳钢陪他到祝大昌家。傅佳钢说他在外面有事,就把祝大昌家的地址告诉了易国兴。

此时的易国兴已是内外交困、焦头烂额。因为睡眠不足,两眼布满血丝,憔悴不堪,原本不抽烟的,也一根接一根抽起烟来。他急需有人帮他分担压力、出主意,自然而然就想到了祝大昌。他想找祝大昌好好谈谈,恢复他的职务和工作,让他领头重建钢研所和中心实验室。

易国兴已经拿定主意,弃普炼优,尽快转身回到特钢行列。他相信,现在掉头还来得及,无缝分厂生产的航空发动机上旋压管的市场潜力巨大。这是当年王世儒手上搞的项目,因为规模很小就保留了下来。现在正好可以利用这个项目重整旗鼓。他相信,祝大昌有这个能力,也不会拒绝他的诚恳道歉。只要祝大昌能帮他挑起这副担子,一切不利于他的影响将会消失,他为临钢付出的心血也不会白流。

晚上,易国兴才开车到工人村。他深知自己得罪的下岗工人太多,怕白天被人认出来。

工人村没有路灯,易国兴将车停在有灯光的街头,然后从车上走下来,看见电杆上一块"苏式建筑群"的标志牌十分醒目。他之前拆除西总门未遂,政府部门担心他会拆工人村,就提前挂出了标志牌。见此情景,易国兴心中生起一丝惭愧。

按照傅佳钢所说,他找到挨近卫生站的15栋,上二楼,敲起左侧第一家的房门,半天没人开门,也无回应。易国兴又敲了几下,右侧的门开了,走出一个披着衣裳的大嫂,狐疑地看着易国兴问:"你找谁?"

"请问,这是祝大昌家吗?"

大嫂说:"他一家人早都搬走了。"

第二十九章

在临钢一日日败落之际,傅佳钢的鑫钢轧板厂却正式投产了。

傅佳钢没出头露面,而是让刘老板办了几桌酒,热闹了一下,宴请日后常有业务往来的老板和客户。下午,他才开车来到厂子,厂门口燃放的鞭炮灰烬还未清除,两旁摆满了贺喜的花篮。刘老板陪着他,先到轧机轰鸣的厂房看了生产情况,随后再走进办公楼,看为他布置的办公室。

傅佳钢环视办公室,硕大的办公桌后是一张真皮大班椅,大班椅背后一面书柜墙,摆着与模具钢板材相关的书籍。书柜中间有一扇门,通往里间的休息室。办公室有扇锁着的大门,墙上有幅大字,"难得糊涂"。办公桌对面有扇门与隔壁的秘书室相通。傅佳钢走近落地窗,拉开浅蓝色的窗帘,一阵清新的风吹进来。窗外阳光耀眼,远眺是壮阔的长江,近看厂区中间绿茵茵的草地点缀着盆栽。

傅佳钢的心情大好。购买这个厂,包括添置新设备,总共花了八百多万。厂子是股份制,他占百分之五十,刘老板占百分之二十,几个小老板加起来百分之三十,大权牢牢控制在他手中。

傅佳钢在大班椅上坐下,享受地吸着烟,悠闲地吐着烟圈。刘老板报告说,两台轧机日夜生产,工人们加班干,就显出钢锭原料明显不足,他想派人去浙江买一千吨钢锭,作为生产储备之用。

傅佳钢说:"不用派人了,我亲自去趟浙江。随后去上海见一位老朋友。"

刘老板奉承道:"傅总亲自去,当然更好。"

傅佳钢所说的老朋友就是祝大昌,他想到祝大昌那儿取取经。凭着父辈的关系,还有薛三妹的情面,傅佳钢相信,祝大昌一定会对他知无不言,言无不尽的。

第二天刚上班,田鸣健就来找,关上门,神秘兮兮地对傅佳钢说:"香港华氏财团想收购临钢,昨天下午,省里一位处长陪同,来找易国兴谈判。"

傅佳钢忙问:"易国兴同意吗?"

"易国兴坚决反对,谈判不欢而散!"

事出突然,傅佳钢想知道田鸣健的态度。

田鸣健说:"一旦被收购,哪里还有你我的位置?准备卷铺盖走人吧。"

傅佳钢心里有底,所以并不慌张,只说:"你认为会被收购吗?"

"怎么不会?华氏是大财团,资金几千亿,加上后台硬。"田鸣健做了个向上的手势,"省里有人,上头还有人。收购一家钢铁公司,还不是小菜一碟?佳钢,我们得提前做好准备,不能在一棵树上吊死。"

傅佳钢暗自庆幸,幸亏自己早有准备,嘴上却道:"不要急,看看形势再说吧。"

田鸣健说:"等你看清形势已经晚了。"

傅佳钢原想过两天再去浙江的,田鸣健的话倒提醒了他,他决定提前行动,次日一早就去浙江,于是对田鸣健说:"我想明天去浙江催款,我经手的,必须了结。如果真被收购了,查起账来不好办。"

傅佳钢走后,易国兴正好来找他。见办公室锁着,就去问田鸣健。田鸣健说:"您忘了吧,他去浙江催款了。"他以为傅佳钢会跟易国兴请假。

易国兴想说,这个傅佳钢,越来越不像话了,去浙江也不打个招呼,过去恨不得出办公楼都要请示,想想说这些话还有什么意思,人各有志,便忍住了。跟田鸣健,香港华氏财团收购临钢的事,冯为泰跟他的态度一致。易国兴想召集公司领导层开个会,表明自己的态度,国有资产不能贱卖。大家统一思想之后,再电复省委省政府。然后对田鸣健说:"这可是大是大非的问题,你老田应该有个态度。"

田鸣健含糊其词,不说赞同,也不说反对。

易国兴冷冷地盯了田鸣健几眼,压住心头的怒气走开了。

傅佳钢坐火车到浙江金华,购买了一千吨钢锭发回自己在江北的厂,又处理了一些公务,二十天后才坐上火车到上海见祝大昌。

祝大昌正在接待来上海出差的俞钢。

祝大昌下海后不久,孙锦西被人整走了;他一走,俞钢也离开了临钢,考到中国冶金学院读了个本科,毕业后应聘到泰州华东钢铁厂,再次与孙锦西做起了同事。

在冶金学院深造后,俞钢谈吐更加成熟从容了。一见面,就送了祝大昌一本《戴明管理思想精要》,动情地说:"昌哥,您还记得吗?我第一次见到您,您问我,笔记本上抄这句'每天进步一点点',知道是谁说的吗?我闹了个大红脸。然后,我人生中第一次听说了爱德华兹·戴明这个人。几乎可以说,那天遇见您,改变了我的人生。"

祝大昌欣慰地说:"怎么不记得。那年,你也就十五六岁吧。时间过得真快。"

傅佳钢来时,俞钢正要告辞。看着他的背影,傅佳钢问:"这人看着有点儿眼熟。"

祝大昌说:"俞钢,我师父的儿子,以前在公司跑市场调研。"

傅佳钢恍然:"以前听你说过,是个可造之材。"

"年纪轻轻做到副处长,然后辞了不干,跑到北京去读书。这年轻人不简单,知道自己要什么。比我们这代人强啊。"

傅佳钢笑笑,打量他一下,不以为然道:"你怎么还像三年前那样,红T恤,老手表,一点也不像千万富翁。"

祝大昌笑着问:"千万富翁应该是什么样子?"又问傅佳钢:"这次来上海有什么公干?"

"到浙江催款,绕道上海来,就是专程来向你请教的。"

祝大昌笑道:"我们先去吃饭。一会儿,你想了解什么只管问,我是知无不言,言无不尽。"

订了包厢,叫了几个菜,叫了红酒,时隔几年,两个人又坐在一起喝酒,一时间都感慨有沧海桑田之感。

傅佳钢说:"你这短短不到两年时间成了千万富翁,不瞒你说,我就是想知道你的财富密码。"

祝大昌哈哈大笑:"哪有什么财富密码,只是交对了朋友。当年跑业务时,结识了一个朋友,后来他下海,投资芜湖钢铁厂;听说我下岗,便请我去当厂长,我就带了卖挂历赚的四十万入了股。后来,朋友想转行做文化,就将持有的股份转让给了我。我没那么多钱,他说没关系,分期支付。就这样,我成了芜湖钢铁厂的大股东。说是大股东,实际上,是欠着朋友的钱。"说得傅佳钢心里一阵酸,只叹自己没遇到这样的贵人。

祝大昌说:"所谓的贵人,都是以心换心交来的。"

傅佳钢不无羡慕地说:"你的事业越做越大,我们临钢却被易国兴搞瘫痪了,现在是叫花子过年,一年不如一年,怕是要卖给私人老板了。"见祝大昌有些吃惊地看着他,继续说道,"现在民用建筑钢材简直就是白菜价,特殊钢又兴旺了,价格一天天看涨,比普钢价格高出几倍。"

"卖给私人老板?"祝大昌刚缓过神来,"谁这么大的胃,能吃下临钢?"

"香港华氏财团,这个胃够大吧。我来上海之前就在谈判了。省里的意思,肯定是主张卖。但易国兴态度坚决,顶着不卖,认为这是在贱卖国有资产。"

祝大昌忧心忡忡地说:"省里定了主意,易国兴哪里顶得住。"

"临钢已经被易国兴折腾成空架子了,前几年还流行靓女先嫁——效益好的企业先改股份制,现在临钢成了丑女,能'嫁'掉,省里大约也想快点儿'嫁'掉。"傅佳钢本想告诉祝大昌,易国兴想请他回临钢重建钢研所,但话到嘴边,突然又不想说了,就拣田鸣健的话说,"香港华氏财团大有来头,从省里到上头,都有人支持。看来易国兴下台要进入倒计时了。"

祝大昌心里五味杂陈,关心地问他:"那你呢?有什么打算?"

"一朝天子一朝臣,卷铺盖走人呗。我心里有数。"

祝大昌不知道傅佳钢的布局,真心诚意道:"既然是这样,你就到我这儿来吧,给我来当副总。"

傅佳钢心中暗想,你还是小看我了。就借口临钢暂时离不开,开始问祝大昌一些经营上的事,看看有哪些是自己可以借鉴的。临钢迟早会被卖掉,早一点把精力用在自己的企业上,错不了。从此,易国兴打他电话,他也总是借口在外地催货款,全心做起了自己的企业。

易国兴本来还有傅佳钢和田鸣健这左膀右臂,现在左膀右臂都在打着自己的小算盘,只剩下他孤军奋战。他知道自己顶不住,便拖。拖了一个多月,知道不可能无限制拖下去。这天,秘书打来电话,让他火速赶到省里,赵副省长要找他谈话。易国兴知道,这是要向他摊牌了。

赵副省长见了他,和风细雨,说易国兴到临钢后的一桩桩改革,成功之处,赵副省长不吝赞美;失误之处,也只是点到为止。又说到临钢现在面临的困境,问易国兴:"国兴同志,我就问你一句,如果现在不壮士断腕,果断出售临钢,你可有拯救方案?如果有,我就支持你。"易国兴沉默了。他回天无力。

赵副省长话锋一转,说到临钢丢枪案:"国兴啊,对你,省委可是有不同意见的。有的同志认为,你欺瞒组织,胆大妄为,丢了枪居然敢瞒着不报,而且拿着国家的钢材行贿,主张依法严肃处理。是我为你力争,才将这事先搁置在一边,给你一个将功赎罪的机会。你对临钢的情况熟悉,希望你在与香港华氏收购临钢的谈判中,为国家争取最大的利益。"

听领导拿枪案和批钢材的事点他,这是易国兴在临钢改革中,唯一因私心而犯下的大错,易国兴长叹一声,说:"感谢省长的信任,我站好最后一班岗。"

从省城回来之后,香港华氏财团收购临钢的工作就全面启动了。易国兴态度一转变,收购推进迅速,半年时间便尘埃落定了。

久未回公司的傅佳钢,接到通知回来开会。见田鸣健正在收拾东西,便说:"进展这么快吗?"

田鸣健阴阳怪气地说:"当然啊!临钢从此不再姓公了。"

"人事呢?怎么安排?"

田鸣健说:"冯为泰提前退休,你我不在新班子名单上。"

傅佳钢早知是这结果,但依然不免有点儿失落,问:"易国兴呢?"

"纪委将他查了个底儿掉,也没查出什么贪腐问题,在市里就地安排。"

傅佳钢追问:"没有留任的吗?"

"冯为泰的大女婿高升,高副总留任副总。"

傅佳钢摇摇头苦笑:"高升?高升!有点意思。"

易国兴没参加交接会。香港来的新总经理宣布领导班子成员名单时,傅佳钢和田鸣健拂袖而去,约着去挹江酒楼喝酒。田鸣健说:"今天,我不喝啤酒,你也别喝花雕,我们都喝白的,步调一致。"

傅佳钢就要了一瓶白酒,点了几个菜,表示他买单。

田鸣健大方地说:"不要和我抢,这次的单我来。"

看到田鸣健罢了职,反而有种如释重负的感觉,傅佳钢问他:"老田,被踢出局,你一点儿都不失落吗?"

田鸣健嘿嘿一笑,说:"该得到的都得到了,有什么好失落的?"

傅佳钢想想,也是,临钢不存在了,他敛财的那些事也不会有人追究了,反倒可以高枕无忧、大大方方亮出鑫钢轧板厂老板的名片,一心一意朝钱奔了。想到这里,傅佳钢忽然明白,田鸣健这么精明的人,肯定也早就有了后路,吾道不孤,兴奋中他和田鸣健连喝了三杯。

喝到位之后,两个人开始吐真言了。田鸣健用眼角斜乜了一眼傅佳钢:"老傅,我今天想听你说个真话,不管多难听的真话,你说了我都不会怪你。你当了公司副总以后,是不是一直存心整倒我?"

傅佳钢微笑不语。

"傅老弟,这可能是我们最后一次喝酒,以后也没有随时约的机会了,说说有什么关系呢?"

傅佳钢于是坦白道:"我岳父临终前说过,跟你田某共事,要多个心眼儿。"

"仅此而已?"

傅佳钢借着酒劲儿,直言:"他说,田某为达到目的,可以不讲任何情义。"

田鸣健冷冰冰地笑笑:"还有呢?我想听听他的原话。"

"我说的都是原话。"

"对,都是原话,都是你的原话。假借你岳父临终之口,说出了你的心里话。"稍停顿了一下,放下手中的酒杯,"你藏在心底深处的原话,还是让我来说吧。我田某人攀高结贵,趋炎附势,可是,我不这样,岂不被人踩在脚下了?枭雄曹操说,宁教我负天下人,休教天下人负我。古今一样,概莫能外。"

傅佳钢不想翻这些旧账,就又给田鸣健斟酒:"田兄,现在下台了,你准备干什么?"

田鸣健喷出一口酒气："我已经五十六岁了,好好享受生活呗。半个月后,我就跟着女儿去英国,从此天高任鸟飞,一去不回头。这最后一杯酒,就祝傅老板的模具钢板厂财源滚滚吧！"

傅佳钢惊愕地问："原来你早知道？"

田鸣健阴阴地说："小小临钢,哪有我田鸣健不知道的秘密？"随即大声叫,"服务员,买单。"买完单,扬长而去。

傅佳钢坐着发了一会儿呆,把余下的酒喝完,正要走,听见隔壁包房里传来大声的叫好。听声音耳熟,竖耳细听,是赖子他们。

只听赖子道："各位,各位,临钢被收购了,易国兴滚蛋了。"

刘胜利的声音："这已经是旧闻了,有什么新闻吗？"

赖子煞有介事地说："新闻就是,经商议,任命毛仁银同志担任汽修厂主管,享受公司副经理待遇。任命活宝同志为货运主管,享受公司副经理待遇。任命蔡红同志为中窑酒楼主管,享受公司副经理待遇。"

传来一阵掌声。

傅佳钢知道,中窑酒楼租用的是中窑服装厂厂房,听他们议论,是准备将当街的车间,一楼装修成大餐厅,二楼隔成几个包厢,三楼安排棋牌室和住宿。这个地段好,靠近医院、区政府机关,离厂区也近,不愁生意,不愁赚不到钱。

毛仁银问："可以发表意见吗？"

赖子说："有话就说,有屁就放。"

"那我就说吧,说得不对,就算放屁。要我看,让蔡红当酒楼主管我不放心,酒楼三楼还有住宿房间,她会不会在这里做皮肉生意？"

祝国祥这时候才开腔："这个问题我们考虑过了,她在文明巷那边的店子没做了,现在改邪归正了,说宁可饿死,也不能做那个生意。可怜她孤儿寡母,我们不帮她一把,还能指望谁？我们会约法三章的,她已经向我们表态,规规矩矩做生意,只赚干净钱。"

毛仁银不再作声,赖子就接着说："为了保证酒楼只赚干净钱,我临时任命毛仁银同志担任酒楼监理,大伙同意不同意？"

大伙都鼓掌。

手机响了。只听活宝说："就在这里说吧,吴回芝又不是什么外人,把免提打开,我们都听听。"想必是毛仁银的手机。

果然,手机里传来吴回芝的声音:"给你物色了一个媳妇,是我们这里的服务员,你什么时候来一趟,见个面吧。"

毛仁银不吭声,那边吴回芝催促说:"你表个态呀!"

毛仁银就细声细气地说:"好吧。"

赖子喊:"毛仁银双喜临门,大家一起为他干杯,也为我们公司的未来干杯!"

趁着酒兴,刘胜利对活宝说:"好长时间没听你一展歌喉了,今天怎么样,给大家吼一嗓子。"

叶老实说:"那年我们抓阄下岗,在蔡红小餐馆吃散伙饭,是你活宝唱的《咱们工人有力量》。今天唱个带劲的,来一首《在希望的田野上》吧。"

刘胜利喊:"这首歌太老了,又是反映农村的,不如唱一首《我的未来不是梦》,更能激励人心。"

一伙人高声唱起来。傅佳钢听着,觉得歌儿倒是挺应景,心里却说不清是什么滋味,独自一个人走下楼去。

第三十章

易国兴的心中充满了惆怅和落寞,还掺杂着几丝愤懑。

算上这天,他从到临江钢铁公司上任总经理到卸任,一共五年八个月零十天。

交接完工作的第二天早上,易国兴就离开了临钢。他没有多少东西可收拾,除了几件换洗的衣服,就几大本工作日记。日记里写下的,都是他这五年多来,为临钢谋划的重要工作,是多少个夜晚,他通宵苦干出来的成果。现在,它们装在一口旧行李箱里。

他环视了一下住了几年的房间,心里有些难舍。拖着行李箱走出来,赫然看到房门口摆着一个大花圈,吓他一跳。花圈中间是个硕大的"奠"字,两侧系有挽带,左侧写着"改制改薪改产品",右侧写着"拆炉拆所拆总门",横批是"千古罪人"。

易国兴站在花圈前,心中一阵刺痛,这十八个字,说起来还真是准确,但真是字字如刀、如剑,不,如字字带毒的致命利器,足以让他应声倒地,长眠不起。

他不禁低头默哀起来,为被他葬送的工厂,为下岗后为谋生而失去生命的工人,为那些恨他的工人,为没日没夜的自己。

"改制改薪改产品,拆炉拆所拆总门,千古罪人。"难道我来临钢这五年多来,真的就只做了这六件事,然后得了一个"千古罪人"的骂名吗?他不知道。但这就是临钢人送给他的礼物。他的脚像踩在棉花上一般,不知道怎么走下的楼。

没想到，冯为泰正站在招待所门外的葡萄架下等他。见易国兴拖着一个行李箱出来，便迎上去打招呼道："国兴同志，听说你今天离开，我来送送你。"

易国兴心头一热，说："谢谢你，老冯书记，人人见我躲避不及，你还来送我。"

冯为泰满脸诚挚地说："当年是我接你进厂的，现在送你，也算是把这个圈画圆。同事一场，尽管我们有过矛盾，有过分歧，甚至发生过激烈争吵，但那都是为了工作，为了厂子的生存和发展，对事不对人。我们没有私人意气之争。"

易国兴感伤道："厂子落到这个地步，我真的很痛惜，很对不起大家。"

"我知道，全公司的工人、干部也都知道，你老易是个对党和国家忠诚的人，你有着强烈的事业心，从不利用职权谋私，一身正气、两袖清风，难能可贵啊！"

冯为泰这番评价，差点儿让易国兴流下泪来："你说我当时中了什么邪，为什么就是听不进你的意见，为什么容不下祝大昌？撤销钢研所，撤销中心实验室，真的是，一失足成千古恨。"要不是迎头被花圈暴击，易国兴绝不会说这样的话，他是经营钢铁企业的，个人意志里早已有了钢铁的气质。但此时，他不知道为什么，这些心底里的话冲口而出。

冯为泰脸色变得严肃起来："老易，你也不用太自责了。如果说你有问题，我倒感觉根源是你心里只有效益、没有人。你把人当成了没有感情的数字，六万人，说下岗就下岗，也不想想这六万人下岗后怎么生活；只想到下岗六万人，企业就能减少六万人的开支，轻装前进。可人都减了，企业还靠什么赚钱、靠什么发展？即便赚了钱，又有什么用呢？"

易国兴苦笑道："所以人们叫我易疯子嘛，我是真疯了。现在看来，这么简单的道理，我却一叶障目，不见泰山。我以前经常爱用'刮骨疗毒'这个词，看来，是该给我的思想来一次刮骨疗毒了。"

冯为泰也很痛心："国内其他的特钢企业，没有像我们这样搞一刀切，所以人家没有大伤元气，撑了下来，而我们作为龙头老大，却被淘汰了。"

见易国兴埋下头，冯为泰抑制住自己的情绪，口气缓和下来继续说："老易，香港华氏财团第二次来厂子时，省纪委是不是找你谈过话？"

"是的，有人写信揭发我有男女作风问题，说我破坏工业遗产、妄图把厂子变成我的私有财产,污水泼了很多。"

"是谁揭发的,你知道吗?"

"省纪委没说,我也没打听。"

"那我把我知道的情况告诉你吧,是田鸣健,也就是你以前最信任的人。他搞臭你的目的,是想转移和掩盖他自己的问题。"冯为泰稍顿了顿,"昨天纪委找我,说他们正在调查田鸣健的经济问题,但这只老狐狸,两天前与贪污银行千万赃款的女儿跑到英国去了。傅佳钢受贿的问题也浮出水面了,纪委是在查处一个姓陈的开发商向政府官员行贿的案件中,掌握到确凿证据的。"

见易国兴先是满脸惊愕,接着满脸难言的痛楚,冯为泰不忍心了,放慢语速说:"对不起啊,说是来送你,还唠叨这么多。我不说啦,不说啦。"说着,就要帮易国兴拉箱子。

易国兴忙说:"冯书记,你这是要折煞我,我自己来。"

冯为泰陪易国兴走到门口,同易国兴握手告别:"我就送你到这里了。一定要多保重啊!"

易国兴郑重地跟他握了握手,然后转身走向张之洞的汉白玉雕像,深深鞠了三个躬。

一个星期后,傅佳钢被市纪委带走了。

不久,祝大昌接到薛三妹的电话说,傅长厚快不行了。他连忙乘最近一班飞机飞回临江。祝大昌陪着薛三妹,守在老爷子床前。凌晨,外面下起大雨,傅长厚醒了过来,看着薛三妹老泪纵横,断断续续地说:"我们傅家,对不起你,委屈了你,你跟那逆子离婚吧。"

傅长厚也葬在了飞云洞山上。下葬那天,给老爷子送行的,除了傅佳钢的妹妹一家,就是祝大昌兄妹和薛浩。薛三妹哭成了泪人儿,带着儿子走在前面。帮忙张罗的,是傅佳钢平时看不起的赖子、毛仁银他们这些人。

刘胜利叹道:"傅老爷子一生英雄,光明磊落,没想到被儿子气死了。"

一阵唏嘘和沉默中,祝大昌对赖子说:"我来出钱,你们出力,把这一片墓地好好修缮一下吧。"

办完丧事,祝大昌才去探视傅佳钢,他的案子已经移送司法机关了。

傅佳钢憔悴了许多。两个人沉默了好久,傅佳钢才声音嘶哑地说:"我想到过会有这一天,但没想到这么快。"

"我已经打听了,半个月后开庭,你想请律师吗?"

傅佳钢苦笑道:"不用了,我认罪。不过,我想求你一件事。"

祝大昌说:"什么事你说。"

"让三妹跟我离婚,我对不起她和儿子。另外,给我妹妹打个电话吧,让她把我爸接到汉口去住。"祝大昌强忍住,没有说出他爸去世的消息,就说:"好吧,我会的。"

晚上,祝大昌来到傅佳钢家,薛浩已经先来了,正在劝姐姐离婚。见祝大昌来了,就找借口走了。

薛三妹问祝大昌:"你去探监了?"

"去了。"

"他带了什么话吗?"

"他说对不起你和儿子,另外让你打电话给他妹妹,把他爸接到汉口去。"

"还说什么了?"

祝大昌只得说:"就是你弟刚才劝你的事。"

薛三妹平静地说:"我不会跟他离婚。"

"这事我不劝你,你按你的想法处理吧。"

薛三妹又说:"即使离婚,也要等他出来。"

"那你打算带着儿子怎么过?"

"我准备把我妈接来,这么多年了,我也没好好尽孝,今后有机会了。"

返回上海的前一天,祝大昌去探望冯为泰。得知祝大昌的事业搞得一帆风顺,冯为泰说:"好,好,是金子在哪里都会发光。"

祝大昌掏出两瓶预防心脏病的药,递给冯为泰。冯为泰说:"这么多年了,我们君子之交淡如水,这回我就不客气了。"接着,冯为泰感慨道:"傅佳钢是聪明反被聪明误。可恨的是田鸣健,干了那么多坏事,临了,倒卷了几千万逃了。他这种人,在国外也是惊弓之鸟。"

不等祝大昌问,又说起易国兴的近况:"政府机关不像企业,易国兴那种个性,恐怕很难待下去。"

易国兴确实待不下去。省里让他找市里报到,在市里就地安置。他找到市里,市委组织部说,晁副市长分管工业,你是工业口来的,去找他吧。

易国兴只好硬着头皮去找晁副市长。晁副市长公事公办,问他有什么想法。想到当初自己对晁副市长的态度,易国兴有些尴尬,说:"没什么想法,听凭组织安排。"

晁副市长说:"老易啊,你是个聪明人,有些事,你想不明白吗?"见易国兴一副不明就里的样子,晁副市长接着说:"你是省管干部,你的人事问题,理应由省委组织部来安排,怎么轮得到我们市里安排呢?"

"哪里安排都是安排,市里安排我也无所谓。"

"别无所谓呀,太有所谓了。"晁副市长阴阳怪气地说:"市里安排,那省里总要给你一个结论吧。你易国兴在临钢改革,是成功还是失败?是功大于过还是过大于功?这次从企业转到机关,是升职、平调,还是降职?到市里来安排,只能是降职。总不能让你来当市领导,再把临江市也搞得乌烟瘴气吧?那降几级?为什么要降?犯了什么错误?是造成国有资产流失?还是乱搞男女关系?这事总要有个说法不是?"

听他如此刁难,易国兴心里一阵厌恶,但对这些,他其实也早就无所谓了,就说:"也许接下来,省里会给出结论吧。"

"那就等省里的结论出来了,市里再安置吧。不是我为难你啊,是你的事实在没有先例。比如说,你易国兴,明知道丢了枪是大事,一定要上报的,可你胆子大啊,压着不让上报,你这样的人,哪个部门敢要你。这事怎么定性?法办你不为过吧?现在让市里安置,是该将你从正厅降为正处呢还是副处?依据是什么?又比如啊,你为了将枪案压住,拿国家的钢材送给宁则西,这算是行贿呢,还是什么个性质?是应该按党纪处分呢,还是依国法处分?这些事,我们都做不了主。你还是去找省里吧。你这尊菩萨太大,我们临江这小庙,装不下你呀。"

易国兴想发火,但他强忍了。站在晁副市长的角度,他说得也无懈可击,于是又回头去找省里的相关部门,省里又说,你的人事关系转到临江市了。冷静下来一想,这事不合常理,明显是有人故意在为难他。想想自己得罪的人太多了,现在也不清楚是什么人在使绊子,易国兴也懒得猜了。他易国兴是什么性子的人?哪里受得了这个委屈,一气之下,也不找省里,也不找市里,他想辞职下海。一身本事,还饿死不成?可一想,辞职也不知该找

281

什么人辞。

那就不辞而别吧。

要离开临江了,想来想去,除了冯为泰,也没有什么人可以告别的。便又去向冯为泰告别。

听说了易国兴的遭遇,冯为泰出去打了个电话,回来说:"我有个亲戚,在江阴办了家炼钢厂,我刚才把你的情况说了,我亲戚说太好了,正缺一个抓生产的副厂长,就怕厂太小,委屈了易总。"

易国兴说:"肯收留我,感激还来不及,哪里有什么委屈的。"

一个星期后,易国兴就来到江阴炼钢厂。

果然是个小厂,只有四百多名工人,产品却高精尖,轧制高强钢焊丝。市场前景好,效益可观。易国兴上任,吃惊地发现好多工人竟都是来自临钢,厂长也是原平炉分厂厂长大潘,只是现在工人都叫他老潘了。

老潘对易国兴很客气:"我们一起共事,有什么不周到的地方,请易总多批评。"

易国兴赶忙摆手说:"再也不是什么易总了,请潘厂长以后叫我老易吧。"

让他暖心的是,工人们并没有嘲讽他,挤对他。易国兴也一改过去不近人情的作风,下班后回宿舍,与工人们喝点儿小酒,打打小牌,说说笑笑。不知不觉两个月过去了,这天厂长老潘告诉易国兴,老板要来检查工作,还要见见他。

易国兴随老潘来到一间平时很少开门的办公室,除了办公桌、沙发和一排摆满书籍的书架,办公桌后面的墙上,挂着手书的一行字:每天进步一点点。

易国兴正在纳闷,就听一个声音说:"对不起易总,我来晚了,让你久等。"回头一看,竟是祝大昌,这才明白过来:"老潘说我们老板事业做得很大,没想到是你。"

祝大昌招呼他坐下,笑了笑:"易总,在这里还习惯吧?如果你觉得不合适,我给你换个厂子。"

易国兴说:"习惯习惯,这里工人蛮好,大多都是我们临钢来的,技术好,素质高。"又深感惭愧地说:"想想当年,我在临钢那样对你,你却以德报怨……我在临钢千错万错,最大的错就是开除了你,后来临钢遇到困难,我好多次都想,要是祝大昌在就好了。"

祝大昌笑着说:"易总,我知道您后来想找我,谢谢您信任啊。不过,真是应了'塞翁失马,焉知非福',你也帮了我。"

易国兴阻止他:"再不可以叫我易总,我现在就是打工仔,或者体面点儿说,是个高级打工仔。"

祝大昌跟他拉家常:"你还记得那个下岗工人赖子吗?"

易国兴说:"赖星光。"

祝大昌开玩笑地说:"是不是因为他讹过你,所以记忆格外深刻呀。"

"冯为泰告诉我,那个叫赖子的,没读过多少书,但居然知道'劳工神圣'。我是因为这四个字记住他的。离开临钢以后,我天天想这四个字,到你这里打工,天天和工人们混在一起,我才想明白了,赖子一点儿也不赖,他是星光。"

看着易国兴性情有如此巨大的转变,祝大昌也很感慨,他控制住自己的情绪,说:"我们与德国曼内斯曼公司有业务往来,我去过德国很多次。每次我都会去瞻仰马克思故居,每次都会有新的感受和收获。我理解的社会主义国家,是发展为了人民,发展依靠人民,发展成果由人民共享,而不是落到少数人手中。"祝大昌站起来,推开窗户,感受到一股清新空气进来,"易兄有机会可以到马克思故居看看,相信一定会有收获。"

半个月后,易国兴到德国柏林休假,特意辗转到南部的特里尔小城,瞻仰马克思故居。

特里尔是德国最古老的市镇之一,已有两千年历史,人口十多万,是德国现存古罗马时代遗迹最多的城市。城外环绕着青山绿水,山坡上种满了葡萄,自然风景优美。晴朗的阳光下,沿着摩泽尔河旁一条僻静的街道走去,到达布吕肯街10号,就是马克思故居。在易国兴的想象中,马克思故居一定非常宏伟而庄严,事实却不然,他甚至都没有一眼就发现它。

青铜雕塑的马克思侧面头像,位于远离尘嚣的一角。雕塑的设计者们,似乎将他定位为默默沉思的智者了。

马克思故居是一座朴实无华的带有巴洛克风格的三层小楼,至今保存得非常好。在故居入口处的一张小桌上,放着一本厚厚的留言簿,上面写满了各国来访者的留言。进入故居的一层,除了工作人员的办公室外,柜台前还陈列着马克思的著作和画像,以及马克思用过的桌椅和书柜。易国兴来到第二展室时,看到了几个中国游客,正在看展橱里陈列的《资本论》,轻声议论着什么。

让易国兴感触最深的,是特里尔好多红绿灯上都有马克思头像,公交车上也印有马克思头像,与马克思有关的纪念品更是随处可见。在特里尔,马克思已经融入了当地人的生活,成为不可或缺的文化元素。在故乡人眼里,马克思仿佛就是一个已故的邻居,一个已故的朋友,或者是一个曾经的同事。伟大的马克思,震动世界的思想家,曾经只是在这个小城生活的普通人。

走在马克思故乡的街头,易国兴一任老泪纵横。

下部：满天星

钢铁是在烈火里燃烧、高度冷却中炼成的,因此它很坚固。

——奥斯特洛夫斯基:《钢铁是怎样炼成的》

第 一 章

飞机穿过墨西哥湾,气流就变得和缓了许多,舷窗外变得明净起来,浮着一片浅蓝的雾气。已经快到休斯敦,祝大昌直了下身子,觉得头有些眩晕,身子乏力。

这些年,祝大昌远走钢城,沉浮商海,如今收购了江阴钢铁厂和新疆库尔勒无缝钢管厂,打开了欧美和中东的市场。从当初卖挂历赚取第一桶金,做到如今的规模,其间经历过的大风大浪可谓多矣。但在祝大昌看来,没有哪一年的风浪来得如二〇〇八年这般狂暴,也没有哪一年的形势比二〇〇八年更为糟糕。

年初,华尔街次贷危机引发了多米诺骨牌效应,全球股市暴跌,国内经济也持续动荡,银行紧缩银根,计划上马的新型轧机生产线贷款困难。每天睁开眼,闹心的事就应接不暇,他心急上火却又束手无策。雪上加霜的是,他的身体偏偏此时出了问题。到了四月,形势更加严峻,祝大昌就把几个高管召集起来,讨论如何确保二季度的生产效益。正说着话,陡然一阵眩晕,眼前山崩似晃动,冒出无数金星,身上的力气仿佛被什么东西瞬间吸走了。祝大昌忙伸手去扶桌子,没扶住,两腿一软,倒在地上不省人事。

高管们吓坏了,慌忙打了120。幸运的是,祝大昌在急救车上就醒了过来。到医院做了各项检查,除肾结石外,没什么大毛病。范小桃不放心,又请了中医,说是肾阴不足,肝火上亢所致的眩晕症,然后开方说:欲治此病,首在静养。

偏在此时,大洋彼岸传来坏消息,美国将对中国钢铁产品实施"反倾销"。祝大昌志忑起来,半个月前运往休斯敦港的三千吨石油钢管若被美方列入制裁名单,损失巨大。客户罗切斯又联系不上。于是不顾范小桃劝阻,仓促出院,让司机将他直接送到上海虹桥机场,先飞纽约,再辗转到休斯敦。

休斯敦是美国南部得克萨斯州的第一大城市。

这里的四月,正是一年中最好的时节,道旁的落日枫高大整齐,枫叶嫩红艳丽,空气湿润,不像夏季那样漫长闷热。祝大昌对眼前的美景无暇顾及,刚办了酒店入住,就约老朋友罗切斯见面。罗切斯是中国通,不像普通美国人那样对中国抱有偏见。他一见面就给了祝大昌一个拥抱:"祝先生来休斯敦,为什么不提前通知我,是为我节省开车去机场接您的油费吗?"

祝大昌微微一笑,拿出事先准备好的礼物递给罗切斯。是一只洁白温润的羊脂和田手镯,装在精致的大红色礼盒里。

罗切斯夸张地表达他的惊喜:"My God!上次我带夫人去中国,夫人说她喜欢和田美玉,没想到祝先生就记住了。您真是个有心人!"

祝大昌风趣地说,在中国,夫人就是上帝,上帝的旨意岂敢违背。

罗切斯满心欢喜地收好礼物。

得知祝大昌此行的目的,罗切斯在宽敞的沙发上调整了一下身体,笑着说:"祝先生多虑了,我们这批货的合同是去年七月签订的,不在这次'反倾销'制裁的范围之内,您大可不必亲自跑一趟。"

"我第一时间联系您了,可您的电话一直关机。"

罗切斯耸耸肩,做了个无奈的表情,松软的沙发也跟着在晃动:"我刚从沙特飞回来,您联系我时,我可能在飞机上;我再联系您时,你又在飞机上。"接着打开棕色公文包,拿出一份双方去年签的合同,说:"还有三千吨货,什么时候能运到休斯敦?"

祝大昌为难地说:"罗切斯先生,在这个风头上,从中国往美国运钢管……恐怕不太合适吧?"

罗切斯却很乐观:"美国的大门是敞开的,不会拒绝与中国做贸易,当然,更不会拒绝与祝先生这样守信用的人合作。"说着,端起祝大昌泡好的巴西咖啡喝了一口,"我们合作多年,也是老朋友了,你应该相信我。"

"罗切斯先生的为人,我当然信任。"祝大昌稍顿了顿,换成诙谐的口气:"只是不明白,美国为什么总戴着有色眼镜看中国?全世界都知道,中国已经成为美国'反倾销'调查最多的国家了!"

"这个可以理解。"罗切斯收起笑容,开始为自己国家的经济现状大吐苦水,由于多年来受到来自中国的钢铁产品的冲击,美国已经有三十多家钢铁厂破产了,占美国钢铁工业的一半以上,十五万钢铁工人中有七万多人失业,这还是去年政府公布的数字。说起这些,罗切斯显得有些沮丧,说中美之间巨大的贸易逆差是经美国ITC裁决的。华尔街爆发的次贷危机,是这次对中国钢铁产品"反倾销"的直接原因,"不过我必须说明,中国出口的许多产品,在美国是没有市场的,美国需要的不是垃圾产品!"

罗切斯话中的含意,祝大昌自然明白。罗切斯大部分生意都在中国,对中国商人有些了解。中国有的商人小九九多,首先考虑的是眼前的利益,出了问题喜欢把责任往别人身上推。显然这给他的印象不好。

到了午饭时间,罗切斯说他请客,然后把祝大昌带到当地一家有名的中国菜馆,点了十道菜,川、湘、粤、鲁大杂烩,摆了满满一桌。还特地请来两位商界的朋友作陪。对美国人来说,这已经是高规格了。

祝大昌知道,美国人对吃不太讲究,午餐一般很随意,三明治、汉堡包,再加一杯饮料。朋友吃饭多半是AA制,而且吃饭就是吃饭,很少在吃饭时谈生意。而中国人讲究吃,对待客之道也深有研究。罗切斯每次到中国,祝大昌都会盛情招待,而且必少不了罗切斯喜欢的茅台酒。酒能加深感情。在商场摸爬滚打这么多年,祝大昌对这一点深有体会:一百元的生意,多喝一杯或者一瓶,就能变成一万,甚至十万、百万。"中国通"罗切斯初到中国时并不习惯,不知道中国饭局文化的博大精深,后来打交道多了,也耳濡目染。祝大昌这次来美国,他也盛情招待,还特意准备了一瓶茅台,诚恳地说:"我陪祝先生喝,不要求'一口闷',也不要求'喝出血',喝到满意就行。"想不到他连饭桌上的俏皮话都学会了。

罗切斯请来作陪的两位朋友,一个叫鲍尔,是个医药商,想了解中国产的万金油。万金油在南美和北非很畅销,被称为"挖亲又"。鲍尔想做万金油生意,祝大昌答应回国后帮他联系。罗切斯让鲍尔放心,祝先生是讲信用的朋友,说话算话,然后给鲍尔倒了半杯酒,逗他说,跟中国商人打交道首先要学会喝酒。从不喝酒的鲍尔一高兴就将半杯酒闷了,辣得连呛几声,整个人不自主地站起来,脸也涨红了,用半生不熟的中国话表情夸张地说:"中国酒,厉害!"几个人都开怀笑了起来。鲍尔说他一辈子都忘不掉中国酒的味道了。

祝大昌是为"反倾销"来的,罗切斯已经给了他"定心丸",双方合同继续有效,这就没什么可担心的了,他的身体也不能大意,于是就想早点儿回国。没想到,当天晚上,祝大昌接到了俞钢的电话。俞钢已经是华东钢铁厂的副厂长。华钢有五千吨由泰国销往美国的热轧碳钢被美方列入了"反倾销"制裁的名单。打听到祝大昌此时在休斯敦,他想请祝大昌帮忙。

祝大昌实话实说:"我没有把握,只能是试试看。你等我电话。"

祝大昌当即又联系罗切斯。听说是祝大昌朋友的事,罗切斯很为难,说:"祝先生应该知道,美国 ITC 的裁决不可抗拒。再说,我只是一个没有权力的商人,不像你们中国,商人跟政府官员走得近……我真的,无能为力。"

"我知道罗切斯先生很为难,但这件事情迫在眉睫,总得想个办法解决才好。"

"对不起,我没有诸葛亮的智慧,真的想不出什么,锦囊妙计。"

祝大昌沉思片刻,说:"我有个主意,你看行不行。这批货还在途中,能不能绕开美国,帮忙销售到其他国家去?"

罗切斯的兴奋之情通过电话线传了过来:"这个主意不错!我试试委托朋友帮忙,或以他们公司的名义,就说这批货是他们订购的,销售到美国以外的国家。"

"这事不能耽搁,希望罗切斯先生尽快联系,越早越好。"

"我尽快,你等着我的消息。"

美国人办事效率还是高的。一星期后,祝大昌等来了罗切斯的好消息:华东钢铁厂这批五千吨热轧碳钢已经找到买家,直接运往南美的哥伦比亚港口卸货。

祝大昌松了一口气,总算没有枉费自己等在美国的这一周。他当即给俞钢打电话。俞钢连声道谢,说祝大昌帮他解决了大问题。祝大昌这才问他:"为什么华钢的产品要通过泰国销往美国?"

俞钢道出事情的原委。

华钢这五千吨货,是由上海林老板的公司发运美国的。林老板是贩钢材起家的，前些年在泰国办了个轧钢厂，将钢坯原料从中国运到泰国，加工后销往美国，钢坯的供货方就是华东钢铁厂。本来，林老板的货被列入制裁，与华钢没有关系，但他是先提货，后付款，于是就有了间接关系。而林老板之所以能享受这种待遇，得力于华钢厂长助理兼经销处处长孙锦西。

孙锦西在临钢时就是俞钢的上级。后来，他辞职来到华东钢铁厂，带来许多客户，林老板就是其中之一。为了搭顺风车，孙锦西和林老板达成协议，以林老板泰国工厂的名义，帮助华钢的产品销往美国，林老板按销售额提成。

二〇〇八年年初，林老板希望华钢出钱，帮他的工厂更新设备，此外还要拿出两千万入股，否则，将不再帮华钢销售产品。华钢领导层为此开会，俞钢第一个反对，他认为华钢不能把生存、发展的希望全部寄托在林老板身上。接着，他提出，应该对华钢目前的营销行为进行调整，不能对美国市场抱有过高幻想。自上世纪九十年代中期以来，针对来自中国的钢铁产品美国已经采取了十多次"反倾销"制裁。最重要的一点，靠他国渠道销售产品终究是靠不住的，供货方没有话语权，迟早会惹出麻烦。可因为人微言轻，俞钢的意见并未得到重视。现在才过了几个月，就出了状况。

美国当时的措施很严厉，通过他国销往美国的钢铁产品，一旦发现原产地是中国，就提高百分之三十的进口税，附带取消贸易的惩罚。林老板的泰国厂未能幸免。得知这个消息时，装载华钢五千吨钢材的货轮正驶往阿特兰大港。

孙锦西得到消息，仿佛当头挨了一记闷棍，半天没缓过神来。尽管钢厂曾厂长安慰他："老孙呀，这是厂领导层做出的集体决定，我和在座的每一位都有责任，板子不能只打在你一个人身上。"

孙锦西东北工学院毕业，大学毕业就分配到临钢，临钢改为公司的那年，他任热处理分厂工程师，后来一直原地踏步。易国兴铁腕改革，撤换各单位干部那几年，孙锦西在临钢没有根基，反而得到提拔，调任销售处处长。而他真正脱颖而出，是祝大昌被开除后。当时民用钢产能过剩，货场钢材积压如山。孙锦西竭尽全力，省内省外到处联系厂家，托朋友、找关系户，甚至为了客户的十几吨钢材就亲自押车。孙锦西的出色表现得到了易国兴的赏识，当时他手下正无大才堪用，便找孙锦西谈话，了解到孙锦西还是山东老乡，易国兴对他更添了几分信任，表示要提拔他当副总,兼任170分厂厂长。

一时间孙锦西踌躇满志,就请了两桌酒。这事儿被人捅到易国兴那儿,易国兴很生气:组织上还没宣布就摆起升官宴,脑子被驴踢了吗?接着,孙锦西拟了一份上渗碳轴承钢滚20的报告,易国兴认为不切实际,觉得孙好大喜功,就对他有了不好的看法。

一波未平,一波又起。两个月后,又有人告到易国兴那儿,称孙锦西利用到江城洽谈生意之际,与某女老板在宾馆开房,并且将孙锦西的车牌、开房的门牌号码都拍了照片。易国兴是个眼中容不得沙子的人,立即要开除孙锦西。开会宣布的前一天,孙锦西去了趟易国兴的办公室,不知怎样打动了他。他收回开除孙锦西的决定,同意他辞职。孙锦西因此也与妻子林佩兰离婚,净身出户。离婚第二天,他带着行李箱来到华东钢铁厂,投奔他的大学同窗。曾厂长了解他,相信他的才能,就委以主管华钢经销的重任。没过多久,孙锦西又将黄彦清从临钢"挖"了过来,做他的助手。后来,俞钢从冶金学院毕业,他又向曾厂长推荐,将俞钢招至麾下。

老成谋事的孙锦西、思绪周密的黄彦清、敏锐果断的俞钢,未来新临钢的三驾马车,就这样聚集在了一起。

对于华钢产品通过林老板转销这事,黄彦清一直持有异议,他希望孙锦西能多听俞钢的意见,俞钢在临钢干过多年的市场调研。但在孙锦西眼里,俞钢还太年轻,是一块需要锤炼的毛坯钢。

若说人生好比一场足球比赛,那孙锦西的年龄刚好进入下半场,进的球应该更精彩,但他已经没有什么雄心和欲望了,只想守住底线、不贪不腐、不出差错纰漏。万没料到,林老板的厂受到制裁,这对华钢来说,可意味着不小的损失。孙锦西心下惶然,想了几个晚上,觉得光口头检查不行,得写深刻的书面检查,于是另附上一份恳求引咎辞职的报告给曾厂长,不料曾厂长扔还给他,说:"五千吨钢材已经绕开美国销到哥伦比亚了。"

孙锦西惊喜:"谁这么大本事?"

曾厂长也难掩欣赏之情:"俞钢。这小子是个人才。"

以孙锦西对他的了解,他没这么广的人脉,于是问:"俞钢找什么人帮的忙?"

"一个叫祝大昌的,听说是个民营企业家。"

"祝大昌?"孙锦西说:"我在临钢时的领导啊!俞钢就是他推荐给我

的。"说起来又是临钢人帮临钢人,孙锦西心里不禁涌起一股暖流。

离开休斯敦的这天,天气很好,蔚蓝的天空清澈透明,一如祝大昌的心情。罗切斯开车送祝大昌到机场,还回赠了祝夫人一对祖母绿耳坠。祝大昌跟他依依惜别,两个人相约他再到中国,一起喝窖藏六十年的茅台,吃他最喜欢的淮扬菜狮子头。自然也约定,会尽快完成合同,把另外三千吨钢管发过来。

还没登机,妹妹祝国英的电话就来了,母亲犯病住院了,让他有时间回临江一趟。祝大昌于是决定一落地,就先回临江探望母亲。

第 二 章

活宝将手中的小黑包"啪"地扔在桌上,拉了拉领带,习惯性地扭了两下脖子,气呼呼地说:"赖子,听说大昌今天早上走啦?么不打声招呼?"

赖子正侧身接电话,边接边从抽屉里拿出一包中华烟扔给活宝。这时候,毛仁银和叶老实也夹着包走了进来。活宝冲他俩气恼地说:"祝大昌也太不够味了!说好了中午请他吃饭,我在挹江酒楼都订好了桌。谁知他拍屁股回江阴了。这么多年的兄弟,回临江照面也不打一个。"

叶老实说:"我和毛仁银也准备请他呢。"

见赖子放下电话,活宝又说:"他现在大发了,嫌弃我们跟他不是一个档次了。"

叶老实瞥了毛仁银一眼:"是呀,多年不见了,回来总该跟大家见个面。"

这时,腋下夹着小黑包的刘胜利手中搓着两个核桃走了进来。这两年,刘胜利迷上了文玩核桃,满嘴都是四座楼、狮子头什么的。手中这对四座楼,不知是他盘的第几对,已经被盘成了玛瑙状,起了胶感。他刚从地震灾区回来,代表钢花公司捐献了两车矿泉水和方便面,接话儿道:"活宝,你又在损哪个啊?"

毛仁银说:"祝大昌呗。活宝本想今天中午请大昌吃饭的,不料他一早就走了。"

赖子见大家的目光都转向他,就端起电热壶烧开的水,给大家自带的茶杯加水:"大昌前天下午回来给我打了个电话,准备昨天晚上请大家吃饭叙旧。不想昨天下午,上海银河证券公司的老总给他打电话,催他今天务必赶回江阴。大昌就只能接上住院的老妈回江阴去了。"

"赚钱重要,兄弟就不重要了?"活宝还是有点儿不理解。

"听大昌说,公司在A股上市的事遇到了麻烦。"

听说是上市的事儿,几个人就议论开了:

"我们这大个临江市,也只有临钢、华新上市。"

"大昌被易国兴开除那年,我就说过塞翁失马。"

见大家一个劲儿地赞扬祝大昌,活宝夺过刘胜利手中的核桃,搓了几下,吓得刘胜利连声说:"你轻点搓,轻点搓,这样搓得稀里哗啦的,弄坏了你赔不起。盘核桃要文盘,不要武盘。算了,和你这粗人说这些你也不懂。"

活宝不屑地说:"一个烂桃子核,还赔不起?改天我去乡下给你拉一车回来。"故意将手中的核桃盘得更响了,粗声说道:"伙计们,我们赖经理也不赖呀。在他英明正确的领导下,昔日小小的钢花贸易公司,如今不也是风起水响,红红火火吗!"

活宝并非夸大其词,钢花贸易公司确实也今非昔比了。

当年从临钢下岗,自谋生路何其难?赖子靠卖牛仔裤赚来的钱办了一张公司营业执照,租下中窑服装厂的房子,又靠从易国兴那儿讹来的两万块钱,买了辆二手小货车,算是有了点家底。再以后,靠租船给江浙一带的客户运钢材、矿砂,春节替祝大昌推销挂历……苦苦挣扎求生存。经过兄弟们齐心协力创业拼搏,钢花贸易公司咸鱼翻身,鸟枪换大炮,现在不仅拥有汽车修理厂、酒店和跑长途的运输车队,还租下了外贸码头,花三百多万买了两艘泵船挖江沙。员工也增加到近四百名。除了总经理赖子、副总经理祝国祥,活宝他们不再是水货厂长、部长和主任,而是名副其实的领导了,各负责一大摊子工作。总之,钢花贸易公司兴旺起来,也形成了规章制度,每星期一上午是公司的碰头会议。

这个星期一,除了祝国祥,大家都来了,重点是两个议题:一个是活宝提出的承包上窑集贸市场的事;另一个是祝国祥提出收购大冶老坑乡铁矿场的事。因为刘胜利缺席,上星期的会议没讨论出结果。

活宝问赖子:"祝国祥又去大冶了?"

见活宝露出不悦之色,赖子解释道:"国祥也是为公司发展着想。现在国内大小钢铁厂多如牛毛,铁矿石吃紧,价格水涨船高。"

刘胜利也说:"国内大部分铁矿石依赖进口,价格暴涨,目前最赚钱的行业就是挖矿。"

活宝却哼了一声:"我看是头脑发热。上个礼拜一我已经表过态,坚决反对收购铁矿场!"

毛仁银附和:"我也说了这事得慎重考虑、从长计议,不能盲目投资。"

叶老实没吱声,他也拿过核桃小心地搓着。在这帮哥们儿中,他年龄最大,但没什么主见,活宝形容他是墙头草,风吹两边倒。上个星期一会上,活宝提出把上窑集贸市场承包过来,民以食为天,做这个不会赔钱。祝国祥却坚持要去大冶投资开铁矿。为说服大家,他列举出几个大冶商界有头脸的人,以前就是靠挖铁矿起家的,并给大家算了一笔经济账:"投资九百万,八个月内可收回成本,以后就是纯赚,将来每年利润至少有五百万。承包一个小小的上窑集贸市场一年能赚多少?抵不上大冶开铁矿的零头。有这么好的机遇,我们为何不赌一把?"

祝国祥还想说下去,被活宝打断了,反驳他说:"你这是脱离现实,画饼充饥。一口能吃个胖子吗?承包上窑集贸市场,是实打实的,赚一分是一分,财富是一点点积累起来的。再说咱们不懂挖矿,风险难以评估。"毛仁银也用提醒口气说:"我看了报纸,临江市马上要列入矿产资源枯竭城市,为保护资源环境,政府一定会采取措施的。挖矿的事,不长久。"

赖子作为一把手,只是捧着茶缸喝水,始终一言不发。活宝说:"反正我声明在先,坚决反对!"看祝国祥涨红着脸,气恼地看着他,活宝又粗着嗓子说,"公司要是破产,一夜回到解放前,你有你哥资助,我们谁来周济?老婆孩子谁来养活?"

事情过去了一周,这会儿再议,刘胜利首先表态,赞成祝国祥大冶挖矿的建议:"政府准会保护地方利益,不然哪来的财政税收?就是禁止也是雷声大、雨点小,走走过场而已。"叶老实看大家拿眼望着他,希望他明确表个态,便咳了一声,慢吞吞地说:"国祥说大冶挖铁矿,一年利润五百万,是好事。发财的事谁不想干?但仁银的话也有道理,万一政府采取措施,不准挖铁矿,投资的九百万不就是血本无归吗?"

活宝不耐烦了,打断道:"别和稀泥,你到底是支持还是反对?放个响屁!"

叶老实这才字斟句酌地说:"三十不荣,四十不富,五十看看寻死路。我们都四十多了,家里都有老婆孩子,不能再像无头苍蝇一样乱闯,生活还是安稳点好,没人愿过以前那种下岗失业的苦日子了。"

刘胜利拿过核桃:"你这不还是等于没说吗?"

到了十一点半,讨论仍然没个结果,活宝为请祝大昌在挹江酒楼订的桌,正好大家去吃。

挹江酒楼以前的老板姓左,跟活宝很熟;现在的老板姓右,是个徐娘半老、风韵犹存的女人,以前是搞商业的,跟活宝也很熟。活宝嘴巴油滑,浑话多,见到右老板自然免不了一番打情骂俏:"陈皮两片,龙骨一根,解渴止痒又生津。"右老板笑得像一朵花,打他一下,骂活宝狗嘴吐不出象牙:"你那根鸭锁骨老娘看不上。"

等到服务员把酒菜摆上来,大家已经很饿了,就风卷残云般吃喝起来。活宝对祝大昌还是很上心:"大昌是个大忙人,这次怎么有时间回临江?"

赖子放下酒杯说:"大昌是从美国休斯敦飞回来的。美国又对中国钢铁产品进行'反倾销'了,幸好,这批货的合同是去年七月签订的,不在这次制裁范围内……"几个人于是又一通七嘴八舌:

"美国不地道,生怕中国好起来,经济发展超过他们。"

"这也不能全怪人家老美,也得反省一下自己,各地方为了利益盲目上钢铁厂,不知浪费多少资源?把子孙后代的饭也吃了。"

"中国人就是这样,干什么事都是一窝蜂。当年全国上民用钢,一窝蜂都上。老百姓也这样,那阵子练气功,满大街都是气功大师。"

毛仁银趁机说:"所以我担心,国祥要去大冶开铁矿的事不靠谱,太冒险了。咱们还得劝阻国祥,都是多年兄弟了,真要闹翻了脸不好。"

叶老实说:"是呀是呀,有话好好说,都是兄弟,莫伤了和气。"

活宝哼了一声:"我早就看不惯他了,妄自尊大,公司的事非要他说了算,还经常背后说咱们是五六十年代的老兵,跟不上形势,不知道坐马桶和蹲茅坑的区别。"稍顿了顿,似乎越想越有气,声音也提高了,"老子最看不惯的,是他娶了朱美美那个骚女人。什么玩意嘛!还有么柯老板、刘大款,几个狐朋狗友天天在一起吃吃喝喝……"

"国祥是变了许多,说话盛气凌人,好像公司今天取得的成就是他一个人的功劳。"叶老实也嘟囔着。

"算了算了算了！不利于团结的话少说。"赖子站了起来,沉着脸制止道:"只要国祥心系公司,能为公司带来经济效益,就是他有什么不对的地方,大家气量也放大点儿。谁没有犯错的时候？看问题要一分为二嘛！"

大家心里明白,赖子作为公司一把手,是为了顾全大局,这个时候压一下大家的不满情绪。毕竟祝国祥是副总,工作上没有犯什么错,不能因为大冶挖矿的事彼此产生矛盾,万一闹翻了脸,不利于团结。

饭局散后,大家走出挹江酒楼,活宝和毛仁银走在后面。毛仁银低声说:"我知道你今天中午想请大昌吃饭的目的了。"

活宝闷声道:"我能有什么目的？不就替他接个风吗。"

"别瞒我了,你不就想趁请大昌吃饭机会,好好说下祝国祥的事儿,让大昌出面约束他吗？"

祝国祥是第二天傍晚回临江的。他把小车开进"大上海",这是地处闹市中心的一个居民小区,以前叫东风路。四年前,他把朱美美肚子搞大后,就与妻子玉红离了婚。同朱美美结婚后,朱美美看中了大上海地段的房子,周边有喧闹的江城商场、沃尔玛超市,便于逛街、购物。祝国祥没钱买房,朱美美就给他出主意,让他去找老妈,让老妈以买房为名,跟祝大昌开口。祝母自然知道小儿子的真实想法,她心疼小儿子,觉得大儿子如今日子过得好,当了大老板,拉扯一下兄弟是分内之事,就给远在江阴的祝大昌打电话。祝大昌也想母亲晚年有个好的生活环境,便将费用全部承担了下来。祝国祥夫妻自然心花怒放,反正是大哥出钱,就选了大上海的顶级户型。

祝国祥一向发财心切,现在娶的朱美美,比他更有心计,手段高他一筹。三年前,她在外贸码头附近开插花店,俩人偶然接触,就像胶一样粘上了,经常出入酒楼宾馆,后来朱美美怀了孕,逼着祝国祥离婚娶她。

为了不委屈朱美美,祝国祥把婚礼定在曼晶大酒店,包了二十多桌。赖子他们也收到了烫金请帖。活宝却不给面子,把请帖撕了。最后,就赖子和刘胜利去了,活宝和毛仁银没去,也没送一分钱。叶老实虽然没去,但让赖子替他带了二百元贺礼。从那儿开始,祝国祥和活宝、毛仁银之间就生了嫌隙。

朱美美生下孩子后,雇了个保姆替她做饭带孩子。她自己则每天红中钓白板,泡在麻将桌上不亦乐乎。

祝国祥这天回到家,一桌麻将刚散场。朱美美坐在沙发上,怀里抱着儿子,在清点麻将桌上赢的钱。保姆开着油烟机在炒菜。祝国祥接过儿子亲了一口,问:"今天又赢啦?"

朱美美喜滋滋地说:"够咱儿子喝一个月牛奶。"

"老妈住院,你这几天去看了没有?"

"前天上午我叫唐嫂煨了一罐子排骨藕汤,我提去了。"

"昨天和今天呢?"

"不是有你妹妹吗?"朱美美不高兴地说:"我们结婚到现在,你妹妹见到我就没个好脸色,一副爱理不理的样子。"

"你去医院看的是老妈,扯国英干什么?"祝国祥有些生气了,训斥道:"你莫忘了,我们能住进大上海,全是老妈的功劳。"说着就掏出手机给妹妹打电话。

朱美美站在旁边听着,等祝国祥通完电话才问:"老妈被你哥接到江阴去了?"

祝国祥不理她。

"你哥也是的,回来么不跟你打个电话,把老妈接走招呼都不打一个。"

"你懂什么?我哥是在生我的气。我这个做儿子的平时不管老妈,病了又没去医院照顾,你这做儿媳的也不见个影子,他还不接走吗?"

朱美美委屈地说:"大哥接走老妈不打招呼,你不问国英也不说,都把我当外人。"

祝国祥怒道:"你啊,蠢得要死!老妈住在我们这里,就是住了一尊财神,隔三岔五问大哥要的钱,一年总有大几万,不都用来贴补我们了?这下可好,大哥把财神搬走了,看你以后还从哪儿揩油。"

第二天早上,祝国祥到公司上班。赖子已经来了,正在办公室扫地、抹桌,茶几上的电热壶水开了,噗噗冒着热气。见祝国祥夹着包进来,赖子问:"大冶的情况怎么样,柯老板带你去老坑乡考察了吗?"

祝国祥兴奋地说:"到许老板的铁矿场看了,还真不错。"说着打开黑包,掏出几份资料和文件,递给赖子,"这三份是有关铁矿场的原始勘探、开采蕴量评估及矿质认证报告。这份是开采许可证,这份是镇政府颁发的保护合法经营的文件。"

"关键是镇政府的态度。"赖子看了看手中资料,"你见过镇主管领导了?"

"去的那天中午就见到了,晚上还在一起喝酒吃饭。"祝国祥燃起烟,吸了一口,露出亢奋的表情,"我回来之前已经跟许老板草拟了一份矿场转让协议书。在我的坚持下,许老板同意少收十万元转让费,另外,矿场现存的几十吨铁矿石也答应留给我们……"祝国祥掐熄手中烟头,坐在赖子的皮椅上,手指飞快地轻敲着桌子,"我也计划好了,接手矿场后,我们多招些当地农民,将两班倒换成三班干。用不了八个月就能收回成本。"

"你说的都很好,我没什么意见。"赖子端起桌上的大茶缸,转过话锋,"前天公司会上有反对的声音,还得统一大家的认识和思想。常言说人最怕三长两短,香最忌两短一长。我们公司就这么多家当,还是要集体讨论决定。"

祝国祥一听就不高兴了,站起来气咻咻地说:"不就是活宝、毛仁银反对吗?我离婚娶了个年轻漂亮的老婆,他们嫉妒我!哼,我懒得与他们计较。反正我做什么事,就算是百分之百正确的,他们也要反对,总跟我搓反索。"祝国祥似乎越想越有气,又用讥讽的口气说,"鼠目寸光、小农思想!他俩就那点小儿科本事,活宝只会弄几个大排档的菜,毛仁银表面憨厚老实,就会背后打小报告。"

"你是公司副总,"赖子制止道,"不要说这些不利于团结的话,都是捂了多年被子的亲兄热弟。再说,活宝和毛仁银年龄比你大,跟你哥有过命交情。放尊重点儿,别撕破脸,有什么事坐一起好好商量嘛!"

祝国祥仍然一脸愤然,为自己叫屈:"你赖哥也知道,凭我祝国祥的能耐和人脉,我要是另立公司,早就发大财了。还不是顾念兄弟一场,搭伙求财,才留下带他们共同致富的吗?"

赖子递给他一根烟:"这次投资大冶挖矿的事,还是慎重为好。公司就这点儿老本,万一这一锤子买卖砸了,公司就玩完了!"

看着顾虑重重的赖子,祝国祥冷笑了一声,将赖子给的烟扔在桌上:"你们以为我是易国兴易疯子吗?我会把好好的钢花贸易公司搞破产搞倒闭吗?你们就等着大把大把数票子吧。"

第 三 章

　　易国兴是经过一番深思熟虑才辞职的。

　　已经过去多年了,易国兴开始从切肤之痛中平静下来,不再纠结于他在临江钢铁公司铁腕改革的是非成败。改革开放初期,全国都在摸着石头过河。当年涌现出的那一批弄潮儿,说到底都是理想主义者,谁都没搞过市场经济,何况还是中国特色的社会主义市场经济,大家就凭着一股子干事的激情,一头冲进了市场。他们每个人都是一团火,赶上了那个大破大立的时代,他们尽情燃烧过。比他易国兴更有气魄和胆识的先行者,现在还有几个没被淘汰的?他们大多已经像流星一样坠落,被时代遗忘了。倒是那些自私自利、投机钻营的,看准了时机,趁着改革开放之初立法不健全,将国有资产变到了自己的口袋里,如今倒成了万众瞩目的民营企业家。临钢这样的百年老厂,本来是可以大有一番作为的,结果也变成了私营企业,每每想到这里,易国兴就会陷入痛苦与自责之中。他觉得自己是个罪人,他的罪,百死难赎。

　　不过,时间也真是最好的药。在祝大昌的钢铁厂里,易国兴让自己安静下来,沉没在时间深处,心头的伤痛慢慢结了疤。他也开始重新审视他在临钢的改革,不再那么悔恨与自责。他完成了属于他们这代人的使命,凤凰涅槃般,燃烧过、辉煌过,也被烧死了,迸裂的火化作了满天星,照亮着他眼见着飞速发展的中国。

　　易国兴想,人毕竟要往前看,不能一直活在过去。

　　因祝大昌去了休斯敦,易国兴向老潘递交的辞呈。老潘让他等祝大昌回后再说，易国兴却说聘请他的温州民营不锈钢厂，急等着他去见面；等谈妥后，他会跟祝大昌打电话解释的。

老潘说："江阴到温州没有火车，坐汽车要十二个小时，我让厂里派车送你去吧。"

"不用麻烦了，我已买好了汽车票。"易国兴回到宿舍，桌上还放着昨晚他请工友们喝剩的半瓶酒。也没什么可收拾的，就像他当年离开临钢一样：一个旧皮箱，几件换洗的衣物，箱底压着一个鼓囊囊的档案袋，几本日记，一本他平时看了又看的《太史公书》。

第二天中午十点多钟，易国兴到达温州汽车站，对方派来的小车接上他，拉到鹿城解放路。这里是温州闹市中心，也是最繁华的地段。通过司机之口易国兴才知道，聘请他的是个叫虹姐的女富豪，这周边的商务大厦、大酒店和商铺都是她经营的，资产有十多个亿。而易国兴要去工作的不锈钢厂是她新投资的，并不在温州市内，而是在温州下辖的乐清县。

易国兴在一间铺有红地毯的宽敞办公室内见到了董事长虹姐。虹姐白皙丰满，身穿绛紫色真丝旗袍，上面有手绣的富贵牡丹，腕上戴着一只满阳绿冰种翡翠手镯，举手投足都是贵气。因保养得很好，也看不出真实年龄。虹姐对易国兴很是热情，说："老童这回引荐来的确实是个优秀人才啊！"

易国兴明白过来，他能来任职，是一个叫老童的人引荐的。心里正想老童是谁，一个戴着宽边墨镜的男人就夹着小包走进来："虹姐，我引荐的客人到了吗？"

"刚到的。老童您坐，坐！"

易国兴从椅子上站起来，还没等他致谢，来人已快步走到他面前，取下墨镜，亲热地握住他的一只手，使劲摇了三摇："易总，不认识我了吗？"

"童老板？"易国兴不禁怔住了。

"是呀是呀！易总记起我了？"童老板看着虹姐，戏谑地说起当年他在临钢带资承建炼铁高炉，本以为可以赚个大几百万，没想到中了易总的"美人计"的往事，"易总呀，我当时恨您恨得牙痒痒，觉得你是不守诚信的小人，伪君子，真想雇黑道上的人收拾你。"

这些年来，易国兴早磨得没有了棱角，提及往事也并不感到尴尬，而是微笑着道："是什么原因让我活到现在的呢？"

童老板哈哈一笑："后来我一想，你易国兴也是为了国家。况且你也算是有良心的,还让我赚了一百多万。"说着,把目光转向虹姐,"所以,虹姐的不锈钢厂建起来了,需要一个能人帮她打理,我就想到了您。"

这时,虹姐的秘书走了进来,轻声对她说:"金阳大酒店那边安排好了,张总和王总已经去了。"

虹姐吩咐:"你去通知马经理,让他来陪易厂长吃午饭。老童,你也一块儿去吧。"

童老板说:"不啦,我中午有个饭局,市政府吴秘书长要来参加,老城区拆迁的事。易总到了,你们接上了头,我就功成身退。"童老板拉着易国兴的手说,"中午不陪您了,晚上我请您。"

"不用这么客气。"

童老板笑了笑,说:"有个故人想见您。"

易国兴很好奇:"谁呀?"

童老板故作神秘:"见面就知道了。晚上七点,我让司机去宾馆接您,我们鹿城酒店见。"

不说中午虹姐为易国兴接风洗尘,却说晚上七点,易国兴被引到鹿城酒店一间豪华的小包厢。童老板已点好酒菜,见易国兴进来,忙请他首座。易国兴正欲问,那想见他的故人在哪儿,门外就传来一声轻柔的咳嗽,接着,一个温婉美貌、略施粉黛、身怀有孕的女子款款走了进来。易国兴上下打量她,感觉面熟,一时又想不起来。

"易总贵人多忘事,不记得我了。当年,在临钢招待所。"女子说。

"我记起来了,记起来了。"是当年临钢招待所专门为他打扫卫生的服务员小陈。小陈朝他莞尔一笑,问扶她坐下的童老板:"易总喜欢吃红烧肉,你点了吗?"

童老板殷勤道:"太太吩咐,哪敢不遵命?我点了两份呢。"

易国兴明白了,连连说,想不到,恭喜恭喜。服务员端上盛满酒的分酒器,不想童老板的手机响了,他接完就对易国兴说:"易总,对不起,朋友找我有点急事,让我太太陪您是一样的。你们好好聊聊!"说完就匆匆走了。

小陈说:"对不起啊易总,他就是这样一个人,整天脚不沾地。"

小陈给易国兴斟了一杯白酒,轻声慢语说:"我已经六个月了,不能陪您喝。"

易国兴接过酒杯,喝了一口,闲聊道:"你和童老板,这是什么时候的

303

事啊？"

小陈幽幽一声叹："易总不是外人，我也不瞒你。我和他，没有夫妻之名。"

易国兴一愣，一时不知该说什么好。

"我得生存。"小陈眼睛红了，还现出些同是天涯沦落人的表情："如果不是易总，我和老童也不会走到一起。"又说，"易总是我敬佩的人。"

那年炼铁高炉完工，易国兴、田鸣健、傅佳钢在招待所办了一桌丰盛的酒菜招待童老板，因童老板没有签订正式合同，哑巴吃黄连，有苦说不出，被易国兴砍掉了一大半工程款。易国兴没有吃就走了，傅佳钢、田鸣健也随他走了，童老板起初恨不得掀翻桌子，但深吸一口气后想开了，多少也赚了一百多万。正在此时，服务员小陈进来看看需要什么服务。小陈见只有他一个人，一桌子菜都没有开吃，不知发生了什么，也不知道如何是好。没想到童老板一把将她拉到身边，为她倒酒、夹菜，说："你今晚的任务就是同我一起吃饭！"就这样，他们就有了交往。后来临钢贱卖，小陈下岗，易国兴也调走了。去年她母亲病故，在这世上她再没有亲人了。她本是单亲家庭长大，母亲看病花光了全部家当，她又没有一技之长，一直没有找到稳定的工作。这时童老板给她打来电话，让她来温州，她就来了。童老板的老婆和女儿早就移居法国了，她怀孕以后，童老板对她说，只要她生个男孩，将来所有的家产都给儿子继承。另外，童老板还告诉她，他老婆得了子宫癌，活不长了，等他老婆死后就娶她。为了避嫌，还在无锡为她买了套房子，已经装修好了，这个月底就可以去住。

易国兴听着小陈的话，心里不是滋味，愈合的伤口又隐隐作痛起来，如果不是他刚愎自用，一意孤行，这些靠临钢生活的人怎会落到如此地步。他喝了一大口酒，关心地问小陈："你准备这么生活下去吗？"

小陈抚摸着凸显的腹部，淡然笑了笑："只要孩子生下来，将来就有希望了。"

易国兴没再问下去，他知道，因为他葬送了百年老厂，还有很多人过得比小陈不如。面对曾经照顾他几年的小陈，他不由想起另一个女人施萍，他与施萍自那夜一别，再无联系。不过他也从熟人的口中偶尔听到一些她的故事，她去了深圳，大约也是吃过许多苦的，听说现在稳定了，开起了贸易公司，做的据说也是与钢材有关的生意。不堪回首的往事，一幕幕翻飞在眼前,他自斟自饮,一杯接一杯,不觉醉意醺醺了。

直到第二天上午,易国兴才头昏脑涨地醒转过来,冲了个凉,出来时祝大昌给他打来电话,关心他的情况,说如果不行,还是回他那儿干。易国兴说很好,让祝大昌不要担心,他会好好地干下去。没一会儿,妻子陶咏梅也打来了电话,说托闺蜜的关系给他在山东找了个国营单位,虽然工资不高,但离家近,希望他能回去。

易国兴说:"我已到温州了,在一家不锈钢厂,你不用操心。"

陶咏梅还想说什么,易国兴把电话挂掉了。

这天下午,易国兴就去乐清不锈钢厂上任了。

祝大昌把母亲接到江阴,送进条件最好的中心医院,请专家给母亲会诊,住院治疗。几天后会诊结果出来,没什么大病,除了慢性支气管炎,动脉有些硬化,血压有点高,需要长期吃药控制,保持情绪稳定之外,都是老年人常见的病。医生对祝大昌说,中国老人有个"通病",喜欢管儿女的闲事,为儿女们瞎操心,尤其是对不在身边的儿女,几天听不到电话就发愁、担心、吃不好睡不好。医学上说的喜伤心、忧伤肺、思伤脾、怒伤肝、恐伤肾,这几样都让老人占了,没病也能整出个病来。

祝大昌觉得医生的话有道理。自把家搬到江阴,母亲总是三天两头打来电话。祝大昌认为母亲是关心他们,范小桃却不这么认为。在范小桃眼里,这个婆婆任性、偏私,一味溺爱幺儿祝国祥,重男轻女。祝国英对她那么好,她却从来没有一句好话,是个很难缠的老太太。但范小桃从来没对祝大昌说起这些,她知道祝大昌孝顺,如果她说起这些,夫妻俩难免要吵架。祝大昌却没考虑这些,只想到父亲不在了,国有大臣,家有长子,他更加应该担起赡养母亲的责任,让老人有个幸福晚年。

这天忙完工厂的事,祝大昌又到医院看母亲。经过医生一番精心治疗,母亲身体已经好了。母亲要求出院,以后跟大儿子一家生活。祝大昌却露出为难的神色,又不好跟母亲明说,到江阴这些年,他们一家三口一直是租的房。前年厂里为照顾干部和技术骨干,建了一幢住宅楼,祝大昌自己留了一套,最后还是让了出去。去年他在市里苑华小区买了房,今年才装修,要到七月份才能搬进去。

祝大昌委婉地说:"妈,您的病情还没稳定,就安心住院治疗,到时候我再接您去家里住。"

祝母不高兴了,说她问过医生,病无大碍,在家里调理就行了。

范小桃知道后也不高兴,说家里不宽敞,就三间房子,他们夫妻一间,儿子一间,另一间是祝大昌的书房,老妈来了怎么住?"再说了,你到临江接她来,事先也没跟我打个电话商量一下。"

"我不是看咱妈病重,心里着急吗?"

"那你也要考虑,儿子都十四岁了,半大小伙子了,白天上学,晚上去金老师家学钢琴,回来还要练两个钟头。老妈来我们家里住,儿子晚上还练不练钢琴,参不参加今年十一全市青少年钢琴大赛?"

自把家安到江阴后,范小桃除管理工厂的财务账目外,几乎把时间和精力全放在了儿子身上。儿子迷上了钢琴,范小桃就花三万多买了台舒贝尔钢琴,为儿请了本市最好的老师。范小桃的目的是把儿子培养成钢琴家,这是她现阶段的头等大事,任何事与这件事冲突,都要让路。祝大昌把母亲接来时,她就想到婆婆要和他们生活的问题,也想好了应对之策。所以,祝大昌一提出来,她就说:"给国祥打电话,让他来把老妈接回去。"并列出几点理由:老妈长期跟老二一家生活,习惯了;老二住的新房,是你这个老大花了一百多万为老妈养老买的,如果国祥不养老,那她就要把房子收回。她知道祝大昌不会收回房子,这样祝国祥来接回老娘,也是顺理成章的事。见祝大昌不说话,她接着说:"还有国英,老妈住国英家不是蛮好?女儿是妈的贴心小棉袄。"

祝大昌说:"我妈老封建思想,认为自己有俩儿子,住女儿家怕街坊邻居笑话。何况现在有病,我这个长子要尽义务。"

范小桃就退一步说:"我要照顾儿子,万一照顾老妈不周到,婆媳之间闹出什么不快和矛盾,到时候你别给脸我看。"

祝大昌说:"妈不是那种不通情达理的人,你迁就一点就行了。"

范小桃冷笑一声:"通情达理。"

祝大昌也冷下脸来,扔出一句硬邦邦的话:"咱们家什么都可以商量,孝顺父母没得商量!"

范小桃拗不过丈夫,拎起桌上的小提包和车钥匙,去接放学的儿子了,走到门口又回头说:"我明天要去银行查账,你自己收拾书房吧。"

第二天上午,祝大昌自己开始收拾书房。书很多,收拾起来不容易。有一些是祝大昌闲时读的,全套《资治通鉴》《曾国藩家书》之类;有一些是常读常新的,包括各类经济学和管理学的书。之前在临钢,他是无心读书的,做企业后,愈发感觉到不能全凭经验和感觉,得像俞钢一样多读点儿书,从中汲取营养。除此之外,书架上还有自传、专著和散文、诗歌集。这些装帧精美的书,多是商界朋友事业有成后所写,自费出版,赠送他雅正的。除了毛仁银寄来请他指教的《毛仁银的诗》是他翻阅过的外,这一类书,基本都没有读过。此外还有一些礼盒,大多是各地的特产,都是祝大昌到外地开会或来江阴看望他的朋友所赠。祝大昌平时只喝西湖龙井,冬天喝点暖胃的普洱茶。一些礼盒堆在书柜上,太久没有清理,都不知是谁送的什么东西了。他顺手打开一个系有红绸的小礼盒,里面是一只沉香木符,木符形制古朴,散发出淡淡的清香。

祝大昌想了起来,去年六月,他到西北机械制造总公司签供货合同,在古城西安逗留了几天,一个朋友盛情接待,告诉祝大昌说,他认识终南山玉泉道观的宫道长,又说这位宫道长有特异功能,会意念移物,而且擅长看相,能测灾避凶转化运势。祝大昌知道国外有超心理学会,专门研究超自然、超能力的事。但他对这类玄学没什么兴趣,只是早就听闻终南山素有"仙都""洞天之冠"和"天下第一福地"的美称,就想去游览一下。

朋友第二天上午就开车带上他,趁天气晴好去了终南山。

在一间供奉有元始天尊神龛的厢房内,祝大昌见到了宫道长。道长头戴偃月冠,身着青布衫,瘦小的身材把胸前那抹白须衬托得愈发飘逸。朋友介绍了祝大昌身份,彼此寒暄几句就言归正传,说祝兄今天是慕名而来,想请宫道长表演"意念移物"的神功。

宫道长呵呵一笑:"坊间传言,当不得真。贫道不过会些吐纳养生之术,略通岐黄之道,至于意念搬运,隔空取物,不过戏法。"

祝大昌本就是为看终南山风光而来,倒不觉得失望。

道长又说:"这位先生,我有一言,不知当讲不当讲?"祝大昌忙说:"道长有什么指教,还请直言。"道长说:"先生面色暗黄,气血不足。平时是否会有眩晕之感,肋下隐痛。"祝大昌说:"偶尔有,不是太严重。"道长又伸手替祝大昌把脉,片刻,说:"也无大碍,先生是思虑过重了。《黄帝内经》说,因思而远谋,谓之虑。《灵兰秘典论》说,肝者,将军之官,谋虑出焉。肝血不足,诸风掉眩。先生要注意,少动怒,宜静养。"朋友说:"祝先生是慕名专程前来，还请道长给相一相面。"道长又凝视祝大昌片刻道："施主眉耸鼻正，面善心慈，贵相也，但须防祸起萧墙，而得不到善福。"随后，便拿出一只沉香雕刻的道符送给了祝大昌，让他一定要贴身携带，不要示人。

祝大昌是坚定的唯物主义者，对道长所说的疾病隐患倒是听进心里了，至于相面之词，并未认真。辞别道长，就将这只道符装进小礼盒，连同朋友送的其他礼物带了回来，随手放进了书柜。今天才清理出来，也没太在意，将这道符放进柜子里，只想着母亲来家住的事。

次日上午，祝大昌将母亲从医院接回来，祝母却闹起了情绪，认为儿子儿媳怠慢了她，不愿住书房，抬脚就要往外走，说要自己坐车回临江。祝大昌无奈之下，就将他们夫妻的寝室给了母亲，让范小桃跟他睡书房。范小桃小声讥讽祝大昌道："这就是你说的通情达理？你老娘不睡书房，我也不睡书房，我在儿子房间搭个小铺。"显然是发泄心中不满，有意惩罚祝大昌。祝大昌只好听由她。

安顿好母亲之后，祝大昌下午去办公室。老潘汇报了一个不好的消息，西北机械制造总公司因领导层改组，主管供销的领导换了，决定今后不再从民营企业采购钢材，就中止了与江阴钢铁厂的合同。见祝大昌听着没作声，老潘转过了话题，谈起上市的事。

祝大昌说："不要再提此事了，民营钢铁企业上市已经被否决了。"

正心烦意乱，俞钢来电话说，说他来了。祝大昌这才略觉得有一些欢喜，问："你现在在哪，到了江阴吗？"

俞钢说："我怕你在开会，先打个电话。我现在就在你的办公楼下面。"

祝大昌忙走近窗前，果然看到站在楼下的俞钢，手中拎着礼盒。自从上次祝大昌帮华钢解了燃眉之急，两个人还没见过。最近他又帮了俞钢大忙，派火花工耿师傅，为一批混淆的钢材"验明正身"，不然俞钢就被困在河北张家口不能脱身了。

河北张家口市东方液压件厂，是个国营大厂，主要以军工液压系统生产为主，每年需要四万吨钢材。华东钢铁厂也是该厂的供货厂家，但占的份额很小，最近送去的一千五百吨钢材，被该厂定为不合格产品，通知华钢派人去拉回。俞钢就带着两名技术人员去具体了解情况，看产品究竟哪里不合格。接待他们的是个女的，姓雷，是该厂管采购的处长，说你们华钢的钢材质量有问题、不合格，我们不要了。

俞钢不好和雷处长解释什么,只问了货场在哪便退了出来,直奔厂东头的货场。正是吃午饭时候,货场工人都去吃饭了,两台卸运钢材的龙门吊停止作业,没有了忙碌和喧闹的轰鸣声。俞钢环视一周,瞧见近处停在站台的几列满载钢材的车皮,便走近前去看了一下,对随行的两名技术人员说:"这是咱们厂的。"两人也看了看,点头认可。站台上还放着几捆从车上卸下的钢材,每捆上面都有几处用白粉笔画的圆圈,还有用黄漆标的记号,显然是不合格产品,被该厂验收人员发现后做的记号。俞钢便上前细看,这一看,看出问题来了。原来,白粉笔圆圈内有出厂打的钢符号,而这几处钢符号不同,包括用黄漆标的,显然不是同一种钢。

俞钢知道了问题的所在,下午等雷处长上班之后,俞钢又去她办公室,脸上堆满了笑,解释说:"雷处长,我和技术人员去货场看了,也仔细检查了本厂运来的钢材,经分析不是质量问题,极可能是在货场装运中,将其他不同型号的钢材混淆了。"

雷处长带着训斥的口气:"既然质量没问题,怎么混有不同的钢材?"俞钢就提出让火花工验质的请求。雷处长说:"不合格就不要找理由。火花工是干什么的?他能对一根根钢材进行验质吗?"俞钢解释道:"火花工是个特殊工种,只有大型国有钢铁企业才有,他们通过砂轮能准确筛出混钢。"雷处长根本不相信,一口拒绝了:"华钢这一千五百吨钢材我们厂不要了,明年合同也不再续签。"俞钢正色道:"明年的合同签不签是一回事,我们的产品有没有质量问题是另一回事。既然厂里派我来了,我就得负责查清楚,华钢的信誉决不能毁在这一千五百吨钢材上!"雷处长看俞钢严肃而坚决,就同意了。

俞钢从东方液压件厂一走出来,就给祝大昌打电话,他知道临钢的火花大王耿师傅下岗后,在祝大昌的厂里工作。两天后,火花大王耿师傅就来了。

听说凭一把砂轮就能甄别混钢,东方液压厂采购处的人都很好奇,雷处长和几个同事,亲自来观摩火花大王验钢。耿师傅戴着工作帽和手套,凭着一双火眼金睛、一台小小的砂轮机,蹲在钢材前,或跳上车皮,通过薄片砂轮打磨溅出的火花,逐一进行甄别和验质。两天后,一千五百吨钢材全部验质完毕。结果,除了混淆的十多根是杂钢外,其他的全部合格,没有任何质量问题。事实证明,俞钢的判断是对的,这起混钢事故,是由华钢货场工人装运时的疏忽造成的。

处理完这件事,俞钢让两名技术人员先回去,他则买了礼物绕道江阴,专程当面感谢祝大昌。

祝大昌说:"感谢什么,当年要不是你帮忙,我也淘不到第一桶金。"

聊完了公事,俞钢关心地问:"昌哥回过临江了?"

祝大昌说本来准备多待两天的,接到证券公司张总的电话,要他赶快回江阴谈上市的事,只抽时间去医院看望了肝癌晚期的冯为泰。

俞钢问:"冯书记情况怎么样?"

"情况非常不好,靠打止痛针撑着,时间不会太多了。"言下无限凄凉。

俞钢转话题问:"伯母的身体怎么样?"

"身体没问题,就是普通的老人病。我把母亲接来了,以后跟我一起生活。"

俞钢叹了口气,说人到中年,上有老下有小,事业又正是最紧要的关头,他也是多年没回临江了。他爸去世后,也跟祝大昌他爸一样,葬在四门飞云山上。只有清明时节回去祭扫,他妈跟他们夫妻俩住一起,身体还健康,不用他操心。

又谈到上市的事,祝大昌有些泄气地说:"上市的事,我们谋划了很久,若是能上市,筹集资金扩大生产,添置更先进的设备,企业才能在竞争中立于不败之地。但现在政策不允许了,A股市场的钢铁上市公司只能是国企,民营企业不行。"

俞钢像想起什么,放下酒杯:"昌哥,我这次在张家口,你知道我见到了谁?"

"谁?"

"高升,你肯定认识。"

"高升我认识。"祝大昌说:"冯为泰的大女婿。临钢被香港华氏集团收购后,他是唯一留任的副总。你怎么碰到他的?"

俞钢退房的时候正好碰到高升办入住,随行的还有一个年轻漂亮的女子。俞钢和高升以前同在临钢经销处,他还是萝卜头时,高升已经是科长。他们还是咸宁老乡。于是,俩人就坐在大堂聊了会儿。

祝大昌关心临钢现在效益怎么样,俞钢说:"听高升说,马马虎虎,外甥打灯笼——照旧。不同于以前的是,一半生产特钢,一半生产普钢,生产设备倒是很先进,从德国进口的。今年形势更加糟糕,美国'反倾销',临钢股价应声下跌,连跌了三个跌停板,股价最低时仅二块多钱。"

祝大昌叹道:"离开临钢十年了,但我只要一做梦还是梦见在临钢。"

俞钢也叹了口气:"我们都是在临钢出生、长大的,临钢是我们的家啊。照这样搞下去,我们的家要被毁了。"

俩人叹惜了一阵,话题不离老本行,又转到中国钢铁工业当下的发展。

祝大昌说:"依靠规模取胜的时代已经结束,最为突出的是产能过剩。有许多显性劣势产品,尽管廉价,但在美国市场占不到主导地位,没有任何话语权。"

俞钢深有同感:"正因为这样,美国一挥'反倾销'制裁的大棒,国内就有不少企业难度寒冬,得破产倒闭。"又说道,"昌哥,你知道这次张家口之行,我感触最深的是什么吗?"

祝大昌微笑着等他的答案。

俞钢说:"咱们临钢虽说贱卖了,但百年老厂,底蕴深厚,不知培养了多少耿师傅这样的特殊人才啊。"

"可惜,这些人才都流失了。"

"这也正是我想要说的。人才,只要还在咱们中国,在中国的企业里,倒也未见得是坏事。你看,像耿师傅这样的人才,从临钢流失,却在你的企业里发光发热。不仅是耿师傅这样的特殊工种,还有当年钢研所的那些高工,从临钢流失了,却像满天星星一样,散到全国大大小小的钢铁企业里。毫不夸张地说,现在临钢流出的人才,占据着全国特钢科研的半壁江山。另外你看,昌哥,你自己做企业,让中国高端钢铁产品远销欧美。"

祝大昌明白俞钢想说什么了,接话道:"还有你这样的人才,孙锦西、黄彦清,你们三人,也撑起了华钢的半壁江山。连赖子、刘胜利、毛仁银这样的一线工人,被时代扔出了大厂,也折腾成了地方小有名气的企业家了。你的意思我明白了。"

俞钢说:"用一句流行的话说,这叫什么?聚是一团火,散是满天星。"

祝大昌重复着俞钢的话:"聚是一团火,散是满天星。"然后举起酒杯,"就是这个理,就是这样一股子精气神儿。只要有这股子精气神儿在,就没有过不了的火焰山。"

第 四 章

张家口之行,俞钢深刻认识到华钢的问题。跟国内先进企业相比,华钢生产的产品够不上高端,却总是盯着国际大市场,这是端着梯子摘月亮,够不上档,说明目前的营销理念有问题,必须大刀阔斧改革。

回到华钢,曾厂长已经提前知道了问题的处理结果,显得很兴奋:"你小子能独当一面了,这次不仅解决了问题,还拿回五千吨的订单,有几板斧。"

俞钢不在意表扬,只关心混钢的原因查清楚没有。

曾厂长说:"查清楚了,那天货场工人装运钢材时,经销处戴科长让工人停止装运,先将同站台唐山机械厂的那批货装上,说是孙锦西处长的盼咐。货场工人忙中出错,造成了混钢。"曾厂长稍顿了下,又严肃地说:"已经追究了责任,货运大班长撤职,其他人员扣除季度奖金。"

俞钢问:"孙处长为什么要临时决定先装运唐山机械厂的钢材?"

"我问了老孙,他说对方是老客户,那天打来两次电话催促早点发货,他们等着急用。"说到这里,曾厂长叹了口气,"老孙这人哪,平时什么事都顾忌这顾忌那,小心翼翼怕出差错。这不还是出差错了吗?"

见曾厂长心情颇佳,俞钢就说出了他酝酿已久的想法:"曾厂长,我想调动工作,希望能得到您的支持。"

曾厂长不解地盯着俞钢:"现在管生产不好吗?"

"我想去经销处。"俞钢马上又解释,"我不是嫌生产一线工作苦啊,而是觉得营销更适合我。自信一点儿说,我会干得更好。而且,对于目前的华钢来说,制约我们发展的难点不是生产,而是销售。"

曾厂长没有作声。自从差点儿被美国制裁后,他对孙锦西主管的经销工作就有了想法,尽管孙是他的大学同窗,又是他引荐进厂并委以重任的。俞钢在处理这几次危机中的出色表现,他很满意,也相信经销处交由俞钢主持,一定会干得更好。但曾厂长说他先考虑考虑,征求大家的意见再说。见俞钢还有话想说,曾厂长说:"我知道,你是怕研究研究,这事就没有下文了。你放心,用你的话来说,心动不如行动。就这一周,给你结果。"

几天后,厂领导层开会决定,俞钢正式调任经销处处长,主管华钢销售和市场调研。会后,曾厂长把俞钢叫到办公室,问他还有什么困难。

俞钢说:"希望领导充分授权,经销处的工作厂领导不要过多干涉。"

曾厂长满口应允,让俞钢大胆干,怎样有利于工作就怎样干。经销处的具体工作不用向他汇报,他只看结果。

但孙锦西对俞钢的调动大为不满,原来这项工作由他负责,现在由俞钢来主管,让他管一些日常琐碎的工作,分明是把他晾到了一边,让他很没面子。在黄彦清面前,他开始发牢骚:"俞钢这小子是当年祝大昌推荐给我,我手把手带出来的,现在翅膀硬了,不认我这个师父了。毛遂自荐干经销处长,分明是有意挤对我,认为我不行。彦清你给评评理,有想法有意见可以当面提,搞这种小动作,是不是白眼狼?我很失望。"

黄彦清宽慰道:"老孙你言重了、言重了,俞钢跟你无仇无怨,都是为了工作,别把人想那么坏。"

孙锦西哼了一声,闷声道:"没这么简单,我看他是挟私泄愤,还没忘记假发票报销的事。"

听孙锦西提起这件事,黄彦清想了半天才想起来。那还是在临江钢铁公司,有一次他和俞钢到广西搞市场调查,被小偷偷了钱包、票据,于是两人买了点儿汽车票,贴在报销单据上,让孙锦西签字报销。但孙锦西不签字。俞钢年轻气盛,与他吵了起来。受假发票报销影响,俞钢没当上市研部部长,不久后辞职读书去了。

看着气咻咻的孙锦西,黄彦清哑然失笑:"陈芝麻烂谷子的事,我都忘记了,俞钢更不会记在心里。他不是这种鸡肠小肚之人。"

孙锦西脸色一沉,哼了一声:"听你的口气,是我以小人之心度君子之腹了?好好,俞钢光明磊落,我是小人。我不跟你争论,算我看走了眼。"

两人不欢而散。

俞钢到经销处上任这天,黄彦清陪他到各个科室转了转。整个经销处冷冷清清,有的办公室锁着门,门缝里还塞着几份报纸;有的办公室虽门虚掩着,人却到别的办公室喝茶聊天去了。设在货场、轧钢厂等生产单位的几个调运站亦是如此。没到下班时间,各科室的人几乎走光了。

黄彦清告诉俞钢,孙锦西主管经销处,主要抓销售人员的业绩,劳动纪律松松垮垮,所以,大家也都自由散漫惯了。而且,经销处的官儿特别多,一些销售人员为给自己长脸,名片上不是印着"销售副经理"就是"销售部长"或"业务主任",没有一个不带衔的。

见俞钢笑,黄彦清又说,最头疼的是每次开会,你在上面讲,下面乱哄哄的,手机声一阵阵,不是说有客户提货,就是要发货,再不就是马上出差等等。供销处和市研部八十多名人员就没到齐过。"更坏的毛病是,会上没人说话,会后能有十几种声音。每当开会结束时,你要问大家还有什么意见吗?全体沉默,没人吱声。一出会议室,跑到自己办公室,门一关就开小会。一旦出了问题,就是互相推诿扯皮,销售科说业绩不好是因为市场部做的方案不行,市场部说方案没问题,出现这种局面是销售科长能力太差,执行力不好。狗扯羊腿,互不认账,导致整个营销工作陷入人际斗争的困局中。"

俞钢是孙锦西带出来的人,他太了解自己这个师父了,人是好人,但缺少杀伐决断的手腕。俗话说慈不掌兵,他这人,就是太过仁慈。

听黄彦清介绍,联想到其他部门的情况,虽然没经销处这么棘手、复杂,但遇到问题同样扯皮拉筋。

到任后一连几天,俞钢并没有召开见面会,直到星期六下午,他才用手机给各科室负责人和站长发短信通知:

下星期一上午八点,准时到经销处小会议室开会。

果然如黄彦清所说,星期一上午八点过了,各科室负责人和站长才懒散地来到会议室,有的打着哈欠,有的还没坐下手机就响了,又跑到外面去接。还有两个根本没到会,一个是销售科戴科长,另一个是市场科的王主任。这次会议,俞钢的本意就是要整肃纪律,于是当即宣布:戴、王二人即日调离经销处,今天开会迟到者,扣除本季度奖金。然后把手一挥:"散会!"

这下在经销处掀起轩然大波。

第二天一上班,俞钢刚到办公室,戴科长和王主任就来了,满脸愤愤之色,质问俞钢凭什么把他们调离经销处?

俞钢质问:"我发的开会通知,你们看到没有?"

戴科长说:"看到了,昨天来了两个客户,我忙着谈合同。"

王主任也说:"我们市场部要在辽宁片区设个点,没人愿去,我昨天忙着做思想工作。"

俞钢先问戴科长:"好,我相信你,在谈合同。合同呢?那两个客户现在在哪里?"

戴科长一怔:"走了,说是下次来签订正式合同。"

俞钢冷笑一声:"我怎么听说,每周有两天,是戴科长的钓鱼时间。戴科长日子过得优哉游哉呀。昨日天气晴好,戴科长是为解决老婆转干的大事,陪人事局高副局长和牛主任在钓鱼吧。"显然,俞钢暗地做了调查。戴科长的脸顿时红一阵白一阵,一时无语。

俞钢又将目光转向王主任:"听说王主任是麻将高手,从无败绩,昨天战绩如何?"王主任瞠目结舌,也不吭声了。

一阵沉默之后,戴科长恼羞成怒起来:"你这是吹毛求疵、小题大做,为什么没看见我们的工作业绩?"

王主任附和道:"是呀,不就是没参加会议吗?"

俞钢从抽屉里拿出两份月度报表,扔给他们:"我正要问你们,销售科这季度的任务完成了多少?去年的货款全部收回了吗?市研部年初就决定,在辽宁片区设点,拖到现在还没建起来,你们还好意思说业绩,不觉得害臊吗?"稍顿了一下,毫不留情地说:"从昨天起,经销处没了你们两人的工作,你们去厂劳动服务公司待岗吧。"

戴科长和王主任仗着在经销处工作时间长,大小也是个头儿,原以为说几句软话,新任处长会放他们一马,没想到俞钢强势,根本没有通融的余地。显然,他这是要杀鸡吓猴。戴科长人高马大,见来软的不行,就要起蛮横,冲俞钢就是一拳:"你小子算老几!"

戴科长平时是霸道惯了,没想到这次遇上个软硬不吃的。俞钢拦住对方打来的拳头,厉声道:"我警告你,我可是跆拳道黑带五段。"

戴科长一愣,骂道:"吹你妈的牛逼,老子管你几段。"说着挥起拳头,照

315

着俞钢脸上又是一拳。

俞钢闪身晃过,一拳打在戴科长胸前,趁他后退之际,又一拳打在他的脸颊上:"我警告你了,黑带五段。"脸上这一拳,留了几分劲道,只擦过戴科长的鼻翼,但还是顿时血流如注。

王主任见势不妙,忙拉住戴科长:"别打了,别打了,好汉不吃眼前亏。"

戴科长也胆怯了,就势下台阶,抹了一把脸上的血,恨恨地盯着俞钢:"咱们走着瞧!"

晚上,两个人就来到孙锦西的住处,向他诉苦。孙锦西本来就对俞钢有气,现在他提拔的人撤的撤,换的换,还动手打了戴科长,更觉得俞钢是公报私仇。对他们好言安慰了一番,说明天上班他去找曾厂长反映。

谁知,曾厂长听了表情平淡:"是老戴先动的手,俞钢是被迫还击。这回,恶人遇到狠人了!"

孙锦西说:"戴科长的父亲以前是市建委主任,王主任的兄弟现任市城管局……"没等他说完,曾厂长就打断了:"年轻干部需要打磨,工厂发展需要储备人才,华钢总不能在我们手上垮掉吧。"

"既然厂长提高到这个角度,我没话可说。"呆了一呆,又问:"那戴科长和王主任怎么安排?"

曾厂长说:"既然俞处长做了安排,就让他俩去劳动服务公司待岗吧。"

孙锦西欲退出去时,又被曾厂长叫住,问起采购科镁砂班毛勇的情况,问他是不是戴科长的小舅子,谁推荐此人当镁砂班班长的?孙锦西说他知道戴和毛的关系,但毛怎么当上镁砂班长,具体情况他不清楚。曾厂长严肃地说:"厂监察室已查明,毛勇利用采购镁砂之际,受贿十多万。一个萝卜大的班长,竟然吃里扒外,看来经销处的问题不少呀!"孙锦西本是想来为戴、王二人讨个说法,没想到反被曾厂长上纲上线批评了一通,又拿出毛勇受贿的事将他的军,这是明显在提醒他看清形势。他知道,自己在华钢的前程到此为止了,不禁呆了半响,失魂落魄地离开了厂长办公室。

随后,曾厂长来到俞钢办公室,俞钢正和黄彦清商量事,就用开玩笑的口气说:"俞处长,你是打得一拳开,免得百拳来,强势得很哪!"

俞钢检讨说:"昨天是我不够冷静,不应该打人,我接受批评。"

曾厂长把手一挥:"有认识,有态度就行了。还是那句话,你大胆干,怎么有利于工作你就怎么搞,不用向我汇报。我只看结果。"

俞钢铁腕抓劳动纪律,一上任就处分了戴科长和王主任,员工们懒散的风气也刹住了。大家变得谨慎小心起来。以后,全处只要召开大小会议,除了出差人员,其他的人一个不少地到齐。也形成了不成文的规定,提前十五分钟到场、签到,中途不准上厕所,包括俞钢自己的手机都关上。他讲话时,不允许下面讲话。谁举手要发言,到他的座位上来讲,他到谁的位子上坐着听。任何问题都在会上摊开讲,不许背后关着门开小会,杜绝小人行径,培养君子之风。

新官上任三把火,这是他烧的第一把火。

在曾厂长的支持下,俞钢又烧起第二把火:从生产第一线抽调人才来从事销售工作,生产必须百分之百服务销售、满足销售需求。并对全处销售人员的工资进行改革,每月保底工资一千,然后按当月的业绩拿提成。他和黄彦清及科室干部则是全处每月的销售任务完成了,才能拿到当月工资。到年底,如果全处超额完成了全年销售任务,超额的部分按每人平时的业绩,作为年终奖金发放。这样算起来,销售人员最划算,销售业绩好的人可挣到五六万。

第三把火,就是狠抓市场调研。

俞钢采取的方式也不同,除了专职市场调研人员外,由他和黄彦清带队形成走访用户的制度。一般用户每年走访一次,重点用户每年走访两次,特大用户不定期走访,并配有专人提供联络和服务。利用这种形式,既可以深入调查市场情况,又能全面及时地听取用户意见。

俞钢是做市场调研出身的,对市场调研,自然有着深刻的理解。他始终记着第一次到东北搞市场调研的经历。

东北的冬夜,滴水成冰,没有灯光的大街阴冷潮湿,他一步三滑,好不容易走进火车站的候车大厅,寒风从四面八方穿过漏风的窗户肆意乱窜,他将双手放在嘴边不停地哈气,弯着腰,来回跺着脚取暖。凌晨三点,随着拥挤的人流终于上了火车,找到铺位,把行李塞进下铺底下,顺着爬梯爬上上铺位置。就在火车开动的时候,一个四十来岁,身材瘦高,戴着近视眼镜的男子从过道挤了过来。男子背着一个老旧的黄色帆布包,放下后也想塞进下铺底下,但因先到旅客的包已经塞满了铺底,他怎么使劲也塞不进去,就只好把旅行袋放在下铺旁边。

火车终于开动了。俞钢躺在上铺,在火车咣当咣当的声音中,怎么也睡不着。这是他第一次来东北,整整一周了,他去了大连、沈阳,跑了八家企业和三个钢材市场,竟然连一张纸的市场调研都没写满。只好买了去佳木斯的火车票,希望能去工业基地寻找到一些有用的数据,来完成他的市场调研报告。

一觉醒来,天已放亮,很多乘客还在睡梦中,他看到下铺的中年男子在奋笔疾书,好像一夜没睡。那种认真专注的劲头,仿佛车厢里就他一个人似的。俞钢好奇地伸出头仔细向下望去,只见中年男子又从上衣口袋里掏出各种小纸条,一一展开,把上面的数据集中整理归纳到纸上。中年男子可能意识到上铺有人伸头在看他,警惕地朝上望了一眼,然后收起信纸。过了一会儿,好奇心驱使俞钢再次趴在床沿伸头向下铺望去,中年男子双腿弯曲,背靠车厢一侧,拿着一个大笔记本做垫衬,继续在信纸上书写,十几张写满数据的小纸条,乱七八糟躺在铺上。

"早餐,早餐。"列车员不耐烦的声音在过道中响起,肚子早已饿得叽里咕噜叫的俞钢大声喊道:"我要一份。"

其他几个铺位的人去了餐车。俞钢吃着馒头,主动对下铺的中年男子说:"师傅,你不吃早餐吗?"

"来一份吧。"中年男子将那几张写满数据的信纸折叠起来,夹在一个笔记本中。俞钢从上铺下来,端详中年男子。他狼吞虎咽地吃着馒头,连喝粥的时间都没有。给俞钢的感觉,这一位比他还忙,工作压力比他还大,混得比他还不如意。

"师傅,你写的是国家机密吗?"话说出口,连俞钢自己都吃惊了,心里明明不是这样想的,话说出来却变了味。

中年男子却没生气,第一次正面看着俞钢:"小伙子,你是干什么工作的?"得知俞钢也是个市场调研人员,从江北临钢来的,中年男子说我知道临钢,生产轴承钢、弹簧钢、运输钢和不锈钢,尤其是渗碳轴承钢滚20,是临钢的拳头产品。看着俞钢又笑了笑,说他是江苏的,来东北三个月了,是为产品进入东三省作前期调研,这份报告很重要,厂领导等着决策。那些小纸片是他每跑一个市场或者企业写下的数据,比什么都珍贵。

俞钢当时还不以为然,三个月的心血就是那十几张小纸片,一份市场调研报告有那么重要吗? 这时,中年男人的 BP 机响了,他打开看了下,神色骤变,显然出了什么事。俞钢从小包里掏出大哥大递给中年男人,这是公司专给市场调研人员配备的。中年男子感激地接过来,拨通电话说:"嫣然,你叔叔没把你妈送医院吗?我现在去佳木斯,还需要一个星期……照顾好你妈。"话毕,关上了大哥大,还给俞钢,千恩万谢地说:"谢谢小兄弟呀。"

俞钢看着他忧心忡忡的表情:"怎么,你爱人病了?"

中年男人叹了口气:"心脏病又犯了,女儿催我早点回去。"

"你爱人有这种病,应该让其他同志跑外省呀。"

"我是部长,不身体力行,如何能让手下人尽职尽责?再说,都是像你这样的小年轻,我也不放心呀。"稍顿了一下,中年男子又叹了口气,声音沉重地说:"家里有个病人,我哪有心思往外跑?但咱们是靠厂吃饭的,厂里效益不好,工人的日子也不好过,竞争中求生存。"

"做市场调研的,有两个品质很重要:一是要细心,粗心浮气是干不好市场调研的,你得把一个个数据踏实弄好、准确无误,让数据说话;二是要做行动派,有了想法,有了信息,要动起来,心动不如行动。"中年男子扶了下眼镜,又补充道。

"心动不如行动",俞钢从此记住了这句话,后来的工作中,这句话渐渐成了他的口头禅。

两人是同行,有太多的共同话题,正好可解枯寂的旅途。

车到佳木斯,俞钢和他一起走出车站,大雪又开始飘洒起来,中年男子叮嘱俞钢:"小兄弟,这儿比沈阳还冷,要注意保暖。"俞钢心里暖暖的,掏出一张名片,递给他:"师傅,这是我的名片,希望以后多联系。"中年男子接过看了下,也掏出自己的名片,递给俞钢说:"今后多联系。"说完,就背着黄色帆布包消失在风雪之中。中年人姓於,在江苏一家国有企业工作。

十七年过去了,俞钢总是会在不经意间想起在漫天大雪和辽阔荒原中穿行的绿皮火车,想起於师傅。虽是萍水相逢,一面之缘,他在心中将於师傅当成了自己的良师,每当他在做市调遇到瓶颈产生懈怠情绪时,也会想到於师傅。主管华钢经销工作之后,就想到了这位於师傅,由于BP机早取消了,名片上的电话号码也变了,也联系不上了。

这天快下班了,俞钢从货场检查完工作,戴着红壳安全帽回来,看见办公室楼下停着一辆黑色小车,原来是祝大昌来了,正在看他办公室墙上挂的一幅书法"小事靠智,大事靠德"。

上次江阴一别,转眼已有八九个月没见面了。

俞钢招呼祝大昌落座,泡茶。祝大昌从随身的提包里拿出几本书,说:"来得匆忙,也没带什么礼物,知道你喜欢读书,挑了几本我喜欢的,不知对不对你的味。"

俞钢笑道:"昌哥挑的书,一定是好的。"接过一看,原来是西方现代管理之父德鲁克的两本著作。一本是《卓有成效的管理者》,另一本是《管理·任务·责任·实践》,该书被誉为"管理学"的《圣经》。俞钢翻了一下,说:"知我者,昌哥也。我在冶金学院时就读过德鲁克的《公司概念》,现在正在读他的《创新与企业家》和《21世纪的管理挑战》。"又看了另外几本书,微微一笑。

祝大昌看得出,俞钢对后两本大约不以为然,就开玩笑地说:"看来,我这回马屁没拍到点子上喽!"

祝大昌问起他在经销处的工作。俞钢说:"还行,局面刚打开。"然后,也不洗澡了,脱下工作服,换上一件长袖红色T恤衫,说:"昌哥,今天我得好好请你一顿。咱们上泰州最好的酒楼,品尝溱湖老全鹅,慈姑烧肉和红烧河豚。"

祝大昌说:"咱俩是君子之交淡如水,别搞饭局腐败那一套。"

"上次我去江阴,你不是请了我吗?"俞钢笑着。

"我是私营老板,请人吃饭自己说了算。"

俞钢说:"我不占公家的,自己掏腰包还不行吗?"

俞钢坐上祝大昌的小车,带他来到泰兴南街的沁春酒楼,俩人要了个小包厢,俞钢说:"这里最拿手的是红烧河豚,你敢不敢吃?"

"你敢请,我就敢吃。"

俞钢这才问起祝大昌怎么有时间来泰州。

祝大昌道:"陪客户腐败。苏州、杭州、泰州走了一圈,今天上午送走了客户,就顺便来找你讨酒喝。"又叹道,"没办法啊,不算库尔勒钢管厂,单江阴厂,每年像这种招待费就得六七十万。市场竞争激烈,民营企业要生存。"

俞钢说:"都一样,走到哪都是这种风气,酒桌上谈生意,还要唱K桑拿一条龙。"

"增加成本,浪费时间,这股风,该刹一刹了。"

俞钢说:"怎么刹?"

祝大昌说:"当然是从上往下刹。"

这时,服务员端来酒菜,摆在桌上。祝大昌接过俞钢递的酒杯,神情显得惆怅,叹了口气,"说来你也许不信,我现在特别怀念临钢的生活。"

和祝大昌认识这么多年来,很少听祝大昌有如此感叹,俞钢不由多看了他几眼,发现祝大昌瘦了许多,脸色紫里带黄,于是说:"昌哥,你脸色不太好呀,生病了?"

祝大昌说:"没什么,只是面部神经有些麻痹。"

"上次我到江阴,就看到你气色不太好,没敢问你。"

祝大昌淡然一笑:"三个月前,我正在沙漠里和钻井工人光着膀子喝着冰啤酒,突然接到电话,库尔勒厂销售的套管,在四川油田下井时发生卡钻,井队怀疑是套管质量问题。如果报废,损失近亿。赶紧订机票,从乌鲁木齐飞成都。飞机起飞后不久,下腹开始剧烈坠痛,到成都机场,满头大汗,来接我的客户不敢耽搁,直接把我送进华西医院。急性肾结石,住院输液打扩管针。第二天,机械打结石。每次治疗回到病房,都会尿血。"

"也没听昌哥说起,现在治好了吧?"

祝大昌说:"没事了、没事了。我住的是两千元一天的高干病房,有专门的护士护理。第三天病情稍好些,特别护理我的小护士将我扶到轮椅上,在医院的院子走动。见我心情很好,小护士跟我开起玩笑,说当老板好啊,住院一晚上花掉她一个月的工资。小护士就感叹,你们有钱人,命真的值钱。说她在这医院里,见多了因交不起治疗费而放弃治疗的病人。小护士的话,让我很是感慨。回来之后,我就决定,拿出一些钱,成立一个基金,专人管理,做一些力所能及的慈善。"

"小护士说得不错,你的命值钱啊。昌哥做慈善,小弟我举双手赞成。"

"钱多了就是身上的赘肉。"祝大昌拿起斟酒器,给俞钢酒杯倒酒,"清末浙江南浔首富刘镛说过,'吾岁散数千金以与人,非求福也,盖以疗吾之疾也。'"

"散财给自己治病,这话倒挺新鲜,有点儿意思。"俞钢回味了一番,打开自己的小包,掏出一个红绸包的东西,递给祝大昌:"早就要送你的。"

"什么好东西?"

"和田玉,古人说能蓄元气,养精神。"

祝大昌接过来端详了一下:"兄弟啊,我厂子就在新疆,最不缺的就是这东西。这块玉看起来价值不菲,玉有君子之德,还是你自己留着。"

"我知道你不缺,我担心的是你身体。"俞钢看着祝大昌,"两个厂子一东一西,远隔千里,常年两头奔波操劳,何曾得一个闲?里里外外,上上下下,全靠你一个人撑着,太辛苦了,得有个帮手替你分担才行。"这句话,说到了祝大昌的痛处。随着人到中年,他是一天天感到力不从心,但身边却一直缺个得力的帮手。

俞钢说:"你不是有个弟弟吗?怎么不让你弟来帮你?"

说到他这个弟弟,祝大昌不禁长叹一声:"你可能没见过他。我妈看我辛苦,多次说,打虎要靠亲兄弟,想让国祥来帮我一把。"说到这里,祝大昌不禁想到他爸祝永明临终前曾嘱咐过他的话,照顾好母亲,让母亲有个幸福晚年,还有国祥和国英,国祥本质不坏,也很孝顺,只是不踏实,让人不放心。

见俞钢关心他,祝大昌说:"国祥在临江办贸易公司,生意蛮不错,他来不了。"

正说到这里,衣袋里的手机响了,是毛仁银打来的。祝大昌忙打开接听,电话的那一端却没有回应,"嘟"的一声倒把电话挂了。

祝大昌心里纳闷,这时服务员端上来红烧河豚,两人的话题就转到了冒死吃河豚上,将毛仁银来电话的事,放在了一边。

第 五 章

通常,你的电话被熟人拨通又挂断,不是因为打错了就是因为他心里纠结。此时的毛仁银心里就万分纠结。钢花贸易公司走到了悬崖边,主要原因是祝国祥一意孤行造成的,败局已定,谁也无力回天。他想跟祝大昌吐槽一下,但想想,事已至此,再说这些已经迟了,就把电话挂断了。

去年这个时候,因为他和活宝的坚决反对,公司投资大冶开铁矿的事搁置了一阵子,但祝国祥不死心,不断公开发难,威胁要退出公司另起炉灶,还说什么宁愿做过了后悔,也不要错过了后悔。赖子为顾全大局、维护团结,提出一个折中方案,让大家举手表决。如果多数人表决赞同,公司就投资九百万接手老坑乡许老板的铁矿场;若是少数人赞同,那就作罢。

活宝赞成这个方案,但他提出来:"赖子是总经理,不能站队选边,算局外人。"

赖子说:"行,我不参加举手表决。大家好好考虑,慎重表决。"

结果可想而知,祝国祥、刘胜利赞同,毛仁银、活宝反对,二比二,叶老实的一票最关键。但他就像当年下岗抓阄一样,拿不定主意。活宝不耐烦地瞪起眼:"赞同还是反对?你快放屁呀!"祝国祥则拍胸脯发起毒誓:"如果一年赚不到五百万,我祝国祥是众人的儿!下辈子当乌龟王八!"活宝喊了一声:"如果投资失败、公司破产,你就是当我们的孙子又有什么用?"没想到这时候叶老实忽然说:"我赞同。"

两天后,赖子和祝国祥驱车去老坑乡,同许老板签订了转让铁矿场的合同,九百万随即打许老板的账户上。正式投入生产的同时,除了原有的矿井工人,又招收了十多名当地农民,将两班作业改成三班制,卷扬机二十四小时不停地轰鸣,铁矿场日夜灯火通明。还将公司十多辆经营长途运输的货车调来运铁矿石,从老坑乡拉到临江外贸码头,然后再装上驳船销往江浙一带。

"钻头一响,黄金万两。"一开始,开铁矿还真是一本万利。因拉运矿石的货车、存放和转运矿石的外贸码头都是自己公司的,省掉了很多中间费用,头两个月,公司就有八九十万进账。大家欢喜,祝国祥更是得意扬扬,对赖子和刘胜利说话的语气中都有了颐指气使的气息:"我说过了,有你们数钞票数到手软的一天,现在应验了吧!"接着就讽刺、挖苦活宝和毛仁银,"猪脑子的人,只配在临钢出死力干活,钱就是堆在他们面前都不知道怎么赚,根本不配搞经济。"

铁矿生意好,刘胜利的心情也大好,从田鸡手上买下了一对心仪已久的核桃,据说还是清末某个王爷盘过的,每天宝贝一样小心翼翼地盘着,劝祝国祥道:"别说这种刻薄话,伤了大家的和气,几万块钱一桌的菜离不开两块钱一包的盐。"

看着公司日进斗金,叶老实也乐得合不拢嘴,对毛仁银和活宝说:"看来我最后一票投对了,国祥就是比咱们有眼光,脑袋瓜灵活。照这样干下去,明年这时候咱们公司就大发了。我也计划好了,我老婆没去过上海,明年上海世界博览会的时候,我要带老婆好好去逛逛,潇洒一回。"

毛仁银没吭气,他能说什么呢?这社会很现实,有钱就是爷,能赚到大把撩人眼花的真金白银就是硬道理。活宝却很冷静,说:"莫得意太早了,要这么好赚钱,人家许老板钱多了怕烧手,死活要把矿转让?"祝国祥听了,又和活宝大闹了一场,说活宝这是居心不良,盼着矿出事。

祝国祥又和赖子商量,集中公司之力,铆足劲朝开铁矿的道上奔。将毛仁银管理的汽车修理厂撤了,几十名工人调到铁矿场和外贸码头当协保员。长途运输车队的车都运矿了,车队也就解散了。做工作服、手套的服装厂也甩出去了,只保留最赚钱的酒店和挖江沙的两艘泵船。

但没过多久就出事了。

这天上午,赖子接到刘胜利电话,拉铁矿的车被聂家湾的村民扣下了,称路是他们开的,要三十万过路钱。赖子一听,当即与祝国祥驱车赶去。十多个人正手持木棍铁锄,气势汹汹地拦在路上。两个人一看协调不了,就去乡政府找主管的侯副乡长。没想到侯副乡长手指敲着办公桌说："你们开铁矿有钱，农民的日子不好过，算你们帮政府扶贫吧，不就是一年三十万吗？"

祝国祥说："当初你侯乡长拍胸脯保证，要为我们保驾护航，决不会让投资者利益受到侵害，现在不算数了吗？"

侯副乡长不耐烦了，说："聂家湾农民哄抢了你们铁矿场吗？阻挠了你们正常生产吗？他们没犯法，叫我们政府怎么出面处理？总不能随便去抓人吧。"赖子一看，拉着祝国祥走出来，强龙不压地头蛇，为了不影响开矿，他们硬着头皮答应了下来。

返回临江市的路上，刘胜利愤怒地骂道："姓侯的坏得很，上次私下找我们借二十万块，我们没借他，他便使出这种伎俩，纵容村民与咱们作对。"祝国祥也愤然骂道："我曾听柯老板说过，老坑乡这一带刁民多，蛮不讲理，老子今天总算领教了！"赖子叹了口气，说："阎王好见小鬼难缠，我就怕以后还会发生这种事。"

还真让赖子料到了。不过后面这事闹得太大，影响恶劣。

前面说过，大冶是中国青铜文化的发祥地，五十年代中期，国家在铜录山建了一座古矿遗址博物馆。因馆址地底下蕴藏有大量铜矿石，有个利欲熏心的矿老板胆大包天，将巷道挖掘到博物馆底下，差点儿酿成博物馆坍塌事件。这事被媒体披露后，引起了省领导的重视，派督查组下来彻查、追究责任。

拔出萝卜带出泥，这下大大小小的私营铜井、铁矿场及小煤窑都牵扯了出来。由于国家已经把临江市列入资源枯竭城市，省政府也三令五申禁止私营企业滥挖乱采，于是，一批有关干部被严厉查处，全部私营井窑矿场被查封。老坑乡铁矿场不仅被查封了，还因为破坏地方自然环境被罚款三十万。

祝国祥蔫了，独自坐在墙角，一声不吭。赖子一根接一根地抽烟，烟缸里堆满了烟头儿。刘胜利愁苦着脸，不停搓着手里的核桃。只有叶老实在叹气，祥林嫂般唠叨："都怪我财迷心窍，投了那一票。"

毛仁银看了眼愤愤然的活宝："我早就提醒过大家，政府为保护资源环境，一定会采取措施的。"

活宝则走到刘胜利跟前质问道："你不是说当地政府为财政税收，禁止开采是雷声大,雨点小吗?现在这是雷声大,还是雨点小?"

刘胜利瞥了眼祝国祥,不吭气。活宝气不过,夺过他手中的核桃,用力摔在桌子上,其中一个弹起落在赖子的茶缸里。

刘胜利呼地站起来,指着活宝说:"你他妈欺负老实人是吧?明明是祝国祥惹的祸,你冲我来算几个意思?"

赖子闷声闷气地说:"算了,大家都不要埋怨了,咱们还有外贸码头,还有两艘泵船挖江沙,大家把精神振作起来,只要经营好,还能维持公司的正常运转。"

孰料,打击接踵而来。半个月后,为保护长江水生态环境资源,私营码头全部被取缔,长江挖沙被禁止,违者重罚。很快,外贸码头被市航运局收走了,赖子的最后一点儿希望如同肥皂泡般破灭。钢花贸易公司的财路彻底断了,辛苦积累十多年的千万家底也亏赔殆尽。如今只剩下中窑酒店了,可酒店的门面是租的,眼看马上也要到期。公司失去了财源,开始拖欠员工工资,矛盾就彻底爆发了。

活宝首先放炮,将积压的怒气一股脑地发泄出来:"当初承包上窑集贸市场多好,民以食为天,虽然赚钱少点儿,但稳当,旱涝保收。现在可好,一个好端端的公司被祝国祥搞垮了。这就是投机造成的恶果!"

叶老实的态度此时也一百八十度大转弯,跟着附和:"这是祝国祥的责任。投资挖铁矿,只看眼前利益,没考虑后果和风险,这才造成了今天的局面。"

祝国祥不服,反驳说:"投资挖矿的事是我提出的,但是是大家举手表决通过的。你叶老实不也举手赞同了吗?怎么把屎盆子扣到我祝国祥一个人头上?"

叶老实的脸涨红了,说:"是你说一年不赚五百万,你就是大家的儿,下辈子当乌龟王八,我是受到你的诱惑才举手的。"

祝国祥哼了一声:"我愿意这样吗?"

活宝说:"这么说,你还有道理了?"

"如果不是发生博物馆的事,我们的铁矿场会被政府查封吗?只能说我们背时不走运。"

毛仁银见祝国祥还狡辩,鸭子死了嘴巴硬,再也忍不住了,驳斥道:"祝国祥,你莫找借口!博物馆事件只是导火索,关键的问题是,保护资源环境是国策,你踩着雷顶风上,会有好果子吃吗?"稍顿了一下,声音也提得更高了,"还有一个问题,活宝之前也提过,既然挖铁矿这么赚钱,许老板为什么要把铁矿场廉价转让?你祝国祥和他吵,说他这是盼着公司出事。"

活宝怒不可遏地打断了毛仁银的话:"还有买泵船挖江沙,也是祝国祥一手操办的,今天也得说清楚!"

祝国祥一听跳了起来:"按你们的意思,公司落到这个地步,我祝国祥是罪魁祸首,所有的问题都是我的错,要我承担?"

活宝喊道:"你祝国祥做错的事,你不承担谁承担?谁替你揩屁股?"

毛仁银也喊:"如今公司面临破产,你祝国祥要负主要责任!认个错有这么难吗?"

祝国祥甩掉手中的烟头,冷笑道:"我有什么错?你们把矛头全对准我,这是什么意思?开我的批斗会是不是?老子不干了,散伙!"

活宝拍了一下桌子:"散伙就散伙!我还耻于与你这种人为伍。"随即转向赖子,大声道,"赖子,你让祝国祥交账!他账上有二十五万,还有卖矿石没收回来的五十万,你得让他交出来!这是大家的钱。"

叶老实赶紧跟着说:"对!就算好聚好散,祝国祥也得把这七十五万交出来。"

祝国祥却冷笑一声,拿起桌上的小黑包,夹在腋下扬长而去。

祝国祥不得不走,大家追问的这七十五万,都让他在澳门赌场输掉了。

祝国祥染上赌博,是他结识柯老板之后。

柯老板年近五十,矮胖的个儿,半秃顶,腿还有点瘸,常年穿着一件旧西服,开着辆二手桑塔纳。此人看上去不起眼儿,却是个极有城府的角色。他老婆的兄弟是副县长,他靠挖铁矿赚了上千万,然后就改行做贩运铜矿石和矿砂的生意。

因与外贸码头的业务关系,祝国祥与柯老板认识了。祝国祥向柯老板吹嘘,自己的哥哥是民营企业家,有两个厂,资产十多亿。柯老板自然愿意拉拢他,介绍他又认识了许老板,这才有了收购铁矿场的生意。

由于经常在一起吃吃喝喝,彼此称兄道弟,麻将桌上谈生意成了常态,祝国祥的家也就成了聚会地点。刚开始时,祝国祥只是让老婆朱美美上桌,陪柯老板等人玩麻将。后来,他也跃跃欲试,而且手气极佳,场场必赢,很快就上了瘾。柯老板趁机怂恿道："国祥兄弟这么好的赌运和牌技,总是我们几个玩儿没意思,改天找机会,咱们一起去澳门玩把大的。运气好,一场赌下来,就是亿万富翁了。到时可别忘了咱们这些兄弟伙。"说得祝国祥心痒痒的,不久就真带着老婆朱美美去了一趟澳门赌场。

从深圳坐船到澳门,柯老板带祝国祥夫妻先逛了著名的景点大三巴,然后就坐上了赌场接送的免费专车,来到葡京大赌场。走进大厅,但见人头攒动,就像进了一个乱哄哄的集贸市场。柯老板告诉他们,前两年,有个韩国游客玩老虎机,赢了一千多万,去年又有国内游客赢过两千多万。

听说这些一夜暴富的例子,祝国祥想起小时候听妈妈讲的故事。民国初,在湖南益阳的乡下老家,有个叔公是贩茶叶的,有一年贩茶叶到澳门,去赌场开眼界,发现一楼赌的是大洋,叔公觉得赌注太大,到二楼看,赌的是小碎银,他想了想还是算了,就来到三楼,见大家赌的是铜板,正合其意,于是大胆开玩儿,一口气赢了三个铜板。结算赌注的时候,叔公吓出一身冷汗,几天后腿都是软的。原来,三楼的赌注是最大的,每个铜板都代表着巨资。叔公也因此发了家,买田置地,成了一方大财主。到了解放战争时期,土匪勾结一股溃败的国民党兵,将叔公家洗劫一空,满门老小都被杀了,房子也都烧了个干净。原本母亲给祝国祥讲这个故事是告诉他不义之财不长久,可他只听进去了赌博能让人一夜暴富。

既然进了赌场,祝国祥岂能放过机会,就买了一千港币的筹码,挨个赌桌转悠,看准时机就押一把,几次小试牛刀下来,手气竟出奇地好,赢了五千多。他老婆朱美美也赢了两千多。两个人吃了赌场提供的免费午餐后,又精神抖擞地继续押筹码,又赢了五千多。他也有了自信,认为自己是块赌博的好料,只是没有大本钱而已。

走出赌场时,几辆挂广东牌照的宝马、奔驰停在楼下,柯老板便啧啧称羡道："这一定是国内来的大款在楼上一掷千金。"

祝国祥忙问："楼上怎么个赌法?"

"百家乐、21点,赌法多种多样,筹码起价五万、十万、百万……"柯老板便如数珍宝般介绍起来,听得祝国祥瞠目结舌,半天缓不过神来。何以解忧,唯有暴富,他心里说："下次来,我一定到楼上试试手气。"

澳门赌场有句行话:不怕你赢钱,就怕你不来。

果然,没过一个月,祝国祥就忍不住了。这次他直奔楼上,玩起百家乐,筹码五万起,可是这回再没上次的好运了,不到三个小时,三十万就输了个精光。祝国祥红了眼,问柯老板借五十万,说:"柯兄放心,我回去还你。"柯老板摆摆手:"你哥是亿万富翁,我有什么不放心的。"不料,五十万不到一个小时又输光了,连返程的机票都是柯老板垫付的。

祝国祥带到澳门赌场的三十万,二十五万是公司账上的,还给柯老板的五十万,是厂家买铁矿石的货款。

七十五万公款,眼看祝国祥怎么也还不上了,朱美美给他出主意,卖掉自己的车,无论多少,交给公司完事;至于卖铁矿石的货款,就说买主赖账跑了。

祝国祥就按老婆的话做了,把卖车的十万块钱放在赖子的办公桌上,称他管的二十五万,都花在平时业务招待上了,卖铁矿石的五十万货款也没见到一分,买主赖账失联了。这十万是他卖掉了自己的车凑的,再逼的话,他就只有命一条了。说完转身就走了。

毛仁银说:"祝国祥这是侵吞公司财产!"

叶老实也生气:"是呀,把公司资产败光了,还这种态度!太不像话了!"

活宝一拍桌子:"报警!打110。"

见大家义愤填膺,赖子忙阻止道:"大家冷静点儿。看在大昌面上,不要把事情闹大了,气量放大点儿。"

活宝忍不住指责他:"你赖子就知道当和事佬,事事迁就祝国祥,公司才落到今天这种地步。"

毛仁银百感交集地说:"我总算明白了,靠哥们儿义气成不了大事。"

叶老实此刻更是悔青了肠子:"早知道这样,我决不会投那一票,真该剁掉我这只手。"说着,还忍不住呜咽了起来。

想到一夜回到解放前,以后又要自谋生路,刘胜利也嗫嚅道:"怪我,怪我,侥幸心理作怪,鬼迷了心窍。"

最痛悔万分的莫过于赖子,此刻他大口大口吸烟,竭力控制着不让自己崩溃。

下岗初期,日子那么艰难,他没有流泪;为买废渣土夹带废钢之事,蹲在看守所的日子里,他也没流泪。但此刻他流泪了,公司好不容易走到今天,

329

上千万的资金却血本无归。他承认,他没远见,没风险意识,也缺乏管理公司的经验与能力。当初他想主动让位,请祝大昌当公司经理,也是这个原因。这么多年来,他一心团结大家、义利兼顾,包括容忍祝国祥的许多缺点,就是想大家齐心协力,相互取长补短。在投资大冶铁矿场的问题上,如果他能预判风险、态度坚决,不让兄弟义气成为科学经营决策的拦路虎,公司也不会落到今天这种局面。

吃散伙饭的这天,祝国祥没到场,大家都来到挹江酒楼。这是他们创业初期经常聚会的地方,今天再来,活宝完全没了和右老板打情骂俏的心情,大家更是失去往日的欢语笑声,也完全没达到当初承诺的"胜则举杯相庆,败则生死相救"的境界。

刘胜利那对晚清王爷盘过的核桃被摔坏了,现在手中盘的是一串价值几十元的佛珠。他一粒粒转动着,悻悻地说:"古人说,谈钱伤感情,现在人说,谈感情伤钱。咱们两艘泵船是花三百多万买的,周大肚子只肯付一百五十万,还口口声声说是咱们的老朋友、以前的街坊邻居,这分明是趁火打劫。"

毛仁银说:"中窑酒店装修花了五十多万,再怎么也值个八十万,胡老板却砍到四十万,亏他兄弟以前还是咱们平炉分厂的工友。"

活宝叹了口气:"如今市场化了,人与人是什么关系?狼与狼的关系。哪还有什么工友情、朋友情和街坊邻居情?都是朝钱看。"

叶老实酒喝多了,又开始说他的口头禅:"早知道会这样,那一票我绝不会投。"

赖子大口喝着酒,无法抑制住内心的痛悔,喃喃道:"都是我无能,都是我窝囊,我的错。"抓起桌上一瓶酒,打开,一口气喝了半瓶,"我对不起诸位兄弟,又要让兄弟们吃二遍苦。我在这里谢罪了。"接着,又把剩下的半瓶酒干了。随后趴在桌上。刘胜利见状,搀扶起赖子,先送他回家。

活宝、毛仁银和叶老实又喝了一会儿,也都醉眼惺忪。右老板娘问:"是按老规矩,记账吗?"活宝说:"公司垮了,记个屁账,先赊着。"走出酒楼,活宝扯起嗓子吼起了崔健的《一无所有》,歌词却是被他篡改了:我曾经问个不休,红火火的公司,为何突然变得一无所有……脚下的路在走,身边的水在流,我们又回到了,一无所有……

三人内心的绝望,远甚当年下岗。

第 六 章

一个月后,赖子、祝国祥和刘胜利离开了临江。十多年前三个人下岗后,就曾一起离乡背井奔波过。但那时他们年轻,有创业的勇气和不服输的劲头儿;如今人过中年,经此大劫,已经豪情不再,只想着能打一份工养家糊口,于是一同往江阴投奔祝大昌。活宝和毛仁银不屑与祝国祥为伍,决定留在临江另寻出路。而祝国祥怕叶老实嘴不牢靠,泄露钢花公司倒闭的真相,便没叫上他。

因事先打了电话,三人一到江阴西门长途汽车站,祝大昌派来的商务车就将他们接到了江阴钢铁厂。老潘为他们安排好了宿舍,赖子和祝国祥住一间,刘胜利和其他工友住。晚上,祝大昌在酒店订了包间,为三人接风。

席间,祝大昌问起赖子,怎么突然破产倒闭了。赖子看了眼祝国祥,就将如何在大冶投资开铁矿,如何买两艘泵船挖江沙的情况,简单地说了一下。祝大昌听后立即皱起眉头,用带批评的口气说:"君子不立于危墙之下,你们不是几岁的小孩子,怎么连这点儿敏感都没有?踩着红线行事,能不触雷吗?"见三人低着头不吭声,又说,"去年年初毛仁银给我打过电话,说公司想把上窑集贸市场承包下来,这是大好事,后来怎么就放弃了?"赖子又瞥了眼祝国祥,诚恳地说:"主要是我的责任,鬼迷心窍,利欲熏心,总想赚快钱、赚大钱。"

祝国祥听着听着脸上挂不住了,借口出去方便一下,溜走了。来江阴前,他就忐忑不安,他哥如果晓得钢花贸易公司破产是他一手造成的,定会不容分说将他赶回去。朱美美却替他打气,说:"我找街头算命的瞎子算了,说你运在东方,再说老妈在你哥那儿,你去把老太太哄好点儿,多诉苦,老太太会偏袒你的。看在老太太的面上,你哥不会把你怎么样。站稳脚后,再表现好一点,老太太到时再为你说话,让你哥委你重任,弄个副总干干还不是小菜一碟。你哥这人耳朵根子软,一是孝顺,二是重亲情,只要你打出这两张牌,保证心想事成。"这番话打消了祝国祥的顾虑。来的路上,又对赖子、刘胜利千叮咛万嘱咐,千万给他留面子,不要让他哥知道实情。

祝国祥站在门外,听见祝大昌追问赖子:"你们跟我说实话,投资开铁矿场的点子,是不是国祥出的?直说无妨。"赖子掩饰说:"不关国祥的事,是我拍板儿的,责任在我。"刘胜利也说:"我也负有责任,是公司会上举手表决的。"

祝大昌说:"前不久,毛仁银给我打电话,我问他有什么事,他一句话没说就把电话压了。我当时挺纳闷,仁银想跟我说什么呢?现在我明白了。"

见祝国祥进来,祝大昌没再说下去,而是给赖子和刘胜利斟上酒,又关心地问:"你们来了,那仁银、老实和活宝呢,他们怎么没一起来?"赖子委婉地说:"他们怕来你这儿干不好,另外家里没人照顾。"刘胜利补充说:"我们来前,听说活宝想与蔡红合伙儿在市内租个酒店搞餐饮。"

"那仁银和老实呢,他们今后想干什么?"

刘胜利说:"不清楚,他俩没说。"

赖子三人到达江阴的这天上午,叶老实骑车来到毛仁银的家。毛仁银结婚以后,就没再住在桃园村的老宅了。前几年公司效益好,他攒钱在老火车站附近的钢花小区买了房子。

因和吴回芝感情纠葛关系,毛仁银成家晚,叶老实的大女儿叶倩都读初一了,他儿子才六岁。他妻子黄蓉在沃尔玛超市当营业员,家里还有四川农村来的岳母,给他们带孩子。前几天,岳母回四川去了,叶老实来时,毛仁银正手忙脚乱给儿子喂稀饭,儿子抿嘴不吃,吵着要吃炸鸡腿。

叶老实打量着简朴的客厅,电视是旧的,也没有什么装饰品,只有茶几上摆放着一盆花,跟他家的情景差不多,不免感伤道:"人这一辈子,无非四个字,钱、命、家、情。"毛仁银还在回味他的话,没有接茬,叶老实又说:"咱们吭哧吭哧干了这么多年,辛辛苦苦,你我就挣了一套房子,这就是我们的价值。一切又要重新开始。六月天忽然遇寒冬,我跳楼的心都有了。早知这样,当初我就不该……"

"打住打住,你再唠叨这句,你没跳楼,我倒先跳楼了。"

毛仁银这人历来把钱看得不重,是那种随遇而安的性格,淡然地说:"只要饿不死,粗茶淡饭还养人些,散装酒还是有的喝的,怎么说也比刚下岗那会儿强多了。"

叶老实忍不住又说:"你不让我说,我却还是止不住想,都怪我,不该举那个手。"

"老实,你也别老这么自责了,其实你那一票没那么重要,就算你不举手赞成,祝国祥还是会通过其他手段达到他的目的。"

这是大实话,叶老实听了,心里倒是好受了不少,忧心忡忡地说:"仁银,你说咱们以后干点儿什么好?"

"我还没琢磨好。你想好了?"

"我这不是来和你商量吗?我现在无限怀念以前,咱俩合伙到蕲州贩甲鱼和金钱橘……现在是不可能了。"

毛仁银没作声,当贩子去蕲州那一页是老皇历了,以前能赚到钱,那是因为交通不便、信息闭塞,生活水平也低,有差价可赚。可现在有了高速公路,交通十分便捷,物价也上来了,野生甲鱼上百元一斤,加上都有手机,信息灵通,已经赚不到钱了。

毛仁银一直爱好诗歌创作,这些年在省市报刊发表了一些,公司情形好时,在朋友的帮忙下,自费印了一本《毛仁银的诗》,算是给自己一个交代,此后不再写诗。公司破产后,呆坐家中无事,又开始写起了诗。

妻子黄蓉见他写诗,口气就像吴回芝当年数落他一样:"能养家糊口吗?能给你工作吗?还是现实点吧。"

毛仁银长叹一声,辩解道:"人不能只有柴米油盐,虽说是要脚踏实地,却也要偶尔仰望星空,不然活着与行尸走肉何异?"

黄蓉哪听得懂这些,但看他说得严肃,知他心情不好,也就由着他去了。毛仁银就将所写的诗寄到报社,发表了几首,有的没钱,只寄来刊物,有的稿费寄来了,只够过早的两根油条和一碗热干面。

"仁银,我就与你合得来,咱们也合伙了多年。你好好琢磨一下,看咱俩能干什么,再合作一把。"叶老实说完就先走了,他也不在工人村附近的平房住,搬到了八卦嘴小区。骑车一回到家,老婆就告诉他,大冶的表妹打来电话说,已经给他找了个工作,到县城一家私营钢铁厂上班。那个厂缺炉前熟练工,不过要求先面试。

叶老实不想去,他好歹在公司坐了几年办公室,现在去炼钢,不是又回到从前了吗?就推托说:"我都四十六了,这么多年没干体力活儿,身体吃不消。"

"你不就在公司搭了几年架子吗,还真养尊处优,显摆起来了?"

不等叶老实说什么,又抢白他:"你怕吃不消,咱们一家四口怎么活?女儿后年上高中,儿子进初中,哪来钱供养?你就这个命,老天早就替你安排好了。"在老婆一顿训斥下,叶老实说:"好好,你别唠叨了,我去还不行吗?"老婆于是让他带上一条蛇皮袋,因表妹家有红苕荞麦,老婆让他顺便带一袋回来,替家里省点儿粮食。

叶老实是傍晚到大冶县城的,路过一个露天夜市,只见大小凉棚里都是吃烧烤喝啤酒的人。见他穿着一件皱巴巴的旧厂服,手里拎着蛇皮袋,凉棚里就传来招呼声,叶老实走过去,一个脸喝得通红的中年人,指了指桌子下面十多个空啤酒罐和瓶子说:"都拿去吧。"

叶老实迟疑了一下,想到这十多个酒瓶值几块钱,够他往返的车费,就准备装。这时走来一个干瘦的老头,手中拎着麻袋,两只眼睛直勾勾地看着他,显然这是他的地盘儿。叶老实赶紧走开了。

叶老实在表妹家宿了一晚。第二天,表妹带他面试,不料,负责面试的恰是昨天给啤酒瓶的中年人,见是叶老实,就把表妹拉到一旁,低声埋怨说:"简直是乱弹琴,怎么把一个捡破烂的介绍到厂子来了?"叶老实就没面试上。来了一趟,只从表妹家背回一袋红苕和荞麦,老婆看在红苕和荞麦的分上,唠叨了几句作罢。

几天后,叶老实又找毛仁银,恰好田鸡也在。

轮船码头取消后,田鸡没再接人,而是骑摩托跑到江对面的英山、罗田乡下鼓捣古董。前几年修京九铁路,他五十元钱收购了一个釉里红小罐,据说是元代的,五十万卖给了一个老板。有了钱,他就在古董一条街开了个小档口,在临江的古董圈里,大小也是号人物了,也吃五喝六神气起来,脖子上吊着一块玉观音,右手戴着大扳指,腰上又挂了一个不知从哪朝古墓里盗出的玉蝉。有时也帮人掌眼看瓷器、玉器、青铜器,刘胜利信他,毛仁银是打死也不信的。

等田鸡走了,叶老实问毛仁银:"田鸡找你干什么来了?"

"拉我入伙呗,跟他一块儿收购古董。"

叶老实害怕毛仁银真和田鸡一块儿去贩古董,他就没有了伴儿,就诋毁田鸡说:"你千万别答应,哪有那么多古董?他发的是死人财,墓里刨出的东西沾上了晦气,你没看他那双眼睛都发绿了。"见毛仁银不作声,又骂道,"田鸡这狗日的见钱眼开、唯利是图,你玩不过他。只怕他把你卖了,你还帮他数钱呢。"

毛仁银说:"我和他不是一路的,心里有数。"

"心里有数就好,你憨厚,我老实,咱们俩才是最佳搭档。"叶老实就将装有几个红苕的塑料袋递给毛仁银。

毛仁银递给他一张请帖,说是活宝送来的。活宝和蔡红的小酒店"口福居"这个星期六开张,让他俩去捧场。然后,毛仁银告诉叶老实,他已想好了合作项目。

叶老实忙问:"什么项目?"

"养甲鱼,把南湖养鳖场盘下来。"

叶老实愣了一下,说:"以前贩这玩意儿,现在养这玩意儿,合适吗?"

"有什么不合适?"

叶老实问:"你认识南湖养鳖场的人?"

"那个场子的负责人是活宝的街坊,活宝告诉我,养鳖场要转让。现在能赚钱的,人家早占了,轮不到咱们。听说临钢在招工,要不你去应聘?"

叶老实忙摆手:"好马不吃回头草,莫提临钢。"沉默了一会儿,又问,"你决定了?"

毛仁银点点头:"想不想和我一起干?如果想,我们不打无准备之仗,明天去了解一下情况。"

叶老实连连点头:"对对,咱们再不能头上凿窟窿,干没脑子的事,一定要问清楚,既然养甲鱼赚钱,他们干吗要转让?"

第二天早上,毛仁银和叶老实骑车来到市郊的南湖养鳖场。这里以前是个湖汊,有十多亩养殖面积,隔成一块块养鳖池,还搭有几个饲养棚,三面环山,很适合养鳖。俩人找到活宝的街坊,是个四十多岁、皮肤黝黑的男子,听说是活宝的朋友,又是递烟又是倒水。

听说毛仁银和叶老实都是临钢下岗的,便说:"钢厂以前太有名,我老婆娘家有个亲戚以前也是临钢的,叫俞钢。"

毛仁银说:"钢厂人太多,不太熟悉,以前在哪个单位?"

占场长说:"在公司跑市场调查的。"

叶老实说:"我们在平炉分厂,要是平炉的才认识。"

聊起养鳖场的情况,占场长说:"目前甲鱼的市场行情,八十六块一斤,主要是供给全市大小酒店、宾馆的,不愁销路,每年赚个三四十万没问题。"

叶老实便问:"占场长,既然养鳖这么赚钱,你为什么要转让呢?"

占场长叹了口气,摇摇头说:"生意好做,伙计难搁呀。"接着就说了起来。原来,场子有七八个股东,平时都是不操心的主,年底分红,甲嫌少了,吵吵闹闹;乙怀疑甲在账上做了手脚,骂骂咧咧;丙又猜疑丁拿了酒店的回扣……都怕别人多得了,自己吃了亏。前不久开股东会,乙和丙竟然打了起来,丙现在还躺在医院里。"你们说,这养鳖场还办得下去吗?我是坚决不干了,将场子转让出去,散伙!"

毛仁银和叶老实相视苦笑,占场长说:"你们不信?"

毛仁银说:"哪里是不信,我们也是一样啊!从钢厂下岗后,几弟兄办起了公司,最红火的时候,资产也是过了千万的。结果几个股东意见不同,投资失败、破产了。"

占场长听说过这事儿,好言安慰了一番。

毛仁银问:"占场长,这转让费要多少?"

占场长看了他俩一眼:"你们真想承包?"

叶老实赶紧说:"是呀是呀,你说个价。"

占场长沉吟了下:"就一个整数吧,一百万。"

叶老实觉得太高了:"不能少点儿?"

"不能少了,甭说场子这些设备、养鳖的饲料,就说池子的鳖,大的都五六两一个,再有几个月就可以上市了。另外,我把养鳖师傅留给你们,以后你们就有这方面经验了。"占场长又看看毛仁银俩人,"最好是一次付清。你们考虑下,这个礼拜五之前答复我,过时不候。"

回来的路上,叶老实满面愁容,毛仁银却心情大好:"我已经想好了,卖掉钢花小区的房子,搬回桃园村老宅去住。"见他决心这么大,叶老实也拍下大腿:"既然你豁出去了,我也不想跟人打工,豁出去了!卖掉八卦嘴的房子,搬回工人村的老平房去。"

"你老婆同意吗?"

"生活逼到这份上,她不同意,老子就跟她离婚!"叶老实咬牙切齿地说。

毛仁银笑道:"你也就过过嘴瘾,嫂子不和你离,你就多念几声阿弥陀佛吧。"

按下毛仁银和叶老实承包养鳖场不提,却说祝大昌经过一番考虑,让赖子、刘胜利和祝国祥先做销售工作,锻炼一段时间后,再另行安排。祝国祥也安下心,找机会表现自己的小聪明。

这天上午,祝大昌和潘副总谈起,西北机械制造总公司每年钢材用量非常大,因公司领导层换届,取消了与江阴钢铁厂的合同,祝大昌想重新建立关系。本想自己去,但因厂子扩建需要银行贷款的问题迟迟没有解决,他走不开,但究竟派谁去合适,商量了半天决定不下来。

这事让祝国祥晓得了,就来祝大昌办公室,自告奋勇前去公关:"哥,我去吧!你放心,我不会让你失望的。"见祝大昌犹豫不决,下午又去找老妈出面跟祝大昌说。来江阴之后,他三天两头买点儿东西看老妈,为防老妈单独外出走失,还做了个小纸牌,上面写着老妈的姓名、身份证号、家庭住址和联系电话,让老妈系在脖子上。俗话说,爷爱长子,娘疼幺儿。老妈也没亏待他,把平时祝大昌给的零花钱,私下都塞给了他。

有祝母出面,祝大昌也就答应了,正好可以趁机考查一下弟弟的能力。

按照祝大昌的盼咐,祝国祥买了几盒江苏土特产,坐火车到了西安,找到该公司供应处的汪处长,打听了情况。这才知道香港华氏集团跟该公司老总有关系,邀请他们去香港、澳门考察一番之后,钢材指标给了华氏集团掌管的临钢。

祝国祥问道:"现在谁主管这事?"

汪处长说:"总公司副总、兼任开发公司经理的老于头。这个人迂腐古板,很难接近。他的办公室有两处,一处是机械局,一处是开发公司,但他多半时间在开发公司。"

祝国祥下午就去了开发公司,但门卫不让他进。祝国祥就绕着大院转悠了一圈,发现院墙旁有棵大槐树,他就攀了上去,然后跳入院内的自行车棚,拍拍身上的灰。见一辆车头上挂着一顶旧蓝工帽,就取下来戴在头上,进了办公楼。从一楼瞄到五楼,发现于老头的办公室在四楼,拐弯处的第二间,门前挂着经理的牌子。见门虚掩着,祝国祥凑近前一看,见到了坐在办公桌前的老于头。此人年近六十,戴着眼镜,头发有点白,但很精神。祝国祥看表,快五点半了,正琢磨进不进去时,从五楼下来一个年轻女子,叫道:"于总,下班还有半小时,不上来打乒乓球吗?"祝国祥赶紧走开。少顷,老于头出来,敲另一侧办公室的门,一个女办事员应声而出,陪他上了五楼。祝国祥悄悄跟了上去,原来五楼是图书馆,室内摆放着乒乓球台。老于头拿起球拍,两个女孩儿轮番上阵,陪他打乒乓球。

以后几天,祝国祥就从院墙翻进来,暗暗观察老于头的举动。因进出办公楼的人多,没人注意他,也没人问他。祝国祥很快掌握到,这个于总每天都会提前半小时下班,上五楼图书馆打乒乓球。

人只怕没有爱好,只要有爱好,就没有攻不破的堡垒。祝国祥心里有了主意。当年临钢鼎盛时,各种文娱活动多,打乒乓球的人更多,高手也多。祝国祥读书不行,唱歌跳舞打球溜冰却样样在行,只是这一晃有十多年没拿过球拍了。于是就到商店买了一副红双喜球拍,又到体育馆找了个教孩子打乒乓球的教练,每天练三四个小时的球。教练很高兴,也很尽心。祝国祥有基础,学了一个星期,不仅找回了当年的状态,球技还有了很大提高。现在的他自信满满,就等着一个接近老于头的机会了。

这天快下班时,老于头又像往常一样,上五楼。孰料,图书馆的女孩子有事不在,戴着蓝工帽的祝国祥适时出现,毕恭毕敬地说:"于总,我能陪你打几局吗?"

老于头用怀疑的眼光看着他,问:"你哪个厂的?"

"铸造分厂的,今天来公司开会。"

老于头像是想起来了:"哦,你是张厂长手下的。"

祝国祥连声答道:"是呀是呀,我在张厂长手下干技术工作。"

老于头便放下戒备心,说:"好,我们打几局。"

祝国祥说:"三局两胜。"

老于头兴致一下提起来了,衣袖一捋,拿起球拍:"行,三局两胜。"

老于头球技并不高,头一局,祝国祥故意输了。第二局,他打了老于头一个二十一比九。第三局,赢到十五比七时,见老于头球兴大发,摆出一副非赢不可的架势,便故意让球,屡屡失误,还懊恼地连声说:"臭球,臭球!"最后,仅以一分之差输了第三局。

老于头既得意又高兴,说:"将遇良才,棋逢对手,你的球技不错呀!"

祝国祥就装出不服气的样子,说:"于总,明天是星期六,您有时间吗?我们再比试比试。"

"明天我要到机械局开会,后天吧,星期天我有时间,我们再好好切磋切下球艺。"

祝国祥马上说:"那后天早上九点半,我在院门口等你。不见不散。"

祝国祥从办公楼出来,高兴得翻了几个跟头,又把衣服扔向空中跳起接住。从院大门走出时,被门卫老头发现,呵斥他说:"你小子怎么进去的?"祝国祥掏出一包中华香烟,塞给门卫老头,扮个鬼脸走开了。门卫老头疑惑地:"看不出,这小子抽这么好的烟。"

第二天上午,祝国祥走出宾馆,到街上转悠了,找了一家最好的茶楼,挑了二楼一间小包厢,便于第二天聊天,然后问女服务员:"你们最贵的是啥茶,怎么收费?"

"福鼎老白茶,一壶五十。"

祝国祥又问:"没有更贵的吗?"

女服务员摇头说没有了。祝国祥就走了出来,跑了几家茶叶专卖店,问了价格,有几十上百的,也有几千上万的,尽管店主表示没假货,也可以让价,祝国祥还是没要。后来,祝国祥找到一家天福茗茶专卖店,挑了最贵的一罐武夷大红袍,标价一万三千五百元。祝国祥还价,店主一口拒绝,说就这价,你不要就算了。祝国祥于是没再说什么,将这罐大红袍买了下来。随后,来到那家茶楼,让服务员把老板找来,拿出这罐大红袍,说:"明天中午我要招待一位客人,不用你们店里的茶叶,就用这罐茶叶泡,但一定说是你们店里的。我按一壶五十元给你人工费。另外,楼上小包厢我包了,给你二百元,行了吧?"

女老板高兴得直点头。

第二天,祝国祥九点不到,就到开发公司大院门口等候。半个小时后,老于头果然穿着蓝色运动衫、白球鞋来了,随后让祝国祥跟他一起进去。门卫老头看着,恍然大悟:"这小子抽大中华,原来是于总家亲戚。"

祝国祥就陪老于头打了一上午乒乓球,很快与于总熟络了,他不断赞叹于总球艺高,说他甘拜下风,让老于头听着很是受用。接着祝国祥就邀请他去茶楼喝茶,老于头也不推辞,就跟祝国祥来到茶楼。坐定后,祝国祥叫来老板,故意问:"你这店里有好茶吗?多少钱一壶?"女老板说:"五十元。"祝国祥说:"来一壶吧。"很快,女服务员将茶端了上来,祝国祥先给老于头倒上一杯,打了一上午球出了汗,他早渴了,就喝了几口,说:"这茶味道不错,好,好!"

祝国祥吩咐一旁的老板:"把这茶拿出来,让于总看看。"

少顷,女老板拿来罐装的武夷大红袍,祝国祥说他买了,要送给于总。老于头忙摆手:"不行、不行,我不能收。"祝国祥说:"这茶不就五十元一壶吗?也不贵,于总甭客气。"说着,吩咐女老板将这罐茶装入精品礼盒里,等一下于总走时带回去。

通过聊天,祝国祥得知老于头爱好摄影,这几年拍了许多风景照。祝国祥马上说他也爱好摄影,想向于总学习,欣赏一下于总的摄影作品。老于头说:"没问题,都在我办公室,明天你来打乒乓球,我给你看看。"

第二天下午,祝国祥如约来看于总拍的风景照,有百多张,整整一大本。祝国祥就都借了过来,说打完球后带回家,晚上好好欣赏和学习。

过了十多天,祝国祥拿着十多本印成精装的摄影画册来了。原来,他挑选了五六十张认为好的,花了几万块钱,印成了于总的个人摄影作品集。

看着自己的作品转眼被印成精装影册,老于头不由大为感动,拍着祝国祥的肩膀说:"明天中午,我请你吃饭。"

祝国祥说:"谢谢于总的好意,明天我要回江阴了。"

"回江阴?"老于头一愣:"你不是张厂长手下的技术员吗?"

"于总,我做了一件对不起您的事,还得请您原谅。"

老于头不解:"什么事,你说说。"

祝国祥说:"于总您得先答应,我说了,您得原谅我。"

"好吧,我原谅你,你说。"

祝国祥这才将他此行的目的一一道出,并打起了悲情牌,说如果他这次完不成任务,回去要被厂子炒鱿鱼。并且向于总说明:"江阴钢铁厂虽然是民营企业,但一直是贵公司的供货方;只是因为贵公司换了领导班子,才中断了合同关系。"

老于头沉吟了一下,说:"虽说你骗我这方法不可取,但情有可原。"然后就拨通了供应处汪处长的电话,询问了情况后,吩咐汪处长,把下半年没有分配的五千吨钢材订单给江阴钢铁厂,临走时拍着祝国祥的手背说:"你这个小兄弟,我是交定了。"

第 七 章

祝国祥此行旗开得胜,回到江阴,他提着旅行包,直接来到祝大昌住的苑华小区。路上他接到电话,哥哥病了,以为他在家休息,到了才知道,祝大昌在厂子里,范小桃也不在家,带孩子学钢琴去了。祝母正在给供奉的瓷菩萨上香,祝国祥急切地问:"妈,我哥什么病,查了吗?"

祝母叹了口气,说你哥晚上病得吓人,抱着头在床上翻来滚去,白天却跟没事儿人一样,自己也不记得,照常去厂子上班。不知道中了什么邪。祝母满脸忧虑,双手合十对菩萨祈祷:"菩萨大慈大悲,我每天多给您供几炷高香,保佑我儿子无病无灾。"

祝国祥说:"妈,您信菩萨有什么用?要是瓷器做的菩萨能保佑我哥,就更邪门儿了。"

"菩萨面前不可胡说。"祝母打了祝国祥几下,语气里充满了虔诚,"人在做,天在看,多积善积德,菩萨才会保佑你一生平安。"

祝国祥也担心:"我听老潘说,我哥去年在办公室犯过一回,从椅子上倒在地下不省人事,送到医院检查,也没查出什么大病。"

"你哥这是落下病根了。这次你去西安,把你哥交代的事办好了?"

祝国祥得意地说:"我去还能有办不好的事儿?分分钟摆平。"说着从旅行包里拿出几袋干果、蜜饯,"妈,这是我特意为您买的,陕西正宗土特产。"

祝母高兴地说:"老话儿错不了,打虎亲兄弟,以后你要替你哥多挑点儿担子。"自从祝国祥来了江阴,两个儿子都在身边,常能看见,祝母很高兴,也一直想找机会对祝大昌开口:你现在富了,你弟还受穷,生活条件差,得多关照弟弟,让他也管个事儿。但一直找不到理由。这下好了,国祥立了功,她可以开口了。

祝国祥没走一会儿,祝大昌回来了。早就知道弟弟把事情办成了,还知道孝顺母亲带土特产,祝大昌自然高兴,祝母赶紧趁机说:"你现在身体不好,往后厂子的事让你弟多担点儿。"

祝大昌说:"妈,我没病,能吃能喝能睡,身体不是蛮好吗?"

祝母接着唠叨起来:"前天晚上你发病,把妈吓坏了。听妈的劝,厂子的事少操点儿心,让国祥多担点儿。再说你被临钢开除的那阵子,国祥也帮过你。你不是给了老潘股份吗?一个外人你都能给,亲兄弟倒没有了?你也给国祥一点儿股份。"

没等祝大昌说什么,范小桃和儿子就进来了,祝小园叫了声:"奶奶,你跟我爸说什么哪,咋还没睡?"

祝母赶紧收口,连说:"奶奶这就睡。"就进自己的卧室,一缕焚香味儿随着关门声飘出来。

范小桃连咳了两声,皱起眉,看了一眼祝大昌,吩咐儿子道:"早点儿睡,明天钢琴大赛好好比。"

次日上班,老潘来到祝大昌办公室,说西北机械制造总公司五千吨钢材的三百万预付款已经到了,然后夸奖说:"国祥脑袋瓜顶用!办事灵活,蛮有能力,这次立了头功。我看他可以负责销售工作。"

祝大昌听着只笑笑,没有作声。

中午到食堂吃饭前,祝大昌把赖子和刘胜利叫到办公室,征求他俩的意见,祝国祥能不能重用。要在过去,赖子、胜利还可能实话实说,但今时不同往日,他们落魄,在祝大昌的工厂里打工,关系再好,终归是外人,而祝国祥再怎么着也是老板的亲弟弟,还立了大功。俗话说,疏不间亲,何况碍着哥们儿义气。于是赖子和稀泥,用毛巾揩着饭盒说:"国祥和你是手足,用不用他,你自己做主,我没什么想法和意见。"刘胜利经过公司破产一劫,如今是既不盘核桃,也不玩手串,话也不似从前多了,只微笑不表态。祝大昌一时还拿不定主意。

下班回家,没想到范小桃站在小区门口等他:"祝大昌,我有话对你说。"

"有事回家说呗。"

"老太太在家，这事只能在这儿说。"接着就开始小声质问起来，"老太太说让祝国祥替你多挑点儿担子，还要你给他股份，是不是？"

"妈也是关心我的身体。这只是她的想法，你生个什么气？"

范小桃哼了一声："我当然生气，老太太的意思不是很清楚吗？你打拼这么多年挣下这份家业，让你弟来摘桃子，没这么好的事情。我可不答应。老潘的股份是他多年贡献得到的，你弟凭什么坐享其成？"自从嫁到祝家，祝小桃对这个老二没什么好感。

祝大昌从来都是遇事两头瞒、两头劝，瞒不住了、劝不好了就装糊涂，想办法息事宁人。见范小桃生气，他说："我心里有数。你老把嘴放在妈身上，就不能少说几句吗？"

"我少说几句，你怎么不看看老太太干的事？之前住旧房时，她要住主卧；现在搬到新房，好好的房子被老太太变成庵堂，供佛烧香，就差没敲木鱼念经了。家里整天烟雾缭绕的，呛得死人！哪个家像我们这样？我都懒得说。"见祝大昌不吭声，范小桃又语带讥讽地说："我知道，你是孝子，祝家的长子，什么事都让着老太太，但凡事总得有个底线。今后我们家的事，你叫老太太少插手，尤其是给祝国祥股份的事，想都别想！他就是个打工的，这厂子跟他半毛钱关系都没有。"

见丈夫仍不作声，范小桃口气也缓和了些，转过话题："这次市青少年钢琴选拔赛，园园得了第一名。省里来的主考老师说，园园是个可造之材，愿意收他为徒。主考老师还说，如果经济条件允许，今年暑假可以送园园到英国皇家音乐学院深造，他可以出面联系。"

祝大昌问："要多少钱？"

范小桃说："我陪儿子一块儿去，如果自费留学，学费、生活费七七八八，差不多要两百万。"见祝大昌不作声，范小桃又说："只要能把儿子培养成才，花再多钱也值。你手上不是有笔八百万专用款还没到期吗？"

"这笔款我已交给老宋管理了，我们不能动用的。"

范小桃说的这八百万，是祝大昌设立的专用基金，用于扶持临钢下岗工人再就业、办养老院、幼儿园等项目的，另外也为儿女上不起大学、家庭极度困难的下岗家庭提供一到五万元的无息贷款。老宋是基金经理，负责管理和落实。这时候范小桃提到这笔钱,看来是真的打算陪儿子去英国读书了。

祝大昌知道,她这是想逃避婆婆。她原以为婆婆在她家住个一年半载就会回临江的,所以有些事她尽量忍着。哪知婆婆摆出要长期和他们生活的架势,春节吃年饭,婆婆竟然还感叹:"要是国祥和国英在这儿,咱们一家就团圆了。"她听着很是不舒服,这是什么话?她的小家可不是祝氏的"大家庭"。于是,她让丈夫给老太太在江阴另买房子,宁可分开,也不能和婆婆生活一起。祝大昌不同意,说他把老妈从临江接来,就是为尽孝照顾的,让老妈单独过,怎么照顾?现在可好,婆婆没分开,祝国祥又来了,说是来给他哥打工,不就是想分一杯羹吗?家庭琐事件件不如人意,范小桃的心情糟透了。

祝大昌也知道,范小桃郁闷的时候就会想她自己的妈。儿子祝小园是岳母带大的,岳母去世后,在九江银行工作的哥哥就成了她唯一的亲人。在祝大昌事业最困难的时候,是她哥哥帮他贷款解了燃眉之急。范家的人帮了忙,可没有一个人来打秋风、摘桃子的,但他们祝家的人忙没帮上,摘桃子倒是比谁都跑得快。范小桃常说,只有亲妈疼女儿,亲妈知道女儿的秉性,会对女儿无私地包容,亲妈的爱才是世上最伟大无私的。而现在,亲妈不在了,她满腹的委屈和苦衷,能向谁倾吐,谁又会理解和同情她呢?从前在临江,还有几个老朋友,自从搬到江阴,知心的朋友都没有一个了。她也常说,和祝大昌结婚几十年了,但在祝家,她还始终是个外人,一说就流眼泪。祝大昌也不知道怎么安慰她。

正当范小桃这几天闷闷不乐时,薛三妹突然来江阴了。她参加在南京举行的小学校长研讨会,顺便来看望他们。范小桃喜出望外,除了盛情接待,自然还要向她好好倾诉憋在心中的委屈。

傍晚,她在酒店订了个包厢,等祝大昌聊到兴头儿上,她就站起来出去了,想让薛三妹和祝大昌好好谈谈。范小桃这突然一走,两个人倒有点不自在了,沉默了好一阵子,还是薛三妹先打破了尴尬:"我看你脸色不大好,听小桃说,你病了。"

祝大昌笑笑:"我没病,别听小桃胡说。"

薛三妹叹了一声:"我知道你心里苦,两个厂子一大摊事儿,还有家庭的烦恼和憋屈,都是你一个人硬扛着。"

薛三妹的话说到祝大昌心坎上了,他无限感慨地看了一眼薛三妹,说:"我是贱命,属牛的,已经习惯了,还行。"

"那你也要注意身体,没了健康,再多的财富又有什么用?你还是找个好医院看看吧。"

"前两年我到终南山,有个道士给我看相,让我须防疾患,早免灾殃。"说到这里,又想到当年那道士说的"祸起萧墙",心中一凛,稍顿了一下,转过话题,"听说佳钢释放了?"

"他在狱中表现好,减刑一年半,上个月释放的。"

"现在干什么呢?"

"什么也没干,闲着呢。每天到工人文化宫下象棋、看人家打牌,有时上四门飞云道观去。"

"那就让他上我这儿来。"

薛三妹苦笑道:"他不会来的,面子搁不住。另外,在监狱里待了几年,性情也变了,不愿接触人,一整天、一整天不说话,不知道他心里想什么。"

祝大昌劝慰道:"佳钢有能力,不会消沉的。我对他有信心。"

俩人沉默了一会儿,薛三妹把话题转到祝国祥身上:"你准备让你弟替你打理厂子,给他股份?"

"我妈这么说。她也是好心,不想让我累。"

薛三妹同情地说:"我能理解,这么大个家业,是得有个人替你分担。若是对你、对公司都有好处,给点儿股份也不过分。只是有一句话,不知当讲不当讲?"

"看你这话说得见外,有什么话但说无妨。"

薛三妹直言道:"以前在临钢国祥就心眼儿多,不太正。佳钢也对我说过,祝国祥私心重、不靠谱。老话儿说,亲兄弟明算账,账算不清,亲兄弟也有翻脸的时候。还有一句话,叫斗米恩,担米仇。说到底,这是你的家事,我不该多嘴,但是小桃求到了我,我就直说了。再说了,我也觉得,你该多从小桃的角度想一想。"说到这里,薛三妹像想起了什么,"对了,上个星期,傅佳钢说他到四门飞云道观见到祝国祥了,还带着一个打扮前卫的年轻女人……"

"那是他后娶的老婆朱美美。国祥去飞云道观干什么?"

薛三妹摇摇头。

尽管祝大昌和范小桃结婚这么多年，但他内心深处始终没有忘记薛三妹。这么多年，在他最落魄、最困难的时候，总是能感受到她的关心。此刻，听着薛三妹关心他的身体及他的家庭琐事，不由又心有所感："我有时候总想下放金牛农场的往事。"

薛三妹瞥了一眼门外，脸有些红了，赶快把话题岔开："你也要多体贴和谅解小桃。她有她的苦衷。小桃不是不明事理的女人。"稍顿了顿，又柔声道，"她跟你这么多年也不容易，多想想她的好处。没有她照顾好家，你在前方也不能心无旁骛地打拼。"

"我知道。她性子直，不像你说话委婉。但她一心为着这个家，尤其是为了儿子，付出了很多。"祝大昌看时间不早了，说，"你来了多住几天，明天让小桃开车陪你去徐霞客故居、江阴要塞风景区玩玩吧。"

"不了，学校还有好多事，我明天早上就回临江。"

从酒店出来，祝大昌开车送薛三妹回宾馆休息。离开时，薛三妹说："差点儿忘了，想给你推荐一个人，是个年轻的女大学生。你觉得合适就留在厂子工作，不合适也不勉强。"

祝大昌马上说："行，你推荐的人一定行。让她来吧。"薛三妹从没有向他提出过任何请求。

第二天，祝大昌一到办公室就把祝国祥找来，问他什么时候回的临江。祝国祥说："十多天前，你去河北谈收购的事，美美给我打来电话，说儿子病了，要住院。妈为了你的病情，也要我回去，说四门飞云观有个独眼老道，人称黄半仙的，会算卦，能逢凶化吉、趋利避害，十分灵验。所以我就回去了一趟。"

"你和朱美美一起去的？碰见傅佳钢了？"

祝国祥连连点头，嘲讽挖苦起来："傅佳钢蓬着头发，灰头土脸，我没理他。他就是小人一个，活该。"

祝大昌没再问下去，祝国祥便赶紧退了出来。

其实，祝国祥隐瞒了另一半实情。

他回临江的当天，柯老板请他吃饭，席间说起王大款手气好，最近到澳门赢了三百万，祝国祥听了心动：平时打牌臭得要死的王大款都能赢钱，我为什么不能赢？但他上次输了八十万，手头没有赌金了。

柯老板见状,做豪迈状说:"你要想去我借你一百万,不收你的利息。"

第二天,祝国祥就和柯老板飞澳门,在葡京赌场鏖战通宵,一百万输了个精光。祝国祥赌红了眼,又找柯老板借了五十万,不到三个小时又输完了。垂头丧气回到临江后,这才带老婆朱美美去的四门飞云观,给祝大昌抽了个签,让黄半仙化解。然后,花五百元请老道指点迷津,测算他的生财时运。出来时,他才打开,黄纸上就写着一个字:"止"。祝国祥气得把黄纸撕成碎片,骂骂咧咧:"什么黄半仙,以前不就是街头拉二胡算命的黄瞎子吗?"

又到了星期一,照例是公司一周工作的安排会。老潘说到襄樊轴承厂,样品送去了,该厂负责供应的孟处长也打来电话说,可以签合同了,但以前双方没有业务往来,希望我们先与他们厂长沟通一下,这样比较稳妥。但谁与襄樊轴承厂领导熟悉呢?祝大昌思考了半天,也没想到派谁去沟通合适。

吃中饭时,祝国祥端着饭盒来了,对祝大昌说:"哥,襄樊轴承厂的事,我听老潘说了。这事不难,有一个人出面准成。"

"谁?"

"朱辉呗!他是省报老记者了,听说现在当了主任。"

祝大昌恍然:"把他给忘了,我这就问问朱辉。"

果然,朱辉以前就是跑襄樊、十堰的企业,认识襄樊轴承厂的领导,关系还不错。听祝大昌说是订合同的事,朱辉满口答应下来,愿意陪他去一趟。

祝国祥趁机说:"哥,你还要忙着厂子扩建的事,我去吧。"

祝大昌想想,同意了。

祝国祥从办公楼走出来,就见一个明眸皓齿、身材高挑,穿着件休闲连帽开衫的年轻女孩,拉着个亮银色的行李箱走过来,问他:"请问祝总办公室在几楼?"

祝国祥脸上笑眯眯的:"你找祝总有什么事?三楼左拐第二个办公室。"

这女孩就是薛三妹推荐的大学生,叫林小艺,今年才满二十一岁。

祝大昌自然格外关照她,在厂宿舍安排了单间,然后让她到市研部上班。不料,林小艺来却不要办公桌,说常听薛阿姨提到祝大昌,她好奇才来的,主要是想看看祝大昌何方神圣。如果她看祝大昌顺眼,厂子还行,就留下来干;如果不是那么回事,她就立马走人。见祝大昌没有生气,笑眯眯地望着她,林小艺又说:"我刚从一家广告公司辞职,那家公司老总无能,我看不起。"

如今的年轻人,找个工作不容易,但她竟然炒公司的鱿鱼,看来极有个性。只是明显涉世还浅,阅历欠缺,俗话说就是没吃过亏,欠踹。但她身上透出的单纯,散发的青春活力和锋芒,让祝大昌仿佛看到了多年前的自己,回到了下放金牛林场的青春年华。

祝大昌笑着说:"看来你是要考察我这个老板了?但愿我能过试用期。"

话一出口,办公室的同事都拿异样的眼神看着祝大昌。从来说话板正严肃的老板,居然说起了俏皮话。

第 八 章

祝大昌又犯病了。

这天下午在办公室,他跟哈尔滨锅炉厂的马厂长打电话,聊俄罗斯钢铁市场的行情。祝大昌结识马厂长较早,交情不错,江阴钢铁厂第一批销往俄罗斯的钢材,就是通过马厂长老婆的关系。马厂长的老婆是个中俄混血,妈妈是俄罗斯人,舅舅是做钢铁生意的商人。因为祝大昌做生意爽快,马厂长愿意多跟他合作,但祝大昌推托了,说:"现在忙于扩建,抽不开身,以后再说吧。"他放下话筒,准备从椅子上站起来,突感天旋地转,眼前冒出无数飞舞的萤火虫,又像炉前飞溅的钢花。他赶紧趴在桌子上,闭眼休息了好一会儿才恢复过来。幸好办公室没人,不然大家又得七手八脚把他送进医院。

祝大昌勉强站起来,感觉自己似一条在浅水里扑腾的鱼,极度缺氧,虚脱得没有一点力气。这样的事已经发生了两次,祝大昌知道,这是身体在向自己示警了。于是,他悄悄去了市中心医院,挂了个专家号。专家很年轻,美国博士毕业回国。

专家询问了他的病情,初步判断可能是没休息好,劳累过度所致。祝大昌又说自己睡着后在痛苦地喊,醒来却不自知的症状,专家就让他去做脑部CT。胶片出来,他说:"可能是神经出现间歇性障碍,大脑供血不足造成的,需要住院观察。只有再发现这种现象,医生才能对症治疗。"

祝大昌问:"要住多少天?"

"可能是几天,也可能是十天半月,这要看你什么时候出现这种症状,不然检查不出来。"

祝大昌心想,万一我几个月、一年不发病,岂不是什么事不能干,像囚犯一样待在病房受罪?就不想住院,只让专家开点儿药,回家吃吃。专家说:"你的病情没查清楚,我不能瞎开药,我要对你负责。"

祝大昌只得又去市中医院找了个头发花白的老中医看。老中医听他说了病情,替他把了脉,只说要静心养性,就开了一剂药方:桃仁七粒、茯苓五十克、菖蒲三十克,加山楂片泡水,一日三次。

喝了一个星期,感觉精神好多了,心绪不像从前烦闷。

祝大昌病刚好一点,祝母又作妖了。祝大昌下班回到家,听见母亲房里传出呻吟声,范小桃在厨房,祝大昌问:"你又跟妈吵了?"范小桃不理他。祝大昌走进母亲房里,床头柜上还放着一碗凉粥,旁边小盘里搁着一个荷包蛋、几块煎豆腐。显然是范小桃中午做的。不仅如此,每天按时吃的降压药,祝母也没吃。见祝大昌进来,她说,两个儿子不一条心,儿媳也防着她,她活再长命也没有什么意思,不如早点儿去和死去的老伴在阎五爹那里团聚。

祝大昌劝母亲,说我和我弟同心同德,哪里就不一条心了?范小桃也递过来一句:"妈,我什么时候防着你了?做人说话要讲良心。"

祝大昌就吼了一声:"你少说几句不行?"

范小桃一生气,晚饭也不做了,关在屋里,说她也病了,心口痛。这边祝母说:"国祥都要被你们逼走了。我告诉你,国祥要是走了,我也不活,我就从这楼上跳下去,让左邻右舍都知道,你是个不孝的儿子。"

祝大昌一惊:"国祥什么时候说要走了?即便他要走,我也会留下弟弟的。"

祝母逼问:"只是留下有什么用?当个外人一样用,国祥怎么抬得起头来?"

祝大昌明白了,赶紧说:"我的老娘哎,你先吃了降压药,我保证重用国祥。"

母亲这边是安抚好了,但祝大昌又不舒服了,他两眼一黑,在沙发上躺下来,任天旋地转,心里无限悲凉。两边房间,两个装病的人,都在等着他来哄,而他这个真病人,倒没有人来关心。

次日到厂里,祝国祥已经回来了,因为朱辉出面,襄樊轴承厂的合同顺利签了。祝大昌很高兴,正想夸奖他几句,祝国祥却苦着脸,吞吞吐吐地说:"哥,我想跟你说点儿事。我想……辞职,换个地方干。"

"在这干不是蛮好吗?我有什么地方做得不好,亲兄弟,你就直说。"

祝国祥说:"你待我好,我知道,可嫂子她看不惯我,嫌我。再说,这儿离家远,美美和儿子没人照顾,我也放心不下。"

"那你准备去哪儿?"

祝国祥说:"朱辉给我在江城找了家公司,是生产电梯的,让我当推销员,每月给我一万的工资,销售还有提成。"稍顿了下,又说,"美美希望我去,工作时间自由,回家方便。今天又打电话催我了。"

祝大昌点点头,叮嘱道:"你以后不要什么事都对妈说,妈身体不好。"

祝国祥说:"我要离开江阴回临江,当然要对妈说一声。"

祝大昌说:"你先别忙着走,等我几天给你答复。"

祝大昌举棋不定。祝国祥来厂几个月,表现不错,脑子灵活,确实能干,上次拿下西北机械制造总公司,这一回又是他出主意,签下了襄樊轴承厂的单。老妈闹,无非是想让他这个老大重用老二,兄弟同心,其利断金。况且中国传统社会,最紧密的关系就是血缘、亲情,民营企业尤其如此。想到父亲的遗言,也想到范小桃、薛三妹的忠告,几种声音交织在一起。听范小桃、薛三妹的吧,这边母亲处没法交代;听母亲的吧,实在又隐约有些不放心。现在自己疾患缠身,还没查出病因,确实也需要一个得力帮手。祝大昌当然清楚,人生的每个抉择都像是赌局,输赢都是自己的,不管你押的赌注大与小,选择了就没有反悔的机会。

这时候,老潘来了。祝大昌以前在临钢平炉分厂当厂长时,老潘是副厂长。这么多年来,老潘一直跟着他干,虽然性情弱了点,开疆拓土的能力少了些,但为人踏实肯干、谨言慎行,所以祝大昌对他信任有加,有什么事情都跟他商量。

祝大昌谈起怎样使用祝国祥的问题,问老潘有什么看法。

老潘说,温州的一些私营企业,都是亲带亲、戚带戚的,但另外还有一种现代企业的管理模式,就是把公司交给职业经理人,这也是蛮好的。

老潘这话,说了等于没说。

过去身体好、精力旺盛,加之有易国兴和老潘这左膀右臂,三人配合默契,企业蒸蒸日上。后来,易国兴离职,仿佛斩断了他的一条胳膊。

祝大昌说:"老易要在的话,我去新疆,把这里的工作交给他,我也放心。可惜他去了温州。没能留住他,是我的问题。"

老潘安慰道:"老易离职,自有他的想法。"

其实,在祝大昌心目中,还有一个更合适的人,就是俞钢。

此刻,老潘也提了出来:"祝总,我曾听你多次说到俞钢,说他是个可造之材,不如把他聘过来。"

祝大昌叹了一口气:"俞钢是大材,我这舞台太小了。"说到俞钢,祝大昌忽然想,弟弟的事儿何不听听俞钢的意见?当即拨通了俞钢的电话。那边接电话的却是俞钢的妻子魏小敏。

祝大昌说:"小敏啊,我是大昌,你让俞钢接一下电话。"

却传来魏小敏的哽咽声。

祝大昌心里一惊,急问道:"俞钢怎么啦?小敏你说话。"

过了一会儿,电话那边才平静下来,说:"没事。俞钢出车祸了,不过现在过了危险期,在上海治疗。"

原来,俞钢到重庆、成都走访重要客户,车行驶在成渝高速公路上,司机在向前超车时,一时疏忽没有打超车转向灯,前面的车非但不让道,反而向着他们这边压了一下。司机一个急刹车,就撞上了路边的栏杆。俞钢脊椎压缩性骨折,当地县人民医院治不了,当即转送重庆第三军医大学。第三军医大学的主治医生说,必须马上手术,否则,中枢神经受损,会导致下半身瘫痪。俞钢问手术后多久可以恢复,得到最少三个月的答复后,俞钢的犟劲儿犯了,说正当三季度底,全国钢材市场低迷,钢材价格一再下跌,华钢的销售市场全面吃紧,他这个销售主帅哪能躺在病床上做手术?黄彦清连夜从泰州赶来,帮他拿着片子去上海,找上海的专家看看是否有不做手术的治疗方案。黄彦清找到上海第二军医大学,请两位教授看了片子,最后给出了不动手术、利用牵引保守治疗的方案。重庆医院也积极配合,联系了飞往上海的飞机,以最快速度送俞钢到上海。

祝大昌听罢,简单安排了一下手头的工作,便让司机送他到上海。

在第二军医大学的住院部,祝大昌见到了腰上绑着数十斤石膏绷带和钢板腰带的俞钢。他眼圈儿一红,握住俞钢的手,用劲握了握,安慰道:"听说没伤到神经,这就好。你这是大难不死,必有后福。"

俞钢咧开嘴一笑,责怪魏小敏说:"是你告诉昌哥的吧?昌哥那么忙。"

353

祝大昌说:"你是我弟,哪有出了这么大的事,都瞒着我这兄长不说的。"

魏小敏就告状说:"昌哥来了,正好劝劝他。他这是不要命了,吵着过几天就出院。"

祝大昌赶紧说:"这可不是小事儿,可不能任性。"

魏小敏也是临钢子弟,和俞钢是初中同学。两人结婚多年,夫妇恩爱,美中不足的是,魏小敏流了两次产,好不容易最近怀上了,俞钢又出了车祸,别人看护她又不放心。

祝大昌并不知道这些,走出病房,只是对魏小敏说:"我看你眼圈都黑了,你要注意休息。"

魏小敏说:"谢谢昌哥,俞钢也劝了我好几次,让我回去,说华钢安排有人照顾他。"然后欲言又止,祝大昌看出她有话说,便问有什么事,魏小敏说,"有一件事,我想听听昌哥的意见。"

"什么事?"

"山东青岛有家民营上市公司,想请俞钢,年薪两百万,配车,给一套海景别墅。我想让他去。我们现在住的还是我姐的房子,俞钢每月工资就四千五,加上提成也没多少,连人家给的零头都比不上。这么好的条件和待遇,别人求之不得,但他就是不肯去。我想请昌哥做做俞钢的工作,他最听你的。"

祝大昌想了想,说:"俞钢是个很有主见的人,他知道自己想要什么。他不去青岛,一定有不去的道理。我是这样想的:第一,俞钢不想离开钢铁行业;第二,不想离开国企。大型国有钢铁企业,才是最合适他的舞台。不然哪等到别人请,我早就请他来帮我了。我为什么一直没有开这个口,就是觉得我这舞台太小了,怕耽误了他大好的前途。"

听祝大昌这样一说,魏小敏似乎明白了一点点,又不是太明白。

祝大昌说:"有什么事随时电话联系,有什么难处你不用告诉俞钢,对我讲就行。"

过了几天,魏小敏果然又打来电话:"昌哥,你劝劝俞钢,他坚持要出院。我劝也劝不住。"

"医生让他出院吗?"

魏小敏说:"主治医生拗不过他,签字同意了。"

"他放心不下华钢那一摊子,不让他出院,他会急疯的。"

祝大昌何尝不是如此。

多年来,他已经养成习惯,只要不外出,晚上一定要到厂里转一下。炉前璀璨的光与火,轧机欢快的轰鸣声,火红的钢坯从加热炉缓缓流出,在他耳边恰似跳动的音符,奏着一曲钢铁交响乐。每当心情不好的时候,只要在炼钢炉前站一会儿,他就能忘记那些烦心事,获得短暂的安宁。

但因为弟弟的事儿,祝大昌一直心神不宁。他在炼钢炉前站了好久,心定了下来才往厂宿舍走。赖子和刘胜利出差了,只有祝国祥坐在桌前看书。

见祝大昌来了,祝国祥很意外,站起来说:"哥,你怎么来了?"

祝大昌将带来的衣袋递给他:"妈叫我给你送两件衣服。"

祝国祥手中的书是德鲁克的《21世纪管理挑战》,桌上还有一本《稻盛和夫自传》。见祝大昌露出吃惊的神色,祝国祥忙说:"我上次去看妈,见你书架上满是书,就抽出这两本带回来。反正晚上没什么事,看看蛮长知识。像日本的经营之神稻盛和夫,他的'阿米巴经营模式',对我很有启发,不愧是经营大师。"

祝大昌听着,想到宿舍其他工人下班后,都去打牌或去看电影、去网吧,国祥却能静下心来看书,确实是比以前成熟、沉稳多了,不免对他刮目相看,便有意地问:"国祥,你对厂子发展有什么看法?"

祝国祥仿佛胸有成竹一般:"我觉得私营企业在发展中,更应该扬长避短、比较优势。就是要明白,我们的优势在哪,如何选择市场。要让厂家和客户认识到不买我们的产品,还能买谁的?也就是说,能打赢的地方打,打不赢的地方不去。"

祝大昌连连点头,说:"不错,分析得有道理。有了比较优势,我们就知道厂子发展的'短板',就可以把产品质量做得更好,在市场上占有更大的优势。"

"哥,厂子扩建不能拖了,应该抓紧。早竣工投产一天就能早一天产生效益。"

祝大昌想的就是这件事,扩建是为上新型轧机生产线。尽管这套进口设备是某国营大厂转让的,但生产效率高,成本低,产品不愁销路,极有市场前景。估计两三年内即可收回投资成本。另外,祝大昌想,上了这条新生产线后,就可以去河北廊州敲定收购红星钢管厂的事了。此刻听弟弟一说,祝大昌认为很对自己的思路,兄弟俩想到一起了。想到这里,祝大昌不由得说:"国祥你变了很多。"语气中带着难得的赞赏。

祝国祥乖巧道:"钢花公司破产,我是有责任的。吃了亏,就长了记性,不然这亏白吃了。"

祝大昌心下甚慰,不由拍了拍弟弟的肩膀:"你是我亲弟,血浓于水。别走了,今后要帮哥多挑点儿担子。"

祝国祥激动起来,他等的就是这句话。事实上,从祝大昌走进他宿舍的那一刻,祝国祥就预感到他要梦想成真了。前段时间,他让母亲注意观察,平时他哥在家读什么书。得知祝大昌床头放的就是这两本书,便拿来囫囵吞枣读了一遍,要回江城的事,也是他为实现梦想所做的步骤之一,他知道祝大昌犹豫,需要加一把外力,于是就借老妈的力逼了他一把。

此刻,听到祝大昌不是表态的表态,祝国祥顿觉艳阳高照,热血沸腾,仿佛浑身每一个细胞都在发烫,赶紧立志说:"哥,过去是我这做弟的浑,不争气,没少让哥操心。哥现在如此器重我,是我做弟的荣幸,今后我一定与哥同甘共苦,祸福共济!我一定尽做弟的绵薄之力。咱们兄弟同心,其利断金。"

祝国祥说的虽是表忠心的口号,但祝大昌听来,却十分入耳。于是他不再犹豫,第二天就召集管理层开会,正式宣布祝国祥担任副总经理,排名在老潘之后。他不在厂期间,由老潘和祝国祥负责,并决定给祝国祥百分之二十的股份。

祝母晓得这事后,病不治而愈,当即吃了一大碗鸡蛋挂面。还嘱咐来看她的祝国祥:"不要辜负你哥的希望,好好干!多替你哥分担点儿,妈脸上也有光彩。"

范小桃则很是郁闷。祝大昌做出这样的决定,之前虽说征求过她的意见,她也明确表示反对,但现在证明,反对无效。她要是再闹,这段婚姻怕是要走到头儿了。既然丈夫已经做出决定,她也无可奈何。这么多年了,看到丈夫为厂子的生存死撑硬扛、身心疲惫,特别是身体出了问题,至今没查出病因,她心疼、不安,也很想有个人来帮他。只是这个人应该品行端正、有能力、有责任心,这些恰恰是祝国祥不具备的。

特别让她不安的是,丈夫本来知人善任,但亲情蒙蔽了他的双眼。现在这个唯利是图的弟弟不劳而获,得到了百分之二十的股份,将来不知会闹出什么幺蛾子。她越想越觉得心里堵得难受,便再次萌生了带儿子去英国留学的念头。眼下,为了家庭的安宁,她不能和祝大昌吵闹,只能妥协、忍让、迁就。她仍像往常一样,白天在家做饭、洗衣,晚上带儿子去老师家学钢琴,但祝大昌明显感觉到了范小桃的冷漠,几乎跟他没有言语交流了。他们俩不再有左手握右手的熟悉与默契,双方内心深处已经竖起一堵看不见的墙。

这天,祝大昌又接到哈尔滨锅炉厂马厂长的电话,还是想与祝大昌做钢材生意,祝大昌又婉言拒绝了。祝国祥在旁听着,等祝大昌放下电话,问:"为什么不合作?利润空间很大。"祝大昌说:"俄罗斯人不好打交道,以前跟他们做两次生意都吃了亏。"接着他说贷款的事有希望了,晚上要跟戴行长吃饭,让祝国祥晚上也一起参加。

晚上六点,祝大昌带着老潘和祝国祥提前来到翠轩酒店,刚到,老潘就给销售科肖科长打电话,让他九点到酒店来。

祝国祥不解:"九点饭局不完了吗,叫肖科长来干什么?"

老潘说:"戴行长爱打麻将,饭局后得有人陪他搓几把。"

祝国祥想都没想就说:"我也可以陪他玩嘛。"见祝大昌看着他,忙解释说,"以前在钢花贸易公司时,为联络客户感情学会的。这里面的潜规则我懂。"

大约等了半个小时,戴行长才姗姗来迟,还带来了娇媚的夫人。祝大昌请他们夫妻上座,自己坐在戴行长的右首。见他要斟酒,戴行长说,这几天上火牙疼,不能喝酒。祝大昌于是也陪着喝饮料。没有了酒,大家说话就更直奔主题一些。于是祝大昌说起扩建贷款的问题:"戴行长,我们已经是第三次申报了,迄今还没有下文。"

戴行长说:"祝总啊,一个亿不是小数目。这两年钢铁行业不景气,银行不能不谨慎;如果贷出的款收不回,就成了死账,我这个行长担不起责任。"

老潘用公筷给戴行长布菜:"戴行长,您知道的,我们江阴钢铁厂效益一直很好;为了增加发展后劲儿,祝总才决定扩建厂房的。"

戴行长笑笑:"我知道你们厂效益好,可上面不知道哇。再说,你们是民营企业,如果是国营企业,早就审批下来了。"

祝大昌知道这里面的规则,于是问:"戴行长,这个月中旬能批下来吗?"

戴行长看了眼身旁的老婆,慢吞吞地说:"我再和其他同志商量商量、研究研究,尽快给你们答复。"

没等祝大昌说话,戴夫人幽幽地开了口:"我兄弟开了个废旧金属回收公司,有一百吨轻薄废钢料。不如按市场价,一千六一吨卖给你们厂。反正给谁都是给,肥水不流外人田。"

轻薄废钢料市场上六七百一吨就能买到。祝大昌和老潘交换一下眼色,老潘爽快地说:"行,没问题!我们正缺废钢料,谢谢戴夫人关照。这两天让你兄弟拉到厂子来吧。"

戴夫人高兴了,胳膊碰了碰丈夫,用吩咐的口气说:"老戴,还研究什么,我看贷给祝总算了。"

祝国祥及时举起酒杯:"戴行长,您喝茶我喝酒,我敬您!"见戴行长盯着他没反应,又说,"我是祝总的弟弟。戴行长如有兴趣,吃完饭我陪您玩几把麻将。"

戴行长瞥了老婆一眼,矜持而又高兴地说:"行,行,我们玩几把!"

吃完饭,老潘把祝国祥拉到一旁,将手中装钱的小提包递给他,说:"既然你懂得玩法,我就不嘱咐你了。"说完就和祝大昌走了。留下祝国祥和奉命赶来的肖科长陪戴行长夫妇坐上麻将桌,红中癞子杠,鏖战起来。

第二天上午,祝国祥就向祝大昌汇报说,老潘已经带财务去银行办理贷款手续了。然后还感慨:"有理不如有钱,有钱事情办圆。没钱别办事,是事都谈钱。"

祝大昌不满地瞟了祝国祥一眼:"从哪里学的这些乱七八糟的东西?"

祝国祥委屈地说:"哥,我是从贷款的事悟到了赚钱难,有感而发,哪就乱七八糟了。"

祝大昌说:"你知道赚钱难就好。"

正谈着,桌上电话响了,又是哈尔滨的马厂长,说有一笔很好的生意,这次客户不是他舅子,而是乌兹别克斯坦的商人,叫扎克尔若夫。因在该国的察哈斯荒漠发现了大型油田,现在正掀起开发热,急需一批石油专用钢管。祝大昌详细问了情况后说,可以做,我们能满足客户的要求。

马厂长高兴了:"那我马上答复老扎,跟他约好时间。如果不出意外,下周我们在圣彼得堡见面。"

听说可以出国,祝国祥说:"哥,我陪你去吧,正好跟着多学点儿东西。"

"你就不用跟着去了,银行贷款下来,生产上的事老潘抓,你负责厂房扩建招标。记住,挑专业的正规建筑队,宁可多付工程钱,也不能要杂牌军。"

祝国祥听见不让他去俄罗斯,心中不免失望,又听让他负责扩建工程招标,又喜上眉梢:"保证完成任务!"

林小艺知道祝大昌要去俄罗斯圣彼得堡了,就说她也要去。祝大昌一边整理库尔勒厂传真过来的资料,准备带到圣彼得堡谈判用,一边问林小艺:"我去是为了工作,你去干什么?"

"给你当助理呀!听说圣彼得堡的郁金香闻名世界,六七月份正是郁金香盛开的季节。"

"那你懂俄语吗?"

林小艺先点了下头,然后马上摇头:"我只懂一点。"

祝大昌又问:"你以前出过国吗?"

"去过泰国旅游,泰国的小菠萝可甜呢。"

祝大昌逗她:"圣彼得堡可没有小菠萝。"

"有冰激凌呀,还有红菜汤和俄式烤肉串。"不等祝大昌回答,林小艺又自作主张起来,"我们不坐飞机,坐国际列车去,沿途可以看到美不胜收的景色,多好哇。"

祝大昌的确计划带个助理,只是没想到林小艺居然毛遂自荐,他心下一动,却故意冷了脸说:"公司自有安排。"见林小艺失落的样子,又心有不忍,说,"给我一个带你去的理由。"

林小艺真的做思考状,然后说:"带上我,您只负责谈生意,其他的事就都不用操心了。薛姨让我好好向您学习,我不给您当助理,怎么学习?到时薛姨问我,你跟祝总学到了什么?我该怎么回答?"说完,扮了个鬼脸。

"你这丫头,鬼心眼儿多,事事拿你薛姨当挡箭牌。"不过她这话祝大昌爱听,而且她坐火车去的建议不错,因为他并不急于赶去圣彼得堡。多年商场经验告诉他,与初次合作的外商打交道,要有足够的耐心;你越是急于见面,越会让本想早点儿签合同的外商认为你是急于推销产品,谈判起来容易陷入被动。见林小艺大有他不答应就不走的架势,祝大昌说:"行,我带你去。但你要记住,任何公司都不养闲人,你既然要当这个助理,就要做好助理该做的事。你把去莫斯科的车票订好,明天早上我们启程去北京。这也是对你的考查;考查不合格,就只能把你退还给你薛姨了。"

第 九 章

中苏边境的满洲里六七月份的景色最迷人。倚车窗远眺,入眼的几乎都是层层叠叠的绿、深深浅浅的蓝、时聚时散的白、点缀其间的黄。大地像天空一样单纯,天空像大地一样广袤。云朵低垂,矮得仿佛触手可及;河流高远,高得似乎飘在天上;辽阔丰美的草场,散落着洁白的蒙古包,仿佛能听到牧人高亢的歌声和着悠扬低沉的马头琴。河谷美景、缤纷林海,对来自南方的人来说,这一切都是那么陌生而美好。

林小艺一路上总是不时惊呼,弄得祝大昌都不好意思了,说:"瞧你这没见过世面的样子。"

林小艺调皮:"我就是没见过世面嘛。再说了,面对这样的美景,什么语言都是苍白的。我终于明白了,古人为什么说'大象无形,大音希声,大道至简,大美无言'了。"

虽说嘴上嘻嘻哈哈,但她做起事来却是有板有眼。订酒店、车票,安排商务车辆送站,整理资料,联系洽谈方,一切都井井有条,不用祝大昌操心。祝大昌也就更加纵容了她的任性,乐得享受有人陪伴的旅行。

说来也是奇怪,眼前这个林小艺,说话没大没小,似乎从没有把他当老板敬畏着,一贯严肃的他,却对她严厉不起来。一路上,几乎都是林小艺找他说话;林小艺不说话了,气氛就显得沉闷,祝大昌或是闭目养神,或是静静地看风景。

自从创业以来,他就从来没有放松过。他像一根绷得紧紧的弓,每天都是张满随时发射的样子。他不敢放松,特别累的时候,他就会想,自己就像推着石头上山的西西弗斯,很努力,很孤独。而眼前这个林小艺,居然让他感到了前所未有的放松,此时什么也不想,坐在这漫长的国际列车上,时光仿佛静止了。有那么一瞬间,他甚至想着,要是这旅途就这样一直下去该多好。

但只是一瞬间,他明白,这于他是奢望。

列车通过满洲里进入俄罗斯境内,已经是第二天中午。路途还很漫长,到达莫斯科之后再辗转到圣彼得堡,还要八九天时间。

祝大昌听北京一位朋友说过,改革开放初期,这趟列车人满为患,几乎都是做中俄边境生意的"倒爷"。南方人、北方人,各显神通,过道上都塞满了大包小包。现在,再没有北京倒爷闯东欧了,车上多半是观光客,办公务的,也有做边贸生意。祝大昌和林小艺坐的是豪华包厢,除了服务员送餐和饮料外,没人打扰,十分安静,只有脚下隆隆车轮的滚动声。

进入俄罗斯后,越发地广人稀。湛蓝的天,成片的白桦林,苍穹下的草原辽远无际,放牧人的毡房和牛羊,以及一些有圆屋顶教堂的村庄三三两两散落在铁路两旁。公路上也少有行驶的车辆。

见林小艺一直盯着窗外,祝大昌问:"还没看够吗?"

林小艺头也不回:"看不够。祝总以前来过俄罗斯吗?"

"坐飞机来过两次。坐火车,这是第一次。"

林小艺转过头来:"那你去过圣彼得堡吗?"

"当然去过。圣彼得堡是十月革命的发源地,"稍顿了下,说,"等事办完后,我带你去瞻仰'阿芙乐尔'号,十月革命的第一声炮响就是从这艘军舰发出的。"

"我不是学历史的,没什么兴趣。祝总你说,圣彼得堡的郁金香美吗?"

"我去时是九月份,郁金香已经开过了。"祝大昌本想告诉林小艺,圣彼得堡除了是座英雄城市外,普希金、高尔基都曾在那里生活过。他们这代人,是看着苏联文学、听着苏联歌曲长大的。圣彼得堡在他们的心中,永远有着另外一个名字——列宁格勒。但见林小艺并不关心这些,便把话咽回去了。

林小艺看看不作声的祝大昌,突然转过话题:"祝总,你以前和薛阿姨谈过恋爱,后来怎么没走到一起?"

祝大昌没有想到林小艺会问这个问题,愣了一下,反问:"你问这些干什么,谁告诉你的?"

林小艺狡黠地一笑:"反正我知道,薛阿姨这一生,心里只装着你。"

祝大昌心里竟空落落的。要是这趟旅行,同行的是薛三妹……不可能了,这辈子都不可能了。

"我妈和我爸也是一样。"林小艺说到这里,幽幽叹出一口气:"他们离婚多年了,可我妈还守着一个空家,希望我爸能回心转意。"

"你爸妈我认识吗?"

林小艺说:"我爸你肯定认识,但我不会告诉你,你也别打听。"

林小艺的话触动了祝大昌的心扉,他想到妻子范小桃,夫妻生活久了,激情早已退到身后,妻子现在是把她所有的精力放在儿子身上,特别是这次给了弟弟股份之后,范小桃看上去已经不打算原谅他了,夫妻二人渐行渐远。范小桃对他母亲的抱怨、指责,也使他难以忍受,烦不胜烦;当然,还有她对祝国祥的态度。他相信兄弟同心,其利断金,相信弟弟不会辜负他,会用他的出色表现让范小桃无话可说。

一想到这些家事,祝大昌就觉得包厢有些闷,想到车厢门口透气,刚走到过道,一个娘里娘气的声音就从身后传来:"祝大昌!祝总,真的是你呀!"

祝大昌回头,见一个头发梳得黑亮,西装革履的中年男子夹着小包快步走过来。

祝大昌惊道:"夏君兄,这么巧。"

夏君带几分责怪,兰花指指向祝大昌:"昨晚在北京站上车,我就看见你了,喊了你几声,你都没理我,和一个年轻漂亮的女孩子上了车。"稍顿了顿,又夸大其词地说,"刚才我挨个车厢找你半天了,总算找到你了。"

"是吗,你这是去哪?一个人吗?"祝大昌问道。

"我呀,我去伊尔库茨克,过了后贝加尔一站就是。"夏君摸摸耳边的头发,"我这次是陪迈克先生来的。迈克先生是我们公司的总裁,来伊尔库茨克谈一笔生意。"

"上次你到我们厂,我听你说过……"

夏君尴尬地一笑:"大昌,不不,祝总,对不起呀,上次是我有眼不识泰山。"

夏君以前在临钢废钢分厂开天车。他是黄冈农村的,母亲十三岁就给游击队送情报,家族里的人晓得了,害怕受牵连,将他母亲五花大绑,准备深夜沉塘。游击队得知消息后,救出了他母亲,连夜送往汉阳,准备转移到解放区,不料因到达时间迟了,未能接上头,以后就与组织失去了联系。解放后,他母亲找到已在省委任职的游击队老领导,认可了她的革命历史,临钢到黄冈招工时,夏君就被特招进厂。

在农村时,他叫夏春,参加工作后嫌原名不好,改成了夏君。

祝大昌还在平炉分厂当技术员时,夏君就找关系调到了驻深圳办事处当副主任,经常利用工作之便,从沙头咀中英街贩金项链、金戒指,卖给同事和熟人,赚了不少钱。后来,这事被人举报了,夏君就干脆辞职下海,并把名字改为夏海。听说去了海南,今年年初,多年未见的夏君突然出现在江阴钢铁厂。

那天,炉前设备出现故障,祝大昌穿着旧蓝工作服,戴着安全帽,也参与抢修。这么多年当老板,他也从来没有脱离生产第一线。他扛着根槽钢在厂区马路走时,被夹小包的夏君叫住了:"喂,问一下,你们潘总在哪儿办公?"祝大昌回过头,夏君认出是祝大昌,吃惊地捂住嘴,叫起来,"祝大昌,你是祝大昌!没想到在这儿碰上你?"见祝大昌终于也认出了他,又皱着眉道,"祝大昌呀,你是怎么混的?越混越回头了。十多年没见了,怎么混到这儿抬钢板了!"祝大昌只笑笑,问他:"你找老潘干什么?"夏君说:"生意上的事。跟你说没用,潘总的办公室怎么走呀?"祝大昌就指了路。夏君没走几步,又回头说:"祝大昌,我一会儿对潘总说说,提携提携你。"

祝大昌忙完炉前抢修的事,来到老潘办公室。

夏君坐在沙发上,双腿并着斜向一边,双手轻轻搭在膝盖上,腰挺得直直的,见祝大昌拿着一双油腻的手套进来,便说:"祝大昌,你快点儿去洗洗手,换身干净衣服,今天中午你们潘总请我吃饭,你也参加吧。"

老潘制止道:"你不知道江阴钢铁厂是谁的吧,这才是我们老板,祝总。"

夏君闹了个大红脸,连打自己嘴巴:"看我这张臭嘴,该打。祝总,刚才的事你别生气,我是有眼不识泰山。"说着站了起来,从小包掏出一张烫金名片,递给祝大昌,"祝总,以后请多照顾。"

祝大昌看了下,不无嘲讽地说:"怎么,夏兄又改了名字?"

"不错,我现在叫夏上海。"夏君说道,"与时俱进嘛。上海是国际贸易大都市。借上海的光,我现在跟澳大利亚和巴西的铁矿集团合作,做点儿国际铁矿石贸易。今天与祝总联系上了,希望能有机会合作。"

那天别过后,再没见面,不承想在这国际列车上相遇。这会儿,夏君邀请祝大昌去见他的老板迈克,祝大昌谢绝了,想回包厢休息。夏君又拉住他问认不认识俞钢。祝大昌说认识,他在华钢搞销售,干得不错。

夏君说:"太好了,能否麻烦祝总引荐一下?"

"你找他干什么?"

"我们公司是国际贸易公司,有优质的进口矿石,华钢用得上。"

"那我把他的电话号码告诉你,你跟他联系吧。"

夏君高兴得双手合十连声说谢:"行行,我跟他联系。"想了下,又说:"还是要麻烦你先跟他打声招呼,我贸然给他打电话,万一三言两语把我打发了,以后再找他就不好找了。"

"好吧。回去后我跟俞钢说一声,有个叫夏君的老同事找他。"

"祝总,不能说老同事,应该叫铁杆兄弟。你要重点介绍下我的身份,澳巴国际贸易公司总裁助理,负责进口铁矿石销售。"正说到这里,夏君的手机响了,老板迈克叫他准备下车,伊尔库茨克马上要到了。夏君匆促告别:"祝总,这事拜托您了,到时我送您几听巴西最好的巴伊亚咖啡。"

国际列车到达莫斯科后,二人换了俄罗斯国内的列车,辗转到圣彼得堡。刚住进宾馆,就接到马厂长的电话,说扎克尔诺夫先生已经等了五天,都不耐烦了,让祝大昌明天上午到对方住的道拉夫大酒店见面。

扎克尔诺夫身材高大,满脸络腮胡,带着一个稍胖的年轻女秘书。祝大昌只身前来,他也不会俄语,好在扎克尔诺夫能说不太流利的中文,沟通不畅时,还有马厂长帮忙。扎克尔诺夫也实在是等得心焦了,刚寒暄了几句他就直入主题。谈到价格时,扎克尔诺夫说可以接受,但有一个前提,就是途中运输和损耗的费用由甲方承担。由于是第一次合作,乙方还将扣除甲方一笔质量担保金。

祝大昌不同意,说:"扎克尔诺夫先生,我们是出厂价格,不承担你说的这些费用。我们产品质量符合国际通用标准,您提出的质量担保金也是不合理的。"

扎克尔诺夫耸耸肩,摇摇头,表示不能接受。

谈判陷入僵局,马厂长打起圆场:"这个可以协商。二位再考虑下,明天谈如何?"

扎克尔诺夫也缓和说:"你们中国有句俗话,'生意不成情意在',祝先生远道而来,明天我请你们吃饭。"

祝大昌回到宾馆,林小艺也逛回来了,满脸兴奋之色,说圣彼得堡的郁金香如何艳丽,冬宫、圣彼得堡皇宫广场如何美,草坪上躺满了晒太阳的人,年轻人拉手风琴,牵手的情侣甜蜜拥吻,连连赞叹圣彼得堡真是个充满浪漫情调的城市。

得知祝大昌第二天还要接着谈判,林小艺说:"明天我也去。"

第二天中午,祝大昌带着林小艺来到道拉夫大酒店,马厂长将他俩人带进一间豪华包房,扎克尔诺夫和女秘书正坐在皮椅上,挨着头亲密地交谈,看俩人的亲昵举止,祝大昌明白了。

美貌的女人到哪都有气场,扎克尔诺夫盯着林小艺,拿起桌上盛满红酒的高脚杯,用半生不熟的中国话说:"中国美女,我先敬你一杯。"

林小艺灵机一动,也举起面前的红酒杯说:"扎克尔诺夫先生,我们先打个赌怎么样?"

扎克尔诺夫很意外,笑着说:"美女,你想跟我赌什么?"

林小艺一把挽过祝大昌的胳膊,说:"你猜我和他是什么关系?如果你说对了,就按您昨天提的条件办;如果我赢了,就按我们祝总的条件办。"

扎克尔诺夫满口答应:"可以,我同意。"其实祝大昌知道,他之所以答应,并不是真的要跟林小艺赌,而是他谈判的底牌就是祝大昌说的条件。他们什么关系他压根儿不关心,也知道无法验证,他不过是顺水推舟,在美女面前佯作大方,让合作的气氛变得轻松融洽罢了。

林小艺却信以为真,叫着:"不许反悔!输了还要罚酒一杯。"

扎克尔诺夫也叫着:"我们乌兹别克斯坦人一诺千金,说了的话决不反悔!"

看着林小艺亲昵挽着祝大昌的胳膊,祝大昌欲说什么时,林小艺又用手捂着他的嘴撒娇。扎克尔诺夫故意说:"我猜你应该不是祝总的妻子,只能是祝总的……小蜜。你们中国话是不是这么说的？"

林小艺扑哧一笑："您输了,扎克尔诺夫先生！我跟祝总什么都不是,我只是他工厂的一名员工。"

扎克尔诺夫故意装作不相信的样子,连连摇头,林小艺赶紧拉马厂长来作证。

马厂长一直在旁边笑,此时正色道："我跟祝总是多年老朋友了,祝总是个作风严谨的人,跳舞都不会;会赚钱,却永远也学不会消费。"

林小艺递出手中的红酒杯,调皮而不失礼地说："扎克尔诺夫先生,证人的话您该相信吧？先罚这杯酒。"

"好,我喝！"与美女逗趣总归是让人愉快的,扎克尔诺夫畅快喝下,对祝大昌爽快说："祝先生,合同就按您说的办。"

林小艺协助祝大昌谈妥合同,祝大昌的心却乱了。生意场上的虚虚实实他经历过不少,但林小艺挽住他胳膊的那一瞬间,他的脸还是有点儿发烧,心里也慌乱,只是当时大家的注意力都在林小艺身上,没人注意到他的不自然。回宾馆的车上,祝大昌故意批评林小艺道："你今天虽然帮助公司顺利签下了合同,我还是要批评你。没有经过我同意,你怎么能自作主张和扎克尔诺夫打赌？如果他赌赢了,我们是不是就要按他们的要求签合同？"

林小艺以为祝大昌会表扬她,没想到立了功反而挨批评,就任性地说："我就知道他猜不中。"

祝大昌说："打赌就有胜有负,成功的机会只有百分之五十。另外,我平生最讨厌的就是赌。"说完便不再理会林小艺。林小艺信以为真,也委屈得不理祝大昌。

回到房间,祝大昌掏出手机给薛三妹打电话,问林小艺的家庭情况。

薛三妹说："林小艺犯什么错误了吗？"

祝大昌就将谈判的事说了。

薛三妹笑起来,说："你别介意,小艺也是随机应变。她要是个轻浮的女孩子,我也不会介绍给你。"

"林小艺说她父亲我认识,是谁？"

薛三妹说："孙锦西,以前是热处理分厂工程师,后担任公司经销处处长。被易国兴免职后,跟林老师离了婚,去了泰州的华东钢铁厂。"

祝大昌很意外："林小艺居然是孙锦西的女儿！"

得知是老熟人的女儿,祝大昌立即觉得自己辈分和威严见涨,心里也轻松了很多,放下电话就去敲林小艺的门。林小艺正在喝咖啡,戴着耳塞听音乐。见祝大昌老看着她,俏皮地说:"祝总,我都不生气了,你还在生我的气?"

祝大昌说:"我要好好和你谈谈。"

林小艺吐了吐舌头,说:"对不起祝总,我错了。今天我在扎克尔诺夫面前说的,您不要放在心上。我是故意演给老扎看的。"

要说祝大昌对林小艺有什么非分之想,那是不可能的。这么多年的商海沉浮,他遇到的有魅力的女人,没一个连,也有一个排了,他都没动过心,何况林小艺是薛三妹推荐来的。只是这个年轻女孩儿,偶尔会让他心里有那么一丁点儿的慌乱。如今听说她是孙锦西的女儿,这点儿慌乱也被他控制住了:"从今天起,你不要叫我祝总了,就叫我祝叔叔。"

林小艺知道他求证过了,于是更加调皮起来:"我知道了,你是怕我了。叔叔就叔叔,你又不是我亲叔叔。"

祝大昌好气又好笑,转过话题:"我和你爸孙锦西是朋友。从今天起,我要代你爸好好管教你这个野丫头。"

林小艺嘟着嘴道:"薛阿姨真不够意思!"

祝大昌说:"华钢很不错,你为什么不找你爸?"

林小艺不高兴了:"我是我,我爸是我爸。我为什么非要去我爸那里工作,宪法有规定吗?"

见祝大昌被她这话戗住了,林小艺缓和了下口气:"我爸固执、死板、无趣、一本正经。在他手下工作,闷都要闷死。"

"你这么看不惯你爸?"

"何止是看不惯。我原想报考财经大学的,他不让,说怕我以后在财经部门工作,容易犯错误,非让我考工业学院。我不听他的,他就骂我。家长作风特别严重。"

"你妈和你爸离婚,也是因为你爸太无趣吗?"

林小艺迟疑了一下,说:"对你说实话也无所谓。您知道他负过伤吗?"

祝大昌知道他负过工伤。听林小艺这么一说,他一下明白了。一时间他内心翻江倒海,钢铁啊钢铁,有多少人从你身上讨生活,又有多少人的生活毁在你身上啊!多少人一辈子爱钢厂、爱钢铁行业,又有多少人承受着一辈子的隐秘伤痛啊!

　　吃完晚饭,正是圣彼得堡的日落时分,祝大昌和林小艺走出宾馆,林荫道旁的郁金香散发出淡淡的清香,远处圣伊萨克教堂被晚霞镀成了金色,愈发高雅华贵。两个人走了一大圈,祝大昌突然说:"你以后不用到市研部上班了,只要能吃苦,就当我的助理,跟着我跑吧。"

　　林小艺兴奋异常:"太好了,谢谢祝总。"

　　祝大昌再次纠正她:"祝叔叔。"

　　林小艺乖巧道:"谢谢祝叔叔。我听薛姨说,你都用完了十本护照。"

　　"别听你薛姨吹,没那么多。不过,我们满世界跑可不是观光度假,每次谈判、每笔业务,都要做大量的研究工作。做我的助理,就要成为合格的助理、优秀的助理,像这次临时起意,自作主张打赌的事,不许再发生。"

　　林小艺也认真地说:"出了一趟差,才发现了自己的渺小。从前我们总说咱们中国地大物博,这一路过来,我才知道,什么叫真正的广阔天地。我会努力的。"

　　一阵微风拂过,头顶坠下几片黄叶,有一片飘落在祝大昌的肩上,林小艺伸手帮他掸落,问:"祝总,这树叶怎么会掉下来?"

　　祝大昌漫不经心说:"因为有风。"

　　"不,是它的生命枯萎了。如果它充满生机,再大的风都吹不下它。你看地上,掉下来的都是黄叶。"

　　祝大昌看着林小艺,刹那间,他似乎明白了薛三妹向他推荐林小艺的用意。

第 十 章

祝大昌在圣彼得堡期间,妹妹祝国英到江阴来看母亲,还带来了父母的结婚证,兄妹三个小时候的照片,还有一块红绸布包着的父亲获省劳模的奖状。

得知二哥因为表现好,在大哥公司当了副总,还得到了不少股份,祝国英心直口快对妈说:"肯定是您总在大哥面前唠叨,做脸色给大哥看。"接着,又有些生气地说:"妈,你也该管管二哥。我来之前在街上碰见玉红嫂子,她说二哥已三个月没给女儿生活费了。"

"怎么可能?一定是玉红骗你的。国祥跟我说,他每月都按时给女儿生活费的。"

对妈无条件袒护二哥,祝国英早已见怪不怪:"据我所知,玉红嫂子一辈子没说过谎话,二哥一辈子没说过真话。就看您选择信哪个。"

祝母不高兴了:"别这么说你二哥。他现在生活担子重,你二嫂又没个工作,儿子还小……"

"您总是护着二哥。大哥一口气给他百分之二十的股份,屁股上坐着几千万,担子重什么?"但好不容易来一趟,她也不想过分惹母亲生气,就转头说起家长里短。

吃完午饭,祝国英来到厂宿舍,给刘胜利送他家托她捎的东西。出来时,正好看见喝得醉醺醺的祝国祥从车上下来。

祝国祥是和柯老板一块儿喝醉的。柯老板来江阴讨债,祝国祥没钱还,就说他接下来要管厂房扩建招标的事儿,让柯老板来投标,他保证让他中标。柯老板闻言大喜,当即答应免他五十万赌债,另外给他五万元好处费,余下一百万赌债以后再还。

祝国祥一高兴,自然免不了一阵胡吹海吹,然后就喝多了,柯老板便让人开车送他回来。看见妹妹,他吃了一惊:"国英,你,你怎么来啦?"

祝国英忍不住满脸嫌弃,没好气说:"我来看妈。"

"那你来宿舍是看我的吗?"

"我给刘胜利送东西。"然后一把拉住祝国祥小声说,"二哥,薇薇的抚养费你不能不给。"

祝国祥一瞪眼:"谁说没给?每月都是六百,让你嫂子送去的。"

祝国英一看他不像撒谎的样子,心里明白了,就"哼"了声:"我没这个嫂子!还有,我已经把这事告诉妈了。"

祝国祥一下不高兴了:"这点儿小事,你告诉妈干什么?真是多管闲事。"

祝国英懒得跟他争辩,话锋一转又问:"二哥,我听说钢花公司是你搞破产的?"

祝国祥像被蝎子猛蜇了一下,酒醒了一半,瞪起眼骂道:"哪个王八蛋说的?简直是乱放屁,朝我身上泼粪水。我明白了,是刘胜利说的,是不是?"

"你别乱怀疑人,我是听你们公司员工说的。爸活着时就对你不放心。看你在临江接触的都是些什么人?酒肉朋友,天天混在一起吃吃喝喝打牌赌博。刚刚送你来的那个人,我看也不是什么好人。"

"我轮不到你教训!"祝国祥火了,"往我脸上涂黑,对你有什么好处?"

"你要不是我哥,我还懒得说你。"祝国英索性打开天窗说亮话,"我得提醒你几句,现在大哥给了你股份,又让你干副总,你可千万别害大哥。你要敢害大哥,我第一个不认你。"

"这还用你说吗?你就等着看,我只会给大哥建功立业。"见祝国英欲走,又换成笑脸道:"英子,刚才你说的那些话,别传到大哥耳朵里。"然后从包里掏出两千块钱递给祝国英,"这是我给薇薇三个月的生活费,你带回去给玉红,我保证以后绝不拖欠。"

祝国英回来时,范小桃带着祝小园到家了,正在厨房弄饭菜。祝小园从小跟她亲,高兴地叫了声:"姑姑!"

祝国英也喜欢这孩子:"又长高了,比姑姑高出半个头了。听说你弹钢琴得奖了?"

"一个小奖。"

"好,还知道谦虚。这才是我们老祝家的家风。"

范小桃对祝国英也很热情,这么多年在祝家,她就跟这个小姑子还算合得来、谈得拢,她也喜欢这个心直口快的小姑子。但祝国英一看妈和嫂子的样子,心里就明白了,俩人肯定有小别扭。于是晚饭后,祝国英就主动约嫂子出去散步,想让她唠叨唠叨,解解心结。

小区近处是街心公园,此刻人少,幽静。两人经过一尊铜塑前,是个头发花白戴眼镜的老人,右手原本端着一本书,但书被敲掉了,拎上了一袋装满瓜子壳和果皮的塑料袋。范小桃取下塑料袋,扔进近处的垃圾箱里。

祝国英看着她,关心地说:"嫂子,你瘦了。"

"糟心的事儿太多,失眠,头发一把一把掉。"范小桃一说眼圈儿就红了。

"我知道,妈这个人很难搞。和我住一起时,就总是对文斌横挑鼻子竖挑眼的。我这个当女儿的都和她搞不到一起,难为嫂子了。"

范小桃听了,再也忍不住,委屈得眼泪吧嗒吧嗒直掉。

祝国英摸出一包纸巾递给范小桃。范小桃擦了眼泪说:"老太太跟我们住一起没什么,问题是老太太老干预厂子的事,给你哥施加压力。她让你哥给国祥股份,你哥不答应,老太太就装病、不吃饭。你哥是个孝子,哪经得住老太太这样磨他?也不是嫂子小气,要是给你股份,给再多,我二话不说。国祥要是个正经人,我也没什么。厂子是咱家的,让亲兄弟管事儿是理所当然的,再说你哥死撑硬扛这么多年,身体也出了毛病,到现在还查不出病因。"说着,眼泪又下来了。

祝国英挽着范小桃的胳膊,心疼地说:"嫂子,大哥要不是你给他稳住大后方,哪里能做到今天的事业?我也晓得,当年大哥资金周转不了,还是嫂子的哥哥给想的办法。嫂子对我们家有恩呢。"

"我哥哥嫂子,包括我去世的老娘,从来没沾过我一丁点儿的光。"

祝国英宽慰道:"嫂子,我知道你苦。不过,你也别想太多,国祥怕我大哥,他不敢耍滑头,玩心眼儿的。大哥有办法治他。我今天见了二哥,也对他说了,他要是敢害大哥,我第一个和他断绝兄妹关系。"

范小桃长叹一声:"你要经常来看嫂子。你不来,也没个人和我说话,嫂子要憋死了。"忽然,像想起来什么似的问她,"听说你上窑八泉街的房子拆迁了?"

祝国英点点头:"上个月拆的,给了一百五十万,还没下来。"

"要不你们到江阴买房子,我让你大哥给文斌安排个工作,以后,咱们姑嫂也能经常在一起聊个话。"

"文斌不会来的。他说了,大哥有钱是大哥的,下山摘桃子的事他干不出来。"

范小桃呆了下,问:"那你们准备干什么?"

"文斌已经看好项目,说等补偿款下来,就办个少儿艺术培训班。"

范小桃说:"这样好。钱不够就给我打电话。"

祝国英抱紧了范小桃的胳膊,说:"嫂子,你真好。"

想不到,祝国英此行却给刘胜利惹了麻烦。

他要出差去山西大同,临行前到肖科长办公室拿订货单,一进去就见祝国祥正和肖科长陪着一对夫妇说笑。对方是老客户,男的是湖南某厂主管供应的黄处长,女的是他妻子,还带着四岁多的女儿。

见刘胜利进来,祝国祥说:"胜利,你看黄处长和黄夫人的女儿,漂亮不漂亮?"刘胜利赶紧恭维道:"漂亮,像大明星。"这话说得大家都笑了,祝国祥就顺势说:"胜利,中午你也一起吧。"

中午,大家一起吃饭,几个人喝了三瓶五粮液、一箱青岛啤酒。席间,黄夫人为助兴,让女儿唱歌给大家听,祝国祥带头鼓掌:"唱得好,唱得好。"肖科长也附和:"蕾蕾不仅长得漂亮,歌也唱得呱呱叫。将来准是大明星。"

刘胜利喝多了,看着搂女儿在怀的黄夫人,说了句:"蕾蕾要是像黄夫人一样是双眼皮,就更好了。"

黄夫人听了,一下子面露愠色。本来融洽的气氛,被刘胜利这句话搞得有些尴尬。

出了酒店门,祝国祥就忍不住训斥刘胜利:"你长着眼看不出来吗?黄夫人那是做了双眼皮手术。"

373

刘胜利挠挠头说:"酒喝多了。不就一句话吗,想必也没啥大不了的。他们不至于那么小心眼儿。"

但祝国祥小题大做道:"一句话?多少事儿都是毁在一句话上!胜利,你明天到财务科去结账,我让财务员多给你开两个月工资。"

刘胜利一下子醒酒了:"什么意思?"

祝国祥装出无奈的样子,埋怨说:"你不能怨我,都是你自己惹的祸,黄处长刚给我发短信,说他女儿在宾馆哭闹,夫人也抹眼泪。黄处长很生气,说不再与我们续签合同了。"

见刘胜利欲分辩,祝国祥假意体贴地说:"你先回家吧。过段时间有适合你干的工作,我再通知你来上班。放心,咱们多年铁杆儿兄弟,我不会丢下你不管的。"说着,还将一包大中华塞进刘胜利的荷包。

回到临江,被老婆好一顿奚落:"猪脑子,灌了马尿就管不住一张臭嘴,看你再上哪儿找工作?"刘胜利很是郁闷,就给活宝打电话。

活宝说:"中午和晚上没时间,店里忙,你下午来吧。"

活宝和蔡红的酒店在胜阳巷老街上。胜阳巷是民国时期就有的一条街,上世纪九十年代以后,经过改造,如今北路段已是高楼林立,而南路段则像一个无损的硬盘,依旧储存着上世纪的原貌,嘈杂拥挤,小酒店紧挨着美容店,美容店挨着私人诊所,私人诊所紧挨着卤味铺。旧式弄堂口还有缝纫补鞋卖花圈的,电杆上还标着红箭头:老军医看性病,右拐十米小巷内。

下着小雨,刘胜利刚在活宝店里坐一会儿,毛仁银和叶老实就都来了。叶老实一见面就问他:"干得好好的,怎么回来了?莫不是想老婆熬不住了?"

刘胜利苦笑道:"都怪我嘴烂,一句话把工作丢了。"

听他讲完,活宝生气地说:"什么嘴臭,这是秃子头上的虱子明摆的,祝国祥怕你在大昌面前说他坏话,存心找碴儿赶你走。"

毛仁银分析说:"你和范小桃沾点儿亲戚。以前在临钢,范小桃就对祝国祥的看法不好,他是怕你待时间长了,在他嫂子面前揭他的短,说出公司破产的真相。"

听他们这么一说,刘胜利醒悟过来,脑海里浮出两件事。一次是范小桃跟他闲聊天,被祝国祥看见了,就追着问我嫂子跟你聊什么?刘胜利反复说就问我妈在乡下的情况,祝国祥就是不信。还有一次是祝国英来,给他送东西,祝国祥也是盯着追问,他跟他妹都说了什么。刘胜利总算明白了,自到江阴,祝国祥就时刻提防着他,害怕他坏他的事儿,于是不禁拍桌骂道:"祝国祥不是东西。俗话说做人留一线,日后好见面。他连一丝情面都不讲。只怪老子太蠢了,还把他当兄弟。要知道是这样,不如早跟范小桃直接说了。"

见刘胜利满脸愤懑,拳头捏得嘎巴响,毛仁银说:"你不是蠢,是太重感情。你也莫怄气,毕竟你和祝国祥以前是好哥们儿,只要他跟他哥好好干,别坏大昌的事儿,以前的事咱就甭提了。"

叶老实也说:"他们是亲兄弟,打断骨头连着筋。咱们是外人。"

活宝"哼"了一声:"就祝国祥那德行,将来总有大昌哭的时候。算了,咱们也别咸吃萝卜淡操心了!"

毛仁银问刘胜利准备干点儿什么。刘胜利说:"还没想好,反正跟人打工的事,我是不会干了。"

叶老实说:"胜利,你就跟我和仁银一起养甲鱼吧。明天你去我们养鳖场看看,咱们还是像以前那样搭伙求财。"

见刘胜利不作声,毛仁银说:"胜利,你考虑下吧。"

公司破产前,刘胜利负责公司接待工作,这两年到江阴虽然是打工,干的是推销员的事,但面子上还过得去,现在一下子要挽起裤腿养鳖,他没往这方面想过。

回到家,老婆又奚落他说,你不想打工,那一门老张的彩票点儿要转让,你去盘下来。

刘胜利一梗脖子:"那是残疾人干的事!再说,住一门的都是临钢的工薪阶层,平时一分钱掰成两半用,哪有钱买什么彩票?"

老婆说:"这你就不懂了,就是做工的才想着中大奖,你看几个有钱人买彩票的?"

"老张要转让彩票点,肯定是赊账的多了,办不下去了。"

"人家要到深圳和儿子生活才转让的。"老婆看不惯他的自以为是。

"反正我不干。"为堵老婆的口,又说:"我已经和毛仁银、叶老实说好了,跟他们一起养鳖。"

375

第二天上午,刘胜利果然来到养鳖场。毛仁银和叶老实正指挥着几名工人,往池子里投放活螺蛳、小鱼、小虾,还从一辆车上卸下南瓜、胡萝卜等瓜果蔬菜,投放到另几口池子里。叶老实说:"甲鱼这玩意儿是变温动物,喜阳怕风,喜静怕声,掌握它的生活习性,也好养。"

毛仁银介绍说:"甲鱼也不愁卖,每斤八十,合同订了不少,多半是宾馆大酒店。"

刘胜利听着,心想你们都搞顺当、出效益了,我加进来,这不是捡便宜吗?就不想提合伙的事。走到湖边,看见还有两口稍大的新池子空着,就问:"这是干什么的?"

毛仁银说:"是上伙人准备养北美牛蛙的,因为内讧没搞成,就废弃了。我和老实接手后,事情多,顾不过来,准备明年养点儿鱼。"

"养牛蛙好,现在吃的人多,蛮有市场前景。我去过福建宁化、安溪,那儿有许多牛蛙养殖专业户。"

叶老实说:"可我们不懂技术,也没这个精力。"

刘胜利来了精神:"过两天我就去福建,聘两个技术好的师傅来,聘请费和买蛙苗的钱我出,算我入股,以后我负责牛蛙这一块。"

毛仁银爽快地说:"咱们是兄弟,还是以前那句话,抱团取暖,搭伙求财。不图发财赚大钱,保一家人温饱就满足了。"

叶老实也说:"是呀是呀,不想活得像条狗,就得多赚钱。我们都要逼自己一把,熬下去,总会熬出头。"

没过几天,王贵从日本回来了。他父亲王世儒因病去世,按照父亲生前遗嘱,将他的骨灰葬在四门飞云山上,和姜厂长及昔日的同事工友们在一起。

骨灰下葬这天有点阴冷,飘着霏霏细雨。父辈断断续续住到了山上,一行人心有戚戚,个中感慨难以言表,也越发珍惜彼此的情义。

中午,王贵在活宝的小酒店请饭。席间说起他在日本的情况,吐槽说,他和妻子冯薇薇都在京都舅舅的厂里工作,在大阪买了房和车,虽然钱比国内挣得多,条件优越生活富裕,但工作并不轻松,每天早上去京都上班,晚上下班回大阪,加班加点是常事,比国内还忙、还累。

看大家颇有兴趣听,王贵就把话题转到日本企业的管理上,说日本企业不像国内,有了发明、创造后,可以得到许多好处,政策的倾斜,甚至人大代表、政协委员、五一劳动奖章都可以获得;在日本,任何一家企业有了重大发明、重大成果、重大创新,政府也不会给予政策倾斜。所以,日本企业从来不为获取荣誉,而是踏踏实实为顾客服务,追求完美;如果没有做到完美,只会成为行业的笑柄。行业的认可比任何认可都让他们重视。王贵说:"我这么说也不是吹捧日本,是个人感受到的实情。我爸让我把他的骨灰送回来,也是想让我记住,外面多好,我的根都在中国。我是和你们这些兄弟一起长大的。"接着,又谈到日本现在把电脑行业当产业包袱甩掉了,正在搞转型,研发全自动汽车驾驶系统,连电视机都很少做了。

毛仁银问:"日本有多少私营企业?"

"像我舅舅家这样的有百年历史的厂不少。"

活宝有点儿不服:"也不能太长日本威风,咱们临钢不是百年企业吗?"

刘胜利自养起牛蛙后,心情大好,最近又迷上了盘菩提子,手中一串星月菩提,已经盘出了润泽的包浆:"是呀,比日本近代钢铁联合企业八幡制铁所还早七年呢。"

王贵见刘胜利不停地盘着手中的菩提子,时不时还往脸上蹭,好奇地问:"胜利你盘这东西,有什么讲究?"

平时哥儿几个总是嘲讽他,见王贵问得认真,便眉飞色舞地说:"什么叫这个东西?这叫星月菩提。菩提是什么?菩提者,无上佛道之名。'菩提本无树,明镜亦非台。本来无一物,何处惹尘埃。'他们这些个没文化的,总是笑我,殊不知,盘菩提子,盘的是自己的心性,磨的是自己的智慧。我不敢说自己开悟了,但盘着盘着,好多想不开的事就都想开了,心里过不去的坎儿也都过去了。"

王贵笑了:"你这说得就深奥了。说些浅显的,你盘这个有什么讲究?"

"讲究多了。就说这珠子,有多种穿法,有一千零八十颗的,暗含了十界,每界一百零八种烦恼。一千零八十颗,寻常人不能盘,要高僧大德才配。常人盘一百零八颗,指消除一百零八种烦恼,也合天罡地煞之数。我盘的这串是五十四颗,源于菩萨修行的五十四处关节,即十信,十住,十行,十地,十回向和四善根。还有六颗的,代表了耳、鼻、舌、眼、身、意六根;三颗的,则代表佛、法、僧三宝。"

王贵真心佩服道："真没想到,小小一个手串还有这许多讲究。"

毛仁银也说："真没想到,胜利盘珠子盘成文化人了。我看你懂的比那个假专家田鸡多得多了。"

刘胜利骄傲道："谁规定咱钢铁工人就不能有文化呢?你毛仁银不还是诗人呢吗?"还想继续讲他的菩提子,却被活宝打断了："你和毛仁银就商业互吹吧,我听得都想吐了。"大家这才哈哈大笑,换话题说到毛仁银的初恋吴回芝。

刘胜利打趣："毛仁银现在肠子都悔青了。"

王贵不知道缘由："这话怎么说?"

"吴回芝承包无锡的疗养院,当初好多人都不看好,没想到她干得风生水起。当初一起承包的人,将疗养所盘了下来,越做越大,现在做成了星级大酒店。吴回芝当起了董事长。"

王贵感叹道："吴回芝这么能干啊!女中豪杰!她这样的人,到哪里都发光的。她现在结婚了吗?"

刘胜利说："结什么呀?吴回芝是离家出走的,也没有和郑宏离婚。郑宏犯案后,她反而不嫁人了,说是要等着郑宏归案,要当面给他一个交代。你说得没错,吴回芝就是女中豪杰。当初为了毛仁银,唉,不说了不说了。"

"那郑宏呢?还是没有下落?"

毛仁银说："有人说在深圳见过他,也有人说他在上海,还有人说他在无锡。"

回日本之前,王贵特意来到毛仁银桃园村的老宅。毛仁银正搭梯上房顶换瓦片,怕下雨房子漏水。王贵从包里掏出报纸包着的十万元现钞,递给毛仁银,说："还记得吗,当年我从你这儿拿了一张大龙邮票。"

毛仁银推托不要："你去日本前还送了我一台电视。"

"一台九吋的旧黑白电视值什么钱。那张龙票在日本最少值三百多万日元,折合人民币有二十多万。"

毛仁银没想到,连连摆手："值不了那么多。"说着将钱塞回王贵手中。

王贵说："我也是加入了日本邮趣协会才知道这张龙票的价值。对我来说,这张龙票是无价的。身在异国他乡,寂寞孤独时,看看邮册里的龙票,回忆在国内与兄弟们在一起时光,心里暖暖的。"

见毛仁银仍然不肯收,王贵换了一种说服方式,说:"眼下你和老实他们养甲鱼、养牛蛙,资金周转一定不够,这钱多少还能起点儿作用。别客气了,收下吧。"

毛仁银就不再推辞了,接着从床底下拉出一口大箱子,正是他当年五十块钱买来的一麻袋汉冶萍原始股票,说:"还记得田鸡吗?以前跟你同班组。"

王贵说:"怎么不记得?像个闷头鸡,跟兄弟们不搭伙。"

"现在嘚瑟了,在信息巷开了个古玩店。知道我手中有这些东西,天天缠着我,我让他哪里好玩儿去哪儿玩。"说着,挑出两张给王贵,"作为纪念吧,咱中国也有百年企业。"

王贵收下股票,仔细装好。告别的时候说,他这次回临江,最遗憾的是没见到祝大昌和赖子。

毛仁银说赖子现在蛮好,在大昌厂里做事。

王贵问:"大昌很少回吗?"

"大昌是个孝子,明年清明,是他爸去世十三周年,他肯定会回来为他爸扫墓的。"

第十一章

　　江阴钢铁厂的厂房扩建工程开始招标了，来投标的建筑施工队有七八家。祝国祥为还赌债，已暗地和柯老板签了协议。祝国祥踌躇满志，认为自己现在是公司副总，又被祝大昌指定负责厂房扩建，他的话肯定大家都听，没想到，还真有人不听。
　　这天上午，他来到工程部办公室，部长是六十多的老关。此人头发花白，平时不苟言笑，看人总是半眯着眼，射出犀利的目光，使人感觉冷飕飕的。关部长戴着老花镜，正在翻看几家投标单位的资料。祝国祥问了几句便言归正传道："关部长，招标只是形式，资料写得花里胡哨，其实都有水分，不可信。"关部长将老花镜往下挪，架在鼻尖上，从镜片上方瞟了他一眼，没吱声。
　　祝国祥又说："我已经选中了一家，一定能按工期、保质保量完成厂房扩建任务。"稍停顿了一下，就用吩咐的口气说道："开投标会的那天，你主持，揭标的时候就按我的话办，由江北农工建筑公司以最低价格中标。"
　　关部长冷冷地说："既然祝副总已经钦定了，还跟我说什么？"
　　"你是管工程建设的，我当然要通知你一声。"
　　关部长慢腾腾地站起来，摘下老花镜，扔在桌子上说："我要是不同意呢？"
　　祝国祥有些火了："我是公司副总，负责厂房扩建工作。"
　　关部长也毫不示弱："你钦定的江北农工建筑公司，资质是特级还是一级？企业经理从事工程管理有多少年？工程技术人员有多少？"

祝国祥被问住了,这些柯老板都没跟他说,他也没详细问,便支吾道:"这些情况网上都可以查到。"

关部长当即在网上查,这个公司的情况的确有,在业内也有名气,但他们是以承建古建筑工程为主的。关部长于是斥责祝国祥道:"让一个古建筑施工队来承包钢铁企业的厂房扩建工程,简直是胡闹!你以为厂房建设和古建筑是一样的吗?什么都不懂,还在这里瞎当家。我们需要的是有特级或一级资质的专业建筑公司。"

看着一脸尴尬的祝国祥,关部长继续毫不留情地训斥道:"年轻人,以后少在我面前颐指气使。哪个施工队能中标,决定权在工程部,不然要工程部干什么?你打电话问问老板,在厂房扩建招标的事上,就连他都没有发号施令的权力。"

祝国祥碰了一鼻子灰,悻悻地离开了工程部,来到老潘的办公室发泄怒气,没想到老潘听了,一下子反问他:"你干预厂房扩建招标的事啦?"

"我负责厂房扩建工程,还不能问一问?"

"问一问可以,但不能干涉。在公司里,你哥最信赖的人就是这个关老头,这几年公司的大小工程,连你哥说的都不算,都得听他的。"

老潘介绍,关老头是东北工程学院毕业的,老牌硕士生,以前在南京工程设计学院工作。江阴钢铁厂原是县办小厂,祝大昌收购重建后,才发展到今天这个规模。关老头是祝大昌高薪聘来的,一直跟着干到今天,劳苦功高,德高望重。工程方面的问题,从来就没让祝大昌操过心。老潘平时都让他三分。

见祝国祥不作声,老潘又告诫他说:"民营企业要想生存发展,必须依靠关老头这样的顶尖人才,尊重他们的权威。你最好别干预工程部的事,别自讨没趣。"

祝国祥回到办公室,像泄了气的皮球,坐在办公椅上呆怔了半天。他没有想到,祝大昌早已把公司权力细化了,他这个副总虽然负责厂房扩建,但实权在工程部关老头手里,建筑施工队招标根本就没有他的发言权。他手中的权力,仅是监督权而已。祝国祥也意识到,从另一个角度来讲,他哥还是不信任他,还在继续考验他。意识到这里面的利害关系后,他赶紧去工程部,故作谦卑地向关部长道歉,说自己年轻,考虑问题不成熟,请关老头高人雅量,原谅他。

晚上,回到宿舍,赖子就来问他刘胜利的行踪:"怎么这些天没见到胜利,他出差了吗?"

祝国祥说:"我让他辞职了。"

赖子吃惊地说:"你这事做得欠妥,应该先向你哥请示一下。"

祝国祥正满肚子火气没地儿撒,喝道:"我一个副总,炒个人还要请示?"

祝大昌再回临江,已是次年清明。从俄罗斯回来,他就去了库尔勒,然后从库尔勒直接回家乡。

这日天气晴好,不像往年清明时节,总是细雨霏霏,沾衣欲湿。清新的空气中还透出几丝寒意,山野弥漫着艾草的芬芳,四门飞云山笼罩在轻烟薄雾之中,平添了几分妩媚。祝大昌带着香纸,来到墓园,墓园内细柳垂丝,春燕啄泥,几株晚开的桃花还盛开着。

之前电话里,俞钢说身体恢复得不错,也要回来扫墓,但没想到两个人正好在墓园碰到。

俞钢说:"听说这墓园是你捐款修缮的。"

祝大昌环视了肃穆的墓群,低声道:"他们生前,我们不曾尽孝。"说罢,两人在父亲和几位前辈的墓前挂上了雪白的清明旗,点着香纸,各家墓前都烧了一些纸钱,一一作揖祭拜过。

望着山下的临钢,两座炼铁高炉没有生产,厂区内冷冷清清,来往的火车、汽车很少,只有耸立于炼钢厂房之上的两根黄蓝相间的烟囱冒着几缕白烟。靠近长江边的货场,往日繁忙的塔吊和龙门吊已停摆,滞销的钢材堆积如山。祝大昌指着临钢说:"我看这香港财团,怕也支撑不了多久。"

俞钢叹道:"大气候如此,产能严重过剩,我们国企日子也不好过。还是你们民企灵活,随时可以根据市场变化调整产能结构。"

"民企也难哪。一只眼要盯着国家政策和法规,另一只眼要盯着市场变化,每天战战兢兢、如履薄冰,稍有不慎就有可能破产。"

俞钢谈起华钢目前存在的问题,通过他这两年抓经销,跑了国内不少厂家,生产的无缝钢坯,每吨价格三千五,被温州等地的企业买回去,通过热处理,加工成无缝钢管,每吨价格五千三;再加工成石油专用管,价格可涨到七八千一吨,市场潜力巨大。今年年初,他在厂领导层会上提出转换产能、上无缝钢管项目,但没有通过。因为华钢是个老厂,没有扩展的空间,最重要的是,没有资金投入,既不能购买先进设备,也更新不了工艺。这时候,外省有一家实力雄厚的私营企业找来,想与华钢合资。俞钢认为这是个机遇,但遭到以孙锦西为首的一些干部的强烈反对,认为华钢效益不错,没必要与私营企业组成混合所有制企业,政府也不会允许,合资项目就这样流产了。

祝大昌说:"孙锦西人不错,又是带你入行的师傅,你对他有看法?"

"他这人条条框框太多,干什么事瞻前顾后。不过,他倒是有个很大的优点,就是没有名利欲,错了也不推卸责任。"

祝大昌便将孙锦西身体受伤的情况对俞钢说了,俞钢听后惊诧无语,转而问道:"昌哥,你身体近来如何?"

祝大昌脸上有了笑容,说:"江阴厂交我弟负责之后,我肩上的担子轻多了。"

"那就好。"俞钢转过话题,"上次我给你打电话,你说你在廊州准备收购一个小钢管厂,进展如何?"

"还在谈判,当地政府要价三千万,还要养活厂子上百号工人。"

俞钢不解地问:"你要那个小厂干什么?"

祝大昌不想瞒他,说:"生产60.3小型油管。"稍顿了顿,把目光投向山下的临钢,"我看好这个项目。许多厂家只盯着大型石油专用管,对这种小型油管不重视。这个市场虽然小,但没什么竞争。"

俞钢赞道:"善弈者谋势。昌哥有经营头脑,难怪你的企业发展迅速。"正说着,俞钢手机响了,十堰方面催他赶快过去。两个人匆匆告别。

上次回来就行色匆匆,没有和老朋友们见面,这次祝大昌提前就跟大家约好了,到活宝的小酒店聚聚。祝大昌一进门就看到了刘胜利,诧异道:"胜利,你也回来了?"

刘胜利搪塞道:"嗯,我老婆身体不好,我妈从乡下来住了,家里没人照顾。"

活宝却拖起腔说:"为啥不实话实说呢?是祝国祥的格外'关照'!"

见祝大昌投来不解的目光,毛仁银踩了一下活宝的脚,笑着说:"活宝是生你的气。那年回来,他请你吃饭,酒楼都订好了,你却走了,活宝一直耿耿于怀。"

叶老实也附和道:"是呀是呀,活宝是个直爽性子,没坏心眼儿,就是说话不注意场合。今天难得和大昌见面,以前的事儿莫提了,别影响大家的好心情。"

活宝就走了出去,少顷,端着一大盆热气腾腾的甲鱼进来,嚷道:"来来来,大家尝尝我烧的'霸王别姬',看还是不是当年的味道。说起来,要感谢仁银和老实的养鳖场。"

刘胜利说:"你当然要感谢他们,卖给你一斤才四十。"

活宝连连点头,说:"谁叫咱们是哥们儿,互赚互赢互惠互利嘛。"

祝大昌平时就爱听他们互相插科打诨,这时候也是满心愉快,笑着问叶老实:"你们就只养甲鱼吗?"

"还有北美牛蛙。"

刘胜利插话说:"仁银说了,等有了效益以后,把那片湖汊承包下来再养小龙虾。"

祝大昌连连点头,说:"好哇,逐步形成养殖产业链。'民以食为天',吃的东西,永远有市场。你们需不需要资金?缺资金就对我说一声。"

毛仁银说:"谢谢昌哥。眼下不缺,王贵从日本回来给了我们十万。"

"王贵从日本回来了?"祝大昌也好多年没见他了。

叶老实说:"他爸病逝,他送他爸骨灰回来,就葬在飞云墓园。"

祝大昌心里一沉:"难怪我看到姜厂长墓旁添了一座没有碑的新墓,原来是王总工程师的。早知道刚才在山上应该给他也点一炷香、烧点儿纸钱。"

"王贵说了,按风俗,三年后带一家人回来,给他爸立碑。"

昔日的兄弟尽兴喝酒,热烈说话,祝大昌的心情也难得如此舒畅。尽管多年不见了,他们身上的钢气铁味也少了,但做人的脊梁还都是挺直的,依旧保持着炉前出钢一样的爽快和磊落。"人间有味是清欢,青菜萝卜品真味",祝大昌很久没有感受过这种氛围了,倍觉松弛温暖。

饭局散后,祝大昌来到沈家营,妹妹祝国英的家就在江北师范大学附近的弄堂内。这房子原是文斌父母单位分的,两位老人去世后,房子一直空着。现在八泉街的房子要拆迁,他们一家就搬了进来。

蓦地见到大哥,祝国英惊喜万分:"大哥,你回来也不事先打电话说一声。"

"我今天早上才到,给爸扫墓。"

"我和文斌准备明天去呢。"

祝大昌之前就听范小桃说了,文斌在群艺馆办了个少儿艺术培训班,鼓励说:"让他好好干,资金不够就找你嫂子。"

祝国英泡了一杯茶递给祝大昌,说:"不用,我们有拆迁款,够的。倒是二哥,在你那儿干得怎么样,没干出格儿的事吧?"

祝大昌欣慰地说:"幸亏有国祥,我才能安心在库尔勒。"

祝国英还是担心:"你对二哥管紧点儿,财政大权不能让他沾边儿。爸活着时就一直担心二哥不走正路。上次我到江阴,觉得嫂子有些话是对的,你不能老迁就妈,她总认为你现在有钱了,二哥就该有一份。但亲兄弟明算账。往后有什么事,你要多跟嫂子商量,别让她伤心。"

祝大昌喝了一口茶,说:"我知道你说这些是为大哥好,但我想,人心都是肉长的,国祥虽说有这样那样的毛病,但我这当大哥的对他掏心掏肺,我相信,就是一块石头也是能捂热的。曾国藩说,亲人之间坦诚相待,相互帮助,和气致祥,自有可昌盛之理。"

祝国英说:"你别给我说曾国藩假国藩的,我没读你那么多书,也不懂那么多道理。但亲人之间,钱财说清道明才能相处得更好。要是二哥跟别人干,我还懒得说这些。"说完,又露出几分担忧的神色:"听妈说,你病了,现在怎么样了?"

"别听妈一惊一乍的,我没病,就是需要调理一下。"然后掏出一沓钱,让她转交给祝国祥的前妻玉红,让她们母女放心,将来侄女读大学的钱,他这个当大伯的也包了。

从妹妹家出来,祝大昌又给薛三妹打电话,他想去看看傅佳钢。

薛三妹说他出狱后,每天到工人文化宫看人走棋打牌,不到天黑决不回来。

祝大昌便搭公交车到工人文化宫去。

在祝大昌的记忆中,以前的工人文化宫门前有旧时的大牌坊,一条小河环绕着文化宫的大院,内有凉亭、梅树,浓荫下的石桌石凳还可供市民玩棋

385

闲坐。如今面貌全变了,牌坊早已拆除,小河也填上了,取而代之的是珠宝店、休闲服装店和酒店,小巷也改名信息巷了。

一家古玩店门口的藤条长椅上,正躺着晒太阳的田鸡,他远远就认出了祝大昌,连声叫着,忙不迭地请他进店里喝茶。祝大昌看店里摆的各种瓷器、香炉杂物、旧海报、线装古籍,橱窗内还吊着几串古铜币,便欣赏道:"你的小店货挺齐全。"

田鸡连说:"混口饭吃,混口饭吃。"

因母亲信佛,祝大昌便拿起一串小檀香木佛珠看。

田鸡忙说:"这是高僧大德开了光的,祝厂长要是喜欢,送您。"

祝大昌说:"你是开门做生意的,我哪能白拿?你说个价。"

田鸡生气了:"你是我的老领导,一串佛珠算什么?"不容分说,用报纸包好后,塞入祝大昌的小包里,又笑笑说,"祝厂长,我知道您跟毛仁银关系蛮好,能不能帮我说说?他不是有些老临钢的原始股票吗?他拿着就是一堆废纸片,不如让给我。"

"你找过他吗?"

"找了,他不肯转。您就帮我说说吧。"

祝大昌笑笑:"这事我不清楚,也不好说,还是你自己跟他说吧。"说着掏出五百块钱放在柜台上就走了出来。走到小巷中间,有几拨儿打牌走棋的人,却并没瞧见傅佳钢。他又朝前走,看见左侧巷墙上的信息栏,贴满了各类信息和广告,有个穿着旧夹克、瘦长个儿、胡子拉碴的人正在看。

祝大昌走过去,叫了声:"佳钢!"

傅佳钢认出是祝大昌,躲也无处可躲了,便尴尬地笑笑。

"佳钢,我是专门来寻你的。好多年没见,走,咱们兄弟俩找个地方喝杯茶。"

傅佳钢不置可否,犹豫着跟祝大昌来到一家叫"时光倒流"的茶楼,在小包厢坐定,泡了壶西湖龙井。

祝大昌动情地说:"一晃十多年没见,你的鬓角都有白发了。"

傅佳钢摸了摸鬓角,问:"几时回的?"

"今天刚回。我爸去世十三年了,我回来扫墓。"

傅佳钢嗫嚅说:"我爸也去世十年了。他去世时,我……没能尽孝。"他强忍着难过,看了一眼祝大昌,真诚道:"谢谢你帮我安葬了父亲。"

"你该谢三妹。"见傅佳钢不作声,祝大昌又说,"佳钢,你有什么打算,就准备一直这样下去吗?"

傅佳钢苦笑:"我还能干什么?每天来消磨时间也蛮好。"

"佳钢,我这次来,一是给父亲扫墓,还有就是想请你出山,去江阴帮我打理厂子。我现在特别缺一个得力的帮手。"祝大昌说得诚恳,也充分照顾到了傅佳钢的感受。他不是以一个成功者的姿态来给傅佳钢施舍的,而是说请他出山帮忙。傅佳钢心下自然明白,忍不住深深看了他一眼。祝大昌继续诚恳道,"你爸和我爸是生死之交,我俩又从小一起长大,一起下放金牛林场,在临钢一起共事,论能力和智慧,你都在我之上。"

傅佳钢眼角湿润了:"谢谢你,大昌。别人见我都躲着走,唯有你不嫌弃我,真心实意地帮我。只是……你的好意,我心领了,以后的路怎么走,我还没想好。你放心,我不会自暴自弃的。"

见傅佳钢不想去江阴,祝大昌便说起毛仁银和叶老实他们养甲鱼、养牛蛙的事,鼓励道:"要不我出资金,你去入股和他们一起干吧。"

傅佳钢苦笑道:"我得意时在他们面前趾高气扬的,现在落魄了,有何脸面与他们称兄道弟?"

祝大昌深深体谅他的难处,曾经那么顺利的人生,突然摁下了暂停键,的确需要好好调整调整,于是说:"好吧,那我也不劝你了,以后有什么困难,跟我说一声。"

告别傅佳钢,祝大昌坐4路公交回工人村。自举家搬迁江阴后,工人村的房子一直空着。

如今的工人村更加冷清,多数房子空置无人,建筑外墙斑驳脱落,窗台上长满了杂树青草,道边的花木因无人修剪,枝叶野蛮地占领了本不算宽的人行道。村里空荡荡的,只有两个老人坐在街口小商店前下象棋,店门前还挂着过时的广告。长期没人住,老房子布满灰尘,门缝里还塞着几张牛皮癣小广告,只有窗台的那盆仙人掌,仍在年复一年顽强恣意地生长,已经结出了毛茸茸的淡黄色的仙人球。范小桃提过几次,把这老房子卖了,祝大昌却一直不让卖。对他来说,工人村的老房子在,家就在。这么多年来,他在外地拼搏,身心疲惫的时候,不由自主地会想起工人村,一想到工人村,他心里就会莫名地安稳。

工人村后面有个水塘,那算是他们一个有诗意的去处。有一年植树节,祝大昌在水塘边植了一棵五株柳。他离开家时,柳荫已将水塘遮得严实。毛仁银还给这水塘取了个雅致的名字:五柳塘。第二天一早,祝大昌信步去五柳塘,以为这些年过去了,五柳怕是一搂粗细,高大了许多的,不料五柳只余两株,一株已半死,一株倒还蓬勃。木犹如此,人何以堪。他不禁在五柳塘前发了半晌呆,心里想,要是有个人,能把这钢城的生活,这钢城的过去和现在,伤痕与疼痛,辉煌与衰败,坚忍与不屈,写成一部书,让后世的人们知道他们曾经来过,曾经这样活过,那该多好。这样的书,该由毛仁银那样的诗人来写。有机会他要和毛仁银说说,毛仁银来写,他来赞助出版,然后给每个工人村的子弟送一本。

却说俞钢驱车赶到十堰市,黄彦清已经候在宾馆大堂了。见了俞钢,大步迎上去,接过俞钢的行李箱说:"你可到了,急死我了。"

俞钢说:"什么事能让以稳健著称的黄彦清同志急成这样?"

"别说了,十九个标,我们一个也没中。"黄彦清边办入住边跟他说,"这次十堰汽车通用总公司招标改革,十九个项目公开招标,按最低价选择供应商,收货后支付三个月的银行承兑汇票。因为条件太诱人,同行们都拼了,为了拿到订单,把投标价压到了成本线以下。我们按照事先拟定的价格投标,比同行高出十个百分点,结果就一个标也没中。对方的秦副总经理找到我说,如果华钢也按照其他中标企业报价,可以和我们签订部分供货合同。我说我做不了主,要等俞处长来才能决定。"

俞钢边往房间走边说:"同行们的报价,连本儿都保不住,还要继续硬拼下去,无异于自相残杀啊。"

第二天上午,秦副总亲自来宾馆谈让华钢降价的问题,说其他企业都把投标价格压低了,华钢为什么不行?俞钢说:"如果你们是开发新产品,我们暂时亏损也会支持;现在是长期供货,作为供货商,哪里能长期亏本生产?"

"这么说,华钢不会在价格上妥协了?"秦副总做出一副要走的样子。

俞钢冷静地说:"你们这是在挑起恶性竞争,华钢就不参与了。"

黄彦清小声提醒道:"要不请示一下曾厂长?"

俞钢果断地说:"不用了。这趟浑水我们不蹚。"

俞钢和黄彦清于是空手而归。没想到,这事在华钢引起轩然大波,说咸说淡的都有,多半是对俞钢不利的言论。孙锦西也私下对黄彦清说,十堰通汽是用钢大户,同我们华钢关系不错,既然其他同行都降了价,俞钢为什么这么固执?就算坚持,也该打个电话向厂领导汇报。还是太年轻了,毛坯钢,需要淬火锤炼呀。

第十二章

自从在国际班列上相遇后,夏君就像狗皮膏药一样黏上了祝大昌,他想通过祝大昌认识俞钢,推销澳巴贸易公司的铁矿石,因为华钢每年有十几万吨的需求量。夏君所在的公司虽说是澳大利亚人和巴西人合伙办的,其实是个国际皮包公司。夏君干了一年多,没做成一笔生意,老板迈克就发了脾气,让他再接不到订单就走人。祝大昌如今是他的救命稻草,他又给祝大昌打电话,祝大昌说他现在在廊州,帮不了忙,俞钢也遇到麻烦事了。

夏君怀疑祝大昌是在敷衍他,就从上海火急赶到江阴钢铁厂,谁知祝大昌真的去了河北。他没辙了,就去找老潘,刚上楼,正好碰见下楼的祝国祥。说起来,他们俩还颇有一段交情。

当年,祝国祥刚下岗,初次跟赖子到深圳贩牛仔裤,人生地不熟,幸亏夏君给他们介绍了老板,后来货款差几百,还是夏君帮忙垫付的。忽然在江阴碰到,祝国祥自然是客气有加,赶紧招呼请夏君到办公室喝茶,寒暄道:"夏兄,公司办得么样?这些年发大财了吧。"

夏君四下打量祝国祥的办公室,故作矜持地说:"办公司太累,我早就转让了。"说着,从小包里掏出一张精致的名片,递给祝国祥,"我现在叫夏上海,在这家跨国公司工作。"

祝国祥接过名片看了一眼,问夏君:"你找我哥有什么事?我现在是副总,跟我说也是一样的。"

夏君心下狐疑,忙问:"你认识俞钢吗?"见祝国祥摇头,他还是抱着搂草打兔子的心理,说了此行的目的,还顺嘴把澳巴贸易公司一通吹嘘,什么铁矿石都是从澳大利亚进口的,由于钢铁市场不景气,公司急于资金回笼,才当白菜价卖之类的。

见他一副不信任自己,有一搭没一搭的样子,祝国祥不想示弱,说:"虽然不认识俞钢,但我倒认识几个需要铁矿石的老板,可以帮夏兄联系试试。"

夏君一听,拊掌道:"那真是太好了。只要你找到买主,成交后所有提成都归你。"然后,从包里掏出几听本来准备送给祝大昌的巴西咖啡送给了祝国祥,殷勤地说,"今晚我请客,请兄台祝副总赏光。"

晚上,俩人在约好的酒店包房见了面,还没等夏君开口,祝国祥就说:"我联系了一个盐城的老板,要三百吨。"

"三百吨少了点儿,我们公司不做这样的零碎单子,最少五百吨。"

祝国祥有点儿不高兴:"人家看在我的面子上才勉强答应的。明天你去盐城签合同,我再给你联系几家。"

祝国祥帮夏君,也是为自己着想。他是真心想改邪归正的。他哥给了他百分之二十股份,知足了。但欠柯老板的债,是他的心头之刺。他得尽快搞到钱,填上赌债的窟窿。因此想着,帮帮夏君,自己也许能挣点提成。

夏君也明白了,祝国祥能量不大,于是仍盘算着如何能见到俞钢。如果能与华钢这样的大客户拉上关系,他在老板面前腰杆也直了几分。

祝国祥仿佛他肚子里的蛔虫,突然说:"别想着找俞钢了,我打听了,他惹了大麻烦,自身难保。"

祝国祥倒是没说假话,俞钢的麻烦真不小,孙锦西把他告了。

不久前,华钢3号电炉突然停产了,戴汝宗便来找孙锦西拱火,说电炉停产的原因是炉子衬里的耐火高铝砖质量不合格。这个戴汝宗,原在销售科当科长,因为俞钢整顿纪律,被清除出经销处,到电炉车间搞值班调度,眼见着肥差变成了没有油水的边缘工种,他对俞钢怀恨在心,一直在找机会报一箭之仇。

孙锦西一开始不愿意跟着他的思路走,说:"耐火高铝砖质量不合格,你就向经销处反映啊,查一查不合格的高铝砖是怎么进厂的。"

戴汝宗说:"不用查,里面的弯弯绕我清楚得很,水太深,惹不起。"他知道,孙锦西是个原则性极强的人,听他这样说,定会刨根问底。

果然,孙锦西说:"水再深又怎样?你不敢惹我来惹。你倒说说,水怎么个深法?"

"这批货走的是俞钢的关系。供货商是一家叫鑫茂的公司。"

孙锦西不信:"别瞎说,俞处长不会犯这种错误。"

戴汝宗"哼"了声:"孙头儿你是不知道,鑫茂公司的老板魏华,就是俞钢老婆魏小敏的亲姐姐。"

孙锦西大吃一惊:"这种玩笑可开不得!"

戴汝宗得意地一笑:"我哪敢和你开玩笑?俞钢去年在闹市区买了套商品房,二百五十多个平方,价值一百六十万,其实是魏华送他的。这里面,难道没有什么利益交换?"

孙锦西的脸色郑重起来,拿起电话欲向曾厂长汇报,思忖了一下,又放下,吩咐戴汝宗道:"你暂时不要到处说,我这就去厂监察室反映,让洪处长派人去查证落实。"

几天后,厂监察室调查清楚了,鑫茂公司的老板魏华,确实是俞钢妻子的胞姐,这批有质量问题的耐火高铝砖,是鑫茂公司以五百万从辽宁本溪一家耐火材料厂买来,六百万卖给华钢的。这笔采购的负责人是采购科陆科长,他对监察处的人说,耐火高铝砖原由供应厂商按季度固定供货,因全国耐火材料涨价,供应厂商也要求涨价,就暂停了供应。厂里那时候没有了库存,但炉前生产不能停,正好鑫茂公司有这批货,且价格较低,为解燃眉之急,他们就采购了,没想到质量不合格。这是他的疏忽和失职,与俞处长没有关系。厂监察室还查出来,所谓俞钢受贿的二百五十多平方的电梯房,其实只有一百一十平方,是魏小敏贷款按揭买的,跟她姐没关系。

真相虽查明了,事情却没有完,因高铝砖质量不合格,鑫茂公司必须退还这六百万的货款。讨要货款的事,曾厂长交给了俞钢。

这天下班,俞钢回到家,看到客厅放着两箱进口樱桃。魏小敏观察着他的脸色说:"我姐来过了。"

"为六百万货款来的吗?"

魏小敏说:"我姐说,她和陆科长有合同,她也有供货方出具的质量合格证书,所以这六百万货款不能退。"

俞钢说:"这件事,你不要掺和进来。厂监察室调查了,生产方是个无证经营的小厂,质量证书不具备法律效力。"

魏小敏高声道："那我姐的损失谁来赔？"

"当然是找供货商赔。"

魏小敏显出为难的神情："我姐让我跟你说，她拿不出这么多钱。"

"你姐要是拿不出钱来，那全泰州都没人拿得出了。你姐光泰州就有十二套房产，还是大名鼎鼎的华光电缆厂的二股东，占股百分之四十。"

魏小敏吃惊地说："我姐的家底我都不知道，你怎么知道的？"

"厂监察室洪处长查到的。告诉你姐，尽快退还这六百万货款，否则，华钢将向法院起诉她。"

俞钢走进卧室，魏小敏也跟了进来，说："不管怎样，她是我姐，我的工作还是姐帮我找的，以前我们住的房子也是我姐提供的。你能帮忙还是要帮一下。"

"出了这样的事儿，你要我怎么帮？"

"不能少点儿吗？毕竟我姐也是受害者。你是经销处长，多少给我姐一个面子。"

俞钢生气地说："既然你坚持这样，那明天上午叫你姐来我办公室。"说完，拿起包就走了。

魏小敏在后面追着喊："这么晚你去哪儿？"

"我去办公室睡。"

第二天上午，魏华没来，妻子魏小敏的电话却来了："我姐说了，三天之内，她退还货款，一分不少你的。"

这件事算是有惊无险，但给俞钢敲响了警钟。他让耐材仓库主任统计去年全年的耐火材料总用量，再从生产统计那里要来全年的炼钢总产量，两项相除，得出每吨钢的耐火材料单耗。发现耐火材料消耗比太高，便与黄彦清商量，说："我算了一笔账，觉得要降低耐火材料的消耗，只有将耐火材料对外承包。"

黄彦清满心赞成："我看行。"

于是，他们打电话将供应厂商找来，说今年的耐火材料货款结算办法，按华钢的钢产量和去年耐材单耗的八折计算。供应厂商不明其意，问为什么？俞钢说："华钢要从节约成本考虑，今后你的耐材质量好、炉龄提高、包龄提高，你就可以多赚钱；如果质量差、砌筑差、炉龄低、钢产量低，你就可能亏损。"见供应商不作声，又说，"这叫风险共担、利益均沾。如果你不能接

393

受,我们只得另找供应商。"供应商急了,华钢是国企,口碑好,有不少耐火材料企业打破头想挤进来,他宁可少赚钱,也不能丢失这块苦心经营的"一亩三分地",只得答应:"就按俞处长说的办。"又说,"俞处长真是铁算盘。"

俞钢笑道:"我都不用打算盘。真是亏钱的买卖你们也不会做。"

俞钢坚持不做亏钱的买卖是对的,那些为了竞争做亏钱买卖的,却吃到了苦头。这不,十堰汽车通用总公司秦副总一行匆匆来到华钢。原来,短短两三个月,国内钢材市场原辅料价格就大幅度上涨,之前低价竞标的供货商产得越多亏得越多,实在撑不住了,就纷纷要求修改协议,把原材料价格涨上去,否则无法继续供货。部分供货单位还单方面中断了正常供货。

这一变化,对十堰汽车通用总公司来说,是突如其来的危机。没有原料就面临全面停工,经济损失和负面影响将无法估量。公司派出秦副总一行来华钢求援,希望华钢帮他们解燃眉之急,半个月内,提供二千吨钢材,价格由华钢定。

俞钢向曾厂长汇报,曾厂长说:"这是你权力范围的事,你们自己决定。"

于是俞钢回到办公室,对秦副总说:"华钢保证及时供货。"

秦副总说:"价格呢?"

俞钢说:"价格一分不涨,就按上次招标会华钢的投标价供货。"

秦副总抓着俞钢的手连声说:"谢谢,谢谢。"又说,"说实话,俞处长,我们此行,做好了你们狮子大开口的准备,也伸长了脖子等着挨你们的刀。没想到,华钢没有乘人之危涨价谋利,义无反顾地为我们排忧解难。俞处长有格局。"

俞钢笑道:"不是俞钢有格局,是华钢有格局。"

秦副总说:"都有格局,都有格局。"

秦副总这句话,传到孙锦西的耳朵里,孙锦西不怒反喜。他想明白了,他和俞钢的差别,不在别的方面,就在这"格局"二字。

孙锦西想,他也要有格局一次,趁着俞钢从十堰送货刚回来,就拎着刚买的荷叶包卤牛肉、卤鸡腿、花生米和熟食,还有两小瓶酒,去俞钢办公室找他喝酒。俞钢也不推托,给孙锦西搬了把椅子,俩人就对饮起来。

孙锦西有备而来,直言不讳道:"高铝砖的质量问题和你姨姐公司的事,是我举报的。"

俞钢丝毫不奇怪,拣起一块牛肉扔进嘴里,举起小酒瓶和孙锦西碰了一下,说:"不说这些,来,喝酒。"

"要说。我这次来,就是专门和你说这事的。负荆请罪我做不到,再说我也无罪可请,我就是想告诉你,是我举报的你。你要恨我,就恨吧。"

俞钢又喝了一口酒,说:"我为什么要恨你?我感激你还来不及。往远里说,当年祝大昌把我推荐给你,你收留了我,并带我入门,不然我还在渣罐班混着,说不定早被炸死了;往近里说,你举报我,说明你正直,眼里容不得沙子。现在你告诉我是你举报了我,说明你坦荡。一个引我入门的、正直坦荡的人,我为什么要恨?我有什么理由恨?"

孙锦西感叹道:"华钢好多人说俞钢有格局,我本来还不服气,听了你这番话,我是真服了。你有如此胸襟,前途不可限量。"

俞钢举起小酒瓶:"'天下英雄,唯使君与操耳。'来,敬英雄!"

孙锦西一愣,随即哈哈大笑起来:"敬英雄!"

一向克制的孙锦西这次喝酒很放纵,喝得有些飘。下楼的时候正遇到黄彦清,黄彦清笑道:"老孙你这脸红得像关公,喝不少吧?"

孙锦西笑眯眯地说:"敬英雄。"见黄彦清丈二和尚摸不着头脑,他又说,"俞钢说得不对,天下英雄,黄彦清与使君,与操耳。"

自改革开放以来,粗放发展了三十多年的中国经济,遇到了一个坎儿,要想越过这道坎儿,只有转型升级一条路。转型升级的大幕一拉开,市场竞争更为激烈,国企面临着一场新的变革。如果说当年易国兴在临钢的改革是壮士断腕,目的是让国企活下来,那么,现在的改革则是要让国企强起来。过去为了增强国企竞争而拆分的南车、北车、南船、北船,又传来了合并重组的传言。

在这场国企重组的洗牌中,华东钢铁厂被中华集团兼并了。干部人事也发生了变化:曾厂长调到集团工作,华钢厂长之位空缺。趁集团派人下来考察,了解厂情、听取民意的机会,孙锦西力荐俞钢,说他党性原则强,年轻有魄力,具有强烈的开拓和进取精神,做人既有厚度又有气度,总之华钢在他领导下一定能更好地发展。黄彦清也力荐俞钢,说他是个行动派,知行合一,不像时下许多领导干部,只打嘴炮,学文件很积极,却是从文件到文件,空转消耗。他还特别对考察组的人说了俞钢的口头禅:"心动不如行动"。

不久,俞钢正式担任华钢厂厂长。

祝大昌是在报纸上看到这个消息的,正好他接到一笔外企合同,需要无缝钢坯,本来是用不着亲自来华钢采购的,但想到许久未见俞钢,也想听听这位华钢新帅对市场的看法和对华钢未来的规划,便打电话给俞钢说要登门道喜,并约好了时间。

俞钢便组了个饭局,叫上了孙锦西和黄彦清。

都是从临钢出来的,席间自然要说起临钢往事,而说起临钢往事,自然绕不过易国兴。他离开祝大昌的公司去了温州,刚开始和老板合作还好,时间久了,易国兴改不了耿直的老毛病,就得罪了老板的弟弟,现在据说进退两难。

孙锦西说:"现在回过头去看,当年大家对易国兴恨之入骨是有失公允的。临钢真正的改革是在易国兴手上——打破铁饭碗,五万多工人下岗,将临钢完全推向市场化。尽管易国兴失败了,但国企改革的大方向没有错。"

由临钢又谈到临钢人在外打拼的现状,祝大昌说:"俞总说过一句话:聚是一团火,散是满天星。钢研所解散后,那些专家高工都被各大钢企高薪抢走了。电气分厂郑东明副厂长,受聘于瑞典一家电气企业,现在成了高管;易国兴的秘书涂兰兰,辞职后攻读法律,现在北京开了律师所,成了明星律师,专为企业工人维权。"

俞钢说起来也很感慨:"我去聊城走访客户的时候碰见了初中同学阎远鸣,他们夫妻从临钢下岗后到聊城,靠摆小吃摊,炸油条,'炸'出了一个钢材市场。听他说,北方最大的钢材市场就是咱们临钢下岗的俩兄弟办的。按北方话说,临钢出来的人没有孬种;按南方话说,临钢出来的个个是狠角色。"

祝大昌举起酒杯:"这一杯,我敬俞总。"

俞钢站起来,一饮而尽。

接着,孙锦西端起酒杯说:"当年是祝大昌向我推荐了俞总,这一杯,我敬伯乐。"

祝大昌忙又站起来,说:"你才是伯乐。"

黄彦清笑着说:"两位都是伯乐,两位伯乐互敬。"

俞钢慌得端了酒杯站起来,说:"你们两位都是伯乐,我力争做一匹千里马,不辱没两位伯乐的青眼。"

花开半开,酒喝微醺。几个人慢慢喝着,慢慢聊着,忽然,祝大昌想起一个人,就说:"当年易国兴的军师田鸣健,不知道现在怎么样了?"

当年,他和女儿一起逃去英国。他女儿从银行卷了两千万,父女二人都上了通缉令。

俞钢说:"惊弓之鸟,估计在国外也得东躲西藏的,日子好过不到哪里去。"

大家一阵唏嘘,祝大昌说:"踩了法律红线的,没有好下场的。温州有个走私犯,九四年被抓,坐了十五年牢。出来后,他对家人说,当年他有一批货,埋在绝对安全的地方,在里面他也咬死了没有吐,就想着,等出来了,挖出这批货来,下半辈子吃喝不愁。他家人一听,很兴奋,就去挖他藏的货,几个大铁箱子。可是一打开,全家人都傻了眼。你们猜,他当年藏的什么货?"

孙锦西猜毒品,黄彦清猜黄金,俞钢笑着摇头,表示不好猜。

祝大昌笑道:"满满几大箱子摩托罗拉的BP机。"

众人都笑了起来,笑时间公道,也最是无情。

四人的话题又转到当前形势,制造业大量向外转移,钢铁行业严重产能过剩,前景不容乐观。改革开放以前,计划经济是大鱼吃小鱼;改革开放以后,市场经济是快鱼吃慢鱼,资本经济是鲨鱼抱团吃鲸鱼。

祝大昌趁机问俞钢:"你现在是华钢掌门人,对华钢的未来发展有什么打算?"

俞钢沉思了一会儿,说:"我一直在思考一个问题,在中国企业界,从九十年代开始,就存在着两条路线之争:一条是技工贸,一条是贸工技。我是做销售出身的,可能很多人会认为,我是赞同走贸工技路线的——我曾经是这条路线的拥护者,但这么多年来的经验教训让我渐渐清醒了,贸工技只能是阶段性的路线,是八九十年代特定经济条件下的无奈之举。现在中国经济已经不再是一穷二白了,有了良好的基础。我认为,该从贸工技转型到技工贸。不知昌哥怎么看?"

"我这么多年的实践,总结出了一句话,和你的这个思路是一致的,叫'竞争在市场,决战在工厂'。"

俞钢兴奋地举杯,说:"这句话太精辟了。就是这个意思。"

孙锦西也深以为然:"企业转型,最重要的是资本转型,然后才能实现技术转型、市场转型。不过,我们华钢资本不够,如果贸然转型,恐怕会出问题,到时候想收场就困难了。"

俞钢虚心地说:"按你老孙的想法,华钢应该怎么搞?"

"你俞钢不是祝总,看问题,你怕是要首先站在上面领导的角度来看,而不是你自己的角度。"

四人聊得兴起,但祝大昌还是显出了疲态,黄彦清心细,看在眼里,说:"祝总远道而来,怕是没休息好。"大家赶快杯中酒告别。走出酒店时,孙锦西坚持要送祝大昌。

到了宾馆,祝大昌给孙锦西泡了杯绿茶。孙锦西先是夸俞钢年轻有头脑,有远见,是当帅才的料子,就是太冒进;然后又说:"小艺在祝总手下工作,您对她很照顾。"

"你女儿不错。虽然是个毛丫头,但很有思想。有她当助理,我轻松多了。"

孙锦西会心地笑了:"您过奖了,我的女儿我知道。"

"我听说,林佩兰一直在等你回心转意,你是怎么想的?"

孙锦西沉默了一会儿说:"这么多年,我已经习惯了……这样蛮好。"

祝大昌笑了笑:"你老孙没说心里话,你的事,我多少是知道一二的。"见孙锦西脸色突变,祝大昌忙收敛了笑容,"这个并不重要。重要的是,你以为你跟林老师离了婚,她会幸福吗?你会解脱吗?这只能给你的精神套上更沉重的枷锁。"

孙锦西涨红着脸说:"既然祝总知道了,我也没什么隐瞒的。易国兴要开除我,知道我负过硬伤后,给了我一个台阶,让我主动辞职……"又沉默了一会儿,恢复了平静,"我还是很感谢易国兴的,不然,我不会有今天。"

祝大昌说:"我也感谢易国兴,他让我吃了很多苦,也让我从逆境中磨炼了出来。"又说,"这次跟你们签完合同后我就去温州,了解无缝钢管的市场行情,顺便去看看易国兴。"

孙锦西说:"那祝总代我向他问好。"

第十三章

祝大昌到温州的第二天,就与易国兴见了面。

易国兴与虹姐闹掰了,原因并不复杂。易国兴把工厂搞活以后,虹姐把她大弟安排来当副厂长。在易国兴眼里,这弟弟就是个纨绔公子,整天喝酒打牌赌博,没多久,竟然还把厂里一个打工妹的肚子搞大了。易国兴是个眼中容不得沙子的人,一怒之下将他炒了"鱿鱼"。虹姐觉得很没面子,作为老板,给她打工的人不跟她打招呼就开除她亲弟,没有这样的规矩,于是便开始疏远易国兴。易国兴性格刚直,如何能受得了这样的是非不分,于是转身跳槽到了另一家企业。

尽管做事还是雷厉风行,但相比从前,易国兴的性格温和多了,也显老了,说话的语速慢了许多,走路也不再似从前那样总是大步流星、风风火火。如今,他头上已染了霜,背也微微有一些驼,目光也更加深邃了。

见到祝大昌,易国兴很是激动,握着他的手连连晃着:"大昌,谢谢你来看我。老话说,衣不如新,人不如故,来温州这几年,我也结识了几个能聊得来的朋友,但论知心,还是你祝大昌。"

他确实打心里感激祝大昌,在他人生跌入低谷、徘徊落魄的时候,他过去以为的对头以德报怨,聘请他到江阴工作,他有了安身之处不说,还有机会对过去在临钢推行的铁腕改革进行梳理和反思。自己变成打工人了,天天和工友们在一起了,他才真切体会到过去的所作所为对下岗工人的伤害。设身处地,才能感同身受,现在,他对工人很宽容,能不罚款的一律不罚;有时为了工人的福利,还和老板拧着来。

中午,易国兴请祝大昌吃饭,边吃边聊。易国兴说他最近做了个梦,梦见临钢又回归国有了,还梦见做了一个很大的广场,竖着张之洞、盛宣怀的铜像。临钢终究是易国兴心头的隐痛,所以才会做这些梦。

见祝大昌不作声,易国兴说他还保留着不少临钢的旧资料,如王世儒当年设计的连铸连轧技术革新方案和图纸。按他现在的见识与眼光,才深深体会到什么叫格局和前瞻,什么叫"科技是第一生产力"。

沉默了一会儿,易国兴说他现在闲暇时,经常去附近的菜市场转转,虽然不买什么,但那地方没有钢铁的冰冷,生鸡活鸭、鲜鱼青菜,充满浓浓的、真实的烟火气息。人生就像湍急的河流,少年时浪奔浪流,到中年渐渐趋于开阔平稳,向往家人闲坐、灯火可亲的生活了。

易国兴由个人的感受聊到了身边的温州人。他以前对温州人印象很好,温州人不靠政府,自食其力,勤劳致富,当年他还曾经号召临钢工人学习温州人的精神。最牛的时候,全国六千多辆菲亚特,有一半多在温州跑出租,现在他在温州干了几年,发现了温州的另一面。

祝大昌来了兴致,问:"温州的另一面是怎样的?"

易国兴说:"贫富悬殊的问题,在温州尤为明显。改革开放的利与弊,在温州表现得极为典型。温州是一面很好的镜子。国家政研部门应该要好好研究温州,好好总结温州改革的得与失。"

祝大昌给他斟上酒,说:"易兄还是这样忧国忧民。"

见祝大昌不太想和他讨论这些宏观问题,便问祝大昌,现在企业发展得如何。

祝大昌说:"企业还算正常发展吧。钢铁行业,你也知道,典型的周期性行业。这几年以维持为主,静待时机吧。这些年来我身体不太好,好在我弟弟过来帮我,为我分担了不少。"

易国兴又给祝大昌倒上一杯,自己也倒满了,说:"说到这里,我是不吐不快了。有得罪的地方,还请你海涵。"

祝大昌说:"易兄这么说就见外了,有什么指教,我一定是洗耳恭听的。"

易国兴一口饮尽杯中酒,说:"去年年底,我听老潘打电话来说,你派他去了河北廊州新建的工厂,江阴钢铁厂交给你弟弟管理,你还给了你弟弟百分之二十的股份?"

祝大昌已经有了六七分醉意,也干了杯中酒,说:"今年又给我弟加了百分之十的股份。现在,我弟祝国祥,占百分之三十。"

从前在临钢,易国兴滴酒不沾,自从到温州后,一来是人从得意到失意,二来是独在异乡,也没有什么说得上知心话的人,每天下班后就爱独酌几杯,酒量也越喝越大,半斤酒下肚,没有半点儿醉意,反而更加冷静。看着有了几分醉意,说话舌头有点打结的祝大昌,他说:"我要说的正是这件事。我以为,你这样做,不明智。"

祝大昌心头掠过一丝不快。除了范小桃,无论谁听说他送给弟弟百分之三十的股份,都是交口称赞的,怎么到了易国兴嘴里,成了不明智?于是语气带点儿揶揄地说:"易兄以为我该怎么做才算明智?"

易国兴现在是世事洞明,知道祝大昌是以此为傲的;若换了别人,你不爱听,他也就略过不提了,但眼前这人是祝大昌,是他心存感激的老友,自然是知无不言、言无不尽了,于是微微一笑,缓缓说道:"就在前不久,我爱人让我给她弟弟在温州找份工作,我没帮忙。我爱人一贯觉得我这人没人情味儿,从我在临钢的时候就是,我自己的亲弟弟、亲妹妹下岗了我都不给安排。其实,这事对于我来说,不过举手之劳,但我坚决不帮,你知道为什么吗?"

祝大昌正色道:"为什么?"

"用通俗的话讲,叫扶贫先扶志,用文雅一点的话讲,叫'授人以鱼,不如授人以渔'。你弟弟也是一样的道理,要是我,不会像你这样做。弟弟有困难,可以资助,但绝不能直接给股份,你这不是在帮你弟弟,你这是在害他。这么大的一笔钱,来得太容易了;太容易得来的东西就不会珍惜,这就是人性。这是你老弟失策啊!"

祝大昌认识许多老板,兄弟之间斤斤计较、互相算计的多了,也的确没人像他这样对自己的弟弟。百分之三十的股份,大几千万的财富,举手之间就送给了弟弟,试问天下有几人能做到?他一直沉浸在自己的豪爽之中,这时候突然听易国兴说他失策,心下一惊,酒也醒了三分。

易国兴又给祝大昌满上了一杯酒,说:"私营企业一旦形成家族式,能撑五六年就不错了,这几乎成了中国私营企业的定律。我这些年在温州,这样的企业见得多了,眼见他起高楼,眼见他楼塌了。就说我在乐清不锈钢管厂的第三年,老板把她大弟安排来当副厂长,每天不干事,只知道吃喝玩乐,赌博找女人,好好的一个工厂,眼看就败得差不多了,破产也就是说话间的事了。"

祝大昌不想顺着他的思路想下去,说:"国祥不是这种人。有经济头脑,也有能力。"

"若是别人,我还不至于如此为你担忧,但我对你弟祝国祥,还是有所了解的。在临钢时,他让人冒充我的小舅子,从田鸣健手里讹诈钢材;后来又使坏点子,将临钢的废钢当废渣土运出厂。这些事,都是他干的吧?坯子如果是坏的,怎么打磨都成不了正器。"他叹了口气,接着道,"你老弟的最大缺点,就是太过追求人生圆满,事业、亲情,各方面。殊不知,水满则溢,花满则谢,人满则损。凡事总稍有欠缺,才能持之以恒。"

话说七分满即是良言,祝大昌虽然明白这个道理,但此时他对易国兴的告诫还是不以为然,易国兴对国祥的印象还是多年前,他没有看到浪子回头金不换的事实。时移势易,人都是会变的,就说他易国兴,不也是与十年前不可同日而语了吗?何况,每次祝大昌回到江阴钢铁厂,看到和听到的,都是大家对祝国祥的赞扬。

见祝大昌一副不以为然的神情,易国兴说:"我不说了。许多事情需要你自己把握。老话说,疏不间亲,你们兄弟间的事,我说深了,倒有离间的嫌疑了。"

祝大昌忙道:"易兄言重了。你的美意我心领了,我只是相信人之初,性本善,相信我弟就算是块石头,我也能把他捂热。"

易国兴听他如此看重亲情,便不再深劝。作为老友,他已尽心,说到底,祝大昌还是经的大挫折少了。世上的事,往往都是当局者迷,旁观者清,当年他易国兴在临钢搞改革,又何尝不是如此?

祝大昌缓和气氛道:"老易,我上个月去深圳,见了一个故人。"

易国兴心里一颤,问:"谁?"

祝大昌盯着易国兴,笑道:"你猜。"

易国兴故意说:"不会是田鸣健吧?"

"田鸣健哪里敢回国?回国了也不敢见我;见了我,我肯定得报警。"

易国兴一下明白了,脸上掠过一阵尴尬,说:"那还有谁?"

祝大昌笑道:"老易啊,你明明猜到了,故意不说是吧?"

易国兴沉默了一会儿,说:"她,可好?"

"她当年离开临钢之后,到深圳可吃了不少苦头。据说最苦的时候,连吃了一个月的方便面。那些年,做过流水线工人,卖过保险,后来在一家贸易公司做业务员,慢慢做出了成绩,自己有了客户资源。后来,几个人合伙开了家贸易公司,也做钢铁贸易。她是很有投资眼光的,深圳楼市刚动的时候,她就在福田、南山买了几套房子,现在也算得上事业有成了。"

易国兴静静地听着,最后欣慰地说:"那就好,那就好。我,对不起她。"

祝大昌明白,他俩相互有情有义,安慰道:"她很关心你,问了我许多你的情况,怕你被打垮了。我已经详细跟她汇报了你的情况,她估计放心了些。我问她,干吗不和你联系,她说,知道你好,她就放心了。老易,你要不要她的联系方式?"

易国兴一口干掉杯中酒,说:"她过得好,就好。"

祝国祥给夏君拉了几笔铁矿石生意,夏君从上海分两次给祝国祥汇来五十万提成。他赶紧取出钱,用报纸包好,装在旧黄布包里,开车回临江,邀柯老板来家当面还钱:"柯兄,先还你五十万,剩余的一百万再等我筹筹。"

柯老板佯装不高兴,说:"这是干什么嘛,我又没逼你;再说我不等着这钱用。"同来的许老板也说:"是呀是呀,柯兄是个讲义气的人。"

祝国祥说:"招标的事没给柯兄办好,我深感惭愧;欠柯兄的钱若再不还,说出去我还怎么做人?"

柯老板闻言竖起大拇指:"你这兄弟我交定了。"

中午,祝国祥留柯老板和许老板在家吃饭,酒酣耳热时,许老板又说起王大款吉星高照,到澳门葡京又赢了一百多万,他和柯老板很是心热,想后天去澳门也去碰碰运气,问祝国祥有没有兴趣一块儿去。祝国祥说:"厂子忙,我明天得回江阴。"接过朱美美倒的酒,又补充说,"我去澳门玩了几回,回回送,我看那儿的财可不好发。"

许老板说:"总有转运的时候。财运一来,门板都挡不住。我知道,你老弟是荷包不暖和。"

柯老板说:"国祥怎么会不暖和?他现在是副总,过亿的身家,比你我有钱多了。"

许老板打自己嘴说:"就是就是,我有眼不识大老板。要我说,那就更应该放手一搏,从哪儿跌倒就从哪儿爬起。说不定像王大款一样,吉星高照,连本带利都扳回来了。美美,你说呢?"

朱美美瞥了一眼祝国祥,没吭气。

柯老板趁热打铁道:"老弟最近气色不错,印堂发亮,该有财运。"见祝国祥有点心动,拍着他的肩说,"男子汉大丈夫,靠着亲哥哥给股份,终不如自己拼搏得来有面子。赌,就是个风水轮流转的事,连输几次就该转运了。没钱我还借你,三五百万都行。到时候抱个大金娃娃回来,别忘了好好请客就行。"

晚上,祝国祥和朱美美在床上快乐完,靠在床头聊天。朱美美说她想去澳门,股份虽然有了,但终归看得见,摸不着,一时半会儿变不了现。但万一这回赌赢了,就可以买大钻戒了。见祝国祥仍不同意,朱美美又撒娇道:"许老板的话有道理,赌桌上哪能回回手背,总有火好转运的时候。柯老板不是也说了吗?你印堂发亮,是发财的预兆。"

祝国祥还是担心一旦被哥哥发现,后果不堪设想,就说:"别想了,咱现在没钱。"

朱美美不死心:"柯老板都答应借了。这回咱多借点儿,借他五百万,本钱大,赢得多,一举翻身!"见祝国祥还是不说话,又说,"大哥给了我们股份,你看范小桃那个脸色!我跟她妯娌伙,凭什么要在她面前低三下四?还不是你没本事?你要是凭自己的本事赚了大钱,我就可以和她范小桃平起平坐了,你也可以在你哥面前硬气起来。"

这话戳到了祝国祥的心窝,嫂子给母亲气受,跟他哥揪筋,其实都是冲他的,他心知肚明。这么些年,范小桃是打心里看不起他,他也不是看不出眉眼高低。若能一夜暴富,就不仅是硬气,那叫扬眉吐气。股份?给了我还不要呢!

"好赖就这一回。"祝国祥嘴上这么说着,心里侥幸地想,豁出去搏一次,就算输了,还有哥哥给的股份兜底呢。

朱美美使劲亲了他一口:"赢了咱就金盆洗手!"

第二天,接到祝国祥电话,柯老板和许老板就来了,五百万已经打到了他卡上,祝国祥在借条上签字、摁手印。下午,几个人飞赴澳门。三天后,血本无归地回来了。离开澳门时,柯老板已经翻脸不认人了,威胁说,前后加一起六百万,借条限期内偿还,否则大家撕破脸了可不好。

祝国祥没去上班,像笼子里的困兽一般,不是借酒消愁就是摔东西,还狠掴朱美美耳光,大骂她是丧门星。朱美美捂着被打肿的脸,委屈地说:"十赌九输,总有赢一回的时候;可你是十赌十输,一回都赢不了。"

朱美美的话倒提醒了祝国祥:"老子手再背,十回总要赢一回,怎么连一回都不赢?"越琢磨越是疑窦丛生,柯老板屡次撺掇他去澳门,几百万借给他赌,本人却很少上赌桌,这是为什么?莫非有猫腻?细想起来,输掉一百万那回,柯老板带他上二楼,还跟迎上来的金发女郎打招呼:"这位是祝先生,请关照。"这一回,柯老板带他上二楼,又是这位金发女郎将他带进上次的房间。现在想起来,他不禁打了个冷战:好哇,老子把你当朋友,你把老子当鱼钓!不由得怒从心头起,恶向胆边生……

但怀疑代替不了事实,也代表不了证据。朱美美就出主意,让祝国祥请柯老板来家吃饭,灌醉他,诱他酒后吐真言。祝国祥连连摇头:"姓柯的老奸巨猾,不会轻易上当。"

朱美美又说起她对许老板的怀疑。这次到赌场后,许老板陪着她玩老虎机,她问许老板怎么不去楼上玩大的,许老板说那是阔佬们消遣的地方,他玩不起。她调侃说:"许老板怎会玩不起?柯老板说你的别墅就有几套。"许老板脱口而出:"我要有这么多钱,哪里会跟在别人屁股后面……"忽然意识到说漏了嘴,便匆匆走开了。

祝国祥也想起来,许老板平时揣着两种烟,大中华和白金龙。大中华招待人,自己抽白金龙。祝国祥曾问过他:"许老板这么有钱,咋抽这种掉价烟?"许老板打哈哈道:"抽惯了,这烟味道好。"特别是,柯老板第一次带他去老坑乡谈铁矿场转让的时候,许老板是矿主,却凡事都让柯老板做主,许老板只是附和。

祝国祥本就是那种睚眦必报的,从来是他占别人便宜,何曾吃过这么大的亏?他先打电话探听虚实,得知许老板今晚有应酬,当即约了从前在临江一起混的黄毛,到许老板回家的路上埋伏,可巧他深夜应酬完回家,刚锁好车,他们蒙着脸,一下子冲上去摁住他,胶带封了嘴,然后反绑了双手,扔进了自己的汽车尾箱,一路拉到西塞山下江边的杂树林里。

两人停了车,打量四周无人,拖出许老板。黄毛掏出匕首,挑开他嘴上的胶布,先重重甩了一巴掌,然后匕首拍着许老板的脸,压低嗓子恶狠狠骂道:"拿出五百万,饶你不死。"

许老板一开始还装镇静,挨了一顿拳脚之后,开始求情:"两位好汉,我没钱。"

祝国祥扇了他一耳光,示意黄毛说话:"你他妈资产千万,还说没钱?老坑乡铁矿场不是卖了九百万吗?"

"铁矿场不是我的。"

"那是谁的?"

"柯老板的。"

果然如此。黄毛怒道:"那你跟姓柯的什么关系?"

"我就是给柯老板打工的。国祥兄弟,冤有头,债有主,你有本事就应该去找柯老板算账。"

祝国祥见自己不说话也被认出来了,就索性扯下面罩,问柯老板和澳门赌场是什么关系。

许老板不肯说,祝国祥就一刀扎在许老板肩头,疼得他龇牙咧嘴,见血流出来了才和盘托出:原来,柯老板是澳门赌场的掮客,专门盯着国内的老板赌客下手。

祝国祥怒道:"老子又没钱,你们盯我干什么?"

"你是没钱,可你哥有钱啊。"

祝国祥又怒又悔,嘴里骂着:"你们真是害死老子了!"然后,一脚踢翻他,连踢了十数脚,踢得上气不接下气,方才作罢。黄毛便去掏许老板的口袋,只搜出几十块零钱;又摘下他的金戒指掂了几掂,骂道:"果然是个冒牌货。"然后,假装对祝国祥说:"祥哥,我看这狗日的,杀他无肉,刮他无油,干脆一不做二不休,扔江里喂鱼!然后再找姓柯的算账。"

祝国祥点点头:"他把老子害这么惨,老子就跟他鱼死网破!"就用胶带再去封他的嘴,作势要将其沉江。

许老板吓得浑身发抖,一把抱住祝国祥的腿:"国祥兄弟,国祥兄弟,求你放我一马。"

"放你一马?也行!你现在就给姓柯的打电话,约他明天晚上在磁湖酒家见。"

许老板应声不迭,立即打柯老板电话,提示对方关机。没等祝国祥开口,他又讨好地说:"柯老板有两部手机,我打他另外一部。"

祝国祥说:"按免提!"

电话通了,约好了明天晚上七点磁湖酒家见。放下电话,祝国祥警告道:"敢通风报信,老子弄死你!"

许老板赌咒发誓:"我要是透半个字,死全家。"

祝国祥哪里知道,柯老板这部手机是专用来示警的。第二天晚上,祝国祥带着黄毛,早早到磁湖酒家附近埋伏,左等右等也不见柯老板,给许老板打电话也关机。这时他才醒悟过来,又被骗了。接下来一连几天,祝国祥发疯了一样,和黄毛四处打听柯老板的行踪。电话打给王大款的时候,他说:"老弟不知道吗?柯老板住院了,晚期肝癌。"

祝国祥不相信,天下哪有这样巧的事。

王大款说:"刚查出来没两天,据说没几天好活了。这狗日的坏得很,带老子到澳门赌博,老子前后输了五百多万,他却到处说老子赢了。"

祝国祥心中暗喜,却依然不敢轻易相信,就带着黄毛到市中心医院打探,果然在病房见到了柯老板,身上吊着四五个瓶子。

祝国祥放心了,刚出医院的门,就接到祝大昌的电话,让他赶快回江阴开会,收购廊州红星钢管厂的事终于尘埃落定了。接下来,抽调老潘和关部长去廊州负责筹建;江阴厂交由祝国祥全权负责;祝大昌则统筹全局,立足库尔勒,布局中东。祝大昌说:"从现在起,咱们公司三驾马车齐头并进。江阴是咱们的根据地、大后方,以后我将这镇守大后方的重任交给你,你肩上的担子有千钧重,可一定要担好了,别让我失望啊。"

祝国祥赶紧保证:"哥,江阴交给我,您就放一万个心。"

一个月后,黄毛报来消息,柯老板死了。祝国祥一下子无债一身轻,别提多得意了。而且,现在江阴钢铁厂正式由他全权管理,他不说搞新官上任三把火,也总得有所表现。

其时正值盛夏,天气炎热,祝国祥就召集科长们开了个会,说一线工人战高温、夺高产,十分辛苦,他决定提高全厂员工的降温费,每人每月多补贴三十元。另外,食堂每天要多做冷冻西瓜汤、绿豆汤,免费供应。科长们齐声拍马屁:祝总局气。接着就打电话将黄毛召到江阴,自己现在是江阴钢铁厂的一把手了,身边得有个可靠的马仔效劳。黄毛脑子灵,和他对脾气,而且对他忠心无二,是最合适的人选。

祝国祥叫来厂办主任赖子,让他给黄毛安排好工作。

赖子为难地说:"黄毛一没文凭,二没技术,怎么安排?"

祝国祥就拍板儿道:"黄毛是个讲义气的,给他个保安科副科长当吧。"

赖子说:"这狗日的好色,就怕他乱来。"

祝国祥笑了:"有你我管着,他裤裆的东西翘不起来。就这样说定了。"

第三件事,为讨老妈欢心,将老妈湖南娘家的叔伯侄儿侄女十好几人悉数安排进厂,老婆朱美美娘家的七大姑八大姨家的孩子,也安排了一大堆。这些人,仗着祝国祥势,也唯祝国祥马首是瞻。

第十四章

时间转眼来到了二〇一二年年底,临钢被中华集团正式收购,百年沧桑、几经沉浮的老厂,重新回到国有企业的行列,更名为中华集团新临钢。

随后,集团一纸调令,将俞钢、孙锦西和黄彦清从华东钢铁厂调往新临钢。俞钢出任公司总经理兼党委书记,孙锦西任公司党委副书记,黄彦清任公司副总经理。班子成员还有蒋副总和高副总。蒋副总是做技术出身,从前在临钢时并未显山露水,临钢被华氏集团收购之后,专业人才凋零,蒋副总这才一步步做到了主管技术的副总。高升副总本是冯为泰的大女婿,当初华氏集团用他,大半是看在冯为泰的声望,想让他来过渡,没承想他这人长袖善舞,和华氏集团从香港派来的管理层打得火热,成了实权派。集团领导做出这样的决定,显然是经过深思熟虑的,新班子成员里,两个华氏集团用过的旧人,都是原临钢出身的,三个新人也从临钢出来的,熟悉这百年老厂的情况,对临钢有很深的感情,而且三人在华钢配合默契,能力有目共睹。新临钢交到他们手上,应是上面放心、下面服气的开局。

三人回临钢这天,正赶上严冬的第一场雪。朔风呼啸,雪打着旋直往车上扑。没过多久,溅着泥水与污雪的小车在西总门停下。车门一开,凛冽的寒风直扑过来。迎风顶雪,俞钢做了个扩胸的动作,深深吸了一口气,让湿润寒冷的空气刺激胸肺,精神顿时一振。中华民族钢铁第一大厂的拱圆形门顶,盛宣怀手书的"西总门"三个大字,历经百年风雨沧桑,仍然清晰可见。三人俱是心潮澎湃。他们参加工作的时间不同,但都是从西总门进的临钢,后来又从西总门离开临钢。如今再回到故厂,肩负重建新临钢的重任,仿佛同时背上了历史、现实与未来的三重责任,油然生出豪迈之情。

俞钢说:"老孙、彦清,知道我们为什么一定要从这里进厂吗?"

两个人知道临钢新帅这是有话要说,于是恪守部下本分,做出洗耳恭听状。

没想到俞钢却轻松道:"生活需要仪式感。"

两个人都笑了。黄彦清故意问:"仪式感是什么?"

俞钢像排练好了对台词一样,说:"就是使某一天与其他日子不同,使某一刻与其他时刻不同。"说着,笑眯眯地看着孙锦西。孙锦西并不知道他们这段对话来自《小王子》,只是觉得今天这两个人都有点儿孩子气。

此时此刻的孙锦西,心里没这么轻松,而是百感交集。十五年前,他满腹委屈、一身耻辱走出西总门,抛妻别女去了华东钢铁厂。而今天,他以公司主要领导的身份重回临钢,却已是物是人非。他脱下皮手套,抚摸着厂大门斑驳的青砖。一辆载煤的火车鸣笛从他们身边隆隆驶过,震得周围树上的积雪纷纷坠下。

黄彦清知道他的心理,刚想安慰他,忽见雪中站着一个人,赶紧对他说:"老孙,你看那是谁?"

孙锦西扭转头,不远处的茫茫风雪中,一个人推着自行车,脖子上系着绛红色的围巾,正朝他望着。

孙锦西眼睛一热,鼻子发酸:"佩兰?"

风声呼啸,朔雪如席,黄彦清转过身背对着风大声说:"是俞总给林老师打的电话,让她来接你回家。这才是俞总说的,生活需要仪式感。"

俞钢也高声说:"老孙,林老师一直等着你,你也该回家了。心动不如行动哦。"

孙锦西犹豫道:"我这样回去不太好吧。"

黄彦清鼓励说:"有什么不好?都老夫老妻了。"

孙锦西还是迟疑:"我跟林佩兰是办了离婚手续的,就是回去,也得重办结婚证才合适。"

黄彦清看了俞钢一眼,无可奈何地说:"老孙真是一根筋啊!"

俞钢打圆场:"好吧孙大书记,你暂时住公司招待所。等办完手续再回家。"

随后几天,按照俞钢部署,先由孙锦西召集公司干部会议,听取大家对新临钢未来发展的建言。而俞钢和黄彦清则深入炼钢厂、轧钢厂等生产单位。如今,公司没有煤气、修理、机械和热处理分厂了,运输部也取消了。黄叶满厂区飘落,也没有人清扫。易国兴时代修剪整齐的冬青,也无人打理。此时的临钢,呈现出一片严冬般的萧条。只有两根竖在炼铁高炉旁的烟囱徐徐冒着白烟。

自卖给香港华氏财团之后,临钢经营方面依然以炼普钢为主,同时也生产齿轮特钢。这几年来,因库存积压,账面上已无流动资金。香港华氏财团眼看着临钢成了一个吸金黑洞,不得已才断尾求生。

如今临钢的困境,三句话可以概括:原料难进,成材难出,库存高涨。

把家底摸清,俞钢明白了,形势比他想的还要严峻。在公司干部见面会上,俞钢脸色凝重,第一句话就是:"我不是为关厂门来的,而是为实现老一辈的愿望,再造一个新临钢而来。"在大家热烈的掌声中,俞钢站起来,指着主席台中央空着的主位说:"我是公司总经理,本应该坐在这个位子上。但是,我从今天开始,把它空起来,就是想给自己一个激励,希望大家和我同心同德,尽快让回归国有的新临钢走出困境,重新在中国钢铁企业中占有一席之地!为了企业发展,咱集思广益,大家有什么想法都可以开诚布公地谈。"

副总高升第一个发言:"我认为,新临钢的改革还是要一步一步稳扎稳打,不要急于求成。还是按香港华氏的生产经营模式搞比较稳妥,为此我提出三个三分之一,即普钢占三分之一,特钢占三分之一,另外三分之一,由大家商讨定夺。"

孙锦西对高升的印象不深,当年在临钢时,两人没打过什么交道,不过他觉得高升这三个三分之一的方案不错,于是说:"我赞成三个三分之一,至于最后一个怎么搞,鉴于目前钢铁市场不景气,很多国企搞了产业链延伸,像风险投资、房地产开发等等,甚至还有种菜养猪的。我看我们也可以利用临钢的优势,搞江景房地产开发。"

俞钢一直面无表情地听着,听到孙锦西说搞房地产开发时,终于忍不住打断说:"我们不能头脑发热,看到什么赚钱就上什么。一个钢铁企业,不搞主业,去开发房地产,这是丢了西瓜捡芝麻。易国兴的前车之鉴,教训惨痛,我们不能重蹈他的覆辙。"

孙锦西没想到俞钢一点面子都没给他留,心里多少有些不痛快,好在他深知俞钢为人,便也不计较。

高升却说:"我倒不认为孙书记的提议是不务正业。不将鸡蛋放在一个筐子里,这是稳重的表现,不能与易国兴的急急火火相提并论。"看了一眼孙锦西,又说,"当然,第一步我们要抓住省发改委送来的五十万吨板钢项目的机遇,先止住亏损再说。"

高升说的这个项目,是国家为拉动内需,确定增加一些有利工业发展的项目,省发改委和省有关领导,几经考虑和争取,首先为回归国企的临钢争取的。项目所需的五亿资金,全部由国家开发银行贷款。

孙锦西附和道:"这是省委对新临钢的关怀,是雪中送炭。我同意高副总的提议。"

"孙书记、高副总,我想问你们,五十万吨板钢生产完后怎么办?"俞钢话一出口,所有人都大吃一惊。听这话里的意思,是不打算接省委的这份厚礼了?

高升脸上有些挂不住,说:"那按俞总的意见,下一步如何搞?"

俞钢斩钉截铁地说:"心动不如行动。想好了,就不要再拖。我决定,停炼普钢,改炼特钢!"

"放着五十万吨的订单不做?放着五个亿的贷款不要?这样做是不是太激进了?你刚才批评孙书记时说,要汲取易国兴的教训,我看您这样做,倒是比易国兴还要激进。"高升的话语,明显是在拉拢二把手孙锦西,给俞钢下马威。

果然,众人开始交头接耳。眼前这么大块儿肥肉,于谁都是诱惑。

俞钢意味深长地看了一眼高升,说:"高副总谈到了易国兴,那我也不瞒各位,接到集团的任命之后,我做的第一个决定,就是去浙江温州拜访易国兴。我们谈了几个小时。这些年来,易国兴也一直在反思他当年的失误。我问易国兴,如果让你重掌临钢,你要怎么做?易国兴只说了三个字:炼特钢。这是易国兴的答案,也是我的方案。我一直在思考,临钢区别于别的钢铁企业的特色是什么?就是特钢。当年,易国兴扔掉了这个特色,所以改革走向了失败。现在,党和国家让我们担起了这个责任,重振临钢,我们就要重拾临钢特色,把特色发扬光大。这是对临钢历史的尊重,也是对新临钢现实和未来的信心。"

会场鸦雀无声。

俞钢环视聚焦在他身上的目光,继续说道:"没有特钢的临钢,和别的钢铁企业有什么区别?没有!建设新临钢,就是要让临钢重新成为中国特钢行业的龙头!"

孙锦西忍不住说:"俞总,一句'重炼特钢',恐怕是说来容易做来难啊。这些年这方面的人才都流失殆尽了。"

高升附和说:"不仅是人才,设备也不行。"

俞钢语重心长道:"难,当然难!不难要我们这些人来干什么?没有人才,我们可以高薪聘请、可以从头培养;设备不行,我们可以引进,可以升级改造。现在需要的是大家统一思想,是大家的决心。"

孙锦西不无担忧地说:"你就这么有底气?"

"不错,我有这种底气,包括在座的诸位也应该有。"俞钢目光炯炯,"这底气从哪儿来的?是从钢铁行业的发展趋势来的,是从新中国第一颗人造卫星就有临钢的荣耀来的。"

俞钢说得激情澎湃,可大家依然心存疑虑。这些年,临钢折腾来折腾去,已经把人心折腾散了。易国兴来了,下马特钢炼普钢;现在俞钢来了,又下马普钢改炼特钢。这么多年过去了,好像还在摸着石头过河。所以,对这个新领导班子,大家同样抱着看看再说的态度了。

俞钢看出来了,思想不统一,下面寸步难行,于是态度坚决道:"今天会议就是这个议题,决定临钢的发展方向。现在请大家表态。"

足足有两三分钟的沉默之后,黄彦清第一个举手:"我同意俞总意见。"

蒋副总随后举起手:"我同意。"

最后,孙锦西和高升也举了手。

俞钢接手的临钢,问题重重,比当年易国兴接手时,有过之无不及。诸多问题积重难返,需要逐一面对、解决。别人是"新官上任三把火",对俞钢来说,三十把也烧不透。

这天早上,他刚到公司,收发室就递给他一封信,是一个叫耿长根的老工人写给他的。俞钢看了心情很是沉重,信上字字扎心。他把孙锦西、黄彦清叫来,让他们看信上反映的问题。

原来,临钢被贱卖后,工人关系全部转到一家私营劳务公司,由劳务公司与工人签订雇佣合同,如此一来,劳务公司说裁人就裁人,不按《劳动法》提前通知;被炒之后,不给应付的工资;工伤者一律直接开除,所以就有了"一入钢厂深似海,从此家人是路人"的说法。工人完全沦为机器,超负荷运转,身体和心理都受到极大伤害。老工人最后在信中写道:值得庆幸的是,临钢又回到国有企业的怀抱,钢铁工人有了盼头,心中也有了六大愿望:一、尽快取消劳务公司,让工人的关系重新回到新临钢;二、希望生活有保障,不要降薪、拖欠工资;三、工人的合法权益能得到法律保护;四、法定节假日里,能正常有假期;五、不合理的加班能少一点;六、苦点儿累点儿没关系,希望涨工资。

孙锦西说:"工人对我们抱有期待,这是好事。"

俞钢没作声,在华东钢铁厂时他就了解到,虽然很多钢铁工人都以自己的职业为荣,但是这种苦累,他们不想让儿女继承;这种酸涩,他们也不想让儿女经历。演员、官员、商人,都希望孩子们继承父母的事业,但很少有钢铁工人希望自己的孩子成为"钢二代"。

俞钢问黄彦清:"这个劳务公司,跟华氏集团是什么关系?"

"没有关系。我听蒋副经理说,是高升介绍来的。"

"高升在办公室吗?把他叫来。"

"出差去江城了。"

孙锦西说:"高升还是不错的。华氏集团主政临钢期间,他作为公司副总,负责外协和劳务这一摊子。另外,他对华氏经营临钢的情况十分了解,也蛮有工作能力。"

俞钢想了一下,说:"上午的会不开了,咱们行动起来,现在就去劳务公司看看。"

出了公司办公大楼,沿着林荫道走一段,就是劳务公司的办公地点,是江边一幢二层小楼。这里原是职工的夏季游泳池,易国兴执政临钢,推行军事化管理的时候,全公司的干部每周有两天都在这里学游泳,接受严格的体能训练,冬天也是如此。办公室里空调送暖,来到这儿易国兴却要他们穿着短裤衩,光着上身。他问大家冷不冷,大家还得大声说:"学习长征二万五,不冷。"然后就像青蛙似的一个个朝冰冷刺骨的池里跳。没一个心里不骂易国兴是疯子的,但都敢怒不敢言。

走到废弃的游泳池边,看到上面长出没膝深的杂草,往事一幕幕浮现。

孙锦西忍不住说:"易国兴这人,当年疯是疯了点,但他推行军事化管理那些年,我真没生过病。"

黄彦清苦笑说:"易国兴铁腕治厂,确实是个狠人,可企业毕竟不是部队。"

临钢被卖后,游泳池被废弃填平了,为职工提供泳衣救生圈的小楼房,成了劳务公司办公的地方。刚到门口,就听见一阵激烈的争吵:"走走,熊经理是不会见你们的,都回家吧。"

一个拄着拐杖的工人大声说:"我们是工作时间负的伤,凭什么开除我们?"

阻挡的保安说:"熊经理说了,该给你们的赔偿都付清了,还来扯啥子皮?这叫无理取闹!"

另一个空着左手袖的工人,神情愤懑地质问:"一条胳膊就值五万块?"

保安说:"要不你们去起诉,让法院来找公司吧。"

看到这里,孙锦西生气地说:"不像话,怎么能这样对待伤残工人?"

黄彦清低声说:"临钢现在有很多工人是外地招来的,不懂法律;再说,走法律程序要费很长时间,只能来找他们。"

俞钢铁青着脸,吩咐黄彦清:"你去见这个熊经理,正式通知他,新临钢收回用工权力,让他明后天之内,将全部工人的人事关系移交给公司,不得拖延。"转身走开几步,又回过头说,"另外,查一下那些外协单位的情况,该清退的,全部清退出公司。"

下午,黄彦清来汇报,已经照会了熊经理,让他移交全部人事档案,但熊经理却提出,晚上他在把江酒楼请吃饭,请俞总务必赏脸。

俞钢冷笑道:"好哇,把老孙叫上,我正想会会他。"

晚上六点,俞钢三人来到赴宴的酒店,戴着劳力士名表的熊经理,已经备了一桌丰盛的酒菜,还让漂亮的女秘书作陪。

俞钢看了眼桌上的酒菜,说:"熊经理在香港财团经营的这几年,从工人身上赚了上千万,就这么招待我们,未免太小气了吧?"

熊经理不明就里,听俞钢的语气,分明是对招待的规格不满意,这是伸手问他要东西啊!这是好事,不怕领导提要求,就怕领导不说话。他立即眉开眼笑,赶紧打开小提包,掏出事先准备好的三个厚厚的大信封,恭敬地递给他们。

俞钢接过来,掂了一下,扔在桌子上:"这是多少?"

熊经理连声道:"五万,一点儿小意思。是有点儿拿不出手,明天上午,我让秘书再给诸位领导奉上五万。"

俞钢转过头吩咐孙锦西:"孙书记,这十五万你收下,转给今天我们见到的那两位伤残工人,就说是劳务公司熊经理给他们的额外补偿。"然后看着一头雾水的熊经理,"我今晚来,是想再次通知你,临钢已经收归国有,希望你们劳务公司明后天之内,将全部的工人人事关系移交给公司,否则,后果自负!今晚这桌酒菜,不用熊经理破费,我买单打包。"

三个人一走,熊经理就给高升打电话。高升一听就大骂道:"你真是长了个猪脑子。"

熊经理咬着牙说:"没想到姓俞的来这手儿,让我白白损失了十五万。"

高升骂道:"都什么时候了,你还心疼这点儿钱。还是好好想想接下来怎么办吧。"

熊经理恨恨地说:"老子就是不交,他能把我怎样?"

"临钢现在姓'公'了,你一个小老板,斗得过国字头吗?"

熊经理忙问:"表哥,那我该怎么办?"

高升叹道:"这几年你赚得也不少了,姓俞的是个硬茬,你赶紧交出工人人事档案走人,回大连去吧。"见熊经理仍犹豫不决,高升不耐烦地催促他,"不要犹豫了,走晚了,我也会被牵连。你搞不好吃下去的都要吐出来。"

劳务公司撤走了,六千多名工人的人事关系转到新临钢劳资处,成了新临钢的员工。随后,恢复了工会,由黄彦清兼任工会主席。基层党小组、党支部也相继建立起来。俞钢吸取易国兴的教训,充分发挥基础车间支部的作用,并恢复老临钢以前的传统,靠企业凝聚力慢慢调动工人敬厂爱厂的热情。

纪委和监察室也相继成立。俞钢又大力整顿和清退了一批外协单位,并且根据市场情况,取消了经销商的环节,向直销模式转变,在全国设立了二十多个直销点。俞钢还有一个决策,就是让公司各单位一把手轮流到销售处当推销员。一开始有反对的声音,不过俞钢解释得很清楚,世界上百分之五十的企业家都是从销售工作做起的,只有躬身入局,才能知道市场需要什么。

黄彦清又来请示,香港华氏主政时建了一个铸管厂,由副总高升主管,开始效益不错,不料冒出个竞争对手星兴铸管厂,不惜成本打压华氏,不到一年时间,华氏铸管厂就奄奄一息,客户都跑到星兴去了。华氏铸管厂此后年年亏损,最高的一年亏损达到四千多万元。黄彦清问如何解决这个烫手山芋,俞钢说他让人做了调研,星兴铸管厂的目的就是垄断鄂东南及周边市场,所以可以索性将铸管厂承包给星兴公司,每年收取一千万的承包费。星兴公司少了一个竞争对手,又扩大了产能,自然也高兴。

没想到这让高升大为不满,他带了一罐茶叶到孙锦西办公室探听虚实。第一次开会,孙锦西跟他观点一致,说不定两人能结成同盟。高升说,铸管厂承包给民营企业,有国有资产流失的风险。孙锦西却不以为然,说俞总这样做,是想甩掉包袱轻装上阵,铸管厂还是新临钢的,怎么会流失呢?高升一下知道了,孙锦西和俞钢还是一条心的,于是不再深谈,坐了一会儿便走了。

年前一直雨雪不断,除夕那天终于放晴,艳阳高照,风向由北转了南。南来的风一吹,春天的气息就扑面而来了。磁湖边的一排排柳树梢头,隐隐显露出浅嫩的鹅黄。积雪化得快,只有背阴的地方,嫩绿的野草还顶着晶莹的雪。间夹其中的野油菜,已经开出一簇簇嫩嫩的黄花。仿佛老天也在配合节日的喜庆。大年初一上午,俞钢带着公司领导层一班人,向坚守生产岗位的干部员工拜年。炉前的工人,好多年没见过领导来拜年了,都笑着说:"还是社会主义好啊!"

给一线工人拜过年,俞钢一行又来到炼钢厂办公室,桌上果盘里装着蜜橘、柿饼、雪枣、西瓜子。西瓜子一粒粒开了小口,方便掰开食用。俞钢来了兴致,一问才知道,这是新上市的品种,叫开口瓜子。普通瓜子每斤五元,经过这小小的加工,每斤上涨到十一元。一行人又来到轧钢厂办公室,看到桌上盘子里摆放的红苹果,每个上面印了一个字,几个苹果组合成"恭喜发财""福禄寿"等吉祥用语。孙锦西拿起一只苹果端详着:"现在的人,为了赚钱,心思都用尽了。"

黄彦清笑他:"老孙,你这话不对,这应该是一创意,也可以说是创新。"

"瓜子开个口子,苹果上印个字,这叫什么创新?这只能叫小窍门儿,博消费者的眼球。"

俞钢便打圆场："无论是开口瓜子还是印了字的苹果,说它是小窍门儿也好,创意也好,只要有市场,得到消费者认可,就是成功,就值得我们学习借鉴。"

团拜会结束的第二天,全公司基层干部就都收到了一份特殊的年货:一斤开口瓜子、两个印字苹果,并附一道思考题:为什么同样是瓜子、苹果,却能产生不同的经济效益?大家一下明白了,新临钢的主帅是借这份年货,传递重要信息:创新。

果然,正月初八这天,厂里许多显要的位置都贴上了印有"创新高于一切"的招贴。新年的第一次会,俞钢开门见山,围绕着"创新"二字,谈了十几分钟。这在俞钢主持的会议上是很少见的。他总是直接谈工作,很少务虚。果然,务虚是为了后面的务实:

"今年开门第一件大事,就是组织技术攻关,改造四位一体的短流程生产线。请大家各抒己见。注意,不要讨论做不做,要具体谈怎么做。"

四位一体短流程生产线,即炼钢、精炼、连铸和连轧四道工序一体完成的生产线。这条生产线是按照普优兼顾的要求设计的,一直由美国铁姆肯公司派来的技术员直接管理。铁姆肯公司有一句广告词:"无论世界何地,只要有设备运转和动力传动,都能看到铁姆肯公司的技术与产品。"他们派来的技术员,年薪二百万美元。这笔钱,由临钢支付。

新临钢要走特钢之路,就必须对这条生产线进行改造和自主创新。

高升首先表态:"改造这条生产线,国内没有经验可以借鉴;如果请铁姆肯公司来改造,我们支付不起改造费;自己动手,无异于天方夜谭。"

俞钢打断高升的话,黑着脸说:"我刚才说过了,今天不讨论改不改,只讨论怎么改。讨论改不改的,就不要发言了。"

孙锦西咳了一声,说:"俞总,我还是想谈谈我的看法。"

俞钢不客气地说:"讨论改不改的话就不要说了。下一个。"

孙锦西闹了个大红脸,不过他早习惯了俞钢这样的处事风格,依然说:"不是讨论。作为公司班子成员,我要表明我的态度。我认为没有必要改,而且,也改不了。改,很可能是劳民伤财,无果而终。"

俞钢这次没有打断他,待他说完了才问:"老孙,你说完了没有?"

孙锦西说:"说完了。我的态度很明确,反对改造生产线。"

"你说完了我来说。美国人能管理、能改造升级,难道我们中国人就不能改造和管理?这条生产线非改不可!不改,怎么生产高质量的产品?生产不了高端产品,谈什么重振临钢?是的,改,可能是找死,但也可能成功。但不改,只能是等死,绝不会成功。"

黄彦清说:"我支持改。而且支持集中人才、保障资金,啃下这块硬骨头。"

黄彦清一表态,孙锦西就不好说什么了,掉转车头说:"既然决心改,那,我也支持。"

蒋副总也跟着表态:"我支持改了。"

俞钢是早就想好了的,说:"那我就点将了。蒋副总,你是分管工程技术的;李总助,你是分管装备工艺的;你们两人,具体负责并实施改造。技术人员,你们全厂挑;临钢没有的,可以外调。资金方面,充分保障。我们的目标,在炼钢方面,为提高产能,新增2号钢包精炼炉,2号真空精炼炉。为提高质量,在连铸增设末端电磁搅拌装置;在轧钢方面,将6号轧机由平轧机改为平立可转换轧机;新增17号轧机,并新增一台钢坯加热炉。蒋副总、李总助,有问题没有?"

蒋副总说:"听从俞总安排,只是……"

"只是什么?"

"只是,我的专业是工程技术管理,领导技术团队全盘改造,我怕是胜任不了。"

李总助说:"我全力配合。"言外之意,他不想主导这个项目。

俞钢说:"你们放心,刚才说了,我要点将。将点了,现在,该有个人挂帅了。哪位老总愿意接这个帅印?"

黄彦清看着孙锦西,孙锦西看着高升,高升又看着黄彦清。没有人站出来接。

俞钢说:"孙书记,我的意思是由你来挂这个帅。你先别推辞,我给你看一样东西。"说着,他从会议桌下拎出一个小旅行箱,箱子里全是资料和设计图纸,"老孙你来看看,有了这些,这个帅印,你接还是不接?"

孙锦西走到俞钢身边,拿起那些资料和图纸翻看,兴奋地问:"俞总,这可是宝贝啊。"

俞钢说:"易国兴主政时,总工程师王世儒针对临钢当时的现状,设计了这套连铸连轧的技术革新方案,可惜,当时易国兴没有采纳。"

孙锦西惊喜之情溢于言表:"你从哪里弄来的?"

"我之前不是说过吗?我去温州见过易国兴,他把这箱资料交给我的。他说当时临钢被收购,他就带走了这箱资料;这些年来,一直带在身边。他说他是临钢的罪人,带上这箱资料,就是在等一个将功赎罪的机会。"

一席话,听得众人感慨不已。

孙锦西仔细看了几张图纸,赞叹道:"王世儒不愧是老临钢的技术支柱、科研之魂。有了他这套技术革新方案作参考,肯定能事半功倍。只是,真要在工艺上改造成功,还会有很大的难度。"

俞钢说:"所以,我给你配了两员大将。给你三个月时间,今年五一前改造成功。"

孙锦西反问道:"让我挂帅,你就对我这么信任?"

俞钢笑道:"在临钢,还有谁比我更了解你?东北工学院的老牌毕业生,专业对口;在华钢,为提高炉前送料效率,成功设计出机械手,有实操经验。我思来想去,你是最合适的人选。"

"按组织分工原则,工程技术应该由蒋副总负责。"

蒋副总忙道:"孙书记挂帅,我来当先锋。"

俞钢说:"你老孙就是这个毛病不好,老把原则挂在嘴上,顾忌这个,又担心那个。记住,心动不如行动。"

孙锦西豪迈道:"好,这帅印我接了!"

第十五章

　　孙锦西这人虽说略显刻板保守,却也有一股子抓铁留痕的干劲儿,接了技术攻关的帅印,就真的拿出了不攻下山头儿绝不罢休的拼命三郎状态。他参考王世儒留下的蓝图,从技术部门物色了几员猛将,组成了技术攻关小组,三个月,短流程生产线如期改造成功。

　　五一劳动节当天,在总调度控制中心,俞钢按动按钮,炼钢炉直接通过浇铸管,将通红的钢水连铸成钢锭。钢锭在轴棍带的输送下,通过连轧机,瞬间轧成长坯、方坯或者圆坯。这标志着新临钢以炼钢、精铸、连铸、连轧"四位一体"的特钢生产线全线贯通。俞钢兴奋地说:"老孙,新临钢给你和你的团队记头功。"

　　孙锦西也很有成就感,由衷地说:"还是俞总指挥有方。"

　　短流程生产线的改造成功,使原来需要一个月生产周期的产品,现在只需要八个小时。以前生产一吨钢材,大坯轧成小坯,方钢变成圆钢,需要进加热炉退火三次才能轧成材,多一火就多三百多元的成本。

　　俞钢进一步启发说:"老孙,你认为连铸工艺能不能生产轴承钢?"

　　孙锦西沉默了半晌,说:"国内没有先例。"

　　"有没有信心攻克这个难关?"

　　"俞总有我就有!"

　　俞钢目光如炬看着他,说:"我对你有信心!"

　　孙锦西再掌帅印,继续奋进,到这年年底,果然又交出了合格的答卷。用连铸工艺生产出了符合国家标准的轴承钢。

这天忙完公事,俞钢回到二门外叶家塘的家,已经是晚上九点多。他调回临钢后,魏小敏带着孩子仍在泰州,夫妇两地分居;只有母亲随他回来,照顾他的生活。

母亲告诉他,咸宁老家来人了,为家族修谱的事。开车来的是当村长的幺叔,按每人三百块钱收,俞母给了一千块。幺叔不想要钱,说俞钢是堂堂大国企老总,管着价值上千亿的公司,修祠堂得多贡献点儿,让他支持五吨钢材。

俞钢笑了,说:"您没对他说,临钢不生产民用普钢了,炼的是造飞机大炮航空母舰的钢,看他还要不要。"

"我讲了,你幺叔气呼呼地拿上一千块钱走了。"

俞钢肚子早饿了,吃着母亲热好的饭菜,看电视上播放的晚间新闻:为振兴大西北,中国铁路总公司将投资一千亿发展西北地区的高铁。虽然这条信息只有短短几秒,但俞钢敏锐地意识到,这对蓄势待发的新临钢是巨大的商机。俞钢立即决定,和蒋副总尽快飞北京,力争拿下这个项目。到了北京的中国铁路总公司总部才知道,这个项目由铁路总公司研究所负责,两个人又赶紧找到研究所。

所长於嫣然是个年轻的女同志,戴着眼镜,斯斯文文,说话轻声细语。听了俞钢的来意,於所长微微一笑,说:"央视还没有播出新闻前,就已经有九家国企在排队了。不过,我知道临钢,八九十年代是中国轴承钢的生产基地,最有名的是渗碳轴承钢滚铬20,用它制造出来的滚动轴承,曾经通过日本东洋轴承公司的检验,性能、质量都高过日本。前几年,我们本想去考察的,但听说卖给了私人财团就没去。"

俞钢赶紧掏出一本产品介绍画册,递给於所长:"这就是您说的新临钢轴承钢的介绍。"

於所长看了一下,说:"高铁轴承钢要求很严,除强度、硬度、韧度、耐腐蚀和防磁等特性外,钢质要求达到时速三百至三百五十公里。"

俞钢说:"我知道,以前的高铁轴承是靠进口的。"

"中国能生产高端特钢了,我们现在使用的全部是国内产品。"这时,於所长办公桌上的电话响了,她对俞钢抱歉道:"对不起,我得去医院接我父亲。"

回宾馆的路上,见俞钢沉默不语,蒋副总说:"听於所长的口气,她对咱们临钢的印象其实很不错。"

俞钢突发奇想,说:"反正晚上咱俩也没事儿,不如去登门拜访她,如何?"

蒋副总有点儿犹豫:"这样贸然拜访会不会不太好?"

俞钢笑道:"没事的,伸手不打笑脸人。"

两人跟朋友打听到俞所长的家,就径直去了,等到晚上七点多,差不多是吃完晚饭的时间了,他们才敲响门。

开门的是位老者,穿着短袖白衬衣。俞钢一见,觉得极为眼熟,略一回忆,便惊喜地叫了声:"於部长,您老还认得我吗?"

老者想不起来,疑惑地看着俞钢,只觉得眼熟。

俞钢提示道:"您再想想,二十年前,佳木斯。"

老者想起来了,高兴道:"是你!小……小俞?"

俞钢说:"是呀是呀,我是小俞!二十年了,我们在火车上相遇,我一直记得您说的话,市研人员要有狼一样的嗅觉,发现市场、看见市场、咬住市场。要做行动派,心动不如行动。"

於部长热情地把俞钢俩人拉进客厅,又是让座又是倒茶,但还是满肚子疑惑:"小俞,你怎么找到我家的?"

俞钢说:"我们是来找於所长的,没想到遇见您,真的是太意外,太开心了!"

於部长哈哈笑起来:"还以为你专门来找我的呢!小俞,你还在临钢工作吗?"

蒋副总马上介绍说:"俞总现在是新临钢公司的总经理,这次是为高铁项目来的。'心动不如行动'这句话,现在成了我们俞总的口头禅,公司上上下下都知道。"

於部长有一阵哈哈大笑:"行动派好。阳明心学就是讲究知行合一,讲究事上练。你们临钢八九十年代就是国内轴承钢基地,产品一流啊。"

俞钢也笑:"我来之前还想呢,於所长这么年轻,对临钢的了解怎么会那么多呢?这下全明白了。"

於部长说:"当年我一直订阅《特殊钢》杂志,虽然是冶金部主办的,但主编、编辑可都是你们临钢的高工。你们临钢,当年可是人才济济啊。"

俞钢点点头,郑重道:"我来京之前还嘱咐同事,以《特殊钢》杂志为线索,寻找还健在的老一代高工,为重建钢研所做准备。於老,这么多年,我一直在打听您,想聘请您到新临钢,担任公司的市研部顾问,现在终于找到您了,希望您支持啊。"

於部长感慨道:"垂垂老矣,恐怕不能胜任了。再说,现在是互联网时代了,随便一查就能查到想要的信息。"

"互联网虽然能提供各种信息,但怎样分析、使用这些信息,还是要依靠您这样经验丰富的专家啊。"俞钢说得很诚恳。

正说着,於所长带着女儿学小提琴回来了,见到俞钢,她很意外,随即脸色一沉,说:"你怎么到我家来了?"

於部长说:"俞总不是外人。"

接着,就将当年在火车上的相遇说了一遍。

於所长于是客气道:"俞总,我爸身体不太好,明天你到我办公室谈吧。"

俞钢和蒋副总忙站起来告辞。

第二天上午,俞钢和蒋副总如约来到於所长办公室,於所长拿出准备好的资料给俞钢:"这是我们对高铁用钢的要求。"

俞钢看后递给蒋副总说:"我们尽快拿出样品送检。如果达到标准、质量合格,再来打扰您。"

於所长说:"这样最好,我也好在领导面前说话。只要质量达标,我一定会鼎力相助。"

回到临江,得知黄彦清通过《特殊钢》杂志,找到了三位健在的老工程师。一位是原临钢公司钢研所的夏副所长,现居杭州;一位是彭工,《特殊钢》杂志副主编,目前在齐齐哈尔;还有一位卢工,当年曾获得国家渗碳轴承钢滚铬20的金奖,以前在临江和儿子一起生活,儿子婚后,卢工和妻子回到老家英山农村去了。黄彦清开车去英山请卢工,才了解到他生活特别困难,老伴去世前患病多年,至今还欠三十多万的债。

俞钢便问:"卢工现在靠什么为生呢?"

"我去他家那天,他正给一家当地企业翻译国外的资料。"

"那另外两位呢?"

"夏副所长和彭工都愿意再回临钢,重建钢研所。只有卢工拒绝了。"

俞钢叹道:"这也难怪,用得着人家的时候,说人家是人才、是精英;不用的时候,把人家晾在一边儿不闻不问,我们这是寒了老人家的心。事不宜迟,我们兵分三路,老孙明天去杭州接夏副所长,彦清去东北接彭工,我去英山接卢工。另外,通知招待所,腾出最好的房间,做好安顿他们的准备。"

第二天一大早,俞钢驱车一百多里来到英山县一个叫卢家坳的小村子。卢家坳在崇山深处的半山坡,交通极为不便,县城的班车一天只有一趟。小车在崎岖的山路上盘旋了两三个小时才到。

卢工家在村东头,一间用土坯围筑的小院,院墙上爬满了牵牛花。卢工不在家,这天是他老伴的忌日,卢工给老伴扫墓去了。

在村人指点下,俞钢在一块菜地旁找到了卢工。满头白发,身材干瘦的卢工正蹲在亡妻墓前烧纸钱,飘起的纸灰蝴蝶般随风飞舞。他瞥了眼俞钢,不以为怪,也不作声,只低着头继续烧纸钱。

俞钢也不作声,见小篮子里还有几根香,便拿起来,就着烧纸钱的火点燃,然后举起香,虔诚地朝墓拜了三拜,插在墓碑前。

祭完回家,卢工还是一言不发。俞钢跟着他回来,屋里十分简陋,桌上放着一摞英文资料;玻璃板下压着一张老旧的照片,照片上年轻的卢工身披红佩带、胸前戴着大红花。

俞钢问道:"卢工,这是您那年获国家金奖时照的吧?"

见卢工仍不作声,俞钢自我介绍道:"晚辈俞钢,在临钢出生,在临钢长大,您老获金奖时,我刚上钢厂子弟小学。"

卢工这才开了口:"你以前也在临钢工作?"

俞钢说:"我在临钢做过渣罐车工人,后来经祝大昌介绍,到市研部工作过一段时间。临钢被卖给私企之前,我去冶金学院进修;毕业后,到了华东钢铁厂。去年十一月,临钢回归国有,晚辈不才,被组织上委以重任,重新回到临钢,暂时负责公司工作。我想我今天来的目的,您老已经知道了,临钢准备重建钢研所,研发高铁轴承钢,需要您的支持。"

见卢工不表态,俞钢继续诚恳地说:"夏副所长和彭工,听说我们要重建钢研所,都特别高兴。我已经派人去接他们了。现在就等着您老点头了。您好好考虑一下。今天时间不早了,我该走了,您老伴治病欠的钱,我已经派人替您结清。"走到门口,又回过头说,"另外,您儿子的工作,我也给公司人事劳资处打了招呼,尽快安排。"

终于,卢工说:"你等一下,我收拾收拾东西,跟你回厂。"

一会儿,提着一个装换洗衣服的包和一口旧藤箱出来了,箱子里装着一些当年研制轴承钢的原始资料。

车上高速之后,还是俞钢一直说话,他说,小时候,他最崇敬的人就是钢研所的那些高工。这么一说,卢工的话匣子终于打开了,说了许多钢研所的往事。

等三位老工程师都到齐了,俞钢特意在招待所办了一桌酒菜,为他们洗尘接风。席间,大家聊旧事说故人,气氛好不融洽。接着,由夏副所长担任高铁轴承钢攻关小组组长,三位老工程师开始各司其职,各发挥专长,按俞钢的严格要求,新研发的轴承钢质量不是按中国铁路总公司要求的时速,而是按四百六十公里以上的标准。

具体的研发过程枯燥而烦琐,三位老工程师根据他们以前的经验,先采用小炉冶炼的方案,一次只炼几百公斤钢,每分钟要观察炉温四次,现场取样化验,进行数据分析、研究,再反复试验,同时参照俞钢从北京带回的资料要求,不断改进冶炼工艺,适当添加硅、锰和钼等合金元素,增强钢的硬度、韧度、防磁度等等。经过五个多月的反复试验,高铁轴承钢终于试验成功了。接着,第一批高铁轴承钢的样品很快送到北京。

一个月后,俞钢接到於所长电话,通过研究所反复测试,他们的产品质量很好,一些指标数据均超过规定和要求。铁路总公司领导决定,将新临钢列入长期供货厂家。那一刻,俞钢紧绷了几个月的神经才松弛下来,新临钢这开局一炮总算是响了。

不料卢工却因劳累过度病倒了。这天上午,俞钢到八卦嘴爱康医院看望他,卢工很是感动,本以为自己成了国家的弃儿,没想到到了晚年还能再回临钢,发挥余热。见俞钢亲自来看他,他激动得要从病床上挣扎着坐起来,慌得俞钢扶着他说:"卢工您就躺着说话,不用起来。"卢工坚持要坐起来,俞钢便将病床的一头摇起来,让卢工躺在一个比较舒适的角度。

俞钢说:"家有一老,如有一宝。咱们临钢这个大家庭,多亏了有你们这几位老工程师。"说得卢工连说自己身体不碍事,很快就能出院,说黄忠七十尚不服老,他还能再为公司干好多年;还背叶帅的两句诗自勉:"老夫喜作黄昏颂,满目青山夕照明。"

俞钢见卢工精神头儿十足,心下大安。从医院回到公司,已是中午,正想放下东西去吃饭,却见於部长坐在办公室的沙发上等他。

俞钢惊喜地喊:"於老,您终于来了!"

於部长站了起来,笑道:"冲着你俞总这么多年没忘记老夫,我能不来吗?"

"您来了就好,看您老一脸喜气,准是给我带来什么见面礼了。"

"你老弟厉害,我确实有一条极有价值的信息。"

俞钢赶紧让人把孙锦西和黄彦清叫来,介绍说:"这位就是於嫣然所长的父亲,也是我常跟你们提到的於部长。从今天起,於老担任公司市研部顾问。"接着,又对於部长道:"於老,我把班子主要成员都叫来了,您给我们带了什么样的见面礼?说来听听。"

於部长就兴致勃勃说了起来:国家开始实施"一带一路"的重大倡议,在大力发展自己的同时,也要帮助邻国和沿线国家,共同建设二十一世纪丝绸之路经济带。

三个人都知道这些信息,都耐心地等着听於部长对信息的解读:"你们可别小看这个'一带一路',这对咱们临钢可是天大的利好。甭说受惠的一些邻国,就说国内,有多少隧洞、桥梁、公路、铁路和商用高楼需要建啊!你们可能会想,这个於老头,净说这些没用的,这些信息还用分析吗?谁都知道的事。"

三个人就都笑。

於部长接着说:"我要说的自然不是大家都能看到的用钢需求,而是另外一个隐性需求。你们想想,这些工程需要多少先进的重型机械投入建设?据我掌握的信息,目前,新型掘进机械的关键功能卸件用钢,多半靠国外进口,国内很少有厂家生产。"

真是一语点醒梦中人,三个人也不止一次分析过"一带一路",却从未想到这个点。

黄彦清说:"还是於老厉害,您这一分析,可是给我们指明了方向啊!这其中可是蕴含着巨大的商机。"

孙锦西进一步打探道:"问题是,我们不了解这些重型机械生产厂家的情况,於老,您有这方面信息吗?"

於部长笑着说:"接下来我要说的才是我带来的见面礼。山东是重型机械生产大省,我有个老朋友在青岛,以前也是跑市研认识的,他儿子在机械总公司当经理。我们去趟青岛,先去找他。"

　　俞钢立即说:"事不宜迟,明天我跟您一块儿去。"说着就让办公室订机票,可於部长说:"从江城坐高铁到青岛,也就六七个小时,能省点儿就省点儿吧,我们还是坐高铁去。"

　　高铁上,俞钢要点午餐,於部长又阻止说:"我吃不了多少,就一桶方便面就行。"俩人于是吃着面,聊当年跑市研的往事。於部长说:"那个时候到北方,哪有什么方便面?火车上只有冰冷的稀饭和馒头。也没有空调,一坐就是几天,人冻得像个大马猴。"

　　俞钢也感同身受:"那时没有出租车,公交线路也少,到离市区远的厂子联系业务,全靠走路。晚上回到旅馆,没有饭吃,只能忍饥挨饿,啃几块饼干。"不过,那时候人真是很有干劲儿,总觉得明天会比今天更好,对未来充满着绚烂的想象。心里有了信念,苦也不觉得苦了。吃完饭打盹儿,俞钢还做了个梦,梦见儿时放学回家,远远地站在铁道边,看晚霞染红了天空,铁道上镀着一层跳跃的金色。做扳道工的父亲在霞光里,身上闪着万道光芒。

第十六章

在祝大昌忙着开拓中东市场的时候，祝国祥逐步稳固了他在江阴钢铁厂的权力。大家慑于他是老板的亲弟弟，凡事都畏他三分。而黄毛作为他的心腹，更是变成了他在厂子里的耳目。

这天他下了班正和黄毛在享受按摩，朱美美就打来电话，说儿子病了，让他赶快回临江。祝国祥放下电话，叮嘱黄毛说："厂子你给我盯紧点。有事给我电话。"然后就开车上了高速，回到临江已是早上五点多钟。

他掏出家门钥匙，轻手轻脚开门，不料刚一进屋，头上就重重挨了一棍。醒过来时，天已经亮了。四处看看，自己正睡在一个湿漉漉的水池里，水池顶上有一个钢丝焊接的弧形顶盖。他头昏脑涨地站起来，想举开铁罩，发现铁罩锁在水池上。

他这一动，过来一个瘦猴儿，喊："老大，这小子醒了。"

那被唤作老大的走了过来，站在水池顶的铁罩子上，却是个满脸横肉，胳膊上刺着狼头的家伙。他抬脚就要踩祝国祥攀在铁罩上的手。祝国祥手闪得快，躲过了，就势赶紧蹲下，带着哭腔问："这位兄弟，你们是不是绑错人了？"

瘦猴儿骂道："谁他妈是你兄弟？叫爷。"

祝国祥隐忍着，赶紧装孙子说："爷，爷。这位爷，你们绑错人了。"

"孙子哎，你不是祝国祥？是祝国祥就没错。"然后喊了一嗓子，"放水。"

边上的水龙头就哗哗朝水池放水。水池不大，不一会儿就快满了。祝国祥泡在水里,只能尽力将头露在水外,不停地求饶,什么好话都说尽了,外面只是不理会。于是,他开始破口大骂。水已经满了,祝国祥只能仰着脸,双手攀着铁罩,尽量将嘴和鼻子露在水面上,不能骂了,一张嘴水便呛进来。

这时,外面说:"老大,水满了。"

水龙头关上了。

听祝国祥不说话,却嘤嘤哭起来,满脸横肉的家伙说:"柯老板,认得不?"

祝国祥心里一凉:"柯老板不是死了吗?"

好像知道他心里在想什么,横肉说:"人死了,账不烂。柯老板是替我们赌场放的账,你欠的是赌场的钱,懂不懂?"接着,仿佛不解气,骂道,"你他妈的以为姓柯的死了就可以赖账了?"说着拿一张纸在他眼前晃了晃,"睁大眼看清楚,白纸黑字,有你的签字,还有你的手印。"

祝国祥瞧着借条,债主已经变成了澳门赌场,显然是被做了手脚。

"你借的是高利贷,百分之三十五的利息。"横肉脸上露出阴笑,"按月翻番,连本带利,一共是一千二百万。说说吧,打算怎么还?"

祝国祥做梦都没想到会有今天这一出,原本以为柯老板死了,债就侥幸逃脱了。不过,一开始祝国祥不清楚对方的来路,以为今天会不明不白死在这里,现在知道对方是赌场派来的,反倒不那么怕了,他们要的是钱,总不能真把自己弄死,于是便摆出一副死猪不怕开水烫的架势。

横肉似乎看出他的心思,哼了一声,朝瘦猴儿使了个眼色,瘦猴儿就又打开水龙头继续放水。祝国祥攀紧铁罩,将鼻子和嘴使劲朝水面顶,但水很快就没过了头顶。他使劲儿憋住气,但不一会儿就泄气了,一连喝了几口水。瘦猴儿就关上放水的水龙头,不到一分钟,祝国祥的口鼻又露出水面了。他仿佛快死了般咳嗽着,连吐出几口水。

横肉皮笑肉不笑地说:"怎么样,好受吧?乖乖还钱,不然死在这里都没人收尸。"

瘦猴儿帮腔说:"欠了赌场的钱就没有能赖掉的!你死了,找你老婆;你老婆死了,找你哥。除非你一家人都死绝了。"

祝国祥知道,这是真正的硬茬,求饶道:"我还,我还!"

横肉说:"什么时候?"

祝国祥缓过一口气,央求道:"我眼下确实没钱。"见横肉欲翻脸,又赶紧说，"我借，我找朋友借。只是，二位爷，能不能先放我出来，我快冷死了。"见不可能放他出水池，又缓和道："二位爷，把水放了吧，放一半也行。"

横肉朝瘦猴儿一挥手，瘦猴儿便放了一半的水。然后横肉掏出祝国祥的手机，递给他，催促道："快点儿借钱。"

祝国祥首先想到夏君，拨通了夏君的电话，却是夏君老婆接的，听祝国祥说想借点儿钱，夏君老婆顿时破口大骂：他哪里有钱借你，他们公司都被查封了。

接着祝国祥想到，妹妹祝国英有一百五十万的拆迁补偿款，他们开小儿艺术培训班应该花不了几个钱，于是没等催，就主动说："我找我妹妹，她有钱！"

祝国英夫妇以每月八千元的租金，承包了市群艺馆二楼的房子之后，在市报和电视上做广告，开起了少儿艺术培训班。群艺馆的房子按年租付了九万六，市报和电视台上的广告费也付清了，包括添置的钢琴、桌椅板凳等培训器材，花费了三十多万，却没招到几个学生，正在苦苦支撑。

这天一早，两口子边吃早餐边谋划着要搞一个比赛，看能不能吸引眼球、拓展生源。这时候，祝国英的手机响了，见是祝国祥打来的，心下纳闷，二哥平时很少给她打电话。刚接通，手机里就传来祝国祥求救的声音："国英，救救我。"

祝国英大吃一惊："二哥，你怎么啦？你在哪里？"

祝国祥带着哭腔道："你别多问了，赶快带钱来赎我，不然我就死定了。"手机里紧接着传来另一个恶狠狠的声音："听好了，十点前，带一百五十万，到市郊东方山，见不到一百五十万，就等着收尸吧。"

"你们究竟是什么人？"祝国英不禁大喊。

"什么人你别管！欠债还钱，没钱抵命。"

"我哥怎么会欠你们这么多钱？我要听我哥说。"

电话里，祝国祥带着哭腔说："国英，我借了赌场的高利贷。你不来，哥不死，也会被他们搞残废的。"

祝国英说："我马上带钱来赎人，我到东方山什么地方？"

"东方山岔道口，有人接。别他妈耍滑头，你要敢报警，你哥就没命了。"

文斌在旁边一直听着,见祝国英说要带钱赎人,夺下手机道:"你真的要拿钱赎你二哥?"

"那怎么办?总不能见死不救吧?"

文斌冷笑道:"放心,死不了的。人家逼的是赌债,要他的命有什么用?你给大哥打电话,让他拿主意。"

文斌的话有道理,祝大昌是老大,一向沉稳冷静,人脉也广。国祥现在跟着他干事,得让他出面解决,于是赶紧拨祝大昌的手机,手机里传出"暂时无法接通"的声音,祝国英又赶紧打她妈妈的老人机,好不容易通了,祝国英急切地问:"妈,我大哥呢?他手机咋联系不上?"祝母说:"你哥一个多月都没回江阴了,说在国外。"

祝国英挂掉电话,愁眉苦脸地说:"这咋好,大哥出国了。"

文斌说:"那就报警。"

祝国英怒道:"报警?你是想我哥早点儿被人弄死吧。"

文斌也生气了:"谁让他去赌的?咎由自取!我们凭啥给他付赌债?"稍停顿了下,又悻悻道:"我们最困难的时候,你这个二哥帮了什么?还把你妈推到我们家。我跟你说过,我既不想沾他的光,也不想与他来往。"

祝国英也无奈,说:"他再不成器也是我哥,我总不能见死不救。"

"你想想,赌博和吸毒有什么区别?你有多少钱填这个窟窿?"

祝国英不听他多说,走进卧室,拿了银行卡,抓过手机,说:"如果是你弟弟遇到这种事,我也会这样做的。"

文斌冷笑道:"我没有这样的弟弟。就是有,我也不救。"

祝国英头也不回,急急走到街头,拦下一辆出租车,吩咐司机去市郊东方山。约莫三十多分钟,来到东方山寺庙脚下。她走下出租车,朝岔道口走去。一个马仔果然从树背后转出来,不说话,只领着她朝近处一间废弃的厂房走去。

上到三楼,空荡荡的房内只有横肉、瘦猴儿两个,并不见祝国祥。

"我哥呢?"

祝国祥一下听见了妹妹的声音,有气无力地喊:"国英,我不行了,快救我。"

听见声音来自铁罩下面,祝国英急走过去,才看了一眼坐在水池底下的祝国祥,就被横肉拦住了:"钱带来了吗?"

祝国英掏出银行卡："钱在卡里。我哥欠了多少赌债？"

横肉狞笑着说："你问你哥吧。"

身旁一个马仔突然神色紧张起来："老大，有情况了！"说着递出手机，监控荧屏上出现了一个蓄平头、穿白衬衣的男子，正朝里边张望。

"这人是谁？"横肉喝问。

祝国英看了眼荧屏上的男子，说："我老公。"祝国英心头掠过一丝欣慰。

"看来是不放心你，哈哈，有种。"横肉冲瘦猴儿说，"把他请上来。"

不一刻，文斌果然上来了。横肉似乎放了心，开始打手机查卡里的余额，然后粗声对祝国英说："你卡上只有九十八万。"

"对，只有这么多。"

"我们不为难女人。"说着走到水池边，扔下一把钥匙说，"你听好了，这次先放你一马。余下的一个月还清，否则，你老婆、儿子陪你一起死。"说完扬长而去。

祝国祥摸索了半天才打开铁罩，腰腿酸麻，爬不上来。祝国英站在铁罩边冷眼看着他，祝国祥乞求道："国英，拉我一把。"

祝国英这才弯下腰，伸手将祝国祥拉了上来。

祝国祥受了半夜折磨，头破了，手脚也失去了知觉，出得水池，许久才站稳；走路一瘸一跛，样子狼狈至极。文斌见祝国英没事，也不想理会祝国祥，就先走了。

祝国英扶着祝国祥，又气又恨地说："二哥，你跟我说实话，你究竟欠了赌场多少钱？"

祝国祥支吾道："就一百五十万。"

祝国英生气地说："你还不说实话！以为我没听见吗？那个脸上横肉的家伙说，限你一个月还清全部赌债。"

祝国祥分辩道："那不是我欠的，是柯老板欠的。"

"那他们怎么要你还？"

"柯老板得肝癌死了，他们就把柯老板的赌债全算到了我头上。"稍顿了一下，愤愤骂道，"去年我去澳门，本来是去旅游的，被柯老板骗进赌场，我被害惨了。"

祝国英驳斥道："苍蝇不叮无缝的蛋。"见祝国祥不吭气，祝国英转过话

433

题,"二哥,今天赎你的钱,准备什么时候还我?"

祝国祥忙说:"英子你放心,我保证一个月内还你。"

"一个月,你哪里弄这么多钱?莫非你想挪用大哥的钱还我?"

祝国祥不耐烦地说:"厂子的财权在大嫂手中,我一个子儿都沾不到。我找朋友借,保证还你就是了。"说到这里,摸了下还在渗血的额头,呻吟了一声。

祝国英是又恨又心疼,说:"我送你去医院。"看文斌远去的背影,又说,"我和文斌这个家,怕是要被你拆散了。"

"他要和你离了,我分分钟帮你介绍个更好的。"

走了近二十分钟,才走到大路边;又等了好一阵子,才拦下一辆的士回市内。在市二医院下了车,迎面碰上刘胜利。他是送甲鱼到医院附近的酒楼,不慎被甲鱼咬伤了手指,刚来医院做包扎,没想到看见了祝国祥,心里好生疑惑:这厮不是在江阴吗?咋会在这里出现?看他那副模样,浑身透湿,头部受了伤。若在平时,刘胜利是断不想再和祝国祥打招呼的,此时却迎了上来,大声道:"哟喂,这不是祝老板吗?怎么搞成这个鬼样子了?"

祝国祥假装没听见,匆匆往医院里走。刘胜利故意跟上来,问祝国英:"英子,这是怎么啦?开车掉水里了?"

祝国英便说:"嗯,就是开车掉水里了。"

刘胜利奚落道:"开车掉水里没淹死,命硬哦。要不要我帮忙啊?"

"谢谢,不用了。"

正是午饭时分,门诊室冷冷清清的。护士也不在。祝国英扶着祝国祥坐着等。祝国祥心里惶然不安,嘱咐说:"英子,我到澳门赌博的事,你千万别告诉大哥和嫂子,也不要告诉妈,不然我就完了。"见祝国英不作声,又央求说,"我发誓,以后再也不赌了。"

祝国英恨声道:"以后我也不会管你!你要做坏事被打死了,尸都不会帮你收。"

包扎完伤口,祝国英送祝国祥回家。到了大上海小区,祝国英厌恶朱美美,让祝国祥自己进去,他又央求道:"英子,帮人帮到底,今天的事千万保密。"

祝国英说:"你好自为之吧。这个月内,你必须把钱还给我。"

回到家里,文斌在喝闷酒,也不搭理她。祝国英就进了卧室,掏出手机给范小桃打电话,说开少儿艺术培训班资金紧张,向范小桃借一百万。第二天中午范小桃转来的钱就到账了,她交给文斌说:"我二哥的事情,你嘴闭紧点儿。我妈心脏不好。"

文斌见钱还回来了,这才开口说话:"你以为我爱操你们祝家的闲心!我今天把话搁这儿,就祝国祥这德性,狗改不了吃屎。你们这样帮他捂着,终有一天,会把你们一家人都害死的。"

却说祝国祥如丧家犬般回到江阴的当天,接到工商联周会长的电话,称有喜事告之,让他赶快来商会一趟。原来,江阴钢铁厂被评为优秀民营企业,月底市里要召开表彰大会,让祝国祥代表全市民营企业在大会上发言。祝国祥顿时像打了鸡血,把绑架的事忘在了脑后。以后,他在江阴也算知名人物了,要好好把握机会,多接近一些有头有脸的人。

次日,祝国祥专程去拜访周会长。周会长请他喝酒,直到晚上九点多钟,才带着醉意回宿舍,却见赖子坐在寝室等他。

祝国祥当上副总之后,将寝室装修了一番,搞得像宾馆一样,地下铺着深红色的地毯,冰箱里装着高档白酒、饮料,还有两瓶洋酒。显然,祝国祥还沉浸在与周会长相谈甚欢的兴奋中,见了赖子有点儿意外,说:"你找我有事?"

赖子却盯着他的额头问:"怎么受伤了?"

祝国祥掩饰道:"摔了一跤。"说着,扔给赖子一根烟,赖子没接住,掉到地上,弯腰捡起来,将烟捋直。祝国祥给赖子点上,自己也点了一支,深吸一口,问:"找我什么事?"

"刘胜利打电话说,在医院见到你了。"

祝国祥骂道:"刘胜利这个小心眼儿,一直记恨我炒了他。"

"你是不是去过澳门?"

祝国祥一怔,没想到他这么问:"去年,我老婆要我陪她去旅游,顺便去了澳门。"

"没进赌场赌一把?"

祝国祥瞪眼否认:"澳门是有钱人的天堂,我们去赌场不是自显寒酸吗?"

赖子见他矢口否认,又转过话题说:"听说你长期在红太宾馆包了一间房?"

祝国祥这下没否认,这是为客户住宿提供方便,不怕问。

没想到赖子说:"我怎么听说还有按摩小姐进出?"

祝国祥假装不知情,说:"有这样的事?一定是黄毛这小子干的。"又说,"赖子你几个意思,净问些有的没的,这是来审问我吗?"

赖子索性直说:"我是担心你。以前在临江的事,我都帮你担着,没敢告诉你哥。"

祝国祥打断说:"赖兄待我好,我会永远记着的。"说着打开柜子,柜子里全是高档烟。然后,拿起一条黄鹤楼满天星,想想又放下了,从最底下抽出一条黄鹤楼1916,扔给赖子说,"赖兄,这个烟好,土地局莫局长送的,我都没舍得抽。"

赖子不领情:"你还是自己留着抽吧,我抽不惯。"

"给你你就收下,咱们兄弟伙,客气什么?"

赖子只好说:"你要给,就把那条满天星给我。"

祝国祥就收起1916,将满天星递给赖子。

赖子看着面带醉意的祝国祥:"官场坑多,你可小心点儿,别掉坑里了。"

"赖兄多虑了,只有我给别人挖坑的。"话一出口,想到柯老板给他挖的那个大坑,心情顿时不好了。

第二天上午,祝国祥把黄毛叫到办公室。黄毛知道祝国祥回临江受了伤,不敢问缘由,只是装着没看见。祝国祥让黄毛关上门,压低声音说:"这两天,你去打听一下小额贷款的情况。"

黄毛不解:"老大,你要贷款?"

祝国祥不耐烦:"问那么多干吗?叫你去你就去。要保密。"

黄毛心领神会:"老大放心,保证守口如瓶。"

之后,黄毛跑了几家小额贷款公司,摸清楚了基本情况:一般的公司,一次可以贷款三十万;六个月以内,年利息5.60;五年以上,年利息6.55。

不想祝国祥听到后说:"利息还可以,就是额度太小了。"

"老大想贷多少?"黄毛问。

"一千万左右吧。"

"这么大额的,只有浙商公司。他们的吴经理说,如果想贷款千万,可到他们公司谈。"

祝国祥想了想,说:"明天带我去这家公司。"

浙商贷款公司的吴经理矮、胖,手指上戴着一枚大金戒,脸上堆着笑,目光却如鹰隼。

听说是江阴钢铁厂的祝总想借贷,吴经理异常热情,恭维道:"江阴钢铁厂,呱呱叫的企业啊。"

祝国祥故作矜持:"短期资金紧张,想找吴经理贷两千万。"

吴经理笑眯眯地盯着祝国祥说:"祝总今天亲自来,两千万当然没问题啊。祝总是拿江阴钢铁厂做担保吗?"

祝国祥放下手中的茶碟,从小包里掏出一份公证文书,递给吴经理:"江阴钢铁厂百分之三十的股份,我拿股份做抵押。"

吴经理态度更加热情:"没问题,保证满足祝总需求。"

黄毛忙问:"吴经理,年利息是按您之前说的算吧?"

吴经理说:"六个月之内,年利息是13.6;如果超过三年,年利息按30.8计算。以后按月翻番。"

黄毛急了:"不是说六个月以内,年利息5.60;五年以上,年利息6.55吗?"

吴经理仍是满脸堆笑:"黄先生记得不错,但那是只指小额贷款。祝总贷款的数目巨大,只能是双方协商决定。况且我们是民间贷款公司,利息自然比商业银行要高一些。"

黄毛冲口而出:"这不就是高利贷嘛。"

吴经理双手十指交叉,将一根根指关节摁出脆响,乐呵呵地说:"小兄弟,不要把话说得这么难听。民间贷款收益高,风险也高,周瑜打黄盖,一个愿打一个愿挨。如果你们嫌利息高,可以找商业银行贷款嘛。"吴经理料定祝国祥不找商业银行,定是有难言之隐。

祝国祥故作淡定道:"我考虑一下,过两天答复。"

从吴经理办公室一出来,黄毛就说:"老大,利息太吓人,还是找银行贷款吧。"

祝国祥何尝不想通过银行渠道贷款,但这会惊动管财务的范小桃。他也想过找他结识的几个私营老板借,可没一个肯帮他,有的连电话都不接;有的接了电话,劈头盖脸就一顿骂,因为他介绍的铁矿石生意,这几个老板都被坑了。眼看半个月过去了,想到赌场那些凶神恶煞随时会找到江阴,祝国祥惶惶不可终日。

果然,接近月底的时候,他接到了横肉的电话,首先灌进耳内的是一阵猪的惨嚎,显然是从屠宰场打来的。让他听了好一阵子杀猪的叫声,横肉才说:"祝先生,听得出我的声音吗?我们已经到江阴了。到期不还,我们就把你拉到这屠宰场。到时候警察连根毛都找不到哦。"

挂断电话,祝国祥就叫来黄毛,让他联系吴经理,愿意高利贷款三年,但只拿百分之十的股份做抵押。吴经理一口拒绝:"百分之三十的股份做抵押,这一点儿没得谈。不过,我和公司其他几个股东商量了,再给祝总加三千万。同意的话,马上就办手续。"

祝国祥已经别无选择:拍身份照、录语音、签字、按手印。

第十七章

　　继成功研发高铁轴承钢后,三位老工程师挂帅重建的钢研所,又成功研发出高品质的新型掘进机械的关键功能卸件用钢,协助公司拿下了山东重型机械总公司的订单。产品也陆续走出国门,获得了瑞典、德国、日本等国大公司的认可,成为他们的供应商。不久,又成为全球最大的工程机械制造公司卡特彼勒的供应商。由此,新临钢一跃成为中国特钢行业的龙头企业,中国桥梁总公司、长春一汽、山东重型机械总公司等相继上门洽谈业务。

　　这一切,都得益于科研。俞钢也对人才实行重奖,三位老工程师先后获得每人一百五十万的重奖。眼见公司蒸蒸日上,俞钢准备继续做强钢研所,不料,三位老工程师却结伴找上门来。夏副所长拿出一张银行卡,对俞钢说:"这是公司给我们的奖金,一共四百五十万。我们商量好了,一起退还给公司。"

　　俞钢忙请三位坐下说话:"是晚辈有什么地方做得不好吗?"

　　夏副所长忙说:"不是做得不好,是这奖金实在太多了。我们接受返聘,已经拿了很高的工资,做出科研成绩是分内之事;再拿这么高的奖金,心里实在是有点儿过意不去,也有点儿发慌。"

　　卢工也说:"我们接受返聘,不是为钱,而是憋着一口气。当年易国兴搞改革,把我们像扔垃圾一样扔掉;我们回来,就是为了证明我们的价值,证明我们还能为振兴百年老厂出力。"

　　"是啊,"彭工接过话茬,"我们几个搞了一辈子特钢研究,年轻时就天天梦想着超英赶美,以为这辈子没这机会了。没想到退休了,还能实现年轻时的梦想,看着我们的产品征服那些傲慢的美国人,这本身已经不是钱能衡量的了。再说了,搞特钢研究,不是哪一个人单打独斗弄出来的,我们几个老家伙只是出出主意,年轻人不比我们的贡献小。就说我们做实验时,用小炉冶炼,一次一次试,那么多的技术员、操作工配合着我们。没有他们,我们几个老家伙,什么都做不成。"

俞钢明白了他们的来意,心里甚是感动,说:"公司不是也奖励了他们吗?"

"可是我们拿得太多。他们加在一起都没有我们一个人拿得多。这样让我们心里很不安。"

俞钢安慰道:"三位前辈高风亮节,做晚辈的实在钦佩。但你们也不要有什么顾虑,小平同志说过,'科技是第一生产力',珠海早就大兴重奖科技人才之风了。九十年代,他们对科研人员就能一次性奖励一百多万,所以才吸引了全国的人才往南飞。与其说我们重奖的是三位前辈,不如说我们是在建立一种制度,一种激励机制;也想让年轻人知道,搞科研是有发展、有前途的。"

夏副所长看了彭工和卢工一眼,说:"俞总的出发点我们当然明白,但我们的意思是,不能只奖励我们这些人,工人中也有能工巧匠。我们很多做实验的小装置、小设备,都是工人设计出来的。公司固然应该奖励有贡献的工程师,也不能忘了奖励有贡献的工人。所以,这次我们是想,将我们的奖金拿出来,奖给那些技工。"

俞钢知道三位老工程师拿定了主意要将这钱捐出来的,再劝也是劝不动的,立即有了新点子,说:"三位前辈有所不知,为调动大家积极参与技术创新的积极性,公司将设立季度最佳创意奖,对有贡献的骨干员工进行奖励。三位前辈高风亮节,捐出自己的奖金,我倒是有个想法,以三位前辈的这四百五十万作为基础,公司每年再拿出几百万,以你们的名字命名,设立一个奖励基金。工人们长期在生产第一线,对于生产中间的细节问题有着切身的感觉,他们摸索出的经验,往往能解决生产中的实际问题,而这些问题,恰恰又是专业技术人员难以体察、难以解决的。"

三个人激动地说:"太好了!"

俞钢说:"那咱们这个基金就命名为'夏彭卢基金',这个奖,就叫'新临钢夏彭卢技术革新奖',如何?"

三位老工程师都开心得像孩子一样。

俞钢接着说:"夏工,这张银行卡您还是要先收下。"

见夏副所长满脸不解,俞钢笑了:"放心吧,不会变卦,只是要成立基金,设立技术革新奖,要经过公司领导层讨论,具体公司每年拿多少钱,基金如何运作管理,如何评奖,都要有一个详细的规范。公司讨论通过、立项之后,设立账户,三位前辈到时候再将你们钱打进基金账户。我哪能就这样收了你们的卡?要是我收了卡不认账,三位前辈的钱岂不是被我私吞了?"

送走三位前辈,俞钢就想着,要先和孙锦西沟通一下,然后再在公司高层会上讨论。没想到,孙锦西倒先"打"上门来了:"俞总,我是来提意见的。"

"老孙,你有什么意见尽管提。"

"我对反复重奖的政策有意见。"

俞钢有些意外:"这个政策不好吗?"

孙锦西说:"新临钢是国企,三位老工程师已经拿了高薪,搞研发是他们分内的工作。对知识分子,应该提倡爱国、为国争光和奉献精神。"

"那你平心而论,我们的重奖政策,结果怎么样?"

"结果很好,但是……"

俞钢一摆手:"那不就行了?我早就说过,我们要结果导向。"

见孙锦西还要争执,俞钢便将三位老工程师要捐奖金设奖的事说了,孙锦西说,老一辈高风亮节是一回事,咱们这样没节制的奖励,是另一回事。

孙锦西说不过俞钢,带着一肚子意见去找黄彦清。他还打了个比方:办公室女打字员今天打了一千字,是她的工作;打了三千字,也是她的工作;她愿意多打字,只能说明她思想觉悟高,发扬了主人翁精神。

黄彦清笑着说:"老孙啊,你的思想在走回头路。你应该知道,上世纪九十年代初珠海重奖科技人才,当时在全国就引发了广泛的争论,而且争论也是有了定论的。怎么屁股到了二十一世纪,脑袋还留在二十世纪呢?"显然他不同意孙锦西的看法,说,"我认为俞总重奖三位高工没错,起到了很好的示范效应。"

孙锦西叹了一口气,这才说出实情:"我是在保护俞钢,不是每个人都像你这样想事情的。"

441

"你听说什么了?"

"上星期我到集团开会,庞副书记找我谈了一个多钟头,说企业不能一味追求利润,要结合形势宣传爱国和为国争光的精神。我当时就想到,庞副书记这是在批评我们工作没有做到位。"

黄彦清一惊:"恐怕是有人向集团打了小报告吧。木秀于林,风必摧之啊。"

"没有证据的事,我不能瞎说。但庞副书记的话还是有道理的,俞钢作为公司老总,又是党委书记,还是要讲原则,少搞金钱挂帅,不能动辄上百万地奖励。我劝他不听,你找机会劝劝他吧。"

孙锦西回到办公室,高升来了。他经常来孙锦西办公室坐坐。说到集团庞副书记的指示,高升愤愤不平地说:"我早就想劝劝俞总了,但人微言轻,说了也是白说。凡事与金钱挂钩,到底是号召大家重视科研,还是号召大家钻进钱眼儿里?三个老工程师,工资本来就比我们这些副总还要高,再一奖就是一百多万,工人干十年都挣不了这么多。没有年轻工程师的参与,没有那么多技术工人的配合,没有公司的大力投入,他们三个人能研究出什么?这本来就是他们的职务行为。是不是炼钢工人炼出一炉钢,完成了当天的生产任务也要重奖呢?这股歪风,是要好好刹一刹了。我岳父听说临钢现在搞重奖,也表示不满,说六七十年代在临钢,技术人员、工人有发明和创新,也就发个奖状,另外发个钢笔脸盆之类以资鼓励。荣获飞机大梁钢金奖的黎工程师,也只奖励了五百元,还是经过厂领导层开会批准的。现在那几个拿着高薪的高工,一年奖几次,每次上百万,不是太荒唐了吗?"

孙锦西听高升越说越激愤,越说越离谱,心下不安,说:"实事求是讲,俞总重奖科技人才,结果是好的。不然新临钢不会有今天的成就。他也没有每次上百万。"

高升冷笑道:"老孙你这话我不同意。你在这一行几十年,不比我清楚?咱们钢铁行业是典型的周期性行业,只能说俞钢运气好,一上任就碰上牛市。"

"你这话我更不同意,这不是运气好的问题。听你老高的口气,怎么酸溜溜的?"

俞钢来后,高升是最失落的。在老临钢时,他当科长,俞钢只是个跑市场调研的小年轻;在香港华氏集团掌管临钢时期,他在公司领导层中排第三位,前两位都是香港总部派来的,老临钢留下的人,他是当然的老大;而现在,俞钢当了他的领导,重用的是孙锦西、黄彦清两个从华钢过来的老人;在重要决策问题上,他只有举手的份,因此一直想着,分化俞钢、孙锦西、黄彦清这个铁三角。刚才听孙锦西一番话,以为孙锦西对俞钢有不满,便趁势煽风点火,不料用力过猛,孙锦西怕是看透了他的用意,于是奉承道:"在公司领导层,我就服你孙书记,事事讲政治、守原则、稳重踏实,不像俞总,做事顾头不顾尾。"

所谓千穿万穿马屁不穿,孙锦西虽说为人正直,但高升这番话,他听来还是颇为受用的,嘴角不禁露出笑意。高升看在眼里,接着说:"听说,孙书记与俞总在华钢就有矛盾。当年华钢的销售是孙书记负责的,后来是俞钢搞小动作,占了您的位置?"

这是孙锦西的心头之刺,虽说时过境迁,他也理解了俞钢,但此刻被高升提起,心里毕竟还是不痛快,脸上也有些挂不住,自嘲道:"我们的过结大了,我还举报过他。"

高升哪能理解孙锦西和俞钢的相惜相杀,为孙锦西抱不平道:"孙书记,恕我直言,我认为集团让俞钢当一把手是错误的。俞钢是有些能力,但他更适合冲锋陷阵,真正稳坐中军帐的,还得老成持重、深谋远虑之人。我认为您担任公司总经理,比俞钢更合适。"

孙锦西脸色一变:"老高,你说什么?"

高升一下子摸不准孙锦西的真实想法了,吞吞吐吐地说:"我认为,您担任公司总经理,最合适。"

孙锦西正色道:"老高,这种话今后不要说了。"看着一脸尴尬的高升,孙锦西激动起来,"集团之所以派俞钢来临钢,是因为他有魄力,把华钢搞活了。正是因为他的能力,新临钢才有今天的局面。不错,我以前跟他是有矛盾,但都是为了工作,问题摆在桌面上讲,光明磊落。我最痛恨背后搬弄是非的小人。"

高升刚走,林佩兰打来电话,让他今天回家吃晚饭。孙锦西问:"是小艺回了吗?"

"她在库尔勒。你想想,今天是什么日子?"

孙锦西想了半天,也没想起来。

林佩兰说:"锦西,今天是你的生日,我备了几个菜。"

这么多年了,孙锦西差不多都把自己的生日忘了,也没有谁想到给他过个生日。孙锦西心里涌出一股暖意,说:"行,下班后回。"

孙锦西离开多年,家里一切布置还和他当年在家的时候一样,简朴、干净。客厅的正面墙上,挂着他们夫妻和女儿林小艺的合影。他常拉的那把二胡仍挂在老地方,一尘不染,只是断了一根弦。

林佩兰做了他喜欢吃的酸菜鱼、红烧鸡爪、粉蒸肉,还有半瓶泸州老窖,是他当年离开家之前未喝完的。睹物伤情,孙锦西不禁百感交集:"时间过得好快呀,我离开家已经十五年了。"

林佩兰轻声道:"你走时,小艺刚上小学,现在都到了谈婚论嫁的年纪了。"说着招呼孙锦西坐下,倒上了两杯酒。

孙锦西端起酒杯喝了一口,问:"小艺怎么样?谈男朋友了吗?"

"前后谈过三个了,没有一个能谈上一年的。前天才告诉我,第三任又吹了。"

孙锦西心像被扎了一下,说:"怎么回事,咱们女儿还不够优秀吗?"

"是小艺,嫌那男孩儿太黏人。你这个女儿啊,有主见得很。三任都是她提出的分手,也不知道想找个什么样的。"

孙锦西笑了:"做我的女婿,是得好好挑。"

"对了,她在网上给你买了件休闲皮夹克,昨天中午快递送来了,一会儿你试试。"

孙锦西开心地说:"小艺的工作还好吧?"

"挺好的,就是太累,今天在沙特,明天在俄罗斯,满世界跑,忙得不亦乐乎。"

"民营企业竞争激烈。祝大昌是君子,小艺跟着他,我放心。"孙锦西端起酒杯说,"佩兰,这些年你受苦了。我敬你一杯。"

林佩兰眼圈一红,眼泪吧嗒掉下来。

孙锦西也不知如何劝她,递过一张纸巾,默默无语。

林佩兰擦干眼泪,说:"不好意思。"

"都怪我无能。"

林佩兰说:"不说这些了,来,敬你一杯,生日快乐。都过去了,只要你回来就好。今天咱们还是别搞得悲悲切切的。"又倒上酒,递给孙锦西:"这些年来,我一直当你出了远门。"

吃过饭,林佩兰去洗碗,孙锦西帮忙收拾。见林佩兰低头洗碗,孙锦西不禁轻轻从后面搂住了林佩兰。

林佩兰的眼泪又下来了,她也不擦,就这样任泪水流着。

孙锦西说:"找个时间,我们去民政局办复婚手续吧。"

设立"夏彭卢基金"和"夏彭卢技术创新奖"的提议,在公司班子会上通过了。公司决定,在三位老工程师捐献的四百五十万的基础上,每年拿出三百万补充进基金。最初,俞钢提议,公司每年拿出五百五十万,把基金池总额做到一千万。但孙锦西表示明确反对,黄彦清也认为,既然是以三位老工程师的名义设立的基金和奖项,公司每年出的钱最好不要超过三位工程师捐助的额度。俞钢就退了一步。

奖项设立了,但员工们似乎并没有多大积极性。俞钢感到很纳闷,这么好的事情,为什么得不到员工的响应呢?这里面一定有什么问题。他决定下基层摸摸情况,便和黄彦清来到炼钢厂维修班,找一个绰号叫黑皮的工人。这个工人是电焊工,打破传统补炉焊接模式,自创了一套焊接新工艺,并向公司申报了。经评议,授给了他第一季度的"夏彭卢技术创新奖",奖金十万元。

不巧,黑皮这天休息,没来上班。俞钢就向工人们了解黑皮得到奖励后的情况。一位年长的工人说:"是有这么回事,黑皮还请大家搓了一顿。"

另一工人说:"听黑皮说,他只拿到三千。"

俞钢大吃一惊:"那九万七谁拿走了?"

"厂里扣下了充公了。"年长的工人顿了顿,犹豫着要不要说,"公司的奖励政策是好的,但到下面就变味了,根本不是那么回事。"

又一个工人说:"上有政策,下有对策,大家都心知肚明,没人说破而已。"

俞钢转头问黄彦清:"这事你知道吗?"

黄彦清摇摇头:"第一次听说。"

俞钢怒气冲冲地来到炼钢厂办公大楼,找到刚开完会的邱厂长。邱厂长见公司两位大领导一脸怒气找上门来,心里一阵慌。黄彦清先问他:"邱厂长,公司奖励你们厂工人黑皮的十万元,你发给他了吗?"

邱厂长一脸无辜:"发了。"

俞钢问:"发了多少?"

邱厂长倒不撒谎:"三千。"

俞钢追问:"不是十万吗,怎么变三千了?"

见俞钢面带愠色,邱厂长解释说:"黑皮的这项革新是在工作时间摸索出来的,实验用的材料也是厂里的,厂里理应得大头。"

俞钢黑着脸问:"这是谁规定的,是你邱厂长吗?"

邱厂长说:"我哪有这个权力?"

"那是谁的规定?"

在俞钢的厉声追问下,邱厂长才吞吞吐吐地说:"是高副总吩咐的,他说不能让工人钻到钱窟窿去了,国企要提倡主人翁精神。"稍停顿了下,又赶紧声明,"正因为有高副总的指示,我们几个干部才研究决定,这笔奖励,由厂里进行再分配,给了黑皮三千。"

返回公司的路上,黄彦清十分气愤,说:"这个高副总,会上唱高调,会下另搞一套,这是阳奉阴违、别有用心。我看他是项庄舞剑,意在沛公。"

俞钢黑着脸没有作声。

自他主政新临钢,主要的精力都放在产品上,人事基本没动,尤其是在香港财团经营期间任职的干部。这样做,也是为了稳定军心,不要让人觉得他任人唯亲,搞一朝天子一朝臣那套。开始时,俞钢对高升的印象还不错,能干、有主见;论关系,俩人还是咸宁老乡。一次陪客商闲聊时,高升谈到咸宁桂花名闻全国,每年八、九月,简直成了桂花的海洋,十里之外都能闻到花香。高升的老家和他的老家没多远,只隔着一条叫龙潭的小河,他们的家乡并没有什么桂花,只有茶树、杉树,更多的是普通的松树。从细节看人品,俞钢对高升的印象从那就不那么好了。重要的事情也不再让他经手,一直观察着他的表现,没想到他背后还玩这种小动作。黄彦清没有说错,项庄舞剑,意在沛公。想到这,俞钢对黄彦清说:"明天在公司会上,你先发言,让高升说清楚。"

第二天会上,面对黄彦清的质问,高升极力为自己辩护:"工人就是干活的,有点小革新,奖个三五千块钱就行了。我们是国有企业,国有企业就要号召工人有主人翁精神,有奉献意识,不能钻进钱眼儿里。想想香港华氏财团经营临钢期间,从来就没对工人实行过这种奖励,甚至还拖欠工资,工人还不是一样撅着屁股干吗?怎么变成了国有企业,反而不讲奉献了?"

黄彦清说："你的意思,国家收回临钢是错误的决定?"

高升强词夺理说："华氏财团主政时,临钢就是这种情况。"

"高副总,你别往香港财团头上扯,这与他们半毛钱关系都没有。是谁将用工权交给劳务公司的?劳务公司的老板和你是什么关系?你们盘剥工人,弄得大家基本的保障都没有,赚了多少黑心钱?怎么一回归国企,高副总就突然变得高尚起来了,口口声声讲奉献,讲主人翁精神了。"黄彦清字字句句说得都很重。

高升脸涨成紫色,继续唱高调、扣帽子:"讲主人翁精神有错吗?讲奉献有错吗?你们这是和中央的政策对着干,是典型的拜金主义。"说着,把目光转向孙锦西,"孙书记,我说错了吗?"

孙锦西并不清楚前一天发生的事,说:"老高的话我赞成。我们新临钢是国有企业,集团下发了红头文件,要求我们在管理上发挥三个力的作用,所以,在对科技人员和工人奖励的问题上,我认为,应该把握好尺度。"

黄彦清欲说话,被俞钢阻止了:"让老孙继续说下去。"

孙锦西把目光转向高升,脸色也变得严肃起来:"在这里,我也要批评高升同志,既然是公司领导层讨论决定的事情,你也举手同意了的,就应该不打折扣地执行。你私下里让下面单位更改奖励条例,是违反组织原则的,希望你好自为之。"

高升见自己得不着好儿,便自找台阶:"孙书记批评得很对,我虚心接受。"

俞钢一直在冷眼旁观,此时才说:"我只说一句,奉劝热衷背后搞内耗的人,要光明正大,不要搞阴谋诡计。"

447

第十八章

这些年,祝大昌一直在琢磨着,如何在企业管理上更上一层楼,经过反复比较,他决定,推行骨干员工持股。

从库尔勒回到江阴的第二天,他就与祝国祥商量此事。祝国祥坚决反对,因为推行员工持股,就稀释了他手中的股权,更重要的是,一旦启动员工持股,他抵押股份借贷的事就捂不住了。

祝国祥嘴里嚼着口香糖说:"大哥,我们对工人够好了。在江阴,我们不敢说是工资最高的企业,肯定也是前几名。"

祝大昌看着他的神情,心里生出一丝不快,冷冷地说:"我们要和全国的同行比较。有的企业工资连涨十多年,特别是方钢,工人的平均年收入已经超过十五万。"

祝国祥还意识不到自己的做派哥哥看不上,说:"那毕竟是凤毛麟角。国外企业工人的薪水还按小时算呢。我认为,我们不适合搞员工持股,张三给了,李四没给,不是惹出矛盾了吗?何况工人也没有提出这种要求,干吗要找虱子放在身上?"没等祝大昌说什么,祝国祥吐出口香糖,兴奋地说:"省电视台汪主任昨天给我电话,问要不要在电视台做广告,请明星为我们代言。"

祝大昌强忍住心头的不快,问:"你答应了?"

祝国祥踌躇满志:"我们不能太低调了,不就是百十万的广告费吗?另外,市运动会,我答应了赞助三十万。支持社会公益事业,我相信哥是不会反对的。"

祝大昌说:"做实业要低调内敛,不要玩那些虚头巴脑没用的花招儿。我问你,我们生产石油钻探设备,在电视上做广告做给谁看?"

祝国祥听出哥哥的不满了,解释道:"哥你是没明白我的用意,我们投广告当然不是做给客户看,但我们在省台一做广告,社会知名度就会提高;社会知名度提高了,就会有很多当官的知道我们;我们和当官的搞好了关系,机会就多。"

祝大昌皱着眉头,想批评几句,又忍住了。祝大昌看到的只是他这些表象,不知道的是,祝国祥高利贷款五千万后,还清了赌场赌债和妹妹的钱,手头还有三千多万,为谋生财之道,他出手阔绰,到处撒钱,结识了不少政府官员。其中跟土地管理局的莫局长搞得最为热乎,俩人称兄道弟,经常在一起吃吃喝喝的。莫局长也拍了胸脯,有好机会,一定不会忘记老弟。

不久,莫局长请祝国祥吃饭,席间说:"祝老弟,你不是在找投资项目吗?眼下就有个很好的项目,不知老弟有没有兴趣?"

见祝国祥眼睛发光,莫局长神秘兮兮地说:"市里已经做出规划,划出江滩那片地招商投资,建一个像迪士尼那样的主题游乐园。"说着,从包里掏出一份规划图纸,"这是我今天才拿到的。"

祝国祥接过看了一眼,不满意:"不就是一块长满芦苇的破滩涂吗?"

莫局长笑:"国祥老弟,这就是你外行了。你说说看,眼下最热门的行业是什么?"

"那还用说,房地产呗。"

"房地产靠什么赚钱?"

"当然是地。"

莫局长微笑着道:"这就对了,你现在把江滩那片荒地盘下来,到时游乐园一开起来,不就是黄金地段了吗?"

祝国祥心里没底:"那块地不是在龙腾公司手中吗?"

"我给你透个底吧,龙腾公司漆总的儿子吸毒,败光了家财,已经债台高筑了。"

祝国祥警惕起来:"你咋知道的?"

莫局长放下酒杯:"昨天我和漆总一起吃饭,他亲口告诉我,还委托我帮忙找买家。"

祝国祥半信半疑:"你可别骗我。"

449

莫局长生气了:"我们什么关系,我干吗要骗你?发财的机会在眼前,过了这个村就没有这个店,投不投,你自己决定。"

祝国祥心思活络起来,问:"多少钱一亩?"

"大概六十万吧。"

祝国祥毕竟吃过几次亏,如今多少有了些警惕心,当即说:"太贵了,这里面的猫腻我清楚。这块地,龙腾公司是以建江滩观景楼做公益项目之名拿的,便宜得很。"

莫局长没想到他这么说,劝道:"此一时彼一时,当年市政府没有规划主题乐园,一旦有香港大老板来投资,江滩地价不就变成黄金价了吗!"

祝国祥心动了:"好是好,就是地价太贵。"

"你真心想要的话,我这就跟漆总说。他现在遇到了难处,急于出手,价钱方面是可以商量的。"说着掏出手机,拨通了对方电话,听他谈价格,手机里传出对方的声音:"您那位朋友,多少钱一亩能接受?"

莫局长捂住手机,问祝国祥:"多少钱一亩能接受?"

祝国祥狠狠心,道:"十五万,多一分我不要。"

莫局长如实回答对方:"我的朋友说了,十五万。"

对方沉默了一会儿,说:"家门不幸,出了败家子,银行天天逼债,唉,我也是走投无路了。"

莫局长挂掉电话,对祝国祥说:"听漆总的口气,好像同意了。"

祝国祥却显得举棋不定,说:"这事我还得回去商量一下,如果大家没意见,过两天我们再谈签合同的事。"

祝国祥自然不会听莫局长一面之词,正好他认识市规划局的夏副主任,多次在一起喝酒吃饭。江滩那片洼地,是否纳入政府规划要建主题乐园,只需给夏副主任打个电话就知道了。回到住处后,祝国祥给夏副主任打了个电话,东拉西扯了一通,才绕到正题上:"听说政府准备招商引资,将江滩打造成大型游乐场。"夏副主任问:"你听谁说的?"祝国祥说:"土地局莫局长说的,真有这事吗?"夏副主任说:"是有这事,政府早在前年就作了规划,规划图纸还是我们局设计的……你问这事干什么?"祝国祥按捺住兴奋,没等对方继续说什么,忙道:"我就问问。打扰你了,改日请夏主任吃海鲜。"

祝国祥决定赌一把,将手头的三千万全部押到江滩荒地上。他算了一笔账:一旦江滩建造大型游乐场,邻近的荒地必将炙手可热。按照江阴的土地挂牌价,最少要翻五倍。他三千多万的投入,翻上五倍,到时就是一点五个亿,不仅能还清浙商公司的贷款,还能赚上大几千万。如果翻上六倍七倍呢?祝国祥似乎听到了幸福在敲门,半夜爬起来喝了几罐啤酒,感觉自己是躺在钱堆上了。次日便急急忙忙签了合同、办了过户手续。

不说祝国祥如何做着天上掉馅饼的春秋大梦,只说祝大昌,忙着拓展业务,差不多就是个空中飞人,好在林小艺这个助理越来越称职,祝大昌就省了许多的心。刚从新疆回来,又带林小艺去大连拜访客户。想到原来自己在临钢的前任、平炉分厂老厂长鲁光明自退休后,回到了大连老家养老,便让林小艺准备了一些保健品、一个果篮,忙完业务上的事,便联系鲁光明,登门拜访。

鲁光明身体甚好,每天打拳、钓鱼,退休生活安排得很是丰富。听说祝大昌来了大连,推掉钓友的约会,在家等着祝大昌。两人已近二十年未见面,鲁光明满头银发,却是满面红光,精气神看上去倒像五十岁。故人重逢,自然说起临钢往事,鲁光明问祝大昌和易国兴还有没有联系。祝大昌说,倒是不常见,平时电话联系不断。便说了易国兴的近况,又说起,易国兴将当年王世儒留下的设计蓝图送给了新上任的临钢老总俞钢,帮了俞钢的大忙。

鲁光明说:"现在想起来,易国兴这人也没那么讨厌。当年他身负省委的重托来临钢改革,背负的压力,我们是体会不到的。"又问起其他几个人,祝大昌便说:"傅佳钢出狱后,变了个人,很是消沉了一段时间;公安部的猎狐行动,追捕在逃境外的经济犯,田鸣健和他女儿都上了名单。"

正说着,鲁光明在大连远洋平台公司当副总的儿子鲁清风回来了。原来鲁光明一接到祝大昌的电话,就给儿子打了电话,让他一定要回来见见祝大昌。

祝大昌对鲁清风倒没什么印象了,只是没想到,他年纪轻轻便已经做到如此高的职位。鲁清风却说:"我爸总是说起您,让我以您为榜样。"一番问候后,鲁清风便说起,深水海洋钻井平台,远洋船舶的锚链钢,对耐酸、耐腐蚀、高强度要求非常高,国内长期空白。他们远洋平台公司,一直想找到一家有实力的国内钢铁企业合作,开发锚链钢。

祝大昌说:"你们可以和新临钢合作开发啊。我正好明天回临江,如果你有意愿,可以和我一起去,我给你引荐新临钢的俞总。"

鲁清风说:"我正是这个意思。"

451

处理完在大连的业务,祝大昌便陪同鲁清风一道去了一趟新临钢,介绍俞钢和鲁清风两人见面。两个人一见如故、一拍即合,很快达成了合作协议。这只是一个小小插曲,却说送走鲁副总后的第二天,俞钢陪祝大昌参观新建的汉冶萍广场,广场紧挨西总门,背后是浩荡的长江,广场正中央矗立着一座名为"钢之鼎"的青铜鼎。正面铸着"钢铁摇篮",背面铸有"鼎盛千秋"。鼎右边是张之洞顶戴花翎的高大雕像,左边则是盛宣怀的雕像。鼎后是花木簇拥的岁月长廊,陈列着几块一百多年前购地的斑驳界碑,还有当年从德国进口的铁轨。

俞钢说:"故地重游,有什么感想?"

祝大昌叹道:"一言难尽。我上次去温州见易国兴,他说他梦见临钢又回归国有了,还建了一座广场。没想到他梦想成真了啊!"

俞钢也感慨:"一代人有一代人的使命。我是很感谢他的,王世儒总工程的图纸,帮了我的大忙。"

走到张之洞雕像前,祝大昌凝望着,好一会儿,才说:"新临钢的下一步发展,你准备怎么搞?"

俞钢笑笑:"我一直记得你说过的,竞争在市场,决战在工厂。今年年初,新临钢上马了两座1780立方米的高炉,两座120吨的转炉,采用铁水、转炉生产特钢。"

祝大昌赞叹:"大手笔!采用铁水、转炉生产特钢,我以前也想过,但国内缺这方面的人才啊。"

说到人才,俞钢得意地说:"你知道蔡双鳌吗?"

祝大昌摇摇头:"没听说过。"

"说起来,刘备三顾诸葛亮,我是三请蔡双鳌啊。"

便讲起了他的新三顾茅庐的故事来。

原来这蔡双鳌,是株洲鑫特钢厂总工程师,擅长优、特钢技术。俞钢在一次特钢商贸会认识了他,闲聊中,蔡双鳌谈到利用铁水、转炉生产特钢的工艺,但鑫特钢厂没有这种实力,他的方案没法落地。真是天赐良机,俞钢当天晚上就去他房间,和他彻夜长谈,并郑重邀请他加入新临钢。蔡双鳌说他回去考虑一下。等了三个月,并未答复。俞钢想不能这样等下去,就开车去株洲蔡双鳌家拜访。时值严冬,因遇冷结冰、不断颠簸下,半路上汽车挡风玻璃都爆裂了。寒风如刀,直往脸上、脖子里刮。到达株洲已是夜深,他随便找了间招待所暂时住了一夜。第二天一大早,赶到蔡双鳌家中。蔡双鳌大为感动,问起来,才道出他没有答复的原因,是厂里工作离不开他。蔡双鳌的人品,因此让俞钢肃然起敬,更坚定了要请到他的决心。

不久前,俞钢带上黄彦清又去了株洲,这次直接找鑫特钢厂李厂长谈聘请蔡双鳌的事。

李厂长倒是个开明人,说:"既然新临钢有蔡工的用武之地,在我们这里大材小用了,我也不耽误蔡工的前途。但蔡工这个大才不能白给你们。"

俞钢说:"有什么条件,尽管开。"

李厂长说:"两个交换条件:一是新临钢给我们几台锻造设备;二是新临钢的风电增速机轴承滚珠项目交给我们厂做。前者,你们技术改造后淘汰的设备,留着没用,给我们却有大用;后者是个赚钱的项目,我们知道很多厂盯着,我们企业也有这个技术实力接这个单。最重要的是,用蔡工换了这个项目,蔡工才会走得心安。"

俞钢说:"李厂长,您这是早就在等着我来了吧。"

李厂长挠着脑壳笑道:"不瞒俞总,上次你们来请蔡工,他都向我报告了。"

俞钢立即拍板儿:"我答应你们,换!当年美国人说:一个钱学森,抵得上五个海军陆战师。从今往后,蔡工就是我们新临钢的钱学森。"

故事刚讲完,黄彦清就来了,告诉俞钢说,已经将蔡双鳌从株洲接来了,暂时安顿在招待所,等高知楼房间收拾好了,再安排蔡工住进去。

俞钢兴奋地说:"昌哥,要不要一起去见见蔡双鳌,我中午请他吃饭。"

祝大昌遗憾地说:"只能下次见你的卧龙先生了,我今天得赶回江阴。"

以五台锻造设备,外加一个项目换来蔡双鳌,这事在新临钢引起了不小的轰动。大家都想看看,这个蔡双鳌是不是长了三头六臂。这事儿做得不好,会让别的高工们心里不平衡;现在的新临钢人才济济,大家都在等着看这个蔡双鳌到底换得值不值。

但在俞钢看来,不仅值,而且超值。

俞钢在下一盘大棋,采用铁水、转炉生产特钢,国内八大特钢企业没有先例,俞钢是第一个吃螃蟹的。一旦这步棋成功了,新临钢的特钢产量一年最低可达到五百万吨,这是个震撼人心的数目。

453

兵马未动,粮草先行,根据对形势的判断,俞钢又让供销部一口气采购大量废钢原材料,偌大个货场都堆满了。废钢原材料是炼钢行业的大头,一般来说,一个企业提前一个月备货是常事,但提前四个月备货绝对需要胆识和自信。

高升又在孙锦西面前嘀咕:俞总进这么多废钢,积压了公司上千万资金,有这样的搞法吗?他是在瞎搞。

蔡双鳌被任命为公司副总,主管铁水、转炉生产特钢的项目,同时负责全公司的生产工作。生产之前是高升负责的,现在他就只管公司绿化、环境卫生和招待所了,所以他的嘀咕里也含着对俞钢的怨恨。

孙锦西没往这个方面想,他也看不明白俞钢的路数,就找黄彦清问。

黄彦清问他:"你下围棋能看几步?"

孙锦西说:"我水平差,走一步算一步。"

黄彦清笑他:"这不就对了嘛。俞总可是有段位的,他看到的是我们看不到的。"

孙锦西诚恳道:"我也相信俞钢。只是这次我看不懂,你给分析分析。"

黄彦清于是说:"老孙你试想一下,采用铁水、转炉生产特钢,一旦成功,产量飞跃,是不是需要大量废钢原料?所以提高原材料储备没错吧。一旦成功,新临钢就可以从容面对市场的变化,不怕任何对手卡脖子。你嫌模具材贵,我提供成本低的连铸材;如果你也搞连铸,我就用高炉铁水热轧、转炉去吹;别人把转炉整起来,我们还有个码头,货船直接靠到码头,像焦炭、矿石、废钢原材料等,损耗少,直接通过卸运带送到炉前,没有运费,别人却要多付一两百块钱的运费。可以说,以后国内外没有一家企业打价格战打得过新临钢了。"

听到这里,孙锦西如醍醐灌顶,连声说道:"的确是妙招!只是这一切,都是建立在蔡双鳌能成功的前提下,如果失败了呢?"

第十九章

　　三个月后,俞钢专程来江阴钢铁厂找祝大昌,一见面就开门见山说:"昌哥,这次来,我带来了两个好消息、一个坏消息,另外还有一个疑问向你请教。你先听哪个?"

　　祝大昌笑道:"瞧你风风火火的,喝茶还是喝咖啡?"

　　俞钢说:"咖啡。"

　　坐在祝大昌办公室外面的林小艺就进来,煮好了咖啡后退出。祝大昌这才不慌不忙地说:"我喜欢好消息,先说好消息吧。"

　　"第一个好消息:蔡工的铁水、转炉生产特钢的实验成功了。当然,其间有一些波折,蔡工在美国留学时的同学、日本三洋公司的雄田一君助了一臂之力。"

　　祝大昌自然清楚这个好消息背后的分量,说:"应该开一瓶酒来庆贺。"

　　俞钢摆摆手:"我今天还要开车回临江,酒就不喝了。咖啡代酒。"说着举了一下咖啡杯。

　　"第二个好消息?"

　　俞钢说:"为大连海洋平台总公司开发的锚链钢成功验收。"

　　祝大昌很兴奋:"我就知道,以你们现在的科研实力,没有拿不下来的课题。现在,该说说你的坏消息了。"

　　俞钢喝了一口咖啡,欲言又止。

　　祝大昌说:"坏消息与我有关?怕我承受不了?说吧。"

　　俞钢这才说:"坏消息是,新临钢准备大举进军石油领域,在集团指示下,参股了天津无缝钢管公司。"

祝大昌微微一笑:"果然是坏消息,我多了一个可怕的对手。相信没有人愿意和你成为竞争对手。在新临钢这样的巨无霸面前,我这小小的江阴钢铁厂和库尔勒钢管厂,怕是要被无情碾压。不过,有强大的对手,也可以逼着我们变强大。来,敬对手!"

俞钢微笑不语。

祝大昌心领神会:"你接下来的问题,不用问我也能猜到了。"

"还请昌哥指点迷津。"

祝大昌说:"你一定想问,天津无缝钢管这样的企业,生产能力与技术储备并不弱,产品也不愁销路,为什么会亏损?这个好回答,因为石油钻探产品的价格都是由国内几大石油巨头说了算,设备生产企业根本就没有价格主导权,生产越多,亏得越多。但为什么会形成这种局面?背后的深层原因,你想了解,你更想知道有没有什么破局之法,是不是?"

俞钢由衷地说:"昌哥最懂我。"

祝大昌打趣道:"同行是冤家,教给了你,我以后就只有喝西北风了。"

俞钢笑道:"可昌哥还是会知无不言,言无不尽。是不是?"

"你这一顶高帽子戴过来,我不说也得说了。"祝大昌开诚布公讲起来:"这里面的问题,说起来很复杂,二〇〇七年以前,中国出口到美国的石油专用管,成品的总量是二百二十万吨。自二〇〇八年美国'反倾销'之后,美国市场没有了,这二百二十万吨的产能,被迫转向国内销售,造成石油专用管行业竞争激烈。国内主要采购方中油一家独大,于是中油召集七家主要供应商,拿出年采购量的百分之八十进行投标,谁的价格最低,谁就拿总采购量的百分之四十,剩余的由其他六个厂家分配。其他厂家也必须执行最低价。十多年来,由于一直执行这种采购模式,加上市场供大如求,产量上去了,价格上不去;为了生存,你报低价,我报更低的价,整个石油专用管行业生产厂家都开始亏损。大家都想着把对手耗死,这样自己就有了定价权。家底薄点儿的企业,先扛不住。这就是天津无缝钢管公司亏损破产的原因。"

俞钢说:"钢管厂家就甘心坐以待毙?"

祝大昌说:"当然不甘心,为了减少亏损,他们就在产品质量上打折扣,结果之前使用寿命为十年的管,现在只能用五年。有一家在质量上做文章,其他厂为了生存,也只能跟着打折,否则先死的会是他们。结果采购方表面上看,是用最低的价格采购到了石油专用管,同时却也是这种价格战的受害者,实际上最后没有赢家。至于破局的方式,我们这种小企业是没有办法的,就看你有没有这手段了。"

俞钢心里大致有数了,说:"我明白了,新临钢要想破局,除了做到行业第一外,重要的是做规则的制定者,这样才能把价格主导权掌握到自己手中。"

祝大昌知道,以俞钢心动便行动的作风,加上新临钢强大的技术和资本优势,怕是要刮起一股龙卷风了,石油钢管的市场要变天了。而他这样的民营企业,多了一个可怕的对手,生存空间将被挤压,硬刚是刚不过的,他得未雨绸缪,早日转型了。

到了午饭时间,祝大昌将俞钢带到食堂吃工作餐。

俞钢说,自采用铁水、转炉生产特钢之后,工厂的产量达到五百万吨,经济效益十分显著,但技术人才、骨干员工不应该只是那点儿工资和奖励,还有那些老临钢的下岗工人,他们也应该分享发展红利。"不瞒昌哥,我想在临钢推行分配机制改革。"

祝大昌有点儿担忧:"恐怕行不通。新临钢是国企,你这样做,出发点是好的,但很容易让人抓住把柄。我劝你三思。"

俞钢皱着眉:"国企为什么总是难以发展,尤其是能做长做大的很少,就是分配机制出了问题。技术人才、骨干员工没有股份,分配不公平。大锅饭思维下能者多劳,多劳却不能多得,长时间下来能者的积极性受到打击,结果就是劣币驱逐良币,人才流失,走向恶性循环了。而你看华为这样的企业,员工持股,大家不是为老板打工,而是在为自己创业,自然越做越强。"

祝大昌知道他的苦心,但还是劝道:"道理大家都明白,但做起来怕是障碍重重。我可以搞,你不行,你的权力受到制约,突破不了这个瓶颈。"

"我知道,没有人从一开始就能看到结果,也没有人对大势的理解能够一步到位,所以我想尝试一下。"

祝大昌忧虑地说:"我还是想提醒你,步子稳一点,别太激进,搞不好,你会成为下一个易国兴。"

见俞钢似有不悦,祝大昌忙说:"当然,你和易国兴是完全不同的人,但有一点,你们的出发点是相同的,都想要振兴临钢,都想成为改革先锋和探路者。临钢已经倒下了一个易国兴,所以,作为朋友和年长你几岁的大哥,我不想你重蹈覆辙。"

俞钢说:"我主意已定,只要不将国家的钱装进自己的口袋里,没有什么好怕的。"

见说不动俞钢,祝大昌便问:"你想怎么搞?"

"公司每年超额完成的利润,百分之二十拿出来作为激励的股权,以后每年按股分红。我还在酝酿这件事,没有跟老孙和彦清他们商讨。我也知道,有很大的困难和阻力。努力不一定有结果,但不努力肯定不会有结果。"

祝大昌说:"既然你主意已定,那我就祝你马到成功。"

俞钢意犹未尽:"我想先试行,后改进。你刚才提到易国兴,我特别感慨,我们当时都觉得他性子太急,如蛮牛冲进了瓷器店里,如果稍微沉稳一点,一步一步慢慢来,不至于走到后来的结局。如今我坐在他的位子上,才体会到他当时的艰难,有一个词叫什么来着?时不我待,老易当时是这个心情,我现在,也是这个心情。我相信,把任何一个有责任感的人放到这个位置上,都会是这个心情。"

祝大昌感叹道:"老易身上,确实有值得我们学习的东西。"

正说着,祝国祥夹着个小包来了,是祝大昌叫他来与俞钢见面的。

一见俞钢,祝国祥就双手抱拳说:"久仰久仰,俞总大名如雷贯耳,老听我哥提到你。"又对祝大昌说,"俞总是贵客,怎么在这儿吃工作餐啊?我这就订个酒店吧。"

见祝国祥掏手机,俞钢忙说:"不用了,这儿蛮好。"

容光焕发的祝国祥拉了把椅子坐下来,扬扬得意地说:"哥,昨晚我和市政府唐主任吃饭,听唐主任说,省里这次评选优秀民营企业,我们江阴钢铁厂有望上榜。另外,明天在市政府召开的工商联会上,唐主任让我准备一下,代表全市民营企业在会上发言。"这时候,祝国祥的手机响了,他高声回道:"是陶局长呀,中午在泰兴大酒楼,还有黄局长、盛主任……行行,我马上就来。"祝国祥挂了电话就对俞钢抱拳说:"对不起俞总,中午我就不陪你了。"说完,又夹着包匆匆走了。

看着祝国祥的背影,俞钢欲言又止。

祝大昌看出来了,说:"俞总是对我这弟弟有话要说?"

俞钢笑笑："你们兄弟的事,我一个外人……还是不说了。"

祝大昌正色道："你这样说,我就生气了。"

俞钢便说："那我就直言了。说话之道,也是为人之道,从刚刚这一会儿的表现来看,张狂轻浮,你这兄弟怕是不靠谱呀。"见祝大昌似有不快,俞钢顿了顿,但还是坚持说道："做人要有菩萨心肠,但也不能缺霹雳手段。金刚怒目,所以降伏四魔;菩萨低眉,所以慈悲六道。"

俞钢走后,祝大昌心里很是郁闷,易国兴说祝国祥品行不端,如今,俞钢说祝国祥张狂轻浮。两人对他评价都不好。别人这样评价也就罢了,偏偏这两个人是祝大昌最为看重、最为认可的人,且都是阅人无数,目光如炬的。祝大昌越想心中越是不安,就找来赖子,问起祝国祥平时的情况。

赖子碍着面子,话到嘴边又咽下,只提到厂里有两笔货款,一年半了还未收回。言下之意,让祝大昌调查一下。祝大昌却没朝这方面想,说："国祥已经跟我说了,欠款厂家目前资金有困难,年底前将货款打来。"赖子见祝大昌如此,就不多说了,向祝大昌提出,他想调到新疆库尔勒,或者是河北廊州工作。祝大昌仍然没有琢磨赖子为何要调走的原因,只说："你不是干得蛮好吗?就在江阴厂干吧,你在这里,还可以帮帮国祥,离家也近点儿。"

第二天,傅佳钢来了,提着一个旧的黄色旅行包。他事先没给祝大昌打电话,想着一到厂子就能见到。收发室的师傅叫住他,问找谁。傅佳钢说从临江来的,找祝大昌。师傅上下打量他,说："三楼,左拐第二间办公室就是。"

傅佳钢依言来到这间办公室,却见祝国祥坐在皮椅上,跷着二郎腿。

见是祝国祥,傅佳钢一愣,硬着头皮和祝国祥打招呼。

祝国祥有点儿意外,斜睨了傅佳钢一眼,一动不动,故意拖着腔说："这不是傅哥吗?"

傅佳钢从来看不惯他的做派,只淡淡道："我是来找你哥的。"说完就欲退出去,却被祝国祥唤住："我哥没管厂子的事,交我管理了。"

"那你哥人呢,他不在厂里吗?"

祝国祥说："他前两天才回的,不过很忙,你恐怕见不到他。"既不让座,也不倒水，只拿腔拿调说："傅哥专程来江阴有何贵干？"

傅佳钢不想跟他多说："我来看你哥。"

祝国祥得意地说："恐怕遇到困难，来找我哥帮忙的吧？"

"是的，"傅佳钢迟疑了下，本来不想说，但还是轻声道，"我是遇到困难，想找你哥借点儿钱。"

祝国祥从桌上盒子里摸出一根牙签，剔着牙，说："你想借多少？"

见他一副小人得志的样子，傅佳钢打心里反感，他脸色变了变，还是忍住了，人在屋檐下，不得不低头，如今的自己，还有什么资格看不上别人，于是低声说："五十万，三年内保证还清。"

祝国祥故作吃惊叫起来："一张口就是五十万？你以为我哥是开银行的吗？"接着就哭穷起来，"傅哥，别看我哥厂子外表风光，你是不知道，厂子现在没经济效益，半死不活的。我哥今天去了银行，就是去贷款解决工人的工资。"接着，又故意痛心疾首道，"傅哥也是的，当年在台上干吗不清正廉洁点儿，非把自己弄进监狱，搞成现在人不像人、鬼不像鬼的样子。"

傅佳钢见祝国祥如此，心下倒淡然了，祝国祥如此德行，也犯不着生气，他只是冷眼看祝国祥的表演。

"好啦，这些事不说了。"祝国祥嘴角咬着牙签，打开抽屉，装出关心的样子："傅哥大老远来一趟不容易，总不能让你空手回去。这样吧，我这里有两千元现款……"

没等他说完，傅佳钢头都没回地走了。背后传来祝国祥一声冷笑："什么东西，想来打秋风揩油水，没门。"

中午见到祝大昌，祝国祥压根儿不提傅佳钢来的事。还是祝大昌问起来："收发室郑师傅说，上午有个操临江口音的瘦高男子，来找我？"祝国祥这才装着想起来的样子："哦，是傅佳钢来了。"

祝大昌忙问："人呢，他来干什么？"

祝国祥喊了一声："狮子开大口，要借五十万！"

祝大昌追问："你借了没有？"

"看他那穷酸相，钱借给他，不就是肉包子打狗有去无回了吗。"

祝大昌手指着祝国祥，说："你呀，你。"然后马上拨傅佳钢手机，被挂断了。祝大昌又拨了两回,傅佳钢仍不接。他对祝国祥吼道:"你对傅佳钢说什么了?"

祝国祥并不害怕,而是得意地说:"没说什么,就是告诉他,早知如此,何必当初。"

祝大昌怒道:"佳钢他爸和我们爸是过命之交,当年渣罐车爆炸,是傅长厚舍命护住了爸;再说,我和佳钢从小玩到大。无论如何,你都应该对他客气点儿!"

祝国祥争辩道:"劳改释放人员,还是少接触为好。"

"放屁!"祝大昌怒了,"是人都会犯错误。你知不知道,当年在临钢,你们垃圾夹带废钢铁,如果不是佳钢出面说情,你早就蹲监狱了!"祝大昌狠狠训斥了祝国祥一顿,才走出办公室打薛三妹的手机。薛三妹居然不知道傅佳钢来找他,更不知道要借钱干什么。

祝大昌说:"佳钢一定是找到好的创业项目了,不然他不会专程来江阴找我。这样吧,我马上给你打六十万,你转交给佳钢;如果不够,让他再找我。"

祝国祥拒绝借钱给傅佳钢的事,祝母也知道了,趁祝大昌夫妇不在家,她打电话把祝国祥叫来,责骂了他一顿:"你咋这么无情无义!傅家和我们祝家,几十年交情;傅老爷子和你爸,比亲兄弟还亲。妈生下你两个月时,没奶,傅嫂子正好生了佳钢他妹,让我每天把你抱去,用她的奶喂你。你是吃佳钢妈的奶长大的,却这样对佳钢,九泉之下的傅嫂子晓得了,我这张老脸往哪搁?"

祝国祥听得不耐烦了:"大哥昨天训斥我,今天又挨您的骂,难道要我向傅佳钢下跪请罪不成?"

祝母气得直播心口:"儿啊,做人要有良心,不能让人在背后指指戳戳。"

"好好,我错了,行不?"祝国祥不想再听老母亲的教训,转身欲走,又被喊住:"趁你哥嫂不在家,还有一件事,你跟妈说清楚。"

祝国祥不耐烦:"还有什么事?厂子忙呢,下午还有一个会。"

"你跟妈说实话,你是不是去澳门赌博,输了几百万。"

祝国祥矢口否认:"没有的事,您听谁说的?"

祝母气得老泪纵横,说:"你还不承认!被人绑架吊了一晚上,我这就打电话给我哥,让他收回给你的股份。"见老妈真掏手机,祝国祥忙阻止道:"妈,妈,妈,你千万别对我哥说。我知道错了,是国英告诉您的吧?"

"你承认去澳门赌博的事了?"

祝国祥恳求:"妈,我可以在您面前赌咒,是同去的柯老板欠赌场的一百五十万。姓柯的死了,赌场的人就绑架我,逼我还柯老板欠的赌债,不然就要弄死我。"见母亲半信半疑,祝国祥又说,"现在没事了,不欠赌场的钱了,借国英的钱我也早还了。"

"你的钱哪里来的?"祝母追问道。

"我有个朋友遇到吃官司的事,法院我有朋友,帮他摆平了,朋友为感激我,就帮我还清了国英的钱。妈,您应该相信我,哥待我这么好,厂子交给我管理,还给了我股份,我怎么会背着他去澳门赌博?"然后把母亲扶到椅子上坐下,嘴上抹蜜了一般:"再说,妈为了我,得罪了我嫂子,我要是辜负了您的希望,还是个人吗?"

"你知道就好。"祝母叹了口气:"为了你的事,你嫂子一直有怨气,不搭理我,对你哥也没个好脸色。你要是再不争口气,妈就没脸在这个家待下去了。"

却说傅佳钢回到家,只字不提去江阴的事儿,只埋头吃饭。听薛三妹问,才"嗯"了声。薛三妹又问:"你找大昌干什么,想去他厂子里干吗?"

傅佳钢不回答她的问题,却说:"大昌辛苦创下这份家业不易。"扒了几口饭,突然冒出一句,"我看,大昌的厂子,好景不会长。"

薛三妹心里一紧,忙问:"为什么?"见傅佳钢不作声,薛三妹又问,"你这次去江阴,到底发生了什么事?"见傅佳钢就是不肯说,薛三妹就转话题道,"我弟昨天来了,说他跟市蓝天技校说好了,聘你去当老师。"

"你跟浩子说,我不去。"这下傅佳刚倒很干脆。

"那你想干什么?"

"我不想靠别人。想了一阵子了,也都谈好了,去西塞凉山承包荒山种柑橘。"见妻子满脸吃惊,他解释道,"西塞凉山那地方一直有种柑橘的传统,我请了一位柑橘研究所退休的老专家,多次实地考察过,准备引进一种叫冰糖柑橘的新品种。"

"现在就缺启动资金,是不是?"说着薛三妹从沙发拿起小提包,掏出两张银行卡递给丈夫,"这张卡上有二十万,是我多年的积蓄;这张卡上有六十万,你拿着吧。如果不够,我让浩子帮你借。"

傅佳钢看着后面那一张银行卡:"这六十万哪来的?"

见妻子只是看着他,不作声,他明白了。

薛三妹说:"你去西塞后,我把我妈接来,帮我照顾家。"

傅佳钢又埋头吃饭,说:"那又要辛苦你了。"

"没什么,你不在家的那些年,我都是这样过来的。"

傅佳钢的眼睛不由红了,说:"三妹,对不起,这些年,让你受苦了。我一定让你和儿子过上好日子。"

一声迟来的道歉,薛三妹泪落如雨。

第二十章

新临钢的厂区内,高高飘浮着几个大气球,上面挂着的长条幅十分醒目:"机制创效益,股份促发展","改变竞争规则,走共生价值之路"。

俞钢尝试打破原有分配机制,用公司年终超额利润的百分之二十作为奖励技术人才、骨干员工的股份,以后每年享受分红,这无疑是平地一声雷。一连几天,新临钢的干部职工都在议论这件事,大部分人抱着怀疑的态度在观望,但内心是赞成的。过去总说工人阶级是企业的主人,企业遇到困难时,一声下岗,就把主人扫地出门了,如今让优秀员工持股,让他们真正成为企业的主人,这是他们想都不敢想的事。

但也有一些人在悄悄议论着,觉得这事怕没那么容易。也有人说,俞钢终究是年轻,没有政治头脑,这次怕是要栽了。还有老资历的,拿当年易国兴来比,说当年易国兴如何风光,如何雷厉风行,报纸电视把他捧成改革明星,结果呢,捧得越高,摔得越重。

孙锦西到省党校学习了一个星期,回来看见厂区上空的气球标语,才晓得这件事,心里"咯噔"一沉,感到问题严重,一晚上没睡好。第二天早早来到俞钢办公室,见黄彦清正好也在,就直接问俞钢:"俞总,这么大的事情,应该通过公司党委开会讨论。"

"上次开会我吹过风了。不和你们商量,就是想万一出了问题,由我承担全部责任,不至于把你和彦清拉下水。"俞钢给他倒水。

孙锦西心头一热,俞钢这样做并不是专权,而是为他和黄彦清着想,这一层倒是他没有想到。越是这样,他越是要护着俞钢的周全,语气于是委婉了许多:"你为我们好,这份情意我心领了。可你想到没有,新临钢有一个工资总额在那儿限着,就算拿出超额利润的百分之二十,也只能作为奖励发放,怎么能擅自变为股份?这是严重违反集团分配原则的。要知道,我们只是中华集团下属的子公司,进行股份制改革,首先要得到集团的授权。"

他急,俞钢却不急,说:"老孙,你也是在体制内工作几十年的老干部了,我为什么不向集团先汇报取得批准再干,难道你想不通吗?国有企业员工持股的政策国家早就有了,九十年代末,许多企业还实行了管理层收购,中华集团为什么没有这样做?显然集团对这一政策有自己的认识。咱们不说集团,比如我,就明确反对管理层收购,因为这容易导致国有资产流失。但我认为,员工持股是可行的,集团没有政策,说明集团有自己的顾虑。假如我们向集团打报告,请问哪个领导敢批?我们的报告一递上去,就等于是把球踢给了集团,为什么我们不能将责任担起来?而且,我相信,这是大势所趋;只不过,我们先行一步而已。我们试行的效果好,能反过来促进集团下决心。"

孙锦西还是不放心:"那你为什么不能等一等,百米赛跑就差这一步吗?为什么一定要抢跑?"

"我不想等了,新临钢也等不起。你想想看,效益是他们干出来的,我们干部拿着高额的年薪,他们每月就靠三四千元工资,还不如一些民营企业。这公平吗?放到你的身上,你会有动力吗?德鲁克说,让员工有成就感,而不是追求让员工满意;在工作当中让员工能够不断地打胜仗,取得挑战性的目标和成果,是公司能够为员工提供的最重要的东西。"

孙锦西苦口婆心道:"我的俞大人,你读德鲁克的书读多了,他的理论在西方国家行得通,在中国是行不通的。他本人不是说过吗,中国的事情应该由中国人自己把它做好。"

见二人越争越激动,黄彦清说:"我可不可以发表一下看法?"

两个人都看向黄彦清,同时说:"你说。"

"首先,我认为老孙是出于对俞总的爱护,这一点很好;其次,我赞同俞总的决定,竞争机制不改,企业里的微观主体没有活力,何谈深化新临钢改革?"

孙锦西一听他完全被洗脑了,便大声质问道:"你们到底向集团汇报了没有?有红头文件下来吗?"

俞钢沉着脸反问:"老孙你车轱辘话又回过来了,我前面都说得很清楚了,如果每件事都等着领导发话,那要我们来干什么?总应该有危机意识,未雨绸缪地干点儿实事。"

"可你的思想也太激进了!你想做中华集团第一个吃螃蟹的人,你考虑到这里面的困难和阻力了吗?刚愎自用、一意孤行,做早了就是先烈,大好仕途就画上了句号。"孙锦西越说越激动,"就说易国兴吧,临钢改革是他搞起来的,他有能力、有魄力,但结果怎么样?他老兄做了'先烈',沦为打工者。你比易国兴的问题还要严重!我的俞大人,头脑冷静点儿,别干出彗星撞地球的事好不好?"

俞钢说:"易国兴的问题跟我们不一样,不好直接类比,这你我心里都清楚。集团将我放到这个岗位上,我就要对集团负责。我问你,明明看到了问题,因为害怕丢掉头上的乌纱帽,选择不作为就对了吗?大胆解决问题的人还错了?"

孙锦西涨红了脸:"你是说我不作为?还是说我爱惜头上的乌纱?"

"我谁也不针对,就事论事。"

孙锦西生气:"说我爱头上的乌纱,我现在就可以向集团提出辞职。"

两个人这样争论下去,也不会有个什么结果。他们都秉持着公心,只是认识不在一个层面上,再争下去怕是要伤和气,黄彦清便劝孙锦西说:"老孙你先消消气,这事我和俞总再好好商量商量。"说着便将孙锦西往门外拉。孙锦西话赶话说出了辞职,也觉得不妥,便借坡下驴,走到门口还是忍不住回头加了一句:"你俞钢是国企的老总,不是私营老板,新临钢上面是中华集团。"

孙锦西心里忐忑不安地走了。他自知不是帅才,但他愿意全力以赴协助俞钢,帮助他查漏补缺、预报风雨、躲过暗礁,这是他的长项。他也想过,如果当年易国兴不挤走祝大昌,而祝大昌也能有些包容心和易国兴搞好关系,帮助他查漏补缺,当年临钢的改革也许会是另一番景象。他暗下决心,绝不能让悲剧重演。

当集团庞副书记找他谈话,强调思想政治工作的重要性时,他就意识到,有人向集团领导打了小报告,矛头对准的是俞钢。想要在临钢实现自己的理想,首先要临钢活下来。他深知,企业内耗无非就是权力斗争,企业要死不活时,没人愿当顶梁柱、稳定器;而一旦你搞好了,就有人想抢桃子,搞倒搞臭你,各种卑鄙手段都能施展出来。

孙锦西回到办公室,解开衣领,想让风扇吹走心中的烦闷,这时候桌上电话响了,是林佩兰打来的。两个人说好了,等他从省党校学习回来,就到民政局办复婚。俞钢放气球的事让孙锦西很闹心,也没有了去民政局的心情,就对林佩兰说:"我现在很忙,没时间。"然后就挂断电话。没一会儿,电话又响了,他以为又是林佩兰打来的,刚准备解释,就听到集团庞副书记的声音:"老孙,俞钢是不是放卫星了,还要打破国企分配机制?"

孙锦西赶紧为俞钢打掩护:"庞书记,俞总只是放了几个气球,在奖励问题上有一点儿想法。"

庞副书记问:"俞钢究竟想干什么?"

孙锦西斟词酌句说:"他想征求全公司干部和工人的意见,能否把年终奖励这一块儿,变成技术人才和骨干员工的股份。庞书记,这只是俞总的一种尝试,目的是想建立一种效酬合一、利益共享、风险共担的长效机制。"

电话那端沉默了一会儿才说:"集团会密切关注这件事。有什么情况,你要及时向集团汇报。另外,你把群众的反映和意见整理一下,搞成书面材料,尽快呈报上来。"

放下电话,孙锦西心里翻腾开了,肯定是又有人向集团打了小报告。听庞副书记的口气,俞钢的行为已经造成很坏的影响了,集团要追查和追责,不然要群众的反映和意见干什么?

晚上,孙锦西回到招待所,高升来了。高升管招待所,他这个月还未交房租——他住公司招待所这两年,每月都是坚持交一千元房租费——他以为高升来收钱。高升却不提这事儿,只和他谈俞钢放气球的事:"孙书记,你今天和俞总的争论,大家都听见了。俞总胆子也太大了,为所欲为,这不是公开与集团对抗吗?"

"不要把问题说得这么严重。俞总也是想吸引人才、留住人才,深入挖掘内部潜力。"

高升打断说:"他这是把自己凌驾于集团之上,有野心。"

"俞总是为了工作,为了临钢更上一层楼。"

高升见孙锦西不跟自己一条心,转圜道:"这不是我说的,是我中午到职工食堂吃饭,听到工人群众的议论。"

孙锦西一抬眉毛："你还听到哪些议论？"

"议论可多呢。有的说俞钢拿国家的钱讨好技术人才和骨干员工，捞取政治资本；有的说他刚愎自用、独断专行，排斥反对他的人和声音，想树立个人权威；还有人说，凭什么只有技术人才和骨干员工可以持股，既然俞钢说要让每个工人都享受到临钢发展的成果，那我们普通工人是不是也要有股份……"

孙锦西静静听着，一言不发。高升接着说："对俞总前不久在大会上的讲话，很多人也有非议。'不靠实力的精神，就是神经'，这是什么逻辑？这不就是贬低精神的作用，鼓吹金钱可以买到实力，号召大家朝钱看吗？"见孙锦西还是不作声，高升又道："孙书记，在我的心目中，你是个恪守党性原则、克己奉公的好领导。再说，我是出于公心，才把干部工人说的这些问题，如实地向您反映。"

孙锦西想到集团庞副书记交代他的事情，就说："俞总放气球的问题，集团还没有定论，我不能光听你老高一面之词，我想直接听一下群众代表的意见。"

高升说："这还不容易？明天晚上找几个群众代表来，由他们向孙书记反映，免得说我败坏俞总的名声。"

第二天早上，孙锦西又来到俞钢办公室。公司监察室的陈处长正在跟俞钢汇报，见孙锦西来了，陈处长就点个头走了出去。俞钢看了一眼满脸严肃的孙锦西，笑了笑："怎么，孙大书记，又是为我放气球的事吗？"

孙锦西说："给头脑膨胀的气球放放气，不至于飘到无边的高处，有什么不好？"

"有这点儿时间，你还是跟林老师办复婚手续去吧。林老师给我来电话了，说不知道你哪根筋出了毛病，不想跟她复婚了，让我说说你。"

孙锦西不领情："这是我们夫妻的事，我会处理好的。你还是好好考虑你放气球头脑膨胀的事。说句话你也许不爱听，但我还是要说，当年易国兴就是头脑膨胀，听不进意见，才搞到后来的结局。"

俞钢有些无奈："好好好，孙书记说吧，我洗耳恭听。"

孙锦西就开始分析俞钢的思想根源。自从俞钢担任新临钢老总以来，只谈钱，搞这个奖励，那个奖励，从来不提主人翁精神，不提为国争光，这在国有企业是行不通的。

俞钢反问:"什么是主人翁?不要用这种口号绑架员工,如果你能给企业创造价值,不就体现了主人翁精神吗?给员工应得的回报,不就是对主人翁最好的尊重吗?"

孙锦西的情绪又激动起来:"咱们临钢人炼出中国第一颗上天的人造卫星的钢,那时候,获得全国劳模、省市劳模,不就是一本荣誉证书、钢笔洗脸盆之类的奖励吗?"

俞钢寸步不让:"那照你这么说,我们还不用搞改革开放呢!我的孙书记,那是贫穷的年代,物质匮乏,大家都是一样的穷,所以习惯讲精神、讲情怀,现在物质丰富了,我们有钱了,我们固然要讲情怀、讲精神、讲奉献,但不能再让技术人才、骨干员工像苦行僧一样为国奉献了,应该让他们享受时代红利。这样的问题,上世纪九十年代,广东人就先行一步了,你怎么还开历史的倒车?"

孙锦西也忍不住了,大声说:"我不厌其烦说这些,难道你俞大人还不明白我的意思,非要我明说吗?新临钢不是铁板一块。我是有这方面教训的,别为了放气球,毁了自己的大好仕途,重蹈我当年的覆辙。你想振兴临钢,前提是你得留在新临钢;而现在,有人想借这个机会,将你挤出新临钢。这么浅显的道理,难道你就不懂吗?"

这时候,蒋副总陪着两位东北客人来了,冲淡了他们的争论。客人是大庆油田总公司的,临钢生产的油井管道无缝钢管,他们认为质量很好,来洽谈长期合作事宜。

孙锦西便退出来,到二楼黄彦清的办公室。正好一拨工人从他办公室出来。见孙锦西来了,黄彦清倒了杯水,笑说:"又给俞总上了堂思想课?"孙锦西于是说起集团庞副书记打电话来的事,又有人向上面打了小报告,俞钢放气球的事闹大了,已经引起集团领导的高度重视了。

黄彦清也有些担心,问:"这事你跟俞钢说了吗?"

"我怎么好明说。昨天我跟他发生争论,今天说集团领导要追查此事,他还不认为是我拿集团领导压制他呀。"接着,转过话题问黄彦清,"你召集工人开会,是想支持俞钢放气球吗?"

黄彦清点头称是,说群众最有发言权。

孙锦西说:"彦清,你要真为俞钢好,就不能总是迎合他,尤其在重大原则问题上,不能和稀泥、当老好人,该坚持的一定要坚持。这才是爱护俞钢

469

的表现。"

黄彦清神情也变得严肃起来:"老孙,你掏心说一句,俞钢的想法有什么不好?"

孙锦西语气沉重道:"想法是好的,但国企制度下,从来就没有这个先例。"

"这么说,你老孙心里还是赞成的。你口口声声说你是爱护俞总,那为什么你就不能旗帜鲜明地向集团领导阐明自己的观念?完全没有必要戴着面具生活嘛!"

孙锦西被"戴着面具生活"这句话刺激到了,激动地说:"俞钢不能理解我的苦心,你黄彦清也不能理解吗?我这是为谁在戴着面具?我是为了他俞钢戴着面具、为临钢戴着面具。你知道现在多少双眼睛在盯着他吗?就等着他出错,一旦他逾越了红线,别有用心的人就会利用这个机会大做文章,污蔑陷害,搞垮搞倒俞钢。"

黄彦清赶紧安抚道:"老孙你别激动,我为我刚才这句话道歉。"

这时,又有几个戴安全帽的工人来了,黄彦清忙让座、倒水,孙锦西便走了。

晚上,高升带着几个工人代表到招待所来了。其中一个孙锦西认识,原是老临钢公司小车队的司机,绰号六儿。还有一个胖女人,原是职工六食堂的司务长。一见到孙锦西,这几个代表义愤填膺,众口一词谴责俞钢:"什么打破分配机制?屁,他就是想树立个人威信。""就是,他完全是瞎鸡巴搞,拿国家的钱捞取政治资本。""他作风粗暴,独断专行,打击和迫害反对他的干部,大搞顺我者昌,逆我者亡。""我当过科长,我代表全公司干部和员工,对俞钢这种践踏公司原则的行为,表示万分愤慨。这种人应该下台。"

孙锦西听得脑仁疼,这些人,一个个张口就是上纲上线的空话和口号,一听就不是工人代表的说话方式,他心下明白,这些人说的话,是有人教他们说的。

见大家说得差不多了,高升也开口了:"孙书记是一个顾全大局、恪守原则的好领导,他会把大家的这些意见和呼吁向集团领导如实汇报的。对于俞钢的诸多问题,集团会调查清楚、严肃处理的。孙书记,你说是不是?"

孙锦西没有正面回答,干咳了两声才说:"刚才大家所反映的问题,我都听见了。"见众人露出兴奋的神色,他接着说:"大家能为新临钢的前途和命运着想,出发点是好的,我一定会尽快向集团领导汇报。但我担心在电话中不能把大家的意见表达清楚,所以还是请大家把今晚谈到的这些问题,整理成书面文字,我好呈报集团。"

高升当即吩咐六儿:"你辛苦点,按孙书记的要求,把大家反映的问题搞一个书面材料,明天中午之前送到孙书记办公室。"

六儿满脸恭维,连连点头:"好,好,我回去就整理。"

第二天中午,六儿把整理好的材料送到了孙锦西办公室,满满十张纸。孙锦西看着上面像鸡爪刨的歪斜的字迹,错别字连篇,便丢到一边。

集团庞副书记又打来电话,督促孙锦西把职工们的反映和意见尽快呈报到集团,领导层要开会认真讨论。孙锦西感觉问题越搞越严重了。集团领导层还要专门开会讨论。他于是决定再找俞钢谈一次,把手中这份反映材料给他看看,让他明白自己目前的处境,不要在错误的路上越滑越远。

俞钢正端着饭盒吃午饭,见孙锦西来了,招呼道:"吃了吗? 没吃的话,我这儿还有两个馒头一个咸蛋,凑合下。"

孙锦西不作声,把手中的反映材料扔在他办公桌上。

俞钢边吃边看,来了一句:"好哇,百家争鸣了! 就是这字写得太难看。"

孙锦西又生气地拿过来:"好什么,集团庞书记来电话催了几次,要我赶快呈报上去,公司领导层要开会讨论。"没等俞钢开口,又说,"我的俞大人,你能不能听我一句劝,收回你放的气球,步调和上面保持一致。"

俞钢说:"又来给我上课了,你说,你说。"

"拿大好仕途做赌注,不值得,员工持股不是包治百病的灵丹妙药。"

俞钢立即反驳:"但它是引擎。全球营收前五百位的大型企业,不都实行了股权激励机制吗?"

"中华集团为什么不搞,你想过没有? 枪打出头鸟,一人一口唾沫,就让你死无葬身之地了。"孙锦西觉得自己真是苦口婆心到极致了。

"如果我顽固到底呢?"孙锦西脸紧绷得像是打了一层蜡:"我就和你斗

471

争到底！我都快退休了，一生没有违反原则，不能陪你一起当先烈。"说完摔门而去。

这天下班，传达室给了孙锦西一封信，竟然是封匿名信，揭发俞钢利用母亲严重受贿。孙锦西的第一反应是，匿名者如果真掌握确凿证据，为什么不实名举报？当年在华钢，有人为泄恨报复，诬告俞钢为妻姐谋私利；这次又是俞母，手段如出一辙地卑鄙。但问题反映到他这儿来了，他总得了解清楚。

第二天早上，他来到公司监察室办公小楼，找陈处长问。陈处长说监察室也收到了匿名信，正准备着手调查。孙锦西问："你们相信吗？"陈处长笑笑，反问他："孙书记相信吗？"

孙锦西说："老人容易犯糊涂，你们先调查一下再说。为慎重起见，此事要保密，暂时不要向上汇报。"

陈处长点点头："该向哪级领导汇报，不该向哪级领导汇报，我们监察部门是有纪律的。何况此事牵涉到俞总，目前不让他知道为好。"

两天后，陈处长向孙锦西报告，事情查清楚了。半个月前，有人到俞钢家，对俞母说是江城来的，俞总曾给予他帮助，他是特意来感谢的，然后就留下一个黑提包走了。俞母马上就将黑提包交到了社区。

孙锦西忙问："包呢？"

陈处长说："社区已经派人送来了，里面的两万元人民币，只有两千是真币，其余全是假币。"

除了这些小动作，不利于俞钢的流言蜚语也越来越多。黄彦清劝俞钢，股权激励的事还是缓一缓再说。俞钢淡然笑笑，气球放飞天空的那一刻，他就做好了最坏的准备，大不了被撤职。他看了黄彦清一眼，说："做得多错得多，但不能因为怕做错而不做。没有错，说明你什么都没干。任正非曾经说过一句话：不要脸才能进步，面子是给狗吃的。"说着，拿起桌上的安全帽，要去检查工作。新临钢从日本引进了一条轿车齿轮用钢生产线，正在建设之中。

晚霞退去，钢厂在落日的余晖下静默着，再看不到昔日沸腾而喧嚣的景象，看不到火光冲天，也听不到巨大的轰鸣声和气锤声。随着新临钢装备迈入现代化，夜幕下的厂区除了闪烁璀璨的灯火外，听不见任何钢铁撞击的噪音,也闻不到过去钢厂特有的难闻的气味,空气中反而散发着花草的清香。偶尔从长江上传来三两汽笛声,打破厂区的寂静,更给工厂增添了几分魅力。放眼望去,次第亮起的灯火使十里钢城景象更加壮观。

很晚了,俞钢才一脸疲惫往家走。秋意已浓,微风带着几丝阴凉,没有月光,厂内厂外静谧无声,花草丛中,秋虫的鸣叫格外悦耳。俞钢习惯了边走路边思考明天的工作。刚拐入没有路灯的巷子,背后就传来一声骂:"易国兴,老子打死你。"接着,背后一阵劲风袭来,俞钢多年练习跆拳道,养成了本能的反应,头一偏,左肩膀重重挨了一棍,肩膀顿时脱臼,疼痛难忍。偷袭者扔下手中的短棍,隐入暗处逃走了。

第二十一章

俞钢挨黑棍的事,无疑又是平地一声雷,如今早已不是刚刚改革开放的年代,社会文明进步不说,工人反映问题的渠道也多了,居然还用这种野蛮的手段。孙锦西知道后震怒,也十分痛心,当即来到黄彦清的办公室:"简直搞邪了,打黑棍打到公司老总头上了。"

黄彦清却显得很冷静,说:"事情发生了,骂有什么用?当务之急是查出嫌疑人,稳定人心。"

"俞总住院了,那你就牵头呀!"

黄彦清说:"你是书记,主管常务工作,这个时候应该是你牵头,负责主持公司工作。"

孙锦西回到办公室,打电话叫来保安科龚科长,让他迅速带人展开调查,尽快查出打黑棍的人。龚科长刚走高升就来了,说俞钢挨黑棍的事大家都在议论,说俞总挨黑棍,是他的倒行逆施引起了民愤。

孙锦西突然从心底里涌出一股厌恶。他生平最恨的,就是上纲上线。高升没看出孙锦西对他的厌恶,还在火上浇油:"孙书记,这件事是隐瞒不住的,你应该尽快向集团报告。"

孙锦西心里正没好气,发火道:"凶犯都没查到,怎么向集团报告?"稍顿了顿,斥责道:"老高,俞总挨了棍子住在医院,我听你这话,怎么有些幸灾乐祸?"

高升忙辩解:"孙书记你别多心,这是大家的议论,我只是如实向你汇报。集团领导要是追问下来,你也好回答。"

好不容易打发走高升,孙锦西赶紧叫司机送他到八卦嘴爱康医院。监察室陈处长在,见孙锦西来了,就点头打招呼匆匆走了。孙锦西挨近病床前,关切地问:"伤势如何,无大碍吧?"

俞钢拉着他坐:"医生说要静养半个月。"

"看清行凶者的模样没有?"

俞钢说:"黑灯瞎火的,事发突然,没看清。"

孙锦西道:"我看这事蹊跷。当年易国兴那么不得人心都没挨黑棍……算啦,不说了,我不跟你斗嘴皮子,只希望你俞大人早点儿好,早点儿回公司主持工作。"

俞钢笑:"那这段时间辛苦孙书记了。我正好可以静下心来,重读德鲁克的经典。"

孙锦西便也笑:"还读德鲁克,你就是中了他的毒。"坐了一会儿,感觉俞钢和他之间还是有了隔膜,是啊,观念不同,就是会让曾经志同道合的人越走越远,孙锦西也觉得有些无趣,便起身告辞。临走前又问:"你母亲那里怎么交代?"

俞钢说:"我已经打了电话,说去国外半个月,让老家幺叔接她回去住几天。"

两天后,龚科长报告,查到了打俞总黑棍的人,原是老临钢机械分厂的工人,那年下岗后受了刺激,精神失常了。事发是晚上九点多钟,有人看见他在叶家塘活动,巷内的监控器也证实了这一点。

孙锦西不信事情会这么巧,问:"他家里没人看管吗?"

龚科长说:"听他家人讲,平时是关在小屋里的,不知那晚怎么跑了出来。但听周围邻居反映,他这两年都没有犯过病。"

"此事必有蹊跷,继续调查,一定要弄个水落石出。"

孙锦西挑起全公司的担子,每天忙得脚不沾地。虽然生产经营不用他操心,但一些反映到公司的问题,他不能不解决;政府领导到公司检查工作,他不能不陪;重要厂家和国外客商来厂考察和洽谈,他不能不参加。还有一些意想不到的事情,林林总总,方方面面,每天像陀螺一样转来转去停不下来。这下孙锦西尝到了当一把手的滋味,确实不易;不像他当书记的,平时不用操这么多心。

孙锦西也在焦急和忧虑之中等待着集团的下文，俞钢挨黑棍的事，就算他不报，也肯定有人反映到。孙锦西隐约觉得，高升就是这个背后想整垮俞钢的人，他既有动机，也有能力，几次三番在孙锦西面前的表现更是露出了马脚。他考虑好了，只要集团领导打电话来，他就要把心中这些疑问全盘端出来，表明他支持俞钢的态度。

然而，十多天过去了，孙锦西并没有接到集团的电话，倒是黄彦清，兴奋地拿来一张《中国经济报》，让他看头版刊登的新闻。原来，中华集团以增资扩股同步股权转让的方式引入天津冶金有限公司、包头精密集团有限公司、山东特种材料有限公司三家民营企业，签约仪式在京举行。混改之后，将大力改革分配机制，推进员工持股，让员工充分享国企发展的红利。

孙锦西仔细看了三遍，半信半疑地问黄彦清："这么说，集团已经在搞混合制了？"

黄彦清的欢欣鼓舞溢于言表："这是大势所趋。"见孙锦西不作声，黄彦清又道，"'混'和'改'都是手段，最重要的目的是把国有企业做强、做优、做大。老孙啊，在这个问题上，俞总站得高、看得远，比你我都有先见之明啊。"

听黄彦清如此说，孙锦西顿感惭愧万分，心知黄彦清这是给他台阶下。在这个问题上，他黄彦清可一直是俞钢的坚定支持者，而自己的表现，像站在河边不敢下水的小马。这一刻，孙锦西似乎全明白过来，心里也像汽缸的水一般翻腾开了：俞钢放气球的事情，为什么集团迟迟不发声？庞副书记只是让他收集群众的反映和意见，那是听取民意，并非是什么追查问责；是他自己一朝被蛇咬，十年怕井绳，将简单的问题想复杂了。他有些尴尬地说："看来我是老了，前怕狼后畏虎，说到底，还是私心太重。彦清，我们一起去看望俞钢吧，把这个好消息快带给他。"

黄彦清看出来他的感喟，安慰道："老孙你的为人我们都清楚，你是对事不对人，俞钢不会放在心上的。"

不料俞钢看了报纸却显得很淡定，一切似乎早在他意料之中似的，只是笑笑，说集团管组织工作的顾副总已经给他打了电话，关心他受伤的情况。这个星期三，顾副总还将代表集团来临钢检查工作，传达集团的重要指示。

黄彦清赶快趁机说："老孙也认识到他的错误了，不好意思独自来见你，一定要拉上我。"

孙锦西便真诚地给俞钢道歉。

俞钢忙拦住他:"老孙,咱们共事多少年了,我还不了解你的为人吗?不用多说了,一切尽在不言中。"

星期三上午,集团顾副总果然来到临钢,先和孙锦西谈话,拿出档案袋装的一大摞材料让他看,都是匿名寄到集团的。孙锦西看了,脸色骤变,大多数是告俞钢的,还有告黄彦清的,其中有两封还是告他的,称他原在临钢当经销处处长时,就曾大肆受贿、乱搞男女关系。另外,还有匿名者为搞倒俞钢,罗织一些莫须有的罪名,写给省市领导的所谓反映材料也都转到集团了。顾副总这次都带来了。

第二天上午,公司中层以上干部开会,孙锦西主持,顾副总代表集团讲话,市领导出席。顾副总首先介绍集团与三家民营企业在北京签约的情况,说国企是共和国的长子,不是泥足巨人,以混合所有制改革为切入点,这是在新的历史起点上,培育具有全球竞争力的世界一流企业。然后,就对临钢这几年取得的成就给予了充分肯定。谈到俞钢放气球的问题时,顾副总和随后讲话的市领导做出评价:敢于探索、勇于反思,大胆冲破僵化的思想樊篱。

会后不久,监察室陈处长、保安科龚科长陪着三位穿制服的年轻人,带走了高升。

俞钢出院这天,孙锦西特意买了荷叶包的卤菜,还有两小瓶酒来到俞钢办公室,说他今天请客。

俞钢打趣说:"那年在华钢,你也这么请过我一回。"两个人就跟多年前一样,且聊且喝。两小瓶酒喝完,正好俞钢妻子魏小敏打电话催他回家。

孙锦西忙站起来:"哟,夫人回来了。是我的不是,久别胜新婚,你快回去吧。"

见孙锦西欲走,俞钢忽然说:"老孙,我已经通知了招待所,收回你的房间。"

孙锦西一怔:"我每月是交了房租的。"

俞钢板着脸:"交了房租也不行。你是客户吗?大家都对你孙书记有意见了。"

孙锦西急了:"那我住哪儿?"

"回家呀,你又不是没家。"见孙锦西不作声,俞钢又说,"今晚就回家,明天和林老师把复婚手续办了,到时再请顿酒就行了。"

孙锦西傻傻笑道:"我是该回家了。"

孙锦西先回招待所收拾了东西,拉着行李箱回到家时,以为林佩兰睡了,没想到女儿林小艺回来了,母女俩正亲热地说笑。见孙锦西带着几分醉意拉着箱子回来,林小艺叫了声:"爸,你喝酒了?不会是为了给自己壮胆儿吧?"说着还冲妈妈挤眼睛。

孙锦西也笑:"我回自己家还用壮胆儿!老爸今天特别高兴,你回来了,我更开心。以后再不离开家了。"

林佩兰赶紧接过他的行李箱,吩咐女儿给爸爸泡茶。孙锦西问女儿:"你咋回来了,祝大昌给你放假了?"

"我和祝总前天到的郑州,办完事儿我去见大学闺蜜,祝总被朋友留住了,要带他去开封谈一个项目,我就提前回来了。祝总过两天才回临江,我就正好回来看妈和你。"

"在大昌那儿干得还好吧?"

说起祝大昌,林小艺立刻两眼发光,滔滔不绝说了一大堆:"祝总做人谦恭,会赚钱,缺点是不会享受生活,到哪儿都是蜻蜓点水来去匆匆,既不游玩又不品尝当地美食,跟老爸有许多相似之处。老爸干什么都恪守原则、固执己见,祝总也是。别看他企业做得成功,其实他活得很累,在员工眼里,他想做个好老板;在母亲面前,希望做个好儿子;在弟弟面前,希望做个好兄长。一个过于追求完美的人,其实是活在别人的眼光里,忽略了自己真实的内心。"

"那他在他太太眼里呢?"林佩兰盯着女儿问道。

林小艺低下头,说:"这个我没有太留意。好像……他们感情不是太好,据说是因为祝总未经太太同意,送给了他弟弟百分之三十的股份。"

林佩兰拉着女儿的手,说:"看看,我们女儿长大了,说起爸爸和老板的事儿来一套一套的。你爸是当书记的,哪能不恪守原则、处事慎重?像你这样岔口就说怎么行?"

林小艺快言快语:"反正我不喜欢老爸这种作风,学会生活才是最重要的,事事讲原则,生搬硬套,天天戴着条条框框生活,不累吗?"

林佩兰给女儿使眼色,孙锦西却说:"小艺说得对,书记也是人,生活才是最重要的。老是戴着面罩活着,痛苦,也很违心。"

听孙锦西说出这番话来,林佩兰深感意外,有点儿惊喜地看着他。林小艺也感到意外,老爸总算活明白了,高兴地说:"老爸变了,这是我们的福气。"

祝大昌在新疆库尔勒的时候,就听说俞钢挨了黑棍,本来是要回江阴的,特意绕道临江,带了几箱库尔勒香梨和葡萄干。到了才知道,俞钢去了布鲁塞尔。只见到了孙锦西。

祝大昌便问:"俞总去布鲁塞尔干吗?"

孙锦西说:"打官司。"

原来,新临钢进军石油材料领域后,短短两年,不仅横扫了国内市场,国际市场也占据了半壁江山,钢管出口量占到百分之六十五,用户包括斯伦贝谢、贝壳休斯、哈利伯顿、国民油井、威德福、瓦卢瑞克等全球著名的石油技术服务公司,欧洲的蒂森克虏伯、利勃海尔、海德克等也成了他们的用户。三个月前,欧盟毫无根据地把新临钢的产品划入"损害威胁"之列,并以"反倾销"为借口,对新临钢销往欧洲的六千吨钢管征收百分之三十九的关税。同时被制裁的还有中国华菱管线、攀钢成都无缝管、无锡西姆莱斯、鞍钢等九家企业。在欧盟理事会对此案行政仲裁表决时,欧盟二十七个成员国中有十三票赞成、十二票反对、两票弃权。也就是说,欧盟理事会内部对这一结果的争议也是很大的。国内企业经过紧急磋商,决定由新临钢牵头,积极向国家商务部寻求解决,同时以单个企业为主体,一纸诉状将欧委会告上了欧盟法庭。

祝大昌听着孙锦西的介绍,没作声。

上个月,美国刚刚对华薄壁矩形钢管进行制裁,他的厂也受到影响,好在他有这方面的经验,损失不大,没想到欧盟也下狠手。面对不公平的贸易制裁,敢于应诉的企业越来越多,但是像俞钢这样,拿起法律武器主动挑战,把官司打到国外去的企业却为数不多。

祝大昌回到江阴,心里却牵挂着新临钢和欧盟的官司,官司的输赢,也与他的企业息息相关。半个月后,听说俞钢回来了,祝大昌又来到新临钢,了解同欧盟打官司的详细情况。

俞钢说:"对方最终裁决文件中,几个至关重要的数据,包括中国出口至欧盟市场的数量、中国的出口价格、欧盟厂商在欧盟市场的销售数量、抽样厂商的销售价格等数字完全是错误的。他们就是故意打压中国企业。"

祝大昌很担忧,问:"有胜算吗?"

俞钢长叹一声道:"你经常跑欧洲,也知道的,他们的办事速度缓慢到令人发指。这场官司,可能要打持久战了。不过,诉讼耗时耗力,在我们意料之中,我们已经做好了长期准备。这是一条艰难的路,与欧盟进行较量,需要拿出十足的信心和勇气。这官司,总得有人挑头来打。"

听说律师是涂兰兰介绍的,是被业内称为中国"反倾销"第一律师的浦律师,祝大昌赞叹道:"临钢出去的,个个好样的。不过,以我的经验,到欧洲打官司,只请中国律师不够,还得请欧洲方面的律师。"

俞钢点点头:"浦律师跟欧洲律师经常有合作,帮我推荐了两位,在欧洲律师界很有名气,对中国也很友好,而且高度敬业。"

祝大昌心下稍安,说:"前不久,我到温州出差,又和易国兴聚了一次。他说自从你主政新临钢后,他的负罪感减轻了许多,尤其是王世儒总工留下的设计图帮到了你,他才算是真正从过去的阴影中走出来了,他很感激你。听我说起你在和欧盟打官司,托我给你带来了一件礼物。"说着,掏出一本老旧泛黄的小册子递给俞钢。

这本名为《欧美二洲应警惕中国黄祸》的小册子,是清末洋务运动先驱张之洞创办汉阳铁厂以后,西方洋人预言,汉冶萍有可能成为列强威胁。这本册子中,当时的美国驻汉领事称,汉阳铁厂"登高下瞰,使人胆裂,斯奚翅美国制造之乡焉。烟囱凸起,插入云霄,屋脊纵横,盖于平野,化铁炉之雄杰、碾轨机之森严,汽声隆隆,锤声叮叮,触于眼帘、轰于耳鼓者,是为中华二十世纪雄厂耶。"美国人马而根进而断言:"汉阳铁厂之崛起于中国,大有振衣千仞一览众山之势……中华铁市,将不胫而走各洋面,必与英美两邦角胜于世界之商场。"册子中还有一张泛黄的1909年上海《时报》译的《泰晤士报》文章,称汉阳铁厂生铁已制成钢,制成钢后又制成种种钢货。中国现在诚如日本,为钢铁世界之大竞争家。思之殊无法足阻中国渐进为钢铁大国耳。

俞钢开玩笑说:"易国兴走的时候,顺走了不少宝贝啊。"又严肃地说,"代我感谢易国兴,我明白他赠书的用意了。"

"我在欧洲也有些朋友,打官司有用得着的地方,我一定大力支持。"祝大昌诚恳道。

"这次同欧盟的官司,不是一家企业的事,而是关乎整个中国钢管行业的利益。这些年来,中国的无缝钢管一直背负着欧盟的高关税包袱,可以说是已经失去了欧洲市场。不管怎么样,我们也要代表中国的钢铁产业发出声音。另外,我之所以坚持打官司,胜负在其次,把欧盟理事会告到欧盟法院,让欧盟看到中国力量是目的。欧盟理事会这个裁决,本来就是试探性的,如果我们没有反应,后面各种裁决便会接踵而至。"

"不错,我赞同你的分析。"祝大昌又从小包里掏出红绸包裹的东西,递给俞钢,笑着说:"易国兴送了你一件礼物,我也送你一份礼物。"

俞钢打开红绸,是一张塑封的汉冶萍原始股票,图案是粉红色的西总门,盘踞着一条正要腾飞的蟠龙。祝大昌说:"再过几个月,就是临钢诞生百年的纪念日,我爷爷、我父亲和我,一家三代都是临钢人,对临钢有着特殊感情,也是临钢给了我现在的一切。我上次来,听说你打算建一个临钢历史博物馆,这张股票,算是我的一点心意。"

俞钢惊道:"盛宣怀签名版汉冶萍公司原始股票,这可是宝贝,你从哪得到的?"

"德国拍卖会上拍来的。"

"价值不菲吧?"

祝大昌笑道:"多少钱不重要,重要的是,这种盛宣怀签名版的原始股票十分稀有。当年张之洞建汉阳铁厂时,聘请了一些德、英、美专家,之后建汉冶萍,因为资金困难,盛宣怀除了发行原始股票,也给了这些洋专家一定的股份,就是这种有粉红色西总门图案和盛宣怀亲笔签名版的原始股票。这可是咱们临钢历史的见证。这样的宝物,我遇到了,哪能让它流落异国?临钢的历史博物馆,才是它最好的归宿。"

俞钢说:"既然是临钢的旧物,又这么珍贵,还是给你钱吧,新临钢不差钱。"

祝大昌正色道:"我说了,我是代表爷爷、父亲,代表老一辈临钢人捐献的。"

俞钢只得说:"那我就代表新临钢收下了。"

祝大昌笑了:"这两件礼物如何?"

俞钢连说:"价值连城,价值连城啊。"

中午,俞钢在招待所请祝大昌吃饭,谈到西塞山风景区。易国兴在时,嫌这里累赘,交还给了政府,今年又收归临钢管理了。临钢也投了不少钱,将老炮台的几门老炮口调了方向,一些古建遗址也请专家修缮了。饭后,俞钢开车带着祝大昌驶到西塞山顶。望江亭耸立在突兀的悬崖之上,老炮台面临东面昂然屹立。正值午后时分,阳光炙热,周围静谧的林间除了鸟啼声外,一股凉气不时从林中透出。俩人下车,凝望西面山脚下的十里钢城,回想儿时,厂子自废钢车间以下,全是污水沟;大集体时代还办有铸造厂、水泥厂等。临钢发展到今天,旧貌已不复存在,人们看到的是一座新型的,无公害、无烟尘的现代化炼钢厂。江面上,几艘满载集装箱的货船鸣笛而过,卷起一线白色的江浪,在他们脚下拍打着零乱的礁石。祝大昌想起他当年陪易国兴来西塞山的情景:"易国兴当年就是站在这里,他的那番话我记了二十年。他说,历史上的改革者,王安石,张居正,哪一个不是被人误解的?"

俞钢感慨:"易国兴到底是个理想主义者。"

祝大昌看着他,道:"你也是理想主义者。"

俞钢说:"当年易国兴站在这里评价古人,今天我们站在这里评价易国兴,不知道二十年后,人们会怎么评价我们这些人。"

祝大昌看看俞钢,感慨道:"真羡慕你,这么年轻,正当干事业的时候,又赶上了大好的时代,我不行啦,廉颇老矣。"

见向来不服输的祝大昌感叹自己老了,俞钢关切地问道:"昌哥,你对我说实话,近来你身体如何?"

祝大昌赶紧说:"身体还行,只是生意不大行。自从你们新临钢这条大鱼进了石油专用管的水里,我们这些小鱼不仅找吃的难,还要时刻担心被大鱼吃掉,日子不好过。现在只能是苦苦支撑了,因此,我想试探着转型。"

新临钢进军石油专用管领域,是企业战略发展需要,将好友祝大昌的企业挤到绝境,虽非他的本意,却也是意料之中的事,因此关切地问:"找好了项目吗?"

祝大昌略显疲惫地说:"我把郑州镀锌管厂盘下来了。"

俞钢点点头:"镀锌管行情不错,挺有市场。可这家企业为什么要出售呢?"

"不是收购,是重组控股。我出资五千万,占百分之五十一的控股权。镀锌管厂老总姓佘,就一个女儿在澳大利亚,他老婆今年年初突然中风,卧床半年多了,他想带老伴去女儿那儿休养,又舍不得将企业直接卖掉,所以就出让部分股份。我当股东和法人,负责经营和管理,年底分红给他就行了。"

俞钢提醒道:"收购重组,最怕的就是重组的企业债权不明,虽说五千万不是大投资,但最好还是找专业的团队做好背调。我们集团每年要做很多并购,这方面的专业人才多,我让郑州那边的朋友帮你调查一下。"

祝大昌笑道:"不用了,牵线的人是当地的一个区委领导,也是打过多年交道的朋友,信得过。再说了,五千万,就算都打水漂了,也不至于伤筋动骨;成了,也算是探出一条新路。民营企业,生存艰难啊。"

俞钢转过话题道:"你弟呢,还在用他吗?"

"你上次提醒我之后,我仔细查了,他没有什么大错,就是爱显摆。一母同胞,有些事,能带过就带过,我也不能太较真。"

俞钢叹息:"这就是你最大的弱点。古人说,慈不掌兵。你以为你一展慈眉,全世界都会对你善目?"

话一出口,俞钢便觉得这话有些过了,便不再说话。昔日兄弟,如今一个事业蒸蒸日上、意气风发,自然是指点江山,一个却是事业遇到瓶颈,显了疲态,洗耳恭听。也是心意相通,居然都想到了,许多年前,他们初次相见时的情形。

临江而立,一时久久无语。

唯有江风拂面,惊涛卷雪,落日西垂,倦鸟归林。

第二十二章

人迹罕至的漫漫荒野似乎走不到头,火球般的烈日下,祝大昌饥渴难忍,几近虚脱。他孑然一身,踽踽独行,几只灰色秃鹫不时在他头顶盘旋。突然,传来几声狼的嗥叫声,路边随即蹿出一只饿狼,凶猛地扑向他。祝大昌使劲朝近处一座山包跑去,饿狼在后面紧紧追赶。祝大昌心慌脚滑,从山包上坠落下去。等到他睁开眼,发现自己正挂在山谷悬崖的一棵老松上,脚下是无底的深渊。正当他感到侥幸时,忽听到异样的咝咝声,一条盘在他头顶、色彩斑斓的毒蛇伸着三角形尖脑袋,眼中泛着绿光,狞笑着朝他脸上喷来毒液!祝大昌恐惧中大叫一声,从树上坠落……

从噩梦中惊醒过来,他发现自己躺在书房冰凉的地板上,手中还紧紧抓着一本书。他想坐起来,但刚一起身就天旋地转。他没叫范小桃,而是蜷在地上,静静地听着窗外的天地之声。

斯时,外面大雨正酣,电闪雷鸣。

祝大昌身上冷汗涔涔,唇焦舌燥,身子沉重乏力。他恍惚之中想起来,刚才他在看书。许多年了,只要在家,睡前他都要看一会儿书。见书掉在地上,他从靠背藤椅上站起来想去捡,忽然眼前金星乱舞,一头栽下去。

范小桃在外屋,隐约听得书房里祝大昌的惊叫,在门外叫了两声:"祝大昌,祝大昌!"不见回应,推门进来,见到地上的祝大昌,惊叫了一声,吓得手脚发软。尽管这两年他们夫妇关系降到冰点,一天说不上两句话,她也几乎不过问厂子的事,眼不见,心不烦,但此刻丈夫犯病了,她比谁都着急。厂子可以倒闭,丈夫的身体不能垮。她顾不得多想,赶紧边抱起祝大昌的头,边打手机叫120。又大喊着把儿子和婆婆叫醒,婆婆说要煮姜汤,儿子吓得抓着爸爸的手只是流泪。范小桃拿被子给他盖上,又拿了干毛巾,垫在他的后背心窝。祝母那边已经燃起香烛,在菩萨面前拜。好不容易等到急救车到,才把祝大昌送进医院。

祝大昌在医院住了一个多星期,专家会诊认为他得了抑郁症。至于抑郁症何以会突然晕倒,专家也没有说出个所以然来,只说抑郁症的起因复杂,可能是劳累过度,精神压力太大所致,建议他找个环境好的地方静养一段时间,配以药物治疗。

祝大昌这次犯病事出突然,而且来势凶猛,几天工夫,颧骨两侧已凹陷,平时炯炯有神的大眼睛也失去了光彩。范小桃想让祝大昌去九寨沟,那地方山清水秀、风景极美,很适合静养。

祝国祥却说:"九寨沟刚发生地震,不安全;不如去云南丽江,那儿气候温和,更适合静养。"

儿子也说:"九寨沟是高海拔地区,正常人去了都会有高原反应。我也建议去丽江。"

祝大昌看着即将成人的儿子,内心颇感欣慰,说:"听国祥和园园的,去丽江。我有个朋友,是个纳西族企业家,邀请过我好多次,这次正好去他那里散散心。"

正好学校放暑假,范小桃想带儿子陪他一起,祝大昌不同意,说一家去了云南,老妈怎么办,谁照顾她?另外也耽误儿子练琴。

"还是让林小艺跟我一块儿去吧,她已经跟了我多年,会照顾好我的。"

范小桃一愣,想说什么,但想到大昌人在病中,不想再惹他不快,便说:"也好,小艺陪在你的身边,你的心情会好一些。我这黄脸婆总在你眼前晃,没病都把你愁出病来。"

祝大昌见儿子在朝他做鬼脸,便笑道:"好吧,你和儿子去,把老娘也一起带去。"

范小桃说:"我们还是不去了,一大家子,你又该操心这个操心那个了。"

走的那天,范小桃把一个蓝色塑料袋交给林小艺,里面装着一套新买的桑蚕丝衬衫,说祝大昌不爱洗澡,身上汗味重,你要他勤换衣服,注意仪表。祝国祥开车送他们到江城机场,把行李箱递给林小艺,语带教训道:"你要照顾好祝总。人家敬酒,你代他多喝点儿,少让祝总沾荤。"

　　林小艺最瞧不起祝国祥,白了他一眼,懒得理睬他,拉着行李箱和祝大昌走入候机室。

　　坐的是头等舱,旅途倒也不累,只是祝大昌身体困倦,林小艺也无精打采。二人登机之后,祝大昌对前来服务的空姐说他不用餐,不用叫醒他。林小艺见状也说不用餐,两人就都放下座椅,盖着毛毯睡了。

　　祝大昌甫一合眼,又开始做起梦来。

　　这些天来,他几乎是一闭眼就做梦,每次的梦境大同小异,烈日、饿狼、毒蛇,只是有时这狼在背后追,有时和蛇一前一后挡着出路,只是冷冷地盯着他对峙。这次的梦境却又有不同,不是在沙漠中,而是悬浮在云端,前面依然是那饿狼。他都已经和那狼熟悉了,对它说:"狼兄弟,你究竟要我怎样?"那狼只是冷笑,并不出声。他转身想逃,背后那蛇变得粗如水桶,长达百米,立起来,冲着他邪笑。他一闭眼,说罢了罢了,你们一直缠着我,那我今天也不逃了,佛陀以身饲虎,我今天就让你们二位吃了罢。那狼忽作人言,却是祝国祥的声音:"哥,这是你自愿的,也怪不得我了。"说着腾身一跃朝他扑来,他猛地从云端坠落,一声尖叫,醒了过来。

　　林小艺只是闭目想心事,并没睡着,此时忙坐起来:"祝总,你怎么啦?"

　　祝大昌脸色苍白,哑着嗓子,说不出话来。

　　空姐慌忙过来问:"祝先生,您有什么需要吗?"

　　"麻烦来一杯温开水。"林小艺说着从包里拿出一包纸巾,帮祝大昌擦额上的汗。祝大昌想接过纸巾自己擦。

　　林小艺用命令的口气说:"你别动。"

　　祝大昌听话地躺下,虚脱了似的说:"谢谢你,小艺。"

　　"这是我的工作,不用谢。"

　　祝大昌说:"我看你这两天情绪不太对,发生了什么事?谁惹你生气了?"

　　林小艺一副公事公办的样子,说:"没谁惹我,都是我自找的。"

　　中午时分,到了丽江三义机场,林小艺取了大包小包的行李。祝大昌要去推行李车,林小艺说:"不用你来,我是你的助理,打工妹就该做好打工妹的事。"祝大昌身子也提不起劲,就由着林小艺。刚出机场,就见到他的朋友和先生一脸灿烂的笑,大声叫他:"祝总、林小姐。"

几年不见,和先生蓄了美髯,着月白色对襟唐装,有了几分仙风道骨。见祝大昌眼圈乌黑、脸色蜡黄,握了祝大昌的手说:"大昌兄,几年不见,你这身体真得注意了。这次来了,就少想烦恼的事,安心养病。"

出了机场,迎面一阵劲爽的风,祝大昌顿时觉得身子里的疲劳被吹走了一大半。天空蓝得发黑,太阳下热浪逼人,走到背阴处却是凉气袭人。

林小艺看着窗外的美景,心情好了许多,不再去想临行前一晚,祝国祥找她说的那番话了。

只听和先生说:"这次你们不用住宾馆,就安排住在我家。"

林小艺说:"住您家里?就怕给您添麻烦了。"

祝大昌感觉心情也放松了许多,微笑着说:"你第一次来,不知道,一会儿到了和先生家,就知道一点儿也不麻烦了。"

果然,车到古镇,在一处古色古香的宅子前停了下来。门前迎过来一男一女两位服务员,帮他们接过行李。和先生的院子,入门朴素,并不觉得有多么特别,但进入院内,眼前豁然开朗。迎面是一汪月牙形的池塘,池中睡莲点点,锦鲤戏水;塘边种着樱花、垂柳和各种不知名的树。一条青石板路,左右环抱池塘。一行人沿左行,绕过池塘,又是一条直行的青石板路,路两边是开阔的草坪,草坪上有桌椅、秋千,几个园丁在草坪上忙碌。

林小艺小声问祝大昌:"这是和先生的家?这也太夸张了吧。"

祝大昌笑着说:"这才哪到哪,这才是第一进院子。"

果然,石板路的尽头又是一间飞檐斗拱,雕梁画栋,古色古香的建筑,石板路直接对着八开的雕花木门;进入八开木门,眼前是一个白墙黛瓦的四合院,左右是抄手游廊,正对面一排三间正房,左右两边各有一长溜儿耳房。

和先生说:"这里是我的会客室,是公共空间。"

绕过正房,后面又是一进院子。这进院子呈长方形,左右各有两个开着圆形月拱的女墙。林小艺估计,这一进院子有一二百个平方。四方的院子一角,一块集瘦皱漏透于一体的奇石和她差不多高,一株老石榴树倚着奇石,结了不多的几颗石榴。院子地面都铺了青石,另有一个长约一米的石槽,里面长满细叶的兰草。除此之外再无花木,比前面私密了许多。房间是中式古典的,进入房间内,却是古典与现代的完美结合,生活起居极为方便。

林小艺以为,这个院子就是祝总的下榻之处了。和先生却说:"祝总对我这里是很熟悉的,林小姐,咱们往左走。"

穿过左边女墙的圆形拱门,眼前又是一个独立的小院落,院子不大,中间有三五米见方的天井,一边是爬满爬山虎的围墙;另三面各有三排房,皆是一样的格局。每排三间,中间是会客厅,一色的明式家具;左手边是卧室,和五星级酒店的普通客房倒相类似,内有卫生间、化妆间、衣帽间。会客厅右边是一间小书房,可以读书,写毛笔字,也可以办公。

林小艺惊掉了下巴,说:"和先生,您这院子有多大呀?"

和先生乐呵呵地说:"我也不知道,有百十亩吧。这样的小院一共有八个,每个小院都有名。你们住的这个,名为'云在天'。"

林小艺不解:"和先生,为什么叫'云在天'?"

和先生缓缓说道:"'练得身形似鹤形,千株松下两函经。我来问道无馀说,云在青天水在瓶。选得幽居惬野情,终年无送亦无迎。有时直上孤峰顶,月下披云啸一声。'"

林小艺听得如痴如醉,说:"和先生对佛学有很深的研究啊。"

祝大昌笑道:"和先生从前是做企业的,企业做到独角兽,急流勇退,大隐于市,研修佛法。"

和先生说:"祝总你们就在这里安心住下,这两个靓女帅哥,是专门为你们服务的服务员。有什么需要,直接吩咐他们就是了。旅途劳顿,我就不打扰二位了。"

和先生走后,林小艺便问:"祝总,我看这和先生对您很是尊敬。"

祝大昌便给她讲当年刚跑市场,如何结识了还是和科长的和先生。后来和先生因为代销临钢的钢管,赚了第一桶金,再后来和先生投桃报李,帮他在芜湖钢铁厂立住脚,这才有了他今天的事业。

这边祝大昌开始享受小桥流水,厂子却已是山雨欲来。

实际上,江阴钢铁厂已经被祝国祥搞得乌烟瘴气、一塌糊涂,就像厂门前的铁树一般逐渐显露出衰败的迹象。由于祝国祥安插自己的人,排斥异己,利益在自己人中分配,造成管理混乱,严重的浪费、虚报、侵占已经屡见不鲜,而且经营上也出现了单月亏损三百万的情况,这可是以前从来没有过的。

人生很无奈,有时候,看穿了但不能说穿,讨厌还不得不待在一起。祝国祥的所作所为,赖子早就看不下去了,他本想着不再顾及祝国祥的情面,要向祝大昌道出实情,但祝大昌却又犯病了。他去看望祝大昌时,几次话到嘴边又咽了回去,眼看着祝大昌又去了云南休养,江阴钢铁厂又成了祝国祥的天下。

赖子抱着最后几丝希望主动请祝国祥吃饭。酒过三巡,赖子说起厂子的问题:"你天天主持会议,天天研究同样的问题,甚至让人在会上读报纸,却拿不出解决问题的办法,得改变一下这种作风。"见祝国祥不以为然,赖子又加重语气:"一个企业的头儿如果陷在文山会海中,一定是在给企业的衰败注入基因。"

"这是谁放的屁?"祝国祥立时有些恼火,瞪起眼说,"政府部门不都是这样吗?这叫集思广益、群策群力、统一思想!"

"我们是企业,是要讲经济效益的,不然工人每月几十万的工资从哪儿来?"

祝国祥斜着眼睛看他:"为了生产和效益,我不是招聘了大学生和几位点子大王出谋献策吗?"

"有效果吗?你前面招聘的五名大学生,人家后面嫌环境不好,辞职走人了。还有你高薪请来的那两位点子大王,有一招儿定乾坤的吗?你总是幻想着一口吃成个胖子,天下哪有这样的好事?"

祝国祥辩解说:"如今市场变化比翻书还快,就是诸葛亮也神算不出,当然,你赖哥的这番批评,我还是虚心接受。"因为哥哥的关系,祝国祥对赖子还是有三分忌惮。

"现在欠厂子货款的厂家和客户咋越来越多,怎么就收不回?老是收不回,厂子生产拿什么资金周转,你想过吗?"

祝国祥稍一怔,搪塞道:"受大气候影响呗。赖哥,这是经营科的事,你就少操点儿心吧。"

"这星期有员工反映,邵主任把厂子一台机床拉走了;另外,销售科有人用虚假发票……"赖子想索性把自己想的和盘托出。

"邵主任那事是我批准的。"祝国祥打断赖子的话,"不就是一台要报废的车床吗?邵主任也不是白拿,给了一千块钱。销售科有人虚假报销的事我不知道,明天我查一查。"

赖子提示说:"经营上出现了问题,我认为你应该如实向大昌汇报,不能这样捂着。"

祝国祥立刻提高声调:"你懂什么?我哥现在生病了,我们不能拿这些小事去烦他。"

赖子就不再说了,开始闷头喝酒,一瓶酒快见底的时候,才又用试探的语气说:"国祥,我上次到工商联开会,听说你花三千万买下了江滩那块洼地。"

祝国祥瞪起眼追问:"谁说的?"

"你别问谁说的,有没有这事?"

"这事你赖哥也相信?"祝国祥露出嘲笑的目光,"厂子财务一直是我嫂子掌管,我做手脚弄一百块钱她都知道,何况是三千万!再说,我花三千万买下江滩洼地,不是吃牛肉发马疯吗?"说完,把没喝完的半杯酒泼在地上,拂袖而去。

自此,大会小会,祝国祥不再通知赖子参加,把他晾到一边。赖子也总算看清了祝国祥的真面目,心凉了不好暖热,就决定辞职。

祝国祥心里巴不得他快走,并不挽留,甚至连照面都没打一个。

祝大昌和林小艺,转眼就在丽江住了半月。

这半个月来,他的生活过得极有规律,饮食以素为主,每天散步、看书。和先生劝祝大昌不要看德鲁克,也不要看稻盛和夫,读这些书,目的性太强,功用性太强。他说,祝大昌的身上刚性的东西太多了,缺少了水的柔软。目的性的东西太盛,少了随遇而安的柔。他之所以安排祝大昌住"云在天",也有这一层意思,希望他放下一点儿。

祝大昌便问:"那我读什么书好?要读佛经吗?"

和先生倒不劝祝大昌读佛经,也没有像时下流行的富人国学课那样让他读孔孟与老庄,而是说:"祝总不妨读读《诗经》。"

林小艺不解地问:"《诗经》?和先生为什么推荐祝总读文学书?"

和先生笑道:"《诗经》可不只是文学书。我们过去形容一个人有学问,说他熟读四书五经,《大学》《中庸》《论语》《孟子》是为四书,《诗经》《尚书》《礼记》《周易》《春秋》是为五经。《诗经》又被称为五经之首,可见其地位。孔子说,诗三百,一言以蔽之,曰,思无邪。我倒认为,可以在孔子这句话里,添一个'使'字:诗三百,一言以蔽之,曰,使思无邪。"

说得林小艺连连点头。

和先生说："中国是一个以诗为宗教的国度,中国人的心性,是诗滋养浸润出来的。所以,读诗三百,可以使我们心中无邪。"

祝大昌也是敬佩有加："和先生说有益,我是信的,只是我的古文功底,怕是读不通。"

和先生微笑道："林小姐可以帮你啊。"

林小艺领了任务,果然开始每天提前预习,上网查第二天要读的诗的资料,给祝大昌讲这些诗的背景和具体的意思。有时一天读一首,有时一天读两三首。有时按顺序来读,有时跳着读。每天上午,林小艺协助祝大昌远程处理一些紧要的公务,下午两个人就坐在小院子里读诗;晚上再陪着祝大昌外出散步,走够两万步。半个月下来,读了《周南》中的《关雎》《葛覃》《卷耳》《樛木》《螽斯》《桃夭》《兔罝》《芣苢》《汉广》《汝坟》《麟之趾》。《召南》中的《鹊巢》《采蘩》《草虫》《采苹》《甘棠》,算是两人共同自学,有时遇到查也查不懂的,就向和先生虚心请教。

林小艺刚来丽江时,对热闹的古镇感兴趣,每晚祝大昌休息后,她还要跑去酒吧消磨几小时,但随着每天读诗,她的心境和眼界似乎也得到了升华,不爱去喧嚣的地方了。

祝大昌也是,和林小艺远离家人,独处世外桃源,脑子里少了杂七杂八许多烦事,慢慢地,内心平静如水,果然"思无邪"了。晚上也能睡得安稳,一夜无梦。每次和先生来,都说祝大昌的脸色比昨天更好了。

这天下午,又到了读诗时间,祝大昌问："小艺,今天读什么?"

林小艺说："今天我们读《棠棣》,这是一首描写兄弟感情的诗。"说罢,林小艺就读了一遍原文："棠棣之华,鄂不韡韡。凡今之人,莫如兄弟。死丧之威,兄弟孔怀。原隰裒矣,兄弟求矣。脊令在原,兄弟急难。每有良朋,况也永叹。兄弟阋于墙,外御其务。每有良朋,烝也无戎。"林小艺读到这里,祝大昌忽然想到当年在终南山,宫道长对他说过的那句"祸起萧墙",心里隐隐一痛。

林小艺见他神色不对,问："祝总想到什么了?"

祝大昌掩饰道："没什么,你接着读。"

林小艺还没读完,祝大昌的手机响了,是俞钢的电话。

俞钢说："我知道你在丽江休养,一般的事我也就不打扰你了。上次你说到收购郑州镀锌管厂的事,我让郑州的朋友初步做了一下背调,情况不乐观。这家企业信用不好,三角债复杂。如果来得及抽身,最好尽早抽身。"

"谢谢你啊俞总,我已经抽调老潘去负责了。老潘稳重,发现有什么问题会及时向我报告的。"

听祝大昌这么说,俞钢诚恳道:"昌哥,真的很对不起,把你的企业逼得转型,不是我的本意。你要是因转型遇到什么麻烦,我是万死难辞其咎啊。"

祝大昌笑道:"你想多了,当年你找我问计,我就知道会有今天,只是没想到,这一天来得如此之快。"

祝大昌刚挂掉俞钢的电话,手机又响了,这次是赖子打来的。祝大昌问赖子有什么事。赖子说:"也没什么大事,就是想打个电话,问问你现在身体怎么样了,什么时候回江阴。"

"身体恢复得很好,现在每天就是读书、散步,心静下来了,晚上也不再做噩梦了。再过一周就准备去郑州。"

赖子迟疑着,说:"大昌,你去郑州之前,最好是回一趟江阴。"

祝大昌警觉起来:"发生什么事了?最好电话里直说。"

于是,赖子竹筒倒豆子,从公司到大冶开铁矿、祝国祥澳门赌博的事一直说到江阴厂目前的现状,最后,把祝国祥花三千万买下江滩那块地的事也和盘端了出来。

祝大昌开始还保持着淡定,越听到后来脸色越难看。

赖子仿佛隔着电话线都能看到他铁青的脸,颇带歉意地说:"大昌,以前我不敢说,是害怕你骂我把你弟带坏了;今天之所以告诉你,是因为如果我再不说,就对不起你了,今后也没脸见你。"

祝大昌努力稳住情绪,责备道:"刘胜利离厂的时候我就纳闷,问你,你不说实话。"

赖子解释说:"那时候我不想得罪祝国祥。想到你们是手足兄弟,闹出矛盾不好。所以,我只能转弯抹角来暗示你。"

"祝国祥到澳门赌博的事情,除了刘胜利,还有谁知道?"

"你妹妹国英准知道。"赖子稍顿了顿,"听胜利说,是国英送祝国祥到医院包扎伤口的。"想了想,又补充道,"祝国祥花三千万收购江滩的事不一定属实,厂子财务由范小桃管着,他哪来那么多钱?再说,那片地长满芦苇,他买下有什么用?"

待赖子说完,祝大昌问:"那你现在准备怎么办？要不你去郑州镀锌管新厂,那儿正需要人手。"

赖子惭愧地说:"我实在没脸再在你这里干了。盐城有个老板,以前经常到临江拖矿石,跟我关系挺不错。我准备给他去打工。"

挂了电话祝大昌就说:"小艺你马上订票,我们回江阴。"

林小艺问祝大昌发生什么事了,祝大昌仰坐在沙发上,闭着眼,许久才说:"祝国祥可能背着我在搞事情。"

林小艺就冷笑了一声。

祝大昌没想到连她也有看法,就问:"你怎么看我这个弟弟?"

"祝总,虽说刚才咱们读的《棠棣》是说,兄弟和睦一个家庭才会兴旺,但兄弟和睦,是兄弟要互相成全,不是哪一个人单方面的付出。"

"你的意思我明白。"

林小艺嗫嚅着:"有一件事,不知该不该对你讲。"

"你跟了我这么久,还不了解我的脾气？我一向是主张你们知无不言、言无不尽的。"

林小艺便说:"我们来丽江的前一晚,祝国祥找到我,对我说了许多奇奇怪怪的话。说我年轻漂亮,是个男人都会动心,又让我好好陪祝总,说他嫂子和哥哥感情破裂,夫妻关系名存实亡了。又说你这个人思想比较保守,但是对情感认真,总之就是一句话,要我趁着在丽江休养的机会把你拿下,成为你的女人,说你断不会亏待我。我看你身体不好,怕告诉你了你又上火,就没有说。"

祝大昌这时倒冷静下来,说:"委屈你了,难怪那天看你不高兴。"

林小艺只订到了次日的机票,便说:"晚饭后,我陪你出去散步。"

祝大昌从丽江回到家,范小桃买菜去了,祝母刚从小区娱乐室回来。因祝大昌经常不在家,婆媳关系又一直不和,祝母就学会了打扑克。由于记忆力差,打牌慢,又爱悔牌,久而久之,没人跟她玩了。祝大昌晓得后,为了让老妈不寂寞,就把从新疆带回来的干果送给小区一些老人,对他们好言相求,这样祝母才又有了牌友。

见儿子回了,祝母说:"你不是说休息一个月的吗？怎么提前回来了？"

"身体好了，厂子事太多。"

祝母拉着儿子的手，上下打量了一番，说："脸色是红润了。"

祝大昌想知道母亲是否了解祝国祥澳门赌博的事，因为妹妹国英心直口快，有什么事不藏着掖着，爱跟老妈说，所以，他有意问道："妈，国英一直没给您打电话吗？"

祝母答道："你妹妹成天忙着培训班的事，有一个月没来电话了。"

这时范小桃提着菜篮回来了，祝大昌就赶紧不问了。范小桃也没想到他提前回来，但见他脸色红润了许多，只是情绪不太对，也不再多问了。

第二天一上班，祝大昌就到祝国祥的办公室，黄毛和他正在一起说着什么，见祝大昌来了，忙打招呼："哥，你什么时候回的？"

黄毛见祝大昌盯看了他一眼，马上就识趣地走了出去。

祝大昌在办公椅上坐下，看着泡茶的祝国祥，单刀直入："听说你因为欠赌债被人绑架过？"

祝国祥矢口抵赖，叫屈起来："哥，这是哪个狗日的说的？完全是胡说八道，子虚乌有，挑拨离间。"

祝大昌的声音也提高了："那国英怎么送你到医院包扎伤口？"

祝国祥一口咬定："国英怎么可能送我去医院？"说着，拿起桌上电话，"哥要不信，我这就打国英的电话，你问她。"

很快电话就通了，祝国祥说："国英吗？大哥有话问你。"就把话筒递给了祝大昌。他拿准了妹妹国英的脉，嘴快心软，他说大哥有话问她，国英一定会明白是那档子事；顾虑兄妹之情，权衡这里面的利害关系，国英是不会说出来的。果然，祝国英说没有这事。

祝大昌就挂了电话，转过话题："刚才出去的那个，是不是当年冒充易国兴的小舅子，绰号叫黄毛的？"

见祝国祥点头，祝大昌满脸愠色，吩咐道："叫他脱下保安服，明天不要来上班了。另外，老妈娘家的那几个侄子，还有你老婆家的亲戚，全部辞退。从厂子拉走旧机床的邵主任，明天也不要来了。"

"我这就去通知。"祝国祥见祝大昌来真的，不敢有任何托词，只想赶快趁机开溜。不料，被祝大昌叫住："鑫源公司和另两家的货款，都一年多了，怎么现在还收不回？"

"他们效益不好,我昨天还打了电话催,要不明后两天,我分别去这三家公司,把货款追回来?"

祝大昌不说同意也不说不同意,只说:"你花三千万买江滩那块荒地干什么?钱从哪里来的?"

祝国祥夸张地大声说:"哥,你是从哪里听来的这些鬼话?我知道了,肯定是赖子造的谣。我又不是傻子,花三千万买一块荒地干什么?再说了,我哪来的三千万?我抢银行了吗?"

"那我再问你,你对林小艺说了些什么?"

祝国祥原以为林小艺是想取范小桃而代之的,才会对她说那番话,没想到,她居然将他的话告诉了他哥,立刻叫屈说:"我只是让她好好照顾哥啊……"

祝大昌冷冷地说:"你好自为之。"

黄毛被解雇了,当晚来到祝国祥房间,垂头丧气地说:"老大,我明天回临江。"

祝国祥给他打气说:"我哥过几天就走了,他一走,我还是这里的老大,到时候再把你招回来,继续当你的保安科长。"

黄毛又悻悻地说有人背后说他的坏话,他怀疑是林小艺,因为有两回,他在林小艺面前动手动脚了,她一定怀恨在心,告诉了祝大昌。

祝国祥心里明白都是赖子所为,但黄毛的话也提醒了他,林小艺在他哥身边,迟早会坏他的事儿,得想办法把这臭丫头片子搞走。当下心生一计,想出了借刀杀人的招数。他趁着给范小桃送货款凭证之际,故意问:"嫂子,你近来没听到流言蜚语吗?"

范小桃不愿意跟他多说话,有一搭没一搭地说:"哪方面的?"

"就是林小艺和大哥……算了,还是不说的好,免得嫂子生气。"

范小桃心里咯噔了一下,喊住欲走开的祝国祥:"说吧,你大哥和林小艺咋啦?"

祝国祥故意吞吞吐吐地:"嫂子你也别当真。有人嚼舌,说林小艺勾引我哥,跟我哥有那层关系。"

"林小艺?勾引你哥?"

"是的,嫂子你是不知道。"祝国祥马上故作气愤,"林小艺表面上心高气傲,其实骚得很。听说来厂前,她在上家公司工作时就勾上了公司老总,到医院打过胎,被老总夫人查到后赶出了公司。"看着范小桃前所未有地认真听他说话,祝国祥又用提醒的口气说,"林小艺年轻漂亮,总是跟着我哥出差,我哥就是铁打的,也不可能坐怀不乱,你说是不是? 就说我哥到云南丽江休养的事,为什么偏要林小艺陪他一块儿去? 嫂子,你得把篱笆扎紧点儿,万一林小艺怀上我哥的孩子……"祝国祥故意话说一半就走。

范小桃虽然憎恶祝国祥,但这番话的确刺中了她的要害,她心绪一下乱了。左思右想,决定找林小艺当面聊聊,就拨通了林小艺的手机,约了下午两点在新街口咖啡厅见。

从丽江回来后,林小艺情绪有些低落,但祝总的夫人请她喝咖啡,总不好推辞。来到咖啡厅时,范小桃早已点好咖啡和点心。

范小桃先问:"你妈妈最近怎么样?"

林小艺说:"她每天忙学校的事儿。"

看着情绪低落的林小艺,范小桃关心起来:"小艺,你瘦了,无精打采的,不舒服吗?"见林小艺点头。范小桃又说,"不舒服还是要上医院,让医生看看。"

林小艺灰心地说:"我的病,医生治不好。"

接过范小桃递的咖啡,喝了一口,突然做呕吐状,范小桃忙问:"小艺,你怎么啦?"

"不知道怎么了,最近总是没胃口,还老想吐。"

范小桃心下一阵寒风刮过,急忙问:"除了没胃口、想吐,你还有什么感觉?"

"还总想睡觉。"

"从云南回来后吗?"见林小艺没作声,范小桃忍不住道,"如今的女孩子,光想着走捷径,却不知道,男人都是那德行,在外偶尔偷偷嘴而已。"

林小艺这才听出范小桃话里话外在说她,脸唰地红了:"桃姨,你这话是什么意思?"

范小桃冷冷地说:"我的意思是,男女关系就那么回事。"

林小艺瞪大了眼睛:"桃姨,你是怀疑我和祝总吗? 在我眼中,他是长辈,是值得我敬佩的叔叔。"

范小桃心里酸酸的,用半开玩笑半讥讽的口吻说:"叔叔的关系也可以进一步发展啊。网上不是经常披露,某某官员、某某商界名人与干女儿的事吗?"

林小艺明白过来了,盯着似笑非笑的范小桃:"桃姨,你今天究竟想跟我谈什么?直说!"

范小桃一副不咸不淡的样子:"没别的意思,好长时间没见你,随便唠唠。"

林小艺冷笑一声:"你是醉翁之意不在酒吧?你以为我破坏了你的家庭,让我离你丈夫远一点儿,是不是?"说着霍地站了起来,"我林小艺懂得自尊自爱,没你想的那么龌龊不堪!你和祝总过得好与不好,与我无关,这是你们夫妻之间的事。桃姨,说句你不爱听的话,我要是想抢你的男人,还用等到现在?这会儿你早被扫地出门了。不要老是疑神疑鬼,多找找自己的原因吧。"说完,拎起小包,头也不回地走了。

两天后,祝国祥把鑫源公司和另两家的货款要了回来,祝大昌便不再深疑祝国祥,却也不再放心,叮嘱说:"我现在要去郑州镀锌管厂,之前的事,我也不追究你了。我再对你说一次,江阴是我们的大本营、根据地,你肩上担着天大的干系,千万不能出事。"

然后就想打电话给林小艺,让她准备去郑州的事。不料她正好敲门进来,没等祝大昌安排工作,就递上来一张纸,说:"祝总,这是我的辞职信。"

祝大昌大吃一惊:"辞职?为什么要辞职?你在这里做不开心吗?"

林小艺咬咬嘴唇,改了口,不再叫他祝总,而是说:"祝叔叔,这些年来,谢谢您的关照。跟着您,我也学到了许多,无论是做人还是管理企业。我想好了,趁着年轻,自己创业。"

祝大昌怅然道:"想好了做什么项目吗?"

"我和闺蜜准备在固始县西九华山,做一个集茶、竹、禅、诗、山水情于一体的民宿酒店。在丽江时,我向和先生讨教过,和先生看了我们的计划书,也给了不少建议。他对我们这个项目很感兴趣,有意参与天使轮。"

祝大昌心里升起淡淡的醋意:"这么说,你是早就谋划好了要单飞,连和先生都知道了,就瞒着我。"

"祝叔叔错怪我了,我不是要瞒着您,实在是没想好该怎么说。本来早就想走的,我的合伙人催我好多次了,可祝叔叔身体不太好,我没敢开这个口。"听林小艺这样一说,祝大昌转怨为喜,笑道:"你们这个项目要投多少?你也知道,我一直在想着转型,可不可以也投你们的项目?"

林小艺客气道:"谢谢祝叔叔。我的合伙人出资三百万,我爸妈拿出了他们的全部积蓄,给我凑了二百万。我自己这些年也存了百来万。从和先生那里融了五百万,前期投资足够了。"

祝大昌叹道:"你是宁愿找和先生融资,也不给我投资的机会啊。"

林小艺欲言又止,说:"祝叔叔,对不起,我本来应该提前一个月辞职,让您好重新找助理接上工作的。我也没想到会这样。"说完,冲祝大昌深深鞠了个躬,转身就走了。

祝大昌走到阳台上,看着林小艺拖着行李箱走出了江阴钢铁厂的大门,心里像被掏空了一样难受。那是一种他自己也无法名状的难受。

祝大昌打电话给祝国祥,说林小艺辞职了,让他安排一个得力的文员,暂时接林小艺的工作,他明天要去郑州。

一听林小艺走了,祝国祥心下大安。安排好了接替林小艺的文员,便带到祝大昌的办公室,看祝大昌是否满意。祝大昌哪有心思真正看满不满意,只说先试试看。

文员走后,祝大昌问祝国祥:"林小艺这丫头说辞职就辞,不像她的风格,这里面一定有蹊跷。"

祝国祥故意吞吞吐吐地:"听说昨天下午,嫂子找过林小艺。"

祝大昌不解:"你嫂子找林小艺干什么?"

祝国祥不答,只是看着祝大昌,好一阵儿才又说了一句:"哥,你还是离漂亮女孩远一点儿,嫂子这是吃醋了。"

祝大昌心头起了怒火,只想到是范小桃吃了无名醋赶走了林小艺,哪里想到是祝国祥在借刀杀人、挑拨离间。他拿起桌上的小包,怒气冲冲地下楼开车回了家。到小区大门口正好碰见了范小桃,说是要去宾馆见省城来的教授,谈儿子到英国留学的事。祝大昌一把将她拉到没人的地方,怒道:"你昨天约林小艺,跟她说了些什么?"

范小桃见祝大昌的架势是要为林小艺兴师问罪,心里一阵酸楚,冷冷地说:"能谈什么?女人间的事呗。你急里忙慌的,就为这事?"

祝大昌说:"林小艺辞职了。"

范小桃心中窃喜,脸上却故作吃惊:"好好的怎么就走了,是你伤了她的心吧。"

祝大昌怒道:"林小艺不是那种轻浮的女孩子,她一直很尊重我,把我当长辈。"

范小桃只是冷笑。

祝大昌又道:"我们结婚几十年了,你还不了解我!"

范小桃憋出来一句:"司马相如和卓文君那么好,最后,还不是嫌她人老色衰?"

祝大昌生气说:"你一定要这样张冠李戴,我也没办法,但你不能这样毁人家小姑娘的清白。"

范小桃也委屈起来:"你就这么关心她的清白,难道这几年我的憋屈比她少吗?谁关心过我了?"

"她可是薛三妹介绍来的!"

范小桃心里越发酸楚:"你就记得薛三妹!我看你是拿林小艺当薛三妹的替身了吧!我现在才想穿了,也看明白了,只有儿子才是我的寄托和希望,将来儿子到哪儿我就去哪儿。"

第二十三章

叶老实有很多天没来养殖场了。毛仁银和刘胜利开始没在意,以为他是在忙工人村平房拆迁的事,又过了两天,仍不见他来上班,就打他的打手机,通了,但不接。两个人这才感到不对头,赶紧趁送甲鱼、牛蛙到黄思湾集贸市场的机会,到叶老实家来看看。一进门就见叶嫂独坐床边发呆,神情恍惚的样子。

毛仁银问:"嫂子,老实呢?他不在家吗?"

叶嫂抹着泪呜咽起来,原来,前几天女儿叶倩的学校——吉林工业大学打来电话,说叶倩被车撞了,现在在医院抢救。叶老实去了吉林。

接到学校电话,叶老实心里就有一种不祥的预感。在这前一晚,一向累了倒在床上就能入睡的叶老实,却怎么也睡不着,右眼皮突突跳了一晚上,怎么也止不住。直到凌晨时分,才勉强入睡,进入一个恍惚飘幻的梦境:

钢花公司破产后,他路过黄思湾一处建筑工地,看见高高的脚手架上,一个十多岁的小女孩正挑着灰桶吃力走着,摇摇晃晃的,像马上要坠落下来。他的心悬到了喉咙管,再定睛一看,是女儿叶倩。叶老实赶快冲上去,接过女儿肩上的泥灰桶,吼她:"你咋不去学校,谁让你出来干这的?"女儿害怕他打,怯声说:"班里女同学有羽绒红棉袄,很好看,我让妈给我买一件。我妈说爸没工作了,家里生活都困难,哪有钱?我就上这工地打工,自己挣钱买。"看着噙泪的女儿,叶老实心里一酸,拉起女儿说:"跟爸回家,明天上学校好好读书。"回到家,叶老实翻开一口老藤箱,找出几块银元和十多枚古钱币,这还是奶奶一辈人留下压箱的。然后到信息巷,将老货卖给了田鸡。田鸡用放大镜看了半天,筛选了一遍,说银元三十元一块,古钱币中除了唐代的"开元通宝"、明代的"洪武通宝",还有几枚宋钱和一枚"道光通宝",看起来都不值钱。田鸡装出慷慨的样子,给了五百块钱。叶老实后来才知道,田鸡吃了他的"黑",这几块民国龙洋最低也值一千五百元,尤其是那几枚宋钱,其中有一枚是罕见的"铁范钱",那枚"道光通宝"是最有价值的"雕母",但他急着给女儿买衣服,就不跟他计较了。叶老实到武商,挑了件女儿要的羽绒红棉袄,给放学回家的女儿一个惊喜。女儿高兴极了,穿在身上照衣镜,突然却惊叫了一声:"爸,这袄上咋有血?"让叶老实看袄角,果然,袄角边有几滴很深的殷红……

叶老实从梦中惊醒过来,窗外黑漆漆的,死一样寂静,只有附近厂区传来的几声汽笛,将长夜衬托得更加死寂。

这是几年前发生的真事,昨晚又在梦中浮现。叶老实睡意全无,心里惴惴不安,靠在床头一连抽了几根烟,心里依旧慌慌的,感觉有什么不好的事发生。第二天早上,正准备到养殖场,就接到学校打来的电话。他眼前一黑,手脚冰凉,浑身发冷,好一阵才定住了神。回到家也不敢对老婆说得太明白,只说女儿受了伤,简单收拾行李就往长春赶。

女儿叶倩还在 ICU 抢救,大医院管理严格,ICU 全封闭,亲属也不能进去。叶老实只能隔着一层玻璃,心急如焚地看着女儿。叶倩仍在昏迷之中,头上和身上缠满纱布,输液架上吊满了瓶子,鼻子里插着氧气管,病床头心电显示器微弱地波动着。门口椅子上坐着一个中年人,穿件破旧的黑夹皮克,抱着头,愁苦着脸。

见叶老实询问从 ICU 出来的医生,这人站起来带着哭腔:"大哥,对不起,是我开车撞了您女儿。"

肇事者姓佟,是个体司机。叶老实一把抓住他衣领,举起了拳头,却没有打下去,半晌,痛苦地瘫软在地上,发出压抑的哭号。

肇事者慌忙将他抱起,放到走廊冰凉的长条椅上。

这时校方领导也来了,叶老实止住了哭,听校领导讲述叶倩出车祸的过程。

那天下午,接连几天的风雪停了,路上结了厚厚的冰。叶倩想去书店,正准备拐过路口时,一辆打滑的的士直冲过来,把她卷入车轮下。车祸发生后,肇事司机老佟将叶倩送进医院抢救。经过交警到现场勘查,由肇事者承担事故全部责任。校领导说,叶倩车祸发生之后,学校领导很重视,已经安排专人负责跟进,也找了医院最好的医生做手术,但现在叶倩还没有脱离危险,希望孩子能撑过来。

千恩万谢送走学校领导,叶老实又趴在病房玻璃窗前盯着女儿。肇事者也是个老实人,不知说什么好,低着头,站在叶老实身旁。

在重症室门外守了两天,这晚快到凌晨时,医生对他说:"叶师傅,医院已经尽了最大努力,你进去看看吧。"

叶老实心下剧痛,赶紧进去,女儿见他进来,吃力地说:"爸,您来了。"

叶老实握着叶倩如霜冻过的树枝一样冰凉的手,浊泪止不住往下掉,一句话都说不成。叶倩的脸上没有一丝血色,嘴唇青紫,气若游丝:"爸,女儿对不起你和我妈。"眼角流出大颗泪珠。

"都怪爸,没让你留在江城读大学……都是爸的错。"

叶倩脸上泛起一朵无力的笑,轻声说:"好想妈妈,想回家。"

叶老实双手捂着女儿的手,女儿的手越发冰凉了,叶老实就轻轻搓着,希望能给她一些温暖,忍着泪说:"爸带你回家,妈妈在家等你。"

"爸,"女儿盯着他的眼睛,"只可惜,再也看不到家乡的,长江了……"

叶老实哽咽着:"不会的,傻孩子,你会好起来的。医生说了,你会好起来的。"

"爸,"女儿的声音越发微弱,"来长春一年了,我还没去过净月潭……"

"等你好了,爸带你去。"叶老实心如刀割,泣不成声。

"把我的器官……捐给医院吧,它对我……已经不重要了,给那些需要……的人。"叶倩越说声音越低,慢慢合上了眼。

女儿遗体火化的第二天,叶老实怀抱着女儿的骨灰盒,让老佟开车带着他,先到女儿校园转了一圈,然后去郊外的净月潭,这是女儿生前想游览的地方。

这两天,老佟一直跟在叶老实身后,一直沉默着,眼泪擦也擦不完。叶老实也得知,老佟原来也是轧钢厂的工人,九七年下岗,摆地摊、当苦力,直到前两年才攒了点儿钱,和朋友合伙包了辆出租车,俩人倒班开。

望着老佟,叶老实突然觉得,这个男人是另外一个自己。

晚上,在校方安排的宾馆,有关领导送来两万元慰问金,还带来一个律师,准备代叶老实起诉肇事司机。

叶老实问律师,肇事司机得赔偿多少?

律师说,交警部门已经提供了证据,由肇事者承担一切责任,包括精神抚慰金、医疗费等在内,大约得赔偿八十万。律师接着说,我已经调查过肇事者的家庭情况:一个老人,加上他和妻子,还有两个孩子,大的读初一,小的读小学三年级。经济来源全靠肇事者,妻子没有工作。

"那他哪有赔偿能力?"叶老实心下凄然。

"没有赔偿能力,那就按法院的判决,坐牢服刑。法律是无情的,除非受害者家属不上诉。"

这几天接触下来,叶老实感受得到,老佟是个老实本分的人,心地也不坏;为了救女儿,老佟家已经倾家荡产、债台高筑了。他知道,老佟是不再可能赔得起这么大一笔钱的,等待他的只有服刑。可是,老佟去坐牢了,女儿就能活回来吗?

但是,就这样放过杀死女儿的凶手,他又不甘心。叶老实左右为难,几夜未眠。他从来没有面临过如此艰难的抉择。

推窗呆望窗外,大雪落了一夜。

天一亮,叶老实就踏着厚厚的积雪找到老佟的家。狭窄的胡同内,两间连通的简陋房子,躺着一个病恹恹的老人。房里没有暖气,只生着一个烤火炉;还有个神情憔悴的女人,穿着打了补丁的花棉袄。得知叶老实是被丈夫撞死的女大学生的父亲时,女人呜呜哭了起来,说他们夫妻都是下岗工人,生活所迫,丈夫借钱包了辆二手出租车。她因身体不好,家里有老人,还有两个读书的儿子,就没工作,全靠丈夫挣钱养家。今年婆婆去世,没想到丈夫又出了这么个大车祸。付医院的二十五万医疗费,还是找亲戚六眷借来的。今天一大早,丈夫又到处借钱去了。丈夫要是坐了牢,一家老小怎么生活啊!

叶老实突然感到无边的厌恶,眼前这个女人,说来说去都是他们一家多么艰难,却没有一句安慰叶老实的话,也没有表达一句歉意。叶老实想,如果她是肇事者,他将毫不犹豫地起诉她,将她送进监狱。可是肇事者不是她,而是那个和他一样老实巴交,不停流泪不停道歉的老佟。

"住嘴!"叶老实愤怒地喊了一句。他想教训一下眼前这个女人。他有一肚子的话想发泄,可是突然觉得,说什么都没用。他一分钟都不想在这里,一分钟都不想再停留在这个城市。他只想带着女儿回家。回家。

当晚,叶老实坐绿皮车离开了长春。

第三天中午,叶老实才回到家。一直焦急不安等消息的妻子,一见面就生气地埋怨他:"你怎么一直不接电话,女儿究竟怎么样了?"

叶老实打开旧旅行包,捧出一个黑色的骨灰盒。

妻子像遭到雷击一般呆怔住了,很快又像清醒过来,死命地撕打着叶老实。叶老实站在那里一动不动,任由妻子发了疯一样地撕打。打到后来,夫妻俩抱头痛哭。

对失去儿女的父母来说,这世界再没了光,也没有了活下去的希望。

毛仁银这几天很烦,他被田鸡死皮赖脸缠上了,妻子黄蓉也跟他闹矛盾。原来,田鸡愿出高价收购他那一箱汉冶萍原始股票,价格出到了二十五万。黄蓉要他卖,老宅太旧,有了这笔钱就可以修缮一新。

毛仁银却死活不肯卖给田鸡,甚至还把田鸡的手机号列入了骚扰电话,气得黄蓉一个星期不睬他。

这天傍晚,毛仁银从养殖场回来,黄蓉说下午来了两位不速之客,是新临钢的。"我说你不在,俩人只说再来找你,也不说什么事儿就走了。"

第二天,黄蓉上班去了,毛仁银在家等着。果然就来了两个穿新临钢工作服的人,年长的颇客气:"我姓孔,负责新临钢历史陈列馆的工作。这位是公司宣传科的韩科长。"

毛仁银倒上两杯水:"二位请坐,不知找我有什么事?"

韩科长说:"毛师傅,是这样的,临钢是中国近代史上第一家民族钢铁企业,公司准备举行百年庆典,在收集这方面的历史文物。"

孔馆长赶紧附和:"是呀,听说毛师傅这儿有不少原始股票,还有一些当时的官函,公司领导十分重视,就让我们来找您协商。"

毛仁银说:"我是保存了一点,可以给你们看看。"说着,就从床底下拉出大木箱,打开来,箱内一摞摞原始股票码得整整齐齐;又从老柜里拿出旧黄挎包,里面装着一些汉冶萍时期的官函,有两封还贴有盖了邮戳的龙案邮票。

孔馆长说他们去过信息巷古玩市场,问过开古玩店的老板,市面上,一张盖有盛宣怀章印的原始股票,要价一千二百元。你完好保存了这么多年,还有这些官函,对于研究百年老厂的发展和变迁极有价值。说着就让毛仁银开价,说回去好向领导汇报。毛仁银说晚上跟老婆商量再给答复。

黄蓉得知新临钢也想要这些股票,就问毛仁银:"谈钱了吗?厂子能给多少?田鸡中午找我,又加了五万,我看就卖给他算了。"

毛仁银生气地说:"你知道什么?他从我这儿五十元一张买走,转手卖一千二。心太黑了,我就是捐了也不卖给他。"

黄蓉立刻急了:"捐?你疯了!"

"这些东西原本就是厂子的,当年我买来也只花了五十块钱。听孔馆长说,祝大昌捐了一张有盛宣怀签名的原始股票,十分珍贵。"

黄蓉冷笑道:"你拿什么和人家祝大昌比?人家是大老板,有钱,捐个几百万也只是九牛一毛;你有什么?一家人还住在这破房子里!"

毛仁银一直保留着文人的清高,最听不得小瞧他的话,争辩道:"养殖场不是有收入了吗?一连五个月,我月月给你九千;这个月给了你一万二。要说起来,我太爷爷是市党史记载的工运领袖,我捐给厂子也不过分。"

黄蓉狠声道:"你要敢捐,咱们就离婚。"

正当夫妻争执时,吴回芝从无锡打来电话。其实是黄蓉给吴回芝打的电话,让她出面说服毛仁银。吴回芝是他们的婚姻介绍人,对毛仁银又有救命之恩,也只有她出面才能说动毛仁银别犯傻。

吴回芝当年承包无锡疗养院之后,经营搞得红红火火,如今早已是无锡地面上数得着的女企业家了,还在全国投资了几家酒店,如今也是大忙人一个。也只有为了临钢故人的事,才会这样忙里偷闲,打个电话来过问。

一听吴回芝问他打算怎么处理,毛仁银说:"这些股票的来历你也清楚,当初你当垃圾要扔掉,我没让你扔。没想到现在惹出了麻烦。你说怎么处理?我听你的。"

吴回芝沉默了一会儿才说:"这是你们家的事,我也不好说什么,还是你和黄蓉商量解决吧。"

话是这么说,其实吴回芝早有了主意,她挂断毛仁银的电话就给俞钢打。

俞钢跟吴回芝也很熟:"回芝姐,怎么想到给我电话?"

"还是我们俞总嘴甜啊,姐姐没事就不能打你的电话了?"便将毛仁银的苦恼说了。

俞钢听说过当年吴回芝和毛仁银的事，只是不敢乱开玩笑。听说毛仁银想捐而妻子会跟他闹离婚，俞钢只能实话实说："姐姐，我们财务有规定，不可能出市价收购这批文物，只能象征性地补偿。"

"姐知道，不让你为难。姐的意思，我出钱，你们出面，从毛仁银手中收下这批文物。不过这事要保密，毛仁银爱面子，知道是我出的钱，他是断不会要的。"

俞钢笑道："那我就先谢过姐姐了。"又意味深长地说，"还是姐姐重情重义啊。"吴回芝知道俞钢所指，哈哈一笑。往日不可追，这些年大风大浪，她早已对这些有了更深层次的认识，不是一句"重情重义"就能说清楚的。

却说毛仁银和妻子矛盾闹了几天，很影响情绪。黄蓉性格温柔，在她眼里，毛仁银什么都好，心疼她和孩子，就是缺心眼儿、认死理，脾气一上来，比驴还犟。平时温柔的黄蓉这次动了真气，倒不是她见钱眼开、不明事理，她是为孩子着想，想将卖这股票的钱，用在家庭条件改善和孩子的教育上，因此丝毫不让。

毛仁银见商量无果，只得偷偷将收藏的东西全部捐给了新临钢。黄蓉见毛仁银已经将股票捐了，也不再提离婚的事，只是还在和他冷战。不料两天后，孔馆长和韩科长又来到毛仁银家。黄蓉见了，没好气地说："股票都捐给你们了，还来干什么？要不我把我们家毛仁银捐给你们当镇馆之宝算了！"

孔馆长连声说笑："那敢情好，就怕你舍不得。"

毛仁银听见他们的声音，从里屋跑出来。

孔馆长说："我们是代表新临钢公司，给你送荣誉证书来了。"

毛仁银接过大红的证书，朝妻子献殷勤，乐呵呵地说："军功章有我的一半，也有你的一半，这证书归你。"

黄蓉假意生气，说："我才不要，晚上你就抱着你的证书睡吧。"说着还是接过了大红的荣誉证书，打开仔细看。

孔馆长接着说："还有三十万元捐赠补偿。在这收据上签个字，留个银行卡号，下午就打给你。"

毛仁银又惊又喜："怎么这么多钱？"

孔馆长说:"为了收集文物,俞总特批的。"

毛仁银满心欢喜,在收据上工工整整签上了名字,对黄蓉说:"你看你看,这下名利双收,你高兴了吧?"

孔馆长还说,俞总发话了,临钢百年厂庆,要邀请毛仁银当嘉宾。两口子别提多高兴了。

孔馆长前脚走,毛仁银后脚便匆匆骑上车,去活宝的餐馆。蔡红的儿子十一结婚,活宝想召集大家一起商量,帮蔡红张罗婚车和婚礼司仪等事情。

毛仁银到时,刘胜利和叶老实早来了。不等大家问,毛仁银就将原始股票捐献给新临钢、得了一张证书,还有三十万元及邀请观礼的事说了。大家就叫着让他请客,又感叹现在新临钢果然财大气粗了。

话题转到新临钢,话匣也打开了,说蔡红的儿子现在在新临钢当技术员,一年工资十五万,各种奖金拿得手软,年底还有分红。蔡红现在是享大福了。

大家纷纷说:"俞钢这小子有几把刷子,易国兴没盘活临钢,愣是让他给盘活了。""俞钢以前没名气,刚进厂是渣罐班的,后来跑市场调研,没想到他有这么大的能耐。""渣罐车早淘汰了,现在炼钢工人坐办公室,电脑指挥,按钮一按,看着显示屏就行,当年的危险如今都没了。"

每个人,都以知道俞钢的一些往事为荣。

一眨眼,春节又不知不觉来了。赖子腊月二十四从盐城回来,第二天是小年,多年未见面了,一帮兄弟在活宝的餐馆聚会,像以前那样在一起吃个团圆饭。

女儿去世后,叶老实一下子苍老了十几岁,话更少了,也很少参加兄弟们的饭局。赖子知道他心里难过,但不能总这样沉浸在悲伤中走不出来,逝者已矣,生活还要继续。他就去叶老实家,把他生拉了过来。众人都到齐了,赖子看看满桌子人,无限感叹地说:"一晃我们都是头上长白草的人了……"

酒菜上桌,大家开始把盏交错,气氛更加热闹起来。酒桌上从来不缺幽默段子,赖子先说。说一个公司在小便池上贴条:"往前一小步,文明一大步",结果地上仍有许多尿渍,后来公司认真吸取教训,重新设计成:"尿不到池里说明你短;尿到池外说明你软",结果地上比以前干净了许多。

507

刘胜利也说。说情人节深夜,一对情人卿卿我我,女的柔情脉脉:今晚上,我连底裤都留下,把什么都给你了,你为啥不把我娶回家呢?男的闻听,笑答:你虽然是一枚甜脆的果实,但毕竟是禁果。做人要地道,我偷吃了禁果,又哪能顺手牵羊把瓜秧给拔了呢?

一阵笑声中,活宝说如今最丰富的地方莫过于饭局,什么段子和趣闻都有,新名词也忒多,什么囧文化、亚婚姻、土豪金。穷人叫待富者,失业叫创业人员,经济下滑叫负增长,洪灾不叫水灾,叫水域面积扩大……

刘胜利说:"深化改革嘛!这也能理解,总得创造一点儿新鲜词。"

活宝说:"现在社会真是变了,你看还有多少人看书、看报纸的?街头报亭都没了,都是看手机、撩美女。"

毛仁银也逗趣:"你活宝何止撩美女。听蔡红说,连店门口擦皮鞋的五十多的嫂子也撩。那嫂子也爽,约你开房真枪实干,你又不敢,吓得几天不来酒店。"

活宝脸一下红了。

赖子见叶老实还是郁郁寡欢,就说:"我们大家都说了,现在轮到老实了,老实你说一个。"

叶老实笑笑说:"我讲不来笑话。今天老兄弟聚会,说点儿感受,这春节年年过,年年味不同。以前过春节,集贸市场人头攒动,一家人吃年饭其乐融融,满桌饭菜看着都很香。如今生活条件好了,年味却淡了,总觉得那份快乐离我们越来越远了。"说到这里,许是想到了女儿,眼圈儿一红,说不下去了,站起来,到卫生间里哭一场,洗了把脸,平静了心情,才又回到饭桌上。

刘胜利说:"想当年在厂子班组吃年饭,大茶缸喝酒,大口吃红烧肉,猜拳行令,不知有多快活!可惜,咱们再也回不到那个岁月了。"

赖子突然像想起什么,说:"老实,炉前高温工人五十五退休,明年你不就可以退休了吗?"叶老实说:"是呀,我是二月三十号出生的,过完年我就光荣加入退休行列了。"

活宝说:"我要等到后年年底退休,到时候得拟一副对联勉励自己。上联:活着就是胜利;下联:喘气就是效益;横批:继续努力。贴在自家门口。"想了一下,又摇了下头:"退休有什么好?说明你进入老年期,什么心梗、脑梗、痴呆,还有糖尿病都找上了,想起来就恐怖。"

刘胜利想逗叶老实说话:"我来跟你老实算一下,看退休能拿多少养老金?"

毛仁银说:"不用算,咱们分厂炉衬班的胡二是上个月办的,跟老实一样,三十六年工龄,每月二千八百五十六。"

活宝不屑一顾,撇嘴道:"就这点儿钱,比我餐馆一个礼拜的盈利还少。"

"不管么样,老实退休了。每月生活有了保障,另外养殖场这一块儿,每年分红有四五万,加起来,相当于一个政府公务员的工资了。"

赖子举起酒杯,说:"来来,我代表咱们这帮患难兄弟,提前祝贺老实光荣退休。"

叶老实干完杯中酒,脸也红了,带着几分醉意说:"我是人到码头车到站了,一生最自豪的就是从没做对不起党、对不起国家、对不起朋友的事。我这一辈子,对得起自己的良心。"

活宝感慨:"虽然日子好了,但儿子还在读大学,将来要找老婆成家,老子还得给他买房买车。儿子有了孩子,老子又成倒贴的保姆。赖子你别笑,你跟我一样,还得打拼,得翘着屁股无怨无悔地干。"

"我是个姑娘,还好点儿。"刘胜利看了一眼毛仁银,"仁银的儿子还在念小学,还住在桃园村破旧的老宅里,将来肩上的担子更重呢。"

大家说到孩子,心情刚刚平复的叶老实又被勾起了伤心事,不再说话,独自发着呆。毛仁银假借敬酒,岔开了话题,说:"我说一件事。"这话一出口,又觉得事情牵扯到他,不太好说,便说,"算了算了,也没什么事。"

活宝骂他:"毛仁银,你有病啊,话说一半。"

毛仁银就说:"我老婆,不是和吴回芝熟吗?是她说的。说吴回芝这些年,一直在找郑宏。前不久,还真给她找着了。找着了,就做郑宏的工作,劝他投案自首。她答应,花钱请最好的律师,帮郑宏打官司。郑宏后来答应自首,条件是吴回芝答应和他离婚。吴回芝又说,离婚可以,但她这些年挣得的财产,是和郑宏两人的婚内财产,她将她的财产分一半给郑宏。"

一席话,听得众人高声叫好,有夸吴回芝豪气的,也有夸郑宏硬气的。当然,也有羡慕郑宏的,还有调侃毛仁银没福气的。大家为了吴回芝和郑宏,喝了好几杯酒。

服务员端上来两大盘冰糖柑橘,个儿大,皮儿薄。大家酒都喝多了,各自剥开吃,纷纷称赞味道不错。

活宝说:"你知道这冰糖柑橘是谁种出来的吗？傅佳钢!"

赖子不相信:"傅佳钢还有这种本事？"

毛仁银说:"还真有。前两天我和老实送甲鱼、牛蛙到市中心集贸市场,正赶上他送柑橘,我们还聊了会儿。傅佳钢跟以前判若两人,说了许多道歉的话,请我们兄弟原谅他,还说要请我们吃饭。"

叶老实虽说被毛仁银岔开了话题,也知道兄弟们相聚高兴,不宜弄得悲悲切切,但心里却高兴不起来。吃着蜜一样的柑橘,想着女儿活着的往事,儿和娘亲,女和爹亲,越想心里越是说不出的苦涩,嘴上却连连说着:"真甜,真甜。"

由傅佳钢承包荒山种植冰糖柑橘,又转到昔日的钢花贸易公司,众人自然七嘴八舌声讨了一番祝国祥,又感慨祝大昌和祝国祥,一奶同胞,何以人品云泥之别。一番话,勾起赖子的心中隐痛,当年要不是他讲哥们儿义气,事事迁就祝国祥,原则问题上和稀泥,公司岂会陷入窘境？他被迫离开江阴钢铁厂时,明白了一个道理:义气和友情一样,都是易碎品,一旦出现裂缝,便很难恢复原貌。不论谁对不起谁,裂缝都如两面刃,一面伤人,一面伤己。

想明白了,他才把祝国祥的问题告诉了祝大昌,希望能引起祝大昌的警觉。后来他得到消息,说祝大昌只是解雇了祝国祥安插的人,并没有动祝国祥。他心里感到悲哀。俗话说,柱不硬,桥不稳;人不狠,站不稳。祝大昌跟他都有一个致命弱点,不同的是,他是被所谓的哥们儿义气束缚,而祝大昌却是自身桎梏于茧房之中动弹不了。这样下去,厂子毁在祝国祥的手上,只是时间问题。

第二十四章

祝国祥半仰靠着真皮大班椅,双脚跷在办公桌上,刚跟老婆朱美美打完电话。最近两天,他发了点儿小财,托认识的官员帮人办了件事,人家给了他两万,他给朱美美汇了过去。要过春节了,他想让朱美美带儿子来江阴过年,朱美美却说要带父母去日本。

祝大昌走了没多久,祝国祥果然就把黄毛召回来,此时他拿着一张《江阴日报》,神色慌张地跑了进来,连声叫道:"老大,不好了!"

祝国祥夺过他手中的报纸骂:"什么事,恐怖分子又袭击美国了?大惊小怪的。"

祝国祥瞄了下报纸头条新闻,《给白鹭留一块栖息家园,市政府开会决定将江滩建设成湿地公园》。像挨了一记重锤,跌坐在皮椅上,半天才缓过神来。丧魂落魄中,他赶紧拨通市规划局夏副主任的电话,约他到咖啡厅见面。

一见到夏副主任,祝国祥就急不可耐地问:"夏主任,报纸上说的是真的吗?图纸归你们局设计吗?"

夏副主任说:"是呀,现在环境好了,有不少白鹭栖息江滩。根据广大市民的建议,市政府也专门召开了会议,决定将江滩建设成为湿地公园,由规划局拿规划方案和图纸。"

"江滩不是要建大型娱乐场吗?"看着气急败坏的祝国祥,夏副主任有点丈二和尚摸不着头,一脸茫然说:"那是前几年的规划,早被市领导否了。"

祝国祥愤然道:"那去年我给你打电话,你为什么不跟我说清楚?"

夏副主任把这事忘了,想了好一会儿才说,"我记得当时我问过你,打听江滩的事干什么?你神秘兮兮不肯说,只说请我吃海鲜。"夏副主任不紧不慢,"后来我们在一起吃饭,我还问过此事,你又岔开了,只说问一下而已。"

祝国祥一时无语。

"祝总,你咋关心起湿地公园的事了?是不是想做公益贡献一份爱心呀。"

此刻的祝国祥如热锅上的蚂蚁,站起来对夏副主任说:"对不起,我有事得赶紧去办。"

从咖啡厅出来,祝国祥赶紧开车到土地管理局找莫局长,这才得知莫局长提前退休,举家迁往了新西兰。祝国祥又带着黄毛找到腾龙公司,只见大门上贴着封条,因欠银行的巨款,公司早被法院查封,漆总也因经济犯罪入狱了。

祝国祥所有的希望都寄托在江滩土地升值上,现在江滩确定建湿地公园,他那块地算是砸在手中了。祝国祥像被打断了脊梁的狗,彻底崩溃了。更可怕的是,放贷公司几易其主,他已经深深陷入了"套路贷"中无法自拔,当初五千万的高利贷款,滚雪球似的增长,已经变成了近两亿的大山。

从腾龙公司回来,祝国祥在宿舍借酒消愁,恰好放贷公司的沈老板打电话来,想必他也是看了报纸的:"祝总,你什么时候还清欠款?"

祝国祥嘴硬:"我保证还,不会少你一分的。"

沈老板不耐烦起来:"你今天说还,明天说还,每月就只还个利息,什么时候才能还清?"

祝国祥解释说:"沈老板,这每月还的利息,还是我截留客户的货款。"

沈老板打断说:"我不管这些。要过年了,我们公司资金也紧张。小年之前,必须打六百万到我账上,不然到时黑道上的人剁一只手,卸你一只胳膊,别怪我没有事先提醒你。"

祝国祥心里恓惶,强压着颤抖的声音说:"沈老板放心,小年前,我一定将钱打在你账上。"放下电话,冷汗透湿了衣背,浑身打摆子一样发抖。

上哪弄六百万呢?

说巧不巧,下午,负责基金扶助项目的宋经理从临江打来电话,说祝大昌的手机打不通,问祝国祥,他哥是不是在江阴。

祝国祥自己一脑门子官司,懒得管他的事儿,就象征性地随口问他有什么事。

宋经理便说,有几个办养老院的下岗女工,想扩大养老院规模,申请一笔五十万的基金扶助,因超过了他的权限,要向祝总汇报。

祝国祥眼前一亮,问:"目前基金账上有多少?"

宋经理说:"六百万。"

果然是天无绝人之路,想睡觉就有人递枕头,他不动声色地说:"我哥这两天回来,我先汇报,再给你电话。"

祝国祥捞到了救命稻草,打起扶助基金的主意。思来想去,这事要有个得力助手才能搞定。黄毛办事鲁莽,宋经理也见过他。正当祝国祥穷尽心思时,像是上天的有意安排,夏君来找他了。

原来,夏君所在的国际皮包公司被查封以后,他躲到大兴安岭收购野山参,实在太苦了,回来想找祝国祥给他安排个工作。

祝国祥心中窃喜,扔给他一包烟,直截了当地说:"现在有件事想夏兄帮忙,事成后,给你二十万好处费,比打工强多了。"

夏君都做好了被他拒绝的准备,没想到还有这样的好事儿,忙问详情。

祝国祥关上办公室门,将他酝酿的计划说了。

夏君犹豫道:"太下作了吧?这可是你哥做公益的钱哦。"

祝国祥咬牙道:"人不为己,天诛地灭。只当我哥做公益救助我了。"

第二天,祝国祥开车,带着夏君和黄毛回到临江,给宋经理打电话,约他晚上七点到锦伦大酒店见面。

宋经理来到酒店时,祝国祥已点好一桌酒菜,首先向宋经理介绍人模狗样的夏君:"夏兄跟我哥关系非常好,也是我的朋友。他想办个模具厂,需要一笔资金,我哥让我回来跟宋经理说一声。"

宋经理疑惑地问:"需要多少?"

祝国祥吩咐夏君:"把基金扶助项目申请表给宋经理看看。"

夏君就从包里拿出三份项目资金申请,宋经理接过一看,吃惊地说:"六百万?这可是账上所有的资金了。再说了,咱们这个基金,主要是扶持下岗工人的小微创业,夏先生是下岗工人吗?他的项目,与基金成立的宗旨不符啊。"

祝国祥说:"你放心,模具行业效益好,要不了半年,这笔钱就会还回来。"

宋经理为难地说:"这恐怕不行,超过五十万,就要祝总的签字。"

见宋经理拒绝,祝国祥就不再说了,开始劝宋经理喝酒。宋经理酒量不大,碍着祝国祥的面子,只得陪着喝,没喝几杯就趴桌上不动了。

第二天早上,宋经理醒来,发现自己躺在宾馆房间,一左一右躺着两个一丝不挂的年轻女子,祝国祥正拿着手机对着他录像。见宋经理醒了,他冷冷地说:"艳福不浅呀,玩起双飞燕了。平时看你一本正经,没想到还是个老花匠。"

宋经理明白,祝国祥这是有意害他,所以还挺冷静的,说:"说吧,你想干吗?"

祝国祥说:"六百万,半年内还清。"

宋经理说:"放款给你没问题,你签字,我放款。你要是不签字,就算杀了我,我也不放。"

只要能弄到钱,祝国祥哪管什么签不签字。他在三份假项目上签字,宋经理便将这笔六百万的扶助资金打到了夏君账上。晚上,祝国祥兴冲冲找夏君拿银行卡,敲了半天门,没人回应,打夏君的手机关机。他这才醒悟过来,夏君玩了个螳螂捕蝉黄雀在后,携六百万巨款逃跑了。

腊月二十四那天,正是赖子和一帮兄弟在活宝餐馆聚会的时候,祝大昌也从新疆库尔勒回到了江阴,祝家准备这天吃年饭。小年过后,来祝家的人和祝大昌要拜访的朋友挺多,一家人单独聚在一起就很难了。另外,他还要去河北廊州、郑州镀锌新厂进行春节慰问。

范小桃心情不错,在九江的哥嫂年后要来江阴,兄妹也有两年没见面了。小年饭也准备得很丰盛:卤牛肉、酸菜鱼、肉糕、香酥鸡、四喜丸子,还有十多只大闸蟹。另外还为祝母做了她爱吃的大冶苕粉肉,烫了一壶祝国祥爱喝的绍兴黄酒。

祝大昌心情也好,廊州的厂开始生产了,郑州镀锌新厂虽有待调整,但根据给他的报表,乐观估计,四月份就可以见成效。而且,年后他将飞赴乌兹别克斯坦,同扎克尔诺夫见面。自那年在圣彼得堡做成第一笔生意后,二人成了朋友。这次扎克尔诺夫打来电话,不是几千吨钢管的问题,而是想把他接下的油田工程所需要的石油管道全部交由祝大昌。祝大昌厂子的产能有限,他想跟新临钢联手接下这个大单,俞钢答应年后与他一起飞乌兹别克斯坦谈判。

祝大昌和范小桃正在厨房忙碌,有人敲门,范小桃去开门。

没一会儿,范小桃回到厨房。祝大昌问:"谁呀?"

范小桃说:"推销菜刀的,小区保安也太不负责,随便让人进来。"

祝大昌说过年了,满街不都是做活动促销的吗。正说着,又传来敲门声,这次声音很重,祝大昌便解下围裙,走了出去。

打开房门一看,外面站着三个不速之客,为首的一个头发梳得光亮,披着一件黑皮大衣,嘴里叼着雪茄。站在他身旁的是个瘦个儿,戴着眼镜,手中提着一个棕色公文包;站在后面的是个彪形大汉,脖子上戴一根夸张的金链子。

三人像极了电影里常见的黑道中人。

祝大昌挡在门口,打量着他们,问:"你们找谁?"

提公文包的说:"你是祝大昌先生吧?这位是我们汪总,我们能否进去谈?"

祝大昌说:"我们家吃年饭,有什么就在外面说吧。"

提公文包者看了眼不吭气的汪老板,拖着腔说:"正因为今天是小年,趁祝先生在家,我们才来的。"

"你们找我究竟有什么事?"

汪老板扔下手中的雪茄,拿脚踩灭,开口道:"这事还是进去谈好,如果让外人知道了,恐怕对祝先生不利。"

祝小园听见门外对话,忙出来站到父亲身后。他现在比祝大昌还高,只是身子显得比较文弱。祝大昌就让三人进了客厅,又对儿子说:"你进卧室去。"

儿子不听他的,捏着拳头站在父亲身后。

汪老板环视了一下室内,说:"祝先生虽然是亿万富翁,家里倒很朴素,让我敬佩得很啊!"说着,不待祝大昌请他落座,自己在沙发上坐下来,对提公文包者使了个眼色。

提公文包的便干咳了一声,对祝大昌说:"是这样的,我们是放贷公司的,你兄弟祝国祥欠了我公司一大笔钱,一直赖着不还。汪老板今天就是为这笔欠款来的。"

祝大昌盯着汪老板:"放贷公司?我弟在你们公司贷过款?"

"是的,而且数目不小。"

"他贷了多少?有凭证吗?"

汪老板吩咐:"都拿出来,让祝先生过目。"

正在厨房忙碌的范小桃,开始没在意,当听到祝国祥找放贷公司借了不少钱时,心里咯噔一下,感到事情不妙,拿着菜刀就从厨房走出来。"大金链子"挡在她身前,示意她将刀放下。范小桃放下刀,"大金链子"这才放她过来。见祝大昌看着手中一沓复印的借款凭证,包括身份证号等,脸色骤变,半天不作声,便伸手接过来看,一看数目,近两个亿,她倒吸一口凉气,失声叫起来:"祝国祥欠你们的钱,你们找祝国祥要去!"

提公文包的说:"嫂子,你不要激动嘛。我们老板不想把事闹大,闹大了对谁都没有好处。"

祝大昌强作镇定地说:"这钱是怎么欠下的?"

汪老板装出吃惊的样子:"令弟祝国祥到澳门豪赌,难道祝先生不知道吗?"稍顿了顿说,"他欠澳门赌场一千多万,因无钱偿还,拿贵厂百分之三十的股份做抵押,找到浙商公司,贷了五千万;后来浙商公司把债务转给了另一家公司,转到我手上时,已经是第五家了,利滚利,两个亿只差一千二百万。"

提公文包的补充道:"我们多次催祝国祥还款,他说他花三千万,买下了江滩一大片地,等到江滩建大型游乐场时,能赚三个多亿。"

祝大昌是经过大事的,遇事素来冷静,听他们这样说,加之前赖子说过江滩的事,知道这事假不了。

范小桃忍不住了,冲汪老板气愤地说:"那你们找祝国祥要去,上我们家来干什么?"

汪老板的脸色沉下来了,吩咐道:"把另一张与祝先生有关的证据拿出来,让祝先生过目。"

提公文包的打开包,从里面掏出一张有祝大昌签字的担保书,汪老板接过,递给祝大昌:"祝先生,这可是你的亲笔签字,拿贵厂百分之七十的股份,为祝国祥抵押的百分之三十的股份再担保,这不会有错吧?"

没等祝大昌开口,范小桃叫了起来:"这是假的,伪造的!"

"祝夫人,少安毋躁。有理不在声高,真的假不了,假的真不了。不管是假的,还是伪造的,这上面公证处的公章是真的吧?"汪老板看了眼从房内走出的祝母,说,"今天过小年,我并不想打扰你们一家团圆,更不想闹出不快的事情。既然我来了,有些话就得说清楚,先小人后君子,这是生意场上的规矩。"

提公文包者忙附和说:"我们是正规放贷公司,如果祝先生不想承担责任,可以走法律程序,到时法庭上见。"说完,收拾起一干票据文书。汪老板也起身,冲祝母弯了弯腰,说,"伯母,我们告辞了。"一行三人鱼贯而出。

一阵令人窒息的沉默后,范小桃压抑多年的怨气终于爆发了,冲祝大昌怒斥道:"这就是你器重的好兄弟!当初我苦口婆心劝你,不能重用祝国祥,更不能给他股份,可你偏不听啊!你拿我姓范的当外人,认为我在挑拨你们兄弟关系,现在可好,放贷公司找上门来了。事情明摆的,你的好弟弟,拿你给的股份抵押借高利贷,又做手脚用你的股份为他担保。你拼死拼活一辈子,现在,这厂子,姓啥都不知道了。"

祝大昌一直绷着脸,一言不发。

祝母在旁听着,忍不住说了一句:"国祥没有欠这么多。我听国英说,国祥到澳门赌博,只输了一百五十万。"

"妈,上次我问您,您不是说不知道吗?"祝大昌眼中冒出火。

祝母自知说漏了嘴,不说话了。

范小桃气得浑身发抖,又冲祝大昌发作起来:"好哇,你弟欺骗你,你妈瞒着你,你妹祝国英也不对你说实话!果然不是一家人,不进一家门,这一家的骗子,合起伙来害你、坑你!祝大昌,这就是你口口声声心心念念的亲情!"

正在这时,传来几声敲门声,祝国祥戴着水貂毛帽,围着灰色羊绒围巾,手中还提着一网兜水果推门进来了。他是来吃年饭的。

祝母一见,马上扑上去,抓住他狠打了几下:"你这个孽子,不成器的东西!不学好,在外面欠了那么多高利贷!"骂着把祝国祥往外推。

祝国祥一怔,狡辩道:"没有的事,这是胡说八道!"

祝母转过身,拿起茶几上一沓复印的借款凭证:"这是什么?人家都上门逼债来了。"

祝国祥无言可对,看着眼中喷出怒火的祝大昌。他刚叫了声哥,脸上就重重挨了一耳光:"滚,你跟我滚!"

祝国祥捡起被打飞的水貂毛帽,捂着脸一溜烟跑了。

见范小桃怒气冲冲掏出手机,祝大昌忙问:"你要干什么?"

范小桃恨恨地说:"我是不认这笔账的!让祝国祥到监狱说清楚,我这就报警!"

祝母先是一呆,接着老腿软了,捂着胸口发出几声呻吟,随后倒在地上不省人事。范小桃以为祝母又在表演,不理会她。祝大昌赶紧抱起母亲,对范小桃吼道:"还愣着干什么?赶快打120!"

俞钢一直忙着与欧盟委员会的官司。

一年过去了,他和律师再次飞赴布鲁塞尔,正值欧洲寒冷的三月,街头人们穿着厚实的风衣和皮大衣。原来共同上诉的九家企业已经泄气,认为胳膊扭不过大腿,也没有人力和财力支撑这场旷日持久的官司了,现在只有新临钢在孤军作战了。

很多人不理解,一个中国企业将欧盟告到法庭,无异于以卵击石,几乎没有任何胜算。俞钢却毫不妥协,在欧盟法院司法审查的诉讼中,他愤然发声:"这是哪家的逻辑?看到一个人长得壮,就说他会对我构成威胁,将来可能会来打我,就要惩罚他。这公平吗?"俞钢又在比利时召开新闻发布会,在回答记者采访时,掷地有声说:"所谓'损害威胁',完全是个莫须有的罪名。这样的先例从来没有过。中国有句话说得好,'有理走遍天下',为了给中国企业正名,亏多少钱我也要将这场官司打下去!"

俞钢振臂呐喊,浦律师也没闲着,利用他二十多年涉外官司的经验,详细查阅欧盟法律条文,寻找对抗辩有利的证据。然后,与贝克律师和安娜律师一起,多次在卢森堡召开的听证会上,驳得欧盟律师哑口无言。官司一路往上打,欧盟一审法院、高等法院,并在国家商务部、中国钢铁协会的支持下,一直申诉到WTO。

这年五月,WTO组织的调查小组来到新临钢。组长是德国人波尔,此人不苟言笑。同行的还有一位叫洛勃克的律师,来搜集不利于新临钢的证据。

俞钢安排了一辆商务车,亲自陪他们来到汉冶萍广场,让调查组了解新临钢的百年历史,查看岁月长廊里泥土斑驳的界碑,及从德国进口的铁轨。

波尔仔细端详着,严肃的脸上终于露出一丝笑容:"没想到,我会在中国,看到我们德国人一百年前生产的铁轨。"

俞钢说:"波尔先生,界碑可以证明,新临钢的土地是购买的;从你们国家进口的铁轨,还有这几根刻有'汉阳铁厂造民国二年五月'的铁轨,还有后面的高炉废墟、水塔等遗址,当时的设备都是从英国进口的。这些证据,都可以见证汉冶萍的历史。"

俞钢又把他们带到陈列馆,并从玻璃柜中取出了那本《欧美二洲应警惕中国黄祸》的小册子,及1909年上海《时报》翻译的《泰晤士报》的文章。

波尔和洛勃克律师沉默着。

俞钢又拿出盛宣怀签名版的汉冶萍公司原始股票,说:"这是当时的董事长盛宣怀签名的股票。为实业救国,盛宣怀还发行了许多普通股票。"波尔看了眼洛勃克律师。洛勃克律师耸耸肩,表示无话可说。

俞钢脸色严肃起来:"波尔先生应该知道,中国企业一直背负着欧盟的高关税包袱。而且据我所知,WTO在'反倾销'协议中,对'损害威胁'有十分严格的规定,其中,必须要依据事实,而不是仅依据指控、推测或极小的可能性。"

波尔点着头,说:"俞先生说得不错,法律是贸易诉讼中最重要的根基。这个环节若存在问题,那么裁定就是不公正的。"

波尔对俞钢产生了好感,休息时,同他闲聊起来。

俞钢说:"欧洲、美国对中国人存在很深的误解,以为中国人是好斗的,但其实,在中国文化中,'和'这个字,深刻影响着我们的行为习惯。我们老百姓说,'和气生财','家和万事兴'。我们在跟世界打交道时,经常说,'和则两利,斗则两败'。我们信奉'和为贵'。因此,中国人爱荷花,因为在汉语中,荷花的'荷'与和气的'和'同音。"见波尔听得入神,俞钢继续说:"中国最伟大的哲学家孔子说,'君子和而不同'。"波尔兴奋地说:"我知道孔子。"

俞钢越说越兴奋:"比如我们新临钢,和你们德国就一直有着很好的合作关系。临钢的很多设备,都采购自德国。西马克公司就提出一句口号,'德国装备助力中国制造。'波尔先生,这就是典型的'和则两利'。我们彼此合作很愉快,他们给我们提了许多宝贵意见。还有贵国的巴顿钢厂,和我们也有着良好的合作。"

波尔听俞钢夸奖他的祖国,很是自豪,进来时一张严肃的脸,现在变得笑眯眯的了,问:"你们和巴顿钢厂有合作?"

"巴顿钢厂只有六百多人,放在中国只能算小厂,但他们却是全世界电炉炼钢效率最高的企业。两台八十吨电炉,年产钢一百七十三万吨,其中一台电炉创造了二十四小时生产五十一炉钢的世界纪录。而我们新临钢,六千多人,年产钢只有一百万吨。巴顿钢厂的炼钢工序是以秒计算的,而我们是以分钟计算的,二者的差距是六十倍。我们从二〇一三年开始和巴顿钢厂合作,将技术骨干分成四批,接受巴顿钢厂的全面培训。"

双方的距离进一步拉近了,波尔说:"俞先生,按你们中国人的话讲,你是一个谦谦君子。有关这次调查的情况,我回去后一定会如实反映的。刚才洛勃克律师委婉地告诉我说,你们是对的。"

送走波尔和调查小组,俞钢便让秘书通知召开管理层会议。

原来,俞钢看中了老临钢以前建在四门飞云山上的党校,有宿舍、食堂和教学大楼,而且离厂区较近,环境也好。但是,在易国兴时期,党校被卖给私营老板改成了休闲会馆,后又被一姓沈的老板收购,一直闲置着。俞钢想将其收回来,改造成内部的培训学院。

黄彦清自告奋勇:"明天我去趟市政府,请有关部门帮我们找沈老板。"

孙锦西担心道:"就怕沈老板狮子大开口。"

黄彦清也说:"是呀,新临钢发展了,连一张旧时的原始股票都涨价了,我看没大几百万拿不下来。"

九月底,已是华侨的阮老板回国了,住在海观山宾馆。这天下午,按约好的时间,俞钢由市政府办公室的关主任陪同,一块儿来拜会阮老板。阮老板原是华新水泥厂的工人,也是靠做水泥生意起家的。

得知俞钢是新临钢老总时,阮老板说:"我是临钢的女婿,我老伴原在电气分厂工作。"

俞钢很客气地说:"阮先生很多年没有回临江了吧?这次回临江,感受如何?"

阮先生感慨:"出国十多年了,没想到临江发展这么快。昔日的'光灰城市',如今城中有湖、绿道相连,环境好太多了。"

"阮先生要经常回来走走看看。"

话题转到闲置的四门飞云山上的党校时,俞钢说:"阮先生,我们的用意想来您也基本了解,我们想建一所临钢内部的培训学院,还望阮先生成全。"

阮老板直爽地说:"当年我花了一百五十万买下的,原准备办跆拳道馆,后来儿子在国外有了事业,打电话让我去帮他一把,我就和老伴一起去国外了。俞先生现在想收回去,能给多少?"

"我尊重阮先生的意见,能否给个具体价格?"

阮老板爽快地说:"行,那就这个价。"随后,伸出了五个指头。

关主任吃惊地望了俞钢一眼,委婉地说:"阮先生,这个价格……是否再考虑一下?"

阮老板说:"你们也不要还价了,就这数。"

关主任又看了一眼俞钢,准备劝阮老板再考虑下价格时,阮老板笑着说:"五十万,就这么说定了。"

所有人都惊了,望着阮老板,还以为他年纪大,说错了。

阮老板笑道:"这是我回国之前就想好的价格,而且,这五十万我不准备带出国。我祖辈生活在黄荆山,听说政府正在打造黄荆山森林公园,造福一方,这五十万,算我为家乡尽的一份绵薄之力。"说到这里,阮老板站起来,动情地说:"我们一家住国外,并不缺钱,女儿在英国大学任教,儿子在北美有自己的航运公司。他们也很关心中国的发展,希望祖国变得更加强大。"

阮老板顿了顿:"儿子告诉我说,今年九月初,百年不遇的飓风几乎摧毁了墨西哥所有的海上设施,损毁了码头和房屋,几乎所有的系泊链都断裂了,而唯一一组未断的就是中国新临钢生产的。我儿子说,不要小看一根系泊链,这里面的科技含量很高。俞总,是不是这样?"

俞钢说:"系泊链不仅需要能浸泡在海水里二十年以上,还得经受海浪、风力、无规律受力等作用,既要具有耐海水腐蚀、抗疲劳、耐磨损等特性,又要强度高、韧性好。"

"俞先生,"阮老板言归正传说:"我捐出四门飞云山上的党校,目的只有一个,'工欲善其事,必先利其器',希望新临钢培养出更多的精英人才,自主创新出更多的'中国制造',这也是我们海外华侨最大的愿望。"

关主任很惊喜,连连问:"阮先生,您还有什么要求吗?"

阮老板笑了笑："希望政府能发我一个荣誉证书。另外,能否让我到新临钢参观,目睹一下百年老厂的今日风采?"

俞钢忙说："欢迎欢迎,明天早上我让公司的车来接您。"

四门飞云技工培训学院建了起来,俞钢亲任校长,工作再忙,他每个星期都要去看看,有时还上台讲课。当然,他也不忘给自己充电,钻研更先进的电气控制和金属材料、机械制造专业知识。

这天他从山上回到公司,黄彦清告诉他一个不幸的消息,夏副所长在杭州去世了。另外,回英山老家的卢工因突发心脏病,住在医院里。两年前,夏副所长等几位老一辈高工,因年事已高,先后离开新临钢回家了,包括担任公司市研部顾问的於部长。

俞钢心情很沉重,让黄彦清以公司的名义,给夏副所长的亲属发唁电,表示深切哀悼。他和孙锦西又赶去英山县医院探望卢工,这也可能是最后一次见面了。

卢工躺在重症室,已经处于昏迷不醒的状态。护守床边的儿子,拿出一个塑料包递给俞钢,哽咽地说："这是我爸让我转给您的,说对厂子有点儿用。"俞钢打开一看,是卢工翻译的一些国外的特钢资料,标着数据和英文符号。

随着老一代人逐个逝去,一个时代真的结束了。

第二十五章

祝国祥被祝大昌赶出厂,为提防他继续打着江阴钢铁厂的名义在外面招摇撞骗,祝大昌也不怕家丑外扬了,在《江阴日报》上刊登了开除祝国祥的启事,并申明从此往后,祝国祥的一切行为与江阴钢铁厂无关。

祝国祥既没有回临江,也没有离开江阴,而是和黄毛在一家旅店里吃泡面过了春节。大年三十晚上,俩人抽着烟,窝在床上。

黄毛劝他说:"老大,咱们回临江吧。在这里实在混不下去了。"

祝国祥恨声道:"凭什么?老子不甘心就这样失败。"

黄毛小声道:"你哥对你很不错了,只是开除,没有报警。"

祝国祥骂道:"你懂个狗屁!股份给我了就是我的,我想怎么处理是我的自由。他凭什么报警?"

黄毛说:"可是老大,万一沈老板找到我们怎么办?咱们还是回临江吧,临江朋友多,总能混下去的。"

祝国祥说:"看你这点儿出息!把心放肚子里吧,沈老板不会再找我们了。"

黄毛不解:"为什么?两个亿他们不要了?"

祝国祥得意地说:"报纸都登了,沈老板现在肯定知道我被开除了,穷光蛋一个,杀我无肉,剐我无皮,他现在肯定是死盯着我哥啊。"

见祝国祥对亲哥哥都如此无情无义,黄毛心里也有了跟他分道扬镳的想法,只是怕祝国祥翻脸不认人报复,就想着再等待时机。

春节过后,祝国祥像惊蛰后的虫豸一般开始活动了。他先给建委的杨副局长打电话,想让对方给他找个事儿干。他任江阴钢铁厂副总时,和这个杨副局长经常一起喝酒唱歌打牌。

电话通了,他和过去一样拉腔拉调地说:"杨局长吗?我是国祥呀!"

对方问:"国祥?哪个单位的?"

祝国祥说:"江阴钢铁厂的。"

对方说:"我看到报纸上登了,有个叫祝国祥的被开除的公告,你就是那个祝国祥吧!"说完就把电话挂了。

祝国祥骂了一声:"他妈的,跟老子装,还哪个祝国祥。过去老子电话一响,狗一样屁颠屁颠跑过来。"

黄毛看了他一眼,没吱声。

祝国祥又给经贸办的钱主任打电话:"钱主任吗?我是国祥,想请您老哥帮忙……"对方没等他说完,就挂了电话。

祝国祥不甘心,又给跟他平时称兄道弟的两个官员打电话,一个没接,只回了个四个字的短信:"我在开会"。另一个说他到北京出差,正在登机。显然是敷衍他,躲瘟神一样地不想见他。

祝国祥也不觉得尴尬,对黄毛说:"他妈的,都是一些狗眼看人低的东西。房管局的肖局长曾答应把十三排棚户区的改造工程交给我做。我要去找下这位老哥,当面敲定此事,尽快将工程搞到手。"

下午,他打的来到区政府。穿着橄榄色保安制服的门卫不让他进去,让他通报姓名、单位和事由。他一一说了,保安打电话给肖局长,肖局长训斥道:"区政府不是大众菜园,不要什么人都放进来。"

门卫就撵祝国祥:"走吧走吧,肖局长说了,不认识你。"

祝国祥的心彻底凉了,气得直骂:"什么兄弟朋友,翻脸比翻书还快。老子今天算领教了。"

祝国祥垂头丧气回到小旅店,黄毛告诉他,旅店老板娘来过了,说如果长期在她的店里住,就得提前交半年的房租,否则走人。祝国祥身上的钱不多了,原想官场上的哥们儿会帮一把,现在希望破灭了,得另想办法渡过眼前的难关。于是,又给一个有业务关系的费经理打电话。去年九月,费经理在他手上拿了一千吨钢材,说好了年底付货款。

"一个姓潘的副总已经来我公司将这笔款子拿走了。"费经理在电话里说道。

"我不是跟你说过吗?款子打到我卡上。"

"潘副总说了,你被开除了,还登了报纸。"费经理稍顿了顿,又对他嘲讽挖苦一番,"我把货款打给你,那不是肉包子打狗吗?吃你哥的黑,坑你哥,你也太没良心了。你这种人,谁愿打交道就是瞎了眼。"

"妈的人走茶凉,狗眼看人低,没一个靠得住的,全他妈是势利眼。"祝国祥发疯似的将桌上的空酒瓶扔在地上大骂起来。

黄毛苦着脸劝道:"骂有什么用?江阴待不下去了,还是回去吧,还能搂着老婆混个热枕头。"

祝国祥瞪了他一眼,咬了咬牙:"不行,老子牺牲了太多,非得连本带利弄回来不可!"

黄毛嘀咕说:"官场那些人不见你,商场上的朋友也躲着你,眼下吃饭睡觉都成问题,你上哪儿弄钱?"

祝国祥一转念,兴奋地对黄毛说:"黄毛,哥有办法了。"

黄毛对祝国祥的妙计已经麻木,继续躺在床上玩手游。

"哥这些年抓了很多官员的小辫子。"

黄毛朝他翻翻白眼,继续玩他的手游。

第二天上午,祝国祥来到区政府,在大门外转悠到中午,趁机关人员下班,拦住肖局长。

肖局长一脸不耐烦,甩开祝国祥的手,说:"你还有什么事?"

祝国祥低声说:"肖兄,去年这个时候,我为朋友的事找你帮忙,朋友给了你六十万好处费,你说给我十万,到现在也没兑现。"

肖局长沉下脸,正色道:"你别胡说八道!我怎么记不得有这事儿。"说着就欲走开。

祝国祥的鼻孔重重哼了一声,冷冷地说:"姓肖的,我现在一无所有,光脚的不怕穿鞋的,死猪不怕开水烫。如果你赖账的话,我这就去市纪委实名举报,把你姓肖的受贿的丑闻抖出来,我就不信搞不死你!"

肖局长一怔,脸上挤出笑容:"国祥兄弟,刚才我跟你是开玩笑的,你可别记在心里。不就是十万块吗?好说。"

"去年给我是十万,现在十万不够了。"

肖局长忍着性子:"那现在你想要多少?"

"二一添作五,六十万,咱俩一人一半。"

肖局长眼角的肌肉跳动了几下,脸上依然维持着笑:"这样吧,三十万不是小数目,我也不能给你转账。我取了现金,晚上约个地方给你,把这事了结了。你记住,只此一次。"

祝国祥心中大喜,回到旅馆,也没对黄毛说,心想告诉他还要分钱给他,不如自己单独行动。一直等到晚上十点钟,终于接到了肖局长的电话,问他在哪里。祝国祥报了地址,肖局长说:"你走出来,到十字路口的路灯下等我,我十分钟到。"

祝国祥如约在灯柱下等了十分钟,一辆黑色商务车急刹车停在他身边,车窗摇下来,一个人问:"祝国祥?"他答了一声。车门自动打开,那人说:"上车,肖局在后面。"祝国祥刚上车,一个黑头罩就罩在他头上,锋利的刀锋横在喉结上:"别动,动就没命。"祝国祥不敢动,堵上他的嘴,捆住他的手,刀这才拿开。祝国祥挣扎了一会儿,死狗一样瘫软在车座上。

"怎么弄?"

"捆结实了,沉江。"

祝国祥一听,这是要杀他灭口,吓得一泡尿没憋住,顺着裤管流了一车座,车内升腾起一股尿臊味。"哪里来的尿臊?敢情是这小子吓尿了。"车上的人哈哈大笑起来:"这个尿包,还敢敲诈勒索,死了都不晓得怎么死的。"祝国祥继续挣扎着,大约一小时后,车子下了高速,又走了十多分钟,终于停了下来。车上的人将早已瘫软的祝国祥拉下车,死狗一样拖了几十米。祝国祥听到流水声,知道是到了江边,这是要沉江了。

他听得一个声音说:"把他嘴上的东西扯掉。"嘴上一松,祝国祥就连声求饶:"我错了,我错了,我再也不敢了。饶我一命,我再也不敢了。"

"现在认尿了?"

"认了认了。"

"怕死?"

"怕死怕死。"

"操你妈的,怕死你还敢太岁头上动土?晚啦!"几个人把他拉到江边,摁进冰冷的江水里。祝国祥在水里拼命挣扎,越挣扎越呛水。每到将将要呛死时,又被人拎起来,透口气;一出水他就喊:"饶命,再也不敢了。"又被摁入水中,反复数次,再出水时也喊不出饶命了。

"好了,饶他一条狗命!长点儿记性,下次再犯贱,灭了他。"

一行人上车远去。祝国祥瘫在地上,足足缓了半个多小时,确信那些人走了,他挣扎着爬起来,失魂落魄地往江阴方向走去。一边走一边想,越想越恨,越是不甘,想着这一切的悲剧都是因为嫂子范小桃。如果不是范小桃瞧不起他和朱美美,朱美美也不会劝他去赌那一次;如果不赌那一次,他现在好好当着江阴钢铁厂的二当家。既然你们不让我活,也别怪我无情了。

走到第二天早上,祝国祥才狼狈地回到小旅馆,黄毛还在呼呼大睡,根本没有因为他一夜未归而操心。祝国祥冲了个澡,倒头就睡。直到天黑才醒过来。黄毛见他醒了,问:"祥哥,昨晚去哪儿了?"

祝国祥黑着脸,不说话,只问:"还有泡面没?给我泡两包。"

黄毛去烧水给他泡面。祝国祥稀里呼噜吃完,打了个嗝,说:"一不做,二不休,老子要干一票大的。"

黄毛盯着祝国祥,小心地问:"祥哥又有什么计划了?"

"说吧,你跟不跟哥干?"

"你还没说要干啥呢。"

祝国祥咬牙切齿地问:"你知道我最痛恨的人是谁?"

黄毛摇摇头。

"范小桃!如果不是她管财务,防贼一样防着我,我岂会去借高利贷款,欠下一屁股债?岂会像丧家犬一样落到如此下场?"顿了顿,继续满腔怨毒地说,"她不是讨厌我妈吗,她不是总在我哥面前说我的坏话吗?她不是拿儿子当命根子吗?哼!"

黄毛见状,心里恐惧,劝道:"祥哥,你哥你嫂子够对得住你了,你就适可而止吧。"

祝国祥训斥道:"你啰唆什么,他不会原谅我的!我也不需要他原谅。你去雇两个人来,让他们出面,事成后给他们好处费。"

黄毛推托道:"我跟这地方道上的人不熟,到哪里去雇人?"

祝国祥骂道:"老子好吃好喝供着你这么多年,这点儿屁事都办不成,要你有什么用?"

黄毛说:"好吧。我去找。"走出小旅馆,想来想去,绑架勒索的事不能干,而且欠债的是祝国祥,我黄毛凭什么跟着亡命天涯。何况祝国祥是个白眼狼,祝大昌这样帮他,他还想着害自己的亲哥哥,自己这个马仔跟着他,只会被他带进沟里。想到这里,便给祝大昌发了一条信息,让他小心祝国祥,说祝国祥疯了,要绑架祝小园。后就上了回临江的汽车。

祝大昌看着黄毛发来的信息,眼前发黑,心像被撕裂一样地痛。他想到老父亲临终前的嘱托,也想到了易国兴和俞钢对他的劝诫。他知道,不能再这样纵容祝国祥了,否则他只会越来越疯狂。

祝大昌终于下定了决心,报警。

祝大昌是江阴的著名企业家,他登报和弟弟断绝关系的事,江阴已经尽人皆知。现在警察听他报案,都感到不可思议。人性之恶能到如此地步!当即安排了抓捕。

放下电话,祝大昌觉得很累很累,前所未有地累。他不想再这样撑着了,他想好好放松,想休息,眼前发黑,晕倒在车里。

睡得真香,睡得真沉。他不知道,自己这一睡就是五天。

醒过来,他感觉只是睡了一个很长、很长的觉。他做了许多梦,醒来后,却记不清梦中的任何情节了。醒过来后,又在 ICU 睡了一天,才被推到普通病房。他看到一群人密密麻麻围上来,许多脸在他眼前晃:范小桃的,祝小园的,祝国英的,文斌的,易国兴的,毛仁银的,薛三妹的,吴回芝的,林小艺的……他看见每张脸都在涌向他,每张脸上的嘴都在一张一合,可是他听不见他们说些什么。他张了张嘴,嗓子哑得发不出声音。

护士说:"你们围这么多人干什么,病人要呼吸新鲜空气。都出去,只留一个家属在里面。"

众人都被挡在了门外,只留下了范小桃。她给祝大昌喂了一些温水,祝大昌终于能听见她说话,也能发出声音了。

他气若游丝,问:"我这是怎么啦?他们为什么都来了?"

范小桃哽咽着说:"你昏迷了五天。都以为你……"

一听说昏了五天,祝大昌又着急了。范小桃知道他在操心什么,便说:"你不要说话。我知道你操心,家里、厂里都好。俞钢来过,他这么忙的人,都在这里守了一天。"

"你让他们都回去吧。"

"让他们轮流来看看你吧。你少说话。"看祝大昌的眼神,知道他同意了,便让易国兴先进来。

易国兴快步坐到床边,示意祝大昌不要动,不要说话:"我说,你听着。我退休了,听说你出了事,就赶了过来。受小桃委托,我现在接手帮你处理债务的问题。过几天等你身体再好一点,过来向你汇报详细情况。你放心,现在有专业的律师团队在处理这些事。俞钢也表态了,有解决不了的问题,可以找他。你就安心吧。外面的人都想来和你说说话。我就不多说了。"

接着进来的是祝国英,一进来,眼泪就吧嗒吧嗒直掉,一句话都说不成,只是流泪。哭了一会儿就退了出去。

接下来进来的,是薛三妹。

祝大昌见她进来,努力想坐起来,但一丝力气都没有。

薛三妹坐在他身边,拿过水杯,喝了一小口试了水温,又从开水瓶中加点温水,将吸管轻轻放在祝大昌嘴里:"你吓死我们了,醒来了就好。只要有人在,就没有过不去的坎儿。佳钢本来也想来看你的,我没让他来。他一天几个电话在问你的情况。"伸手拭尽了祝大昌眼角的泪,说:"你昏迷后,小桃就没有合眼。熬了五天五夜。"

薛三妹退出来后,吴回芝和毛仁银一起进来。毛仁银什么也没有说,站在吴回芝身后。吴回芝说:"好好休息,什么都不用想,有我们这些兄弟姐妹们在。"

吴回芝和毛仁银出去后,林小艺进来直接蹲在祝大昌身边,说:"快点好起来,我还等着你给我第二轮投资呢。"说完捧起祝大昌的手,轻轻亲了一下,悄悄说:"祝叔叔,告诉你一个秘密,我,爱过你。"

儿子祝小园最后进来。

祝大昌轻声问:"你奶奶,好吗?"

祝小园眼圈儿一红,不说好,也不说不好。

祝大昌又问:"你二叔怎么样了?"

祝小园说:"爸,你操太多的心了,好好休息吧。这个世界,不是少了你就不转了。"

三天后,祝大昌的身体好了许多,能吃一些稀饭,也能下床慢慢走上十几分钟了。易国兴就和负责处理债务的阮律师一起,来向祝大昌汇报调查取证的情况。从目前掌握的情况看,讨债方不存在欺诈行为,所有证据做得无懈可击。这家公司有很深的背景。

祝大昌说："他们放的是高利贷，没有遵守国家有关的贷款规定，这是违法的。"

阮律师道："祝总说得不错，这确实是国家法律不容许的。但民间借贷属于市场化行为，在现行条件下，大多数民间借贷的年利率基本上都在百分之二十四到百分之三十六之间。"

祝大昌说："问题是他们高利转贷，远远超过了国家允许的范围。"

阮律师说："就我掌握的情况看，即使是走法律程序，贷款方的百分之三十六的年利率，还有百分之三十股份的本金都是要偿还的，因为贷款方是国家批准的放贷公司。最致命的一点是，"阮律师顿了顿，"祝国祥伪造祝总签名的担保书，拿江阴钢铁厂百分之七十的股份做抵押，为他百分之三十的股份担保，这件事十分棘手，而且，他还通过关系盖了公证处的章，法院只认证据。"

易国兴说："我和沈老板初步接触了两次，沈老板说他也不想打官司，他们提出实收一亿五千万，我还在和他们谈。我估计，一亿二千万他们应该能接受。"

祝大昌沉默了许久："你代表我，全权去谈吧。谈到什么结果我都接受。"

易国兴叹了口气："祝国祥不只是欠下这笔高利贷，这一两年来，他为还高利贷，拆东墙补西墙，除了截留客户货款外，还以江阴钢铁厂的资产担保到处借钱，鑫源公司和另两家的货款，就是祝国祥以江阴钢铁厂的资产担保借来的。重要的是，有七千万的银行债务本月到期。你设立的公益基金也被他强行挪用。现在的江阴钢铁厂，事实上已经资不抵债、千疮百孔。如果不能注入大量流动资金，就只能破产清算了。"

祝大昌静静地听着，待易国兴报告完毕，问："还有没有坏消息？我心里能承受，一次性都告诉我吧。"

易国兴犹豫道："没有了。"

"阮律师，祝国祥这样的情况，大概要判几年？"

阮律师看了看易国兴，一言不发。

"祝国祥怎么了？为什么每个人都对他避而不谈？"祝大昌有一种不祥的预感。

易国兴沉默了一会儿，说："范小桃不让说，但这事，你迟早要面对的。

实话对你说了吧,警察去抓祝国祥时,他抢了车逃跑,出了车祸,从高架上冲下来,当场没了。"

祝大昌合上眼,一言不发,滚落两行老泪,许久,许久,长叹一声。

易国兴和阮律师退出去,对门口的范小桃说:"祝国祥的事他知道了。他没事的,我们走了。"

范小桃哑着嗓子说:"辛苦了,老易。"

易国兴说:"你也不要太操心。一切都会好起来的。"又轻声问,"老太太怎么样了?"

范小桃说:"估计就这两天的事了。"

小年那天,祝母住进医院之后,就一直没出院。

祝国祥车祸死了的事,大家没敢告诉老人家,但她似乎感应到了。从祝国祥死的那天起,祝母就没再说一句话,只要一醒来,就躺在病床上默默流泪。

这些天来,一家人都在医院,范小桃守着祝大昌,祝国英和文斌、祝小园,轮流守着老太太。

易国兴来汇报的当天夜里,医生通知家属,老太太不行了。

祝国英就和范小桃商量,要不要告诉大哥,让他来见母亲最后一面。范小桃不同意,说:"你大哥的病才好一点,一受刺激病情肯定加重。今天知道了祝国祥的事,到现在一直没有说话。"

文斌却说:"还是要告诉大哥,不然,他一辈子不会原谅嫂子你的。"

范小桃斩钉截铁说:"不原谅就不原谅,我只要他平安。"

祝母到了弥留之际,连连叫昌儿,祝小园说:"妈,我去把爸爸扶过来。"

祝大昌就住在楼上病房,一见祝小园和文斌,祝大昌就明白了。祝小园推着祝大昌下楼,他紧紧握住老母亲冰凉如寒铁的手,替母亲抹去老泪。祝母嘴一张一合:"昌儿,妈,害了你,害了国祥。妈对不住你。"

第二十六章

在易国兴和阮律师的协助下,祝大昌与借贷方达成协议,以一亿二千万了结了债务,加上银行到期的贷款和祝国祥以江阴钢铁厂资产做抵押贷款的所有债务,一共二亿三千万。祝大昌和易国兴商量,只能将库尔勒、廊州、郑州的三个厂转让出去,江阴钢铁厂是他的大本营,无论如何也要保住,以图东山再起。

易国兴安慰道:"以你的能力,专心经营江阴钢铁厂,重整旗鼓也用不了多久。"祝大昌便给在郑州的老潘打电话,一直打不通;又给郑州镀锌管厂的余总打电话,也处于关机状态。他心里着急,想着次日亲自去一趟郑州,不想人还未出发,郑州检察院却来了几位工作人员。

祝大昌一听对方说是为郑州镀锌管厂的案子而来,心想,压倒骆驼的最后一根稻草来了。果然,听检察人员介绍才知道,原来镀锌管厂是祝大昌认识的那位区领导办的,不过是他的白手套,表面上的经营者。因管理不善,年年亏损,又找工人集资,欠了一屁股债。正好祝大昌在找项目,这位领导就让伪造资料和各种报表,让祝大昌花了五千万,购买了百分之五十一的股份,并当上法人代表。区领导东窗事发,被纪委查了,牵扯出镀锌管厂的案子。

祝大昌想到他在丽江时,俞钢曾给他电话,说让人做了镀锌管厂的背调,提醒他小心一点,他却想着有区领导背书,没有将俞钢的提醒当回事。现在悔之晚矣。本来以为郑州的厂转让出去多少能回笼一些资金,没想到,一分资金回笼不了,反倒多了几千万债务。

检察人员走后,祝大昌找来易国兴和阮律师,说:"麻烦你们,按法律程序破产清算吧。"

易国兴也不知如何安慰祝大昌了,告别祝大昌,想来想去,给俞钢打了个电话,将祝大昌遇到的问题,一五一十讲了。并说这时能拉祝大昌一把的,只有俞总了。

俞钢说:"我尽快给你回复。"

放下电话,他便将孙锦西和黄彦清叫到办公室,谈祝大昌所面临的困境。如果在法院规定的期限之内,作为法人的祝大昌不能悉数还清银行和诸多债主的欠款,法院将要对他采取羁押,查封他所有的资产。

俞钢说:"于公于私,我们都要在这个关键的时候拉他一把。我已经考虑好了,以新临钢公司的名义,收购江阴钢铁厂和新疆库尔勒钢管厂。于公,这两个厂都是优质企业,我们用得上,而且和新临钢产品互补。补短板,锻长板,江阴厂可以扩大规模,建高品质的模具钢生产线,库尔勒厂还是以生产各种石油专用管为主。于私,可以帮助祝大昌渡过难关,免得被破产清算。"

黄彦清赞同:"新疆库尔勒靠近西亚国家,这些国家多产石油,不仅交通便利,还可以大大降低运输成本,对新临钢将来的发展有利。"

孙锦西也同意,但提醒说:"这事我们决定了,还得经集团领导批准。"

俞钢说:"你和彦清抓紧准备这两家厂的资料,我下午就去无锡,向集团领导汇报。"

孙锦西说:"我也去,到时候也能说上话。"

俞钢赞赏地看了一眼孙锦西,多年搭档,一切尽在不言中。

两人当天就赶到无锡,集团领导听了他们的汇报,当即就开会讨论。从华钢升入集团领导层的曾厂长,感念当年祝大昌的鼎力相助,在会上积极助推。不久,集团通过了俞钢和孙锦西提出的收购建议。俞钢来到江阴钢铁厂,看到昔日热火朝天的工厂已经停产了,到处冷冷清清,心里很不是滋味。做实业,不务实难成业,然而,仅仅务实又是远远不够的,尤其是私营企业,政策、环境、家族、管理……哪一个因素都有可能成为发展的契机,同样,也就有可能成为引爆问题的炸药。

来到厂子办公楼时,祝大昌和易国兴正送两名法院人员出来。看见俞钢,祝大昌心头一热。俞钢说:"老易一给我电话,我们就迅速行动。眼下集团领导已经同意了我和老孙的建议,让我来谈收购江阴钢铁厂和库尔勒钢管厂的事。"

祝大昌的视线一下子模糊了,声音嘶哑地说:"谢谢老弟,危难时刻见真情。"

俞钢紧紧握着他的手:"于公于私,于情于理,我都应该这样做。更何况,我敬佩昌哥你这个人,敬佩你在钢铁行业摸爬滚打的务实精神。这个行业的发展有你们的一份贡献。"

易国兴介绍说,厂子的大部分工人都回家了,新疆厂也停产了,现在来厂的都是讨债人。而且,刚才法院的人说,银行已经向法院起诉了。

俞钢说:"昌哥,你别担心,我现在就给公司金律师打电话,让他跟江阴法院交涉,我们的收购协议达成之后,你的债务将由新临钢承担。我不能久留,过两天要去德国西马克公司,为新临钢更换一批先进装备,我回临江后,先让公司财务处给你汇五千万收购预付款,把紧迫的欠款还清。下星期,黄彦清会带人来,尽快落实收购、交割及后期事宜。有什么问题我们随时联系。"

不久,新临钢正式收购了祝大昌江阴和库尔勒两个厂,清算了这两个厂的资产,资债相抵。易国兴又找到一个温州老板,接下了祝大昌在廊州的厂,情急之下的交易,自然打了折扣,如此才勉强补上郑州厂的窟窿。一切交割完毕,祝大昌又回到了从前。以前有人说,谁创业失败,"一夜回到解放前"的时候,祝大昌没太多感觉,真轮到自己头上了,他感受到了一种巨大的失落和巨大的轻松。一切恍然如梦。

易国兴也要告老还乡了,见祝大昌依依不舍,易国兴故作轻松地宽慰他:"人生就是这样的,重要的是过程,不是结果。"

祝大昌感叹道:"老易,我到现在才真正理解你这些年来的心境。"

易国兴笑笑:"真的理解了吗?我的心境是,不管遇到什么,太阳照常升起。告诉你一件事,也算是好事吧,田鸣健投案自首了。"

祝大昌淡然一笑:"这倒是挺意外的。"

"年纪也大了,一身的病,估计是不想死在异国他乡吧。"

"田鸣健今年多大年纪了?"

"如果我没记错的话,他是四三年生人。"

祝大昌叹道："唉,快八十了。"

祝大昌忽然觉得自己也一下子就老了。独自徘徊在自己亲手建起来的厂区,每个角落都是挥之难去的哀伤与落寞。当初,这里只是一个生产农具钢的小厂,他收购过来以后,利用两座二手炼钢电炉起家,死扛硬挺、忍辱负重,艰难起步、发展之后,又将芜湖钢铁厂转手,全力扎根江阴。经过十多年的努力和拼搏才形成今天的规模。

这么多年了,他心里只有企业没有家,更没有自己。工作几乎是他的全部,吃穿随便,得体就行,戴的还是那块上海老表,几乎从未进过舞厅和休闲会馆,就像林小艺说的,他会赚钱,却学不会享受生活。受他影响,整个家庭布置都很简朴,除了书房的书、儿子的钢琴花了些钱外,没有什么像样的装饰,什么名贵地毯、珍稀摆件儿,统统与他无缘。他一心想做大树,民营企业的大树,家族中的大树,于是他无须扬鞭自奋蹄,凡事亲力亲为,他深扎根、广人脉、吸雨露、扛风雨,努力让自己枝繁叶茂。但他怎么也没有料到,千里之堤溃于蚁穴,多年心血会败在亲弟弟手上。自认科学管理的他竟和其他家族式管理的民营企业一样,未曾摆脱平均寿命三至七年的魔咒和命运。

他既没有易国兴的强势和执拗,也没有俞钢的决断和魄力,每每被老母亲哀求,被兄弟仰仗,他的心就彻底变软,就失去了原则。"同是本根生","长兄如父",凡事他不能做得太绝。他只记住曾国藩的话,"兄弟和,虽穷氓小户必兴",却忘记了后面半句,"兄弟不和,虽世家宦族必败"。

他想到母亲临终时的话,母亲说是她害了他们兄弟俩,而他又何尝不是害了祝国祥呢？想到此处,祝大昌潸然泪下。又想起终南山那位老道给他相面时所说的,"施主眉耸鼻正,面善心善,终因祸起萧墙,而得不到善福。"果真一语成谶。祝大昌也幡然醒悟过来,经营决策失误只是一方面,最重要的是管理。私企不像国企,有上下监督。私企中,一旦中层管理集体噤声、权衡利益过重,而企业领导者固执己见、听不进别人的谏言、被亲情一叶障目,迟早会出大问题。

苍茫的暮色下,祝大昌抬头凝望近处那棵老枫树,晚风中簌簌作响。他走过去,抚摸着粗壮的树干,心里又涌出一阵悲凉——老枫树巍然挺立二百多年了,依旧枝繁叶茂,而他的厂子才多少年？留给他的时间还剩多少年？挫败和沮丧深深噬咬着他的心,无边的孤独深深浸泡着他的心。

很晚了,祝大昌才心力交瘁地拖着沉重的脚步回到家,范小桃正在收拾东西,装了满满的两大旅行箱。祝大昌这才想起来,妻子已经网购了机票,明天要陪儿子赴英国留学。

夫妇俩相视无语,一时陷入沉默。

最近这些天,范小桃显得很平静,既没有跟祝大昌吵闹,也没有发泄心中的怨气。她似乎早料到会有这种结果了。在丈夫没有重用祝国祥之前,范小桃眼中的丈夫有本事、有志向、有作为,她安心承担家里的一切,鼎力支持丈夫,让他在事业上没有后顾之忧地展翅高飞。但自从丈夫不顾所有人劝阻,坚持委祝国祥以重任之后,她的心慢慢凉了。曾经相濡以沫的感情,也在无休无止的家庭矛盾中消耗殆尽。范小桃认为,造成今天这一切的原因都是丈夫的刚愎自用,丈夫对亲情和血缘毫无保留地信任,这是他的致命弱点,怨不得别人。眼见着凝聚了全家人心血的企业倒闭,范小桃的心也彻底伤透了,她不想待在江阴这个伤心之地,也不想再见到祝家的任何人。恰好,儿子被英国皇家音乐学院录取了,她正好可以顺理成章地陪儿子去英国。

"明天早上,我送你和儿子去机场。"祝大昌嘶哑的声音打破了沉默。

"不用了,我已经和司机联系好了,让他六点前来接我们。"

范小桃把一个塑料小包放到桌上,里面装着房产证和几张保险单,随后又掏出一张银行卡递给祝大昌,淡然道:"这里面有五万块钱,去英国后,我会好好照顾儿子的,你也照顾好自己。"

祝大昌如今是孤家寡人一个,他带着母亲的骨灰盒回到临江,送到四门飞云山上与父亲祝永明合葬。

下葬那天,天气阴沉,下起一阵毛毛雨。祝国英的眼睛早哭肿了,悔恨交加地抽泣道:"都是我不好,我要早点儿把二哥的事儿说出来,大哥就不会破产,二哥就不会死,妈也能多活几年。"

文斌一反常态没安慰她,说:"早知如此,何必当初!你二哥遭绑架的时候,你拦着不让我说,让我把嘴巴闭紧点儿。当时我就说过,就祝国祥这德行,迟早会害了大哥的。"

毛仁银、叶老实和活宝也扛着铁锹来了,赖子还委托他们送了一个花圈。活宝先燃起三根香,弓腰拜了三拜,然后高声说:"您老一路走好!趁您老入土之前,我这个后辈得说几句,您咋养了祝国祥那个祸害?无情无义、缺德没良心的祸害……"

刘胜利忙阻止道:"老人都去世了,祝国祥也没了,你还说这些干吗?"

"正因为都不在了,功与过才得有个盖棺论定。"

叶老实打圆场道:"祝国祥咎由自取,跟老人家没关系。"

毛仁银见祝大昌神情黯然,说:"你们都少说点。"然后把他拉到一旁,掏出一张银行卡,"这是我们大家的一点心意,一共三十万。希望你赶快振作起来。人生都是起起落落的,拿得起是英雄,能放下才是真豪杰。"

祝大昌欲推辞,毛仁银说:"收下吧,你正处在艰难时期,需要钱。多的我们也拿不出来,这是兄弟们的一份情义。"

刘胜利和活宝也过来,说:"昌哥你也不要太消沉,年轻人现在不都说吗,'未来不迎,既往不恋',凭昌哥的睿智和人品,没有跨不过去的坎儿。"

祝大昌收下卡,眼眶湿润了:"我祝大昌将会永远记住这份兄弟情义。"

中午在活宝餐馆吃了饭,就回到了工人村的房子。刚进屋,薛三妹就来了。祝国英担心一连串的重大打击与变故,哥哥的精神会垮掉,就想着让薛三妹安慰他。祝大昌不想让薛三妹看见自己的脆弱,强打起精神,问林小艺的情况:"小艺这丫头现在在哪儿,她好吗?工作怎么样?"

薛三妹说:"林小艺干得还不错,度假山庄建起来了,开始有了收益。"

祝大昌心下甚是安慰。说到范小桃陪儿子去英国的事,祝大昌露出愧疚之色,抑制着内心的痛苦,说:"是我对不起她,伤了她的心。"

薛三妹心下觉得,范小桃这个时候把祝大昌抛下去英国实在欠妥,她心疼祝大昌,但因和祝大昌特殊的过往,不便多说,只是宽慰道:"你也不要太自责。小桃也应该体谅你的苦处。"

"她走了也好,好好把儿子培养成才,我就没了后顾之忧。我也想好好静一静。"

薛三妹又开导道:"是人就会犯错的,他们都怪你,我倒越发敬重你。说到底,你是太看重亲情了,把家人和朋友们看得比自己的命都重要。如果你是个掉进钱眼里、六亲不认的,你就不是祝大昌了。我们爱的……敬重的,正是现在这样一个祝大昌啊。"

薛三妹的贴心话,听得祝大昌心头一热,说:"想想我真是挺幸运的。虽说血亲兄弟害惨了我,可落难之时,有你,还有俞钢、孙锦西、黄彦清、赖子、毛仁银、刘胜利、活宝……有这么多比亲人还亲的朋友在帮我,这辈子做人,值了。要不是落难了,哪里能体会这种感觉。"

听祝大昌这么说,薛三妹放心了,温柔地笑了笑,问道:"身体怎么样?"

"你放心,身体没问题了。说来也怪,没破产前,生意好身体不好,病病歪歪;破产了,身体不仅没垮掉,反而变好了,也不做噩梦了。这大概就是我的命。"

"你以后有什么打算?"

"还没想好。先休息一段时间再说吧。吴回芝前不久来江阴,说她在江城新收购了一家酒店,想请我去经营管理。可我哪里是会管酒店的人呀,就谢绝她了。毛仁银也说让我去他那里休整。"

薛三妹笑了:"和他一起养甲鱼啊?"

"不是,是让我去住一段时间,说山清水秀的。"

薛三妹打开包,掏出一张银行卡递给祝大昌:"拿着吧,这里面有八十万,是傅佳钢让我还你的。"

"佳钢没借这么多。"

"多的二十万,佳钢说是感谢你,在他坐牢期间,你帮助料理了他爸的丧事。"

祝大昌叹道:"看来人还是要多做善事,做好事有好报。佳钢比我聪明,如果是他管理江阴的厂子,就不会发生我这样的悲剧了。"

"坐了几年牢,他是变了很多。上次他从江阴回来就对我说过,大昌的厂子不会长久。我问他为什么,他却又不说。想必那时候他已经知道祝国祥什么事儿了。对了,他想明天请你吃饭。"

祝大昌不想再说这些事儿了,就说谢谢他吧,算了。

正说着,林小艺打来了电话:"祝叔叔,有没有时间啊,我想请你来我的山庄小住几天,你的老朋友也想见你。"

没等祝大昌说话,电话里传来和先生的声音:"大昌兄,过来散心吧。小艺说要陪你读完《诗经》呢。"

"我是该从头读书了。从前读的都是企业管理,现在闲下来了,我就从《诗经》读起吧。"

祝大昌不久就去了林小艺的山庄。

山庄以复兴传统文化为底蕴,却又不似时下人们说的所谓流行国学,而是在和先生的指导下,将《诗经》传习做成了特色。祝大昌就一点点跟着读诗,越读心越静……

第二十七章

因新临钢统一建工人新住宅区,二门叶家塘老房子全拆了,俞钢暂时住进招待所。二〇一八年春节刚过,第一场雪还未融化,俞钢站在招待所二楼的走廊上,凝望着庭院的那树红梅,一缕朝阳打在枝头,怒放的红梅更显娇艳。两只喜鹊在枝头跳跃,好一派吉祥的图景。中国人相信,喜鹊是吉祥的报喜鸟,果然,没过几天,欧盟法院最终做出判决,裁定欧盟理事会仲裁无效。判决生效后,新临钢成为唯一一个在无缝钢管行业不再受欧盟制裁的中国企业,几年间多征收的税额也将陆续返还。

随后,集团一纸调令,俞钢被任命为中华集团新组建的下属特钢集团的董事长、总经理,黄彦清接任新临钢公司总经理。而同一天,孙锦西光荣退休了。

此时的新临钢,挺过一轮又一轮残酷的国内外市场竞争,靠实力博弈,已经呈井喷之势发展,形成了以轴承钢、汽车用钢、能源用钢、先进制造业用钢等为主的产品阵容,中厚壁无缝钢管雄霸中外,高端轴承钢占国内市场百分之七十以上份额;汽车零部件用钢国内销量第一,包括矿用链条钢、高端连铸大圆坯,在国内市场占有率超百分之六十,特别是在工程机械、海洋工程、航空航天领域的关键品种,走专、精、特、新道路,做到了人无我有、人有我专、人专我精、人精我特。在参与全球经济一体化的竞争中,更是砥砺前行,挺进了欧盟、美国、德国和日本等国际大市场。特殊钢材远销五十多个国家和地区。

当初的临钢,内忧外患,他和黄彦清、孙锦西三人,专门选择从西总门进入临钢,就是想给自己一些鞭策和鼓励。重回临钢的第一晚,他就住在招待所,也是这间房。那时窗外,这梅树比现在要小得多,开着几朵孤零零的花。如今,新临钢已经发生翻天覆地的变化,他也可以长舒一口气了。

孙锦西现在无官一身轻,到了星期天,他请俞钢和黄彦清来家里吃饭,一是祝贺两位升职,二是为俞钢饯行。

孙锦西亲自下厨忙活,做了红炖羊肉、清蒸武昌鱼、罗田板栗烧鸡,还特意煮了一壶可乐。俞钢知道孙锦西爱拉二胡,特意买了一把带来做礼物,还打趣说:"老孙是个恪守原则的人,给钱怕你说我行贿,就买了把二胡送你,充实晚年生活吧。"

孙锦西高兴地接过来,端详了一番,说:"心意我领了,但说句不怕俞总见怪的话,你选的这把二胡可不怎么样。"

黄彦清听不下去了:"老孙,你和林老师复婚那天请我们俩吃饭,俞钢看见你墙上的二胡坏了,就一直放在心上。这可是千金不换的深情厚谊,怎么,你还看不上?"

孙锦西笑:"俞总在钢铁研究和跆拳道方面是行家,但对乐器是外行。我那把二胡是黑檀木,出自苏州制琴名家彭二胡之手。"

黄彦清也笑:"谁做的也不如朋友惦记着送你的。你老孙退休了,能拉就行呗。"

孙锦西的倔劲儿又来了:"彦清这话差矣。退休了不代表心老,越是老了,越要活出质量。我和老伴商量好了,春暖花开时,去意大利和奥地利旅游。"

林老师一边上菜一边笑:"老孙说了,他要带上二胡,在维也纳音乐大厅前去演奏一段《二泉映月》。"

黄彦清逗他:"口气也太大了!我不敢恭维,反正吹牛不上税。"

"哎,我可不是吹牛,那年我要不是考上了东北工学院,就进省歌舞团了。我拉二胡的水平绝对比我搞政工强。"

从前在一起,三个人谈的都是工作、是钢铁,是如何振兴临钢,这次孙锦西约法三章:"只谈风月,不谈钢铁。"

酒过三巡,黄彦清感慨道:"共事这么多年了,我们三人就做了一件事、两个字,一件事是钢铁,两个字是'特钢',走到今天真的不容易啊!"

孙锦西提醒他:"彦清,你犯规了,说了只谈风月,你又谈了钢铁。

罚酒。"

俞钢也说:"罚酒罚酒。"

"好好好,我认罚。"饮尽一杯,又说:"反正酒都罚了,我就再说说钢铁。俞钢调走了,老孙也退休了,以后让我独当一面,肩头担子很沉重,压力很大啊!纵观世界各国的特殊钢总产量,日本、德国特辊占比百分之二十二;法国、意大利占比百分之十七;韩国占比百分之十三,瑞典竟然达到了百分之五十五,而中国占比仅为百分之四点七四。我们还任重而道远啊!俞总,你还是要多给我支支招。"

俞钢说:"招儿就不支了,送你一首郑板桥的诗吧,咬定青山不放松,立根原在破岩中。千磨万击还坚劲,任尔东西南北风。"

"好一个'任尔东西南北风'。"黄彦清赞叹道。

孙锦西笑了:"我还以为你又要送彦清'心动不如行动'呢。"

俞钢哈哈大笑:"那我就补上,'心动不如行动'。"

三个人一瓶酒喝了两个多钟头。说是只谈风月,谈的却全是与钢铁有关的事。夜深了,该告别了,俞钢心里涌出一股难舍之情。

孙锦西送二人到楼下,俞钢说:"老孙你回吧。"

孙锦西说:"再送一程。"

陪二人又走了一段路,俞钢又说:"老孙你回吧,再送下去,成十八相送了。"

"送你们到小区门口吧。"

辞别孙锦西,又在小区门口与黄彦清分手,俞钢没有回家,而是独自从二门进厂,来到轿车齿轮用钢生产线的厂房。这里原是老临钢平炉厂房的旧址。厂东头的铁路旁还遗留有一个废弃的扳道小房,旁边一棵披着积雪的芭蕉树,几片枯黄的叶子在寒风中瑟瑟作响。从前每当工作上遇到不顺的时候,俞钢都会来到这里,这个秘密孙锦西和黄彦清都不知道。

此刻天已暗了下来,俞钢凝视着废弃的扳道小房,眼前浮现出一幅画面:二十年前一个寒冷的冬天,他骑自行车上班,路过这里,看到满载矿石煤炭的长列火车驶过去了,扳道房门前长长的拦路杆没收起,警铃仍在叮叮作响。扳道工人依然双手扳着道岔,双眼直视着前方,却一动不动像一尊塑像。漫天飞舞的雪花,无声地飘落在他的头上、身上……这死于无症状脑梗的扳道工,就是俞钢的父亲。

回到招待所,祝大昌打来电话:"听说你要离开临钢了,我和一个老朋友专程赶来为你送行。明天上午九点,西塞山见。"

第二天,俞钢起了个大早,来到西塞山登山口,不见祝大昌,想他也不会这么早,便先拾级而上,想着在望江亭等他。一路小跑登山,江风越来越凛冽,背后心却冒出了细细的汗。远远却见望江亭中,早有两个人在朝他招手。原来祝大昌早就到了。再看另一人,是易国兴。

俞钢便加快步伐,一路跑到望江亭,双手搭在膝盖上,弯腰喘气,说:"你们太早了。"

祝大昌笑着看着他:"莫道君行早,更有早行人。"

俞钢喘息已定,和易国兴握手:"老易,好久不见。"

祝大昌说:"老易这次来,一是应我之邀,给你来送行;二是给新临钢送人才来了。"见俞钢不解,他又说,"你们是不是刚刚招聘了一批海归博士?"

"是啊,前几天刚入职。这是我在新临钢抓的最后一项工作。"

"易行之。有没有印象?"

俞钢说:"每个人都是我亲自面试的,当然有印象。德国慕尼黑科技大学材料学博士,这可是我留给彦清的宝贝啊。"

"易行之,易国兴。"

俞钢心头一热:"老易,你养了个优秀的儿子啊!"

三个人面江而立,一阵风来,卷起树上的雪末。江风浩荡,大河汤汤。俯瞰山脚下的新临钢全景,皑皑白雪映衬下,架在空中的输电、输煤、输气、输水的管道错落有致,蓝色厂房雄伟壮观,银白色的炼铁高炉拔地而起,拉着长列钢模的火车在厂区穿梭。江边码头上,庞大的门座式起重机、桥式卸船机在忙碌着,满载钢材的货轮拉着长笛。

祝大昌感慨地说:"二十三年前,也是下大雪,吴回芝和郑宏结婚,我们从婚礼上被抓到会议现场,会上公布了老易来临钢的消息。"

易国兴陷入了沉思,沉默着不说话。过了一会儿才自我解嘲说:"之后我就一通乱来。"

俞钢打断他:"怎么能说是乱来,你当时是壮士断腕。虽说有些激进了,也不能说全是过。依我看,你在临钢,有功有过,五五开。"

易国兴百感交集："今非昔比,恍若梦中啊。"

俞钢问祝大昌："昌哥现在怎么样?"

"刚才老易说自己现在是半贫、半富、半自安。我和老易一样,老了,不服老也不行。这个时代是你俞钢的,是易行之的。"

易国兴说："你的儿子小园也很优秀啊。"

祝大昌自豪道："儿子比我有出息,刚刚在国际上拿了一个钢琴演奏的奖。"

所谓三句话不离本行,做了一辈子钢铁企业,三个人的话题自然离不开钢铁行业面临的形势。易国兴说："你还记得我给你的那本册子吗?一百年前,当中国第一代汉冶萍民族钢铁联合企业诞生时,西方列强就发出惊呼,黄祸较之强兵劲旅,蹂躏老赢之军队,尤可虑也。"

"老一辈说,人不犯我,我不犯人。现在我们说,我们不惹事,但也不怕事。我们有这个底气。就说我们和欧盟的官司吧,真是打得一拳开,免得百拳来。打胜官司后,新临钢增速换挡,拿到国际市场的绿卡四十余张,出口的石油调质钢管,比德国克鲁伯生产的价格还低二百美金,横扫北美市场,牢牢掌握了制定供应标准的主导权。"俞钢说起来踌躇满志,听得祝大昌和易国兴也是心潮澎湃。

这时俞钢的电话响了,公司办了个欢送会,大家在西总门给俞钢送行。祝大昌和易国兴于是一起下山去西总门。

黄彦清和公司的中高层干部,还有很多自发来的工人,悉数聚集在西总门。有的给他献花,有的向他挥手致意,还有人喊"俞总我爱你"。俞钢动情了,说"我也爱你们"。

黄彦清请俞钢讲几句,俞钢接过话筒说："感谢党和国家的信任。感谢临钢,感谢同事们。临别之际,我只想说一句话。"众人大多熟悉他的口头禅,齐声说："心动不如行动。"

俞钢一挥拳,说："对,心动不如行动。祝愿新临钢的未来更辉煌灿烂!"

易国兴感慨道："金碑银碑,不如老百姓的口碑。当年我离开临钢,老百姓给我送的是花圈啊。"说着,就要流下泪来。

祝大昌知道,他一心为改革,伤害了一部分人的利益,也是情势所迫,他自己心里也是有委屈的,就搂了搂易国兴的肩。功过是非,历史自有评说吧。

俞钢去上任了,送行的人群也渐渐散了,祝大昌和易国兴还不想走。易国兴看着差点儿被他拆除的西总门,心里更是五味杂陈。

祝大昌说:"老易,往者不可谏。"

易国兴释然道:"来者犹可追。"

祝大昌会心一笑,高声说:"岂能尽如人意。"

易国兴也提高声音:"但求无愧我心。"

两人哈哈大笑,在西总门别过。

目送易国兴走得远了,忽听得大江上一声汽笛传来。江风浩荡,大河滔滔。祝大昌恍惚了,周身的毛孔在这一瞬间骤然打开,心魂仿佛穿越了时间,回到了一九九四年易国兴来到临钢那个异常寒冷的冬天。

那时候他三十五岁,意气风发……

2008 年 8 月—2022 年 3 月
于休斯敦、上海、无锡、江阴、
泰州、克拉玛依、库尔勒、黄石

附录：主要人物表

祝大昌(1959—)：临钢公司副总经理。曾下放金牛知青林场。大学毕业后分配到临江钢铁公司，当过火车连接工、平炉炼钢工，车间主任、副厂长、厂长。1997年下海，后成为成功的民营企业家。2017年破产。

俞钢(1967—)：新临钢总经理、党委书记。曾在渣罐班当工人，后任市研部副部长。1997年到中国冶金学院读书。2000年毕业后，应聘到国企华东钢铁厂任技术员、主任、副厂长、厂长。2018年被任命为特钢集团董事长兼总经理。

易国兴(1955—)：临钢公司总经理。改革者。1999年辞职。2001年到祝大昌的私营工厂打工。2008年，受聘到温州私营企业任厂长。2016年退休。

冯为泰(1940—)：临钢公司党委副书记。国企改革的见证者和参与者之一。1999年因病退休。

王世儒(1936—2009)：临钢公司副总经理，技术台柱。1994年辞职。1996年举家迁往日本。2009年去世。新临钢靠他的连铸连轧方案获得技术改造成功。

田鸣健(1943—)：临钢公司副总经理。1999年与女儿一起逃往国外。2018年回国投案自首。

傅佳钢(1959—)：临钢公司副总经理，祝大昌的发小，祝大昌初恋薛三妹的丈夫。1999年东窗事发进监狱。2008年成为种柑橘专业户。

祝国祥(1961—2017)：祝大昌弟弟，临钢修理分厂工人。1995年下岗，创业失败后染上赌瘾,致使哥哥的江阴钢铁厂破产。逃亡中车祸身亡。

祝永明(1933—1998):祝大昌父亲,曾任临钢平炉车间主任,省劳模。1994年退休。后突发脑溢血去世。

傅长厚(1934—1999):傅佳钢父亲,曾任平炉值班主任,和祝永明是师兄弟。1994年退休。1999年因儿子傅佳钢贪污受贿案抑郁而终。

俞老头(1939—　　):俞钢父亲,临钢运输部扳道工人,祝大昌的第一位师父。

鲁光明(1937—　　):临钢平炉分厂厂长,父亲是南下干部,曾任临江市委副书记。1995年5月因抵制易国兴的下岗决策被免职,提前退休回大连。

韩厂长(1956—　　):临钢170分厂厂长。1999年因顶撞易国兴辞职。

黄秉成(1961—　　):临钢保卫处处长。

潘副总(1961—　　):临钢平炉分厂副厂长。2000年到祝大昌的江阴钢铁厂工作,任副总,直到厂子破产。

童老板(1960—　　):温州私营企业老板。2008年推荐易国兴去温州钢铁厂工作。

罗副省长(1948—　　):分管工业副省长。提拔易国兴,支持大刀阔斧地改革。

晁副市长(1951—　　):临江市分管工业副市长,曾任临钢平炉分厂副厂长。罗副省长调任后,晁副市长到临钢追责。

赖子(1959—　　):临钢平炉分厂炉前工人,与祝大昌一起下放金牛林场。下岗后创业失败。2000年给祝大昌打工,后辞职去另一家民营企业。

毛仁银(1959—):临钢平炉分厂钳工大组钳工,与祝大昌一起下放金牛林场。爱好诗歌,一心想当钢铁诗人。下岗创业,失败后二次创业,终于成功。

刘胜利(1959—):临钢平炉分厂炉前工人,与祝大昌一起下放金牛林场。下岗创业失败后,投奔祝大昌做销售工作。后回临江,与毛仁银、叶老实合伙养殖甲鱼、牛蛙。

叶老实(1958—):临钢平炉分厂炉前工人。2000年和毛仁银承包南湖养鳖场。2015年11月,在吉林读大学的女儿因车祸死亡。

活宝(1959—):临钢平炉分厂炉前工人,与祝大昌一起下放金牛林场。1995年下岗,在大舅哥的餐馆打工。后加入钢花贸易公司。公司破产后,同蔡红合伙开办餐馆。

郑宏(1960—):临钢保卫处内保科干部,吴回芝丈夫。当过特种兵,因丢枪被易国兴开除。因伤人逃离临江,后投案自首。

王贵(1958—):王世儒儿子,冯为泰的二女婿。与祝大昌一起下放金牛林场。临钢平炉分厂炉前工人,后调销售处。王世儒辞职后,随父去日本。

田鸡(1958—):临钢平炉分厂炉前工人。下岗后,到周边农村贩卖古董,后经营古董店。

大头(1959—):临钢平炉分厂横班大班长。与祝大昌一起下放金牛林场。

薛浩(1962—):薛三妹弟弟,傅佳钢小舅子。临钢170分厂驻外销售员。

薛三妹(1960—):祝大昌初恋,傅佳钢之妻。马家嘴小学校长。

范小桃(1960—):祝大昌妻子。与祝大昌一起下放金牛林场。2017年祝大昌破产后,陪同考上英国皇家音乐学院的儿子远赴英国。

吴回芝(1962—):郑宏妻子,毛仁银初恋。与祝大昌一起下放金牛林场。下岗后承包无锡疗养院。

魏小敏(1968—):俞钢妻子。

祝母(1935—2017):祝大昌母亲,信佛。偏袒二儿子祝国祥。病逝。

祝国英(1963—):祝大昌妹妹,大集体下岗工人。房子拆迁后在哥哥支持下创业。

涂兰兰(1964—):易国兴办公室秘书。辞职后攻读法律,后在北京开办律师事务所,为工人维权。

施萍(1964—):赵驼子妻子,公司办事员。在易国兴帮助下,调汉口办事处工作。后去深圳开办贸易公司。

陶咏梅(1958—):易国兴妻子,山东某校教师。得知丈夫和施萍的绯闻后,夫妻产生隔阂。

蔡红(1960—):餐馆老板娘,丈夫因工致残后病逝。餐馆拆除后,在文明巷开唱歌房,后与活宝合伙办餐馆。

小陈(1972—):临钢公司招待所服务员。下岗后因生活所迫,成为童老板情妇。

曾小丽(1970—):傅佳钢情妇。

朱美美(1980—):祝国祥第二任妻子。

周喜(1958—):临钢平炉分厂钳工大组工人。和哥哥周旺一起盗窃镍板。后加入马歪嘴黑帮团伙,判刑入狱。

马歪嘴(1957—):私营老板,周喜盗窃镍板的销赃点。黑社会势力代表之一,被抓捕。

钱老八(1961—):临钢大集体工人。下岗后因与马歪嘴团伙火拼,被抓捕。

赵驼子(1962—):施萍丈夫,临钢轧钢分厂工人,嗜赌如命。下岗后,以施萍名义讹诈易国兴。

黄毛(1974—):临江自行车厂下岗工人,祝国祥跟班。

柯老板(1955—2016):临江矿老板,澳门赌场的"托儿"。患肝癌病逝。

许老板(1959—):柯老板手下,帮助柯老板诱骗祝国祥去澳门赌博。

孙锦西(1955—):新临钢党委副书记。毕业于东北工业大学,1977年分配到临钢公司工作,任热处理分厂技术员、工程师。

林佩兰(1954—):孙锦西妻子,小学老师。

林小艺(1987—):孙锦西女儿。经薛三妹推荐,任祝大昌助理。后开办旅游度假山庄。

黄彦清(1964—):新临钢副总经理。父母是临钢工人,俞钢发小。俞钢调任集团公司领导后,他接任新临钢总经理职务。

高升(1959—):新临钢副总经理。冯为泰的大女婿,临钢公司销售处科长。香港华氏财团收购临钢后,留任副总经理。罪行暴露后,被检察机关带走。

曾厂长(1955—):华东钢铁厂厂长,孙锦西大学同学。俞钢的伯乐。

马厂长(1963—):哈尔滨锅炉厂厂长,祝大昌的重要客户。

549

於部长(1949—):新临钢市研部顾问。

卢工(1946—):临钢老一代知识分子,曾获国家渗碳轴承钢滚 20 金奖。退休后参与高铁轴承钢的研制。

夏君(1962—):临钢废钢分厂天车工,最早下海的人之一。后在东方山寺庙出家。

罗切斯:美国商人,祝大昌客户。

扎克尔诺夫:乌兹别克斯坦商人,祝大昌客户。